Lena Klassen

Die weiße Möwe

Sehnsucht nach Rinland

Lena Klassen

Die weiße Möwe

Sehnsucht nach Rinland

Roman

NEUFELD VERLAG

Die Deutsche Bibliothek verzeichnet diese Publikation in der Deutschen Nationalbibliografie; detaillierte bibliografische Daten sind im Internet über www.ddb.de abrufbar

Umschlaggestaltung: spoon design, Olaf Johannson
Umschlagbild: © ShutterStock®
Satz: David Neufeld, Schwarzenfeld
Herstellung: GGP Media GmbH, Pößneck

ISBN 978-3-937896-58-8, Bestell-Nummer 588 658

www.neufeld-verlag.de

NEUFELD VERLAG

Prolog

Der Anfang

VOR DEM ANFANG war nur Rin.

Am Anfang machte Rin Welten aus dem Stoff seiner Gedanken und Sterne aus Gold und Licht, und er formte eine Kugel und gab ihr einen Platz im Tanz seiner Sterne. Er machte Wesen, darauf zu wohnen: die Riesen aus dem Feuer der Sterne, die Menschen aus der braunen Erde, die Tiere aus dem salzigen Wasser, und aus der Luft schuf er Worte und Gesang, Stille und Lachen und Tanz. Er gab ihnen das Geschenk der Freude und die Fähigkeit zur Liebe und errichtete ihnen einen Ort, um darauf zu wohnen, einen Hügel, bewachsen von Wäldern, grün und dunkel, eingehüllt in duftende Wiesen, überschattet von schneebedeckten Bergen. Sie badeten dort in den Seen und in den Bächen, die zu Tale stürzten, sie wanderten durch die Wälder und erklommen die Gipfel und pflegten die Gärten, reich an köstlichen Früchten. Er selbst, Rin, wohnte dort bei ihnen, bei Riesen, Menschen und Tieren, im Gesang. Die Tiere spielten mit den Worten, die wuchsen und gediehen, die Menschen hüteten die Tiere, die vor Vergnügen schnurrten, und die Riesen wachten über den Menschen, die zu ihnen aufblickten, und über ihnen war der Tanz der Sterne und die Größe und Weite aller Welten. Und Rin ging unter ihnen umher und lachte, und sie antworteten ihm mit glockenhellem Lachen.

Dann kam eine Zeit, in der Rin sich zu anderen Ländern in anderen Welten begab. Er vertraute seinen Geschöpfen alles an: den Riesen die Menschen, den Menschen die Tiere, den Tieren die Worte, und ihnen allen zusammen das Land, das er für sie gemacht hatte.

Rin wird nicht zurückkommen, sagten die Riesen. Jetzt sind wir allein. Und sie, in denen das Feuer der Sterne brannte, begannen Herrschaft auszuüben über die Menschen, und die Menschen sahen herab auf die zutraulichen Tiere, und da, gepeinigt, verloren die Tiere die Worte. Ihr Lachen verstummte, der Gesang wurde ihnen zu schwer, und der Tanz stahl sich fort aus ihren Füßen.

Hörten nun die Menschen die Blätter über sich rauschen, wenn der Wind hindurchfuhr, fürchteten sie sich. Und obwohl sie die Wohltat der Nacht kannten, die sich wolkenweich über das Land legte, erschraken sie vor der Dunkelheit.

Was werden wir tun, wenn der Wind stärker wird und die Nacht länger?, fragten sie. Denn nun sind wir allein.

Die Tiere aber versteckten sich zwischen den Bäumen, stumm.

Die Riesen sagten: Wir werden in die Berge hinaufsteigen und dort leben, damit ihr wisst, dass wir über euch stehen. Und dort lebten sie und ihre Herzen wurden kalt wie der Schnee auf den Gipfeln und hart wie der Stein, auf dem sie schliefen.

Die Menschen bauten sich Hütten aus den Stämmen der Bäume, um sicher zu sein in der Nacht und sicher vor den Riesen und sicher vor den Tieren. Ihre Angst wurde so groß, dass sie ihre Liebe zu den Tieren und zu den Gärten vergaßen; sie vernachlässigten die Obstbäume und hatten bald nichts mehr zu essen und mussten die Tiere töten, um an ihr Fleisch zu gelangen. Die Tiere wurden scheu und wachsam und gefährlich, sie griffen ihre Hüter an und fielen übereinander her, und alles, was in ihnen froh gewesen war und vertrauensvoll, war fort. Kein Lachen wurde mehr gehört und niemand tanzte mehr. Die Angst, die sie geschaffen hatten, breitete sich aus und wurde übermächtig, bis es nichts anderes mehr gab als die Angst.

Dann kam Rin zurück, und es war still. Und Rin sah das zerstörte Land und die gefällten Bäume und die toten Tiere und die Angst über allem, und er weinte über das, was er sah. Da rief er die Menschen aus den Hütten, in denen sie sich verborgen hatten, und die Riesen herunter von den Bergen und sagte zu ihnen: Was habt ihr getan! Warum habt ihr die Furcht erschaffen, obwohl ich euch Liebe und Freude gab?

Die Menschen sagten: Die Riesen wollten über uns herrschen, darum fürchteten wir uns.

Die Tiere schwiegen, denn sie hatten keine Worte mehr.

Und die Riesen bissen die Zähne zusammen und machten sich dasselbe Schweigen zu eigen und beugten sich nicht.

Warum habt ihr mir nicht vertraut?, fragte Rin die Menschen. Die Riesen hatten keine Macht, euch etwas anzutun. Aber nun, da ihr ihnen die Macht dazu gegeben habt, werden sie niemals aufhören, über euch zu herrschen. Jetzt wird über euch kommen, was ihr gefürchtet habt, und wovor ihr euch versteckt habt, das wird euch einholen. Stürme werden über euch gehen, über die Länder und durch eure Reihen und durch eure Herzen, und die Nächte werden länger werden und kälter und sie werden euch nicht Wohltat sein, sondern euch Grauen und Albträume bringen. Baut euch aus dem Holz, das ihr geschlagen habt, obwohl ihr doch Wärme und Schutz und Nahrung hattet, Flöße und Boote und verlasst dieses Land.

Als Rin die Menschen verbannte, da fragten sie: Wohin schickst du uns?, und auch sie weinten, denn nun erkannten sie, was sie verspielt hatten.

Dorthin, sagte er, ans andere Ende der Welt.

Dürfen wir zurückkommen?, fragten sie. Irgendwann, jetzt oder bald oder am Ende der Zeiten?

Da gab er denen, die die Gabe der Liebe und das Geschenk der Freude verachtet hatten, die Gabe der Sehnsucht, als Schmerz und als Hoffnung.

Allein diese Sehnsucht, sagte Rin, wird euch mit Rinland verbinden. Und wenn sie stark genug ist, wird sie euch hierhin zurückbringen. Wenn eure Hoffnung größer ist als die Angst und größer als der Zweifel, der kommen wird, wenn die Erinnerung verblasst, dann wird die Sehnsucht euch über die Brücke führen können, die ich bauen werde. Denn das verspreche ich euch: Ich werde eine Brücke errichten, die über das große Meer führen wird. Aber es wird eine schmale Brücke sein, hoch über dem tiefen Wasser, und wer nicht genug vertraut und wankt, der wird hinabstürzen und ertrinken.

Zu den Tieren sagte er: Geht mit ihnen, als Erinnerung an das, was war, als Verheißung an das, was einmal sein wird. Dies sei euer

Trost: Ich habe euch aus Wasser gemacht, und so seid ihr immer verbunden mit mir und den Tränen, die ich geweint habe und weinen werde.

Zu den Riesen sagte er: Ich schicke euch fort, übers Meer.

Da ist kein Meer, widersprachen sie, und in ihren Augen funkelte das Licht der Sterne.

Ich schicke euch fort, übers Meer, wiederholte Rin, mit der ganzen Kraft, die ich euch gegeben habe, und der großen Macht, die ihr euch genommen habt, die ihr die Hüter sein solltet über alles. Nur wer sich beugt vor meiner Kraft und vor meiner Macht, die größer sind als euer Verstand, darf diesen Ort je wieder betreten.

Das wird niemals geschehen, sagten die Riesen voller Stolz, aber Rin lächelte traurig und sagte nichts mehr.

Und Rin weinte, und seine Tränen heilten die zerstörten Gärten und Wälder. Bäche flossen durch die Täler und schwollen an und trugen die Verbannten mit ihren Schiffen fort, zu einem anderen, blasseren Land am Ende der Welt. Rins Tränen flossen weiter, und ein Meer überflutete die Erde und wurde sehr groß und sehr tief, so dass niemand zu der Insel gelangen konnte, wo Rin wohnte. Er machte Riffe und gefährliche Strömungen, und diejenigen, die eigenmächtig zurückkehren wollten, zerschellten mitsamt ihren Schiffen.

Die Riesen dagegen schwammen und vertrauten sich dem Wasser an, mit nichts als ihrer übermenschlichen Kraft, und durchmaßen die Wellen, ohne müde zu werden, und gingen dort, am Ende der Welt, an Land, wo sie ihre Herrschaft errichteten, ohne je zurückzublicken.

Die weiße Möwe

1. Die Kinder der Inseln

MINO SAH BEWEGUNGSLOS zu, wie Lexan packte. Sie saß auf dem Bett und schaute abwechselnd aus dem Fenster und auf ihren älteren Bruder, der sich zu seiner Kiste bückte und sich dann wieder zu seinem Schrank erhob und in die oberen Fächer langte; ein schwindelerregender Tanz aus Bücken und Strecken und Drehen, zu einer Musik, die sie beide von draußen hören konnten.

Das Meer rief.

Wenn Mino ihre Augen von dem seltsamen Schauspiel vor sich losriss und zum Fenster hin blickte, konnte sie die weiße Gischt sehen, wo sich die Wellen an den vorgelagerten Klippen brachen. Der Hafen war nur wenige hundert Meter entfernt, und obwohl sie es von hier aus nicht erkennen konnte, war das Schiff ständig gegenwärtig, dieses wunderbare kleine Schiff mit den weißen Segeln. Ein Boot. Eigentlich ist es nur ein Boot, dachte Mino, es verdient den Namen Schiff nicht. Es verdient den Namen nicht, den Lexan mit schwungvollen Buchstaben an die Bordwand geschrieben hat: *Weiße Möwe*. Denn fliegen kann es nicht, dachte sie. Dieses mickrige Boot kommt niemals über den großen Ozean. Mutter hat recht. Der hohen See kann diese Nussschale nicht standhalten.

Und trotzdem konnte sie nicht anders, als es zu lieben, immer noch und jetzt vielleicht noch mehr denn je, dieses kleine Segelschiff, mit dem sie im Sommer die Inseln umrundet hatten.

Es war einer der heißesten Sommer der letzten Jahre gewesen, und sie hatten eine Flaute nach der anderen hinnehmen müssen, ohne sich davon die Stimmung verderben zu lassen. Sie waren ins Wasser gesprungen und hatten getaucht und nach Muscheln gesucht, und abends hatten sie am Strand gesessen und am Feuer Fisch gebraten. Jußait und Bajad und Blitz hatten am Ufer geschlafen, im warmen Sand, aber sie wollte das Schiff nachts nicht allein lassen. Sie konnte es nicht verlassen, es war, als würde es ihr in den Knochen stecken. Lexan war bei ihr geblieben. Vielleicht, hatte sie damals gedacht, fürchtet er, dass Blitz oder Bajad mich nachts besuchen. Aber sie wusste, dass keiner von den beiden das jemals tun würde, Blitz nicht, weil er in ihr nur die gute Freundin sah, Bajad nicht, weil er stets Abstand wahrte. Aber es war ihr recht, mit ihrem Bruder zusammen zu sein. An diesen Abenden gehörte er nur ihr und sie konnten bis zum Einschlafen reden. Sie ließen sich von den sanften Wellen schaukeln, wenn sie an Deck schliefen und den Sternen neue Namen gaben und neue Sternbilder erfanden. Sie hatten sich unterhalten, bis der Mond aufging, groß und rund, und seinen silbernen Schein über die *Weiße Möwe* warf, und wenn sie die Augen schlossen, konnten sie das Licht auf ihren Lidern fühlen, nicht heiß wie die aufdringlichen Sonnenstrahlen, sondern sanft und verlockend.

»Als wäre es das Auge Rins«, sagte Lexan leise, als Mino schon fast eingeschlafen war, »das auf uns herabblickt.«

»Und die Sonne?«, fragte sie träge zurück. Lexan war immer derjenige, der die passenden Worte fand. Stundenlang konnte er dasitzen und nach Worten suchen, bis ihre Mutter ihn aufjagte und an die Arbeit schickte.

»Die Sonne«, meinte Lexan verträumt, »ist wie Rins anderes Auge.«

»Ja«, stimmte Mino zu, schläfrig und zufrieden. Sie war mit allem zufrieden, was Lexan sagte, selbst wenn es sich zuerst verrückt anhörte. Lexans Verrücktheiten erwiesen sich meist als gut durchdacht.

»Ich werde ihm folgen«, sagte Lexan.

»Wem?« Sie war schon auf dem halben Weg in den Schlaf. Ihr war, als wäre die Hälfte ihres Körpers bereits in die Matte eingesunken, und ihr Kopf verschwand schon halb im Kissen. Nur noch ein paar Augenblicke, und nicht einmal mehr ihre Nasenspitze würde zu sehen sein. Sie atmete tief ein und sank noch ein Stückchen tiefer in den ersten ihrer lebhaften Träume.

»Vater. Ich werde ihm nachsegeln, Mino. Ich hätte es schon damals tun sollen, als er sich von uns verabschiedete. Ich wusste, dass ich zu ihm gehöre, auf sein Schiff, selbst wenn ich nur Schiffsjunge geworden wäre. Es war falsch, dass ich mich von Mutter zurückhalten ließ.« Lexan hielt sein Gesicht ins Mondlicht. »Ich kann bald an nichts anderes mehr denken. Wenn der Sommer vorbei ist, werde ich fahren.«

In diesem Moment schlug der Schlaf über ihr zusammen und sie konnte nichts mehr fragen, sich nicht empören oder versuchen, ihrem Bruder die Sache auszureden. Das Letzte, was ihr über die Lippen glitt, bevor ihre Zunge ihr zu schwer wurde, waren die Worte: »Ich auch.«

Erst gegen Mittag des nächsten Tages hatte Mino sich wieder an ihr Gespräch vor dem Einschlafen erinnert. Sie war sich nicht sicher, ob sie nicht einen Teil davon geträumt hatte, aber es war Lexan, der als Erster wieder davon anfing.

»Du kommst also mit?«

Es war doch kein Traum gewesen. Stattdessen wuchs sich die Sache zu einem Albtraum aus. Bevor sie auch nur ein Wort gesagt hatte, wusste Mino, dass es schwierig sein würde, Lexan diesen Wahnsinn auszureden.

»Mit der *Weißen Möwe?* Du spinnst. Wir sind Obstbauern. Wir sind nicht einmal Fischer und erst recht keine Seefahrer.«

In Lexans Augen glühte sein Entschluss. Er würde es tun. Es gab nichts, das so sicher war wie das; es gab nichts, was ihn zurückhalten konnte. Fast nichts.

»Du wirst Mutter das Herz brechen«, sagte Mino und vielleicht war dies der einzige Satz, mit dem sie Lexan wirklich wehtun konnte. Sie bereute es schon, sobald sie es ausgesprochen hatte, aber nun konnte sie die Worte nicht mehr zurücknehmen.

Lexan schwieg eine ganze Weile und Mino wartete bang auf seine Antwort. Dann soll sie doch mitkommen, würde er sagen, dann soll sie doch mit aufs Boot steigen, verdammt noch mal, wenn ihr so viel an mir liegt.

Aber Lexan sagte etwas anderes. »Es tut mir leid«, sagte er nur. Und da wusste Mino, wenn sie es nicht schon längst gewusst hätte, dass sein Entschluss endgültig war.

Die große Holzkiste füllte sich allmählich mit Kleidungsstücken und Andenken aus ihrer Kindheit. Einen Gegenstand nach dem anderen holte Lexan aus den Tiefen des Schranks heraus und bettete ihn zwischen seine Hemden. Auf einmal drehte er sich zu Mino um, auf seiner Hand saß ein Vogel, geschnitzt aus hellem Holz.

»Den hat Vater gemacht«, sagte er langsam.

»Ich weiß.« Mino blickte an ihrem Bruder vorbei zum Fenster. »Ich kann mich noch daran erinnern.«

Lexan zögerte. »Ich werde ihn hierlassen. Für dich.« Er legte die kleine Figur in die Hand seiner Schwester. Mino zwang sich dazu, sie anzusehen. Es war eine Möwe, die Flügel ausgebreitet, die Struktur ihrer Federn so lebensecht ins Holz geritzt, dass man, bevor man sie berührte, fast erwarten konnte, dass die Figur so weich wie ein echter Vogel sein würde. Aber das war sie nicht. Hart war sie und schwer, zum Fliegen absolut untauglich.

»Danke«, sagte sie und biss sich auf die Lippen, bevor sie sich dazu hinreißen ließ, noch mehr zu sagen, Worte, die sie später mit Sicherheit bereuen würde.

»Willst du nicht doch mit?«, fragte Lexan leise. »Wir könnten ihn gemeinsam suchen.«

Mino sah auf. »Vater ist seit zehn Jahren fort«, sagte sie schroff, »er ist tot.«

»Ich weiß, dass Mutter das glaubt«, sagte Lexan. »Aber du? Denkst du das wirklich? Wir haben beide gesehen, wie er fortgesegelt ist. Weißt du noch, wie wir geweint haben, du sechs Jahre alt, ich vierzehn? Damals habe ich gewusst, dass er Rinland finden würde.«

»Aber geweint hast du trotzdem«, erinnerte Mino ihn.

»Weil er uns verlassen hat, ja.«

»Und jetzt willst du uns verlassen? Wie kannst du uns das antun? Wie kannst du das Mutter antun?« Sie hatte sich so fest vorgenommen, nicht zu betteln. Wie konnte man jemanden festhalten, der fortwollte? Aber der Abschied rückte immer näher und in ihr wuchs die Panik. Ich verliere ihn, dachte sie, es geschieht jetzt, ich verliere ihn.

Lexan setzte sich neben Mino aufs Bett. »Du meinst, wie kann ich dir das antun, nicht wahr?«

Mino drehte das Gesicht fort.

»Du bist meine Schwester. Du wirst es immer sein. Aber ...«

»Früher gab es kein Aber für dich.«

»Dann komm mit! Wir können gemeinsam auf die Reise gehen! Ich möchte dich so gerne dabeihaben. Stell dir vor, unser gemeinsames Abenteuer. Wir segeln der untergehenden Sonne hinterher, wir folgen ihr bis hinter den Horizont. Mino! Wie kannst du hierbleiben? Es wird sein wie damals, als Vater abfuhr. Willst du wirklich am Ufer stehen bleiben und winken? Ich wollte schon damals mit dabei sein. Ich hätte es tun sollen, weißt du? Vater wollte, dass ich es tue. Aber Mutter ... Nun ja, du weißt ja, wie sie ist.«

»Sie ist jedenfalls keine Träumerin«, sagte Mino, plötzlich heftig. »Sie steht mit beiden Beinen auf dieser Erde. Und anders hätte sie es wohl auch kaum geschafft, die Familie durchzubringen, als Vater uns einfach im Stich gelassen hat.«

Lexan stand abrupt auf. »Ich werde diese Diskussion nicht weiterführen.« Zornig warf er den Deckel seiner Kiste zu.

»Ach nein?«, fragte Mino. »Warum nicht? Weil du vielleicht irgendwann zugeben müsstest, dass sie recht hat? Dass unser geliebter Vater doch nicht so vollkommen war, wie du gerne glauben möchtest?«

Sie starrten sich an. Mino war genauso überrascht über die Wut in Lexans Augen wie über ihre eigene Wut, die so unvermittelt aus ihr herausbrach. Lexan war der Sanfte, der Träumer und Denker, nicht derjenige, der im Haus herumschrie, so dass die Nachbarn es hören konnten. Und sie selber, obwohl sie ihre Gefühle lang nicht so gut beherrschen konnte, war niemals wütend auf Lexan gewesen, auf ihren wunderbaren älteren Bruder. Es zu spüren, dieses köstliche, eigenständige Gefühl gerechten Zorns, war zugleich erregend und niederschmetternd.

Lexan schüttelte den Kopf und wandte sich ab, und das war vielleicht das Allerschlimmste. Dass sie so auseinandergingen, im Streit, obwohl sie doch zusammen hätten losziehen müssen. Lexan nahm den Strick des Rollbretts auf, auf dem seine Kiste stand, und zog sein Gepäck aus dem Zimmer, und Mino starrte ihm nach und spürte, wie ihr der Schmerz und die Wut die Kehle zuschnürten.

Später ging sie zum Hafen. Jußait rollte gerade ein kleines Fass über die Rampe. Als sie Mino sah, lächelte sie und strich sich das

Haar aus der Stirn. Es war so schwarz wie ihre Augen. Früher hatte Mino geglaubt, dass sie eines Tages Jußaits Brautjungfer sein würde, wenn ihre Freundin Lexan heiratete. Sie hatte immer daran geglaubt, dass die beiden eines Tages heiraten würden; Blitz war der Einzige, der nichts davon hören wollte. Nun gut, manchmal schienen nicht einmal Lexan und Jußait zu wissen, wie es um sie stand. Manchmal sah es wirklich so aus, als wären sie nur gute Freunde. Doch nun würde sie mit Lexan und Bajad übers Meer segeln.

Jußaits Lächeln verblasste, als sie Minos grimmiges Gesicht sah.

»Du solltest nicht so wütend auf uns sein, Mino.«

»Ich frage mich immer wieder, wie Lexan es geschafft hat, dich dazu zu überreden«, sagte Mino. »Es ist nicht einmal dein Vater, den ihr sucht.«

»Nein«, gab Jußait zu, »aber immerhin waren zwei meiner Onkel Seeleute auf Res Schiff.« Sie gab ihrem Fass einen Stoß und wuchtete es über die Kante. Mino rührte keinen Finger, um ihr zu helfen.

An Bord der *Weißen Möwe* richtete Jußait sich auf und blickte auf Mino hinunter. »Ist es dir je in den Sinn gekommen, dass es gar nicht nur um deinen Vater geht? Und auch nicht um unsere anderen Verwandten? Weder für mich noch für Bajad oder Blitz oder Lexan?«

»Lexan geht es darum, Vater zu folgen.« Sie fügte hinzu: »So ein mörderischer Wahnsinn.«

Jußait schüttelte den Kopf. »Nein, Mino. Wenn es nur darum gehen würde, einen verschwundenen Fischer zu suchen, glaubst du, ich würde mich darauf einlassen?«

Sie wollte es nicht hören, nicht das, was Jußait jetzt sagte. »Rinland«, sagte sie. »Nur deswegen bin ich hier.«

»Das glaubst du doch selbst nicht. Du fährst nur mit, weil du total in Lexan verschossen bist!« Mino drehte sich um und ging zurück.

»Es ist auch deine Reise!«, rief Jußait ihr nach. »Und du weißt es!«

Mino hielt ihr Gesicht in den Wind. Sie wusste, dass Lexan auf diesen Wind gewartet hatte, auf den nahenden Herbst, dessen Stürme ihn weit hinaus aufs Meer tragen sollten. Er wird untergehen. Er wird sterben und ich werde ihn nie wiedersehen, so wie Vater. Ich sollte dabei sein, ich sollte bei ihm sein, wenn es geschieht, wenn er einsieht, dass er einen Fehler gemacht hat. Vielleicht könnte ich ihn dazu überreden, umzukehren – falls wir den ersten Sturm überleben.

Wir.

Mino biss die Zähne zusammen. Es gab kein Wir. Sie würde nicht dabei sein auf der *Weißen Möwe,* wenn sie den Hafen verließ. Sie nicht und – was hatte Jußait gesagt? Sie und Bajad und Blitz und Lexan ...

Blitz?

Mino begann zu rennen. Das würde El Jati niemals zulassen! Sie konnte ihren Bruder vielleicht nicht aufhalten, aber El Jati würde niemals erlauben, dass sein Bruder sich auf diese gefährliche Reise begab.

»He, wohin so schnell?« Sie war in Bajad hineingerannt, der mit einem großen Seesack in der Hand pfeifend den Pfad entlangkam. »Holst du noch schnell deine Sachen?« Einen Augenblick lang hielt er Mino fest, und in dieser kurzen Zeit schoss Mino durch den Kopf, wie es wohl wäre, wenn er sie einfach packen und mitnehmen würde.

»Du weißt, dass ich nicht mitkommen kann.«

»Du kannst nicht?« Bajad schüttelte den Kopf. »Das ist mir neu. Ich dachte bisher immer, du willst nicht.«

Bajad war der älteste der Freunde. Er hatte schon auf vielen Schiffen als Matrose gearbeitet und würde Lexan eine unschätzbare Hilfe sein. Aber dass ein Seemann wie er sich überhaupt auf dieses Abenteuer einließ, ging über Minos Verstand.

Sie schaute ihn an. In seinen braunen Augen lag all seine Zuneigung, die er nie vor ihr verborgen hatte. Sie war immer davon ausgegangen, dass sie sich darauf verlassen konnte, auf seine starken, ruhigen Gefühle, aber anscheinend war das ein Irrtum gewesen.

Wie konnte er auf dieses Schiff gehen, wenn sie ihm etwas bedeutete?

»Bleib hier, Bajad«, drängte sie ihn. »Bajad ...«

Aber er blickte sie nur an, liebevoll und zugleich traurig. Ihre ganze Verzweiflung loderte in ihr hoch wie eine Stichflamme.

»Und Blitz? Seit wann kommt Blitz auch mit?«

Sein Zögern entging Mino nicht.

»Das kann doch nicht wahr sein! Er tut das gegen El Jatis Willen? Er reißt einfach aus?«

»Hör zu, Mino ...« Bajad versuchte, sie zurückzuhalten, aber Mino riss sich los und rannte weiter. Ihr Herz hämmerte. Blitz war ihr bester Freund und sie hatte immer Trost darin gefunden, dass er hier bleiben würde, mit ihr zusammen. Selbst wenn die anderen fortfuhren, würde Blitz ihr bleiben, und selbst wenn er immer nur den Menschen in ihr sah, mit dem man reden und Pläne schmieden konnte, auch wenn er nie sein Herz an sie verlor, würde sie immer getröstet sein, allein durch seine Gegenwart. Er durfte nicht einfach den Willen seiner Familie missachten und mitfahren! Lexan und Jußait und Bajad und auch noch Blitz verlieren, auf einen Schlag? Das war zu viel.

Keuchend erreichte Mino das Dorf. Das kleine Haus der Brüder El Jati und Blitz lag etwas abseits, inmitten eines gepflegten Gartens voller Rosen und Blumen. Alika hatte ein Händchen für alles, was grünte und blühte. Mino fand sie draußen, einen Korb über dem Arm.

»Wo ist El Jati? Wo ist Blitz?«

Alika trug ihr langes, schwarzes Haar immer offen, sie liebte es, wenn der Wind darin spielte. Ihre dunklen Augen erinnerten Mino an Jußait, obwohl die beiden nicht verwandt waren. So mussten Frauen aussehen, wie diese beiden: schwarzhaarig, dunkeläugig. Das war die Art Mädchen, die Blitz bewunderte; wie oft hatte er davon gesprochen, dass er eines Tages eine wie sie finden würde, wie El Jatis wunderbare blumenpflegende Kriegerin aus Salien. Allerdings war Blitz auch davon ausgegangen, dass Jußait sich eines Tages in ihn verlieben würde. Irgendwann wird sie mir gehören, hatte er gesagt, das schönste Mädchen der Insel, und damit hatte er bestimmt nicht Mino gemeint. Blitz, den sie alle liebten, diesen lebhaften Jungen mit dem frechen Grinsen. Er war der festen Überzeugung, dass er, wenn es soweit war, wählen konnte, wen er wollte – natürlich Jußait –, und bis dahin waren alle Mädchen sein.

»Alika! Wo sind sie? Wo ist Blitz?«

»El Jati ist in der Plantage. Blitz ist drinnen im Haus, glaube ich. Was ist denn los?«

»Hol El Jati her! Jetzt! Schnell! Ich werde versuchen, Blitz solange aufzuhalten! Beeil dich!«

Mino ließ die verwirrte Alika am Zaun stehen und stürmte durch die angelehnte Haustür nach drinnen.

Blitz' Gepäck stand bereit. Er selbst saß am Tisch und trank; als er seine Freundin sah, stellte er das Glas ab und lachte.

»Mino! Ich wusste, dass du kommst! Ich wusste, dass wir uns noch sehen würden!«

Mino machte die Tür hinter sich zu und lehnte sich dagegen. Sie atmete tief durch. Bis jetzt hatte sie gehofft, dass Jußait und Bajad sich irrten und Blitz nicht wirklich vorhatte, mitzukommen. Er sprach oft und viel davon, was er alles tun würde, und löste seine Versprechen selten ein. Es hätte zu ihm gepasst, wenn er diese Schiffsreise geplant hätte, im festen Glauben, dass sie das wichtigste Ereignis seines Lebens war, und im letzten Moment eine noch bessere Idee bekommen hätte.

»Ich fasse es nicht«, sagte Mino langsam.

»Das kann ich verstehen«, meinte Blitz heiter. »Mir kommt es auch noch ganz unwirklich vor. Bis jetzt war ich mir nicht sicher, ob ich es wirklich tun werde. Aber heute morgen bin ich aufgewacht und es war alles so klar ... Wir werden lossegeln und Rinland finden. Worüber machen sich eigentlich alle so große Sorgen? Es ist ganz einfach, nicht?«

»Du kannst nicht mitfahren«, sagte Mino. In ihren Ohren pochte das Blut.

Blitz hörte ihr nicht zu. »Ich habe gehofft, dass wir uns noch verabschieden können. Ich wusste ja nicht, ob du überhaupt zum

Hafen kommen wirst. Lexan meinte, dass es dir vielleicht zu schwer fallen würde. Aber ...«

Mino unterbrach ihn. »Du verstehst nicht, Blitz. Du wirst nicht mitfahren. Du kannst nicht. Du darfst nicht. Dein Bruder hat es dir verboten, nicht? Du wirst nicht auf diesem Schiff sein.«

»Wenn ich nur das tun würde, was El Jati mir erlaubt ...« Er stockte, kniff die Augen zusammen und musterte Minos Gesicht. »Was ist?«

Mino sagte nichts, Ärger und Verzweiflung schnürten ihr die Kehle zu.

»Komm, trink auch ein Glas. Auf meinen Abschied. Darauf, dass wir Rinland finden, die wahre Glückliche Insel. Auf unsere Freundschaft!«

Er reichte Mino das Glas. Goldgelber Wein schimmerte darin. Mino schnupperte daran; der Duft der Obstplantagen stieg ihr entgegen – Pfirsiche, reif und köstlich, die Süße und Kraft der Sonne.

»Du darfst doch keinen Wein trinken«, sagte sie.

»Bald wird El Jati mir nichts mehr verbieten. Komm, lass uns trinken.«

Mino wollte sagen: Und auch Lexan erlaubt nicht, dass jemand auf sein Schiff kommt, der getrunken hat. Aber sie sagte es nicht. Sie nippte an ihrem Glas, sie dachte: Das ist der Geschmack der Glücklichen Inseln, das ist unsere Heimat. Wir werden sie nicht eintauschen gegen den kalten, nassen Tod auf dem Meer, gegen Sturm und Einsamkeit.

»Wir wollten zusammen in die Wälder, weißt du noch? Ins Kaiserreich. All die Abenteuer, die wir uns ausgemalt haben ...«

Je länger sie Blitz davon abhalten konnte, durch diese Tür zu gehen, umso besser. Sie hoffte nur, dass Alika El Jati auch wirklich herholte.

»Das alles ist nichts im Vergleich zu diesem Abenteuer«, sagte Blitz knapp. »Es gibt nun mal kein Ziel, das mit Rinland vergleichbar wäre.«

Er hatte es jetzt auf einmal eilig. Er klopfte Mino auf die Schulter, bückte sich dann zu seinen beiden prall gefüllten Rucksäcken und sagte: »Mach die Tür auf. Lexan hat gesagt, er wird nicht warten.«

Mino rührte sich nicht von der Stelle. »El Jati und Alika brauchen dich hier«, sagte sie.

»Geh zur Seite.« Blitz klang erstaunt, aber jetzt schien es ihm langsam zu dämmern, was Mino vorhatte. »Ich sagte, geh zur Seite.«

»Nein.«

Sie maßen sich mit Blicken. Mino wusste, dass sie nicht wirklich eine Chance gegen ihn hatte. Eigentlich hatte sie überhaupt keine Chance. Blitz konnte kämpfen wie ein Wilder. Niemand auf der Insel legte sich gerne mit Blitz an, nicht einmal die Brüder seiner wechselnden Freundinnen, denn wenn er kämpfte, tat er es wie ein Besessener. Alika hatte ihm beigebracht, sich mit einem Messer zu verteidigen, und hatte es später bedauert – wenn er ein Messer in der Hand hatte, war es für alle besser, sich von ihm fernzuhalten, selbst wenn sie doppelt so groß gewesen wären wie er. Blitz war recht klein für seine siebzehn Jahre, aber kräftig, und obwohl der Sommer auf dem Schiff auch ihre Muskeln gestählt hatte, kam Mino bei weitem nicht an ihn heran. Alika hatte ihr ein paar Kniffe im Ringen beigebracht, damit sie sich verteidigen konnte, wenn sie jemals angegriffen werden sollte, aber körperliche Auseinandersetzungen lagen ihr nicht. Mino verabscheute es, hart angefasst zu werden; schon als Kind war sie jedes Mal in Tränen ausgebrochen, wenn andere Kinder mit ihr raufen wollten. Aber sie musste Blitz ja auch nicht besiegen. Sie musste ihn nur so lange aufhalten, bis El Jati kam.

»Mino, jetzt lass mich vorbei.«

Sie wappnete sich innerlich gegen den Angriff. Es wird sein, als müsste ich einen wildgewordenen Hund abwehren, dachte sie. Es ist zu seinem eigenen Besten. Nur deshalb tue ich es, nur aus diesem Grund.

»Wir wollten nach Deret-Aif«, sagte sie leise. »In die Wälder. Wir wollten nach Kirifas und den Kaiser sehen. Wir wollten ... willst du das alles denn nicht mehr?«

Blitz hatte beschlossen, keine Zeit mehr zu verlieren. Er stellte sein Gepäck ab, aber er dachte gar nicht daran, sie anzugreifen. Fassungslos blickte er in das Gesicht seiner Freundin.

»Was soll das, Mino? Es ist meine Entscheidung, nicht deine.«

Als sie nicht antwortete, trat Blitz näher vor sie hin, aber Mino stieß ihn heftig mit beiden Händen zurück. Sie wollte den Kampf, jetzt sofort, sie wollte nichts mehr als das. Als er aufstehen wollte, warf sie sich über ihn, um ihn daran zu hindern.

»Du dumme Kuh!«, schrie Blitz, während sie am Boden rangen. »Du wirst die Abfahrt verpassen! Du wirst nicht dabei sein, wenn Lexan fährt!«

»Und du auch nicht«, ächzte Mino.

Bis zu diesem Augenblick hatte sie geglaubt, dass es ihr nichts ausmachte, das Schiff nicht abfahren zu sehen. Sie und Lexan waren im Streit auseinandergegangen und sie hatte keinen Bedarf, sich noch einmal zu verabschieden. Aber während sie Blitz auf den Fußboden zwang und seine Hände abwehrte, wollte sie gleichzeitig dort sein, dort im Hafen, und die *Weiße Möwe* festhalten. Sie wollte sich den Anker um den Leib binden und ihren Bruder dazu zwingen, bei ihr zu bleiben. »Du bleibst hier«, schrie sie, während sie zuschlug, »du bleibst hier, hast du verstanden, du bleibst!«

Dann spürte sie Blitz' Faust in ihrem Gesicht und der Schmerz benebelte sie. Sie fiel zurück und schlug mit dem Hinterkopf gegen ein Tischbein. Benommen sah sie zu, wie Blitz sich aufrappelte und zu seinen Taschen wankte. Er stieß die Tür mit dem Fuß auf.

»Du darfst nicht gehen!«

Hatte sie das gesagt? Mino hatte nicht gemerkt, wie die Worte über ihre Lippen gekommen waren.

Es war El Jati. Er stand in der Tür, hinter sich seine Frau Alika, die mit großen erschrockenen Augen ins Zimmer starrte.

»Lasst mich endlich vorbei!«, schrie Blitz.

Nun war es nicht mehr Minos Kampf. El Jati hatte sich noch nie davor gescheut, seinen kleinen Bruder mit Gewalt zu erziehen; gegen ihn hatte Blitz keine Chance. Er wusste es und versuchte es dennoch, während Alika sich heraushielt und nur zuschaute. Sie kam nicht einmal zu Mino, um ihr zu helfen. Sie schaute nur zu, wie die Brüder kämpften – nein, wie El Jati Blitz verprügelte und wie dieser sich verzweifelt wehrte. Das war kein Kampf mehr, das war die Maßregelung eines ungezogenen Kindes. Erst als es schließlich vorbei war und El Jati seinen Bruder in den Keller gesperrt hatte, wo sie ihn toben und schreien hörten, kam Alika zu ihr.

»Du blutest«, sagte sie. »Brauchst du etwas?« Ihre Stimme klang kühl, und in dem Bewusstsein, dass sie Alikas Verachtung verdiente, stand Mino auf, hielt sich den Ärmel an die blutende Lippe und ging hinaus.

Das Schiff hatte schon abgelegt. Sie hatte erwartet, dass es nicht mehr zu sehen sein würde, aber anscheinend hatte Lexan doch so lange gewartet, wie er konnte. Aber Blitz war nicht gekommen. Und sie, Lexans einzige Schwester, Jußaits und Bajads Freundin, war nicht da gewesen, um zu winken, um ihnen alles Gute zu wünschen. Vielleicht hätte Bajad ihr einen Abschiedskuss gegeben und nur wegen Blitz war es nicht dazu gekommen. Alles wegen Blitz ...

Ein kleiner weißer Fleck, dort hinten am Horizont. Eine weiße Möwe auf ihrem Flug nach Rinland.

Mino drehte sich um und sah ihre Mutter Binajatja den Pfad zwischen den Dünen hinabkommen. Sie war groß und blond, manchmal hoheitsvoll wie eine Königin, Herrin der Gärten und der Bäume auf dieser Insel, doch manchmal, aber diese Seite ließ sie ihre Kinder selten sehen, traurig und verzagt und zu schwach, um auch nur einen Tag durchzustehen. Sie hatte Re nie verziehen, dass er losgezogen war, um seinen eigenen Tod zu finden.

»Nun sind nur noch wir beide da«, sagte sie und legte ihren Arm um Minos Schulter. »Nur noch wir beide.«

Das Schiff war jetzt schon so klein, dass Mino nicht wusste, ob es nicht nur eine Sinnestäuschung war. Ein weißer Punkt, wo Meer und Himmel sich trafen ...

»Es ist fort«, sagte Binajatja. »Lass uns nach Hause gehen.«

Der helle Fleck war noch dort. Nichts als eine Spiegelung, ein Funkeln der Sonne auf den Wellen.

Blitz hatte aufgehört zu weinen. Er hatte aufgehört, alles zu zerschlagen, was ihm in die Hände geriet. Zwischen den Scherben der Gläser hockte er und atmete den Duft der eingelegten Pfirsiche ein, die Alika den ganzen Sommer über gesammelt und eingezuckert hatte. Die guten Früchte gingen in den Verkauf ins Kaiserreich Deret-Aif, aber angeschlagenes oder von Wespen, Vögeln und Siebenschläfern angefressenes Obst durften die Pflückerinnen behalten. Da Alika sich um die Blumen am Haus der Herrin kümmerte, nahm sie das Recht für sich in Anspruch, auch schöne, duftende, unversehrte Früchte in einem kleinen Korb mit nach Hause zu tragen, obwohl ihr Binajatja nie ausdrücklich die Erlaubnis dazu gegeben hatte. So hatte sie Tag für Tag etwas mitgebracht, und was sie nicht aßen, legte sie ein: Aprikosen in Weißwein, Pfirsiche in Zucker oder in Essig, Apfelmus, Marmelade jeder Art. Sie hatte es ihm erzählt, als Blitz von der Bootsfahrt mit der *Weißen Möwe* zurückgekehrt war; nicht, um ihm ein schlechtes Gewissen zu machen, dass alle arbeiteten und sie, die doch längst keine Kinder mehr waren, sich ein schönes Leben machten. Weil er süßes Obst so liebte, hatte sie ihm erzählt, wie viele Gläser sie zusammenbekommen hatte. Sie verwöhnte ihn gerne; noch hatten sie und El Jati keine Kinder, und obwohl Blitz gar nicht so viel jünger war als sie, behandelte sie ihn manchmal, als wäre er ihr Sohn. Mein kleiner Bruder, sagte sie zu ihm. Es hatte ihn nicht gestört, denn zugleich hatte sie respektiert, dass er erwachsen geworden war, und wenn es nach ihr gegangen wäre, hätte er längst seine eigenen Entscheidungen treffen dürfen. Es war El Jati, der ihn so kurz hielt, El Jati, der glaubte, er dürfte über sein Leben bestimmen, als wäre er sieben und nicht siebzehn.

Er saß in der Ernte eines herrlichen Sommers, und wenn er sich bewegte, hörte er die Scherben knirschen. Er konnte nicht sehen, ob die klebrige Flüssigkeit an seinen Händen Blut war oder der Saft der Pfirsiche. Vorsichtig wischte er sich über sein Gesicht.

Es hatte eine Zeit gegeben, da war er häufig durch die Luke hinuntergestiegen und hatte sich hier unten verkrochen. Immer wenn ein heftiges Gewitter über die Insel tobte, hatte er sich in diesem Loch hier versteckt, wo er die grellen Blitze nicht sah. Die erderschütternde Wucht des Donners konnte er nicht so leicht aussperren, und so hatte er hier gehockt und gewimmert, bis Alika kam und ein Glas Pfirsiche für ihn öffnete oder eine Flasche süßen Apfelmost. Sie hatte sich neben ihn gesetzt und ihm erklärt, warum er sich nicht fürchten musste, er, dieser Junge, der sich sonst vor nichts scheute. Und er hatte ihr zugehört und sich gewünscht, seine Mutter wäre noch am Leben.

»Blitz?« Er hatte darauf gehofft, dass es Alika sein würde, die die Falltür öffnen würde. Von allen Menschen dieser Welt war El Jati im Moment derjenige, den er am meisten hasste. Abgesehen vielleicht von Mino.

Er blinzelte in die Helligkeit hinauf und wusste, dass sie sich von oben die Bescherung ansah, die er angerichtet hatte. Aber sie sagte nichts dazu, sie seufzte nicht einmal.

»Du kannst raufkommen.«

»Ist er weg?«, fragte Blitz vorsichtshalber.

»Ja. Ja, er ist zurück in die Plantage gegangen. Er wird mit Sicherheit bis zur Dunkelheit fortbleiben.«

Vorsichtig stieg Blitz die schmale Holzstiege hoch. Ihm tat alles weh, aber er konnte jetzt sehen, dass er nicht, wie befürchtet, von oben bis unten voller Blut war. Alika musterte ihn kritisch, als er aus der Öffnung kletterte.

»Du brauchst ein Bad.«

»Nein«, sagte er leise, »das ist ganz bestimmt nicht das, was ich am dringendsten brauche.«

Sie sah ihn an und nickte.

Er ging über den glatten Holzfußboden zur Tür und hinterließ dabei klebrige Spuren. Dass er ihr Arbeit machte, tat ihm leid, aber es ließ sich nicht ändern. Er wollte kein Bad. Er wollte sich nicht in einer Schüssel waschen und sich umziehen und dann tun, als wäre nie etwas gewesen.

»Wohin gehst du?«, fragte Alika, als er seine Hand auf die Türklinke legte.

»Ans Meer«, antwortete Blitz kurz.

»Das Schiff hat schon abgelegt.«

Als wenn er das nicht gewusst hätte; lange genug hatten sie ihn dort unten sitzen lassen. Und doch gab es ihm einen Stich, es aus ihrem Mund zu hören, als hätte die Hoffnung ihn bis zuletzt nicht verlassen. Bis jetzt hatte er insgeheim geglaubt, es könnte vielleicht doch noch im Hafen ankern und auf ihn warten.

Er nickte, aber er öffnete trotzdem die Tür.

»Blitz ...«

»Ich weiß, wie ich aussehe«, sagte er schroffer als nötig. »Aber ich gehe durch die Dünen, niemand wird mich sehen. Ich will nur ein wenig schwimmen. Oder ist das jetzt vielleicht auch schon verboten?«

Alika kam ihm nach. »Dein Bruder hat dir wahrscheinlich das Leben gerettet, Blitz.«

»Wahrscheinlich? Genau das ist es doch, Alika! Du kannst nicht wissen, ob wir es nicht doch geschafft hätten, Rinland zu finden. Was ist mit Lexan? Bis vor kurzem habt ihr noch alle gesagt, was für ein begabter junger Mann er doch sei ... Und Bajad, er hat schon auf vielen Schiffen Erfahrungen gesammelt, er kennt sich doch aus mit dem Meer. Sogar Jußait durfte fahren und sie ist jünger als ich!«

»Ihre Großmutter hat sie gehen lassen, aber glücklich ist sie darüber auch nicht gewesen. Jußait hat gedroht, dass sie sonst mit dem erstbesten Mann durchbrennt, und da war Liravah doch lieber, dass sie bei Lexan bleibt, der ist wenigstens grundanständig. Und was Bajad angeht, was glaubst du, warum er auf so vielen verschiedenen Schiffen gedient hat? Weil er immer wieder entlassen wurde, deshalb. Und Lexan – natürlich ist er begabt und wir alle hätten gerne gesehen, dass er Binajatjas Plantagen eines Tages übernimmt. Aber er hat nie verwunden, dass Re ihn als Heranwachsenden verlassen hat. Blitz, sehr viele auf den Inseln haben keinen Vater mehr. Das ist so, wenn die Familien vom Fischfang leben. Aus diesem Grund sind wir doch hierher nach Arima gekommen, damit wir uns hier vom Obstanbau ernähren können. Damit El Jati nicht dasselbe Schicksal ereilt. Oder dich.«

»Dieses Schiff war mein Schicksal«, flüsterte Blitz.

»Auch wenn Lexan sich hier wie ein Prinz aufgeführt hat, hatte er nicht das Recht, dich mitzunehmen. Nicht ohne El Jatis Erlaubnis.« Sie zögerte. »Manchmal«, sagte sie leise, »frage ich mich, wen von uns beiden Jati *Ahinehl* nennen würde, dich oder mich. Ach Blitz, er liebt dich so sehr ...«

Das Wort »Ahinehl« stammte aus der Priestersprache Saliens. Es bedeutete: von allen am meisten Geliebter. Jedes Mal, wenn Alika es aussprach, lagen Sehnsucht und Staunen in ihrer Stimme.

»Unsinn!«, stieß er hervor. Er wollte nichts mehr hören. Er wollte nicht, dass Alika ihren Mann rechtfertigte und auch noch schlecht über seine Freunde sprach, er wollte nicht, dass sie ihn mit ihrer Vernunft und ihrem Mitgefühl überschüttete. Er wollte nichts davon hören, wie sehr El Jati ihn liebte. War Alika nicht eine Kriegerin? Sie hätte für ihn kämpfen können, aber sie hatte es nicht getan. Ohne ein weiteres Wort drehte er sich um und schlug den Pfad zu den Dünen ein.

Das Meer war so vertraut und doch kam es ihm an diesem Abend fremd vor, kühl und abweisend. Wochenlang war es das Meer gewesen, das ihn mitnehmen würde nach Rinland, das Meer, das zugleich Herausforderung und Abenteuer war und die Chance auf ein neues Leben, auf einen Aufbruch ohne Rückkehr. Heute war es nichts als Wasser, eine riesige, unfassbare Menge Wasser, salzig wie die Tränen, die er im Keller geweint hatte.

Er streifte seine Schuhe ab und spülte sie in den Wellen aus, dann watete er hinein. Es war kühl hier am Ufer; nur wenige Meter weiter zog der warme Strom vorbei, dem die Glücklichen Inseln ihr warmes Klima verdankten und ihr im ganzen Kaiserreich berühmtes Obst. Auf Neiara wurde auch Wein angebaut, aber hier auf Arima waren es die Früchte, auf denen sein Bruder und seine Schwägerin und viele andere ihr Leben aufgebaut hatten. Wie eine Königin herrschte Binajatja, Minos und Lexans Mutter, über die Insel, waren es doch ihre Vorfahren, die sich zuerst von der Fischerei abgewandt und Gärten angelegt hatten. Die Plantagen ernährten einen großen Teil der Inselbewohner, die übrigen lebten weiterhin vom Fischfang. Einer dieser Fischer war Re gewesen, ihr gewählter Anführer, und Blitz hatte sich erzählen lassen, dass es nie ein größeres Fest auf Arima gegeben hatte als die Hochzeit des Fischerkönigs mit der Apfelkönigin.

Als er spürte, wie ihm das warme Wasser um die Beine spülte, schloss Blitz die Augen. Er wusste genau, bis zu welcher Stelle er sich treiben lassen durfte, bevor er in die gefährliche Strömung geriet, die ihn mit unwiderstehlicher Gewalt an die Klippen schmettern würde. So ruhig war es hier, niemand, der sich hier nicht auskannte, würde die Gefahr von sich aus erkennen. Das Wasser war so warm und beruhigend ... Noch ein wenig, noch ein wenig treiben lassen ... Blitz öffnete die Augen und sah, dass er schon längst hätte umkehren müssen. Es erschreckte ihn nicht, denn im Grunde hatte er es so gewollt. Er wollte die Gefahr spüren, er wollte den Elementen sein Leben abringen, immer und immer wieder, und dabei lebendig sein, am Rand des Todes. Seit jener Nacht am Steilhang, der er seinen Rufnamen verdankte, hatte er die Herausforderung gesucht – mit dem Wasser, dem Wetter, dem Leben selbst. Damals hatte ihn das Gewitter draußen überrascht. So sehr hatte er immer darauf geachtet, in der Nähe des Hauses zu sein, wenn ein Sturm aufzog, umso schnell wie möglich in seinem Schutzkeller zu verschwinden, aber dieses Mal hatte er nicht auf den Himmel geschaut. Er war mit einem Auftrag in eins der südlich gelegenen Dörfer geschickt worden, hatte auf dem Rückweg die Zeit vergessen und einen Abstecher zu den Steilklippen gemacht, dorthin, wo sich die Insel am höchsten erhob und als steiler Fels über den Strand ragte. Wenn man von hier nach unten sah – wenn man denn schwindelfrei genug war, umso nah an die gefährliche Kante zu treten – konnte man dort unten bei Ebbe ein kleines Stück Strand sehen, übersät von Steinen, Muscheln und verschiedenartigem Strandgut. Wenn die Flut hereinkam, brach sich das Wasser ohrenbetäubend laut an den Felsen. Vielleicht hatte er aus diesem Grund den Donner nicht gleich gehört, als er dort lag, bäuchlings, und fasziniert nach unten starrte. Als das Gewitter dann mit Macht lostobte, war es zu spät, um nach Hause zu laufen. Er wagte nicht einmal, sich aufzurichten, hier oben, am höchsten Punkt der Insel, wo nichts wuchs außer Gras und niedrigem Gebüsch. Während die Blitze über ihm zuckten und den Himmel mit glühenden Fingern zerrissen, hatte er das Gesicht ins nasse Gras gepresst und um sein Leben gezittert. Doch es hörte nicht auf, lange nicht, und schließlich hatte er sich auf den Rücken gedreht und dort oben auf dem Steilhang liegend dem Sturm ins Gesicht geblickt. Er hatte die Blitze gesehen und sich von ihrer Macht blenden lassen, er hatte das Krachen des Donners mit seinem ganzen Leib gespürt, und während der Regen auf ihn herunterprasselte, waren seine Tränen versiegt. Als ein anderer war er früh am nächsten Morgen nach Hause zurückgekehrt, wo El Jati und Alika schon sorgenvoll auf ihn warteten. Seine Begeisterung über das, was er erlebt und gefühlt hatte – tagelang konnte er von nichts anderem reden –, brachte ihm den Namen »Jahalik«, Schwarzer Blitz, ein und bald rief ihn niemand mehr »Ja-laieng«, Schwarzer Held, den Namen, den seine Mutter ihm gegeben hatte. Wenig später schon besuchte er den Steilhang wieder, diesmal mit einem Seil, und suchte nach einem Weg, um hinunterzukommen. Allein oder mit seinen Freunden erprobte er die halsbrecherischsten Möglichkeiten, den abgeschiedenen Strand zu erreichen und die vermuteten Schätze zu bergen, die die Ebbe ihnen enthüllte, bis El Jati davon erfuhr und es ihm streng verbot – ohne zu ahnen, dass es Blitz schon mehrere Male gelungen war, hinabzusteigen. Außer einigen besonders schönen, großen Muscheln hatte er nichts mitgebracht, doch diese verwahrte er voller Stolz in seinem Zimmer.

Es kostete Blitz all seine Kraft, gegen die Strömung anzukämpfen. Er vergaß seine Müdigkeit, seine Schmerzen. Es war nicht mehr das Meer, dem er sein Leben abrang, sondern El Jati, es war das Schiff, dem er nachschwamm, es war Rinland, das er suchte. Nur wenige Meter vom Ufer entfernt rang er mit Kräften, die größer waren als seine eigenen, und obwohl er gewusst hatte, worauf er sich einließ, überraschte ihn wie jedes Mal die Aussicht auf den Tod von neuem. Dieser Moment der Klarheit, in dem ihm aufging, dass er vielleicht doch zu weit gegangen war; der Augenblick, in dem aus dem Spiel tödlicher Ernst wurde, war ihm nicht unbekannt und doch war es jedes Mal anders, war es eine Überraschung, zugleich erschreckend und wunderbar. Er fühlte die Kraft in seinen Armen und Beinen, die salzige Luft in seinen Lungen, während er um sein Leben kämpfte, lebendiger als je zuvor. Wie um alles in der Welt kann El Jati nur glauben, er könnte mich beschützen?, dachte er wütend. Er hat mir das Leben gerettet? Es war lächerlich.

Er schlug hart mit dem Knie gegen einen Stein und klammerte sich fest, um seine Kräfte zu sammeln, bevor er sich erneut der

Strömung auslieferte. Diesmal musste er es schaffen, dem Sog zu entkommen. Er war schon zu weit abgedriftet; noch ein paar Meter weiter und er würde nicht die geringste Chance haben, ans Ufer zu gelangen.

Während er sich ausruhte, während er atmete, tief und gierig, spürte er seine Wut verebben. Er klammerte sich an den Felsen und lachte leise.

»Dies ist mein Leben!«, rief er laut. »Mein Leben und mein Tod. Jati, das ist meins! Meins!« Der Gedanke an das unerreichbare Schiff schmerzte noch immer. Etwas war in ihm, das wusste, dass es nie aufhören würde wehzutun. Selbst wenn irgendein Sturm die Überreste der *Weißen Möwe* und die Leichen seiner Freunde anspülen würde, würde er es noch bedauern, nicht mit an Bord gewesen zu sein, auf dieser Reise mit dem großartigsten Ziel, das es geben konnte. Es wäre wie ein neues Leben gewesen, mit dabei zu sein, die Fortsetzung ihres wunderbaren Sommers. Aber wenn El Jati glaubte, dass er jetzt wieder der gehorsame kleine Bruder sein würde, täuschte er sich. Gewaltig.

Der Entschluss, auf jeden Fall etwas Neues zu beginnen, selbst wenn er noch gar nicht hätte sagen können, was er plante, gab ihm neuen Auftrieb. Er ließ den Felsen los und spürte, wie die Strömung an ihm zerrte. Dann begann er zu schwimmen und legte alles, was er hatte, in seine schnellen, kraftvollen Bewegungen.

Es reichte nicht. Einen Moment lang war ihm wieder der Tod nah, das Bewusstsein, dass er tatsächlich hier und jetzt sterben konnte. Dann fühlte er kälteres Wasser vor sich. Das letzte Mal sammelte er seine ganze Kraft und warf sich aus dem Strom. Er war entkommen.

Keuchend schleppte er sich ans Ufer und ließ sich aufs Gras fallen. Die Dämmerung senkte sich bereits herab und er wusste, dass er sofort nach Hause gehen musste, wenn er nicht noch mehr Ärger bekommen wollte. Einen Moment stellte er sich vor, wie es wäre, jetzt noch Liri zu besuchen, seine süße kleine Freundin, die ihm mit Sicherheit erlauben würde, in ihrem Bett zu schlafen. Doch dann fiel ihm ein, dass er sich bereits von ihr verabschiedet hatte, in dem Glauben, dass er heute mit der *Weißen Möwe* abreisen würde, und wie sie geweint und ihn beschimpft hatte. An noch mehr Streit hatte er an diesem kräftezehrenden Tag keinen Bedarf. Blieb nur zu hoffen, dass El Jati ihm aus dem Weg ging.

Der Wind zerrte an seinen nassen Kleidern und ließ ihn frösteln. Er erhob sich, suchte nach seinen Schuhen und ging barfuß über den sandigen Weg zurück.

Binajatja beugte sich über die Bücher. Der gelbliche Schein der Lampe fiel auf lange Reihen von Zahlen, denen sie eine nach der anderen hinzufügte. Sie kaute am Ende des Stiftes und runzelte die Stirn, aber als Mino klopfte und eintrat, lächelte sie.

»Vielleicht sollte ich dich das tun lassen«, sagte sie. »Du bist alt genug.«

»Du weißt doch, dass ich diese kleine Schrift nicht lesen kann«, meinte das Mädchen leise, aber sie kämpfte darum, ihr Lächeln aufrechtzuerhalten.

»Wir werden uns daran gewöhnen, dass er weg ist«, behauptete ihre Mutter. Ihre Stimme klang so überzeugend, dass sie ihr fast geglaubt hätte, aber dann fügte Binajatja hinzu: »Wir müssen es«, mit einer Bitterkeit, die ihren Schmerz verriet. Tränen hätte Mino noch besser verstehen können, aber die Apfelkönigin gehörte nicht zu den Frauen, die über ihrem Leid weinten. Sie biss die Zähne zusammen und machte weiter.

Ach Lexan, dachte Mino und fühlte wieder Groll in sich aufsteigen, aber sie war nicht hergekommen, um über ihren Bruder zu reden.

»Mutter«, begann sie, zögernd, denn ihr war bewusst, dass sie ihr Anliegen zu keiner günstigen Stunde vorbrachte, »was ich dich fragen wollte ...«

»Ja?«

»Könnten wir Blitz nicht eine andere Arbeit geben? Das Pflücken langweilt ihn, das weiß ich.«

»Und woran hast du gedacht?« Sie blickte ihre Tochter aufmerksam an und weder ihr Gesicht noch ihre Stimme verrieten, was sie dachte. Aber Mino kannte sie gut genug, um ihre Missbilligung zu spüren.

»Ich weiß nicht, ich dachte ... Könnten wir nicht die Fracht nach Deret-Aif begleiten? Du hast unlängst noch gesagt, dass dir Männer zum Entladen auf den Märkten fehlen.«

»Wir?«

Mino begann zu schwitzen, wie immer, wenn ihre Mutter sie so ansah. »Nun, ich dachte, wir beide, Blitz und ich ...«

»Nein«, sagte Binajatja und schüttelte den Kopf. »Ich habe gesagt, ich brauche *Männer* dafür. Starke Männer, keine Jungen. Und vor allem keine Mädchen. Dich brauche ich hier, Mino. Jetzt, wo Lexan nicht mehr da ist, musst du dich mit der Buchführung vertraut machen.«

Mino nickte. Irgendwie hatte sie gewusst, dass sie das zu hören bekommen würde. Es war ein schöner Traum gewesen, dass sie und Blitz sich auf eine gemeinsame Reise ins Innere des Landes machten und dort ihr Band der Freundschaft erneuerten, bis sie wieder das waren, was sie sein mussten: Freunde. Sie seufzte innerlich. Leider nur Freunde.

»Und Blitz?«, fragte sie vorsichtig. »Könnte er nicht wenigstens ...?«

Vielleicht würde er ihr dann verzeihen, wenn er die Chance bekam, etwas von der Welt zu sehen. Mino wusste, wie rastlos Blitz war und wie sehr es ihn in die Ferne zog.

»Blitz? Das ist doch nicht dein Ernst.« Binajatja schüttelte den Kopf; diesmal zeigte sie ihren Ärger überdeutlich. »Zuverlässigkeit: nicht vorhanden. Verantwortungsbewusstsein: nicht vorhanden. Die Fähigkeit, sich den Anweisungen von Vorgesetzten unterzuordnen: nicht vorhanden. Was soll ich mit einem wie ihm machen? Ich werde ihn entlassen und ganz bestimmt nicht befördern. Sei so gut und richte ihm das aus.«

»Ich soll was?«, fragte Mino entsetzt.

»Sag es ihm. Du kennst ihn, du weißt, wie du es ihm beibringen kannst. Wir beide leiten diese Gärten, Mino, du und ich. Wir können keine Arbeiter gebrauchen, die ihre Aufgabe nicht ernst nehmen. Also geh und sag es ihm.«

Mino ließ den Kopf hängen und ging mit schleppenden Schritten hinaus; die Aufgabe schien an ihren Füßen zu hängen, schwer wie ein Bleigewicht.

Ich hätte ihn gehen lassen müssen, dachte sie auf einmal, aber nun ist es zu spät.

Sie trat aus der Haustür und blickte in den Sternenhimmel über sich. Die Luft war warm und erfüllt von vertrauten Gerüchen nach Meer und Blumen. Der feine Kies des Pfades knirschte unter ihren Schuhsohlen, während sie den Weg an den Gärten vorbei zum Wald einschlug. Selbst bis hierhin konnte sie das Rauschen der Brandung hören, dieses Lied, das sie nie verließ, das so sehr mit ihr verbunden war, dass sie sich nicht vorstellen konnte, es könnte je aufhören. Deret-Aif, dachte sie. Wie wäre es, mit den Wagen durchs Kaiserreich zu ziehen, auf ihren gepflasterten Straßen, und die Märkte aufzusuchen, vielleicht sogar bis nach Aifa, dem Land des Kaisers, bis in die große Stadt Kirifas, ins Herz des Reichs, wo Kaiser Kanuna El Schattik Hof hielt. Wie würde es sein, durch die riesigen Wälder zu reiten, hinter sich die duftende Fracht. Das war ihr gemeinsamer Traum gewesen, ihrer und Blitz' Traum. Nicht das Schiff und nicht das Meer. Bevor Lexan Blitz dafür begeistert hatte, mit der *Weißen Möwe* nach Rinland zu fahren, hatten sie beide immer davon gesprochen, dass sie eines Tages das Festland erkunden würden. Sie würden eintauchen in die Wälder und Berglandschaften, sie würden die Städte sehen und die großen Flüsse, die ins Meer mündeten, sie würden auf den Märkten exotische Früchte kosten und fremde Gewürze riechen, süß und scharf, sie würden in helle und dunkle Gesichter blicken und die Schönheit der Mädchen vergleichen. Und vielleicht würden sie sogar den Riesenkaiser selbst sehen und endlich wissen, ob er wirklich so groß war wie zwei Männer ...

Mino lächelte, während sie unter den Bäumen ging und sich unter die tiefen Äste bückte, und beim Lächeln spürte sie wieder den Riss in ihrer Lippe. Sie wusste, warum ihre Mutter Blitz entlassen wollte, obwohl sie nicht gefragt hatte, mit wem sie sich geprügelt hatte. Ein Junge, der ein Mädchen schlägt ... Es gab wenige Dinge, die auf der Insel Arima lange verborgen blieben.

Die kleine Hütte unter den weit herabhängenden Ästen des alten Baumes gehörte jedoch dazu. Die Obstbäume waren klein und knorrig, sorgsam beschnitten, aber der einzige Wald auf der Insel wucherte und wuchs kreuz und quer, ein Baum so unbändig wie der andere, ein Geflecht aus den unterschiedlichsten Stämmen und Ästen, von Strauchwerk und Brombeergestrüpp unterlegt. Es war ein Stück Wildnis, und dieser Baum am Waldrand war – jedenfalls, als sie noch Kinder gewesen waren – der König der Bäume.

Mino schob die Zweige beiseite und trat in den Raum darunter, der sich wie eine Kuppel über ihr wölbte. Die Hütte hatten sie in die Astgabel gebaut, die so breit und flach war wie eine ausgestreckte Riesenhand. Sie war klein, aber groß genug, um zu zweit darin zu schlafen; allerdings hatte Blitz schwören müssen, niemals eins seiner Mädchen mit hierher zu nehmen.

Die Hütte war leer. Tief in ihrem Inneren hatte Mino gehofft, Blitz wäre gekommen, um hier vor El Jati Ruhe zu haben und sich mit ihr zu treffen und zu versöhnen. Sie hatten sich oft gestritten und oft versöhnt. Meistens war es Blitz gewesen, der den Streit begonnen, und Mino, die ihn beendet hatte, aber ihre Freundschaft hatte alle Auseinandersetzungen überlebt.

Sie legte sich auf die Decken, die immer noch hier lagen, mittlerweile von Spinnen und anderen Insekten als Wohnung auserkoren, aber das störte sie nicht. Der Geruch des Holzes war hier drinnen sogar stärker als der allgegenwärtige Salzgeruch des Meeres. So duftete ihre Freundschaft: nach Harz und Erde und lauen Sommernächten, nach Regen und Gewitterstürmen. Es durfte nicht sein, dass das alles endete. Musste mit dem Erwachsenwerden denn alles zu Ende gehen, was gut gewesen war? Blitz würde es verstehen, dass Binajatja ihn entließ. Hatte er nicht selbst die ganze Zeit darauf hingearbeitet? Er würde verstehen, dass es Binajatjas Entscheidung war, nicht Minos. Ihre Freundschaft würde auch das überstehen.

Am Nachmittag hatte sie die Figur der weißen Möwe hierhergebracht. Sie war immer noch da, auf demselben Platz. Niemand war hier gewesen und hatte sie in die Hand genommen und betrachtet ... Blitz war nicht gekommen. Mino legte ihre Finger um das harte Holz und fühlte die Schwingen in ihrer Handfläche. Geboren, um zu fliegen ...

Sie brauchte lange, um einzuschlafen. Um nicht an Lexan zu denken und an den hellen Fleck am Horizont, in den sich die *Weiße Möwe* verwandelte, dachte sie an Blitz – nicht an ihren Kampf, nicht an Blitz' Verwunderung und Empörung, sondern an all das, was sie tun würde, um die Dinge wieder ins Lot zu bringen. Und doch war es letztendlich das Schiff, von dem sie träumte, ein weißes, glitzerndes Boot, das durch die Wellen schnitt, leicht und heiter, unter der Pracht der Sterne. Das Knarzen des Holzes, wenn sie sich im Schlaf bewegte, wurde zur *Weißen Möwe,* die durch das Wasser glitt. Mino war dort, denn natürlich war sie mitgekommen, so wie es sein musste. Sie lag an Deck und lauschte ihren Freunden, die noch nicht schliefen. Im Traum hörte sie Jußaits Lachen, sie hörte Bajads tiefe Stimme und sie hörte Lexans Schweigen. Die Nacht lag über ihr, hell und freundlich, und sie fühlte das Mondlicht auf ihrem Gesicht.

Am nächsten Morgen kehrte Mino ins Haus zurück, wusch sich und zog sich um. Die hölzerne Möwe hatte sie wieder mitgebracht und steckte sie in die Schürzentasche ihres neuen, sauberen Kleides; sie war wie ein Versprechen, das alles gut werden würde.

»Sie wird zurückkommen«, versprach sie sich selbst. »Die *Weiße Möwe* wird zurückkommen. Lexan wird einsehen, dass das Boot nicht hochseetauglich ist, und wird zurückkommen.« Mino fühlte sich voller Zuversicht, dass sie die Angelegenheit mit Blitz bereinigen konnte, und machte sich noch vor dem Frühstück auf den Weg zu El Jatis und Alikas Haus.

Diesmal war es El Jati, der ihr öffnete. Er sah müde und übernächtigt aus, um seine Augen lagen dunkle Ringe. Er blickte Mino nur an und schüttelte den Kopf.

Eine bange Ahnung ergriff Besitz von ihr.

»Was ist passiert?«

»Blitz ist fort«, sagte El Jati.

»Wie, er ist fort? Er kommt doch zurück.« Es war nicht unüblich, dass Blitz seine Nächte immer wieder auswärts verbrachte.

Die Insel war klein, aber das hieß nicht, dass es hier nicht unzählige Möglichkeiten gab, sich zu verstecken, wenn man nicht gefunden werden wollte. Nicht einmal Mino wusste, mit welchem Mädchen Blitz gerade befreundet war.

»Er hat sein Gepäck mitgenommen«, sagte Alika, die neben ihren Mann trat.

»Und einen Teil unserer Ersparnisse«, fügte El Jati leise hinzu.

»Aber – wir werden ihn doch suchen?«, fragte Mino. Sie wollte nicht glauben, was sie hörte. Und wenn sie die ganze Insel hundert Mal absuchten, konnte es immer noch einen Ort geben, wo Blitz sein konnte.

»Ja«, sagte Alika, »ja, natürlich«, aber aus ihrer Stimme konnte Mino heraushören, dass sie nicht damit rechneten, ihn zu finden.

2. Blindlings

IN DER KISTE war es eng. Es roch so intensiv nach Äpfeln, dass er glaubte, entweder betrunken davon zu werden oder ersticken zu müssen, aber keinen Moment dachte er daran, um Hilfe zu rufen. Die Männer gingen möglichst behutsam mit den Kisten um, und Blitz zweifelte nicht daran, dass er lebendig das andere Ufer erreichen würde. Durchgeschüttelt und verkrampft, aber frei und lebendig. Frei.

Als Blitz sich in eine der leeren Obstkisten hineingezwängt hatte, hatte er es geschickt angestellt. Mit einem Sacktuch abgedeckt, war er nicht zu sehen, wenn sie ihn verluden – die ausgewählten Früchte, die für Aifa bestimmt waren, waren alle abgedeckt, um sie vor Wespen und Staub zu schützen – und obwohl er mehr schlecht als recht hineinpasste, würde es den Männern nicht auffallen, dass er hier drin war. Die Kisten waren alle so schwer, dass sie zu zweit anpacken mussten, und da er klein war, hoffte er, dass sein Gewicht nicht allzu sehr auffallen würde.

Er hörte ihre Stimmen, er hörte, wie sie scherzten und fluchten. Der Morgen war jung und der frische Wind ließ sogar ihn dort unter dem Tuch frösteln. Es versprach ein schöner Tag zu werden, mild und sonnig, ein Tag, an dem man in einem Boot über das Meer fahren konnte, in die endlose Weite. Das Boot, in das seine Kiste geladen wurde, war jedoch nur ein Lastkahn und hatte keine weite Reise vor sich, nur nach drüben zum Festland, wo die Fracht auf Pferdefuhrwerke verteilt werden würde. Man hatte auch schon versucht, die Kähne den Fluss heraufzuziehen, bis hoch in die Kaiserstadt Kirifas, aber der Fluss war stellenweise wild und unzuverlässig, und das Risiko zu kentern war größer, als im Wald in die Hände von Räubern zu fallen.

Im Bauch des Kahns war es so stickig, dass er durch die Ritzen der Bretter nach Luft rang. Die wenigen Stunden Fahrt bis zum Hafen in Drian kamen ihm vor wie eine endlose Tortur. Er konnte sich nicht bewegen, er konnte kaum atmen – dabei hatte er sich darauf verlassen, dass das Obst nicht luftdicht verstaut wurde –

und zum ersten Mal in seinem Leben war er seekrank. Während er sich dem Tode nahe fühlte, bereute er schon, was er getan hatte, und er hätte alles darum gegeben, wieder auf der Insel zu sein, wieder Seeluft zu atmen und die Stimmen seiner Freunde zu hören. Bereits jetzt vermisste er Mino. Er wollte an sie denken als an ein launisches Mädchen, das ihn verraten hatte, er wollte sie sich kühl, unnahbar und rechthaberisch vorstellen, den verwöhnten Sprössling der Apfelkönigin, als eine Mino, die sich für etwas Besseres hielt, nur weil sie die Erbin der Frau war, der die Gärten gehörten. Aber dieses Bild hatte keinen Bestand, nicht hier in der Enge, zwischen dem Knarren und Knarzen der Kisten und des Kahns, in der apfelduftgeschwängerten Luft, die weder zum Leben noch zum Sterben reichte. All das war Mino und war es doch nicht. Sie konnte nicht Feindin und Freundin zugleich sein, die doch immer nur seine Freundin gewesen war, trotz aller Unterschiede.

Wie wird sie mich auslachen, wenn sie mich hier finden, halb tot und verwirrt, dachte Blitz, wie werden wir beide darüber lachen ... Und er würde das Geld zurücklegen, bevor El Jati und Alika gemerkt hatten, dass es fehlte. Aber wahrscheinlich hatten sie es schon gemerkt und wussten, dass er ein Dieb war. Er wollte nicht darüber nachdenken, was Alika wohl dazu gesagt hatte. El Jati geschah es recht, aber an Alika wollte Blitz lieber nicht denken.

Er konnte es hören, als das Boot anlegte. Die lauten Stimmen der Männer, das Wiehern von Pferden, die bis zum Ende der Verladung von den Fuhrwerken losgeschirrt worden waren, sogar die Schreie der Möwen erreichten ihn in der Dunkelheit und Enge seiner Kiste. Sein Lebensmut regte sich wieder. Jetzt war bald der Zeitpunkt da, auf den er gewartet hatte. Er musste aus seiner Kiste herausspringen und fliehen, bevor er auf einem Fuhrwerk landete, womöglich eingekeilt zwischen anderen schweren Kisten, aus denen er nie mit eigener Kraft herauskommen würde. Einige Tagesreisen bis zu irgendeinem Markt mitzufahren, war zwar verlockend, aber nur, wenn er die Fahrt nicht in diesem Sarg verbringen musste.

Die Arbeiter waren nun schon bis zu dem Stapel, in dem er sich befand, gekommen. Atemlos hielt er still, als sie die Kiste über ihm herabhoben, und als er dann selbst von kräftigen Händen in die

Höhe gehoben und über den Steg nach draußen geschleppt wurde, sammelte er all seine Kraft. Vorsichtig schob er die Decke zurück, um zu sehen, wo er sich befand.

Das Licht blendete ihn und er hob den Kopf etwas höher. Es war zu früh, aber vielleicht wäre jeder Zeitpunkt ungünstig gewesen; hier am Hafen, wo so viele Menschen arbeiteten, war es nahezu unmöglich, nicht von irgendjemandem gesehen zu werden, wenn man aus einer Kiste kroch, in der sich Obst hätte befinden müssen.

»He, was ...«

Blitz beschloss, auf der Stelle zu fliehen.

Womit er nicht gerechnet hatte, war die Erschwernis einer schnellen Flucht durch einen Körper, der stundenlang in verkrampfter Haltung in einer Kiste verbracht hatte. Seine Beine waren eingeschlafen und ihm war so schwindlig, dass er mehr aus der Kiste fiel, als dass er sprang. Sein Plan hatte so ausgesehen: Er würde aufspringen und rennen, bevor sie ihren Ärger über die leere Kiste an ihm auslassen konnten. Aber in der Realität stürzte er kopfüber nach unten, wobei er gleichzeitig versuchte, seinen Schultersack zu fassen zu kriegen, ohne den er nicht weit kommen würde, denn hier hatte er nicht nur Kleidung, eine Decke und ein wenig Proviant verstaut, sondern auch das gestohlene Geld. Als er sich dann aufrappelte und laufen wollte, wusste er nicht mehr, wo oben und unten war, taumelte gegen die Hafenarbeiter, die die nächste Kiste heranschleppten, und fand sich plötzlich im harten Griff eines sehr kräftigen Mannes wieder.

»Wo kommst du denn her, verdammt noch mal.«

Er konnte nicht sprechen, geschweige denn, dass er in der Lage war, sich zu wehren. Ihm war nur übel. Er beugte sich nach vorne und übergab sich auf die Schuhe des Arbeiters.

»Würde«, sagte Binajatja. »Das, worauf es ankommt, ist die Würde, die ein Mensch ausstrahlt und mit der man Schwierigkeiten erträgt.«

Mino nickte. Ihre Mutter hatte natürlich recht. Alles an ihr strahlte Würde aus, eine majestätische, hoheitsvolle Haltung.

Ihrem Gesicht sah man nicht an, dass sie eben erst ihren ältesten Sohn an ein ungewisses Abenteuer verloren hatte. Sie ging stets aufrecht, mit festen, zielbewussten Schritten, niemals vernachlässigte sie ihre Kleidung, niemals klang ihre Stimme traurig oder gar unsicher.

»Sieh dich doch an«, sagte sie streng. »Wie siehst du aus? Was ist das da auf deinem Kopf – Heu? Du bist schmutzig, Mino, unerträglich schmutzig. Wenn wir eine Tischlerei hätten und du wärst voller Holzspäne, wäre das in Ordnung. Wären wir Fischer und du würdest nach Fisch riechen, würde dir keiner Vorwürfe machen. Aber wir handeln mit Ware, die andere Leute essen wollen. Selbst wenn du keinen einzigen Apfel berührst, wird man dich ansehen und die Nase rümpfen und sich seine Gedanken machen. Ich dulde nicht, dass du den Leuten den Appetit verdirbst.«

»Ja, Mutter.«

»Außerdem ist deine Kleidung zerrissen. Ist dir eigentlich egal, was die Leute über dich denken könnten? Du bist bald eine Frau. Zieht sich so eine anständige Frau an? Ist dir eigentlich klar, was man alles sieht?«

»Ich habe ihn gesucht«, sagte Mino leise. »Auf der ganzen Insel, überall.«

»Natürlich.« Ihre Stimme klang etwas milder. »Ich weiß doch. Aber das ist kein Grund, so auszusehen. Wenn dein Bruder noch da wäre, wäre es etwas anderes. Aber nun bist du mcine Nachfolgerin. Du hast keine Zeit, um dich an diesen Gedanken zu gewöhnen. Du bist es jetzt. Jetzt und immer, jeden Tag. Immer, wenn dich irgendjemand sieht, sieht er meine Nachfolgerin. Er sieht unsere Gärten in dir. Über die Hälfte der Menschen auf dieser Insel lebt von dem, was wir hier anbauen. Du kannst es dir nicht mehr erlauben, dich wie ein Kind aufzuführen.«

»Ja, Mutter.«

»Solange Lexan da war, hat es mich nicht gestört, dass du dich mit diesem Blitz getroffen hast. Obwohl sein Ruf – nun ja. Aber jetzt, wo du meine Erbin bist, ist das etwas anderes. Du bist jetzt eine junge Frau. Es gibt keine Kinderfreundschaften, Mino. Es gibt nur noch junge Männer, die um dich werben und es ernst meinen, oder solche, die es nicht ernst meinen. Blitz gehört wohl ganz klar zu Letzteren.«

»Mutter, ich ...«

»Dieser Junge taugt nichts. Es wäre für uns alle besser gewesen, wenn er auf dieses Schiff gegangen und Arima verlassen hätte.«

Mino öffnete den Mund, aber sie konnte nichts sagen. Sie fühlte sich so elend, dass sie nichts von all dem sagen konnte, was ihr auf der Zunge lag.

»Also, was ist das Wichtigste? Hast du es dir gemerkt?«

»Würde«, antwortete sie leise. Es war ein Wort, das ihrem Herzen fremd war. Sie erinnerte sich an Blitz' Gesicht, als er erkannt hatte, dass sie ihn nicht aufs Schiff lassen wollte, und fragte sich, wo er jetzt wohl war und was er tat. Sie dachte an Lexan, während er packte, an ihren Streit. Irgendwo hinter dem Horizont glitt die *Weiße Möwe* über die Wellen.

Wofür war sie hiergeblieben – um Würde auszustrahlen?

Es war ein Fehler, dachte sie, und der Gedanke kam über sie wie ein Schmerz, heiß und kalt zugleich. Ich müsste dort sein, bei ihnen. Mit Blitz zusammen. Wir müssten beide auf dem Schiff sein. Oh Rin, was habe ich nur getan ...

»Ich weiß, was Würde ist«, sagte sie leise. »Blitz hat mich für würdig befunden, seine Freundin zu sein. Lexan hielt mich für würdig, ihn auf seiner Reise nach Rinland zu begleiten. Ich habe sie beide enttäuscht.«

»Was?«, fragte Binajatja zerstreut. Sie hörte ihr schon nicht mehr zu, während sie ihre Stiefel zuschnürte, um hinaus auf die Plantagen zu gehen. »Wir müssen überprüfen, ob die Rote Glocke schon pflückreif ist«, sagte sie. »Du solltest mitkommen. Eventuell lassen wir sie noch drei, vier Tage am Baum.«

»Ich komme nach«, versprach sie.

Aber danach stand sie lange am Fenster und starrte hinaus. Das Meer rief. Sie hätte nicht sagen können, ob sie gehofft hatte, dass es jetzt, wo ihr Bruder fort war, aufhören würde zu rufen. Aber es sang immer noch dasselbe wortlose Lied, in der Brandung hörte sie den Ruf, dem sie nicht entkommen konnte, niemals. Sie nahm die geschnitzte Möwe in die Hand und spürte die hölzernen Federn unter ihren Fingern.

Als sie mit ihm fertig waren, ließen sie ihn auf der Erde liegen. Er fühlte den Staub unter seiner Wange. Nun würde auch sein rechtes Auge zuschwellen; das andere blaue Auge hatte El Jati ihm gestern verpasst. Vorsichtig befühlte er seine Zähne mit der Zunge. Sein Mund war voller Blut, aber die Zähne waren noch alle da. Einer seiner Vorderzähne schien etwas gelockert zu sein. Inständig hoffte er, dass er wieder anwachsen würde. Ob die Nase gebrochen war, konnte er jetzt noch nicht mit Sicherheit sagen, aber seine Rippen fühlten sich an, als wären sie es. Er spürte den stechenden Schmerz mit jedem Atemzug.

Die Stimmen der Männer drangen von weitem an sein Ohr. Sie hatten ihn verprügelt und ihm sein Geld abgenommen, als Entschädigung für die leere Kiste, die sie umsonst transportiert hatten, und ihn dann am Rand liegenlassen, wo er sie nicht beim Entladen und Beladen störte. Er glaubte nicht, dass irgendjemand sich die Mühe machen würde, ihn mit aufs Schiff zu nehmen und nach Arima zurückzubringen. Er hatte jetzt kein Geld mehr, um die Rückreise zu bezahlen, und zum blinden Passagier eignete er sich in seinem jetzigen Zustand auch nicht. Das Einzige, was ihm zu tun blieb, war, jemanden zu bitten, seinen Bruder auf Arima zu benachrichtigen. El Jati würde sofort kommen und ihn holen, daran gab es keinen Zweifel. Er war sich sicher, dass El Jati sofort alles stehen und liegen lassen würde, um herzukommen und ihn nach Hause zu bringen, und diese Sicherheit beschämte ihn. So wie er aussah, würde sein Bruder sogar auf Prügel verzichten. Vielleicht würde er den Kopf schütteln, und Alika würde ihm zuflüstern, sich mit Vorwürfen zurückzuhalten. Die ersten Tage würden still sein, während er im Bett lag und sich erholte und jeder sich bemühte, alles zu vermeiden, was in einen Streit ausarten könnte. Sie würden miteinander umgehen, als könnte ein lautes Wort mehr wehtun als eine blutende Nase. Wahrscheinlich würden sie ihn nicht einmal nach dem Geld fragen. Und nach einiger Zeit würde alles so sein wie vorher.

Mühsam rappelte Blitz sich auf. Der Platz leerte sich. Die ersten Fuhrwerke waren schon abgefahren, die letzten waren mit dem Beladen fertig; die Männer holten bereits die Pferde. Niemand achtete auf ihn, während er seine verstreuten Habseligkeiten einsammelte und sie in den zerrissenen Schultersack stopfte. Sein Kopf schmerzte so, dass er es kaum fertigbrachte, sich zu bücken. Er schleifte den Beutel hinter sich her, fort vom Hafengelände, ohne zu wissen, wohin.

»He! He, du!«

Einer der Fahrer setzte den Eimer ab, aus dem sein Pferd gerade getrunken hatte. »Auch einen Schluck?«

Er stolperte auf das Wasser zu, ohne seine Füße beherrschen zu können, beugte sich darüber und trank. Bis jetzt hatte er nicht gewusst, wie durstig er war. Vorsichtig benetzte er sein Gesicht mit dem kühlen Wasser.

»Ich könnte noch jemanden gebrauchen, der mitfährt«, sagte der Mann. »Ich muss nach Laring, durch die Wälder. Bist du verletzt? Wenn du krank bist, kann ich dich natürlich nicht brauchen.«

»Ich bin nicht krank«, versicherte Blitz. Das Gesicht würde von selbst heilen. Mit blauen Flecken kannte er sich aus. Wenn er sich wenig bewegte, würde auch die geprellte Rippe wenig Probleme machen. Der Schmerz musste ausgehalten werden, und auch das ging vorbei. Es war nicht seine erste Prügelei, aber er wünschte sich, die anderen hätten auch einstecken müssen. Er hatte ihnen nicht zeigen können, was er konnte, und das ärgerte ihn mittlerweile am meisten.

»Es war unfair«, sagte er, während er auf den Kutschbock stieg. »Ich bin eigentlich ganz gut, was das Austeilen angeht.«

»Na, hoffentlich«, meinte der Mann. »Wir müssen durch Räubergebiet. Eigentlich fährt Wilm mit mir, aber er ist ausgefallen. Es ist Wahnsinn, allein zu fahren, aber ich dachte schon, mir bleibt nichts anderes übrig. Kennst du dich mit Pferden aus?«

Blitz nickte. Er hatte absolut keine Ahnung von Tieren, aber Nicken war nicht Lügen.

»Nun denn, dann wollen wir mal.« Er schwang die Peitsche und die Pferde setzten sich in Bewegung. »Ich bin Barn.«

Blitz lehnte sich vorsichtig an; jede Erschütterung verursachte ihm solche Schmerzen, dass ihm wieder übel wurde. »Ich bin Jahalik.«

»Heißt das nicht Schwarzer Blitz? Das ist doch ein Pferdename! Wenn das kein gutes Zeichen ist!« Schon jetzt war zu merken, dass Barn ein lustiger Mensch war, der gerne und ausgiebig, laut und dröhnend lachte. Blitz sagte nichts. Er schloss die geschwollenen Augen und überließ sich dem Schaukeln der Kutsche; fast konnte er glauben, dass dies die *Weiße Möwe* war, die ihn nach Rinland brachte.

Sie liefen am Strand entlang. Der Sand war weiß und fein, und es war eine Wohltat, ihn unter der Haut zu spüren. Scharfe Muschelschalen, kleine Krebse und angeschwemmte Quallen machten aus ihrem Wettlauf ein Hindernisrennen. Mino drehte sich um und sah, dass Blitz über das Gras lief, das fast bis zu den Wellen reichte, ein grünlicher Teppich, den jemand über die Dünen geworfen hatte. So hatten wir das nicht abgemacht, wollte sie rufen. In ihre eigenen Füße bohrten sich die Splitter einer zerbrochenen Muschel.

So nicht, sagte sie, wir wollten beide denselben Weg nehmen, durch das Wasser, wir beide ... Blitz lachte.

Das Gras ist grüner, sagte er rätselhaft.

Mino fuhr hoch und sah wieder, wo sie sich befand. Nicht in ihrem Zimmer, sondern in der Baumhütte, wie jede der vergangenen Nächte. Falls ihre Mutter davon wusste, schwieg sie jedenfalls darüber. Sie würde nicht annehmen, dass Mino sich mit einem jungen Mann aus dem Dorf traf – Mädchen wie sie hatten keine solchen Freunde. Mädchen wie sie hatten nur Kinderfreunde, mit denen sie redeten und lachten und von Abenteuern träumten. Ja, es würde noch schwierig werden, einen Mann zu finden für die Erbin der Gärten ...

Jeden Abend kam sie den Pfad herauf hierher, unter die Bäume, und legte sich zwischen die Decken, aus denen sie jedes Mal die Spinnen schütteln musste. Am Tag gehorchte sie ihrer Mutter, aber die Nacht gehörte ihr und den Träumen. Sie hielt die hölzerne Möwe in der Hand wie eine Waffe gegen die Schrecken der Nacht.

In der Nacht stürzte das fürchterliche Bedauern über das, was sie getan hatte, sich auf sie wie ein Ungeheuer, und sie lag da und weinte und wartete, bis es verging, bis sie wieder atmen konnte. Ich müsste auf diesem Schiff sein. Oh Rin, ich müsste dabei sein, bei Lexan, mit Blitz, auf dem Weg übers Meer ...

Manchmal waren die Nächte gnädig zu ihr. Manchmal schenkten ihr ihre Träume eine kurze Zeitspanne, in der sie glücklich war. Dann befand sie sich auf der *Weißen Möwe* und segelte mit Lexan nach Westen, der untergehenden Sonne nach. Bajad lächelte und hielt ihre Hand, ihre kleine, warme Hand, mit der sie, wie er einmal bemerkt hatte, so erstaunlich kräftig und geschickt zupacken konnte. Sie warf ihr weißes Haar zurück, auf dem der Glanz der Sterne lag. Bajad sang eins seiner traurigen Seemannslieder, die Augen voller Tränen der Rührung über seinen eigenen Gesang. Lexan schwieg, aber auf seinem Gesicht lag ein Glühen der Erwartung, und er blickte nach vorne, dem Horizont entgegen. Immer, wenn Mino von der *Weißen Möwe* träumte, blickte Lexan nach vorne, niemals zurück.

Manchmal, wie heute, träumte sie von Blitz. Sie hätte ihn gerne auf seiner Reise wohin auch immer begleitet, aber in ihren Träumen kehrte sie nur in ihre gemeinsame Kindheit zurück. Nicht einmal im Traum gelang es ihr, Blitz zu begleiten.

Und der Schrecken kehrte zu ihr zurück. Ich habe ihn vertrieben ... Wir müssten beide auf dem Schiff sein, aber ich habe ihn vertrieben und nun werden die Glücklichen Inseln nie mehr glücklich sein ... Ich werde nie wieder glücklich sein ...

Es war unfassbar, dass sie dazu fähig gewesen war, Blitz so etwas anzutun. Unfassbar und unentschuldbar, und, das war das Schlimmste, sie konnte es nicht mehr rückgängig machen. Sie konnte ihn ja nicht einmal um Verzeihung bitten. Sie hatte ihn zwingen wollen, auf der Insel zu bleiben, bei ihr, und stattdessen hatte sie ihn für immer verloren.

Als sie von dem Vorfall im Hafen gehört hatte – Binajatja hatte ihr beim Essen davon erzählt, ihre Stimme voller Missbilligung –, hatte Mino natürlich gleich gewusst, dass es Blitz gewesen war, dieser blinde Passagier, den die Männer zusammengeschlagen hatten. Hoffnung und zugleich Bedauern brannten in ihr auf. Sie sprang auf, ohne auf ihre Mutter zu achten – »Mino, bleib hier! Mino, du kannst jetzt nicht ...« –, und war zu El Jati und Alika gerannt.

»Habt ihr es gehört? Wisst ihr es schon? Er ist in Drian gelandet! Blitz ist in Drian!«

Alika wurde bleich, aber El Jatis Augen leuchteten auf. »Dann wird er nach Hause kommen. Er ist bald wieder da, hörst du, Alika?«

Aber Blitz war nicht nach Hause gekommen. El Jati war mit der nächsten Fähre nach Drian gefahren und hatte die Gegend einige Tage lang nach ihm abgesucht. Müde und resigniert kehrte er schließlich zurück.

»Ich habe ihn nicht gefunden«, sagte er zu Mino, die aufgeregt vor seiner Tür stand, wissbegierig und hoffnungsvoll. »Möchtest du reinkommen?«

Dann saß sie an dem großen Holztisch, ein Tisch für eine Familie, und nippte an dem Apfelmost, den Alika ihr einschenkte.

»Blitz hat Wein getrunken«, sagte sie das Erste, was ihr einfiel. »An dem Tag, an dem er Lexan begleiten wollte. Weißwein aus Neiara. Den mit dem Pfirsichgeschmack.«

»Ich weiß«, sagte Alika. »Ich habe die Gläser später weggeräumt.«

»Er wird doch zurückkommen, oder?«, fragte El Jati. Er blickte die beiden Frauen an. »Er kommt doch zurück?«

»In Salien«, erzählte Alika, »du weißt, Mino, dort, wo ich herkomme, gibt es eine Geschichte von einem Jungen, der sein Zuhause verließ. Er wusste selbst nicht, was er suchte – Abenteuer, Freiheit? Aber was er fand, war Armut und Einsamkeit. Er kam zurück und sein Vater veranstaltete ein Fest für ihn.«

»Aber Blitz wird nicht zurückkommen«, flüsterte El Jati. »Nicht rechtzeitig.«

»Das kannst du nicht wissen.« Alika legte ihrem Mann die Hand auf die Schulter. »Er weiß, dass er hier immer willkommen ist.«

»Ich hätte ihn nicht schlagen dürfen«, murmelte er. »Ich selbst habe ihn vertrieben.«

»Du hast ihm das Leben gerettet.«

»Und?«, fuhr El Jati auf. »Was nützt das? Ein Leben, das er nicht will. Er will das Leben nicht, das wir für ihn ausgesucht haben. Weißt du, warum wir hergekommen sind, hierher nach Arima? Warum wir hier in den Gärten leben wollten? Ich habe dir nie meine Geschichte erzählt, Mino.« Er fuhr sich durch die schwarzen Locken. So ähnlich sah er seinem jüngeren Bruder, wie sein anderes Ich, zehn Jahre älter, aber er hatte das gleiche Gesicht, die gleiche Statur, sogar ihr Gang war so ähnlich, dass selbst Alika die beiden von hinten nicht unterscheiden konnte. »Wir hatten ein Gasthaus in Drian. Dort hätte es Blitz gefallen, nicht? So viele Reisende, die ein und aus gingen, die unterschiedlichsten Menschen, die von fremden Orten erzählen konnten ... Unsere Mutter hatte dieses Gasthaus an der Küste und unser Vater war auf See. Du weißt selbst, wie das ist, Mino. Er war ständig fort und sie war nicht glücklich. Aber wenigstens war dein Vater ein angesehener Mann hier auf den Inseln. Unser Vater war – unzuverlässig. Er kam zu uns und brachte uns Geschenke und war schon wieder weg. Was hat sie geweint! Ich weiß noch genau, wie sie geweint hat ... Sie hat mich beschworen, niemals Seemann zu werden. Als ich ein Kind war, sogar als Heranwachsender, habe ich immer erwartet, dieses Gasthaus eines Tages zu übernehmen ... Aber dann kamen die Räuber ins Land und die Reisenden wurden immer weniger. Immer weniger Menschen wagten sich durch die Wälder und kamen an unsere Küste. Und schließlich kamen die Räuber selber zu uns ...«

El Jati schwieg eine Weile, seine Finger trommelten auf die Tischplatte. »Meine Mutter wollte nicht dort fort. Immer hat sie auf meinen Vater gewartet, auf seine seltenen Besuche.«

»Es ist klar, wer für sie *Ahinehl* war«, warf Alika leise ein, ohne El Jati anzusehen.

»Sie war so krank, sie konnte nicht mehr, das Gasthaus zerfiel. Ich war vierzehn, als ich das Schicksal unserer Familie in die Hand nahm. Ich wollte Sicherheit und Frieden, und nach dem, was mir von den Erzählungen der Reisenden im Gedächtnis geblieben war, glaubte ich das hier zu finden, auf den Glücklichen Inseln. Also kamen wir hierher. Kannst du dich noch an meine Mutter erinnern? Sie lebte nicht mehr lange. Sie hatte sich aufgegeben. Aber ich war trotzdem glücklich hier. Ich hatte es geschafft, meinen Bruder zu retten. Hier, dachte ich, in Sicherheit, in Frieden, konnte er aufwachsen, ohne befürchten zu müssen, dass wir überfallen werden, ohne die Angst, dass es knapp wird, wenn die Gäste ausbleiben ... Ich habe geglaubt, ich könnte wenigstens ihn retten aus dieser Familie, die auseinanderbrach. Wie es scheint, habe ich mich getäuscht.«

El Jati blickte in sein Glas, in dem der Saft golden glänzte. »Er wollte lieber in die Fußstapfen seines Vaters treten. Wein und Mädchen, kommen und gehen, wann es ihm passt. War ich zu streng? Aber er durfte doch nicht werden wie unser Vater. Er hat ihr das Herz gebrochen ...«

Mino fühlte, dass es an der Zeit war, zu gehen. Aber zugleich wusste sie, dass es nun an ihr war, etwas zu unternehmen. »Ich werde ihn suchen«, versprach sie. »Ich bringe ihn zurück, versprochen.«

El Jati nickte, aber er schaute durch sie hindurch.

Mino wusste, dass er es am liebsten selbst getan hätte, aber Binajatja hatte unmissverständlich angekündigt, dass sie El Jati entlassen würde, wenn er nicht wieder regelmäßig und zuverlässig seine Arbeit tat. Als verheirateter Mann musste er auch an seine Frau denken, aber Mino selbst war jung und frei, sie konnte sich ein Pferd kaufen und würde sicher bald eine Spur von Blitz finden.

Als sie das kleine Haus ihrer Freunde verließ, hörte sie Alika sagen: »Glaubst du nicht, dass Rin ihn bewahren wird, wie er uns bisher immer bewahrt hat?«

Aber Mino hörte nicht mehr, was El Jati darauf antwortete. Das Wichtigste war jetzt, ihre Mutter von ihrem Entschluss zu unterrichten.

Doch Binajatja schüttelte den Kopf. »Wie denkst du dir das? Du willst ganz allein ins Kaiserreich? Ein sechzehnjähriges Mädchen? Wo hast du nur deinen Verstand? Außerdem habe ich gerade erst angefangen, dir alles zu zeigen, was du wissen musst. Du hattest den Sommer, um zu tun, was du wolltest. Jetzt ist es an der Zeit, Verantwortung zu zeigen und Pflichten zu übernehmen. El Jati muss sich um seine kleine Familie kümmern, aber du bist zuständig für eine ganze Insel. Du kannst nicht fort.«

Mino konnte das Rauschen des Waldes hören. Sturm zog auf. Wir hätten die Äpfel doch pflücken sollen, dachte sie. Sie lag eingekuschelt zwischen den Decken, die Holzmöwe in der Hand, und horchte auf den Wind. Hier drinnen fühlte sie sich sicher. Die Blätter würden den Regen abhalten, das war bisher immer so gewesen. Doch während sie noch darüber nachdachte, dass es besser war, hier zu bleiben und abzuwarten, statt auf dem Weg nach Hause durchnässt zu werden, spürte sie die ersten kalten Tropfen durch die Bretterritzen des grob zusammengenagelten Daches fallen.

Sie steckte die Figur in ihre Tasche und setzte sich auf. Der Baum ächzte, während der Sturm an ihm rüttelte. Immer war er Mino stark und unverwüstlich vorgekommen, ein mächtiger Schutz für ihre kleine, zerbrechliche Hütte, doch jetzt kamen ihr Zweifel. Alles knarrte und krachte, während draußen immer heftiger der Wind jaulte – nein, kein Wind, ein Orkan.

Lexan. Als Mino ihr Bruder einfiel, wurde ihr heiß und kalt. Wie weit draußen waren sie wohl schon? Es hatte kaum Wind gegeben in den vergangenen Tagen. Wenn sie von diesem Sturm getroffen wurde, hatte die *Weiße Möwe* keine Chance.

In der Hütte war es stockfinster und doch sah Mino plötzlich die Wand auf sich zukommen. Ohne nachzudenken, stieß sie die Tür auf und warf sich nach draußen.

Sie fühlte sich, als wäre sie ins Meer gesprungen. Mit einem Schlag war sie bis auf die Haut nass. Einer der überhängenden Äste peitschte sie von hinten zu Boden, sie rappelte sich auf, aber ein anderer kam ihr bereits entgegen wie eine wilde fliegende Schlange. Mino duckte sich und wurde doch wieder zu Boden geschleudert. Sie war jetzt hellwach und begriff, dass nicht nur ihr Bruder in Gefahr war, sondern auch sie selbst. Wenn ein umstürzender Baum sie traf, war das das Ende.

Geduckt rannte sie los. Die Baumstämme waren überall, sie taumelte dagegen, stürzte, stand auf und wurde vom Sturm ein paar Meter weiter getrieben, bevor sie erneut fiel. Es war so finster, dass sie nicht die Hand vor Augen sehen konnte. Wenn ein Blitz die

Dunkelheit für einen kurzen Moment erhellte, sah sie nichts außer den Bäumen, die direkt vor ihr waren; dahinter war nichts als eine undurchdringliche Wand aus Regen und Schwärze.

Mino hätte nicht sagen können, wie viele Stunden sie gegen den Sturm ankämpfte, um ein Zuhause zu erreichen, das etwa eine Viertelstunde weit entfernt lag. Sie war mittlerweile so müde, dass sie sich kaum noch auf den Beinen halten konnte. Sie hatte völlig die Orientierung verloren. Jeden Moment musste der nächste Blitz das Dorf enthüllen, das Sicherheit und Geborgenheit verhieß, und tat es doch nicht: nur einen Baum nach dem anderen, schwarze Schatten im blendenden Licht. Irgendwo im Gestrüpp verlor sie ihre Schuhe. Ein herabkrachender Ast streifte ihre Schulter. Und dann waren auf einmal keine Bäume mehr da. Sie kroch über das Gras, blinzelnd, und wartete darauf, den Lichtschein im Fenster zu sehen. Bestimmt hatte Binajatja die Lampe angezündet, damit sie nach Hause fand, bestimmt hatte der Sturm auch die Mutter geweckt und nun wartete sie auf ihre ungehorsame Tochter mit heißem Tee und einer warmen Decke. Gleich würde Mino ihr Gesicht am Fenster erblicken, neben der Lampe, während sie Ausschau hielt ...

Heiße Tränen liefen über ihr Gesicht, während sie sich durch den Sturm kämpfte. Lexan ... Blitz ... Was nützte es, es nach Hause zu schaffen, in die Wärme und die Sicherheit, in den Schrecken, der zu ihr kommen würde, sobald sie sicher und trocken in einem Sessel saß ... Er kam immer, der Schrecken, dieses fürchterliche Gefühl. Das Schiff ist fort ... Blitz ist weg ... Und ich bin hier. Warum habe ich das getan? Warum bin ich hier, warum? Es war mein Schicksal, dem Ruf des Meeres zu folgen, aber ich bin hier. Ich bin immer noch hier ... Und ich will nicht hier sein. Ich will nicht dieses Mädchen sein, das aufs Meer hinausblickt und das Schiff nicht mehr sieht ... Ich will nicht dieses Mädchen sein, das sich mit seinem Bruder gestritten hat, statt ihn bis ans Ende der Welt zu begleiten. Ich will nicht die Mino sein, die Blitz festgehalten hat, als er gehen wollte. Ich will nicht mehr ich sein, ich will es nicht mehr!

Mino nahm den Sturm, der über sie herfiel, wie eine Strafe hin. Sie hielt den Kopf gesenkt, während sie über das Gras kroch, doch als in rascher Folge mehrere Blitze aufleuchteten, sah sie hoch und öffnete die schmerzenden Augen.

Vor ihr lag das Meer, sturmgepeitscht, Wellen, wie sie sie noch nie gesehen hatte. Sie war oben am Steilhang und vor ihr lag die wütende See, zerfurcht von der Wut des Orkans. Sie hatte sich nicht nur verirrt, sondern ausgerechnet die Stelle erreicht, an der sie den Elementen völlig schutzlos ausgeliefert war. Dies war der Ort, den Blitz so geliebt hatte, aber jedes Mal, wenn Mino hier gestanden hatte, hier am Abgrund, hatte sie ein Schaudern erfasst, als sie in die Tiefe hinabblickte, wo die Wellen sich am Felsen brachen.

Mino presste ihre Hände an die Ohren, um sie vor dem Lärm zu schützen, den Wind und Wasser gemeinsam veranstalteten. Dies war nicht mehr das Lied, das Lexan in die Ferne gelockt hatte, nicht der Ruf, der auch an ihr gezerrt hatte, sondern die Entfesselung von Gewalten, in denen ihre menschlichen Gefühle untergingen. Alles ging unter – ihre Sehnsüchte und Schuldgefühle, ihre Träume und Hoffnungen, als der Sturm sie erfasste und mit aller Macht vorwärtstrieb. Sie richtete sich auf, um ihm die Stirn zu bieten, doch das war das Schlimmste, was sie hatte tun können. Triumphierend warf sich der Orkan über sie und schleuderte sie über den Rand der Steilklippe ins Meer.

Binajatja raffte die Röcke, während sie über die umgestürzten Bäume stieg. Aber sie hatte keinen Blick für die Zerstörung, die der Sturm in den Gärten angerichtet hatte. Am Waldrand lagen Äste und ganze Baumstämme übereinander; sie ergriff El Jatis Hand, als er sie zu einem riesigen entwurzelten Baum führte, zwischen dessen Zweigen zersplitterte Bretter lagen.

»Hier war ihre Hütte«, sagte er.

»Und du meinst, dass Mino hier geschlafen hat?« Sie hatte gewusst, dass ihre Tochter die Nächte außer Haus verbrachte, aber sie hatte angenommen, dass sie zu Jati und Alika gegangen war. Nun bereute sie, dass sie Mino nie danach gefragt hatte. »Hier, in diesem Bretterverschlag?«

»Mino hat keinen Freund«, sagte El Jati verlegen. »Ich meine, sie hat schon Freunde, aber da ist niemand, der in sie verliebt ist.

Die einzigen Jungen, mit denen sie zu tun hat, sind Bajad und Blitz. Ich glaube, Bajad hat Gefühle für sie, aber Mino hat leider nur Augen für Blitz gehabt.«

»Aber Blitz nicht für sie«, murmelte Binajatja, »jedenfalls nicht so, wie sie sich das gewünscht hat. Das weiß ich doch. Aber – aber sie ist nicht hier.«

»Nein«, bestätigte El Jati. »Sie ist rechtzeitig hier herausgekommen, so viel steht fest.«

»Woher weißt du von dieser Hütte?«, fragte sie und schaute ihn an, als könnte sie ihn dadurch zwingen, etwas preiszugeben, was ihr weiterhalf. »Woher willst du wissen, dass sie Mino und Blitz gehörte? Und dass sie nicht doch ein Pärchen gewesen sind?«

»Ich bin Blitz einige Male hierher gefolgt«, gab er zu. »Denk darüber, was du willst, aber ich wollte wissen, wo er sich herumtrieb.«

Binajatja schwieg dazu.

El Jati wischte sich den Schweiß von der Stirn. Schon seit Stunden durchkämmten er und die anderen Arbeiter den Wald; eine nicht ungefährliche Aufgabe, denn immer noch stürzten Bäume um und fielen Äste herunter. Binajatja hatte sie nicht darum gebeten, aber sobald bekannt wurde, dass Mino in dieser Nacht nicht nach Hause gekommen war, hatten sie sich alle auf die Suche gemacht.

Alika kletterte über die Stämme und kam auf Binajatja zu, in der Hand trug sie etwas.

»Ich war bei Liravahs Haus«, sagte sie. »Ich hatte die Hoffnung, dass Mino sich vielleicht dorthin gerettet hat.« Das Haus, in dem Jußaits alte Großmutter lebte, die ehemalige Lehrerin der Kinder, lag mitten im Wald. Mehrere umgestürzte Bäume hatten ihren Gartenzaun beschädigt und ein großer Ast war auf das Dach gefallen und hatte das halbe Haus zum Einstürzen gebracht, aber der alten Dame war nichts passiert.

»Und?«, fragte Binajatja begierig. »War sie dort?«

»Leider nicht.« Alika schüttelte den Kopf. »Aber ich habe das hier gefunden.«

»Das ist ihr Schuh«, rief Binajatja aus. Sie riss Alika den drecküberkrusteten Schuh aus der Hand. »Wo hast du ihn gefunden?«

»Am Waldrand. Binajatja, hör mir zu. Das heißt noch gar nichts. Es muss nicht bedeuten, dass ...«

»Wo?«, unterbrach Minos Mutter sie, diese sonst so schöne, gefasste Frau mit dem strengen blonden Zopf, die heute völlig aufgelöst durch den Schlamm watete. Sie hielt den Schuh, als wäre er ein Schatz. »Wo am Waldrand?«

»Am Steilhang.«

Binajatja starrte Minos Schuh an, als könnte dieser ihr Antwort auf alle Fragen geben. »Das kann nicht sein«, sagte sie schließlich. »Bei diesem Sturm wäre sie niemals dort hingegangen. Sie ist nicht dumm. Sie ist verantwortungsbewusst und gehorsam, sie würde nie ... Du musst dich irren, Alika. Vielleicht hat Mino ihren Schuh dort verloren und ist wieder zurück in den Wald gegangen. Wir werden sie hier im Wald finden. Vielleicht ist sie eingeschlafen ...«

»Ja, vielleicht«, sagte Alika leise.

Sie wechselte einen traurigen Blick mit El Jati.

»Es war sehr dunkel«, sagte er vorsichtig.

»Na und?«, rief Binajatja. »Mino würde sich auf der Insel auch im Dunkeln zurechtfinden. Sie kennt Arima wie unser eigenes Haus, sie kann sich nicht verirren. Das ist einfach unmöglich. Wir müssen weitersuchen. Bestimmt wurde sie von einem schweren Ast eingeklemmt und wartet auf Hilfe. Vielleicht ... vielleicht schläft sie auch nur und weiß nichts davon, dass wir sie suchen. Sie schläft und wird sich wundern, dass wir uns Sorgen gemacht haben. Vielleicht ist sie auch schon zu Hause. Ich muss nachsehen, ob sie inzwischen angekommen ist!«

Sie drehte sich um, immer noch den Schuh in der Hand, kletterte hastig über den Baum, stürzte, rappelte sich auf und rannte mit wehendem Rock zurück zum Dorf.

»Hast du nicht gesagt, Rin würde uns alle bewahren?«, fragte El Jati leise. »Glaubst du das immer noch, Alika?« In seiner Stimme war nichts Bitteres, Anklagendes, nur eine unendliche Traurigkeit.

»Eines Tages müssen wir alle über die Brücke gehen«, sagte sie. Sie bückte sich und zog eine bunte Decke zwischen Blättern und Zweigen hervor.

»Es ist noch zu früh«, wandte er ein, heiser, fast stimmlos, während er zusah, wie Alika die Decke in ihrem Arm hielt, zärtlich, als wäre sie ein Kind.

Sie blinzelte den Schleier vor ihren Augen fort. »Es heißt, junge Menschen gingen leichter über die Brücke als ältere. Vielleicht ist es schlimmer, nach einem langen Leben ins Meer der Tränen zu stürzen, als in diesem Meer hier zu ertrinken und den Weg über die Brücke zu finden.«

»Glaubst du das wirklich?«

Sie faltete die Decke und legte sie sorgfältig über den Stamm, als wäre es der Baum, den sie zudeckte, dieser alte, sturmerprobte Baum, der dieses eine Mal nicht standgehalten hatte.

»Komm«, sagte El Jati. Er fragte nicht noch einmal, er sagte nur: »Komm«, und nahm sie bei der Hand und ging mit ihr nach Hause. Bevor sie durch die Tür trat, blieb Alika stehen und schaute auf ihren Garten, in dem gestern noch ein Meer von Blumen geblüht hatte, und in dem heute nur noch abgerissene Stängel in die Höhe ragten und geknickte Blütenköpfe schlaff nach unten hingen, schlammbespritzt.

»Als du mich aus Salien mitgenommen hast, als ich mit dir hierher kam«, sagte sie, »dachte ich, dass von allen Orten dieser Erde die Glücklichen Inseln Rinland am ähnlichsten sind. Ich sah die Gärten und dachte, hier müsste das Glück wohnen. Ich habe mich geirrt.«

3. *Das Glück des Kaisers*

DAS MÄDCHEN STAND reglos unter der ausladenden Krone der alten Kastanie. Röte überflutete den Himmel im Westen, ging in zartes Gold über und verblasste dann so langsam, dass man dabei zuschauen konnte, wie nach und nach die Schatten heraufzogen und den Park in Dunkelheit hüllten.

Der Mann auf dem Weg beachtete das Schauspiel nicht. Er hatte nur Augen für das Mädchen, aber als der Abend sich über sie senkte, seufzte er und wandte sich ab.

»Sie sieht aus wie Vinja«, sagte er leise.

»Nein, Herr.« Sein Begleiter schüttelte den Kopf. »Nein, Herr, das tut sie nicht. Die Ähnlichkeit ist so gering, dass sie keinem außer Euch auffällt.« Gemeinsam gingen sie weiter. Jede Handbreit Boden war ihnen so vertraut, dass sie auch im Dunkeln ihren Weg sicher fanden, zwischen den grünen Sträuchern hindurch und durch die Rosen, unter hohen Bäumen aus allen Königreichen Deret-Aifs hierher gepflanzt, in den Mittelpunkt des Kaiserreichs. Das Schloss leuchtete aus vielen Fenstern, aber der Kaiser dachte nicht daran umzukehren.

Rahmon seufzte. Wie lange machte er das hier schon mit? Sechzehn Jahre, siebzehn? Wenn er nichts tat, würde der Kaiser auch noch die nächsten zwanzig Jahre die halbe Nacht durch den Park wandern, ruhelos, unermüdlich, und in jedem Mädchen etwas von Vinja erblicken.

»Mein Kaiser«, fing er an und zögerte doch wieder, denn so vertraut sie sich auch waren, vor Kanunas Traurigkeit fürchtete er sich mehr als vor Kanunas Zorn. Aber er hatte keine Wahl. Die Einwohner von Kirifas, nein, von ganz Aifa, verloren langsam ihr Verständnis für die lange Trauerzeit des Kaisers. Sie wollten ihren Herrscher zurück, tatkräftig, entschlossen, weise und gerecht – nicht alles war er zu jeder Zeit gewesen, aber im Rückblick schien selbst eine falsche Entscheidung besser als gar keine, besser als ein Mann, der stundenlang umherwanderte, ohne mit jemandem zu sprechen außer mit Rahmon, seinem Ratgeber.

»Was ist?«, fragte Kanuna. »Du kannst offen sprechen.«

»Ihr solltet wieder heiraten.«

Jetzt war es heraus. Lange, lange hatte er sich mit diesem Satz getragen und sich vorgestellt, ihn auszusprechen würde wie eine Geburt sein, qualvoll und mühsam. Er hatte es gesagt und fühlte sich unendlich erleichtert. Wenigstens konnte er nun den Fürsten gegenübertreten und wahrheitsgemäß behaupten, dass sie darüber gesprochen hatten.

»Warum?«, fragte Kanuna. »Vinja ist tot und es gibt nie wieder eine wie sie.«

»Das ist wahr, Herr. Aber – nun, Ihr habt gesagt, ich könne offen reden. Zwei Dinge. Zum einen glauben die Fürsten, es würde Euch gut tun. Alle glauben es, vor allem die Leute aus dem Volk. Ihr könnt die Meinung des Volkes nicht einfach abtun. Und auch ich denke so.« Er wünschte sich, er hätte das Gesicht des Kaisers sehen können, während er sprach. Aber er hatte sich diesen Abend ausgesucht, in der Hoffnung, dass es ihnen beiden in der schützenden Dunkelheit der warmen Nacht leichter fallen würde, über dieses heikle Thema zu reden.

»Und das Zweite?«, wollte Kanuna wissen, ohne zu verraten, was er von Rahmons erstem Argument hielt.

»Ihr braucht einen Erben. Die Fürsten hoffen, dass eine zweite Frau Euch einen Erben schenken würde.«

»Ich habe bereits einen Erben«, knurrte er.

»Herr, mit Verlaub, aber Eure beiden Söhne sind ...« Er suchte nach Worten, denn auf einmal schienen die Bezeichnungen für die Zwillinge, die ihm auf der Zunge lagen, zu hart, um sie dem Vater gegenüber zu äußern. Rumtreiber, Tunichtgute? »... nicht gerade zuverlässig und verantwortungsbewusst. Und vor allem, sie sind nicht da. Niemand weiß, wo sie sich überhaupt aufhalten. Es gäbe so viel für sie zu lernen! Ich muss Euch sagen, keiner der Fürsten rechnet noch damit, dass einer der beiden fähig ist, die Regierungsgeschäfte zu übernehmen. Einfach zu verschwinden! Und die Erinnerung an die Zeit, als sie noch hier waren, ist für keinen von uns besonders angenehm. Ach, Herr! Ihr könntet noch ein Kind bekommen, das von Anfang an sorgfältig erzogen wird, das alles lernt, was es über Deret-Aif zu wissen gibt. Ein Sohn, der Euer würdevoller Nachfolger sein könnte. Oder eine Tochter, klug und gütig. Meint Ihr nicht?«

»Es geht nicht«, sagte Kanuna langsam. »Es kann keinen anderen Erben geben.«

»Wie, es kann nicht? Ich weiß, das Recht des ältesten Sohnes ist ein sehr altes Recht, aber in einem Fall wie diesem ... Rin sei Dank seid Ihr noch jung und stark und gesund. Ihr könnt das Gesetz ändern, nach dem der älteste Sohn die Krone erbt. Ihr könntet noch zu Lebzeiten festlegen, wer Euch auf den Thron folgen darf. Ihr könnt die Zwillinge enterben, weil sie sich unwürdig betragen haben. Niemand würde Euch das übelnehmen oder sich auch nur darüber wundern. Im Gegenteil, es schafft Verwirrung und Unverständnis, dass Ihr das nicht schon längst getan habt.«

»Es kann keinen anderen Erben geben«, wiederholte Kanuna. »Ich habe ihn bereits gesegnet.«

»Was?«, entfuhr es Rahmon. »Wieso? Oh bei Rin, wieso das? Ihr habt ihm Euren Segen gegeben?«

Kanuna antwortete nicht. Er nickte in die Dunkelheit.

»Wem von ihnen? Doch nicht Zukata, oder? Hat Keta Euch vielleicht überredet, ihn zu bevorzugen? Aber sagt nicht, dass Ihr Zukata gesegnet habt!«

»Doch«, sagte Kanuna. »Er ist mein ältester Sohn und ich habe ihm den Segen gegeben.«

»Richtig? Ich meine, mit allem, was dazugehört?«

»Er brachte mir eine Schale Meerwasser und ich habe sie über sein Haupt gegossen und meine Hände auf sein Haar gelegt und die Worte gesprochen – so wie mein Vater es damals mit mir gemacht hat.«

Rahmon war noch immer fassungslos. »Warum um alles in der Welt habt Ihr das getan? Warum so früh? Ihr seid noch so jung!«

»So jung bin ich auch nicht mehr«, lächelte Kanuna.

»Für einen Menschen vielleicht ... Aber Ihr seid ein Riese, Herr. Ihr werdet nicht nur mich, sondern auch meine Kinder überleben. Ihr hättet warten können! Jetzt verstehe ich endlich, warum Ihr so wenig Kraft habt.«

»Ich habe wenig Kraft?« In Kanunas Stimme lag nicht nur Verwunderung, sondern der erste Anflug von Ärger. Ein Wutausbruch seines Kaisers schien Rahmon ein geringer Preis dafür, die Lebensgeister seines Herrn wieder zu wecken.

»Ich habe mich immer gefragt, warum Ihr es nicht vermögt, Euch selbst zu heilen. Herr, es ist achtzehn Jahre her, dass Eure Gemahlin den Unfall hatte. Auch Menschen trauern, wisst Ihr. Auch ich habe meine Frau bereits verloren. Aber wir kommen wieder auf die Beine, wenn wir genug geweint haben. Es kann ein Jahr dauern, zwei, vielleicht auch fünf. Manchmal geschieht es, dass Menschen sich aufgeben und unheilbar erkranken, nur durch die Macht ihrer Tränen, aber Ihr mit Eurer Fähigkeit zu heilen ...«

»Du solltest langsam wissen, dass es so nicht geht. Meine heilenden Hände haben mir selbst noch nie geholfen. Und sie konnten auch nicht Vinja helfen, als sie sterbend in meinen Armen lag. Ich war machtlos, Rahmon. Zum ersten Mal in meinem Leben musste ich erfahren, dass ich nichts ausrichten konnte, nichts. Es nützte mir nichts, ein Riese zu sein, all meine Macht über die Menschen und meine Gabe zu heilen war wie nutzloses Wasser in meinen Händen ... Als Zukata zu mir kam und mich um den Segen bat, wie konnte ich Vinjas Sohn verweigern, was ich Vinja nicht hatte geben können?«

»Er hat also darum gebeten?« Rahmon war überrascht. »Ich hätte nicht gedacht, dass er Wert auf so etwas wie den Segen gelegt hat. Trotzdem, Herr, das hättet Ihr nicht tun dürfen. Selbst wenn Ihr geglaubt habt, Ihr würdet ihr nachsterben.«

»Ich habe nicht gesagt, dass ich glaubte, sterben zu müssen.«

»Aber das muss es wohl gewesen sein. Ausgerechnet Zukata! Er ist Euer Sohn und Ihr liebt ihn natürlich, aber das hätte Euch niemals so blind machen dürfen!«

»Rahmon.« Kanunas Stimme klang gereizt. »Es reicht.«

»Ich lasse Euch jetzt allein«, sagte Rahmon. »Mir reicht es ebenfalls. Ich bin nur ein schwacher Mensch und brauche meinen Schlaf. Aber eines sage ich Euch, mein Kaiser, als Euer Ratgeber und Freund: Ihr solltet dennoch heiraten. Euer Herz ist groß genug, um Vinja für immer einen Platz darin zu geben und Euch noch einmal zu verlieben. Und so wertvoll Euer Segen auch sein mag, Zukata ist fort und kommt vielleicht niemals zurück. Vielleicht ist er längst tot, was bei dem Leben, das ich ihm zutraue, nicht einmal so unwahrscheinlich ist. Dann könnt Ihr den Segen mit gutem Gewissen noch einmal vergeben. Ihr braucht eine neue Frau und einen neuen Sohn, bevor Ihr mit Eurer ersten Familie auch das Vertrauen der Fürsten und des Volkes verliert.«

Mit schnellen Schritten marschierte er über den mit grobem Sand bestreuten Weg zurück zum Schloss. Kanuna war nicht gewalttätig, aber es war eines, sich darauf zu verlassen, und etwas völlig anderes, einen Riesen herauszufordern, der zwei Kopf größer war als man selbst und doppelt so breit.

Kanuna blieb lange stehen und hörte das Blut in seinen Adern rauschen, wie eine Erinnerung an das wütende Meer, über das seine Vorfahren gekommen waren. Er tastete nach der Kastanie, nach ihrer glatten Rinde, er spürte die unerschütterliche Kraft des Baumes. Hier hatte das Mädchen gestanden, hier hatte auch Vinja oft Halt gemacht, wenn sie gemeinsam durch den Park spaziert waren. Sie hatte den Baum umarmt und gelacht.

Was tust du da?

Ich küsse die Riesen. Sie lachte. Ich liebe es, alle Riesen in meiner Umgebung zu küssen ... So hatte sie auch die Zwillinge geherzt und umarmt und geküsst und mit ihnen gelacht. Vollkommenes Glück ...

El Schattik – damals nannte ihn noch niemand Kanuna, den Löwen – war erst dreißig Jahre alt gewesen, als sein Vater, Kaiser Rhan, beschlossen hatte, ihn zu verheiraten. »Du wirst jung sein, wenn du an die Macht kommst«, sagte er zu ihm. Keinem Kaiser wurden mehr als fünfzig Jahre Herrschaft zugestanden, denn niemand sollte Reilavin, den ersten Riesenkaiser von Aifa, jemals übertrumpfen, und Rhans fünf Jahrzehnte waren bald voll. »Ich möchte, dass du dann schon eine Frau an deiner Seite hast.« Um die Einheit der Königreiche Aifa und Diret zu bestärken, hatte er Vinja, die älteste Tochter des Königs von Diret, ausgesucht.

El Schattik wollte noch nicht heiraten, aber er gehorchte. Es wäre ihm lieb gewesen, wenn man sie zu ihm gebracht hätte und er nichts hätte tun müssen, aber es war üblich, die Braut in ihrem Elternhaus aufzusuchen, und selbst wenn an der Verbindung nicht mehr zu rütteln war, musste sie persönlich gefragt werden. Rhan schickte ihn nach Diret, und so kam er an den Hof des Königs und sah Vinja. Sie war neunzehn und das schien ihm sehr jung. Damit er ihr die Frage stellen konnte, ließ man sie beide allein, und er fühlte sich unbehaglicher als je zuvor in seinem Leben.

»Ich soll Euch fragen, ob Ihr mich heiraten wollt.«

Im Rückblick kam er sich selbst unglaublich jung vor. Später erst ließ er sich den Bart wachsen und später erst nahm er die eindrucksvolle Haltung an, die einem Kaiser und einem Mann seiner Größe angemessen war. In jenem Jahr war er nur jung und weizenblond, und er versteckte seine großen Hände hinter seinem Rücken. Er war nie schüchtern gewesen, aber selten war ihm etwas peinlicher vorgekommen, als mit diesem fremden Mädchen über das Heiraten zu reden.

»Na los«, sagte Vinja, »dann fragt.« Sie strich sich die braunen Locken aus der Stirn und sah ihn auffordernd an. Herausfordernd. Er sah, dass ihre Augen zweifarbig waren, grün und hellbraun, und auf einmal war sie kein Name mehr, sondern ein Mensch aus Fleisch und Blut, mit einer tiefen, fast rauen Stimme. Man hatte sie in ein mit Spitze und Samt verziertes grünes Kleid gesteckt und mit Perlen und Goldketten behängt, aber sie wippte mit dem Fuß, als hätte sie es eilig, endlich wieder nach draußen zu kommen, wo sie hingehörte. Er horchte auf seine Gefühle und wusste selbst nicht, was er denken und fühlen sollte. Sie kam ihm jetzt schon unverschämter vor als jede andere Prinzessin und jedes Edelfräulein, denen er je begegnet war, und er wunderte sich, dass sein Vater ausgerechnet dieses freche Ding als zukünftige Kaiserin des Reiches ausgesucht hatte.

»Wollt Ihr mich heiraten?«

»Ich muss ja«, seufzte sie und verzog den Mund. Er hatte viele wunderhübsche Frauen getroffen oder solche, die ihre mangelnde Schönheit kunstvoll mit Kleidung und Schminke aufzubereiten wussten. Bei Vinja hätte er nicht sagen können, ob sie hübsch war. Er wusste nur, dass unter all dem Schmuck, dem Gold und den Edelsteinen und den gedrehten Locken ein Mädchen steckte, das diese Dinge trug wie eine Verkleidung. Er war Schmeicheleien gewöhnt und hatte erwartet, dass sich die auserwählte Braut ihm voller Dankbarkeit und Ehrerbietung zu Füßen warf, und dass sie das nicht tat, erstaunte ihn. Als Riese war er es gewohnt, dass die Mädchen beeindruckt zu ihm aufblickten, aber Vinja musterte ihn kritisch. Er begann sich zu fragen, was er tun musste, um sie zu beeindrucken.

»Wollt Ihr denn nicht selbst?«, fragte er.

Sie runzelte die Stirn. »Ich weiß nicht«, meinte sie schließlich und ließ ihren Blick über ihn wandern, als wäre er ein Pferd auf dem Markt, das ihr zu teuer war. »Ich kenne Euch doch nicht. Ihr seid sehr groß, aber das war bei einem Riesen ja auch zu erwarten. Ihr werdet Kaiser sein – das ist natürlich ein großer Vorteil. Aber ob ich Wert darauf lege?«

Er konnte nicht umhin, sich über ihre Worte zu ärgern. Bei Rin, wie sollte er es mit diesem frechen Weib aushalten? Er wollte sich nicht zum Narren machen lassen.

»Mich hat man auch nicht gefragt«, gab er zurück. »Ich hätte mir sonst eine schöne, stille, sanfte Braut ausgesucht. Niemanden, der so vorlaut ist wie Ihr. Wahrscheinlich«, fügte er noch hinzu.

Sie war nicht verletzt, sie lachte. »Vielleicht wird es ja weniger schlimm als erwartet«, meinte sie.

Ihre Zeit war um; die Türen wurden aufgestoßen, um das verlobte Paar zu beglückwünschen, und sie schüttelten Hände und sahen sich nicht mehr an. Erst als er hinausbegleitet wurde, warf er noch einen langen Blick zurück, wie sie da stand in ihrem grünen Kleid mit den Schleifen und Bändern, der Spitze und den Perlen. Sie zwinkerte ihm zu, eine Geste, die nur ihnen beiden gehörte, und sein Herz machte einen Sprung.

Er reiste ab, um alles für die Hochzeit vorzubereiten, und einige Wochen später kam sie nach und wurde seine Frau.

Zukata war zu ihm gekommen, in den ersten Tagen, als die Trauer noch so frisch war wie eine offene Wunde. Im Zimmer war es dunkel. Er zog die schweren Samtvorhänge zu, um das Licht auszusperren und den Park dort draußen, die Bäume, die Vinja geliebt hatte, und die Rosen, den Himmel und die Wolken. Es sind Schiffe, hatte sie gerne gesagt. Kannst du es sehen? Sie segeln über das blaue Himmelsmeer und der Wind bläst sie nach Rinland. Das ist eine Gewitterfront aus dem Westen, sagte er. Denk doch einmal nach, bevor du sprichst.

Nun gut. Sie war nicht beleidigt. Dann kommen sie eben aus Rinland. Eine ganze Flotte, grau und schwer, und bringen uns seinen Segen.

Er hatte ihr nicht mehr widersprochen. Es war meistens zwecklos, Vinja zu widersprechen.

Zukatas Stimme war nur ein Flüstern im Dunkel. »Vater? Ich bin es, Zukata. Ich will, dass du mich segnest.«

Er antwortete nicht. Schweigen hatte sich über ihn gesenkt wie ein Vorhang aus Samt. Wortlos saß er in seinem Sessel, stundenlang, und wartete darauf, dass der Schmerz verging.

»Ich habe hier eine Schale mit Meerwasser. Ich habe an alles gedacht. Gib mir deinen Segen.«

Ein einziges Wort quälte sich durch die Schichten seines Schweigens. »Warum?«

»Dic Gabc wird dann auch in meinen Händen sein, Vater. Ich will die heilenden Hände. Wir hätten Mutter retten können, wenn du mir den Segen früher gegeben hättest. Wir beide zusammen hätten es vermocht.«

»Nein«, sagte er, »sie war zu schwer verletzt. Ihr Fuß war im Steigbügel hängen geblieben ...« Er konnte nicht weiterreden. Zukata legte seine Hände um die Schale.

»Vielleicht doch. Vielleicht doch, Vater. In mir ist so eine Dunkelheit, Vater, als müsste ich immerzu weinen ... Leg mir die Hände auf, bitte.«

Er hatte keine Kraft gehabt, sich zu weigern. Dort im Dunkeln legte er seinem Sohn die Hände auf das vom Meerwasser befeuchtete Haar und segnete ihn im Namen Rins und seiner Tränen, und während er sprach, fielen seine eigenen salzigen Tränen in das blonde Haar seines Kindes und mischten sich mit dem Wasser, und er fühlte sich zugleich schwach und mächtig, heilend und untröstlich, voller Liebe und unfähig, das Leben weiterzuleben, ohne Vinja. Es tat gut, die Worte zu sprechen, die, während sie aus seinem Mund kamen, nicht seine eigenen Worte waren, sondern die seines Vaters und seiner Großvaters und all der anderen Riesenkönige vor ihnen, und sie füllten den finsteren Raum mit Wärme und Zuversicht. Es war, als wäre Rin selbst bei ihnen in diesem Augenblick, seine göttliche Gegenwart, die sie erfüllte und Vater und Sohn umgab und in seinen Händen lebte – in seinen und nun auch in Zukatas Händen.

»Das hatte ich nicht erwartet«, flüsterte der Junge und sprang auf und stürzte hinaus.

Kanuna saß noch eine Weile da und atmete, dann stand er auf und zog die Vorhänge zurück.

»Ich bin einverstanden«, sagte er zu Rahmon. Er erwartete nicht, dass es für ihn noch einmal Glück geben könnte, aber niemals, nicht einmal in seinen schlimmsten Stunden, hatte er je vergessen, dass er die Verantwortung für das Kaiserreich trug. »Wenn sich alle besser fühlen, wenn ich eine Frau habe, dann soll es eben so sein.« Schon einmal war er überrascht worden, als er sich den Wünschen anderer fügte, und auch wenn es keine zweite Vinja gab, würden wenigstens die vorwurfsvollen Blicke seiner Ratgeber und Edelleute aufhören. Und die mitleidigen. Er konnte es nicht ertragen, wenn Rahmon so mitleidig und verständnisvoll war und sich mehr Gedanken um sein Glück machte als er selbst.

Und sie hatten recht – er brauchte einen Erben. Rahmon hatte ihm nicht unter die Nase gerieben, was für ein Gerücht die Runde machte – dass Zukata wieder in Deret-Aif war, als Anführer einer Räuberbande. Es war nicht das erste Mal, dass er dergleichen zu hören bekam. Auch damals, vor sechzehn Jahren, als er verschwunden war, hatten den Kaiser ähnliche Geschichten erreicht, von einem riesenhaften blonden Mann, der die Küstenländer unsicher machte. Jahrelang war es ruhig um ihn gewesen, doch falls er tatsächlich zurück kam, hatten es die Fürsten umso eiliger, einen anderen Erben im Schloss zu wissen, einen Prinzen, dem sie vertrauensvoll dienen konnten. Auch wenn Zukata den Segen hatte, konnte ein Kaiser keinen Piraten und Räuber zu seinem Erben ausrufen. Von Keta erreichten ihn ebenfalls hin und wieder seltsame Gerüchte – er sei beim Ziehenden Volk, den Zintas, gesehen worden, in den Wäldern und auf Jahrmärkten ... Keta war leider kein Ersatz für Zukata, auch wenn er selbst das lange gehofft hatte, denn Keta war seinem Herzen näher als sein Ältester; seine Auflehnung war nie so laut und gewalttätig gewesen, sondern als der Stillere der beiden hatte er ohne viel Aufhebens das getan, was er wollte. Es war merkwürdig, dachte er manchmal, dass die Zwillinge gerade das von Vinja geerbt hatten: die Unfähigkeit, sich ihrem Rang entsprechend zu benehmen, diesen Freiheitsdrang, der alle Konventionen sprengte – und von ihm die Stärke, nicht nur von dieser Freiheit zu träumen, sondern sie tatsächlich gegen alle Widerstände zu erkämpfen und auszuleben.

Rahmon nickte. Falls er überrascht war, zeigte er es nicht. »Ja, Herr. Das ist sehr gut. Falls ich Euch beraten darf, wen ich empfehlen würde ...«

Er musste unwillkürlich lächeln. »Nun sag schon. An wen hast du gedacht?« Er zweifelte nicht daran, dass Rahmon und die Fürsten schon Pläne geschmiedet hatten für den Fall, dass er zustimmte.

»Die Prinzessin von Helt«, sagte Rahmon. »Sie heißt Kirja. Sie ist ... Ich bin sicher, sie wird Euch gefallen.«

Gegen seinen Willen wurde er neugierig auf dieses Mädchen, das seine Frau werden sollte. Wie bei seiner ersten Eheschließung fühlte er sich hilflos, verlegen und peinlich berührt, nicht mehr wie der große Riesenkönig von Aifa, der Kaiser von ganz Deret-Aif, sondern wie ein junger Mann, der nicht weiß, was das Leben ihm bringen wird.

In gewisser Hinsicht war alles anders als beim ersten Mal. Er war über sechzig Jahre alt und begegnete dem König von Helt als selbstbewusster Souverän. Er kannte ihn gut, wenn er auch noch nie seine Töchter gesehen hatte, und ohne Eile sprachen sie miteinander über die Belange des Kaiserreichs, bis der König schließlich lächelte und sagte: »Kirja wartet sehr darauf, Euch zu sehen, Kaiser Kanuna. Vielleicht ...?«

»Ja«, sagte er, aber in sein Gesicht kam kein Lächeln, alle seine Gesichtsmuskeln verkrampften sich. Er war so aufgeregt, dass er seiner Stimme kaum traute. »Ja, natürlich.«

Der König öffnete eine Tür und dort sah er sie. Kirja, Prinzessin von Helt. Er wusste, dass sie zwanzig Jahre alt war, aber nie war ihm das so jung vorgekommen. Sie war klein und sehr schlank; ihr herzförmiges Gesicht wurde von dunkelbraunem Haar umrahmt. Sie trug sogar ein grünes Kleid. Sie haben sie ausgesucht, um mir eine Freude zu machen, dachte er, denn sie ähnelt tatsächlich Vinja. Ich wette, Rahmon hat sich jede Prinzessin von ganz Deret-Aif angesehen und diejenige gewählt, die ihr am meisten gleicht.

Er fragte: »Nun, was haltet Ihr davon, dass Ihr mich heiraten sollt?«

»Ich tue alles, was Eure Majestät befiehlt«, sagte das dunkelhaarige Kind. Sie war gut erzogen. In ihren Augen war nichts, kein Entsetzen darüber, dass sie mit einem Mann verheiratet werden sollte, der ihr uralt vorkommen musste, nur ein leichtes Zittern in ihrer Stimme. Sie würde gehorchen, wie sie es gesagt hatte. Er zweifelte nicht daran, dass sie alles tun würde, was er sagte. Man hatte sie auf eine Verbindung ohne Liebe und Zuneigung vorbereitet, und falls sie innerlich weinte, zeigte sie es nicht.

»Und was willst du, Kirja?«, fragte er. »Was erwartest du vom Leben?«

Er war Kaiser, er konnte alles fragen, was er wollte. Aber sie hatte nicht gelernt, auf so eine Frage zu antworten. Er spürte ihren Blick auf sich, auf seinem Gesicht mit den groben Zügen eines Riesen, auf seinem blonden Bart und seinem Haar, hell wie reifer Weizen, ohne eine einzige graue Strähne.

»Gefalle ich Euch nicht, Majestät?«

»Du bist jung und schön, wem würdest du nicht gefallen«, sagte Kanuna zu dem makellosen Gesicht, und er dachte an Vinja, an ihr dunkles Haar, das sich beständig verirrte und sich an ihren Schläfen ringelte, an die kleine Narbe unter ihrem grünen Auge und an ihr herausforderndes Lachen, ihre Schroffheit, ihre Aufrichtigkeit, ihren abenteuerlustigen Mut ... Dieses Mädchen war zu jung, um überhaupt ein Gesicht zu haben.

Er konnte es nicht mehr ertragen. Wie hatten sie nur glauben können, er würde sich mit diesem armseligen Ersatz für Vinja zufrieden geben? Mit einer Puppe statt einer lebendigen Frau? Es war zwecklos. Wut über seinen peinlichen Besuch stieg in ihm auf, über sich selbst, über Rahmon, der ihn dazu überredet hatte. Sie wird Euch gefallen! Von wegen!

Das arme Mädchen stand ein wenig verwundert da und wartete.

»Du hast nichts falsch gemacht«, brachte er noch heraus, »es war mein Fehler, herzukommen.«

Er drehte sich abrupt um und verließ das Zimmer. Seine eigene Unhöflichkeit ärgerte ihn, diese Situation, aus der er möglichst elegant wieder herauskommen musste, ohne den König tödlich zu beleidigen. Dass er das Bild zerstörte, das alle sich von ihm machten, dieses Bild des stets weisen, gerechten und majestätischen Mannes, ärgerte ihn umso mehr. Er wollte nur fort. Auch ein Kaiser konnte nicht immer stark sein.

Der König von Helt kam ihm in der großen Halle erwartungsvoll entgegen, doch Kanunas Blick wurde abgelenkt. Eine Frau schritt gerade die Treppe hinunter, die in den festlichen Saal führte; er drehte sich zu ihr um und sah sie lächeln.

Der Kaiser vergaß den König von Helt, der bereits die Hand ausstreckte, um ihn als zukünftigen Schwiegersohn zu begrüßen. Die Frau auf der letzten Treppenstufe lächelte, ein ruhiges, sanftes Lächeln, das nichts mit ihm zu tun hatte. Sie lächelte ihn nicht an. Es kam aus ihrem Inneren, aus ihrer Mitte, ein Lächeln aus Frieden, nicht aus Freude. Sie war fast so groß wie er, ein Abbild der alten Riesen. Alles an ihr kam ihm warm vor. Der Goldton ihres Haares, der matte Schimmer ihrer hellen Haut, ihre grauen Augen. Wie er musste sie im zweiten Lebensdrittel der Riesen stehen, in dem Alter zwischen vierzig und achtzig Jahren, in dem die Schönheit reift und die Weiblichkeit sich vertieft, in dem ein neues und schlimmeres Kämpfen beginnt als das Ringen der Jugend, und er sehnte sich nach ihrem Verstehen. Sie stieg die letzte Stufe hinunter und knickste, wie es sich gehörte, aber weniger tief als üblich, und er dachte: der Widerspruchsgeist der Laringer.

»Wie heißt Ihr?«, fragte er.

Hinter ihm ließ der König von Helt resigniert seine Hand wieder sinken und verzog kopfschüttelnd den Mund. »Das ist Gräfin Fanes von Sirna, meine Cousine«, sagte er säuerlich, denn er ahnte schon, was nun kommen würde. Durch die offene Tür hatte er bereits gesehen, wie seine Tochter weinend davongerannt war.

»Ich bin Kanuna El Schattik«, stellte er sich vor.

Diesmal galt ihr Lächeln wirklich ihm. »Ich weiß.« Ihre Stimme war tief und warm. Auch Vinja hatte eine tiefe Stimme gehabt, überraschend tief. Zu Fanes passte sie.

»Seid Ihr verheiratet?«, fragte er. »Verlobt? Oder sonstwie gebunden?«

»Nein, Majestät.« Kein Zittern war in ihrer Stimme. Sie schien seine Frage weder ungehörig noch anmaßend zu finden. »Frauen mit Riesenblut in den Adern finden nicht so schnell einen Mann.« Fest und sicher stand sie vor ihm und ließ seine Augen von ihrer warmen Schönheit trinken.

»Dann solltet Ihr einen Riesen heiraten.«

Sie lachte. »Daran habe ich auch schon gedacht. Aber es gibt nicht mehr viele von uns.«

»Ich bin noch frei.«

»Habt Ihr Euch nicht soeben mit Prinzessin Kirja verlobt?«

Es gelang ihm eben doch, immer wieder die richtige Entscheidung zu treffen. Er hätte nichts Besseres tun können, als herzukommen und sich nicht mit Kirja zu verloben. Weise, gerecht und majestätisch.

Kanuna grinste und selbst auf seinem Riesengesicht wirkte dieses Grinsen sehr jungenhaft. »Habe ich nicht.«

Der König von Helt seufzte laut und vernehmlich, aber die beiden beachteten ihn gar nicht.

»Dann seid Ihr wohl tatsächlich frei«, gab Gräfin Fanes zu.

»Das heißt, es stünde nichts dagegen, wenn ich die Absicht hätte, mich mit Euch zu verloben.«

»Und«, fragte sie, »habt Ihr die Absicht, Majestät?«

»Ich brauche nur Euer Ja.«

»Wenn Ihr eine Frage stellen würdet, könnte ich darauf antworten.«

Sie war das genaue Gegenteil von Vinja und doch war die Ähnlichkeit verblüffend. Hier war das, was er gesucht hatte: eine Frau, die keine Angst vor ihm hatte.

»Wollt Ihr mich heiraten?«, fragte er. »Wollt Ihr mit mir nach Kirifas kommen und meine Kaiserin werden?«

Er hatte die Hand ausgestreckt, ohne es zu merken. Erst als sie ihre hineinlegte, wurde er sich dessen gewahr.

»Ja«, antwortete sie. »Nichts lieber als das, Majestät.«

Kanuna drehte sich zum König um, der mit den Augen rollte und hastig die Lider niederschlug. »Ich habe meine Braut gewählt.«

Der König nickte. »Das habe ich gerade gesehen. Nun denn. Ich hätte Euch gerne meine Tochter mitgegeben, aber wenn Ihr Euch mit meiner Cousine zu vermählen wünscht – bitte sehr. Ihr seid der Kaiser. Wann soll ich Eure Braut nach Kirifas bringen?«

»Ich nehme sie sofort mit«, sagte Kanuna. Er hatte nicht die Absicht, sie auch nur einen Moment aus den Augen zu lassen. »Die Vorbereitungen für die Hochzeit werden bereits getroffen. Wer an den Feierlichkeiten teilnehmen möchte, muss uns jetzt begleiten.«

Der König rang die Hände. »Das ist – knapp.«

»Ich habe keine Zeit zu verlieren«, verkündete Kanuna.

Er ließ Fanes' Hand nicht los, ihre warme, trockene Hand.

»Wo warst du?«, fragte er leise. »Warum habe ich nicht gewusst, dass es dich gibt?«

Rahmon tobte. Er legte die Stirn in Falten, in seiner Stimme zitterte der Zorn. Er sprach so leise, dass er kaum zu verstehen war, aber Kanuna kannte ihn gut genug, um zu wissen, dass dies der Ausdruck seiner äußersten Wut war.

»Was um alles in der Welt hat Euch geritten, eine so alte Frau mitzubringen?«

»Fanes ist nicht alt.«

»Nein? Wie alt ist sie denn? Vierzig? Fünfzig? Ich gebe ja zu, bei Euch Riesen lässt sich das Alter schwer schätzen. Ihr braucht einen Erben! Wie konntet Ihr das vergessen, Majestät? Einen Erben!«

»Sie kann mir noch einen Erben schenken«, sagte er. Eine Stunde vor seiner Hochzeit wollte er sich nicht mit seinem besten Freund streiten. Wenn Rahmon nur sein Ratgeber gewesen wäre, hätte er für diese frechen Worte längst seine Faust zu spüren bekommen.

»Dann müsst Ihr Euch aber wirklich beeilen damit. Was meint Ihr, warum ich Euch ein so junges Mädchen wie Kirja ausgesucht habe? Mit ihr hättet Ihr noch viele Kinder haben können und wenn vielleicht wieder ein paar darunter sind, die ...«

»Die danebengeraten, wolltest du das sagen?«

»Nicht mit diesen Worten, nein.«

»Riesen neigen dazu, danebenzugeraten. Das weiß ich genauso gut wie du. Aber ich werde diese Frau heiraten. Gleich jetzt.« Er beugte sich vor, so dass er auf derselben Augenhöhe mit Rahmon war, wie man sich zu einem Kind herabbeugt, dem man seine Aufmerksamkeit schenkt. »Was ist los, Rahmon? Hast du wieder etwas gehört – von meinen Söhnen?«

»Einer von ihnen wurde definitiv wieder gesehen. Er hat einen Trupp Soldaten des Königs von Laring aufgemischt.«

»Sind sie tot?«

»Ich glaube nicht.«

Kanuna schüttelte den Kopf. »Dann solltest du mich am Tag meiner Hochzeit nicht damit behelligen. War es Zukata?«

»Ich weiß es nicht. Er wurde auch gesehen, als er in einem Hafen in Tors ein Schiff gekapert hat.« Rahmon beeilte sich hinzuzufügen: »Herr, niemand kann uns mit Sicherheit berichten, welcher Eurer Söhne für diese Dinge verantwortlich ist. Vielleicht war es auch Keta. Vielleicht waren sie es beide. Ihr braucht einen Erben.«

»Ich weiß«, sagte Kanuna leise. »Glaub mir, ich weiß.«

Aber als er Fanes gegenübertrat, dieser großen, hellen Frau mit dem Lächeln, dachte er nicht mehr an das Kind, das er unbedingt haben musste. Weich und warm legte sich die neue Liebe über die Schluchten, die Vinjas Tod in ihn getrieben hatte.

4. Möwe

DER WANDERER HIELT auf ein kleines Fischerdorf zu. Er war müde und hungrig und hoffte auf einen Krug kühles Bier, auf gebratenen Fisch und frisches Brot. Danach wäre ein Platz im Schatten schön gewesen, wo er sitzen und auf das Meer hinaussehen konnte. Immer wieder trieb es ihn an die Küste, auch wenn alle seine Verpflichtungen ihn ins Landesinnere riefen. Aber das Meer hatte eine eigene Stimme, und wenn er ihr lauschte, hörte er den Ruf. Immer wieder kam er hierher, in eins der unzähligen Dörfer. Er hätte selbst nicht sagen können, ob er sich damit quälte oder belohnte.

Ein Dorfbewohner, ein junger Fischer in abgerissener Kleidung, gebräunt von der Sonne, staunte über die außergewöhnliche Körpergröße und die starkgebaute Gestalt des Besuchers.

»Kommst du in friedlicher Absicht?«, fragte er vorsichtig, denn obwohl der Fremde lächelte, war die Schärfe seiner blauen Augen und die kühne Entschlossenheit seiner Züge nicht zu übersehen. Selbst hier hatte man von den Räuberbanden gehört, die ganze Landstriche unsicher machten.

»Ich schlage keine Wunden, sondern heile sie«, antwortete der Wanderer.

»Dann bist du ein Heilkundiger?«, rief der Fischer erfreut. »Dich hat uns Rin gesandt. Komm schnell mit!«

Er führte den Heiler in eine der Hütten, wo mehrere Menschen versammelt waren. »Ich habe hier einen Arzt!«

»Sei willkommen«, sagte eine der Frauen, ohne aufzublicken. Sie beugte sich über jemanden, der auf einem schmalen Bett lag. »Aber ich fürchte, du kommst umsonst.«

Der Fremde trat näher und erblickte auf dem Bett die Gestalt eines halbwüchsigen Mädchens, Kopf und Hände verbunden. Das Gesicht war bleich und schien mehr einer Toten als einer Lebenden zu gehören. Das Mädchen atmete noch, schwach und fast unmerklich.

»Was ist ihr zugestoßen?«, fragte der Heiler.

»Wir wissen es nicht. Wir haben sie am Strand gefunden, sie gehört nicht zu uns.«

»Ihr habt sie einfach am Strand gefunden?«

»Nach dem Orkan, der hier vor drei Wochen getobt hat. So lange ist sie schon bei uns. Sie stirbt nicht, aber sie wacht auch nicht auf.«

»Wer hat die Verbände angelegt?«

»Ich«, sagte die Frau, die ihn begrüßt hatte.

»Du kannst hierbleiben«, sagte er, »aber die anderen muss ich bitten, uns allein zu lassen.«

Sobald die Anwesenden die Hütte verlassen hatten, machte er sich daran, die Binden vorsichtig zu entfernen. Der magere Körper des Mädchens war mit Schnittwunden und Prellungen übersät, und er konnte sich vorstellen, wie sie vor drei Wochen ausgesehen hatte. Dabei heilten alle diese kleinen Wunden gut; selbst ihre Kopfverletzung, sorgfältig genäht, sah fast verheilt aus. Versteckt unter dem weißblonden Haar, würde bald nichts mehr davon zu sehen sein.

»Du hast gute Arbeit geleistet«, sagte er anerkennend.

Die Frau quittierte das Lob mit einem Lächeln. »Aber sie wacht nicht auf. Sie wird irgendwo schwer aufgeschlagen sein, aber sie hätte längst wieder erwachen müssen. Manchmal denke ich, sie müsste nur eine vertraute Stimme hören und sie würde die Augen aufschlagen und reden. Solche Fälle hat es schon gegeben. Aber wir wissen ja nicht einmal ihren Namen. Wir vermuten, dass sie auf einem Schiff war, das im Sturm untergegangen ist. Woher sie kommen mag? Wir wissen es nicht.«

Der Mann nahm die Hand des Mädchens in die seine, streichelte die langen, schlanken Finger. Es war eine schöne, wohlgeformte Hand, aber sehr blass.

»Ein Albino«, sagte er leise. »Ein ungewöhnlicher Schiffspassagier. Fünfzehn, sechzehn Jahre alt. Wer wohl nach ihr sucht?«

»Vielleicht niemand«, meinte die Frau. »In dieser Nacht sind viele Schiffe untergegangen. Wir haben auch viele Wrackteile gefunden.« Sie sah den Fremden an. »Das Einzige, was sie außer ihrer Kleidung bei sich hatte, ist diese Holzmöwe hier.« Sie zeigte ihm eine kleine hölzerne Figur, einen Vogel mit ausgebreiteten Schwingen. »Können wir nichts für sie tun? Alles, was ich vermag, habe ich getan. Aber du siehst aus, als kämest du von weither. Gibt es nicht irgendwo ein Mittel, um jemanden aus einer solchen Bewusstlosigkeit zu wecken?«

Der Fremde sah auf seine eigenen Hände, in denen die Hand des Mädchens winzig wirkte: große, starke Hände, mit denen er Lanzen und Schwerter geschwungen und zerbrochen hatte, Pferde gebändigt und Menschen niedergerungen, Menschen und Krankheiten. Er wusste, was das bedeutete, und er konnte heute noch das Glück in sich finden, das er empfunden hatte, als die alte Frau gesagt hatte: Nehmt ihn auf, Schwestern und Brüder, nehmt ihn auf und lehrt ihn alle unsere Geheimnisse – er hat heilende Hände. Sie hatte sich vor ihm verbeugt, während ihre Sippe verwirrt danebenstand. Und er hatte gewusst, dass sie seine Herkunft ohne sein Zutun herausgefunden hatte, dass sie in ihm den Erben erkannte, und hatte gestaunt. Heilende Hände. Er hatte gewusst, dass die Gabe des Heilens mit dem Segen verbunden war, aber er hatte nicht wirklich daran geglaubt. Gelernt hatte er schnell, das Wissen des Ziehenden Volkes und das Wissen der Wanderärzte und der Dorfärzte, und er hatte es mit dem verbunden, was er vom Leibarzt seines Vaters in Erinnerung hatte. Wenn man ihn nach seinem Namen fragte, sagte er: Nennt mich »Kan-solin-remanaine«, was bedeutete: der Mann, der seinen eigenen Weg geht.

Wenige waren unter seinen Händen gestorben, und um diese hatte er meistens nicht gekämpft, da er fühlte, dass er sie auf ihrem Weg nach Rinland nicht zurückhalten durfte. Sein Ruf war ihm bald vorausgeeilt, und selbst Könige hatten sich darum bemüht, ihn an ihren Hof zu holen. Der große Wanderarzt Remanaine! Und er hatte darüber gelächelt und war weitergezogen. Wenn es ihn nach Gold und Edelsteinen, nach edlen Pferden, erlesenen Genüssen und dem angenehmen Leben in einem Palast verlangt hätte, hätte er zu Hause bleiben können.

Seine Hände. Es lag nicht in ihrer Macht, Leben zu geben, aber sie hatten vielen, die schon vom Tode gezeichnet waren, Heilung geschenkt. Und dieses Mädchen, dem Tode verfallen, das seine eigene Tochter hätte sein können – ihr konnte er nicht helfen, obwohl er andere gesehen hatte, die schlimmer verwundet gewesen waren und doch dem Leben gehörten? Warum war er so machtlos?

Das Mädchen stand am Ufer und blickte hinaus aufs Meer. Sie konnte die Brücke sehen, die auf dem Sand ruhte und sich sanft geschwungen über das Wasser erhob. Sie reichte bis zum Horizont, eine schmale Brücke, nur ein Steg. Sie war nicht golden. Das Mädchen starrte sie an und fragte sich, warum sie damit gerechnet hatte, dass die Brücke aus Gold sein würde. Sie war aus Holz, aus rauen Bohlen, und besaß kein Geländer.

Das Meer war glatt und blau und spülte bis an ihre Füße. Der warme Sand, weich unter ihren Fußsohlen, war fein und sauber. Keine einzige Muschelschale, keine einzige tote Qualle war zu sehen, keine Krabbenbeine. Als ihr das auffiel, wurde ihr auch zum ersten Mal bewusst, wie still es hier war. Sie konnte die Möwen nicht hören. Nur das Wasser, das sacht gegen ihre Zehen schwappte, murmelte leise, dieses altvertraute Lied. Das Meer rief.

Vorsichtig näherte sie sich der Brücke. Sie streckte die Hand aus und berührte das Holz. Es war warm von der Sonne, und hier, wo die Wellen dagegenschlugen, leicht aufgequollen.

Sie konnte jetzt hinübergehen. Ihr Fuß hob sich bereits, aber dann zögerte sie doch. Hatte da jemand gerufen?

Blitz?, fragte sie vorsichtig. Bist du das, Blitz?

Das Mädchen drehte sich um. Hinter ihr lagen die Dünen, bewachsen von Strandhafer und Gras. Niemand war hier, nur sie und die Brücke.

Blitz?, fragte sie noch einmal.

Remanaine vergaß die Frau, Zeit und Ort, Müdigkeit und Hunger. Er sah das weiße Gesicht des Kindes, das schon eine seltsame, schimmernde Durchsichtigkeit besaß.

»Bleib«, flüsterte er und hielt mit seiner Linken die bleiche Hand fest, während er seine Rechte auf die Stirn des Mädchens legte.

»Da hilft nur noch beten«, sagte die Frau.

»Du hast recht«, rief er, und er begann zu beten, wie er noch nie gebetet hatte. »Rin! Bei Rinland und den Tränen, schenk mir heilende Hände! Bei der Liebe und Rinland jenseits des Meeres, vertreib die düsteren Schatten des Todes und lass dieses Kind leben!«

Er ergriff beide Hände des Schlafenden. »Wie nennt ihr sie?«

»Möwe«, antwortete die Frau. »Wegen ihrer Holzmöwe.«

Er sah das weiße Mädchen an und nickte. »Möwe. Hörst du mich, Möwe?«

»Bring mir Wasser«, sagte er dann zu der Frau. »Meerwasser. Ich will sie segnen.«

»Das darfst du nicht«, wandte sie ein. »Du bist kein Priester.«

»Doch, das bin ich«, widersprach er, und es stimmte: Obwohl er nie in Salien gewesen war und nie in einem Kloster gedient hatte, gab ihm der Segen seines Vaters das Recht, all das zu tun, was nur ein Priester tun durfte. Der Herr des Landes war immer zugleich auch ein Priester.

»Wer dich auch dem Tod bestimmt hat, er soll schweigen für immer! Komm zurück, Mädchen, komm zurück! Es ist noch zu früh für dich! Möwe!«

Die Frau reichte ihm eine Schale, die sie in die Wellen am Strand getaucht hatte.

Remanaine besprengte das Gesicht des jungen Mädchens mit dem salzigen Wasser.

»Tränen«, sagte er leise. »Rins Tränen. Geh noch nicht nach Rinland, meine Tochter, noch nicht.«

Er fühlte die Vollmacht in seinen Händen, unbegrenzte Macht, zu rufen und fortzusenden, zu heilen und Frieden zu geben. Kraft strömte von ihnen aus, und er verspürte die Gegenwart Rins, spürte ihn bei sich und in sich und im ganzen Zimmer, Wärme und Heilung und die Verheißung eines Glücks, das den Verstand und alle Vorstellungskraft übersteigt – die Erfüllung der Sehnsucht.

Sie hatte sich in den Sand gesetzt und streckte die Beine aus, so dass ihre Füße in die Wellen tauchten. Mit einer trägen, verträum-

ten Bewegung ließ sie den weißen Sand durch ihre Finger rieseln. Die Brücke neben ihr begann zu verblassen.

Zuerst dachte sie an eine Sinnestäuschung, aber es half nicht, zu blinzeln und sich die Augen zu reiben. Das Mädchen sprang auf und eilte zu der ersten Stufe, von der aus sich die Brücke höher wölbte. Sie legte die Hand auf das unterste Brett. Es war fest und wirklich, und doch, wenn sie aufsah, schien die Brücke sich am Horizont aufzulösen. Sie musste sich beeilen. Es gab nichts, was so sicher war wie das. Das Mädchen hob seinen Fuß und setzte ihn auf die erste der zahllosen Bohlen. Sie fühlte sich fest und sicher an. Obwohl die Brücke kaum breiter war als ihre Schultern und so unendlich weit hinausragte, schwankte und schaukelte sie nicht. Aber immer noch zögerte das Mädchen, einen Fuß auf der Brücke, den anderen noch im Sand.

Wer hat da gerufen?, fragte sie und drehte sich wieder um. Blitz? Warst du das? Wo bist du?

Da war es wieder, von irgendwoher, eine Stimme. Das Mädchen konnte nicht verstehen, was sie sagte.

Das Mädchen bewegte sich nicht und lauschte. Die Brücke unter ihrer Fußsohle fühlte sich gut an, gut und richtig. Und doch war da dieser andere Ruf.

Sie schüttelte den Kopf und seufzte. Sie würde keine Ruhe haben, bevor sie nicht nachgesehen hatte, ob es wirklich Blitz war, der sie gerufen hatte. Das Mädchen wandte sich zu den Dünen um und ging durch den Sand darauf zu.

Remanaine beugte sich über Möwe. »Sie ist wach«, sagte er leise zu der Frau. Sein Herz machte einen Sprung. »Kannst du mich hören? Du bist hier. Du bist in Sicherheit und am Leben.«

Die Verletzte hatte die Augen aufgeschlagen. Mit ihren ungewöhnlich blassen Albino-Augen sah sie sich verwirrt um.

»Ist Blitz da?«

»Der Sturm ist vorüber«, sagte die Frau freundlich und unterdrückte den Jubel in ihrer Stimme. »Du bist in Sicherheit.«

»Kannst du uns sagen, wie du heißt?«, fragte der Mann.

Sie versuchte, sich zu erinnern, aber das einzige Bild, das sie vor sich sah, war die Brücke. Das Mädchen saß am Strand und sah die Brücke, und während sie schaute, verblasste sie schon und mit ihr alles andere. Die Wellen und die Stille und der weiße Sand sanken zurück, und das Mädchen fand sich auf einem fremden Bett in einer fremden Hütte wieder. Der Mann, der sich zu ihr beugte, war sehr groß und blond. Das Mädchen schwieg, verwirrt.

Die Erwachsenen sahen sich an. »Wir müssen ihr Zeit lassen.« Die Frau sprach, als wäre sie nicht da, aber der Mann nickte ihr mit wachen Augen zu. »Es wird alles gut«, versprach er, und obwohl ihr dieser Mann fremd war, so wie alles hier, glaubte sie ihm jedes Wort.

»Nun will ich euch nicht länger zur Last fallen«, sagte Remanaine.

»Ein Arzt wie du ist nirgends eine Last«, erwiderten sie ihm.

»Aber jemand wie ich ist nicht leicht satt zu kriegen, und ich will euch nicht das Wenige wegnehmen, das ihr habt. Ich werde jetzt weiterziehen.«

Die Frau trat auf ihn zu. »Du bist der große Arzt Remanaine und du bist mehr als ein Arzt. Nie habe ich etwas Ähnliches gesehen ... Ich werde Möwe sagen, dass es losgeht.«

Er war überrascht. »Warum glaubst du, dass ich das Mädchen mitnehme?«

»Sie glaubt es jedenfalls. Ich dachte, du hättest es ihr versprochen.«

Remanaine zögerte. Dies war eine Wendung, mit der er nicht gerechnet hatte. Er heilte überall Menschen, wo er hinkam, aber wenn er auch nur die Hälfte davon mitgenommen hätte, würde ihm eine ganze Schar folgen. Auf so etwas legte er keinen Wert.

»Möwe hat hier niemanden.« Sie nannten das Mädchen immer noch Möwe, dieses Kind, das der Sturm ihnen gebracht hatte. Sie hatte sich an keinen anderen Namen erinnern können. Sie war wach und gewann rasch an Kraft und Gesundheit, aber bis heute hatte sie ihnen nicht sagen können, wer sie war und woher sie kam. Remanaine hatte geduldig gewartet, aber nun zog es ihn weiter.

»Ich glaube, sie betrachtet dich als denjenigen, zu dem sie gehört. Ich kann dich natürlich nicht dazu zwingen, dich auch weiterhin um sie zu kümmern.« Die Frau blickte ihn an. »Ihre Gegenwart macht einige hier nervös«, sagte sie schließlich ehrlich. »Du bist weit herumgekommen, aber die Menschen hier betrachten sowieso schon jeden Fremden mit Argwohn.« Sie brauchte es nicht zu sagen: Ihre weiße Haut war vielen unheimlich.

Er konnte Möwe nicht hierlassen. Wer einem Menschen das Leben rettet, ist dafür verantwortlich, das wusste er. In jedem der vielen Königreiche, in denen er gewesen war, galt dieses Prinzip, aber er hatte es nie auf sich als Heiler bezogen. Wie konnte er für all diese Menschen verantwortlich sein, denen er geholfen hatte? Und doch, sagte eine Stimme in ihm, bist du es, Sohn deines Vaters.

»Falls jemand sie sucht, wäre es sinnvoll, wenn sie hier bliebe.« Aber er wusste selbst, dass dieses Argument wenig galt. Bis jetzt war noch niemand gekommen und hatte nach einem Albinomädchen gefragt, und irgendwo, tief in seinem Inneren, fühlte er sich schuldig, dass es ihm nicht gelungen war, das Kind vollständig zu heilen. Rins Kraft war so stark in seinen Händen gewesen, so wunderbar und vollkommen, und er hatte in diesem Moment geglaubt, dass es möglich war, alles und jeden zu heilen: Krankheiten, gebrochene Knochen, Herzen und Seelen. Er musste sie in das salzige Wasser tauchen und sie wären geheilt ... Er verstand nicht, warum die Verletzte ohne ihr Gedächtnis ins wache Leben zurückgekehrt war.

Aber er zögerte immer noch. Die Reise zurück zu seinem Volk war sehr lang, durch mehrere Königreiche hindurch, eine beschwerliche Reise voller Gefahren. Und zurück wollte er auf jeden Fall. Es war so lange her, dass er Variti das letzte Mal gesehen hatte, und er stellte sich vor, wie er sie begrüßte, wie er ihr Möwe vorstellte und ihre Augen zu leuchten begannen ... Das gab den Ausschlag. Er wusste, dass Variti sich über ein Pflegekind freuen würde, mehr als über jedes andere Geschenk, das er ihr hätte mitbringen können. Wenn es ihm gelang, das Mädchen heil zu seinen Leuten zu bringen, würde seine Frau vor Glück strahlen und vergessen, wie lange und schwer sie ihn vermisst hatte.

»Ich werde mit Möwe reden«, versprach er. »Wo finde ich sie? Natürlich.«

Es gab nur einen Ort, an dem man Möwe suchen musste. Wie immer saß sie am Strand und ließ den Sand durch ihre Finger rieseln, sie häufte Muscheln zusammen und betrachtete sie und richtete dann doch wieder ihren Blick hinaus aufs Meer, aus dem sie gekommen war.

»Möwe?«

Das Mädchen drehte sich zu ihm um. Jedes Mal war es eine Überraschung, dieses ungewöhnliche Gesicht zu sehen. Möwe sah auf eine faszinierende Art gut aus. Wenn man sich daran gewöhnt hatte, wie weiß sie war, wenn man gelernt hatte, ihr in die blassblauen Augen zu schauen, war sie geradezu hübsch. Sie war schlank, aber nicht mager, zart, aber nicht zerbrechlich. Ihr weißes Haar fiel ihr glatt und seidig über den Rücken.

Sie hatte ein Schiff in den nassen Sand geritzt, ein Segelschiff, und darüber einen fliegenden Vogel.

»Was zeichnest du da? Bist du mit diesem Schiff unterwegs gewesen?«

»Nein«, sagte Möwe, und einen Augenblick dachte Remanaine, sie könnte sich wieder erinnern. Gleich würde sie anfangen zu erzählen. Von der Sturmnacht und ihrem Leben davor ... War er enttäuscht? Auch dies war eine Überraschung, nachdem er sich zunächst so gegen den Gedanken an eine Begleiterin gesträubt hatte. Er würde Variti nur von diesem Mädchen erzählen können, ohne es mit dabei zu haben, und seine Hoffnung zerfiel zu Staub, seiner Liebsten ein Kind mitzubringen.

»Nein, das heißt, ich weiß nicht. Ich habe davon geträumt, von einem Schiff mit weißen Segeln. Aber in meinem Traum war ich nicht an Bord. Ich stand nur da und sah zu, wie es immer kleiner wurde.« Möwe blickte zu Remanaine hoch. »Ist es jetzt Zeit? Wirst du gehen?«

»Und du?«, fragte er zurück. »Willst du hier warten, bis irgendjemand kommt, der dich sucht?«

»Nein«, sagte das Mädchen sofort. Ihre Entschlossenheit war ein noch unbekannter Zug an ihr. »Ich kann nicht warten.« Sie stand auf und blickte Remanaine an. »Hier drinnen weiß ich es. Ich kann nicht warten. Mir ist, als hätte ich schon zu lange gewartet. Worauf? Ich weiß es nicht. Ich weiß nur, dass ich nicht hierbleiben kann, hier bei den Fischern ... Abgesehen davon, dass sie mich nicht besonders mögen. Ich darf nicht. Ich kenne nicht einmal meinen Namen, aber ich bin schon viel zu lange bei den Fischern geblieben, während das Schiff dort draußen unterwegs ist.«

»Führt dich dein Weg dorthin?«, fragte Remanaine sanft. »Zurück übers Meer?« Er bezwang sich, noch nicht die Frage zu stellen, die ihm auf der Zunge lag. Er wollte dieses Mädchen nicht drängen, nicht einmal beeinflussen. So sehr er Variti auch liebte, es wäre ihm nie in den Sinn gekommen, ein Kind zu stehlen.

»So nennen sie mich, nicht? Möwe.« Sie strich sich die weißen Haare aus der Stirn. »Meinst du, ich könnte das tun? Auf irgendein Schiff steigen und lossegeln, auf den Horizont zu?«

»Sicher könntest du das. Ich habe nicht viel Geld, aber ich könnte dich mit zum nächsten Hafen nehmen und dir helfen, ein Schiff zu finden, dessen Kapitän bereit wäre, dich mitzunehmen.«

Möwe blickte wieder aufs Meer hinaus und dachte darüber nach. »Das klingt gut«, sagte sie zögernd.

»Dann wollen wir es so machen?«

»Aber dann finde ich ihn doch nie.«

»Wen?«

»Blitz.«

Remanaine wartete eine Weile und fragte dann vorsichtig: »Wer ist Blitz? Vielleicht ein Pferd?«

Möwe schüttelte den Kopf. »Ich weiß nicht, wer Blitz ist. Nur sein Name ist da, wenn ich erwache ... Aber wenn ich ihn finden will, dann muss ich doch in die Wälder hinein, in die tiefen Wälder. Dorthin, wo die Flüsse sind und auf die Märkte und in die großen Städte und bis hoch nach Kirifas ... Oder nicht?«

»Dann komm mit mir«, sagte er, »und du wirst all das sehen: die Wälder und die Flüsse und die Märkte und die großen Städte. Aber ob du deinen Blitz finden wirst, das kann ich dir nicht versprechen.«

Das Mädchen nickte. »Dann lass uns gehen. Ich habe lange genug gewartet.«

In ihrem Traum stand sie am Ufer und rief. Komm zurück, Lexan! Komm zurück, nimm mich mit!

Blitz stand hinter ihr und legte ihr die Hand auf die Schulter. Komm unter die Bäume, Mino. Wir haben das Schiff verpasst. Komm mit mir unter die Bäume.

Lexan ist fort, sagte sie. Sie sind alle fort. Sie hätten mich mitnehmen sollen, es war auch meine Reise.

Nein, sagte Blitz, unsere Reise geht unter die Bäume, in den Schatten und über das Gras. Komm, Mino.

Sie drehte sich nicht um, aber sie hörte das Rauschen des Windes in den Blättern. Der Wald musste dicht hinter ihr sein, eine riesige grüne Wand, ein Dickicht, voller Wurzeln und Dornen und Gestrüpp. Vögel lachten hoch oben in den Wipfeln.

Nein, sagte sie, nein, Blitz, nein ...

Es war unser Traum, weißt du nicht mehr, Mino? Unser gemeinsamer Traum.

Mino hielt ihn fest. Nein, Blitz, nein ...

Aber Blitz begann, rückwärts in den Wald hineinzugehen, und schlug Minos Hand weg.

Dies ist unser Traum, Mino.

Er war gezwungen, seine großen, raumgreifenden Schritte ihren kleinen Füßen anzupassen. Wenn er nach unten sah, war da ihr schimmerndes weißes Haar. Wie ein kleines Kind lief sie neben ihm her.

»Hast du keine Angst?«, fragte er.

»Wovor?«, fragte sie zurück. Sie blickte nach oben, zu ihm, sie lächelte. Das war etwas an ihr, das er nicht verstand, dieses ständige Lächeln.

»Vor mir zum Beispiel. Immerhin bin ich ein Riese. Und ein Fremder.«

»Alle sind Fremde«, sagte sie leise, so dass er es kaum verstand. »Warum sollte ich dich fürchten? Wenn ich je schlechte Erfahrungen mit Riesen gemacht haben sollte, habe ich es jedenfalls vergessen.«

Sie schliefen nicht immer unter freiem Himmel. Oft fanden sie Aufnahme in gastfreien Häusern, teils wegen des Mädchens, das von vielen bestaunt wurde wie ein seltenes Tier, teils wegen des Heilkundigen. Kranke gab es überall. Remanaine hielt seinen Zögling zu kleinen Handreichungen an, ließ Möwe bei seiner Arbeit zuschauen und erklärte ihr alles. Obwohl das Mädchen kein kleines Kind mehr war, behandelten viele sie so, steckten ihr Süßigkeiten oder Obst zu, und sie streichelten ihr über ihr weißes Haar, was Remanaine manchmal dazu veranlasste, ein warnendes Grollen auszustoßen, wie ein Hund, der seinen Besitz hütet. Möwe hielt den Apfel oder die Birne, die sie ihr gegeben hatten, achtsam in ihrer Hand und fuhr mit dem Finger über die glatte Schale. Sie betrachtete jede Frucht, als wäre sie ein Schatz, als hätte jemand sie in den Gärten Rinlands gepflückt, nur um sie jetzt in ihre Hand zu legen.

»Aus welchem Königreich kommst du?«, fragten sie, als müsste es irgendwo ein Land geben, in dem alle so weiß waren wie dieses Mädchen.

Dann zuckte Möwe verlegen zurück, und Remanaine antwortete für sie. »Aus einem Land jenseits des Meeres.«

»Aus Rinland?«

»Nein«, er lachte, »nicht aus Rinland.« Aber insgeheim fragte er sich manchmal selbst, ob das fremde Mädchen nicht tatsächlich eine Botin Rins war, mit einem Auftrag hergesandt, der sie in die Wälder führte. Von allem, was Möwe jemals gewusst hatte, waren ihr nur diese zwei Dinge geblieben: ein Schiff, das ohne sie abfuhr, und der geheimnisvolle Blitz, der in den Wäldern verschwand und unbedingt gefunden werden musste. Remanaine bezweifelte, dass es tatsächlich eine Person dieses Namens gab, aber er redete Möwe ihren Traum nicht aus. Vielleicht würde sich irgendwann aus diesen Bruchstücken ihre Identität ergeben, wie ein Schmetterling, der aus einer unscheinbaren Raupe kriecht und seine großen, bunten Flügel auseinanderfaltet.

Aber es waren nicht nur diese Bilder, die Möwe ausmachten. Nicht ihre Träume, nicht die Bewunderung, die ihr entgegenschlug – oder die an Hass grenzende Abneigung, die scheelen Blicke, das Getuschel. Auch das gab es. Sie lernte sehr schnell. Für Remanaine war es eine Freude zu sehen, wie schnell Möwe begriff und ihm auch zur Hand gehen konnte. Sie sammelte Kräuter, rührte Salben, legte Verbände an. Sie berührte die Kranken mit ihrer blassen Hand und begegnete ihrem misstrauischen Blick mit einem selbstzufriedenen Lächeln. Es war klar, dass sie das kannte: die manchmal heftige Reaktion der Menschen auf ihr Aussehen, und sich nichts daraus machte. Ganz bestimmt stammte sie nicht aus einem Land, in dem alle Menschen Albinos waren wie sie.

Damit sie schneller vorwärts kamen – denn niemand konnte mit seinen Riesenbeinen Schritt halten –, kaufte er Möwe einen Esel, auf dem auch ihre wachsenden Besitztümer Platz fanden. Remanaine hatte nie viel gebraucht. Er konnte auf der bloßen Erde unter dem Sternenhimmel schlafen und sich von Waldfrüchten ernähren, bis er das nächste Dorf erreichte. Dass der Herbst dunkel, nass und zugleich farbenprächtig seine Herrschaft über das Land ausbreitete, war ihm willkommen, ein Genuss für Augen und Nase und seine windliebende Haut. Doch seit Möwe bei ihm war, schleppten sie Decken mit sich herum und wärmende Mäntel – das Mädchen fror schnell – und sein Vorrat an Arzneimitteln wuchs, weil Möwe ihre Herstellung üben musste. Als er ihr das Angebot gemacht hatte, sie mitzunehmen, hatte er nicht erwartet, dass sie seine Schülerin werden würde. Es hatte kein erstes Mal gegeben, wo er gesagt hatte: Sieh her, das tue ich so und so. Sondern wie selbstverständlich hatte Möwe zugeschaut und versucht, es nachzumachen, als wäre auch dies ein Auftrag, den irgendjemand in sie eingebrannt hatte.

Der Weg war zu schmal für drei Personen. Als ihnen ein weißgekleideter Edelmann auf seinem mit Troddeln geschmückten Pferd entgegenkam, ging Remanaine trotzdem weiter. Als Riese hatte er es nicht nötig, irgendjemandem Platz zu machen. Möwe jedoch lenkte ihren Esel zur Seite, aus freundlichem Respekt, aber sie senkte nicht ehrerbietig den Kopf. Der Heiler beobachtete sie genau, denn immer noch hoffte er zu enträtseln, wer das Mädchen war. Jedenfalls hatte sie nicht gelernt, sich vor den Zeichen von Adel und Macht zu beugen. War sie eine Prinzessin?

Der Adlige runzelte die Stirn und zügelte seinen Schimmel. Er musterte das Mädchen auf dem Esel und wandte sich dann an den blonden Riesen.

»Ist das deine Dienerin? Ich kaufe sie dir ab.«

»Das ist meine Tochter«, antwortete Remanaine.

»Danach sieht sie nicht aus. Und ich habe dich nicht gefragt, ob du sie verkaufen *willst*. Nimm lieber das Geld, solange ich bereit bin, es zu zahlen.«

Der Arzt schüttelte den Kopf. »Ich sagte bereits, das ist meine Tochter. Und ich«, noch lag in seiner Stimme keine Drohung, »bin ein Riese.«

»Das sehe ich. Aber selbst die Riesen haben sich an geltendes Recht zu halten.« Er ließ Möwe nicht aus den Augen. »Ich bin Alin, der weiße Fürst. Ich habe ein weißes Schloss und ein weißes Pferd, sogar meine Hunde sind weiß ... Eine solche Dienerin fehlt mir gerade noch. Ich habe nicht vor, sie schlecht zu behandeln. Sag mir deinen Preis, wenn du als freier Mann weiterziehen willst.«

Remanaine warf dem Mädchen einen raschen Blick zu. Möwe wirkte nicht eingeschüchtert. Sie schien keine Ahnung davon zu haben, dass dieser Fürst tatsächlich das Recht hatte, jeden seiner Wünsche durchzusetzen, solange sie sich in seinem Herrschaftsgebiet befanden. Woher kam sie, wenn sie das nicht wusste? Aus einem Land, in dem die Mächtigen so gütig und gerecht waren, dass niemand je von ihnen bedroht wurde – oder hatte sie stets selbst auf der Seite der Mächtigen gestanden?

»Meine Tochter ist nicht zu verkaufen.« Er trat einen Schritt näher an das schöne weiße Pferd heran. »Sucht Ihr Ärger, Fürst Alin?« Er hatte sagen wollen: Ich möchte keinen Ärger. Freundlich und bestimmt. Doch nun klang es bereits wie eine Drohung.

Wie oft würde es noch passieren? Er war diese Art Streit so gewöhnt, dass es ihm hätte leichter fallen müssen, dem aus dem Weg zu gehen. Früher, als er kaum den Kinderschuhen entwachsen war, hatte er sich einen Spaß daraus gemacht, bewaffnete Männer herauszufordern, die glaubten, nur weil sie ein Schwert besaßen und ein schnelles Pferd und weil blaues Blut in ihren Adern floss, könnten sie es sogar mit einem Riesen aufnehmen. Mittlerweile versuchte er, dem Ruf seines Blutes nach Kampf aus dem Weg zu gehen, denn zu oft hatte er Verwundete versorgen müssen; er wusste, wie zerbrechlich Menschen waren. In einem Winkel seines Verstandes wusste er, dass er widerstehen musste, auch wenn das hin und wieder bedeutete, dass er eine Demut an den Tag legte, die er nicht besaß. Sich zu ducken oder gar zu gehorchen. Beides hatte niemals zu dem gehört, was er auch nur in Erwägung gezogen hätte.

Du kannst dich nicht verleugnen ... Spaß? Nein, es war mehr als Spaß, es war Ernst, es war wie eine Feier, Leidenschaft und Hass und Glück, die Bestimmung seines Lebens ... Er war wie ein Süchtiger, dem jemand unwissentlich die Droge vor die Nase hält – er witterte einen Kampf.

Remanaines Blut begann zu kochen, in seinen Augen glomm ein Funke auf, mehr als ein Funke, ein Brand ...

Möwe ließ ihre Blicke zu Fürst Alin wandern und zu Remanaine und wieder zurück. Was geschah hier? Sie sah deutlich, dass etwas passieren würde, aber es hatte nichts damit zu tun, dass sie selbst in Gefahr war. Eine böse Vorahnung ließ sie einen Schritt näher zu Remanaine machen. Sie griff nach seiner Hand.

Der Fürst begann sich zu ärgern und legte die Hand an sein Schwert. Er wandte sich erstmals direkt an Möwe.

»Du wirst es gut bei mir haben, Mädchen. Niemand, den ich kenne, hat jemanden wie dich in seinem Haushalt. Sag deinem Herrn, er soll keinen Ärger machen, und wir werden alle glücklich sein.«

Möwes Zutrauen zu Remanaine schien bedingungslos zu sein. Sie wandte sich ihm zu und lächelte, ohne den geringsten Anflug von Angst.

»Ich bin glücklich«, sagte sie, und in dem Moment, als sie es aussprach, wusste sie, dass es stimmte. Der dichte Wald um sie her duftete nach Herbst, nach Laub und Pilzen und feuchter Erde. Er glühte in Gold und Rot, in den Zweigen hingen Trauben roter und schwarzer Beeren. Mittlerweile wusste sie, welche davon essbar waren und welche nicht, sie konnte riechen, dass nicht weit von hier entfernt eine Gruppe essbarer Pilze stand, die ein hervorragendes Mittagsmahl abgeben würden. Alles war gut, so wie Remanaine es versprochen hatte. Keinen Augenblick lang glaubte sie, dass irgendjemand sie dazu zwingen könnte, dem weißen Fürsten in sein weißes Schloss zu folgen, um seine weiße Dienerin zu sein.

Der große Arzt nickte ihr zu und lächelte zurück. »Das sollst du bleiben«, sagte er und sprach seinen Satz zu Ende, obwohl Alin gerade das Schwert zog und auf ihn richtete.

Er schüttelte den Kopf. Manchmal kamen ihm die Menschen so dumm vor, dass er jegliche Lust verlor, sich mit ihnen abzugeben. Aus ähnlichen Gründen hatte er damals Kirifas verlassen. Was brachte es, sein eigenes Leben zu opfern, um über sie zu regieren? Dass er Befriedigung daraus zog, dieselben Menschen, die er verachtet hatte, zu heilen, erstaunte zu Beginn niemanden mehr als ihn selbst. Er gewöhnte sich an, sie zu bemitleiden. Dass es auch möglich war, sie zu lieben, das lehrte ihn erst Variti.

Fürst Alin beugte sich vor und streckte die Hand nach Möwe aus.

Sie wich zurück, aber nicht aus Angst vor ihm. Sie hängte sich an Remanaines Arm. »Bitte ...«

Er hörte sie wie von ferne. Bitte ... Bitte, was? Mit aller Kraft versuchte er, wieder klar zu sehen. Der Fürst, das Pferd, das Mädchen ...

Mit seinem Wanderstock schlug er das Schwert beiseite, sprang neben das Pferd und hob den verblüfften Fürsten aus dem Sattel. Er hielt ihn hoch über sich, um ihn zu Boden zu werfen und zu zerschmettern.

»Nein!«, hörte er Möwe schreien. »Nein, lass ihn, lass ihn runter, bitte, bitte!«

Ihre Schreie rissen ihn aus dem Rausch. Das Mädchen hing an seinem Arm und rief. Sie starrte ihn mit weit aufgerissenen Augen an. »Tu es nicht, Remanaine, bitte nicht! Du musst ihn nicht töten, wirklich nicht!«

Er zögerte. Der Fürst zappelte schwach in seinem Griff, wie ein Fisch, den er aus dem Wasser geangelt hatte.

Auf einmal war es nicht mehr wichtig, ihn zu töten. Remanaine seufzte. Was hatte er eben noch tun wollen? Ihn zu Boden werfen, mit aller Kraft?

»Ich tu ihm schon nichts«, sagte er zu Möwe.

Er sah sich um, und beförderte Alin in ein dichtes, dornenbesetztes Gebüsch. Während der edle Herr brüllte und fluchte und Drohungen ausstieß, ergriff Remanaine den Schimmel und forderte Möwe auf, in den Sattel zu steigen.

»Lass uns hier verschwinden«, sagte er. »Du reitest am besten, ich laufe.«

Der Fürst schrie etwas Unverständliches.

»Das ist kein Diebstahl«, behauptete Remanaine. »Wir tauschen nur. Ihr erhaltet unseren Esel. Es ist ein guter Esel, genügsam und brav.«

»Nein«, widersprach Möwe. »Ich will meinen Esel behalten.«

Er nickte und gab dem Grauen einen Klaps. Ohne Anstrengung rannte er dann neben der reitenden Möwe her. Das Mädchen lachte. »Nun wird es keine Pilzsuppe geben.«

»Nein, Möwe, jedenfalls nicht hier. Wir lassen dieses Fürstentum besser hinter uns.«

Eine Weile ritt sie schweigend, er lief neben ihr her. Dann fragte Möwe: »Was war da eben mit dir los, Remanaine? Ich hatte einen Augenblick lang wirklich Angst, du würdest ihn töten.«

»Ja«, bestätigte er ohne Umschweife, »das hatte ich wohl auch vor.«

Das Mädchen stutzte. »Was bist du für ein Mensch? Du hättest ihn einfach so umgebracht?«

»Ich bin kein Mensch, Möwe.«

»Aber ...«

»Nein«, sagte er. »Mach nie den Fehler, mich dafür zu halten.«

»Ein Riese tötet also einfach alle, die ihm querkommen?«

Er antwortete nicht sofort, aber als er es tat, erschrak sie doch. »Ja«, sagte er einfach.

»Oh. Nun gut, und warum hast du es nicht getan?«

Bitte. Hatte sie es nicht gesagt? Bitte.

»Weil du da warst«, sagte er knapp.

Sie fragte sich, was es bedeutete, dass sie Fürst Alin das Leben gerettet hatte. »Wird er Soldaten hinter uns herschicken?«

»Mit Sicherheit. Aber wenn wir erst über die Grenze sind, kann er uns nichts mehr anhaben. Er darf keine bewaffneten Schergen in ein anderes Hoheitsgebiet senden.« Einen Moment lang bedauerte er das Gefecht, das ihm entging, diese Hundertschaft, an der er sich hätte austoben können.

»Und der nächste Herr wird uns nicht ausliefern?«

»Wir sind bald an der Grenze zu Nomanos. Der König von Nomanos ist ein alter Bekannter von mir. Von dem haben wir keine Schwierigkeiten zu erwarten.«

»Erzählst du mir die Geschichte?«

»Du glaubst also, es gibt eine Geschichte?«

»Es sollte mich wundern, wenn nicht.« Möwe blickte ihn erwartungsvoll an. Sie liebte Geschichten über alles. Vielleicht, dachte sie manchmal, stamme ich aus einer Familie, in der jeden Abend jemand eine Geschichte erzählte ... Vielleicht lag ich da, ich und mein Bruder – vielleicht hatte ich einen Bruder –, und wir lagen da unter den glitzernden Sternen und haben geredet und er hat mir etwas erzählt, von den Ländern hinter dem Meer und von überwachsenen Wegen durch dichte Wälder, von den großen Städten und von Kirifas, der wundervollen Stadt des Riesenkaisers ...

»Hast du keine Angst vor meiner Geschichte?«, fragte er, denn vieles von dem, was er bisher erlebt und getan hatte, war wild und grausam.

Möwe schüttelte den Kopf. Ihr feines weißes Haar flog bei jeder Begegnung mit. Sie sollte den Tod nicht sehen, dachte er. Niemals.

»Erst müssen wir Tors hinter uns haben«, bestimmte Remanaine. »Dann sehen wir weiter. Ich will nicht, dass sie uns einholen.«

»Und wenn?«, fragte Möwe, aber der Heiler antwortete ihr nicht.

Er hatte sich in Nomanos aufgehalten und dort einige besonders schwere Fälle heilen können. Eine Seuche hatte sich ausgebreitet und er hatte alles getan, um sie einzudämmen, weitere Ansteckungen zu verhindern und die bereits Erkrankten zu retten.

Als ein Bote des Königs ihn aufgesucht und ihm gesagt hatte, König Napenlah wünsche ihn zu sehen, hatte er zuerst befürchtet, die Seuche könnte nun sogar schon im Schloss wüten.

»Ist er krank?«, hatte er gefragt.

»Nein.« Der Bote war erstaunt über diese Frage.

»Dann sehe ich keinen Grund, zu ihm zu kommen.«

Der Gesandte hatte zwei Bewaffnete mitgebracht, die nun hinzutraten und die Aufforderung bekräftigten.

»Warum? Was will er von mir?«, fragte Remanaine.

»Du solltest dich geehrt fühlen«, meinte einer der Männer. »Diese Einladung bedeutet eine besondere Auszeichnung. Der König hat von dir gehört und bietet dir die Stelle seines Leibarztes an.«

»Daran habe ich kein Interesse«, sagte Remanaine. »Es sind die Armen, die Bauern und Handwerker, die keine Ärzte haben. Der König und seine Edlen am Hof haben genug gute Heilkundige. Richtet König Napenlah meinen Dank aus, aber ich habe keine Zeit, ihn zu besuchen.«

»Das kannst du ihm selbst sagen, wenn du es wagst«, rief der Gesandte. »Wir haben die Anweisung, dich ins Schloss zu bringen!«

»Wo sich die Türen hinter mir schließen werden«, ergänzte Remanaine. »Der König soll herkommen, wenn er mich unbedingt sehen will. Ich kann euch jetzt nicht folgen, ich habe zu tun.« Er wandte sich wieder seinen Kranken zu.

»Du musst!«, befahlen die Männer und zogen die Schwerter.

»Es braucht mehr als drei, um mich zu fangen.« Die Familie, die er gerade behandelte, staunte nicht schlecht, als der große Heiler einen Schemel ergriff, der in der Stube stand, und mit solcher Kraft zuschlug, dass sie ihre Schwerter fallen ließen und flohen.

In aller Ruhe verabreichte Remanaine jedem die lebenswichtige Arznei, bevor er das Dorf verließ und weiterzog. Doch schon am nächsten Tag stellte sich ihm ein Trupp Krieger in den Weg. Remanaine riss einen jungen Baum samt Wurzeln aus und hielt sich damit die fünfzehn Soldaten vom Leibe. Er riss einige vom Pferd, schlug andere bewusstlos, und als sich schließlich einer aufmachte, um Verstärkung zu holen, nahm er überhaupt keine Rücksicht mehr und haute alle nieder, die nicht rechtzeitig flohen.

Im nächsten Dorf erfuhr er, dass König Napenlah ihn überall suchen ließ und eine Streitkraft von zweihundert Mann aufgeboten hatte, um seiner habhaft zu werden. Ungerührt behandelte er die Dorfbewohner, bis sie ihn schließlich baten, doch lieber zu gehen, bevor die Soldaten kämen und alles kurz und klein schlügen. So geht es nicht weiter, dachte Remanaine. Ich werde den König aufsuchen, bevor meinetwegen ein Krieg ausbricht – halten kann er mich doch nicht, und wenn er mich an eiserne Ketten schmieden ließe.

Er machte sich auf den Weg ins Schloss, wo er nach einem flotten Marsch nach anderthalb Tagen anlangte. Die Wachen schrien auf, als sie ihn sahen, und umringten ihn, aber sie hielten sorgsam Abstand.

»Gebt ihr allen euren Gästen so das Geleit?«, fragte Remanaine lächelnd. Er genoss es, damals wie heute, seine Kraft zu erproben, und wenn er auf einen Kampf verzichtete, dann nicht, weil er Angst um seine eigene Haut gehabt hätte. »Wessen Knochen breche ich wohl zuerst?« Manchmal fiel es ihm schwer, geduldig und großzügig zu sein. Das wilde Riesenblut kochte in seinen Adern und hin und wieder entfuhr ihm ein Wort, eine Drohung oder eine Beleidigung, oder auch ein zu hart geratener Hieb oder Tritt, den er nicht beabsichtigt hatte. Er hatte sich nicht immer vollständig in der Gewalt, wie es seinem Vater Kanuna scheinbar mühelos gelang, und er kannte das süße Gefühl, alles vernichten zu können, was sich ihm in den Weg stellte, und sich dabei unbesiegbar zu fühlen.

»Du beleidigst die Wachen des Königs«, traute sich einer zu sagen und duckte sich hinter seinen Kameraden.

»Nein, ich warne sie nur. Führt mich jetzt zu Napenlah, aber wie einen Gast und nicht wie einen Gefangenen, oder ich kehre auf der Stelle um.«

Sie wagten es nicht, sich mit ihm anzulegen. Die meisten wichen noch weiter zurück, während ihn einige besonders Mutige aus einer Entfernung, die ihnen einigermaßen sicher schien, bis zum Empfangszimmer des Königs begleiteten. Hinter ihm schlossen sich die Türen.

Der König war ein grauhaariger Mann um die siebzig mit einem unauffälligen Gesicht.

»Ha, bringt ihr ihn endlich!«, rief er aus.

»Er ist selber gekommen, Hoheit«, sagte eine der Wachen, »als Gast, wie er behauptet.«

»Du erklärst dich also bereit, mir zu dienen?«, fragte Napenlah zufrieden. »Du fügst dich endlich? Sehr gut.«

»Nein«, entgegnete Remanaine. »Davon kann nicht die Rede sein. Ich bin gekommen, um mit Euch zu reden, ehe es zu noch mehr Blutvergießen kommt. Ich will mit Euch sprechen, aber allein.«

»Das wäre unvorsichtig von mir«, wandte der König ein und lächelte schlau.

»Habt Ihr etwa Angst vor mir? Obwohl Ihr so großes Vertrauen in mich setzt, dass Ihr mich zu Eurem Arzt machen wollt? Was wäre das für ein Heiler, den Dolch im Nacken!«

Napenlah sagte nichts; vielleicht hatte er selbst noch nicht darüber nachgedacht, wie er mit einem Bediensteten umgehen würde, dem er nicht traute und zugleich trauen musste.

»Ich schwöre Euch, dass ich meine Hand nicht an Euren königlichen Leib legen werde.«

»Schwöre lieber nicht«, riet Napenlah, »denn als Arzt wirst du es doch tun.« Er nickte den Wachen zu. »Ich fürchte mich nicht vor ihm. Wartet draußen vor der Tür.«

»Ich sehe, Ihr habt doch Angst«, murmelte Remanaine und lächelte überlegen. »Hofft Ihr, mich zähmen zu können?«

Als sie allein waren, gestattete ihm der König, sich zu setzen. Er hatte gewusst, dass der berühmte Arzt ein Riese war, aber trotzdem war er darüber erschrocken, wie groß dieser Mann tatsächlich war. Er überragte nicht nur um ein paar Handbreit die größten seiner Soldaten, sondern war zugleich von so kräftiger Gestalt, dass sich Napenlah erstmals vorstellen konnte, warum seine Leute solche Schwierigkeiten damit gehabt hatten, diesen Mann einzufangen.

Er malte sich aus, dass es nicht einmal möglich sein würde, ihn in eine Zelle zu sperren. Wenn er ihn gewinnen wollte, musste er anders vorgehen.

»Ich bin sicher, dass wir uns einigen werden, denn du wirst nirgends ein besseres Angebot erhalten. Ich habe von deiner großen Kunst gehört, von unglaublichen Genesungen, und wünsche daher, dich hier an meinem Hof zu haben. Es wird dir an nichts fehlen. Wenn du wirklich so großartig bist wie dein Ruf, mache ich dich zu einem der reichsten Männer dieses Königreichs. Du siehst also, dass du dich nicht zu sträuben brauchst. Ich bin bereit, deine Dienste so hoch zu belohnen, wie du es dir in deinen kühnsten Träumen nicht vorgestellt hast.«

Gespannt wartete er auf die Antwort des Arztes. Wanderärzte waren immer arm und brauchten Geld. Mochte er noch so stark sein, dieser Mann bildete keine Ausnahme, das war schon an seiner Kleidung zu sehen.

Remanaine lachte leise. »Ich habe mit Reichtum nichts im Sinn. Ich habe schon ein Angebot ausgeschlagen, das ungleich höher war als Eures. Ihr solltet wissen, dass nicht alles für Gold zu haben ist und dass Ihr auch als König nicht über jeden Menschen frei verfügen könnt.«

»Du hast dich freiwillig in meine Gewalt begeben«, sagte Napenlah. »Glaubst du wirklich, dass ich dich jetzt wieder gehen lassen werde?«

»Ich kann Euch die Gründe nennen, warum ich dieses Schloss wieder verlassen werde.«

»Lass hören.«

»Ihr werdet mich gehen lassen, weil Ihr kein Recht dazu habt, mich hierzubehalten. Ich bin ein freier Mensch, weder Bauer noch Leibeigener. Es wäre meiner Familie gegenüber unrecht. Und denen, die ich hätte heilen können und die nun ohne meine Hilfe sterben müssen.«

»Hier könntest du genug Menschen heilen, die es dir zudem besser lohnen werden. Und deine Familie – sind Wanderärzte nicht meistens unverheiratet?«

»Ich nicht. Ich habe eine Frau.«

»Die könnte ich herkommen lassen«, meinte Napenlah. »Das ist doch kein Hindernis. Und was soll das heißen, ich habe kein Recht, dich festzuhalten? Hast du vielleicht bemerkt, dass ich der König bin?«

»Der König von Nomanos, ja. Aber ich bin kein Einwohner Eures Königreichs und Ihr habt daher keine Befugnisse über mich.«

»Mit einem Herrscher so zu reden!« Aber Napenlah unterdrückte seinen Ärger. Sein Besucher faszinierte ihn, je länger er ihn reden hörte. »Außerdem – bist du nicht, wie ich hörte, ein Ziehender? Man sagte mir, du gehörst zum Ziehenden Volk, so ungewöhnlich das auch für einen Riesen sein mag. Aber für die Zintas gilt, dass sie dem unterstehen, in dessen Reich sie sich befinden. Du bist in Nomanos – also gehörst du mir.«

Remanaine schüttelte den Kopf. »Ich gehöre wohl zum Ziehenden Volk, doch wie man sieht, nicht dem Blut und der Herkunft nach. Geboren bin ich in Aifa. Ihr seid dem Kaiser unterstellt und müsst die Gesetze des Kaiserreichs achten. Über einen Menschen aus Aifa habt Ihr keine Befugnisse.«

Napenlahs Gesicht war finster geworden. »Kannst du das beweisen? Bei welchem Fürsten kann ich nachfragen?«

»Bei Kanuna El Schattik, König von Aifa und Kaiser von Deret-Aif.«

»Er wird mir sein Recht abtreten. Ich werde ihn fragen.«

»Wenn er das tut«, sagte Remanaine lächelnd, »komme ich ohne Widerrede zu Euch und diene Euch bis an mein Lebensende. Aber der Kaiser würde nie einen seiner Untertanen verkaufen. Ist es Euch nun klar, dass Ihr kein Recht habt, mich hier zu halten? Dass ich auch in Nomanos die Freiheit habe, meine eigenen Wege einzuschlagen?«

»Wenn ich niemanden erfahren lasse, woher du kommst ...«

»Aber nein, König Napenlah, das würdet selbst Ihr nicht tun. Den Kaiser hintergehen? Kanuna El Schattik den Treueeid brechen?«

»Deine Herkunft schützt dich«, gab Napenlah zähneknirschend zu, »aber gibt es denn nichts, was ich dir bieten könnte, damit du freiwillig bleibst?«

»Nein.«

»Oh Kanuna«, seufzte der König auf, »das ist das erste Mal, dass mein Schwur mich in Konflikte bringt. Ich muss dieses Mannes versichert sein! Ich muss unbedingt! Und nur, weil er nicht so vaterlandslos ist, wie ich dachte ... Du verlässt dich sehr auf meine Treue, Remanaine.«

»Keiner, der bei Verstand ist, hintergeht Kanuna.«

»Darauf stützt du dich und du hast recht. Ich kann ihn nicht betrügen. Aber was hättest du getan, wenn ich mich weniger daran gebunden fühlte? Bist du unbesiegbar?«

»Mit zweien wurde ich fertig und mit fünfzehn und vor den zweihundert würde ich nicht fliehen. Lebend wird mich niemand gefangen nehmen.«

»Und dafür könntest du töten, du, der Heiler?«

»Um das zu vermeiden, kam ich her. Ich will nicht töten – aber vertraut nicht auf meine Sanftmut.« Während er das sagte, fühlte er fast einen Stich des Bedauerns. Hier saßen sie und redeten. In der gleichen Zeit hätte er das Schloss auseinandernehmen können – weitaus befriedigender für einen Mann wie ihn.

»Ein Mensch wie du ist mir noch nie begegnet«, sagte der König kopfschüttelnd. »Sag, wer bist du?«

»Mit Sicherheit kein Mensch. Und meinen Namen kennt Ihr.«

»Aber Namen sagen wenig über einen Menschen. Remanaine – der seinen Weg geht. Na und?«

»Ihr fragt, wer ich bin. Das ist die Antwort. Kan-solin-remanaine. Ich bin der Mann, der seinen eigenen Weg geht. Und das werde ich nun tun.« Er stand auf und wieder wurde dem König die riesenhafte Gestalt seines Besuchers bewusst. Er kam sich vor wie ein Kind.

»Ich wollte den größten Heilkundigen von Deret-Aif in meiner Nähe wissen, aber ich sehe, dass ich dich nicht zwischen diesen Mauern einsperren kann. Du bist zu groß für dieses Schloss. Es könnte dich nicht aufnehmen.«

Remanaine blickte ihn verwundert an. »Ihr seid ein größerer König, als ich erwartet habe. Ich freue mich, dass Ihr mich gehen lasst – für Euch und für Eure Soldaten.« Er sah Napenlah in die

Augen und zum ersten Mal kamen sie ihm schön vor, klar und klug, als hätte sich hinter dem anmaßenden Gesicht des Königs ein Mensch verborgen, der sich von Remanaines Kraft hatte herausrufen lassen.

»Wer bist du?«

»Ich bin der Mann, der seinen Weg geht: Keta, El Schattiks Sohn.«

Napenlah erschrak. »Verzeiht mir, mein Prinz ... Kanunas Sohn! Ich wundere mich über mich selbst und meine Blindheit, aber man spricht niemals über die Söhne des Kaisers.«

Remanaine lächelte schmerzlich. »Es schadet seinem Ansehen, nicht wahr? Wenn bekannt würde, dass der eine zum Ziehenden Volk gehört ...«

»Warum?«, wollte Napenlah wissen. »Warum tut Ihr es dann? Warum geht Ihr wie ein Landstreicher durch die Wälder, Prinz Keta?«

»Weil es mein Weg ist, König Napenlah, weil ich der bin, der seinen Weg geht. Ich erwarte, dass Ihr mein Geheimnis für Euch behaltet. Es ist für meinen Vater und auch für mich besser, wenn ich weiterhin als verschollen gelte.« Er nickte ihm zu und wandte sich zur Tür.

»Öffnet!«, rief der König. »Dieser Mann darf gehen. In ganz Nomanos kann er sich frei bewegen, und wer ihm etwas zuleide tut oder ihn kränkt, wird meinen Zorn zu spüren bekommen!«

Die Wachen bemühten sich, ihr Erstaunen zu verbergen.

»Ihr gebt also zu, dass ich gesiegt habe?«, fragte Remanaine mit spöttischem Lächeln.

»Es ist keine Schande für mich«, meinte Napenlah leise, »denn wer Ihr auch sonst sein mögt – zuerst und für immer seid Ihr Kanunas Sohn.«

Remanaine antwortete nicht darauf. Er verließ den Saal, ohne zurückzuschauen und ohne sich vor dem König zu verbeugen, und kehrte zu seinen Kranken zurück.

»Dann werde ich dich von nun an Keta nennen«, entschied Möwe.

»Nein«, wehrte er ab. »Ich heiße Remanaine. Das ist der Name, den ich mir selbst gegeben habe.«

»Es reicht, dass *ich* einen Namen trage, der mir nicht gehört«, sagte sie. »Wie kannst *du* auf den Namen verzichten, der dir zusteht, Keta?«

»Nenn mich nicht so.« In seinen Augen funkelte der Ärger. Grimm regte sich in ihm über ihre Frechheit, aber Möwes Lächeln glättete die Wogen wieder.

»Oh doch«, sagte sie ruhig. »Du willst das, auch wenn du es selbst noch nicht weißt.«

»Keta hasst die Menschen«, sagte er leise. »Keta hätte Fürst Alin getötet. Es ist Remanaine, der sie heilt. Es ist Remanaine, der dich mitgenommen hat.«

Möwe lächelte sanft, als wüsste sie Dinge, die er nicht wissen konnte. Botin aus Rinland, kam ihm wieder in den Sinn. Es wäre so leicht gewesen, sie mit einem einzigen Schlag zu Boden zu schmettern und ihr dabei das Genick zu brechen. Aber nicht einmal Prinz Keta, der wilde, ungehorsame Riesenjunge, hätte das getan, dieses weiße Mädchen zerbrechen.

»Es ist normal, dass in einem Menschen viele verschiedene Dinge sind«, sagte sie weise.

»Ich bin kein Mensch!«, begehrte er auf. Du Naseweis, dachte er empört. Und dann, in dem Versuch, anders zurückzuschlagen als mit seinen Fäusten, fragte er: »Und was ist so in dir, Möwe? Oder hast du das etwa auch vergessen?«

»Es ist alles da«, sagte Möwe, ohne sich aus dem Konzept bringen zu lassen. »Etwas ist in mir, das ruft und ruft und verfolgt mich bis in meine Träume ... Und doch bin ich glücklich, Keta, hier im Wald, und es ist mir egal, ob wir verfolgt werden oder was uns sonst noch alles erwartet ... Es ist beides da, das Unglück und das Glück.«

»So wie Hass und Heilen? Das ist nicht dasselbe.«

»Doch«, behauptete sie stur. »Das ist genau dasselbe.«

5. Das Ziehende Volk

SIE LIEFEN AM *Wasser entlang. Der Sand war weiß und fein und es war eine Wohltat, ihn zu berühren. Sie lachten und ließen sich hineinfallen, drehten sich auf den Rücken und starrten in den unendlich blauen Himmel.*

Mir ist heiß!, rief Blitz. Ich gehe ins Wasser.

Sie sah ihm nach, wie er hineinwatete. Das Wasser glitzerte in der Sonne und blendete so, dass es fast unmöglich war, hinzusehen. Ihre Augen tränten.

Komm!, rief Blitz ungeduldig. Komm her, Mino!

Ich komme!, schrie sie zurück. Blitz, ich komme!

Aber sie blieb im Sand stehen und sah dem Freund in den Wellen zu, ohne sich zu rühren.

Mino! Mino!

Sie wollte laufen und stand doch wie gelähmt. Schrecken überfiel sie. Sie wollte zu Blitz hin und konnte sich doch nicht bewegen.

Mino! Mino!

Möwe wollte schreien, aber sie konnte nicht. Wenigstens diesen Namen musste sie bewahren, aber er verblasste ebenso wie das Bild vor ihr. Allein lag sic im Dunkcln und konnte sich nur verschwommen an den Traum erinnern. Sie versuchte, das Bild zurückzurufen, aber es gelang ihr nicht. Schluchzen würgte sie.

»Keta?«, flüsterte sie flehend in die Nacht.

»Ich bin da«, kam es beruhigend zurück. »Hast du wieder von Blitz geträumt?«

»Ich weiß nicht.« Sie konnte sich an nichts erinnern, nur das Gefühl des Verlustes lag dumpf in ihrer Brust. Sie hätte weinen können, ohne zu wissen, warum.

Remanaine hatte sich mit Möwes Albträumen abgefunden, die so oft zu ihr kamen. Er streichelte sie sanft an der Schulter oder über den Rücken, aber es half nichts; weder konnten seine Hände das Mädchen heilen, noch nahm sie aus diesen Träumen irgendetwas Brauchbares mit, was geholfen hätte, ihren wahren Namen und ihre Herkunft herauszufinden. Das einzige Wort, das sie immer wieder rief, war »Blitz«. Was nützte das? Viele Leute nannten ihre Pferde so, voller Hoffnung auf unglaubliche Schnelligkeit, die sich in den meisten Fällen nicht erfüllte.

»Morgen sind wir bei der Sippe«, sagte er. »Ich glaube, das wird dir guttun.«

Möwe wartete darauf, dass der Schlaf zurückkehrte, aber sie war jetzt hellwach. »Werde ich mich nie erinnern können?«, fragte sie.

»Es wird alles gut«, versprach der Heiler, erschrocken über die Untröstlichkeit in Möwes Stimme.

Sie fragte ihn nicht, woher diese Überzeugung kam, dieser Glaube, dass alles gut endete. Sie wäre schon froh gewesen, wenn sie etwas über ihren Anfang gewusst hätte. Obwohl sie ahnte, dass sie nicht würde schlafen können, schloss sie die Augen wieder und horchte auf die nächtlichen Geräusche. Irgendwo klagte eine Eule. Es war ihr, als klagte sie um das weiße Mädchen und den vergessenen Traum, und ihr Schmerz war so groß, dass sie glaubte, sterben zu müssen.

Mino!, schrie der Junge. Mino! Aber sie konnte die Worte nicht festhalten.

Über die ganze Lichtung verstreut standen die bunten Wagen. Dazwischen rannten laut schreiend schwarzhaarige Kinder umher, verfolgt von kläffenden, sich halb überschlagenden Hunden. Über den Lagerfeuern hingen riesige schwarze Töpfe, deren dampfender Inhalt eifrig gerührt wurde. Es duftete nach Kohl und Zwiebeln, nach Fleisch und Pilzen. Etwas näher zum Waldrand hin grasten Pferde, von halbwüchsigen Burschen bewacht, die sich im Jonglieren übten.

Remanaine blieb einen Augenblick stehen und gab Möwe damit Zeit, sich auf die bevorstehenden Begegnungen vorzubereiten. Sie war aufgeregt, aber nicht ängstlich. Sie nickte dem Heiler zu und sie verließen den Schutz der Bäume.

Es waren die Kinder, die sie zuerst sahen.

»Manaine!«, schrie eins und zeigte mit dem Finger in ihre Richtung. Sie stürmten auf die beiden Ankömmlinge zu. Ein großer, brauner Hund sprang an Möwe hoch und warf sie durch die Wucht des Aufpralls um. Das Mädchen fand sich auf dem Rücken liegend wieder und versuchte vergeblich den Hund abzuwehren, der begeistert ihr Gesicht abschleckte.

»Zurück, Loti!«, befahl Remanaine lachend. »Lass sie am Leben.«

Er half Möwe auf die Füße und rückte ihre Kleidung zurecht. Viele neugierige Gesichter umringten sie; offenbar war die ganze Sippe zusammengekommen, um zu sehen, was los war. Eine Frau drängte sich durch die Umstehenden und fiel Remanaine mit dem Ruf »Manaine!« um den Hals.

»Sieh, wen ich mitgebracht habe«, sagte er und zog Möwe näher heran.

Die Frau musterte das Mädchen verwirrt und lächelte dann. Sie blickte Remanaine an und er las die unausgesprochene Frage in ihrem Gesicht.

»Später«, sagte er leise.

Möwes Hand lag auf dem Kopf des Hundes. Sie kraulte ihn an den Ohren und spürte die Wärme des Tierleibes an ihrem Bein. Sie war es gewöhnt, Blicke auszuhalten, und die Ziehenden waren nicht die Schlimmsten. Aber sie waren alle dunkel und zwischen ihnen fiel ihre Blässe noch mehr auf als sonst überall auf ihrer langen Reise. Wenn sie nur auch solche glänzenden schwarzen Haare gehabt hätte, dunkelbraune Augen und eine gebräunte Haut – es wäre wie ein Schutzwall gewesen, eine Schicht aus Farbe, die sie vor Neugier und Unverständnis schützte. Selten war sie sich so nackt vorgekommen.

Möwe blickte zu den Pferden hinüber. Remanaine war der Überzeugung, dass sie sich an den Namen eines geliebten Tieres erinnerte, wenn sie von Blitz träumte, aber sie selbst glaubte das nicht. Die Pferde ließen sie kalt. Sie hatte nicht das Bedürfnis, zu ihnen hinüberzugehen und sie anzufassen; sie konnte reiten, das hatte sie bewiesen, aber es bedeutete nichts. Blitz war ein Mensch, das wusste sie tief in ihrem Inneren, ein Mensch, der zu ihr gehörte.

Sie brauchte kein Pferd. Der Hund, der ihre Nähe suchte, reichte ihr vollauf. Sie werden sich an mein Gesicht gewöhnen, dachte sie, und dann genügt mir auch das hier: die bunten Wagen, die Menschen, die heiße Suppe über dem Feuer.

Variti und Remanaine beobachteten das Mädchen. Sie saßen auf den Stufen des grünen Wagens und unterhielten sich leise. Remanaine sprach nicht viel. Morgen war noch Zeit, von der Wanderung zu erzählen und nach den Ereignissen bei den Ziehenden zu fragen, dieser Abend jedoch gehörte ihnen allein, ihnen und dem Mond, der hinter dem Wald aufging.

»Möwe mag es nicht, wenn man sie anstarrt«, sagte er. »Ich kann geradezu fühlen, wie sie sich einkapselt. Ich dachte, sie kommt gut damit zurecht, weil sie es gewöhnt ist, aber so viele Leute auf einmal ...«

»Ich habe nie jemanden wie sie gesehen. Menschen sind nun einmal so, Manaine. Wir müssen genau hinsehen, wenn wir etwas Unbekanntes vor uns haben. Es ist nicht böse gemeint, das weißt du doch. Die Sippe würde jeden willkommen heißen, den du mitbringst, und wenn es ein dreiköpfiger Affe wäre.«

»Ich frage mich, ob ich nicht zu viel erwartet habe«, sagte er. »Ich hatte gehofft, Möwe könnte hier heimisch werden. Aber wir waren wochenlang zu zweit unterwegs. Den ganzen Winter über. Ich schätze, es wird länger dauern, als ich dachte.«

»Sie ist kein Kind mehr«, sagte Variti.

»Aber ...«

»Du hast sie doch nicht für mich mitgebracht?« In den zwölf Jahren ihrer Ehe war ihre Kinderlosigkeit ihr größter Kummer gewesen. Remanaine hatte sich eher damit abfinden können als Variti, die aus einer kinderreichen Familie stammte. Obwohl sie ihre Sippe um sich hatte und auch dann nicht einsam war, wenn er wieder auf Wanderschaft ging, sehnte sie sich nach einer ganzen Schar eigener Kinder. Er wusste das. Ihr Herz war von Liebe erfüllt, als sie nach seiner Hand griff. »Remanaine, dafür liebe ich dich ... Aber dieses Mädchen ist kein Kind. Siehst du nicht, dass sie eine junge Frau ist? Sie muss ihren eigenen Weg finden, so wie du. Ich glaube nicht, dass sie hierbleiben wird. Sie wird auf die Suche gehen, nach ihrer Herkunft, nach ihrem Namen. Und sie hat das Recht dazu, nicht? Wir können sie nicht in unsere Gemeinschaft einbinden. Sie gehört nicht hierher und sie weiß es.«

Remanaine schwieg eine Weile. »Natürlich wollte ich weiterforschen, woher Möwe kommt. Ich weiß, dass wir sie nicht einfach hierbehalten können. Ich dachte nur, eine kleine Weile ... Ich trage jetzt schon die Verantwortung für sie. Den ganzen Weg über habe ich mich gefühlt wie ein Vater oder wie ein Lehrer. Sie lernt so schnell, es ist unglaublich ...«

»Ganz der stolze Vater«, murmelte Variti und lachte. »Ach, Manaine, warum glaubst du, du müsstest mir dieses Kind zum Geschenk machen? Sie ist es schon – für dich. Wenn du wieder auf Wanderschaft gehst, wird sie nicht bei mir bleiben, sondern weiterhin deine Schülerin sein.«

»Ich habe nicht vor, so schnell wieder loszuziehen«, sagte er.

Dazu sagte sie nichts, aber sie wusste es besser.

Variti hatte schon geahnt, was auf sie zukommen würde, als der große blonde Mann das erste Mal zum Ziehenden Volk gestoßen war. Der Lärm im Lager verstummte und alle starrten den Fremden an, der ungebeten zu ihnen kam. Niemand tat das je, es sei denn, es war ein Abgesandter des Landesherrn, der Steuern verlangte, weil sie durch sein Gebiet zogen.

Dieser Fremde sah nicht nach einem Boten aus. Feindseligkeit schlug ihm von allen Seiten entgegen, Misstrauen, aber auch Verwunderung. Sie konnten sich nicht vorstellen, was er von ihnen wollte.

Einer der Männer trat ihm in den Weg. »Was suchst du hier?«, fragte er herausfordernd; er wollte beweisen, dass sie sich von seiner gewaltigen Größe und offensichtlichen Körperkraft nicht einschüchtern ließen.

»Ich bin ein Heiler«, antwortete der Fremde ungerührt, »ich will von euch lernen.«

»Die Zintas lassen niemanden an ihren Geheimnissen teilhaben.« Daran gab es nichts zu rütteln. Dass überhaupt jemand auf die Idee kam, sie nach ihrem Wissen zu fragen, war ungeheuerlich. »Am besten, du gehst jetzt gleich. Oder«, fügte er hinzu, »oder du musst es mit uns allen aufnehmen.«

Der Fremde reagierte nicht auf die Drohung. »Geheimnisse dieser Art dürft ihr nicht für euch behalten. Sie gehören euch nicht.«

Die anwesenden Männer traten einige Schritte vor, der eine oder andere ballte bereits die Fäuste. In diesem Augenblick lief ein kleines Mädchen hinzu und rief: »Alte Mutter will den Fremden sehen!«

Die Zintas sahen sich überrascht an, aber dann nickte der erste Sprecher und brachte zwischen zusammengebissenen Zähnen ein »Komm mit« heraus. Man führte ihn zwischen roten, blauen und grünen Wagen hindurch zu dem gelben, in dem die älteste Frau der Sippe wohnte. Die anderen Männer blieben draußen, nur einer begleitete den Besucher hinein.

Alte Mutter saß in einem Sessel, eine Wolldecke über den Knien. Ihr Gesicht war von vielen unvergessenen Jahren gefurcht, was sie alt erscheinen ließ, aber nicht älter, als sie war. Niemand wusste, wann sie geboren war. In der Erinnerung eines jeden in der Sippe war sie schon immer da gewesen und schon immer alt. Man vertraute auf ihre Erfahrung und Weisheit und selten wurde eine schwerwiegende Entscheidung getroffen, ohne sie zu befragen, denn sie sah vieles, was kein anderer bemerkte. Es war, als hätte das lange Leben sie weitsichtig gemacht, so dass sie Dinge, die noch entfernt waren, eindringlich betrachten konnte.

Der Fremde schaute die anderen Frauen im Wagen nicht an – Variti war eine von ihnen –, sondern neigte den Kopf vor Alter Mutter, vor ihrem Alter und ihrer Weisheit. Ihre durchdringenden Augen waren auf ihn gerichtet, prüfend und abschätzend.

»Gib mir deine Hand«, befahl sie.

Er zögerte. »Ich will nicht, dass jemand mir etwas über meine Zukunft sagt.«

»Das werde ich nicht«, versprach Alte Mutter und ergriff seine große und starke Hand. »Ich sehe viel, weil ich Rinland schon so nahe bin.«

Die Schwestern im Wagen wechselten verwirrte Blicke, denn es war nicht die Art der alten Frau, Dinge genau zu erklären.

»Du hast heilende Hände«, flüsterte sie, nur für ihn vernehmbar, dann neigte sie den Kopf vor ihm. Und er wurde sich zum ersten Mal wirklich bewusst, was es bedeutete, der Erbe zu sein. Als er den Segen gestohlen hatte, war es ihm nur darum gegangen, seinen Bruder zu übertrumpfen. Er hatte nie vorgehabt, Kaiser zu werden, und er hatte sich nicht einmal träumen lassen, dass dieser Segen sein Leben ändern würde. Aber es war, als ob seine Hände ihn zu den Menschen trieben, die er verachtete, und obwohl er immer noch auf der Flucht war vor der Pflicht, die in Kirifas auf ihn wartete, konnte er dem Segen nicht entkommen. Er trug ihn mit sich. Wo er auch war – er war der Erbe, er besaß die heilenden Hände, wie sein Vater, und wer nur ein bisschen mehr wahrnahm als andere, konnte ihn erkennen. Das war neu für ihn und machte ihn unwillkürlich froh, obwohl er erwartet hatte, dass es ihn unglücklich machen würde, mit solch starken, unzerreißbaren Banden an seine Verantwortung gebunden zu sein. Das Erbe war ein unfassbares Geschenk und er wunderte sich darüber.

»Wir werden diesen Mann aufnehmen«, sagte Alte Mutter, »solange es ihm beliebt, und sollte es für immer sein. Lehrt ihn unsere Geheimnisse, wie er es verlangt hat. Haltet nichts vor ihm verborgen.«

Der Zinta konnte nicht an sich halten, so groß seine Achtung vor der Alten auch war. »Aber das wird unser Untergang sein! Niemals kann ein Fremder zur Sippe gehören! Er kann nicht unser Bruder sein, Alte Mutter, er kann nicht.«

»Er wird es«, bestimmte die Alte und ihre Stimme klang plötzlich scharf. »Wagt es nicht, ihm irgendetwas anzutun, wenn ihr kein Unheil auf uns alle herabziehen wollt! Glaubst du, wir geben ihm zu viel? Es ist eine Ehre für unsere Sippe, dass er von allen Familien aus dem Ziehenden Volk ausgerechnet zu uns gekommen ist. Wag es nicht, mir noch einmal zu widersprechen, Urenkelsohn.«

Sie wandte sich an den Heiler. »Wie nennst du dich?«

»Remanaine.«

Remanaine. Variti wusste: Dieser Name ist mein Schicksal. Gespannt hatte sie die Begegnung beobachtet und ihre Augen wurden groß, als ihr bewusst wurde, dass der Riese bleiben würde. Aber sie war nicht schön, deshalb machte sie sich auf langes Leid gefasst. Es gab keine Hoffnung, dass dieser Mann, den Alte Mutter so ehrerbietig behandelte, jemals mehr als ihr Bruder sein könnte. Jedes andere Mädchen in der Sippe hatte ein hübscheres Gesicht als sie und sie hatte sich mittlerweile damit abgefunden, dass die jungen Männer, die ihr gefielen, mit einer Regelmäßigkeit, die etwas Unausweichliches an sich hatte, eine andere erwählten. Sie war nicht mehr die Jüngste – mit sechsundzwanzig war sie über das Alter hinaus, in dem die Mädchen meistens heirateten – und ihre Hoffnung auf Glück war gestorben. Und trotzdem würden diese Gefühle nicht abzutöten sein, nicht einmal zu bekämpfen. Sie war verloren, und sie wusste es.

Remanaine.

Zwei dunkelhaarige Mädchen bauten sich vor ihr auf und starrten sie an.

»Ganz schön weiß«, sagte die eine.

»Huch, schau dir ihre Augen an«, meinte die Zweite. »Gruselig, nicht?«

»Und sie heißt Möwe«, sagte ein drittes, etwas größeres Mädchen, das sich dazugesellte. »Das passt. Weiß, mit gruseligen Augen. Genau wie eine Möwe.«

Möwe blieb sitzen, den Hund im Arm, und starrte zurück. Ihr Herz begann heftig zu schlagen. Wo war Remanaine? Er konnte doch nicht zulassen, dass seine Sippe sie hier mit Spott überhäufte! Aber Remanaine war nicht zu sehen. Die drei Mädchen lästerten munter weiter.

»Wenn ich so aussehen würde, würde ich mir einen Schal um das Gesicht wickeln.«

»Ich würde mich gleich ganz einwickeln.«

»Ich würde als Clown auftreten«, sagte die Dritte, offenbar bemüht, noch eins draufzusetzen. »Dann braucht sie sich das Gesicht nicht weiß anzumalen.«

»Ja, genau!« Die ersten beiden waren entzückt über diese Idee. »Als Clown! Sie würde ein paar Witze erzählen – hahaha, hihihi! –, und ein paar Kunststücke aufführen ...«

»Und Jonglieren müsste sie können!«

»Und ein paar Saltos wären nicht schlecht.«

Während die Kinder sprachen, begannen sie die Clownvorstellung zu spielen und Möwe nachzuahmen, so wie sie sich vorstellten, dass Möwe ihren Auftritt hinlegen würde – sie landeten mit dem Gesicht auf dem Boden und erhoben sich unter Gelächter, sie verrenkten sich, warfen ein paar Bälle in die Luft und ließen sie sich auf den Kopf fallen, und schließlich lehnten sie sich unter lautem Gelächter aneinander und rangen nach Luft.

Möwe fühlte tief in sich ein Brennen, ein grimmiges, wildes Brennen, halb Schluchzen und halb Schreien. Sie stand auf und machte einen Schritt auf die Mädchen zu, die noch lauter lachten, als sie den wütenden Ausdruck im Gesicht der Fremden bemerkten.

»Hast du das gesehen? Jetzt ist sie aber böse!«

»Oh, wie ich mich fürchte!«

»Und ich erst! Ein wütender Clown, haha!«

Ohne nachzudenken, stürzte Möwe sich auf die Mädchen und schlug die nächstbeste mit der Faust, so dass sie rückwärts taumelte und zu Boden ging. Ihre drei Peinigerinnen waren so überrascht, dass ihr Lachen sofort verstummte. Dann wurde ihnen bewusst, dass sie immer noch zwei gegen eine waren, und prügelten auf Möwe ein.

Es ging alles so schnell, dass sie dem Mädchen, das ihr die Arme um den Hals legen und sie in den Schwitzkasten nehmen wollte, mit einer schnellen Drehung den Boden unter den Füßen wegzog und sie zu Fall brachte, die Nächste mit einem gezielten Tritt in den Bauch außer Gefecht setzte und die Dritte, die sich aufgerappelt hatte und auf sie zuwankte, mit ein paar heftigen Ohrfeigen rechts und links auf die Wange dazu brachte, heulend davonzurennen.

»Wieso schlägst du meine Schwester?«

Hinter ihr war ein Junge aufgetaucht, der sie zornig anblaffte. Möwe schrie auf, als er sie am Handgelenk packte. Sie trat nach seinen Beinen und brachte ihn wenigstens dazu, sie loszulassen und zurückzuspringen. Seinen zweiten Angriff wehrte sie mit einer schnellen Drehung ab, die ihn aus dem Gleichgewicht brachte.

»Was ist hier eigentlich los?«, rief der Junge wütend. »Warum schlägst du hier alle?«

»Ich geh sowieso wieder!«, schrie Möwe zurück. »Wenn ihr mich hier nicht wollt, dann will ich euch sowieso nicht!«

»Was soll das heißen, wir wollen dich nicht hier? Keiner hat dir was getan, und du ...«

»Wie, keiner hat mir was getan? Soll ich mich auslachen lassen? Soll ich mich beschimpfen lassen? Mir reicht es!« Sie wandte sich um, denn sie wollte nicht, dass er ihre Tränen sah. Und die Tränen kamen jetzt, jede Menge. Sie liefen über ihre Wangen, in Sturzbächen, und ihre Augen sahen bestimmt noch wässriger aus als sonst. Nun würden sie erst recht über sie lachen.

Sie hatte schon fast den Waldrand erreicht, als sie merkte, dass der Junge ihr nachgerannt kam. »He, warte! Möwe, so warte doch!«

Sie wischte sich mit dem Ärmel über das Gesicht, aber sie drehte sich nicht um. »Was willst du?«

»Bleib hier, Möwe. Ich hab mit meiner Schwester gesprochen. Nun bleib doch endlich stehen. Ich entschuldige mich!«

Möwe drehte sich zu ihm um. »Ach ja? Und deine drei Schwestern auch?«

»Zum Glück ist nur eine davon meine Schwester. Die ... nun, ich glaube, die haben für heute genug.« Er grinste auf einmal. »Nicht schlecht, Möwe, wirklich. Denen hast du's gezeigt. Freunde?« Er streckte ihr die Hand entgegen.

Möwe versuchte in seinem Gesicht zu lesen, ob er es ernst meinte. Wenn sie ihm die Hand gab und er ihr den Arm umdrehte, was dann? Wenn er über sie lachte, dass sie auch nur einen Moment daran geglaubt hatte, eine wie sie könnte hier Freunde gewinnen? Aber seine dunklen Augen blickten offen und ehrlich.

»Na komm schon. Bitte. Wenn du abhaust, wird Remanaine uns hier alle windelweich prügeln.«

»Niemand wird mehr über mich lachen?«, fragte Möwe zögernd.

»Versprochen. Und sonst kriegen sie es mit mir zu tun. Ich hab auch noch ein paar Tricks auf Lager.«

Sie reichte ihm die Hand. Der Junge schüttelte sie und grinste.

»Ich bin Toris.«

»Ich bin Möwe.«

»Ich weiß.« Er nickte zufrieden. »Willkommen bei der Sippe.«

»Komm, fang!« Toris warf Möwe einen Apfel zu, kaum hatte sie ihn gefangen, schon den zweiten, und als sie glücklich die beiden Äpfel an ihre Brust gepresst hielt, flog schon der dritte auf sie zu.

Er lachte und nach einem kurzen Moment des Zögerns lachte Möwe halbherzig mit. »Was soll das eigentlich?«, fragte sie.

»So geht das.« Der schwarzhaarige Junge warf die Äpfel in die Luft. Seine Hände bewegten sich gleichmäßig und mühelos; kein einziger Apfel fiel zu Boden. »Und jetzt du.«

»Ich kann das nicht«, sagte Möwe.

»Heute ist Markttag«, klärte ihr neuer Freund sie auf. »Wir gehen fast alle dorthin. Wir machen eine kleine Vorführung und verdienen Geld und kaufen ein und bringen die Sachen nach Hause. Alles klar? So läuft das hier. Du kannst mitmachen oder du lässt es.«

Möwe zögerte.

»Ach, lass uns nicht lange reden«, sagte Toris. »Du lernst jetzt, wie man jongliert. Hier, fang.«

Diesmal war es nur ein Apfel. Es war nicht schwer, ihn hochzuwerfen und wieder aufzufangen. Möwe grinste. »Das ist doch leicht.«

»Nun zwei. Du wirfst sie hoch, überkreuzt dabei die Hände – so, siehst du?« Auch das ließ sich nach kurzer Zeit fehlerfrei ausführen.

»Und nun wirfst du sie nacheinander hoch – nein, nicht höher als bis zu deiner Stirn, und fängst jeden mit der jeweils anderen Hand.«

Toris war kein geduldiger Lehrer. Sobald Möwe patzte, lachte er auf. Trotzdem verjagte er die jüngeren Kinder, die sich eingefunden hatten, um die Neue zu begaffen, und kehrte sehr zufrieden mit sich selbst zurück, ohne zu merken, dass sie heimlich hinter ihm herschlichen.

»Und jetzt drei Äpfel. Drei sind nicht viel, aber fürs Erste muss es reichen.«

Die Äpfel waren klein und rund und fest. Sie lagen gut in ihrer Hand, sie schienen dort hineinzugehören. Es tat ihr jedes Mal weh, sie der Gefahr auszusetzen, auf den Boden zu fallen und anzuschlagen – wer würde sie dann noch essen? Es ging ihr gegen den Strich, auf diese Weise mit ihnen zu spielen, und doch tat sie es und es fühlte sich richtig an. Sie vertraute sie dem kurzen Flug an und fing sie wieder auf. Einer, zwei. Es mit dreien zu schaffen, schien ein Ding der Unmöglichkeit.

»Fühl es«, befahl ihr jugendlicher Lehrer. »Stell dich aufrecht hin, so, und wirf, immer dann den nächsten, wenn der andere oben ist. Du brauchst gar nicht so angestrengt hinzuschauen. Fühl es. Lass sie fliegen.«

Es war wie ein Fließen in ihren Armen und Händen. Sie warf und fing, sie warf und fing ... Es war leicht.

»Ich kann es!«, schrie Möwe und lachte, aber im selben Moment geriet der Fluss ins Stocken und alle drei Äpfel fielen auf die Erde.

Sie übten den ganzen Vormittag. Als sich der Hunger meldete, biss Toris einfach in einen der Äpfel. Möwe grinste und schnappte sich den zweiten. Sie glaubte schon, dass es nun vorbei war mit dem Jonglieren, aber da holte eines der kleineren Kinder einen ganzen Korb voller Äpfel.

»Ein Glück«, sagte sie, denn schon vermissten ihre Hände das unbeschwerte Werfen und Fangen.

Remanaine kam mit großen Schritten auf sie zu, die Stirn umwölkt.

»Was tut ihr hier?« Er sah grimmig von einem zum anderen. »Toris? Du glaubst doch wohl nicht, dass Möwe mit zum Markt kommt und irgendwelche Kunststückchen aufführt? Sie ist keine Zinta.«

Toris zwinkerte ihr zu. Auf einmal wusste Möwe genau, was sie zu tun hatte.

»Doch«, sagte sie. »Doch, ich gehe mit.«

»Wir sind erst seit ein paar Tagen hier ...«

»Keta«, sagte das Mädchen nur, »lass mich.« Sie bückte sich nach den Äpfeln und warf sie wieder hoch.

Fünf Tage lang hatte niemand mit Möwe gesprochen, außer Remanaine und Variti. Sie hatte nicht vor, diese neue Freundschaft wieder aufzugeben.

»Ich kann jonglieren«, sagte sie mit fester Stimme. »Nicht gut und auch nur mit drei Äpfeln, aber ich gehe mit.«

Sie werden dich dort anstarren ... Sie werden sich vor euch versammeln und zuschauen, aber dich werden sie anstarren ... Remanaine wusste nicht, wie er das aussprechen sollte. Er wollte das Mädchen warnen, aber er brachte es nicht über sich, auf das Offensichtliche hinzuweisen.

»Sie werden ...«, begann er hilflos, aber es war Toris, der den Satz zu Ende brachte.

»Sie werden uns so viel Geld geben wie nie!«

Als Remanaine damals zu den Ziehenden gestoßen war, hatte sich anfangs niemand die Mühe gemacht, auf ihn zuzugehen und mit ihm zu sprechen. Obwohl Alte Mutter sie dazu gezwungen hatte, ihn aufzunehmen, hieß ihn keiner willkommen. Misstrauisch und abschätzend wurde er von weitem beäugt. Nachts schlief er in keinem ihrer Wagen – Torane, Varitis Vetter, hatte ihm zwar einen Platz angeboten, mehr aus Gehorsam als aus Freundlichkeit, doch er lehnte ab. Er brauchte Raum, ein viel größeres Bett, und da er schon seit Wochen und Monaten im Freien geschlafen hatte, unter den Bäumen, behielt er diese Gewohnheit bei. Niemand versuchte, ihn zu überreden, niemand forderte ihn dazu auf, sich zu den anderen ans Feuer zu setzen.

Die Frauen nahmen ihn auf ihren Wanderungen durch den Wald mit, zeigten ihm Kräuter und Wurzeln, gaben ihm Anleitungen zur Zubereitung von Tränken und Salben, und ihre Abwehrhaltung schwand allmählich, denn er war von rascher Auffassungsgabe. Seine Fragen zeigten das Verständnis, das er für diese Dinge besaß. Es fing an, ihnen Freude zu machen, ihn zu unterrichten und sich mit ihm zu unterhalten. Von ihnen erhielt er zuerst Akzeptanz und nach und nach Freundschaft, während die Männer sich immer noch zurückhielten. Wenn am Abend Musik gemacht wurde, getanzt und erzählt, richtete kein Bruder der Sippe das Wort an ihn. Sie nahmen ihm übel, dass er in ihre Gemeinschaft eingedrungen war, und dass er, der Riese, sich mit Frauenangelegenheiten abgab, machte die Sache für sie noch schlimmer.

Die Jugendlichen drängten sich durch die Menschenmenge. Möwe war überwältigt von den vielen Menschen, die laut durcheinander redeten, schrien und lachten und dennoch kaum gegen die Marktschreier ankamen, die aus vollem Hals ihre Waren anpriesen.

Die Stände quollen über: Früchte und Gemüse, Zwiebeln und Knoblauch, Fisch von der Küste, Wild aus den Wäldern, getrocknete Pilze und eingelegte Gurken. Kleider und Tücher, Hüte und Schuhe, Decken und Felle. Waffen. Spielzeug.

»Gleich fallen dir die Augen aus dem Kopf«, grinste Toris. Er zog Möwe aus dem Gedränge an den Rand. Kurz beriet er sich mit den anderen Jungen. Die Mädchen waren in ihren schönsten Kleidern gekommen, um zu tanzen, jung, wild und schwarzhaarig. Seit drei von ihnen sich mit Möwe geprügelt hatten, hielten sie sich von ihr fern; sie hatten ihr auch nicht vorgeschlagen, mitzutanzen. Gebannt sah Möwe ihnen zu und fragte sich, ob sie nicht gerne dabeigewesen wäre, bei diesem fröhlichen, leidenschaftlichen Tanz. Als sie begannen, bildete sich rasch ein Kreis um sie herum, klatschende Hände, während sie schwitzend und lachend herumwirbelten. Ein Junge lief auf den Händen um sie herum, zwischen seinen Füßen ein Hut, in den die Leute ihre Münzen werfen sollten.

»Jetzt«, sagte Toris zu Möwe, die kaum ihren Blick von den anderen lösen konnte. Es war ein solches Durcheinander, dass ihr schwindlig wurde. Sie hatte sich vorgestellt, dass die Darbietungen nacheinander stattfinden würden, aber alles geschah gleichzeitig. Musik und Tanz und akrobatische Kunststücke, und schon begannen die Jongleure mit ihrer Vorführung, die Äpfel begannen zwischen ihnen hin- und herzufliegen, hoch und immer höher, immer mehr ...

Sie stand dazwischen, ratlos, und fühlte die Blicke der Menschen auf sich und den anderen. Toris nickte ihr aufmunternd zu.

Denk daran, wie es zwischen den Händen fließt.

Möwe warf den ersten Apfel und fing ihn wieder auf.

Jemand rief: »Das weiße Mädchen! Schaut, ein weißes Mädchen!«

Sie biss sich auf die Lippen. Und auf einmal hörte sie Toris dicht hinter sich sagen: »Vergiss deine Würde. Tu es einfach.«

Drei Äpfel. Sie warf sie nacheinander hoch und fing, warf und fing. Während die anderen mühelos vier, fünf in der Luft hielten, während sie von den Äpfeln zu Messern, Fackeln und rohen Eiern übergingen, warf Möwe ihre drei Äpfel, nicht höher als bis zu ihrer Stirn. Vergiss deine Würde. Hin und wieder warf sie einen Blick in die Menge und geriet sofort ins Stocken. Wenn sie ihre angeschlagenen Äpfel vom Boden aufhob und ihren Saft auf der Hand fühlte, klebrig, nahm sie das Gelächter kaum wahr. Sie lachten sie aus, aber sie blickte wieder auf die Äpfel. Vergiss deine Würde. Lass es fließen. Tu es einfach.

»Du kannst jetzt aufhören«, sagte eins der Mädchen zu ihr. »Wir haben genug Geld. Jetzt wird eingekauft!«

Benommen hielt Möwe die Früchte in ihrer Hand und konnte sich nicht vorstellen, sie je wieder wegzulegen. Sie stellte sich vor, wie sie vor dem Baum stand und pflückte. Sie drehte sie ganz sacht und sie fielen in ihre Hand, reif und rot.

Sie spürte kaum, wie die anderen ihr auf die Schultern klopften. »Für den Anfang gar nicht schlecht. Nächstes Mal kannst du schon auf den Händen laufen, wetten?«

Sie lachte mit. Sie ließ sich von ihnen von Stand zu Stand ziehen. Auch die Erwachsenen waren mit einem Mal da und freuten sich wie Kinder über die vielen klimpernden Münzen. Sie verteilten sich in dem Gedränge und auf einmal war sie allein. Sie blickte sich um, aber Toris war verschwunden. Die anderen Jungen und Mädchen schienen sich in der Menge aufgelöst zu haben. Unzählige Menschen gingen an ihr vorüber – Bauersfrauen mit ihren geblümten Schürzen, blonde und braunhaarige Mädchen in langen Kleidern, junge Burschen, die ihr merkwürdige Blicke zuwarfen und tuschelten ... Schon fast in Panik schob sie sich durch die Menge, bis sie endlich ein paar schwarzhaarige Köpfe in der bunten Tracht der Zintas erblickte. Erleichtert drängte sie sich zu ihnen durch und stellte sich hinter Toris.

Die jungen Leute sahen – wie viele andere mit ihnen – einer weißgesichtigen Gestalt zu. Als Möwe das weiße Gesicht sah, erschrak sie zuerst und ihr Herz machte einen Sprung. Einer wie sie ... Doch dann sah sie, dass dies nur ein Mann war, der weiße Farbe aufgetragen hatte und weiße Handschuhe trug. Mit breitem Grinsen erzählte er eine kleine Geschichte, während seine Hände einen Faden nach dem anderen aus einem winzigen Beutel zogen. Die Zuschauer klatschten und warfen ihre Münzen, die er mit waghalsigen Sprüngen fing und verschwinden ließ. Auf einmal verstummte er; nur sein Gesicht erzählte die Geschichte weiter. Er ließ es traurig wirken und krümmte seinen Körper, fröhlich tanzte er zu einer unhörbaren Musik, er schritt über unsichtbare Hindernisse hinweg und ertrank in einem Bach, aus dem er sich anschließend an den Haaren selbst herauszog. Seine Gefühle wechselten von einem Extrem ins andere und seine Zuschauer litten mit ihm, lachten und trauerten. Möwe wusste nicht, wie ihr geschah. Sie starrte auf die weiße Gestalt. Er war ein Vogel, der flog, der weit hinten das Meer sah ... Nein, er war kein Vogel, sondern ein Mensch, der ein Vogel sein wollte. Er wollte fliegen und stürzte, tief und schmerzhaft ... Warum musste sie darüber lachen? Sie wollte weinen, aber er zwang sie, darüber zu lachen. Wie einer fliegen wollte und war zu dumm, um einzusehen, dass es nicht ging. So dumm war er, dieser Clown ...

Sie fasste in ihre Tasche und warf ihm das ganze Geld hin, dass Toris ihr gegeben hatte. »Tut mir leid, Toris«, sagte sie leise, »Aber er verdient es.«

Der Junge neben ihr drehte sich um. Es war gar nicht Toris. Es war ein Ziehender, den sie noch nie zuvor gesehen hatte.

Er warf einen raschen Blick auf ihr Gesicht und stutzte, als er ihre Kleidung bemerkte. Sie war angezogen wie alle Ziehenden, sie trug denselben weiten Kragen, der als Umhang diente, dieselben weiten Ärmel und die Glöckchen am Gürtel.

Der schwarzhaarige Junge zog die Brauen hoch. »Eine Schwester, die ich noch nicht kenne?«, fragte er. »Du musst Möwe sein.«

Sie war überrascht, dass er ihren Namen kannte. »Woher weißt du das?«

»Es gibt nur ein weißes Mädchen, das zu unserem Volk gehört. Ich habe schon ein paar von deiner Sippe getroffen.« Er entblößte seine Zähne zu einem Lächeln. »Ich bin Jamai, Schwester.« Seine Augen bedachten sie mit einem ganz und gar nicht brüderlichen Blick. Möwe war es nicht gewöhnt, so angeschaut zu werden.

»Ähm ...« Sie war so verlegen, dass sie mit den Füßen scharrte. »Ich suche meine Leute ...«

»Komm«, sagte er, »ich hab vorhin welche gesehen, bei unserem Feuerschlucker.«

»Wir haben keinen Feuerschlucker«, sagte sie, während sie durch die Menge gingen, um überhaupt etwas zu sagen.

»Dafür sind eure Tänzerinnen sagenhaft.« Er grinste wieder. »Von euren Jongleuren ganz zu schweigen.«

»Du hast mich gesehen?« Sie wäre am liebsten im Erdboden versunken.

»Klar. Und es sah aus, als wärst du schon seit Jahren dabei.«

Sie brachte es nicht einmal fertig, sich für das Lob zu bedanken. Jamai legte seine Hände auf ihre Schultern und lotste sie durch eine enge Gasse, in der ihnen einige Händler mit Handkarren entgegenkamen. Sie begann zu schwitzen, aber als er sie losließ, war sie fast enttäuscht.

»So«, sagte er. »Siehst du, da sind sie.«

Und auf einmal war Toris da und sagte: »Wo warst du denn, Möwe?«

Die beiden Jungen maßen sich mit Blicken. »Komm«, sagte Toris und zog sie zu ihrer eigenen Sippe.

Jamai nickte ihr zu und ging.

Möwe hielt nach Remanaine Ausschau, aber obwohl die ganze Sippe sich hier aufzuhalten schien, war von ihm nichts zu sehen.

Wirklich in die Sippe aufgenommen wurde Remanaine erst nach seinem ersten Kampf. Die Ziehenden waren nach Rilien gekommen, in einen lichten Wald in diesem schönen Land, durch das unzählige Bäche flossen. Sie hatten sich kaum niedergelassen, als fünf bewaffnete Soldaten ins Lager gesprengt kamen. Mitten zwischen den Wagen machten sie Halt und warteten, bis das Volk sich um sie versammelt hatte.

»Der Herr Landart von Ojawe in Rilien hat die Verfügung getroffen, dass keine Zintas durch sein Land ziehen oder hier lagern dürfen«, rief einer der Reiter mit lauter Stimme. »Es sei denn, sie bezahlen den Wegpreis.«

Nicht in allen Herrschaftsgebieten mussten sie Zoll zahlen, aber es kam vor.

»Nenne den Preis«, ließ sich Torane vernehmen.

Der Krieger verzog höhnisch das Gesicht. »Der Herr von Ojawe benötigt Arbeiter für sein Land. Er verlangt einen kräftigen Mann. Oder, wenn ihr niemanden entbehren mögt, die Arbeit aller Männer der Sippe, drei Monate lang.«

»Was soll das heißen?«, fuhr ein Bruder auf. »Wenn einer allein geht, dann für immer?«

»Genau das soll es heißen«, bestätigte der Bote. »Ihr müsst euch entscheiden.«

»Beides ist unmöglich! Wenn wir drei Monate arbeiten, was wird dann aus unseren Familien? Oder wie könnten wir einen aus der Sippe opfern?«

Früher hatte es häufiger solche Vorkommnisse gegeben. Immer wieder hatten die Ziehenden starke Männer oder junge Frauen weggeben müssen, umringt von Soldaten. Nicht wenige Sippen waren aufgerieben worden in jenen bitteren Tagen. Aber Kaiser Kanuna hatte diesem unbarmherzigen Brauch ein Ende gemacht. Dem Gesetz nach waren »übertriebene Forderungen« verboten –

doch nicht jeder Landesherr verstand darunter dasselbe wie der Kaiser.

»Wenn ihr euch weigert, dann nehmen wir, was unserem Herrn zusteht!« Der Soldat ließ sein Pferd ohne Vorwarnung zwischen die Menschen springen. Seine vier Begleiter taten es ihm nach. Kreischend rannte das Ziehende Volk auseinander, versuchte sich vor den Hufen in Sicherheit zu bringen, vor den Lanzenenden, mit denen die Krieger sie niederstießen. Die Brüder versuchten, sich zusammenzufinden und Widerstand zu leisten, aber sie wurden von den Angreifern immer wieder auseinandergetrieben. Der Anführer zeigte auf einen jungen Mann, worauf seine Gefolgsleute den Ausgewählten von den anderen trennten und einkreisten. Sie schlugen auf ihn ein, bis er stürzte, und zwei der Riliener stiegen von ihren Pferden, um ihn aufzuheben und mitzunehmen.

So wäre es auch gekommen, wenn nicht mitten in dem Chaos ein Mann erschienen wäre, groß und stark, ein Abbild der Riesen, mit ihrem Blut in den Adern und der gleichen Kraft und Wut.

Mit wenigen Schritten war er bei den Kriegern und riss dem nächsten, der ihn mit der Lanze abwehren wollte, die Waffe aus der Hand.

»Kommt!«, rief er den Brüdern zu. »Alle zu mir!« Mit neuer Hoffnung bedrängten die Zintas die Angreifer, und diesmal gelang es ihnen, sie zu entwaffnen und von den Pferden zu zerren.

»Das wird ihnen eine Lehre sein«, meinte Torane. Alle fünf Soldaten waren verwundet. »Lasst sie los und ihrem Herrn Landart sagen, dass man so mit dem Volk nicht umspringen kann.«

»Nein«, widersprach Remanaine, »wir können noch nicht aufbrechen. Sie haben viele von uns verletzt. Bis wir die Pferde vor die Wagen gespannt und jeden Verletzten wenigstens notdürftig versorgt haben, müssen wir diese Männer hierbehalten. Wir werden sie gefesselt hierlassen, damit wir Ojawe hinter uns haben, ehe sie ihren Herrn benachrichtigen können.«

Er dachte: Hört das denn nie auf? Mein Vater sollte etwas tun gegen die Willkür seiner Fürsten.

Torane nickte. »Das wird das Beste sein.«

»Ich werde mit den Frauen die Wunden versorgen.« Remanaine lächelte dem Mann zu, der so schnell seine Autorität akzeptiert hatte. Er wandte sich noch einmal den Gefangenen zu und die Freundlichkeit wich aus seinem Gesicht. Ernst und voller Bitterkeit schaute er die Soldaten an und sie starrten furchtsam zurück. Aber er seufzte nur und ging an die Arbeit.

Es gab viel zu tun. Fast jeder hatte sich bei der wilden Flucht mindestens einige Schürfwunden zugezogen, es galt Arme und Beine zu schienen, Kopfwunden zu verbinden, und der junge Mann, den die Soldaten niedergeschlagen hatten, war immer noch bewusstlos.

Die Stimmung war gedrückt, als sie aufbrachen. Schweigend trieben sie die Pferde zur Eile an; die Verwundeten in den Wagen stöhnten auf, wenn die Räder über Steine und Wurzeln holperten. Doch ohne Rücksicht hasteten sie weiter, bis sie Ojawe hinter sich gelassen hatten. Ohne die Erlaubnis des Landesherrn, in dessen Gebiet sie sich jetzt befanden, durfte ihnen kein Bewaffneter folgen.

Die Sippe blieb lange an dieser neuen Stelle. Die kundigen Frauen unterstützten Remanaine bei seinen Bemühungen um die Kranken, aber es war klar erkennbar, dass er die Leitung übernommen hatte. Er war jetzt der Heiler und sie seine Gehilfinnen, nicht mehr seine Lehrerinnen. Noch etwas anderes hatte sich geändert, wenn auch keiner darüber sprach: Er war kein Fremder mehr, er gehörte zu ihnen. Remanaine war ein Bruder der Sippe.

Am zweiten Tag nach ihrer Ankunft kam ein Gesandter des Herrn Sindrit von None in Rilien. Remanaine und Torane begrüßten ihn. Der Mann war überrascht, jemanden wie ihn unter den Ziehenden zu sehen, die auch das Dunkle Volk genannt werden, und richtete das Wort an ihn.

»Ist das die Sippe, die aus Ojawe gekommen ist?«

»So ist es. Was hast du uns zu sagen?«

»Der Herr von None erhebt keine Gebühr vom Ziehenden Volk. Allerdings hat ihn Herr Landart um Auslieferung gebeten. Ihr sollt euch geweigert haben, ihn zu bezahlen, und seine Boten wurden gedemütigt.«

»Das mag ihnen tatsächlich demütigend vorgekommen sein«, meinte Remanaine. »Von Leuten wie uns Widerstand zu erfahren.«

Der Bote lächelte vorsichtig.

»Herr Sindrit ist für seine Gerechtigkeit bekannt. Er hat mich gesandt, um von euch den genauen Hergang zu erfahren.«

»Steig von deinem Pferd und komm mit«, forderte Remanaine ihn auf. »Ich zeige dir die Opfer.«

Er führte den Mann umher, und Torane erzählte, wie sich alles abgespielt hatte.

»Berichte deinem Herrn, was du erfahren hast«, sagte der Heiler zum Schluss. »Und sag ihm, dass wir nicht so rachsüchtig gehandelt haben, wie man uns nachsagt. Landarts fünf Soldaten wurden nicht bestraft, wir haben uns nur gegen sie gewehrt. Und sag Sindrit auch, dass wir auf seine Gerechtigkeit vertrauen und auf seinen Gehorsam gegen die Gesetze des Kaisers.«

»Was meinst du, wie es ausgehen wird?«, fragte Torane, als der Mann fortgeritten war.

»Man wird uns in Frieden lassen. Die Herren Riliens sind sich nicht grün. Ich glaube kaum, dass sie einander gerne einen Gefallen tun.«

Eine Frau kam aufgeregt zu ihnen gerannt und packte Remanaine am Arm. »Komm schnell! Tahino stirbt!«

Tahino war der junge Mann, den dic Soldatcn niedergeschlagen hatten. Er war immer noch nicht aufgewacht.

Todgeweiht. Was habe ich mehr als Mitleid?, dachte Remanaine. Was können heilende Hände ausrichten bei einem, der kaum noch atmet?

Das Geschenk Rins an die Könige Aifas.

Er legte seine Rechte auf Tahinos Stirn. »Gnade«, flüsterte er. Er konnte nicht fühlen, dass etwas geschah. Und doch starb der Bruder nicht an diesem Tag. Sein Zustand verschlechterte sich nicht. Es dauerte lange, bis er wieder hergestellt war, aber danach war er wieder ganz der Alte.

»Gut«, sagte Alte Mutter zu ihm, »sehr gut.« Vor allem freute es ihn, dass niemandem außer ihr bewusst war, was seine Hände bewirkt hatten. Es hätte ihn den Brüdern entfremdet, so aber kam er ihnen immer näher. Er leistete seinen Beitrag zur Gemeinschaft, wie jeder von ihnen.

»Ich will nicht, dass du das tust.«

Möwe blickte ihm trotzig ins Gesicht. »Ich habe meine Sache richtig gut gemacht«, sagte sie. »Natürlich bin ich lange nicht so weit wie die anderen. Aber ich lerne rasch.«

»Ich weiß, wie schnell du lernen kannst«, sagte Remanaine. »Das ist es ja gerade. Du kannst mit deinen Händen Verbände anlegen wie keine Zweite. Du bist vorsichtig und geschickt, du könntest so viel erreichen. Und stattdessen stellst du dich auf den Marktplatz und jonglierst?«

»Ich habe früher getanzt«, sagte Variti und trat neben ihn.

»Jetzt tanzt du nicht mehr vor Leuten.«

»Nein, das tun die jüngeren Mädchen. Und Möwe ist jung. Warum soll sie nicht auftreten? Wer sagt, dass sie zur Heilerin geboren ist?«

In Remanaine brodelte die Wut. »Du kannst Menschen helfen«, sagte er zu dem Mädchen. Ihre schlanken weißen Hände hielten immer noch einen Apfel, rot und duftend. Ihre Finger krümmten sich um die glatte Schale. Möwe hielt die Frucht wie etwas Kostbares, Zerbrechliches. Der Riese wartete darauf, dass sie mit ihm sprach, sich überzeugen ließ, dass sie einsah, was sie gewinnen konnte, wenn sie dort weitermachte, wo sie auf ihrer langen Reise gewesen waren. Aber Möwe schien alles um sich herum vergessen zu haben. Eben noch hatte sie laut ihre Meinung vertreten und schon war sie weit weg, versunken in den Anblick der runden Frucht. Sie ließ den Apfel nur eine Handbreit hoch nach oben hüpfen, sicher in ihren langen, geschickten Fingern.

»Hast du eigentlich noch diese Träume?«, fragte er leise. »Du weißt schon, von Blitz.«

Möwe hob den Blick. Aber sie antwortete nicht. Sie warf den Apfel hoch und fing ihn auf, einmal, zweimal. Dann drehte sie sich um und ging.

Variti fasste ihn am Arm. Siehst du, wollte sie sagen. Dies ist nicht deine Tochter. Dies sind nicht deine Träume für sie. Und doch hast du sie zu unserem Volk gebracht und sie ist angekommen, hier bei uns.

Variti sagte nur: »Du musst sie ihren Weg gehen lassen.« Und auf einmal lachte sie und sagte: »Tut sie denn nicht genau das, was du wolltest?«

Variti hatte den Riesen die ganze Zeit über beobachtet, aber sie wagte nicht, sich ihm irgendwie zu nähern. Andere Frauen und Mädchen scherzten unbefangen mit ihm, aber gerade weil sie mehr fühlte, vermochte sie es nicht. Sie war auch nie besonders begabt gewesen im Umgang mit Kräutern, so dass sie nicht einmal über die Heilkunst mit ihm reden konnte. Es gab überhaupt nichts, was sie ihm hätte sagen können.

Ihrem Vetter Torane fiel ihre Niedergeschlagenheit auf. Er kannte Variti als einen fröhlichen Menschen. Ihre große Liebe galt der Musik und sie war die beste Tänzerin der Sippe, aber jetzt schienen ihre Füße so schwer zu sein, dass sie sie kaum vom Boden lösen konnte.

»Was ist mit dir, kleine Schwester?«, fragte er sie, aber natürlich sagte sie ihm nicht, was in ihr vorging.

Torane ging zu Alte Mutter. »Ich mache mir Sorgen um Variti«, sagte er zu ihr. »Ich fürchte, sie ist krank, aber sie spricht nicht darüber.«

»Seit wann ist sie denn krank?«, fragte die alte Frau.

Er dachte darüber nach. »Seit Remanaine bei uns ist.« Während er es aussprach, ging ihm endlich ein Licht auf. Doch er nahm sich vor, sie nicht in Verlegenheit zu bringen. Beim nächsten Festabend zog er sie zum Tanz in die Mitte, und nachdem er mir ihr getanzt hatte, führte er sie zu Remanaine. »Bruder«, sagte er, »es wird Zeit, dass du tanzen lernst. Variti ist unsere beste Tänzerin. Sie wird es dir beibringen.«

Sie wollte widersprechen, aber da stand der Riese schon vor ihr und meinte: »Ja, zeig es mir, Schwester.«

Varitis Befangenheit war so groß, dass sie zunächst kaum in der Lage war, selbst zu tanzen, geschweige denn, diesem Mann mit den großen Füßen etwas beizubringen. Aber Remanaine war geduldig und ging nicht sofort wieder weg, und irgendwann konnte sie wieder reden und war wieder in der Lage, sich zu bewegen. Sie fand ihr Lachen wieder und in ihren Augen strahlte die Lebendigkeit, die ihr zu eigen war.

Remanaine konnte gar nicht anders, als sich dieser lebendigen Frau in seinen Armen bewusst zu sein. Sie war größer als die meisten Frauen und doch musste er auf ihr Gesicht hinunterblicken. Der Eindruck, dass sie nicht schön war, war bald vergessen. Ihre Augen strahlten, groß und schwarz und ausdrucksvoll, und ihm gefiel auch das dichte, glänzende schwarze Haar. Sie war nicht hübsch nach den Maßstäben anderer Menschen, aber es war, als hätte sie einen neuen geschaffen, wo Schönheit von innen heraus kam und alles, sie selbst und die Menschen in ihrer Nähe, verwandelte. Später wusste Remanaine nicht zu sagen, ob es an diesem Abend geschehen war, dass ihn etwas völlig Neues erfasste, oder ob es ganz allmählich kam: Er hatte entdeckt, dass es außer seiner Berufung noch etwas anderes gab.

Von da an übersah er Variti nicht mehr und es geschah immer öfter, dass man die beiden zusammen antraf. Lange Zeit merkte er nicht, was sie ihm bedeutete. Er hatte nie geliebt, jedenfalls nicht so, wie Menschen lieben. Nicht einmal seinem Vater und seinem Bruder hatte er große Gefühle entgegengebracht. Nur sein eigener Weg zählte, der Freiheitsdrang, der ihn von zu Hause wegführte, und dann die Entdeckung, was es hieß, dass er gesegnet war. Seine Hände, das Heilen, das Glück, am Unbegreiflichen beteiligt zu sein – das war sein Leben. Er kannte wohl Zuneigung, aber er war niemals bereit gewesen, etwas von sich selbst zu opfern. Liebe anderer hatte ihn beschützt und seine Kraft wachsen lassen, doch er selbst kannte nur Wärme für andere, kein Glühen. Manchmal blickte er mit leiser Verachtung auf die Wirren des menschlichen Lebens, auf Liebesleid, Eifersucht und Streit, auf Ehebruch oder Treuestolz.

Er wusste nicht, was in ihm war.

Alte Mutter starb. Man hatte ihn zu ihr gerufen, aber es lag nicht in seiner Macht, sie aufzuhalten. Ohne dass sie es ihm gesagt hätte, fühlte er, dass er nicht einmal versuchen durfte, ihr Leben zu bewahren. Mit den Schwestern und Brüdern wartete er darauf, dass sie zu ihnen sprechen würde, aber sie schlief ein, ohne ihnen dieses Geschenk zu machen.

Etwas in seiner Brust zog sich schmerzhaft zusammen. Mit dem versammelten Ziehenden Volk ließ er seinen Tränen freien Lauf, ohne sich zu schämen. Damals, als seine eigene Mutter gestorben war, hatte er nicht geweint. Es hatte sich angefühlt wie ein spitzer Pfeil in seiner Brust, aber er hatte nicht geweint; er hatte sich nur gefragt, was ihr Tod für ihn bedeutete, was sich nun ändern würde.

Doch jetzt erlaubte er sich zu weinen, und während er weinte, erkannte er, dass ihn mehr als bloß Achtung und Zuneigung mit Alter Mutter verbunden hatte. Und er verstand endlich seine Gefühle für Variti.

Sie saß schluchzend auf den Stufen des Wagens, und er legte den Arm um sie, genauso weinend, und es war unbegreiflich, wie man gleichzeitig Leid und Freude empfinden konnte. Das ist Liebe, dachte er, so um jemanden zu trauern und so mit jemandem zu trauern. Wir stützen uns gegenseitig, dachte er, und ihm war, als wären dies die letzten Worte der Mutter gewesen. Von da an konnte er die Sippe mit anderen Augen sehen und sich auch. Wenig später heirateten er und Variti, als der Verlust nicht mehr so schmerzte und ihren Jubel nicht dämpfen konnte.

Er bot Variti an, immer bei den Ziehenden zu bleiben und nicht wie die Wanderärzte allein durch das Kaiserreich zu ziehen. Es war ein Opfer, aber er war bereit dazu. Und mit Staunen sah er, dass auch sie opfern konnte, denn sie lehnte ab und ließ es nicht zu, dass er seine Berufung für sie aufgab. »Du musst tun, wozu du bestimmt bist«, sagte sie zu ihm.

»Ich bin zu nichts bestimmt«, wehrte er ab. »Es ist meine eigene Entscheidung, wohin ich gehe.«

»Du musst gehen und du weißt es«, widersprach sie. »Du weißt es und ich weiß es. Dort draußen wirst du gebraucht, nicht hier bei uns. Wir wissen genug, die dort draußen brauchen einen Heiler wie dich.«

Er ahnte jetzt, wie viel Liebe vermag. Ihre Größe war wie eine Offenbarung. Wenn er früher geahnt hätte, was Liebe heißt, hätte er seinem Vater weniger Kummer gemacht. Reue überkam ihn, Schwindel und Panik. Verpflichtete die Liebe ihn dazu, zurück nach Kirifas zu gehen und von vorn anzufangen? Pflichten, die er nie gewollt hatte, demütig auf sich zu nehmen? Sollten er und Variti, Ziehende, Waldvolk, in einem Palast leben, zwischen Prunk und Intrigen, Macht und Ehrgeiz?

»Du könntest auch einfach zu deinem Vater gehen und ihm alles erklären«, schlug Variti vor. »Du könntest ihm sagen, was du getan hast.«

Er hatte zuerst Angst gehabt, ihr seine Herkunft zu offenbaren, zu sagen: »Du musst es wissen, ich bin Keta, Kanunas Sohn.«

Aber sie war weniger erstaunt gewesen, als er erwartet hatte, nicht erschrocken und auch nicht begeistert. Sie hatte gelacht und gesagt (es war noch vor ihrer Hochzeit gewesen): »Dann bin ich ja Prinzessin Variti, bald Schwiegertochter des großen Kaisers.« Sie liebte Remanaine und Keta und alles, was er war. Es machte keinen Unterschied, es war keine Versuchung. Sie wollte kein anderes Leben als das, das sie führte. Er selbst passte besser zu den Zintas, als er gedacht hatte.

Und doch hatte er immer das Gefühl, dass er es ihr schuldig war, sie wenigstens ein einziges Mal zu Kanuna zu bringen und seinem Vater zu sagen: Sieh her, das sind wir, dein Sohn und deine Tochter. Er hätte zu ihm gehen und sich mit ihm versöhnen müssen. Aber so stark er auch war, dies war das Einzige in seinem Leben, wozu ihm die Kraft fehlte.

»Dein Vater hat wieder geheiratet«, sagte Variti in diesem Frühling, in dem er zurückgekommen war.

»Ich weiß«, sagte er dumpf. »Ich habe es gehört, überall. Sie haben Fahnen gehisst und auf den Straßen getanzt.«

»Solltest du nicht«, begann sie, vorsichtig. »Manaine ... Du könntest sie besuchen. Du könntest ihm alles Gute wünschen und seiner Frau. Hat sie nicht das Recht, ihren Stiefsohn kennenzulernen?«

»Nein«, sagte er leise.

Sie, für die Familie alles war, konnte es niemals verstehen. Eine Familie gehörte zusammen, und selbst wenn jemand unterwegs war, gehörte er immer noch dazu und man dachte an ihn, warm, mit guten, freundlichen Gedanken. So gehörte er zu ihr, wenn er auf Wanderschaft war, so gehörte er auch zu seinem Vater, selbst wenn er hier bei ihr war. Dass es einen Streit geben könnte, den man nicht schlichten, eine Wunde, die nicht heilen konnte, akzeptierte sie nicht.

Aber hatte sie denn je verstanden, wie schlimm das war, was er getan hatte? Sie sah seine heilenden Hände und freute sich für ihn. Aber wie konnte er Kanuna je wieder vor Augen treten? Wie hätte er für den Diebstahl des Segens um Verzeihung bitten können? Er hatte sich selbst zum Erben gemacht in seinem kindischen Übermut, obwohl er den Thron nicht wollte. Doch wie konnte er jene dunkle Stunde des Betrugs bereuen, der er seine kraftvollen Hände verdankte?

6. Unter Räubern

SIE HATTEN IHR Lager mitten im Wald aufgeschlagen. Barn hatte gehofft, dass sie es schaffen würden, das nächste Dorf noch vor Anbruch der Dunkelheit zu erreichen, aber ein Rad war gebrochen und es hatte Stunden gedauert, es zu reparieren. Danach bestand keine Aussicht mehr darauf, die Nacht in Sicherheit und Wärme zu verbringen, keine Hoffnung auf einen Krug Bier und Brot und einen Teller Suppe.

Barn fluchte lauthals. Er versuchte ein Feuer zu machen, aber es hatte tagelang geregnet und das Holz war so nass, dass es sich auch nach mehreren Versuchen nicht anzünden ließ. Sie hatten wenig zu essen, denn natürlich waren sie davon ausgegangen, sich in einem gut ausgestatteten Gasthof den Bauch vollschlagen zu können.

»Wenn ich eine Armbrust hätte«, murmelte Blitz verbittert, »und wenn ich dann auch noch damit schießen könnte, würde ich auf die Jagd gehen und einen Hasen erlegen.«

»Und dann hättest du kein Feuer, auf dem du deinen Hasen braten könntest«, sagte Barn. »Nimm dir einen Apfel, das Brot lassen wir für morgen früh. Willst du die erste Wache übernehmen?«

Blitz nickte missmutig. Die lange Reise durch die Wälder hatte rasch ihren Reiz verloren. Die Wege waren schlecht und in dem Fuhrwerk konnte man nur sehr unbequem sitzen, es wurde zunehmend kälter, je weiter sie nach Norden kamen, und in den vergangenen Tagen hatte der Regen kaum einmal ausgesetzt. Auf Arima war der Spätsommer herrlich gewesen, warm und sonnig, die Luft erfüllt von köstlichem Duft. Aber hier, inmitten der dichten Wälder, konnte er nicht einmal mehr die Pilze riechen; er hatte sich erkältet und eine verstopfte Nase. Es war lange her, dass er eine ganze Nacht hatte durchschlafen können. Wenn sie draußen übernachteten, hielten sie abwechselnd Wache, aber nicht einmal in den Gasthäusern kam er wirklich zur Ruhe. Flöhe und Wanzen teilten mit ihm das Bett und raubten ihm mit seinem Blut auch die Kraft.

»Mach nicht so ein Gesicht, Junge«, brummte Barn gutmütig. »Es ist nicht schön so, aber noch ist uns nichts Schlimmes passiert. Es könnte alles noch viel, viel schlimmer kommen.«

Blitz hustete. Es kam ihm nicht so vor, als könnte eine Reise noch schlimmer sein.

»Wir haben den Großteil unserer Ware verkauft«, erinnerte Barn. Sein Gesicht glänzte vor Zufriedenheit. Selbst wenn nicht alles so verlief, wie er es geplant hatte, waren die Aussetzer in seiner guten Laune nur sporadisch und dauerten nicht lange. In einem Moment konnte er die ganze Welt verfluchen und Blitz Prügel androhen, im nächsten war er wieder ganz der Alte und er erinnerte sich und seinen jungen Begleiter daran, dass doch bisher alles gut verlaufen war. »Ich schlaf jetzt. Schlaf du nicht auch ein!«

Auch das war bereits passiert. Blitz war es nicht gewohnt, stundenlang auszuharren und zu horchen, vor allem nicht nach einem anstrengenden Tag. Mehr als einmal schwor Barn, ihn einfach auszusetzen, aber er tat es nicht und hätte es auch nie getan, selbst wenn er den zweiten Mann nicht so dringend gebraucht hätte. Er brachte es ja nicht einmal fertig, das Pferd zu schlagen, wenn es trödelte.

Blitz wickelte sich in eine Decke und lehnte sich an die Wagenräder. Feiner Nieselregen hatte seine Kleidung bereits durchfeuchtet und er fror. Der Abend war voller Geräusche: Barn schnarchte so laut, dass daneben kaum etwas anderes zu hören war. Tropfen sammelten sich auf den Blättern und fielen leise, von einem Blatt zum nächsten, bis sie irgendwann den Boden erreichten. Der Braune rupfte Blätter von einem nahen Strauch und zertrat dabei kleine Zweige. Die Vögel schwiegen still.

Das Erwachen kam unsanft. Zuerst bemerkte Blitz nur, dass es immer noch Nacht war, obwohl es nicht so finster war, wie es hätte sein sollen. Daraus schloss er, dass es Barn war, der ihn geweckt hatte, und die Entschuldigung dafür, dass er eingeschlafen war, lag ihm schon auf der Zunge. Wahrscheinlich hatten sich die Wolken verzogen und der Mond war aufgegangen ... Dann sah er die vielen Lampen. Und Gestalten, überall, dunkle, große Gestalten. Ihm wurde bewusst, dass der Mann, der ihn am Kragen gepackt und hochgerissen hatte, nicht Barn war, sondern ein Fremder, und er öffnete den Mund, um zu schreien. Er musste ihn warnen, er hatte doch Wache ... Doch dann sah er schon, wie sie Barn aus der Kutsche zerrten. Sie stießen ihn neben Blitz, und da standen sie nun beide und Barn murmelte: »Bist wohl eingeschlafen, wie?«

Blitz hatte sich oft ausgemalt, wie es sein würde, wenn ein Überfall geschah. Er hatte sich vorgestellt, wie er kämpfen würde, mit dem Messer und seinen Fäusten, wie er die Räuber durch seine Schnelligkeit und seinen Mut vertrieb, ganz gleich, wie viele es waren. Doch hier stand er nun, an den Wagen gelehnt, und fühlte, wie seine Beine fast unter ihm nachgaben.

»Es sind zu viele«, gab er zurück. »Es hätte sowieso nichts ...«

Er brachte den Satz nicht zu Ende. Der Räuber, der sie bewachte, fuhr ihn an: »Ruhe! Der Hauptmann kommt.«

Aus dem Schatten trat ein riesenhafter Mann. Er kam Blitz so groß vor, dass er dachte, so jemanden dürfte es gar nicht geben auf dieser Welt, groß und breit, ein Hüne mit breiten Schultern und langem weizenblonden Haar. Er baute sich vor ihnen auf und starrte auf sie hinunter. Sein Gesicht lag im Dunkeln und Blitz hätte sich nicht gewundert, wenn es einem Ungeheuer gehört hätte. Aber die Stimme war tief und kräftig und eindeutig menschlich.

»Was habt ihr uns zu bieten?«, fragte der Mann.

Blitz fühlte, wie Barn neben ihm versuchte, gerade zu stehen und entschlossen zu sprechen.

»Ich bin nur Obsthändler, nur Früchte, Herr, ich habe nur Früchte auf dem Wagen.«

»Wo ist dein Geld?«, verlangte der Räuber zu wissen.

Barn zögerte. Sie hatten es also noch nicht gefunden, vielleicht würden sie es auch nicht finden. »Ich fahre zu den Märkten von Wislang und Bjer«, sagte er. »Wie du siehst, sind wir erst auf dem Weg dorthin ...«

Der Riese beugte sich etwas vor, als habe er Mühe, sie zu sehen. »Dein Wagen ist halb leer«, sagte er. »Wo ist das Geld? Wie viel bietest du für dein Leben?«

»Wir haben kaum etwas eingenommen«, behauptete Barn. »Die Ernten waren überall zu gut, Äpfel und Birnen sind kaum gefragt. Wir haben es schon wieder ausgegeben auf der Reise ...«

Blitz packte die Angst. Er zweifelte nicht daran, dass Barn soeben ihr Leben verspielte, indem er versuchte, sein Geld zu retten. »Nein, Barn«, stieß er hastig hervor, »sag ihm, wo es ist. Bitte, sag es ihm!«

»Halt dich da raus«, befahl Barn. »Herr, dieser Junge weiß nicht, wovon er spricht. Wir haben nicht ...«

Die Rechte des großen Mannes schoss vor, umschloss seinen Hals und zog ihn nach vorne. »Keine Spielchen! Wo ist das Geld?«

»Es ist keins ...« Die Hand zog sich enger. »Unter dem Wagen«, keuchte Barn schließlich. Er deutete nach hinten, unter das Fuhrwerk.

Der Riese nickte seinen Leuten zu. Zwei Männer leuchteten, während einer zwischen die Räder kletterte. »Wir haben es.«

»Davon wusste ich nichts. Der Junge hat ...« Der Räuber hatte keine Geduld mehr mit ihm. Er hob ihn mit einer Hand mühelos hoch und schmetterte ihn zu Boden, wo er verkrümmt liegen blieb.

»Barn!« Blitz starrte entsetzt auf seinen Gefährten und hoffte inständig, er möchte nur verletzt sein und nicht etwa tot. Es konnte nicht sein, dass sie hier starben, in diesem regennassen Wald, im Dunkeln, heute – »Nein!«, heulte er auf und kniete neben Barn nieder, um sich zu vergewissern, dass das Schlimmste nicht eingetreten war, dass noch Hoffnung bestand. Und tatsächlich waren Barns Augen noch geöffnet und starrten ihn voller Entsetzen an.

»Ich kann mich nicht bewegen, Jahalik. Ich spüre meine Beine nicht mehr.«

»Nehmt das Pferd mit«, ordnete der Räuber an.

»Und die beiden?«, fragte einer.

»Tötet sie«, sagte er. »Der eine hat mich belogen und der andere ist ein kleiner Feigling.«

Die zwei Räuber, die hinzutraten, um den Befehl zu befolgen, glaubten, leichtes Spiel zu haben: ein Gelähmter, der am Boden lag, und ein weinender Junge. Doch Blitz hatte nicht vor, sich einfach abschlachten zu lassen oder zuzusehen, wie sie Barn etwas antaten. Er zog sein Messer – bis jetzt hatte er nicht geglaubt, dass es ihm etwas nützen könnte, doch nun hatte er nichts mehr zu verlieren – und stellte sich vor den verletzten Händler.

Die beiden Räuber näherten sich ihm. »Oha!«, rief der eine. »Das Kätzchen hat Krallen bekommen!«

»Leg das Messer weg.« Der andere lachte. »Du könntest dir damit wehtun.«

Sie kamen näher, aber da Blitz ihre Bewegungen aufmerksam verfolgte, das Messer in der Hand, zögerten sie. Aus den Augenwinkeln bemerkte Blitz, dass sich einige andere Männer bewegten, um ihren Freunden zu Hilfe zu kommen, doch der Riese gebot ihnen mit einer Handbewegung Einhalt. Fasziniert schaute er zu, um seine Lippen spielte ein Lächeln.

Einer der Räuber sprang plötzlich vorwärts und holte mit einem Dolch aus, der wesentlich länger und spitzer war als Blitz' Messer. Doch der Junge war nicht umsonst jahrelang von einer salinischen Amazone unterrichtet worden. Ohne überlegen zu müssen, reagierte er und traf den Angreifer von unten in den Arm, während dieser seinen Dolch niederstieß. Aufschreiend sprang er zurück.

Unter den Räubern entstand Unruhe, aber ihr Anführer brachte sie mit nichts als einem Blick zum Schweigen.

Der Getroffene hielt seinen blutenden Arm, aber er war noch weit davon entfernt, aufzugeben. Er nickte seinem Gefährten zu, der in einem Bogen um Blitz herumging.

Der Junge duckte sich und warf schnelle Blicke nach vorne und nach hinten, um beide im Auge zu behalten. Wenn sie versuchen, dich in die Zange zu nehmen, hatte Alika gesagt, hängt dein Leben davon ab, dass du dich nicht ablenken lässt. Behalte sie im Auge, beide. Sie werden sich ein Zeichen geben und gleichzeitig losstürmen ...

Er ging einige Schritte rückwärts, um seine beiden Gegner im Blick zu behalten, aber er wollte auch nicht zu weit von Barn entfernt stehen und ihn womöglich einem dritten Mörder überlassen.

Der Mann hinter ihm sah wild und verwegen aus, mit einem zerzausten Bart, der sein halbes Gesicht verdeckte. Er sprang vor, aber Blitz ließ sich nicht täuschen und wich nicht zurück; er wandte seinem anderen Gegner auch nicht den Rücken zu. Sein Herz schlug ihm bis zum Hals und doch fühlte er sich merkwürdig ruhig, als wäre alles, was er in seinem Leben getan hatte, auf diesen Augenblick hin geschehen. Jati, Alika, Mino, Lexan ... Und heute würde er hier sterben und El Jati würde nie erfahren, was geschehen war, er würde nie wissen, dass er hier gewesen war und gekämpft hatte, allein ...

Nun täuschte der andere einen Ausfall vor. Es war wie ein Tanz: Der schwarzhaarige Junge in der Mitte, rechts und links die beiden mordlustigen Gesellen, die abwechselnd vor und zurück sprangen. Lass dich nicht ablenken, lass dich nicht ...

Ihm entging nicht, wie sie sich kurz zunickten, und als sie dann beide gleichzeitig auf ihn losgingen, war er darauf gefasst. Mit dem Messer in der Hand drehte er sich blitzschnell um seine eigene Achse, tauchte unter ihnen hindurch und warf sich zur Seite. Die beiden Männer taumelten gegeneinander, starrten ungläubig auf ihre blutenden Beine und wandten sich dann Blitz zu, der noch am Boden lag. Er sprang auf, während sie schon auf ihn zustürmten wie wildgewordene Stiere, aber dann brachte ein einziges Wort sie zum Stehen.

»Halt.«

Der Riese lächelte, seine weißen Zähne waren zu sehen.

»Hauptmann, wir haben ihn gleich, wir ...«

»Ihr sollt ihn nicht töten. Ich habe gesehen, dass er doch kein Feigling ist. Lasst ihn laufen. Los, Junge, verschwinde. Tötet den anderen und dann zurück ins Lager.«

Blitz fasste sein Messer fester. »Nein! Nein, ich lasse nicht zu, dass ihr Barn umbringt!«

Er stellte sich über den Verletzten und blickte dem Riesen trotzig ins Gesicht. »Ich lasse das nicht zu.«

Und hier werde ich also sterben, dachte er, heute. Die Dämmerung zog bereits herauf und die Vögel wurden munter. Er hörte die ersten frühen Gesänge durch die Wipfel klingen.

Der Anführer grinste breit. »Du hast also noch nicht genug? Was ist er, dein Vater?«

»Nein«, sagte Blitz. »Aber ein Freund.«

»Ein sehr guter Freund, wie? Wenn er dir so viel bedeutet, dass du bereit bist, für ihn zu sterben.«

Er dachte an die unzähligen Stunden, die sie nebeneinander auf dem Kutschbock verbracht hatten. Barn hatte erzählt, ohne Unterbrechung, bis Blitz glaubte, seine Ohren würden ihm abfallen. Er kannte niemanden, der so viel redete. Seine Kenntnisse über ganz Deret-Aif waren groß, denn er kam viel herum, und doch hätte Blitz liebend gern darauf verzichtet, an allen seinen Erlebnissen teilzuhaben. Freund? Mino und Lexan waren seine Freunde gewesen, Bajad und Jußait. Aber er konnte nicht fortlaufen, wenn die Räuber Barn töteten, sobald er ihm den Rücken kehrte.

»Nein«, sagte er leise, »einfach nur ein Freund.«

Er stellte sich breitbeinig hin, um einen guten Stand zu haben, wenn der Angriff erfolgte.

»Seht ihr?« Der Riese lachte. »Seht ihr diesen Jungen? Das ist ein Bursche nach meinem Geschmack. Wie hat er dich genannt? Jahalik? Also, Jahalik, du kommst mit uns.«

Blitz erstarrte. Er konnte sich nicht vorstellen, wie das jetzt gemeint war. Er sollte mit den Räubern gehen?

»Ihr werdet kein Lösegeld für mich bekommen«, sagte er. »Ich bin nicht reich.« Aber zugleich stieg Hoffnung in ihm auf. Mino ist reich, dachte er. Vielleicht erlaubt Binajatja, dass sie mich ausbezahlt. Vielleicht werde ich doch nicht sterben, vielleicht ...

»Wer spricht denn von Lösegeld?« Der Riese hob die Brauen. »Du gehörst jetzt zu uns, Junge. Ich hoffe sehr, dass du bald bereit bist, für jeden von uns zu sterben, so wie du für deinen Freund sterben wolltest. Denn von jetzt an sind wir deine Freunde.«

Er machte einen Schritt auf Blitz zu. Blitz hob das Messer, aber der Räuberhauptmann packte ihn am Handgelenk, so dass er es fallen lassen musste, und übergab ihn dann seinen Gefährten. Sie fesselten seine Hände und setzten ihn auf das Pferd, dann führten sie es mit sich in den Wald.

»Und Barn?«, rief er. »Ihr könnt ihn doch nicht einfach so liegen lassen!«

Er rief noch einige Male, aber niemand achtete auf ihn. Schließlich drehte sich der Mann, der das Pferd führte, zu ihm um. »Sei endlich still. Der Kaufmann ist längst tot. Der Hauptmann lässt niemanden am Leben, der sein Gesicht gesehen hat.«

Blitz verstummte. Tränen traten ihm in die Augen, aber er konnte sie nicht fortwischen. Mit aller Macht versuchte er, Fassung zu bewahren.

»Aber mich hätte er gehen lassen«, sagte er.

»Das glaubst auch nur du. Wenn du dich umgedreht hättest, hätte jemand dir ein Messer in den Rücken gerammt.«

Er hatte gewusst, dass er dem Tod so nah gewesen war wie noch nie, aber trotzdem musste er bei dieser Mitteilung schlucken. »Aber er hat gesagt ...«

»Der Hauptmann verabscheut Feiglinge«, erklärte der Räuber geduldig. Anscheinend liebte er es, über seinen Anführer zu sprechen, denn seine Stimme war voller Stolz. »Er wollte nur sehen, ob du deinen Kumpel im Stich lässt. Er kann keine Leute gebrauchen, die andere im Stich lassen. Wir müssen hier alle zusammenhalten, so ist das nämlich.«

Der Mann nickte ihm freundlich zu, als wäre er tatsächlich schon einer von ihnen. »Du hast alles richtig gemacht, Junge. Sonst wärst du jetzt nämlich tot.«

Das Räuberlager bestand aus einer Ansammlung baufälliger Hütten an einem Bach mitten im Wald. Im Gegensatz zu Barn hatten sie es trotz der Nässe geschafft, ein Feuer zu entzünden. Ein großer gusseiserner Kessel hing über den Flammen. Ein Mann, der mit einem großen Löffel darin rührte, hob den Kopf, als die Räuber eintrafen.

»Wie ich sehe, hast du gute Beute gemacht, Zukata«, sagte er.

Der Riese grinste. »Ein Beutel voller Münzen, ein Pferd und ein Junge. Was gefällt dir davon am besten, Lundi?«

Der Mann am Kessel musterte Blitz eingehend. »Dieses Bürschchen hat also Settan und Ewak verletzt? Hut ab, Kleiner. Nun, wir werden noch sehen, was von diesen Schätzen uns am meisten nützt.«

Blitz ließ sich vom Pferd gleiten und sah sich um. Ungefähr zwanzig, dreißig Mann schienen hier zu wohnen, alle gefährlich dreinschauende, zerlumpte Gestalten. Lundi sah von ihnen allen noch am reinlichsten aus. Zum Glück, wenn er derjenige war, der hier kochte.

»Hat der Junge Hunger?« Er wandte sich an den Riesen, als könnte Blitz nicht selber reden. »Wie heißt er?«

»Jahalik.«

»Schwarzer Blitz? Wie nett. Nun komm, mein Pferdchen, setz dich hier ans Feuer.«

Er hatte gehofft, sie würden seine Fesseln lösen, aber der Mann reichte ihm eine kleine Schüssel in seine gefesselten Hände. Er beugte sich darüber und schlürfte die heiße Brühe. Es tat gut, am Feuer zu sitzen. Fast hätte er sich wohlfühlen können, wenn ihm nicht die ganze Zeit über bewusst gewesen wäre, wo er war. Diese Leute hatten Barn getötet. Er fragte sich, warum sie annahmen, er könnte einer der ihren werden. Seinen Mut hatte er ihnen bewiesen – wie kamen sie nur darauf, sie könnten ihn dazu bringen, so ein übler Geselle zu werden wie sie? Sobald sich die Gelegenheit dazu ergab, würde er fliehen.

Über den Rand seiner Schüssel merkte er, dass der Riese ihn beobachtete. Wütend starrte er zurück. Der Mann lächelte.

»Wie ein kleines, wildes Tier«, sagte er. »Das gefällt mir.«

»Ich will kein Räuber werden«, verkündete Blitz trotzig.

»Warum nicht?«

Alle Argumente erstarben auf seiner Zunge; es waren so viele, dass sie sich gegenseitig erstickten. »Weil ich nicht will.«

»Wo hast du gelernt, so zu kämpfen?«

»Meine Schwägerin ist eine Kriegerin aus Salien.«

»Und sie hat dir Unterricht gegeben? Warum?«

»Mein Bruder meint, es ist wichtig, sich verteidigen zu können. Gegen Räuber«, fügte er zornig hinzu.

Der Riese lächelte amüsiert. »Recht hat er, dein Bruder. Und warum bist du nicht bei ihm, wo er dich beschützen könnte? Du bist weggelaufen, stimmt's?« Er wandte sich an Lundi. »Dieser Junge gefällt mir immer besser.«

Der Koch ließ seine ruhigen grauen Augen über Blitz' Gesicht wandern. »Er wird uns noch Schwierigkeiten machen, Zukata, das verspreche ich dir.«

»Soll er ruhig. Ich freu mich drauf.«

Blitz zweifelte nicht daran, dass der Riese mit Freude jeden zusammenschlug, der sich ihm widersetzte. Es war nicht zu übersehen, wie ehrerbietig sich seine Männer ihm gegenüber verhielten. Sie alle würden ihr Leben für ihn geben ... Aber ich nicht, dachte Blitz. Ich nicht.

»Wie lange muss ich diese Fessel hier tragen?«, fragte er.

»Glaubst du, ich lasse zu, dass du im Wald verschwindest?«, fragte Zukata zurück. »Ich mag keine Feiglinge, aber Dummköpfe sind mir genauso zuwider. Am besten stellst du so eine Frage nicht noch einmal.«

»Bis du dich bewährst«, antwortete Lundi mit einem Seitenblick auf den Hauptmann. »So lange, bis du dich als einer von uns erwiesen hast.«

Nachts schlief er in Zukatas Hütte. »Das ist sicherer als eine Fessel am Bein«, hatte Zukata gesagt. »Du könntest versucht sein, sie während der Nacht zu entfernen. Aber glaub mir, aus meiner Hütte wirst du dich nicht rausschleichen können. Ich höre dich. Selbst wenn du glaubst, dass ich schlafe, werde ich dich hören. Wenn du einen Schritt über die Schwelle machst, bringe ich dich um.«

Settan, der für ihn eine Matte an der freien Wand ausbreitete, nickte ihm zu. »Keine Sorge«, sagte er zu dem Jungen. »Hier bist du tatsächlich sicher. Und Zukata ist ein Mann, der die Frauen liebt. Selbst an einem so hübschen Jungen, wie du es bist, wird er sich nicht vergreifen. Und das kann man nicht von jedem hier sagen.«

Nachts lag er da und horchte auf Zukatas Atem. Er fragte sich, ob es tatsächlich stimmte, ob er ihn wirklich hören würde, wenn er aufstand. Am Tag trug er seine Fessel, ohne zu murren, aber nachts schien ihm jede Minute, die er hier lag, ohne einen Fluchtversuch zu unternehmen, vergeudet.

Einmal, ein einziges Mal, stand er nachts auf und machte ein paar Schritte zur Tür. Er hörte den Riesen atmen, gleichmäßig, als ob er tatsächlich schliefe. Dort war schon der Ausgang. Blitz bewegte sich so leise, wie er nur konnte, aber dann zögerte er doch. Die Freiheit oder den Tod. Er wusste nicht, was er wählte, wenn er diesen letzten Schritt machte. Wie ein dunkler Berg lag der schlafende Riese auf seiner Matte.

Lautlos drehte Blitz sich um und schlich zurück zu seinem Schlafplatz.

Das Leben unter Räubern war nicht so aufregend, wie er angenommen hatte, jedenfalls nicht, solange er noch nicht wirklich einer von ihnen war. Wenn die Bande auf Beute auszog, musste er bei denen bleiben, die das Lager bewachten. Settan und Ewak, die er verletzt hatte, gehörten zu ihrem Ärger dazu. Settan nahm es locker. Er klopfte ihm auf die Schulter und sagte: »Das habe ich dir zu verdanken, du kleiner Panther«, aber Ewaks Augen verfolgten ihn voller Hass. Er empfand seine Niederlage als Demütigung und nahm es Zukata übel, dass er ihnen nicht erlaubt hatte, zurückzuschlagen.

»Auf den musst du aufpassen«, sagte Lundi leise, während sie beide am Feuer saßen. Lundi ließ ihn beim Kochen helfen und unterhielt sich dabei mit ihm. Er schien nicht zu befürchten, dass der Junge das Messer gegen ihn wandte, und tatsächlich war das ein Ding der Unmöglichkeit. Während er Zwiebeln hackte, Gemüse schnitt oder unter Lundis Anleitung Wild zerlegte, hätte er das Messer dazu benutzen können, den Koch zu töten, seine Fessel zu zerschneiden – sein Fuß war an einem langen Strick mit einem Pfahl verbunden – und zwischen den Bäumen zu verschwinden, immer vorausgesetzt, dass die Wachen nicht eingriffen und dass es ihm tatsächlich gelang, Lundi sofort und ohne Kampf zu erstechen. Er bezweifelte, dass der Mann so harmlos war, wie er aussah. In Zukatas Nähe passte niemand, der harmlos war.

Aber selbst um den Preis seiner Freiheit konnte Blitz niemanden umbringen, der sich freundlich mit ihm unterhielt. Einem lebendigen Menschen das Messer zwischen die Rippen stoßen, das war nur in seinen Träumen möglich. Denn von Flucht träumte er oft, von all den Dingen, die er tun würde und die ihn zurück nach Hause brachten. Zurück zu El Jati. Es gab keinen anderen Ort, an den er sich zurückwünschte.

»Kann er mir etwas antun?«

»Nein«, sagte Lundi, »das wird er nicht wagen. Zukata duldet keine Streitigkeiten zwischen seinen Männern. Aber es gibt auch andere Methoden, um sich zu rächen. Und Ewak ist ein nachtragender Mensch, also glaub niemals, dass er euren kleinen Kampf vergessen hat, selbst wenn alles danach aussieht.«

Blitz schluckte. Ein offener Kampf wäre ihm lieber gewesen als die Aussicht, irgendwann einmal etwas zu erleiden, von dem er sich nicht vorstellen konnte, was es sein würde.

»Was ist das da an deinem Arm?«, fragte er, während sie wieder einmal darauf warteten, dass die Räuber von ihrem Beutezug zurückkehrten. Er half Lundi beim Zerkleinern wilder Wurzeln, seine Hände waren braun von ihrem Saft. Jetzt im Spätherbst gab der Wald nicht mehr viel her, außer den schwarzen Beeren, die erst der Frost schmackhaft machte, und den Wurzeln. Vielleicht, überlegte er, könnte ich den Koch überwältigen, ohne ihn zu töten. Aber dazu müsste mein Fuß frei sein, und sie geben mir nicht genug Zeit, um den Strick abzusäbeln. Vielleicht könnte ich ihn dazu überreden, einmal wegzuschauen, nur ein einziges Mal ...

»Das?« Lundi zog seinen Ärmel höher. Auf seinem Oberarm, knapp unter der Schulter, war ein Zeichen eingebrannt: eine Krone und darüber wie ein zackiger Blitz ein Z.

Er grinste. »Das«, sagte er, »macht mich zu Zukatas Gefolgsmann.«

»Für mich sieht es aus wie das Brandzeichen eines Pferdes«, meinte Blitz. »Und was heißt Gefolgsmann? Er befiehlt euch, was ihr tun sollt, und ihr tut es. Wie sieht es denn hier aus?« Er wies auf die verfallenen Hütten. »Dafür raubt und tötet ihr? Für dieses armselige Leben hier im Wald? Dafür lässt du dir ein Zeichen verpassen? Du machst dir doch etwas vor. Ihr seid nichts anderes als erbärmliche Räuber.«

Lundi hob die Brauen. »Findest du? Unsinn. Ich werde dir mal was erzählen. Zukata hat mich aus dem Gefängnis herausgeholt, mich und noch einige andere. Na, was sagst du dazu? Schon allein deshalb gehört ihm mein Leben. Man hat mich gebrandmarkt. Deshalb die Krone. Das tun sie mit denen, die hingerichtet werden sollen. Ein gebrandmarkter Verbrecher, verurteilt von einem königlichen Gericht. Aber Zukata hat aus diesem Zeichen etwas anderes gemacht. Er hat seinen Namen darüber gesetzt. Es macht mir keine Schande mehr, es ist ein Zeichen der Ehre. Kennst du die Geschichten vom Kaisergänger, Jahalik?«

»Ja«, antwortete der Junge düster.

»Durch das Kaiserreich geht einer, heißt es, dem der Kaiser sein Zeichen gegeben hat. Und deshalb sind seine Augen des Kaisers Augen und seine Ohren des Kaisers Ohren und seine Hände des Kaisers Hände. Wenn er sein Zeichen vorzeigt, hat niemand das Recht, ihm etwas zu verwehren oder ihm eine Bitte abzuschlagen oder einen Befehl zu missachten, denn durch ihn spricht der Kaiser selbst.«

Blitz nickte.

»Und wir«, erklärte Lundi weiter, »wir sind Zukatas Kaisergänger. Wir tragen sein Zeichen. Wir gehören ihm und dafür gibt er uns die Macht, in seinem Namen zu handeln. Wir alle, verstehst du? Wir sind seine Augen und Ohren und seine Hände.«

In diesem Moment begriff Blitz, dass ihn dieser Mann niemals gehen lassen würde. Er würde nicht einmal mit dem Gedanken spielen, ihm zu helfen.

»Und wie belohnt er euch?«, fragte er. »Ihr tut alles für ihn und hier sitzt ihr, alle gemeinsam im Dreck. Wozu nehmt ihr den anderen Leuten das Letzte, was sie haben, wenn ihr nicht einmal selber ein besseres Leben davon habt?«

Lundi schüttelte den Kopf, während er die gehackten Wurzeln in den Kessel warf. »Du verstehst gar nichts, Kleiner. Wir leben nicht in solchen Häusern wie die anständigen Bürger. Wir brauchen sie nicht. Was soll ich mit einem schmucken Häuschen und mit Zierwerk bestückten Möbeln? Womöglich noch mit einer braven Frau und fünf Kindern? Wir ziehen von einem Land zum anderen. Wir sind sogar auf einem Schiff von Küste zu Küste gesegelt, wir sind wie Blätter im Wind. Was brauchen wir feste Häuser? Einmal hier und einmal dort. Bald werden wir auch dieses Lager abbrechen und weiterziehen. Wir sind frei, Junge. Wir sind wie wilde Tiere und unser Revier ist das ganze Kaiserreich und über seine Grenzen hinaus ... Willst du lieber domestiziert sein, ein Haustier, das jeden Abend sein Futter bekommt und in der nächsten Woche geschlachtet wird?«

Blitz fühlte den Strick an seinem Bein und lächelte nur. Das freie Leben. Er konnte sich kaum noch erinnern, was er sich darunter vorgestellt hatte. Abenteuerlich und wild und frei.

In diesem Moment kamen die Räuber zurück. Sie waren übel gelaunt; es hatte einen Kampf gegeben und einige Männer waren verletzt. Lundi sprang auf und eilte ihnen zu Hilfe, anscheinend war er nicht nur der Koch, sondern auch, wenn es Not tat, der Heiler.

Zukatas Kleidung war blutbespritzt. Blitz wollte lieber nicht wissen, was passiert war, aber die Männer sprachen über nichts anderes: Wie sie die Kutsche überfallen hatten und auf einmal Soldaten gekommen waren.

»Wir sind schon zu lange hier«, knurrte Zukata. »Sie stellen sich darauf ein, dass wir da sind. Es wird Zeit, weiterzuziehen.« Er hob den Blick und begegnete Blitz' erschrockenen Augen. »Was ist? Was starrst du mich so an?«

»Du blutest, Herr«, sagte Blitz.

»Das ist nicht mein Blut.«

»Ich glaube schon. Da, am Rücken ...« Seine Fußfessel hinderte ihn daran, näher zu kommen.

Zukata schälte sich aus seiner blutigen Kleidung, verrenkte sich den Hals und fand die Wunde, die Blitz gesehen hatte. Er lachte grimmig. »Diese Soldaten waren besser ausgerüstet als sonst! Was ist los, Junge? Hol mir eine Schüssel mit Wasser.«

»Ich kann nicht, Herr.«

Zukata runzelte die Stirn. Dann bückte er sich und riss den Strick mit einem Ruck vom Pfahl los. »So, und jetzt geh.«

Blitz lief, zuerst um eine saubere Schüssel, dann, um klares Wasser aus dem Bach zu holen. Er brachte auch zwei Tücher mit, und während er zu Zukata zurücklief, fragte er sich, warum er das tat, warum er nicht einfach im Wald verschwand. Sie würden ihn finden, war es das? *Er lässt niemanden am Leben, der sein Gesicht gesehen hat.*

Zukata verzog keine Miene, während der Junge ihm den Rücken wusch. »Du brauchst einen Arzt, Herr.«

»Ich weiß selbst, was ich brauche«, knurrte der Riese. »Wo ist Lundi?«

Der Koch kümmerte sich gerade um einen Mann, dem die Soldaten fast den Arm abgehackt hatten.

»Beschäftigt? Nun gut. Was siehst du, Jahalik? Schau es dir gut an.«

»Herr, ich ...«

»Du sollst nachsehen, warum es so verdammt wehtut, verflucht noch mal!«

An nichts war bisher zu merken gewesen, dass Zukata Schmerzen hatte. Er schien seine Wunde zunächst ja nicht einmal gespürt zu haben. Vorsichtig zog Blitz die Wundränder auseinander. Es blutete so stark, dass er nichts sehen konnte, doch da ... »Da ist etwas!«, rief er aufgeregt. »Ein Splitter, glaube ich ...«

»Zieh ihn heraus.«

Blitz brach der Schweiß aus. Er hatte nie etwas so Schreckliches getan, im Blut eines anderen Menschen herumzuwühlen, in der offenen Wunde eines anderen nach etwas zu suchen ... Aber Lundi war beschäftigt und er hatte keine Wahl. Zukata wollte nicht warten und Blitz wagte es nicht, ihm den Befehl zu verweigern. Seine Beine zitterten, nicht einmal an Flucht war jetzt noch zu denken. Wenn ich mich bewege, falle ich um, dachte er.

Er bekam etwas Hartes zu fassen, doch einfach so ließ es sich nicht herausziehen. Seine Hände, nass vom Blut, rutschten immer wieder ab.

»Mach endlich«, befahl Zukata.

»Und wenn die Blutung dann stärker wird? Vielleicht sollte Lundi ...«

»Na los.«

Er musste gehorchen, es gab keine andere Möglichkeit. Er wusch seine Hände, krallte seine Fingernägel in den Splitter und zog wieder. Auf einmal hatte er ihn in der Hand – eine Lanzenspitze.

Blut sprudelte hervor, Blitz drückte die Tücher auf die Wunde, die bald rot durchtränkt waren. Dann war Lundi auf einmal da. »Geh zur Seite, Jahalik. Lass mich sehen.«

Die ganze Zeit gab Zukata keinen Laut von sich.

»Du zäher alter Idiot, warum rufst du mich denn nicht!«

Blitz wankte erleichtert zur Seite. Er nahm kaum wahr, wie der Koch den Hauptmann verband. Benommen kam er nur bis zum Bach, wo er seine blutige Kleidung auszog und sich Zukatas Blut von der Haut wusch. Dort saß er noch und wedelte mit den Händen in der Strömung, als er Schritte hinter sich hörte.

Lundi, dachte Blitz. »Geht es ihm gut?«

»Ja, es geht ihm gut.« Es war Zukata selber. Er trug einen Verband um den Leib und eine neue, saubere Hose. Ihm war nicht anzumerken, was er eben durchgemacht hatte, aber er bewegte sich vorsichtig, als er sich auf einen Stein am Ufer setzte und die Füße ins fließende Wasser hielt. »Lundi besteht darauf, dass ich mich hinlege.« Er lachte leise. »Wir Riesen sind härter im Nehmen, als er denkt.«

Er lehnte sich gegen einen Baum und schloss die Augen. Blitz saß nur da und war zugleich erleichtert und wütend auf sich selbst.

»Warum bist du von zu Hause fortgelaufen?«, fragte Zukata, und wieder waren seine blauen Augen auf den Jungen gerichtet, diese alles durchbohrenden Augen, denen nichts zu entgehen schien.

»Ich weiß nicht«, antwortete Blitz. Er hätte tatsächlich nicht mehr sagen können, was ihn dazu bewogen hatte, die Sicherheit seines Zuhauses gegen das kalte, nasse Leben in einem fremden Wald einzutauschen, unter Menschen und Riesen. Waren es El Jatis Schläge gewesen? Minos Verrat? Er konnte sich kaum noch daran erinnern. Ein Boot. Ein Boot, das über die Wellen schaukelte, ohne ihn ... Es war so weit fort, eine Szene aus einem anderen Leben.

»Und warum du heute nicht weggelaufen bist, das weißt du auch nicht, wie?«

»Nein«, sagte er leise und schämte sich, denn natürlich hätte er es wenigstens versuchen müssen. Vielleicht hätte er eine Chance gehabt, eine kleine Chance, es zu schaffen. Er wäre in den Wald gelaufen, fort vom Lager, und dann? Er hatte keine Ahnung, wo die nächste Siedlung lag.

»Und?«, fragte Zukata. »Brauchst du das Seil noch?« Er fragte, als ob es tatsächlich auf Blitz' Meinung ankam, ob er gefesselt werden wollte oder nicht. Aus diesem Grund zögerte Blitz.

»Nein, Herr«, sagte er schließlich, »ich glaube nicht.« Hier im Wald war an eine Flucht sowieso nicht zu denken, solange er sich nicht besser auskannte. Aber vielleicht würden sie, wenn sie weiterzogen, an eine Straße kommen. Er nahm sich fest vor, die nächste Gelegenheit zu nutzen.

»Du glaubst es also? Es wäre schön, wenn du dir sicher wärst.« Die blauen Augen waren auf ihm, es gab keine Möglichkeit, ihnen zu entkommen. Zum ersten Mal dachte Blitz, dass dies kein menschlicher Blick war, sondern der Blick eines ganz fremden, unbekannten Wesens, das mit ihm selbst so wenig gemeinsam hatte wie ein Tier. »Denn wenn ich dir erlaube, dich frei zu bewegen, und du versuchst trotzdem zu fliehen, werde ich dich töten, Jahalik.«

Einen Moment war er versucht zu sagen: Dann fessel mich lieber. Er wollte glauben, dass ein Fluchtversuch nicht bestraft werden würde, solange er gefesselt war. Aber dann dachte er daran, was einer der Räuber gesagt hatte: Er tötet jeden, der sein Gesicht kennt. So oder so durfte er erst fliehen, wenn er sich sicher sein konnte, es zu schaffen.

»Ich brauche keine Fessel«, wiederholte er und setzte trotzig den Namen dieses Mannes hinzu, der über sein Leben entschied: »Zukata.«

»Gut.« Zukata schloss die Augen wieder.

Wenn ich jetzt losspringe, durch den Bach, und laufe, laufe, so schnell ich kann ... Und er war schnell. Zukata war verletzt.

Aber anstatt blindlings zu fliehen, die Todesdrohung im Nacken, blieb er sitzen. Er betrachtete die muskelbepackte Gestalt des Hauptmanns und ihn schauderte, denn deutlicher konnte es auch mit Worten nicht gesagt werden, dass er keine Chance hatte. Das lange blonde Haar floss dem Riesen über den Rücken, aber sein Gesicht war glatt rasiert. Blitz hatte schon einige Male beobachtet, wie Zukata sich morgens von einem seiner Räuber mit einem scharfen Messer rasieren ließ, während die meisten seiner Truppe sich nichts aus Äußerlichkeiten machten und zum Fürchten wild aussahen. Zukata jedoch hatte es nicht nötig, sich durch ein wildes Aussehen Respekt zu verschaffen. Seine ganze Wildheit lag in ihm, selbst wenn er die Kleider eines Fürsten getragen hätte.

Der Riese öffnete die Augen, als hätte Blitz nun genug Zeit gehabt, ihn zu betrachten. Aber er sah nicht den Jungen an, sondern blickte über das glitzernde Wasser hin. »Wir sollten damit aufhören … In letzter Zeit denke ich oft darüber nach, wie es wohl wäre, zurückzukehren. Nach Hause. Wie wäre es für dich, hm? Was würde dein Bruder sagen, wenn du plötzlich wieder vor der Tür stehst?«

»Er würde sich freuen«, antwortete Blitz leise. »Er würde mich umarmen …« Aber wollte er das wirklich? Umarmt werden und wieder so leben wie früher? Seither gab es nichts, wonach er sich mehr sehnte, und dann wieder schrak er davor zurück, als wäre nichts so furchtbar, wie bedingungslos geliebt zu werden.

»Ich stelle es mir immer wieder vor«, sagte Zukata. »Wie ich mich der Stadt nähere, wie ich einen Fuß vor den anderen setze … Mein Vater hat wieder geheiratet, das macht es wirklich nicht einfacher. Was würde er sagen, wenn er mich sieht? Würde er mich auch einfach so umarmen, wie es dein Bruder wohl tun würde? Oh, ich bin sicher, ich würde einiges zu hören kriegen.«

»Kein Wunder«, wagte Blitz zu sagen, »nach all dem hier.« Er biss sich auf die Lippe, denn er wollte nicht Zukatas Zorn auf sich ziehen, aber der Riese lachte.

»Ja, nach all dem hier … Was für ein Leben, und es gibt nichts, was das hier ersetzen könnte. Aber manchmal ermüdet es mich. Diese Menschen! Es ist so leicht, sie zu besiegen, es macht nicht einmal mehr Spaß, gegen sie zu kämpfen. Gegen einen anderen Riesen, das wäre etwas anderes. Kannst du dir vorstellen, wie gerne ich gegen einen anderen Riesen kämpfen würde? Als Kind habe ich mich natürlich mit meinem Bruder geprügelt, das war schon etwas … Aber stell dir vor, ein Kampf, Riese gegen Riese, auf Leben und Tod …«

Blitz wollte sich das lieber nicht vorstellen, obwohl er zugeben musste, dass dies ein Anblick wäre, den man nicht so schnell wieder vergessen würde.

»Nun ja, man kann nicht alles haben.« Zukata tauchte die Hand ins Wasser und ließ es durch seine Finger wieder hinuntertropfen. »So vergeht das Leben, weißt du? Es verrinnt zwischen unseren Fingern. Aber hier und da bleibt ein Steinchen in unserer Hand zurück. Irgendetwas, das wir mit heraufgeholt haben. Wenn wir Glück haben, vielleicht sogar ein Fisch ...«

»Ja«, sagte Blitz, denn er wusste nicht, was er sonst dazu sagen sollte.

»Ein Fisch, ja. Und wir sind endlich satt und zufrieden.« Er nickte langsam.

»Geh zu Lundi«, sagte er dann. »Frag ihn, wo du ihm noch helfen kannst.«

»Ja, Herr.« Blitz stand auf und ging zurück zu den Hütten.

»Du hast den Hauptmann sehr beeindruckt«, sagte Lundi zu ihm.

»Habe ich das?«, fragte Blitz zurück. Er legte keinen Wert darauf, einen Räuber zu beeindrucken, und war doch stolz darauf, Zukatas Aufmerksamkeit erregt zu haben. Dieser Junge ist kein Feigling ... Es war ein gutes Gefühl.

»Enttäusche ihn nicht.« Lundi drehte sich zu Blitz um, während er sprach. »Wenn du jetzt versagst – wenn du zu fliehen versuchst oder den Gehorsam verweigerst, wenn er dir etwas aufträgt –, dann wird er dich töten.«

»Ich weiß.«

»Wirklich? Mir scheint, du glaubst schon, er ist dein Freund. Aber täusche dich nicht. Zukata ist niemandes Freund. Wenn du dich gegen ihn stellst, wird er dich mit einem Fingerschnipsen erledigen. So weit kannst du gar nicht fliehen. Er wird dich finden, glaub mir.«

Blitz schwieg. Offensichtlich war es eine gefährliche Sache, Zukatas Aufmerksamkeit erregt zu haben, gefährlicher, als ihm selbst bewusst war. Wenn das stimmte, was Lundi sagte, würde er niemals von hier fliehen können, bis an sein Lebensende war er an den Hauptmann und seine Räuberbande gefesselt. Aber es war unmöglich, sich so ein Leben vorzustellen, solange es auf dieser Welt eine Insel gab, die Arima hieß, Gärten voller Früchte, duftend und reich, und das Meer, das sich an den Klippen brach ... Er hätte nie von dort weggehen dürfen, niemals, und nun gab es keinen Weg zurück.

Bei der ersten Gelegenheit mache ich mich davon. Nur dieser Gedanke half ihm, nicht die Hoffnung zu verlieren.

Der Mann, der bei dem Kampf seinen Arm verloren hatte, starb noch am selben Tag, und auch ein zweiter Verletzter schwand trotz Lundis Bemühungen dahin. Er lebte noch zwei Tage, aber sein Lebensfunke wurde immer schwächer und er begann von einer Brücke zu phantasieren, die er in seinen wirren Träumen sah. Mit düsterem Gesicht ging Zukata durch das Lager, wie ein König durch sein Königreich, seine Augen wirkten dunkel und über seinem Gesicht lag ein Schatten. Blitz glaubte nicht, dass es seine eigenen Schmerzen waren, die ihm zu schaffen machten. Obwohl sein Blut den Verband durchdrang und seine Kleider färbte, legte er sich nicht hin, sondern wanderte unruhig zwischen den Hütten umher, verschwand im Wald und kehrte wieder zurück. Er erinnerte Blitz an ein eingesperrtes Tier. Ohne dass es ihm bewusst war, legte sich dieselbe Traurigkeit, dieselbe Düsterkeit auch über ihn selbst. Er kannte diese Männer nicht, die hier starben, in einem verregneten Wald an einem kühlen Herbsttag, und doch erfasste ihn das Gefühl, dass der Tod zu ihnen allen gekommen war und dass sich die Brücke vor ihnen allen wölbte, unendlich schmal und schwankend, und darunter die unfassbare Tiefe des schwarzen Meeres. Zukatas Unruhe übertrug sich auf sie alle. Er wanderte umher und sie konnten kaum sitzen bleiben. Ihre Füße drängten danach, ihn zu begleiten, ihm Worte zu sagen, die ihn trösteten. Blitz hätte nie gedacht, dass einen Räuberhauptmann der Verlust seiner Männer so quälen würde, einen wie ihn, der ohne Bedauern raubte und mordete. Die Schreie des Verwundeten gingen ihnen durch Mark und Bein; sie schienen sich mit dem Nieselregen zu vermischen und auf sie herabzuregnen, unaufhörlich, sie drangen durch ihre Kleidung und durch ihre Haut und durch ihr Fleisch und durch ihre Knochen.

Blitz hatte es satt, so satt. Er versuchte, an eine Insel zu denken, grün und warm. Dort würde der Herbst anders sein, duftend und berauschend. Die Früchte hingen an den Bäumen und im Gras funkelte der Tau. Zwischen den Ästen spannen Spinnen ihre Netze, glitzernde Fäden. Alikas Herbstblumen blühten sicherlich schon, ganze Büschel dunkelroter Blumen, die das Haus umgaben wie ein samtenes Kissen. El Jati würde gut gelaunt nach Hause kommen und sich an den Tisch setzen und seiner Frau einen Kuss geben, und nach dem Essen – vielleicht ein Pilzomelett mit Preiselbeeren, vielleicht ein Kürbisauflauf – würde er zu Blitz sagen: Komm, kleiner Bruder, und sie würden an den Hafen gehen, wo Lexan und Mino auf ihrem Boot arbeiteten oder taten, als würden sie arbeiten.

Es war eine Welt so weit weg, hinter dem Traum ... Eine grüne Insel ... Hier, im Nebel zwischen den schwarzen Bäumen kam ihm das so unglaublich weit weg vor, wie etwas, von dem er geträumt hatte, als er ein Kind gewesen war.

Zukata wanderte und der Verletzte schrie, und als seine Schreie endlich schwächer wurden und schließlich ganz aufhörten, hoben sie die Köpfe und horchten.

»Es ist vorbei«, sagte Lundi zu Zukata.

»Ich will, dass es aufhört«, sagte Zukata, als wäre dies eine passende Antwort. »Ich will, dass es aufhört.«

»Es hat aufgehört, er ist tot.«

»Menschen sterben zu schnell.« Er schüttelte den Kopf. »Viel zu schnell.«

»Herr, sie schauen auf dich«, flüsterte Lundi. »Sie brauchen deine Kraft.«

Lange Zeit antwortete er nicht, dann nickte er. »Geben wir ihn der Erde.«

Er selbst hob das Grab aus, während die Räuber zusahen, schweigend. Blitz stand zwischen ihnen und wehrte sich dagegen, diese Trauer zu fühlen, die ihn gegen seinen Willen übermannte. Er hatte diesen Mann nicht gekannt. Ein Räuber. Was kümmerte ihn der Tod eines Verbrechers? Die in seinen Arm eingebrannte Krone bewies, dass er von ehrlichen Leuten zum Tod verurteilt worden war, von Menschen, die ihrem König dienten und dem Kaiser untertan waren, und dieses Leben als Räuber war bereits ein geraubtes Stück Zeit, auf das er kein Recht gehabt hatte. Und doch, wenn er Zukatas bewegtes Gesicht sah, erfasste ihn ein solches Bedauern, dass er es kaum aushalten konnte.

Geschieht ihm recht, einem Räuber, dieser schmerzvolle Tod.

Mit aller Macht wehrte Blitz sich dagegen, an dieser Trauerfeier als Trauernder teilzunehmen.

Über die Grube hinweg trafen sich ihre Augen. Zukatas Augen waren hell und blau, wie das Meer, in dem Arima lag, sein Zuhause, wie das Meer, in dem er mit dem Tod gespielt hatte, ohne ihn zu kennen. Dies hier jedoch war ein Tod, aus dem es kein Entkommen geben würde. Er sah in Zukatas Augen und wusste, dass in diesem Augenblick Tod und Leben eins waren. Dies war nun sein Leben und sein Sterben und seine Freiheit und seine Gefangenschaft.

Zukata warf das Grab wieder mit Erde zu. Er schüttete sie auf den Mann, der sein Zeichen trug, und stand kurze Zeit nachdenklich da, auf den Spaten gelehnt, der in seiner großen Hand wie Spielzeug wirkte. Durch seine Kleidung schimmerte das Blut, aber er schwankte nicht.

»Nun«, sagte er, »wie ehren wir das Andenken unseres Bruders?«

Vorsichtig breitete sich auf den betretenen Mienen der Räuber ein Lächeln aus.

»Wasser!«, rief einer. »Wir schicken den Toten über das Wasser!«

Zukata nickte. »Tun wir das. Das nächste Wirtshaus wartet schon auf uns!«

Auf einen Schlag war die düstere Stimmung verflogen. Die Männer wurden wieder zu wilden Gesellen, lachend und scherzend, und in Zukatas Augen lag ein harter Glanz, als er sagte: »Dann machen wir uns mal fein. Wir wollen doch die Damen nicht erschrecken, nicht? Jahalik, komm her. Ich brauche eine Rasur. Du sollst es tun.«

Blitz hatte nicht darüber nachgedacht, dass der Mann, dessen Tod sie alle so mitnahm, derjenige war, der Zukata täglich rasierte. Er hatte geglaubt, dass der Hauptmann sein Aussehen vor lauter Trauer vernachlässigte, doch ganz so groß schien seine Betroffenheit nicht zu sein, oder er verstand sich auf den Kunstgriff, alle seine Gefühle in einem Augenblick abzuschütteln. Dass Zukata Wert darauf legte, bei einem Trinkgelage ordentlich auszusehen, erfüllte Blitz gleichzeitig mit Verachtung und Bewunderung. Er wusste selbst nicht, was davon überwog. Wie konnten sie ihren toten Kameraden so schnell vergessen? Aber jedes Begräbnis endete mit einem Mahl, das war in Arima nicht anders.

Vorsichtig näherte er sich dem Hauptmann. Er ließ sich das Rasiermesser geben, den Seifenschaum in der Schale, den Pinsel.

Er hatte selbst gesehen, was mit Barn passiert war, und wäre das nicht gewesen, hätte er sich vielleicht von Zukatas Freundlichkeit einlullen lassen und die Drohung, dass er ihn töten würde, in den Wind geschrieben. So jedoch wusste er genau, wozu dieser Mann fähig war. Er konnte einen Menschen mit einer Handbewegung oder einem Fußtritt töten, ohne die Spur eines Bedauerns, aber er wirkte zwischen seinen Gesellen wie ein vornehmer Herr, zum Anführer geboren, einer von ihnen und doch unendlich weit über ihnen. Die Räuber lebten damit, in einer seltsamen Mischung aus Unterwürfigkeit und Kameradschaft, und Blitz musste immer wieder aufpassen, dass er sich nicht davon anstecken ließ.

Seine Hände zitterten. Er spürte Lundis Hand auf der Schulter, der Koch nickte ihm zu. »Ganz ruhig«, flüsterte er, »und versuch lieber, ihn nicht zu schneiden.«

Blitz schluckte und versuchte, seine Hände ruhig zu halten. Auch dies war eine Prüfung, darüber war er sich im Klaren. Zukata gab ihm, dem Messerkämpfer, ein scharfes kleines Messer in die Hand, er entblößte seine Kehle vor ihm. Ein anderer, dachte Blitz, während er sich an die Arbeit machte, würde es vielleicht tun. Ein sauberer Schnitt durch diese helle Haut ... Aber er konnte es nicht. Was machte er hier unter diesen entsetzlichen Menschen? Er konnte es nicht.

Er hatte es selbst noch nicht nötig, sich zu rasieren, aber er hatte oft genug zugesehen, wie Jati es tat. Nachdem er seine Angst gebändigt hatte, gelang es ihm tatsächlich, mit dem scharfen Messer die Haut des Hauptmanns abzuschaben, ohne dabei irgendjemanden zu erstechen oder selbst erstochen zu werden.

Voller Anerkennung nickte Zukata ihm zu. Dass jemand unfähig war, ihn zu töten, schien für ihn eine Bestätigung seiner Autorität zu sein.

»Gut«, sagte er, »das war das Letzte, was ich noch wissen wollte. Brennt ihm das Zeichen ein.«

7. Gefesselt

BLITZ ERSCHRAK. ER hatte es gewusst, in jenem Moment, als Zukata ihn über das Grab hinweg angesehen hatte, dass er noch etwas mit ihm vorhatte, aber als der Befehl zum Rasieren gekommen war, hatte er geglaubt, das sei es gewesen. Doch nun wurde er eines Besseren belehrt.

»Schürt das Feuer«, befahl Zukata. »Macht es schön heiß.« Er musterte Blitz' Gesicht mit einem leisen Lächeln. Nun, schien es zu fragen, wirst du betteln? Wirst du mich anflehen, es nicht zu tun?

Blitz stand da, wie betäubt. Er wollte genau das tun. Er wollte schreien, sich auf die Knie werfen und flehen: Bitte, bitte nicht!

Ewak grinste ihm zu, als er die Brandeisen in die Glut legte. Es waren zwei: eine Krone – wo mochte er das gestohlen haben? – und das Z.

»Ein Blitz«, sagte Ewak, während er sich höhnisch lächelnd zu ihm umdrehte, »wie passend.«

Blitz spürte, wie ihm der Schweiß ausbrach. Seine Knie gaben unter ihm nach. Und doch biss er sich auf die Lippen, um nicht zu schreien, um nicht darum zu flehen, von dieser schrecklichen Markierung verschont zu bleiben. Zukata sah ihn an und er konnte es in diesen harten blauen Augen lesen, die so wild und unerbittlich waren wie das Meer, wie die Strömung, in die er sich geworfen hatte, bis es keine Rückkehr mehr gab: Ein Wort, und ich töte dich. Das war nicht sein Freund. Das war nur sein Herr.

»Zieh dein Hemd aus«, sagte Ewak, und er gehorchte. Er konnte seine Finger kaum fühlen.

»Gebt ihm was zu trinken«, sagte Lundi. »Wo ist der Branntwein? Hier, Junge, nimm einen Schluck. Besser zwei. Trink. Na los, trink, so viel du kannst.«

Der Branntwein floss wie glühende Lava seine Kehle hinunter. Er schnappte nach Luft. Alles drehte sich um ihn.

»Haltet ihn fest«, sagte Zukata.

Die Eisen waren rot. Er hatte sich so vorgenommen, nicht zu schreien, aber als er sie jetzt auf sich zukommen sah, brüllte er auf und wand sich im harten Griff der Männer.

»Ich sagte, haltet ihn«, befahl Zukata ungeduldig.

Und sie hielten ihn, und dann explodierte seine ganze Welt im Schmerz. Aber immer noch hielten sie ihn fest, bis auch das zweite Zeichen sich in seinen Arm brannte. Es kam ihm vor, als würde er den Verstand verlieren, aber bevor es dazu kommen konnte, verlor er gnädigerweise das Bewusstsein.

Als er wieder zu sich kam, lag er im Wasser. Sie hatten ihn in den Bach gelegt, wo das kühlende Wasser über ihn floss. Settan saß neben ihm und passte auf, dass er nicht ertrank.

»Blitz«, sagte er, als Blitz die Augen öffnete. Er tauchte empor in den Schmerz.

»Was?«

»Blitz. Zukata hat beschlossen, dich Blitz zu nennen, nach diesem Zeichen. Ein Z oder ein Blitz. Für die meisten sieht es jedenfalls wie ein Blitz aus. Wer kann schon lesen? Du etwa?«

Blitz hörte ihm nicht zu. Sein Körper, von dem eiskalten Wasser betäubt, war trotzdem ein einziger dumpfer, pochender Schmerz. Ich kann lesen ... Aber was bedeutete das jetzt noch? Jußaits Großmutter Liravah hatte die Kinder unterrichtet. Jußait und Mino und Lexan und ihn. Sie hatte ein Haus voller Bücher. Wunderbare, in Leder oder Leinen gebundene Bücher, deren Papier unvergleichlich duftete. Seite an Seite standen sie auf den Regalen, Bücher voller abenteuerlicher Geschichten, Lieder, Gedichte, Worte, wie köstliche Äpfel an grünbelaubten Zweigen ... Er hatte bei Liravah mehr gelernt als nur die Buchstaben. Der Duft der Abenteuer ... All die Worte, die ihn riefen. Mino behauptete, dass das Meer eine Stimme hatte, dass es ohne Unterlass rief. Aber für ihn waren es die Geschichten. Wälder, unter deren Blätterdach Menschen lebten, so fremd und fern wie Sterne. Straßen, die sich in der Unendlichkeit verloren. Pferde und Wagen, Ritter und Räuber, Schlösser und Fürsten. Räuber. Wie hatte er sich gesehnt, von zu Hause fortzukommen und all das selbst zu erleben.

»Bemitleide dich nicht zu sehr«, sagte Settan. »Wir haben das alle durchgemacht, schon vergessen? Ich weiß genau, wie das ist. Die Krone haben sie mir in Helt verpasst, nachdem ich ... nun ja, ist ja auch egal. Für den Blitz habe ich den Arm freiwillig hingehalten.«

Blitz stöhnte.

»Sie sind alle fort. Den Toten mit Wasser ehren, du weißt schon. Sei froh, dass ich bei dir geblieben bin und nicht Ewak. Der würde dich hier glatt ertrinken lassen. Nicht, dass es mir etwas ausmachen würde, nicht mitzugehen. Ich hab früher zu viel getrunken, das hat mir die Krone erst eingebrockt. Zukata verbietet mir zu trinken. Ist wohl auch besser so. Am besten kommst du jetzt aus dem Wasser raus, Junge. Ich meine, Blitz.«

Dass sie ihm diesen Namen gaben! Dass Zukata ihm diesen Namen gab, seinen eigenen Namen, dieses Wort, das aus dem Mund seiner Familie zärtlich klang, aus dem Mund seiner Freunde ... Auf einmal war es nichts mehr als ein Zeichen, nichts als ein großes Z, das Zukata bedeutete. Er war zu einem Nichts geschrumpft, zu einem Buchstaben, zu einem Haken über einer Krone, dem Brandmal der Verurteilten.

Blitz wälzte sich auf das Ufer und blieb dort liegen. Ihm war so elend, dass er sterben wollte, aber der Tod hatte ihn bereits berührt, er hatte ihn vorgemerkt und liegenlassen. Die Krone. Zum Tod verurteilt. Nein, nicht einfach zum Tod. Nicht zum Tod im Kampf gegen Wind und Wellen, oder als mutiger Soldat gegen die Feinde des Kaiserreichs. Dieser Tod war der verächtlichste, der vorstellbar war: der Tod durch den Strang. Verbrecher mit diesem Zeichen wurden gehängt. Zukata hatte ihn, indem er ihn brandmarkte, jedem Gericht in ganz Deret-Aif ausgeliefert, er hatte ihn zur Beute jedes königlichen Soldaten gemacht, eines jeden Fürsten, ja eines jeden Menschen, der dieses Zeichen auf ihm entdeckte. Er hatte ihn zu einem Verbrecher gemacht, obwohl er kein einziges Verbrechen begangen hatte. Niemand würde ihm das jetzt noch glauben, niemanden würde es interessieren, dass er unschuldig war.

Ich bin ein Räuber, dachte er durch den Schmerz, einer von ihnen. Ich kann nie wieder zurück. Wenn Zukata mich nicht tötet, tut es jemand anders. Nun kann ich nicht mehr fliehen, nie mehr ... Der Preis, um den er sein Leben erkauft hatte, schien ihm nun viel zu hoch, und er wünschte, er wäre tot. Er wünschte sich, er wäre der Tote, den sie in das Grab gelegt hatten, ein Junge, der noch nicht gezeichnet war, einer, der lieber zugab, dass er ein Feigling war, als sich zu einem Räuber machen zu lassen. Mutig? Er war nie mutig gewesen. Wenn er den Tod wirklich nicht fürchtete, warum hatte er dann all das zugelassen? Er war ein Feigling, ein elender Feigling.

Blitz legte seine Wange an die Steine am Ufer und weinte.

Die Räuber kamen erst am Morgen nach Hause zurück. Blitz hatte geschlafen, nachdem Settan ihm noch mehr Branntwein gegeben hatte, und er erwachte mit Kopfschmerzen und Übelkeit. Seine Schulter war taub, er konnte sich kaum bewegen. Der Lärm, den die Rückkehrer machten, weckte ihn. Sie prahlten voreinander, was sie in dieser Nacht getan hatten. Der Junge hätte sich am liebsten die Decke über die Ohren gezogen, um nicht mit anzuhören, wofür die Männer das Geld ausgegeben hatten, für das Barn gestorben war. Dies war zum Teil auch sein Lohn gewesen für die lange Strecke, die er mit dem Händler zurückgelegt hatte. Aber es nützte nichts, so zu denken. Es nützte nichts, mit dem Schicksal zu hadern. Ergib dich darein ... Aber er konnte nicht. Wie konnte er immer noch von Flucht träumen, mit diesem entsetzlichen Zeichen auf seiner Haut? Der Schmerz ließ ihn keinen Augenblick vergessen, was er dort mit sich herumtrug.

Zukatas Schatten verdunkelte die Hütte, als er auf die Schwelle trat. Er füllte den Türrahmen aus. Der Riese zog den Kopf ein, als er ins Innere des kargen Zimmers trat.

»Hast du's überlebt?«, fragte er barsch. »Warum bist du nicht am Bach? Du solltest die Wunde kühlen.«

»Ich hab geschlafen«, knurrte Blitz.

Zukata blickte ihn erstaunt an, dann lachte er auf. »Tatsächlich? Das freut mich zu hören. Nächstes Mal kommst du mit, dann brauchst du nicht allein zu schlafen.«

Blitz sagte nichts dazu. Er dachte an die Mädchen von Arima, diese jungen, wunderbaren Mädchen, die er berührt hatte, mit denen er gelacht hatte. Er erinnerte sich an Jußaits schwarze Augen. Aber nie, nie hatte er versucht, Jußait zu küssen. Die wunderbare Jußait ... Hatte er sich zurückgehalten, weil Mino es gesehen hätte? Mino war immer da. Zusammen hatten sie sich über die Bücher gebeugt, zusammen waren sie auf Lexans Boot gesegelt. Sie waren vor ihrer Lehrerin davongelaufen und hatten sich im Wald versteckt, wenn sie keine Lust zum Lernen hatten ... Mino, so weiß und so anders und doch so vertraut. Und Alika, die zärtlich durch Jatis Haar strich ... Hatte er nicht geglaubt, fest daran geglaubt, dass er eines Tages eine Frau wie sie heiraten würde, eine mutige, aufrechte Frau, die vom Kämpfen genauso viel verstand wie von Blumen und davon, wie man Pfirsiche einlegte? Aber die Zeit der Pfirsiche war lange schon vorbei. Er hatte Alika bestohlen – hatte er nicht damals schon angefangen, ein Räuber zu sein? Alika verachtete ihn und Jußait war fortgesegelt. Mino hatte ihn dazu gebracht, sie zu schlagen. Arima war nur ein Traum, so wie Rinland nur ein Traum war, ein Ort, an den man übers Meer segelte, zu dem man glücklich und hoffnungsvoll aufbrach. Bis irgendwann ein Sturm kam, der einen mitriss ...

»Nun?«, fragte Zukata. »Wie klingt das für dich?«

Von Frauen, die in Wirtshäusern Blutgeld von Räubern annahmen, wollte er nichts wissen. Aber natürlich schwieg er, und natürlich würde er tun, was Zukata von ihm verlangte. Auf seiner Zunge lag ein übler Geschmack, wenn er nur daran dachte, was ihm hier noch alles bevorstand.

»Lundi wird sich deinen Arm regelmäßig ansehen. Damit sich nichts entzündet. Hat Settan dir gesagt, dass wir dich von nun an Blitz nennen werden und nicht mehr Jahalik?«

Er nickte. Zukatas Gegenwart füllte die ganze Hütte aus, es gab darin nichts außer seinem Willen – nichts als das, den Schmerz und ein paar flüchtige Träume.

»Gut«, sagte Zukata. »Ich hoffe, du trägst dieses Zeichen mit Stolz. Du gehörst nun zu mir. Ihr alle gehört zu mir, und glaub nicht, dass das unbelohnt bleibt. Nicht nur Branntwein und Frauen. Nicht nur Kämpfen und Siegen und der Rausch von Gefahr und wildem Leben ... Ich werde euch mit in die Höhe nehmen. Wenn ich den Thron besteige, mache ich euch zu den höchsten Würdenträgern des Kaiserreichs. Ihr werdet meine Kaisergänger sein.«

Blitz hörte ihm zu und verstand nichts. All dieses Gerede vom Kaisergänger, von Ehre und Macht – und dabei waren sie nichts als erbärmliche Räuber. »Den Thron?«

Zukata lächelte. Er entblößte seine weißen Zähne, als hätte er vor, den Jungen zu fressen, diesen schwarzhaarigen Jungen, den er seiner Mannschaft hinzugefügt hatte.

»Du trägst meinen Namen und meine Krone, Blitz. Jetzt, wo ich mir deiner sicher bin, kann ich dir sagen, wer ich bin. Ich bin Prinz Zukata, der Sohn des Kaisers. Wenn ich euch meine Kaisergänger nenne, sind das nicht bloß schöne Worte. Das ist es, was ihr sein werdet, meine Getreuen. Ich bin der Erbe. Alles, was ich raube, ist bereits mein, und dieses Land unter unseren Füßen gehört mir. Du bist mein Untertan gewesen, bevor du es wusstest.«

Arima gehörte nicht zum Kaiserreich. Er war dem Kaiser nichts schuldig ... Bei Rin, dachte er, was wird das für eine Herrschaft sein, wenn der Hauptmann und seine Mörder über ganz Deret-Aif regieren ... und ich.

Zukata wartete. Aber Blitz fand keine Worte. Dafür, wie geehrt er sich fühlte, wie glücklich, wie sehr er auf den Moment wartete, bis es soweit war und der Riese auf dem Kaiserthron saß, den jetzt der unvergleichliche Kanuna El Schattik innehatte. Das Entsetzen lähmte ihn, und er sah eine Zukunft vor sich, in der das Entsetzen sich ausbreitete und sich über das ganze Land legte. Räuber und Mörder ... Die Krone und das Z auf seinem Arm verursachten ihm solche Schmerzen, dass er hoffte, wieder ohnmächtig zu werden. Aber er wurde nicht ohnmächtig, und Zukata sah ihn immer noch an, erwartungsvoll.

»Mein Prinz«, sagte er und versuchte eine Verbeugung, aber er wankte und fiel nach vorn. Zukata fing ihn auf und legte ihn zurück auf die Matte.

»Ich werde die heilenden Hände besitzen«, sagte er. »Niemand von euch wird Schmerzen leiden. Wenn ihr krank seid, kommt ihr einfach zu mir. Niemand von euch wird sterben. Ihr seid meine Familie, Mitträger der kaiserlichen Krone. Wie sollte ich es sonst aushalten unter all den Fürsten in ihren Anzügen aus Samt und Seide? Diese Damen in Spitze, die erbleichen, wenn ich ein falsches Wort sage …«

Er ist ja betrunken, dachte Blitz auf einmal. Natürlich stank es in der Hütte wie die Pest nach Branntwein, aber er selbst hatte ja auch von dem Zeug getrunken. Doch Zukata bewegte sich nicht wie ein Betrunkener und sprach auch nicht so. Blitz fragte sich, wie viel Branntwein nötig war, um einen Riesen wie Zukata gefühlsselig zu machen und dazu zu bringen, aus seiner Jugend zu erzählen. Denn es waren Erinnerungen, die er jetzt hervorholte, nicht Befürchtungen. Edle Herren, die die Stirn runzelten, wenn der wilde Junge sie anrempelte, noch edlere Frauen, die über jedes Wort erschraken, das ihrem Sinn für Anstand zuwiderlief. Eine Welt, eingefasst in Gold und zarte Spitze, in der er aneckte, wo er auch hinkam.

»Ich konnte nicht so sein«, sagte er, »nicht so wie mein Vater, ich konnte es nicht. Gezähmt, verstehst du? Domestiziert. Wie ein Hund, abgerichtet. Wölfe lassen sich nicht zähmen, weißt du, Blitz. Sie bleiben immer frei in ihrem Herzen. So werde ich sein, wenn ich zurückkehre, immer frei. Sie werden erbleichen und es wird mich nicht kümmern, dann nicht mehr …«

Er beugte sich über Blitz und starrte ihn mit brennenden Augen an.

»Ich werde frei sein«, sagte er, »wo ich auch hingehe, immer frei … Sie wollten mir diese Krone in den Arm brennen, hier in Laring. Sie hatten mich gefangen, mit hundert Soldaten haben sie mich überwältigt, nachts, als ich schlief. Sie brachten mich in ihr Gefängnis und machten das Eisen heiß … Sie dachten, sie könnten mich fesseln und brandmarken und hinrichten wie einen von ihnen … Aber ich habe es ihnen entrissen. Und dann habe ich gebrandmarkt, jeden, den ich in die Finger bekam. Ich habe zehn Verurteilte befreit und bin einfach gegangen. Und sie wurden meine Männer. Ich brauche keine Krone auf dem Arm, ich trage sie auf dem Haupt. Ich bin frei, immer bin ich frei …« Er legte sich auf die andere Matte, schloss die Augen und schlief auf der Stelle ein.

»Eine Gruppe Reisender?« Zukatas Augen leuchteten auf. »Haben sie Begleitschutz?«

»Ja, aber mit denen sollten wir fertigwerden.«

»Hoffentlich wird es nicht zu einfach.« Zukatas Gesicht leuchtete voller Vorfreude auf den Kampf. »Ich stelle jedem frei, ob er mitkommt oder nicht.«

Kein Einziger wollte zurückbleiben. Zufrieden nickte der Hauptmann. »Gierig nach Blut und Beute ... So liebe ich euch.« Er wandte sich an Blitz. »Wie gefällt dir das, Junge?«

Blitz presste die Lippen aufeinander. Raub und Mord ... Was wollte Zukata, seine Billigung? Die würde er nicht bekommen, niemals. Er wusste nichts zu antworten.

»Du kommst mit, Blitz. Du bist jetzt einer von uns und ich will, dass du dabei bist.«

»Ja, Herr«, stimmte er zu. Raub und Mord. Aber er dachte an Flucht, er dachte an Straßen und Häuser und Menschen, die ihn vielleicht retten konnten, vielleicht aber auch nicht. Verzweifelt dachte er daran, dass er nun Zukatas Zeichen trug. Er konnte nicht fliehen, selbst wenn sich hier eine Gelegenheit ergab.

Sie führten die Pferde vor. Blitz saß hinter Lundi, aber Zukata lief zu Fuß vor den Tieren her. Es gab kein Pferd, das stark genug war, ihn zu tragen.

Je länger sie unterwegs waren, umso aufgeregter fühlte Blitz sich. Er hatte keine Ahnung, was geschehen würde, welches wilde Gemetzel ihnen bevorstand. Kutschen, Händler, Reisende, Soldaten ...

Der Wald war an dieser Stelle hoch und licht. Die Bäume hielten ihre Wipfel weit oben in den Nebel, aber hier unten war es feucht und still. Die Stille fühlte sich dicht und frisch an, eine morgendliche Stille, in der jedes Geräusch in den Ohren schmerzte. Die Räuber näherten sich dem Weg und warteten. Es gab hier kein Unterholz, in dem sie sich verstecken konnten, aber die Bäume waren alt und von gewaltigem Umfang, so dass selbst ein Pferd dahinter kaum zu sehen war, und in dem Laub, das auf der Erde lag, waren sie in ihren bräunlichen Lumpen nahezu unsichtbar. Blitz lag neben den anderen auf der nassen Blätterdecke und fühlte, wie Feuchtigkeit und Kälte durch seine Kleidung drangen. Sein Herz klopfte. Etwas in ihm verlangte von ihm, aufzuspringen und schreiend auf den Weg zu laufen, um die Reisenden zu warnen, aber er konnte nicht. Lundi war neben ihm und dahinter Zukata – er trug ein Tuch vor dem Gesicht, das nur seine Augen freiließ, und das gab Blitz die Hoffnung, dass er nicht vorhatte, alle zu töten –, auf seiner anderen Seite lag Ewak. Ewak lächelte, ein Lächeln, das Blitz verriet, dass dieser Mann genau Bescheid wusste. Um sein Bedürfnis, die Leute zu warnen, um seinen innigen Wunsch, unschuldig zu bleiben, um seine Qual, hier bei ihnen sein zu müssen. Zukata war dies alles nicht bewusst, für ihn gehörte Blitz bereits dazu. Aber Ewak sah ihn an und lächelte. Blitz presste sein Gesicht in die Blätter und atmete den modrigen Geruch ein, diesen Duft von Fäulnis und feuchter Erde.

Arima ... Irgendwo weit, weit hinter dir liegt Arima ...

Es waren drei Wagen und ein Trupp bewaffneter Reisebegleiter. Keine Soldaten.

»Das ist gut«, flüsterte Zukata. Er hob den Kopf und nickte seinen Männern zu. »Gleich.«

Als sie genau an ihnen vorbeizogen, gab er das Zeichen. Und sie rannten auf die Wagen zu, auf die Reiter, die sich eilig um die letzten beiden Kutschen gruppierten, während die erste Kutsche versuchte, einen Vorsprung zu gewinnen. Aber auch die Räuber besaßen Pferde; einige ritten hinter den Bäumen hervor und schnitten dem Wagen den Weg ab.

Blitz hielt sich zurück. Gebannt sah er zu, wie Zukata die kämpfenden Wachen niedermähte, nicht wie ein, sondern wie zehn Männer. Er hielt sein Messer in der Hand, das sie ihm zurückgegeben hatten, aber er setzte es nicht ein. Er stand da und starrte und konnte sich nicht rühren. Es war, als befände er sich in einem Traum, in dem er sich nicht bewegen konnte, während um ihn her Geschrei war und Stahl auf Stahl und immer wieder Zukatas anfeuernder Ruf: »Vorwärts, Männer!«

Auf einmal sprang einer der Reisenden aus der Kutsche und versuchte, in den Wald zu laufen; ein älterer Mann mit gehetztem Blick. Er rannte drauflos und stand auf einmal vor Blitz mit seinem

Messer. Obwohl der Junge sich nicht rührte, kehrte der Mann aufheulend um und geriet dabei in die Reichweite von Zukatas Fäusten. Er stürzte schwer gegen die Kutsche, und Blitz dachte nur: Jetzt ist es also soweit, dass Menschen vor mir fliehen ... Wenn ich hier nicht gestanden hätte, wäre er entkommen, vielleicht ...

Und immer noch tat er nichts, während in ihm die Gewissheit wuchs, dass Zukata ihn dafür töten würde, für diese Untätigkeit – und trotzdem konnte er seinen Arm nicht heben.

Der Letzte der Kämpfer gab das aussichtslose Gefecht auf, zwang sein Pferd durch die Räuber, die auf ihn eindrangen, und preschte nach vorne. Mit fliegender Mähne raste das Pferd durch den Wald davon.

Zukata fluchte und seine Männer duckten sich vor seinem Zorn. Aber da lachte er. »Wir sind fertig. Holt die Leute aus den Wagen.«

Sie zwangen die Reisenden zum Aussteigen. Einige hatten sich am Kampf beteiligt; übrig waren einige ältere Männer und drei Frauen. Eng aneinandergedrängt standen sie auf dem Weg. Blitz konnte ihre Angst spüren, als sei es seine eigene. Die Ohnmacht, die sie überwältigte, ihre Wut und ihre Todesangst, während die Räuber sich zufrieden besahen, wen sie gefangen hatten, und sich Schmuck und Geldbörsen geben ließen. Die Frauen wimmerten leise, während einer überprüfte, ob sie sich wirklich von allen Ohrringen und Ketten und Ringen getrennt hatten. Blitz fasste sein Messer fester. Er wollte nichts lieber, als ihnen beizustehen, aber da sagte Ewak neben ihm: »Na los, Junge, rette sie, kleiner Held«, und da wusste er wieder, dass es aussichtslos war. Er war genauso ohnmächtig wie die Opfer ihres Überfalls, und selbst wenn nicht zwei Dutzend Räuber, bis an die Zähne bewaffnet, hier gewesen wären, selbst wenn es nur Zukata gewesen wäre, hatte er keine Chance.

Auf einmal war Lundi da. »Komm, Blitz«, sagte der Koch zu ihm und fasste ihn an der Schulter. Er drehte ihn um und zog ihn mit sich.

»Was werden sie mit ihnen tun?«, fragte er bang.

»Das willst du nicht wissen, glaub mir.«

Sein Pferd wartete immer noch bei dem Baum, hinter dem er es angebunden hatte. »Los, steig auf.«

»Er muss sie nicht töten«, sagte Blitz. »Sie haben sein Gesicht nicht gesehen. Sie müssen doch nicht sterben?«

»Räuber sind keine edlen Ritter«, sagte Lundi nur. »Los, reite, Blitz. Das Pferd kennt den Weg. Ich komme nach, sobald wir hier fertig sind.«

Er gab dem Tier einen Klaps aufs Hinterteil, und es setzte sich in Bewegung. Blitz ritt und versuchte, nicht zu horchen, auf das, was womöglich dort geschah. Er sah nach vorne, aber er konnte nichts dagegen tun, dass seine Aufmerksamkeit nach hinten gerichtet war, und seine Vorstellungskraft malte sich fürchterliche Dinge aus, so dass er dankbar war, dass er sie nicht wirklich sah. Wie nutzlos war sein kleines Messer gegen Zukata und seine Bande ... Schluchzen stieg in seiner Kehle auf. Er war sich dumpf der Möglichkeit bewusst, die dieser einsame Ritt ihm bot. Er konnte versuchen, den Weg wiederzufinden und ein Dorf zu erreichen, nein, besser noch eine Stadt ... Aber was würde Zukata dann mit Lundi tun, der ihm das Pferd gegeben hatte? Lundi war der Einzige, der es überhaupt wagte, Widerworte zu äußern, der Einzige, der es wagte, Zukata in die Augen zu sehen und seine Meinung zu sagen. Aber Blitz war sich sicher, dass das Zukata nicht daran hindern würde, ihn zu töten.

Das Pferd fand den Weg, und als er die Hütten wiedersah, brach ein halb erstickter Schrei aus ihm heraus und Tränen sammelten sich in seinen Augen. Er brachte das Pferd ins Gatter und blieb bei ihm. Er streichelte über sein glattes Fell und sprach zu ihm, bis er wieder Herr über seine Stimme war, und als die Männer zurückkehrten, biss er die Zähne zusammen und begegnete Zukatas forschendem Blick mit einem gefassten Nicken.

»Du bist böse auf mich.« Zukata ließ sich natürlich nicht täuschen von seiner aufgesetzten Gleichmütigkeit. »Warum, Blitz? Es ist doch gut gelaufen heute. Ich sollte böse auf dich sein, denn du hast keinen Finger gerührt. Aber immerhin war es dein erstes Mal. Du wirst dich daran gewöhnen, das tut jeder.« Er wartete, und da Blitz schwieg, fragte er noch einmal: »Warum glaubst du, ein Recht darauf zu haben, böse zu sein?«

»Diese Frauen«, brachte Blitz schließlich heraus. »Sie ... ich meine, was habt ihr ...?«

»Es sind doch bloß Menschen«, sagte Zukata leichthin. Es klang, als hätte er gesagt: Es sind doch nur Tiere. »Menschen, nichts weiter. Wie meine Männer. Sie erwarten eine Belohnung für dieses Leben hier. Was ich ihnen in Aussicht stellen kann, scheint so weit weg ... Da muss ich ihnen hin und wieder erlauben, jetzt schon zuzugreifen.«

Blitz drehte ihm das Gesicht zu. »Wie kannst du! Wie kannst du so reden, wie kannst du so etwas tun. Gerade du. Wie ...« Ihm fehlten die Worte. Es war ihm gleich, ob Zukata ihn dafür zermalmte, dass er es wagte, so mit ihm zu reden. Es war ihm gleich, ob er dafür sterben musste. Er wollte ihm alles sagen, was ihm durch den Kopf ging, alles – aber er fand die Worte nicht, mit denen er all das hätte sagen können. Gerade du. Prinz. Erbe. Vater deines Volks.

»Warum verachtest du die Menschen so sehr?«, fragte er schließlich. »Ich bin auch ein Mensch.«

»Der mir am liebsten das Messer in den Rücken stoßen würde, nicht wahr?« Zukatas Stimme klang freundlich, aber hart. Er war spät in die Hütte gekommen, erst nachdem er dafür gesorgt hatte, dass die Beute verteilt wurde, nachdem er die aufgedrehten Männer zur Ruhe gezwungen und einige beginnende Prügeleien sofort im Keim erstickt hatte. Ein Kampf wie heute schien alle bis ins Innerste aufzuwühlen, bis auf ihn.

»Beim nächsten Überfall werde ich dafür sorgen, dass du mitmachst«, sagte Zukata. »Ich habe es satt, wie du auf alle herabblickst und dich für etwas Besseres hältst. Was bist du denn? Der edle Retter unschuldiger Mädchen?«

»Wenn ich es könnte, ja.«

»Aber du kannst es nicht. Du kannst nicht alle retten. Du musst sehen, wie die Welt ist. Sie lachen über dich. Sie verachten dich. Und du musst sehen, wie du dagegen ankommst, du musst einen Weg finden, um ihnen zu zeigen, wer du bist und dass du stark bist. Dies ist mein Wald und mein Reich. Warum sind sie das Risiko eingegangen, auf diesem Weg zu fahren? Dies ist kein sonniger Obstgarten. Sie hätten damit rechnen müssen, dass wir kommen. Sie haben sogar damit gerechnet, sonst hätten sie keinen Begleitschutz gehabt. Das wird ihnen eine Lehre sein. Wir haben niemanden getötet, der sich uns nicht in den Weg gestellt hat. Über den Schreck werden sie hinwegkommen.«

»Aber ich vielleicht nicht«, sagte Blitz verbittert.

»Warum glaubst du, du müsstest mit allen mitleiden, die du überhaupt nicht kennst? Trägst du die ganze Welt auf deinen Schultern? Komm runter von deinem hohen Ross, Junge. Du bist klein. Du bist gar nichts. Wenn du nicht bewiesen hättest, dass du Mut besitzt, wärst du längst tot. Also zeig deinen Mut und hör auf zu flennen.«

»Und du solltest deinen Mut beweisen und nur gegen Leute kämpfen, die sich wehren können! Frauen, ha! Und von mir verlangst du, mutig zu sein? Du bist nichts als der Anführer einer feigen Bande von Halsabschneidern!«

Zukata war lange Zeit still. Blitz hatte sich so in Wut geredet, dass ihm die Konsequenzen egal waren, aber je länger die Stille anhielt, umso unbehaglicher wurde ihm zumute. Er war zu weit gegangen, das wusste er. Aber dann hörte er Zukata leise lachen.

»Ich habe Mut gefordert, und siehe da, ich kriege ihn zu spüren! Nur weiter, Kleiner. Sag mir ruhig alles.«

Blitz biss sich auf die Zunge vor Wut. Es hatte keinen Zweck, Zukata Vorwürfe zu machen. Was glaubte er, was er war? Blitz, der große Redner, der den gefährlichsten Mann des Kaiserreichs zur Umkehr bewegen konnte und zu guten Taten?

Er atmete tief durch. »Niemand, der je geliebt hat, könnte so etwas tun«, sagte er schließlich leise.

»Dann hast du ein Mädchen?«, fragte Zukata freundlich. So unerhört freundlich, als wäre es Blitz, der sich schlecht benommen hatte und nun vorsichtig wieder beruhigt werden musste.

»Nein, ich, das heißt ...« Er dachte an Liri, seine letzte Freundin, in die er zu Beginn so verliebt gewesen war. Aber war er das wirklich? Sie war hübsch, sie hatte ihn angeschaut, als wäre er der wunderbarste Mann von ganz Arima, und das hatte ihm gefallen.

Aber hatte ihn das daran gehindert, weiter Ausschau zu halten? Von Anfang an war sie nicht das gewesen, was er wirklich gewollt hatte. Er hatte es gewusst. Und wenn er ein Mädchen fand, das so war, wie er es sich wünschte, würde er auch das sofort wissen. Er würde sie ansehen und es wissen. »Mein Bruder hat eine Frau«, sagte er.

»Du bist in deine Schwägerin verliebt?«, fragte Zukata erstaunt.

»Nein«, versicherte Blitz schnell. »Nein, aber ich sehe, wie es ist. Wenn sie sich ansehen, wenn sie ihre Hand auf seine Schulter legt, wenn ... Bei jeder Berührung kann man es sehen, bei jedem Wort, das sie zueinander sagen. Sie gehören so zusammen, als könnte es nichts geben, was sie trennt. Selbst ich nicht, obwohl sie sich meinetwegen oft uneins waren ... Das ist es, was ich will, Zukata. Ein Mädchen wie Alika ... wie Jußait ... Mit schwarzen Augen und schwarzem Haar, eine, die so ist wie ich. Und ich will, dass wir zusammengehören, für immer und ewig, was auch geschieht. Ich will, dass sie mich auf meinen Abenteuerreisen begleitet, dass sie überallhin mitkommt. Wir werden durch ganz Deret-Aif reisen, immer zusammen. Eine wie ich.«

Mino, dachte er plötzlich. Mit Mino wollte ich durch die Wälder ziehen ... Er hatte es vermieden, an Mino zu denken. An dieses weiße Mädchen, das sich vor die Tür gestellt hatte und ihm standhielt, damit er blieb.

»Eine, die so ist wie du? Na, dann viel Spaß. Eine Messerkämpferin, wie?«

Blitz beachtete ihn nicht. »Sie wird *Ahinehl* für mich sein und ich für sie ... Weißt du überhaupt, was das heißt?«

»Ja«, knurrte Zukata.

»Irgendwann finde ich sie.«

»Eine Menschenfrau. Das ist noch schlimmer als die Männer hier. Wankelmütig und hochnäsig und ein Spielball ihrer Gefühle. Das gibt ihr das Recht, glaubt sie, auch mit meinen Gefühlen zu spielen.«

Etwas war in Zukatas Stimme, das Blitz aufhorchen ließ.

»Du bist enttäuscht worden?«, fragte er.

Diesmal lachte Zukata nicht, er ließ sein leichtes, manchmal grimmiges Lächeln nicht hören. Schweigen breitete sich über ihm aus und füllte den nachtdunklen Raum zwischen ihnen.

»Schwarzäugig, mit nachtschwarzem Haar. Ja, eine wie du es bist. Temperamentvoll und mutig und mit einem Herzen, so groß, dass es die ganze Welt umfasste ... Manchmal sehe ich sie in deinen Augen und stelle mir vor, dass du mein Sohn bist ... Aber an dir ist nichts von einem Riesen. Und sie ... nun, letztendlich ist Menschenmut und Riesenmut nicht dasselbe. Es war eine bittere Stunde für mich, als ich das lernen musste.«

»Hast du deshalb das Schloss verlassen? Ihretwegen?«

»Oh nein. Nein. Sie war keine Edeldame. Eine Frau aus dem Volk, mit dem Duft des Meeres im Haar und Salz auf der Haut, während die Möwen über uns schrien. Wie sehr haben wir uns geliebt. Ich habe es zu ihr gesagt, weißt du. *Ahinehl,* dieses magische Wort, als könnte uns das enger aneinanderschmieden, damals, als ich noch glaubte, alles würde gut ausgehen. Unzählige Worte haben wir geflüstert in unseren Nächten ... Lügen, mein Junge. So schöne, wohlklingende Lügen.«

»Was ist passiert?«, fragte Blitz erschrocken.

»Sie war verheiratet«, erklärte Zukata. »Was hat mich geritten, mich in die Frau eines anderen zu verlieben? Nicht in seine treue Ehefrau, die brav auf ihren Mann gewartet hätte, der ständig fort war. Aber in eine Frau, die mir Versprechungen machte und ihren alten Schwur doch nicht brechen konnte. Eines Tages hat ihr Sohn uns gesehen. Da war es zu Ende. Sie hat mich fortgeschickt.«

»Und du bist nie zurückgekommen?«

»Doch. Das bin ich, zu meiner Schande gestehe ich es. Immer wieder treibt es mich zurück, aber sie ist fort.«

»Du hättest dich nicht in eine verheiratete Frau verlieben dürfen.«

»Ich glaube mittlerweile, es ist besser, sich überhaupt nicht zu verlieben. Mein Vater war mit seiner großen Liebe Vinja verheiratet, aber dafür zerbrach er bei ihrem Tod. Ist es das wert? Sein Leben zu zerstören für eine Handvoll Lügen?«

»Aber ...«

»Wie jung du doch bist«, sagte Zukata. »Träum weiter, Junge. Träum weiter von deinem Mädchen mit den schwarzen Augen, auch wenn ich dir jetzt schon sagen kann, dass du jemanden wie sie niemals finden wirst. Träum schön, Blitz, denn wenn du je vergisst, dass dies nur ein Traum ist, bist du verloren.«

Wer hätte gedacht, dass Zukata an einem gebrochenen Herzen litt?

»Vielleicht findest du sie irgendwann wieder«, sagte Blitz. »Oder würdest du sie umbringen, weil sie dich verlassen hat?«

»Daran habe ich gedacht, die ersten Jahre, in der Tat. Nein, Blitz. Ich bin jetzt klüger als früher. Ich würde sie weder töten noch dazu zwingen, mich zu begleiten. Was scheren mich die Frauen der Menschen? Was kümmert mich ihr Geschrei oder ihr Weinen oder ihre klimpernden Augen? Ich werde mich niemals wieder an eine von ihnen binden. Wenn es irgendwo eine Riesenfrau gäbe ... Mein Vater hat unlängst eine Riesenfrau geheiratet, wusstest du das? Letztendlich werden wir alle bei dieser Erkenntnis landen: Menschen und Menschen, Riesen und Riesen. Wir passen nicht zueinander. Das Blut der Riesen ist wässrig geworden, dünnflüssig wie Menschenblut. Bald wird es überhaupt keine Riesen mehr geben. Riese gehört zu Riese.«

Warum lässt du uns dann nicht in Ruhe?, wollte Blitz fragen. Warum lässt du uns dann nicht alle gehen? Aber er fragte es nicht, denn schon immer hatten die Riesen über die Menschen geherrscht mit ihrer Macht und ihrer Größe und ihrer Stärke, und schon immer hatten die Menschen sich in ihren Schatten geduckt. Schon immer war der Kaiser in Kirifas ein Riese gewesen.

»Meine Mutter war ein Mensch«, sagte Zukata. »Und was wären meine Kinder? Menschen? Kleine Jungen wie du? Wenn wir die Menschen schon an Kindes statt annehmen müssen, dann als ihre Könige.«

Blitz fühlte nach dem eingebrannten Zeichen auf seinem Arm. Es tat noch immer weh. Aber nun wurde ihm bewusst, dass die Menschen das Zeichen der Riesen über ihnen schon seit Jahrtausenden trugen – eine Macht, gegen die sie kämpften und immer wieder verloren, bis sie sich an ihre Füße schmiegten. Domestiziert.

Warum hatte Zukata ihm das alles erzählt? Wie hatte er es geschafft, ihn von seiner Wut wegen des Überfalls zu befreien, indem er ihm von dem Verrat einer Menschenfrau erzählte und von einer verlorenen Liebe? Wie hatte er ihn dazu gebracht, seinen geheimsten Traum preiszugeben, von Dingen zu sprechen, die er nicht einmal Mino je erzählt hatte? Zukata gab ihm so viel Freundschaft, mehr, als er ertrug, mehr, als er von jemandem wie ihm wollte.

»Ich bin nicht wie deine Männer«, sagte Blitz leise. »Du hast sie aus dem Gefängnis geholt und von der Straße. Sie waren wie eingesperrtes Geflügel auf dem Weg zum Schlachter, und nun sind sie dir dankbar und betrachten dich als ihren Herrn. Aber mich hast du aus der Luft gegriffen wie eine Möwe auf ihrem Flug. Ich werde nie im Dreck scharren wie deine Hähne. Ich werde nie im Staub zu deinen Füßen sitzen und auf deine Anweisungen warten wie auf Futter. In meinem Herzen ist das Meer und die Wellen, die gegen die Küste schlagen, und die Schiffe, die zum Horizont segeln. Ich spüre nicht die Erde unter mir, sondern das schwankende Deck eines Bootes auf seiner letzten, gefahrvollen Reise ... In mir ist der wilde Schrei, der weithin zu hören ist ... In mir ist der Traum von den Glücklichen Inseln ...«

Er wusste nicht, ob Zukata ihn noch hörte.

»In mir ist die Sehnsucht nach Rinland ... Was du auch tust, um mich an dich zu binden, ich bin frei.«

8. Für dich

»SOLDATEN!« SCHRIE SETTAN. Er war einer der Späher, die Zukata überall im Wald verteilt hatte. Seine Aufgabe war es, Reisende auszukundschaften, aber dieses Mal kam er nicht mit der Nachricht von Beute. »Soldaten!«

Lundi sah vom Feuer hoch, in dem er hingebungsvoll gestochert hatte. »Was?«

Zukata runzelte die Stirn. »Wie viele?«

»Hunderte. Der ganze Wald ist voll. Sie kommen auf uns zu, sie durchkämmen den gesamten Landstrich. Ich bin sicher, der Fürst hat sie geschickt.«

»Wenn nicht sogar der König«, murmelte Zukata. »Nun denn, wir hatten sowieso vor, bald weiterzuziehen. Macht die Pferde bereit, packt eure Sachen. Wir brechen sofort auf.«

Fast staunend sah Blitz zu, wie Lundi ohne Umschweife Erde auf das schöne Feuer schüttete. Die Suppe war noch nicht einmal aufgesetzt.

»Willst du nicht kämpfen?«, fragte er überrascht. Er konnte nicht glauben, dass Zukata freiwillig auf einen Kampf verzichtete.

Zukata fletschte die Zähne. »Gegen Hunderte? Ich bin doch nicht wahnsinnig. Eine Zeitlang würde ich gegen sie durchhalten, aber wie lange? Und selbst wenn ich durchbreche – was ist mit euch? Ich habe nicht vor, mir eine völlig neue Mannschaft zusammenzusuchen. Und jetzt los, beeilt euch.«

Sie besaßen nichts, was sich nicht in Minutenschnelle in einen Sack stopfen ließ. Blitz half dem Koch mit seinem Kochgeschirr, während die meisten anderen sich mehr um Geld und Diebesgut sorgten. Kleidung, Decken, Matten – es war nicht viel und doch dauerte es erstaunlich lange, die Pferde zu beladen. Lundi schnürte Töpfe und Pfannen auf seinen Braunen. Blitz hatte ihn noch nie so ernst gesehen.

Während er seine Matte einrollte – außer ihr hatte er nichts, nicht einmal weitere Kleidungsstücke – und auch Zukatas Sachen einpackte, schaute er sich ein letztes Mal um. Nichts als ein fast leerer Raum mit Bretterwänden, nichts als ein Schutz gegen Regen, der bei Wind und Kälte wenig nützte, und doch. Erst jetzt, wo er diesen Ort verlassen musste, war es wie ein Stück Heimat, ein Zuhause, und draußen nichts als der endlose Wald. Der Wald und die Soldaten.

»Jetzt komm«, sagte Lundi ungeduldig.

Nicht jeder Räuber hatte ein Pferd. Doch reiten konnten auch die wenigsten derjenigen, die eines besaßen, da die meisten Tiere als Packpferde dienten. Einige wenige ritten, aber die meisten eilten zu Fuß hinterher. Auch Lundi ging neben seinem Pferd, auf dem die Töpfe und Pfannen klapperten, und fluchte leise. »Wir sind zu langsam, sie werden uns einholen.«

»Wir sollten besser nicht zusammenbleiben«, sagte Zukata. »Wir hinterlassen eine zu deutliche Spur. Geht immer zu zweit oder zu dritt. Den Treffpunkt kennt ihr. Achtet darauf, dass ihr niemanden verliert. Und jetzt los.«

Blitz hielt sich an Lundi und hob rasch die Besteckteile auf, die aus dem zu hastig zusammengeschnürten Gepäck herausrutschten. Auf einmal sah er sich Ewak gegenüber.

»Ich komme mit euch.«

»Na, dann komm«, befahl Lundi. »Lass alles liegen, Blitz, dafür haben wir keine Zeit.«

»Eine deutlichere Spur können wir nicht hinterlassen«, widersprach Ewak. »Wir können hier nichts liegen lassen.«

»Was hat Settan gesagt? Haben sie Hunde?«

»Nicht dass ich wüsste. Aber möglich wär's. Ich meine, ich würde Hunde mitnehmen, wenn ich jemanden suchen würde.«

Die Vorstellung, dass Hunde hinter ihnen her waren, beschleunigte ihre Schritte noch mehr. Mit klopfendem Herzen hastete Blitz hinter den beiden Männern her. Soldaten. Hoffnung regte sich in ihm und doch zugleich auch Angst. Bei einigen hätte es ihm nicht leid getan, wenn sie erwischt wurden, doch andere empfand er schon fast als seine Freunde. Lundi. Settan. Wie konnte er jemanden mögen, der ihn ohne zu zögern umgebracht hätte, wenn er es zugelassen hätte? Noch vor kurzem wäre ihm dieser Gedanke abwegig erschienen. Und Zukata, Prinz Zukata ... Würden sie es wagen, den Sohn des Kaisers in den Kerker zu werfen, sobald er sich zu erkennen gab?

Zukata in Gefangenschaft. Diese Vorstellung war völlig absurd.

Eilig stolperten sie vorwärts. Während Lundi das Pferd an einem Strick hielt und zum Laufen ermunterte, blieben Ewak und Blitz dicht dahinter, um aufzupassen, dass sie nichts verloren. Die anderen Gruppen waren nicht mehr zu sehen. Es war, als würden sie nur zu dritt durch den Wald laufen, der hier offen genug war, so dass sie sich wenigstens nicht durchs Unterholz quälen mussten. Er lief, so schnell er konnte. Blitz wünschte sich, sie würden die Töpfe einfach irgendwo liegen lassen und stattdessen reiten. Er fühlte die Anwesenheit der Soldaten schon hinter seinem Rücken, obwohl sie weder zu sehen noch zu hören waren.

Plötzlich, von irgendwoher, kam ein Stoß, der ihn zu Boden warf. Er versuchte sich aufzurappeln, er wollte sich dem Kampf stellen, aber bevor er sich erheben konnte, sah er noch einen schweren Ast auf sich zukommen. Es war zu spät; er konnte nicht einmal mehr den Arm schützend hoch reißen.

Es hatte auf sein Gesicht geregnet. Mit diesem Gedanken erwachte er, erstaunt. Woher kam das Wasser in sein Gesicht? Als er die Augen öffnete, die fremden Männer sah – einer von ihnen mit einem Eimer –, brauchte er eine Weile, um zu begreifen, was geschehen war. Männer. Sie standen über ihm. Und irgendwo über ihm ein Stück blauer Himmel. Es regnete offensichtlich überhaupt nicht.

Ein Eimer Wasser.

Langsam kamen die Bilder zurück. Er war gelaufen, vor sich das beladene braune Pferd ... Lundi. Ewak. Sein Kopf schmerzte, als er versuchte, ihn zu bewegen und all diese fremden Männer zu erfassen, die auf ihn heruntersahen.

Ewak.

»Seid ihr die Soldaten?«, brachte er mühsam heraus. »Die Soldaten des Königs?«

»Wir stellen hier die Fragen.« Zwei Männer rissen ihn hoch, so dass er dem dritten gegenüber stand. Er war groß und breit gebaut, so dass Blitz zu ihm hochschauen musste, zu diesem verächtlichen Lächeln. »Wo sind deine Kumpane hin? Wie viele seid ihr? Wer ist euer Anführer?«

Blitz schloss für einen Moment die Augen und versuchte, sich selbst in seinen Kopfschmerzen und seiner Verwirrung wiederzufinden. Er war gelaufen, durch den Herbstwald, vor sich das Pferd ... In seinen Füßen zuckte immer noch die Flucht, ihm war, als müsste er den weichen Waldboden dort spüren statt harten Steins, als müssten die Blätter unter seinen Fußsohlen rascheln ...

Wo waren sie hier? Ein Dorf? Der Wald war noch so nah, so dicht vor ihm. Er würde sich losreißen und laufen ...

»Ich gehöre nicht zu den Räubern«, sagte er. »Sie haben mich entführt und gefangen gehalten.«

»Ich will Antworten«, beharrte der fremde Soldat, ohne auf seinen Einwurf einzugehen. »Wohin ist deine Bande geflohen?«

Er wusste nicht, ob er Zukata verraten hätte, um sein Leben zu erkaufen. Denn er kannte den Treffpunkt nicht. Keine Folter dieser Welt konnte ihm ein Wissen entreißen, das er nicht besaß.

»Ich weiß es nicht.« War er froh darüber? Oder erleichtert? Er konnte dem König von Laring nicht dabei helfen, die Bande hochzunehmen. Er konnte nur versuchen, sich selbst zu retten.

»Bitte, hört mir zu«, sagte er, »ich weiß wirklich nichts, ich kenne ihre Geheimnisse nicht. Ich bin nur ein Gefangener, ich ...«

»Dann hast du nicht versucht zu fliehen? Dann ist es nur ein Zufall, dass wir dich im Wald fanden?« Der Mann schüttelte den Kopf. Blitz kannte sich mit den laringschen Uniformen nicht aus und wusste nicht, welchen Rang er innehatte, aber mit Sicherheit war er ein hoher Offizier.

»Herr, ich ...«

Der Mann, der neben dem Eimer stand, grinste plötzlich. »Seht doch da«, sagte er, »an seinem Arm.«

Sein Hemd war zerrissen, als sie ihn hochgezerrt hatten, vielleicht auch schon früher. Der Soldat ging auf ihn zu und riss den Ärmel vollständig ab. Die Krone auf seinem rechten Oberarm war deutlich zu sehen, darüber das Z. Es bedeutete ihnen nichts, aber die Krone genügte, um ihnen alles zu sagen. Die Hoffnung, die in

Blitz aufgekeimt war, erlosch wieder. Sie würden ihm nicht abnehmen, dass er nicht zu der Bande gehört hatte, jetzt nicht mehr, wenn denn überhaupt je Hoffnung bestanden hatte.

»In der Tat, ein Gefangener«, spottete der Offizier. Es war nicht nur Verachtung in seinen Augen. Die Kälte in ihnen lag jenseits aller Wut. »Ein Verurteilter der Krone. Du wirst deiner Strafe nicht entgehen. Aber zuvor möchte ich von dir erfahren, was du uns über die Räuber und Mörder sagen kannst, die Laring seit geraumer Zeit unsicher machen. Wie viele sind es?«

»Ich ... ich weiß nicht so genau. Zwanzig, dreißig?«

»Das kann nicht sein«, sagte einer der Männer, die Blitz festhielten. »Sie haben vor einigen Wochen einen Trupp Soldaten niedergemacht, der an die vierzig Mann stark war.«

»Wir haben das Lager ja gesehen. Es sind nicht viele Hütten gewesen.«

»Vielleicht haben sie mehrere Lager. Ist es so? He, ist es so?«

»Ich weiß nicht ... Nein!« Er spürte die Faust des einen in seinem Magen und rang nach Luft. »Nein, nur das eine Lager.« Er hatte sich auf die Zunge gebissen und spürte Blut in seinem Mund.

»Wer ist der Anführer?«

Der Name Zukata lag auf seiner Zunge, schwer und bitter. Und doch konnte er ihn nicht aussprechen. Was nützte es, der ganzen Welt kundzutun, was der Erbe des Throns hier tat? Eines Tages würde er über sie alle herrschen und sie mussten es gutheißen.

»Er heißt Ewak«, sagte er stattdessen und fragte sich, was Ewak wohl zu dieser Ehre gesagt hätte, zu dieser neidlosen Beförderung, mit der Blitz ihn hier auszeichnete.

»Das ist der Riese? Wir wissen von Augenzeugen, dass ein Riese dabei ist.«

»Nein, der Riese ist – sein Leibwächter. Ewaks Leibwächter. Sein Handlanger.«

Sie schienen nicht viel über Riesen zu wissen. Niemand, der auch nur einen kannte, würde glauben, dass dieser sich einem Menschen unterordnete und für ihn die schmutzige Arbeit machte. Und doch, war Zukata nicht wirklich ihrer aller Leibwächter? Der blaue Himmel über ihm war unglaublich. Seine Augen waren nur im Moment zu empfindlich. Sein Kopf schmerzte immer noch. Er stand hier und staunte darüber, dass er dazu in der Lage war, sich Lügen auszudenken.

»Schafft ihn in die Burg«, befahl der Offizier. »Ich werde sehen, was wir noch aus ihm herauskriegen, und dann wird er gehenkt.«

Sie hatten seine Hände gefesselt und er lief hinter einem Pferd her. Wenn er fiel, schleifte es ihn hinter sich her und er musste sehen, dass er wieder auf die Beine kam. Niemand hatte Mitleid mit seinem Elend. Um ihn her waren so viele Soldaten, mehr Menschen, als er je auf einem Haufen gesehen hatte, und sie umschlossen ihn, als wären sie alle nur für ihn da, als wäre er ein Prinz, den sie zum Fürsten geleiteten. Hoher Besuch.

Blitz versuchte, die Schmährufe zu überhören, die Beschimpfungen. Sie hatten ihm sein Hemd weggenommen, so dass alle das Brandzeichen sehen konnten. Er fühlte, wie die Augen der Soldaten darauf ruhten, wie ihr Blick davon eingefangen wurde. Sie glaubten zu wissen, was das hieß. Ein Mörder, mindestens. Vielleicht hätte seine Jugend sie dazu gebracht, ihm zu glauben, aber nun hielten sie ihn gerade deshalb für besonders schlimm. So jung und schon zum Tode verurteilt ... Ihre Blicke brannten wie Feuer, schlimmer noch als ihre Worte.

Und um sie her war der Wald. Die hohen Bäume, die ihr goldenes Laub über sie breiteten, dieser Wald, den jeder Reisende angstvoll durchquerte und aus dem jetzt keine Räuber hervorpreschen würden. Sie waren fort, alle ... Blitz biss sich auf die Lippen und stolperte hinter dem Pferd her. Die Fessel scheuerte seine Handgelenke wund. Seine Augen waren voller Staub, aber er war hilflos mit den gebundenen Händen und musste den Schmutz fortblinzeln. Tränen traten ihm in die Augen, aber er bemühte sich mehr als alles, nicht loszuweinen. Er bekam schon genug von ihrer Verachtung zu spüren; noch mehr wäre nicht zu ertragen gewesen.

Zwischendurch machten sie Rast. Ihm bot niemand etwas zu essen und zu trinken an. Sie bewachten ihn ohne Unterlass, und er war sich dessen bewusst, dass jede Bewegung, jede Gesichtsregung beobachtet wurde. Mittlerweile war er so durstig, dass ihm war, als müsste auch das in seinem Gesicht zu lesen sein. Dieser fürchterliche Durst, der seinen Mund austrocknete und in seiner Kehle brannte, musste ihm doch anzusehen sein. Und so war es wohl auch, denn die Soldaten tranken vor ihm aus ihren Flaschen und vergewisserten sich immer wieder, dass er auch hinsah. Einer stellte seine halbvolle Wasserflasche in der Nähe auf den Boden, doch als Blitz nur einen halben Schritt darauf zu machte, stieß ihn jemand so heftig zurück, dass er stürzte.

Wenig später ging es weiter und wieder lief er hinter dem Pferd her und schluckte den Staub der Straße. Mehrere Male fiel er und wurde über den rauen Weg geschleift, und jedes Mal glaubte er kaum, dass er die Kraft haben würde, sich wieder aufzurichten. Doch er biss die Zähne zusammen und kam wieder hoch, unbarmherzig vorangerissen. Dass sie über ihn spotteten, war ihm irgendwann egal. Das Einzige, was jetzt noch zählte, war der Strick um seine Handgelenke und die Straße und das Pferd. Alles andere versank in der Bedeutungslosigkeit.

Gegen Abend machten sie Rast. Jetzt endlich gab ihm einer der Männer etwas zu trinken. Es war ein älterer Soldat, der sich ihm bisher nicht genähert hatte. Er hielt ihm den Becher an die Lippen und Blitz trank durstig, bis der Offizier bemerkte, was geschah, und ihm den Becher wegschlug.

»Dem brauchst du nichts Gutes zu tun«, bellte er.

»Und ist doch ein Mensch«, sagte der Soldat sanft. »Und fast noch ein Kind.«

»Ein Dieb und ein Mörder, das ist er. Du verschwendest dein Mitleid.«

Der freundliche Mann blickte Blitz an, als suchte er nach dem Dieb und Mörder in diesem schmutzigen, müden, zerschundenen Gesicht, als erwartete er, man könnte dem Gefangenen seine üblen Taten ansehen.

»Er sieht recht wild aus. Aber ihr habt ihn auch ganz schön zugerichtet«, sagte er.

»Das ist nicht deine Angelegenheit.«

Blitz hoffte auf einen Verbündeten, auf einen, der sich um ihn kümmerte, der ihm zu essen gab und dafür sorgte, dass er irgendwo schlafen konnte. Er konnte sich nicht vorstellen, dass er jemals einen größeren Wunsch gehabt hatte. »Bitte«, flüsterte er.

Der Soldat zögerte. »Wenn der Fürst ihn so sieht ...«

Unerwartet schnell gab der Offizier nach. »Nun gut. Wasch ihm das Gesicht und gib ihm was zu essen. Aber die Fessel bleibt, verstanden?«

Blitz war bereit, alles zu essen, was man ihm gab. Seine Zunge war geschwollen und deshalb konnte er das Brot, das er bekam, nicht so gierig hinunterschlucken, wie er es sonst getan hätte. Er musste sich zur Ruhe zwingen. Sein Wohltäter reichte ihm ein Stückchen nach dem anderen.

Sein Oberkörper blutete aus unzähligen Schürfwunden. Er war übersät mit blauen Flecken. Vorsichtig begann der alte Soldat ihm den Schmutz aus den Wunden zu waschen.

»Was tust du denn nun schon wieder?«, wollte der Offizier wissen.

»Damit es sich nicht entzündet.«

»Das macht nichts. So lange wird er nicht leben, dass das eine Rolle spielt.« Aber dann schien er sich an den Fürsten zu erinnern und er nickte. »Dann mach mal. Und gib ihm ein Hemd oder so was.«

Blitz ließ alles über sich ergehen. Seine Wunden brannten wie Feuer. Er wollte nichts als schlafen nach diesem fürchterlichen Tag und wusste nicht, wie er liegen sollte, denn kein einziges Fleckchen Haut, so kam es ihm vor, war heil geblieben.

»So«, sagte der Soldat, als er fertig war, und zögerte.

Worauf wartete er? »Ich bin unschuldig«, sagte Blitz leise. »Bitte, lass nicht zu, dass sie das mit mir tun.«

Es waren die falschen Worte. Der Mann seufzte und wandte sich ab.

Blitz fiel in einen schweren Schlaf der Erschöpfung, unter einer Decke aus Schmerz und Hoffnungslosigkeit.

Am nächsten Tag ließen sie ihn reiten. Der Offizier hatte sich offenbar zu Herzen genommen, dass der Fürst über das Aussehen des Gefangenen ungehalten sein könnte, und ließ ihn in Ruhe. An sein

Reittier gefesselt, ritt Blitz zwischen seinen Bewachern. Nun, da es ihnen verboten worden war, ihm wehzutun, überschütteten sie ihn mit Hohn und Beschimpfungen, aber irgendwann gelang es Blitz, nichts mehr davon zu hören.

Arima. Eine grüne Insel im Meer. Obstgärten und Wiesen. Dort am Hafen liegen die Boote vor Anker. Am liebsten ist mir jenes kleine Segelschiff, dieses wunderbare kleine Ding, Lexans Mädchen ... Leicht und seidig gleitet sie zwischen den Inseln hindurch. Und dort liegen wir am Strand, gewärmt von einem Feuer, und sehen hinauf zu den Sternen. Bajad spinnt Seemannsgarn und erzählt von Abenteuern, die er gerne erlebt hätte, während ihm Jußait staunend zuhört. Eine leichte Brise kühlt meine Stirn. Dies ist der vollkommene Sommer, dies ist der Beginn unseres eigenen Abenteuers. Eines Tages wird Lexan es zu mir sagen: Komm, Blitz, wir wagen es ... Komm mit nach Rinland. Und ich werde ihn ansehen und dieses Ja in mir fühlen, ein Ja, wie es noch nie größer war, noch nie sicherer. Einmal im Leben bin ich sicher in dem, was ich tun will, und das Glück brennt in mir, mit jedem Atemzug leuchtet es heller ...

Ein geschlossener Raum aus rohen Steinen.

Sie stießen ihn hinein. Wieder vergaßen sie, ihm zu trinken zu geben. Was sie nicht vergaßen, war, ihm zu sagen, dass er sterben würde.

»Der Fürst legt keinen Wert darauf, dich zu sehen.«

»Aber ich bin unschuldig! Ich ...«

»Du bist bereits verurteilt. Du hast kein Recht auf einen Richter. Morgen früh bei Sonnenaufgang wirst du deinen Henker treffen.«

Ein Kerker aus Stein, kalt. Aber sie ließen ihn noch nicht allein. Der Offizier hatte angewiesen, alles aus ihm herauszuholen, was ging. Sie brauchten keine Rücksicht mehr zu nehmen, denn der Fürst zeigte keinerlei Interesse an einem Räuberjungen.

Ich werde sterben, dachte er. Diesmal gibt es keinen Ausweg, diesmal kann ich mich nicht aus der Strömung retten ... Ein paar Stunden noch. Was für eine Folter werden sie sich für mich ausdenken?

Auch darüber wunderte er sich: wie gefasst er darüber nachdenken konnte, was von seinem Leben noch übrig war. Ein paar Stunden in einer Zelle. Keine Abenteuer, kein Ritt durch den Wald mehr, keine Träume mehr von einem schwarzäugigen Mädchen ... keine Gespräche mit Zukata ... Er würde nicht mehr mit Lundi am Feuer sitzen ... Bei Rin, dachte er, wie kann es angehen, dass ich die Räuber vermisse?

»Wohin wolltet ihr? Wo kommt ihr wieder zusammen?«

Schmerz brach über ihn herein. Es dauerte eine Weile, bis er begriff, dass sie ihn geschlagen hatten. Er lag auf dem Boden und verstand es nicht, verstand gar nichts. Er dachte nur: Ich werde sterben, ich werde hier sterben, allein ... Sein Körper fühlte die Schläge, die Tritte, er hörte seinen Mund schreien. Aber es machte nichts mehr. Diese Wunden würden nicht mehr heilen ... El Jati würde nicht sagen: Wie siehst du denn aus ...

Diese letzten Stunden.

Er dachte sich irgendetwas aus. Sein Verstand arbeitete unabhängig von seinem Körper, so schien es, und fand Worte, über die er selbst überrascht war. Er hörte seine eigene Stimme fremd in seinem Ohr, mit fremden Worten. »An die Grenze ... nach Torn. Sie wollten das Kaiserreich verlassen ...«

Er erfand Namen für die Räuber, einer wohlklingender als der andere. »Jeder hatte einen neuen, so machen sie es. Die blonde Messerklinge ... Der scharfäugige Falke, die Giftschlange, Gewitterwolke ... Und ich heiße Blitz ...« Die Worte kamen über seine blutenden, geplatzten Lippen, durch das Blut in seinem Mund. »Und ich heiße Blitz ... Blitz ...«

Es kümmerte ihn nicht, ob sie ihm glaubten. Dies war der Tod, dies waren seine letzten Stunden. Dafür also hatten Mino und El Jati ihn gerettet, für diesen Tod hier im Kerker, für ein paar blutige Stunden des Schmerzes, bevor sie ihm den Strick um den Hals legten. Dabei hätte er mit Lexan zusammen untergehen können, im Sturm, wie die anderen tausend Blitze, die über den Himmel jagten und bis ans Wasser reichten und verschwanden, als hätten sie sich ins Meer gestürzt ... Mit Wind und Wellen hätte er gekämpft, in seinen letzten Augenblicken, bevor die *Weiße Möwe* unterging. Das hätte sein Tod sein sollen, auf jenem Schiff, nicht hier im Kerker.

Sie hätten ihn retten sollen, diese Soldaten. Sie hätten ihn in die Arme schließen sollen vor Freude darüber, ihn aus den Händen der Räuber gerettet zu haben ... Tief in ihm blutete sein Herz, weil es so ungerecht war, dass er gequält wurde für seine Gefangenschaft und für den Schmerz, den Zukata ihm eingebrannt hatte ...

Eine harte Strafe dafür, dass ich Jatis Geld gestohlen habe und in einer Apfelkiste gereist bin ... Was für eine harte Strafe dafür, dass ich meinen Bruder beraubt habe ... Letztendlich war es doch gerecht. Er hatte seinen eigenen Bruder hintergangen und bestohlen. Er lag auf dem kahlen Boden, auf dem harten, kalten Stein, und wusste, dass er bald sterben würde.

Sie ließen ihn liegen. Und er lag da und schlief nicht. Ein Zittern durchlief seinen Körper, durch die Schichten seiner Schmerzen. Es war besser, sich nicht zu rühren. Er hielt die Stunden fest, die ihm noch blieben. Bis zum Morgengrauen, hatten sie gesagt. Wir holen dich im Morgengrauen. Blitz. Sie hatten ihm seinen Namen hingeworfen wie etwas Schmutziges, wie ein Stück Dreck. Und nun lag er da. Das Atmen tat ihm weh. Schlafen war eine Verlockung, der einzige Trost, der ihm blieb. Aber er wollte nicht schlafen. Er robbte auf das Stroh, das schmutzige, stinkende Stroh, und hörte die Ratten in den Ecken rascheln. Meine letzten Stunden ... Er spürte die Angst in sich wie etwas Fremdes, das nicht zu ihm gehörte, wie einen neuen Namen, der sich auf ihn gelegt hatte, ein Mantel mit Widerhaken ... Du bist nicht Blitz. Du bist derjenige, der sterben wird. Du bist derjenige, den sie hängen werden.

Er versuchte, an Arima zu denken. An die Gärten. Der Baum, der nur ihm und Mino gehörte, in dessen Astgabel sie ihre Hütte gebaut hatten. Stell dir vor, du bist dort. Du bist nicht hier, du bist dort ... Aber die Angst ließ sich nicht überlisten. Es gab keinen anderen Ort, an dem er sein konnte, außer hier.

Am Morgen kamen sie, um ihn zu holen. Seine Zelle hatte kein Fenster gehabt, aber er hatte gespürt, wie die Stunden verstrichen, und als die Tür sich öffnete, schien es ihm, als wäre dies zugleich die kürzeste und die längste Nacht seines Lebens. Diese seine letzte Nacht.

Bei den Soldaten war ein Priester. Er winkte einer der Wachen, ihm mit der Lampe zu leuchten, und kam durch die Zelle zu der Ecke, in der er hockte. Der Priester kniete sich neben Blitz und sah ihm ins Gesicht.

»Man hat mir gesagt, du könntest vielleicht Beistand gebrauchen ... Soll ich mit dir reden – über die Brücke?«

Eine Insel im Grün. Die Glücklichen Inseln. Hießen sie nicht so? Wenn es eine Brücke geben würde von hier nach Hause, er würde sie gehen, so schmal und unsicher sie auch sein mochte. Aber was der Priester von der Brücke nach Rinland sprach, vermochte sein tänzelnder Verstand nicht aufzunehmen. Eine Brücke über das Meer ... Aber nach Rinland fuhr ein Boot, die *Weiße Möwe,* an Bord waren seine Freunde. Sie hatten nicht auf ihn gewartet. Aber nun, dachte er, nun überhole ich euch doch und bin früher da als ihr ...

»Es tut gut, wenn man jemandem gesteht, was man alles getan hat«, sagte der Priester mild. »Wenn die Last von einem genommen ist, geht es sich leichter über die Brücke.«

»Ich habe nichts getan.« Und der Priester sah ihn an, wie schon jener alte Soldat ihn angeblickt hatte. Das sind die falschen Worte. Aber was wären die richtigen gewesen?

»Ich sterbe, weil er mir dieses Zeichen eingebrannt hat«, sagte er schließlich. »Ich muss sterben, weil er es so wollte, er hat mich dazu verurteilt. Er ist der Tod, versteht ihr, und er hat mich zu sich gerufen und mich festgehalten und mir seinen Namen eingebrannt. Ich trage ihn. Es ist ein Blitz und gleichzeitig sein Name. Seiner und meiner.« Er lachte leise. »Als hätten wir denselben Namen und dasselbe Schicksal. Und nun werde ich sterben. Es ist der einzige Weg, ihm zu entkommen.«

Der Priester schüttelte verwirrt den Kopf. Er fragte noch einmal, ob Blitz nicht sagen wollte, was ihm auf der Seele lag, aber die Dinge, von denen der Junge sprach, konnte er nicht verstehen. Schließlich gab er es auf und ging.

»Komm«, sagte der Soldat mit der Lampe.

Er stand alleine auf und wollte mit ihnen gehen, aber seine Beine trugen ihn nicht. Sie schleiften ihn aus der Zelle und den Gang entlang nach draußen. Jetzt, wo selbst ein einziger Atemzug so kostbar geworden war wie ein ganzes Jahr, lag es wie ein Stein in seiner Brust, dass er keine Gerichtsverhandlung bekommen hatte. Der Fürst hätte ihm diese Zeit schenken müssen, diese Tage oder wenigstens Stunden. Es schien ihm mehr als ungerecht, dass er diese Tage nicht bekommen hatte. Wenn er nicht bereits das Zeichen der Krone getragen hätte, hätten sie ihm diese Zeit geben müssen! Aber Zukata hatte dafür gesorgt, dass er sofort sterben musste. Ach, Zukata, also bist du mein Henker? Denn nur der Henker brannte den Verurteilten die Krone ein. Mein Henker bist du, Zukata, und mein Kaiser und mein Tod ... Mein Tod bist du ... Die Soldaten hätten das Recht gehabt, ihn am nächsten Baum aufzuknüpfen. Warum hatten sie es bloß nicht getan ...

Das fahle Licht blendete ihn mit seiner Helligkeit. Und er flüsterte: »Blende mich nicht, denn ich habe dich gerufen. Du bist der Tod, ja der Tod ...«

Er spürte, wie Tränen in seine Augen traten, und blinzelte sie weg. Seine Hände waren gefesselt, so dass er sie nicht wegwischen konnte, so dass er nicht einmal sein wundes Gesicht befühlen konnte. Einen Zahn hatte er verloren ... Aber welches Mädchen würde ihn jemals küssen und danach fragen?

Sie führten ihn in den Hof. Dort stand der Galgen und wartete. Eine lange Holzstange, hoch wie ein Baum, die Leiter und der Strick mit der Schlinge ... Und ein Mann in einem dunklen Gewand, die Kapuze über dem Gesicht. Der Henker. Sein Henker.

Er sehnte sich nach Zukata. Hier, im Angesicht des Galgens, war es Zukata, nach dem er sich am meisten sehnte, und er wünschte sich, es wäre Zukata, der dort stand und ihn begrüßte und die Schlinge um seinen Hals legte. Nein, nicht die Schlinge, sondern seine riesigen Hände. Er war so stark, es würde nicht lange dauern ...

Er wollte die Augen schließen, er wollte es nicht sehen, und konnte doch nicht anders, als diesen absurden Baum anzustarren. Stell dir vor, dies ist der Mast des Schiffes, der Mast der *Weißen*

Möwe ... Du kämpfst gegen den Sturm, dort oben in der Takelage. Du bist dort oben und ihr fahrt nach Rinland und du kannst die Insel am Horizont sehen, gar nicht mehr fern ...

Eine Reihe Schaulustiger hatte sich trotz der frühen Stunde versammelt. Sie schrien, als sie seiner ansichtig wurden, und stießen wüste Verwünschungen aus.

»Verfluchter Mörder!«

»Dieb! Stirb!«

Jedes Wort brannte in seinen Ohren. Er schämte sich, sogar jetzt noch, im Angesicht des Todes. Wie schmutzig und blutig er aussah ...

»Ich bin unschuldig!«, rief er aus. »Ich bin unschuldig!«

Für dich, Prinz Zukata. So sterbe ich hier, für dich.

Ein paar Steine flogen in seine Richtung, das Geschrei wurde lauter. Die Soldaten schleppten ihn zu den Stufen und stießen ihn hinauf. Der Henker trat auf ihn zu und legte ihm die Schlinge um den Hals. Sie fühlte sich rau und erstaunlich schwer an. Ein gutes Seil. Ein Seil für ein Schiff. Dies ist ein Schiff, sagte er zu sich, fürchte dich nicht ... Aber der Tod stand direkt vor ihm, und er fühlte die Hände an seinem Hals. Im Schatten der Kapuze lag ein fürchterliches Gesicht, das Antlitz des Todes.

»Fürchte dich nicht«, sagte der Henker leise. Er sprach mit Lundis Stimme.

Die Soldaten traten zurück.

In diesem Moment schlugen die Räuber los. Lundi zog ein Messer und zerschnitt Blitz' Handfesseln, während die Soldaten schon am Fuß des Gerüsts angegriffen wurden. Von überall her strömten Soldaten herbei, aber immer mehr der Zuschauer warfen ihre Gewänder ab und zogen ihre Schwerter. Pferde preschten in den Hof, berittene Kämpfer, und anscheinend hinderte irgendetwas die Soldaten, das Tor zu schließen und die Zugbrücke heraufzuziehen. Und Zukata war da, mit wehendem blonden Haar, das im Licht der Morgensonne aufglänzte, ein Riese mit einem Riesenschwert, der mit Riesenschritten den Hof durchmaß und Soldat um Soldat niederstreckte, als wären es lästige Fliegen. Er kämpfte sich bis zu Blitz durch und streckte ihm die Hand entgegen. »Komm, Junge.«

Lundi, der die Henkersschlinge inzwischen einem streitbaren Soldaten umgelegt hatte, hielt Blitz den Rücken frei, während er benommen die Stufen hinunterstolperte. Von irgendwoher tauchte Settan auf einem Pferd auf und Zukata hob Blitz zu ihm auf den Sattel. Die Hufe donnerten über die Brücke und da war schon die taufrische Wiese und der Schatten des Waldes.

Settan lachte. Blitz drehte sich um und sah die anderen ihnen nachkommen, teils reitend, teils laufend, dann wurden sie vom Wald verschluckt.

Ich bin nicht tot.

Während sie flohen, während sie lachten und alle durcheinanderriefen, während die Hörner von der Burg gellten, lebte Blitz im Wunder. Er war nicht tot. Nun konnte ihm nichts mehr geschehen. Es konnte nicht sein, dass die Soldaten sie einholten, selbst wenn der Fürst ihnen ein ganzes Heer nachschickte, es konnte nicht sein, dass ihnen irgendetwas geschah. Heute war ein Tag zum Leben, nicht zum Sterben. Wenn es nach ihm gegangen wäre, hätten sie einfach angehalten und sich ausgeruht, aber Zukata trieb sie alle unbarmherzig an.

»Weiter!«, rief er immer wieder. »Schneller!«

Diese Flucht war anders als die vorherige. Blitz konnte fühlen, wie zufrieden die Räuber mit sich waren, und mehrmals streifte ihn Zukatas dunkler Blick.

»Sie sind zu dicht hinter uns«, sagte der Hauptmann schließlich.

»Sollen wir uns ihnen stellen?«

»Nein. Ihr nicht. Reitet, so schnell ihr könnt. Ich halte sie auf.«

Sie gehorchten ohne Widerrede. Blitz fühlte, wie das Pferd ausgriff, er sah die anderen neben ihnen und hörte sie hinter sich. Dass Zukata nicht mehr bei ihnen war, war unbegreiflich.

»Was hat er vor?«, fragte er schließlich, aber Settan antwortete nicht.

Den ganzen Tag waren sie in nördlicher Richtung unterwegs, auf Straßen und durchs Unterholz, über einen Fluss und durch mehrere Dörfer. Blitz wusste mittlerweile, dass sie nach Salien flohen, in ein anderes Königreich, in das ihnen die Soldaten nicht folgen durften, aber er stellte keine weiteren Fragen. Die Räuber lachten und scherzten nicht mehr. Sie warfen Blicke zurück, aber Zukata war noch immer nicht wieder bei ihnen.

»Und wenn sie ihn gefasst haben?«, wagte er schließlich doch zu fragen, als sie eine Rast einlegten und die Pferde tränkten. Bei dieser ersten Rast konnte er erstmals sehen, dass nicht alle die Burg wieder verlassen hatten. Sie hatten drei Männer verloren.

»Er wird sich nicht lebendig gefangen nehmen lassen«, sagte Lundi nur.

»Und wie habt ihr mich ...«

Aber der Koch schüttelte den Kopf. »Später. Wir haben noch einen weiten Weg vor uns.« Er ließ seinen Blick auf Blitz ruhen, und auf einmal schlang er die Arme um ihn und umarmte ihn. Als Blitz pfeifend die Luft einsog, ließ er ihn sofort los.

»Was ist? Zieh dein Hemd aus.«

Trotz ihrer Eile bestand er darauf, Blitz eingehend zu untersuchen. Er fluchte, als er die vielen Wunden sah.

»Wir hätten ihnen die Burg anstecken sollen! Aber es wird heilen. Es sieht schmerzhaft aus, aber es wird dich nicht umbringen, wenn wir auf dich achtgeben.«

»Werde ich Narben kriegen?«

»Die Mädchen werden dich schon nicht deswegen aus ihrem Bett stoßen.«

Sie übernachteten im Wald, unter Bäumen, nur für wenige Stunden, und ritten dann weiter, so rasch es ging. In einem Dorf stahlen sie frische Pferde, aber ansonsten bemühten sie sich, nicht aufzufallen und so wenigen Menschen wie möglich zu begegnen. Schließlich erreichten sie nach einigen Tagen einen breiten Fluss.

»Die Furt«, sagte Settan. »Wir müssen zur Furt.«

»Nein«, widersprach Lundi. »Dort würden die Soldaten warten.«

»Sie können uns nicht überholt haben.«

»Nein, aber der Fürst könnte Boten geschickt haben, die die ganze Zeit durchgeritten sind. Oder Tauben. Wir wissen nicht, was uns an der Furt erwartet.«

Sie diskutierten eine Weile, aber Lundi setzte sich durch. Die Räuber schwammen durch den Fluss, ebenso ihre Pferde. Die Strömung war stark, jedoch nicht reißend, und selbst Blitz, der sich von einem Pferd ziehen ließ, erreichte wohlbehalten das andere Ufer.

»Ich wette, die Furt war frei«, sagte Settan, als sie triefend angekommen waren und ihre Kleidung in den Bäumen trockneten. »Ich hätte nicht übel Lust, nachzusehen.«

»Das könnte ich übernehmen«, erbot sich Ewak.

»Nein«, widersprach Lundi scharf. »Wir unternehmen nichts, bis Zukata wieder da ist.«

Sie warteten auf ihren Anführer. Die Stimmung war gedrückt, die Mienen düster. Lundi erzählte Blitz, dass sie am Gasthof, den sie oft besucht hatten, zusammengetroffen waren und ihn dort vermisst hatten. Es hatte keine Diskussion gegeben. Zukata hatte sofort einen Plan entworfen, wie man ihn aus der Burg herausholen konnte.

»Er hat nicht daran gezweifelt, dass du dort sein würdest und dass man dich hinrichten wird. Einige haben vermutet, dass du zu den Soldaten übergelaufen sein könntest, aber er hat sie sehr schnell zum Schweigen gebracht.« Bei diesen Worten warf Lundi einen raschen Blick zu Ewak hinüber und senkte die Stimme. »Ewak hat behauptet, du wärst zurückgelaufen. Nun, und einige haben ihm geglaubt.«

»Ich bin nicht zurückgelaufen.« Blitz zögerte, Ewak anzuklagen, aber der Koch drang nicht weiter in ihn.

»Das dachte ich mir.« Es reichte ihm, was Blitz preisgab.

»Du hast wohl geglaubt, wir würden nicht mehr rechtzeitig kommen, wie?«

»Ich dachte, ihr seid schon über alle Berge.«

Lundi hob die Brauen. »Du hast nicht damit gerechnet, dass wir kommen und dich da rausholen?«

»Nein«, sagte Blitz leise.

Lundi schüttelte den Kopf. »Ach, du armer Junge.«

Dann kam Zukata zurück. Er sah müde aus, sein langes Haar fiel ihm strähnig über den Rücken. Er blutete aus vielen Wunden, die er von Lundi versorgen ließ. Während der Koch und Heiler beschäftigt war und immer wieder den Kopf schüttelte, richtete Zukata seine blauen Augen auf Blitz.

»Komm her«, sagte er zu ihm.

Blitz trat vor ihn hin, und Zukata legte ihm die Hand auf die Schulter.

»Wir haben drei Männer verloren«, sagte Zukata ernst. »Und wir mussten unsere Sachen zurücklassen, um die Pferde zum Reiten zu haben.«

»Ja, Herr«, sagte Blitz.

»Und trotzdem würde ich dich töten, wenn ich annehmen würde, dass du durch deine eigene Schuld in die Hände der Soldaten geraten bist. Mein Befehl war eindeutig. Ihr solltet euch in Gruppen zusammentun und darauf achten, dass niemand zurückbleibt.«

»Ja, Herr.«

Zukata blickte auf die anderen Räuber, die ihnen zuhörten. »Ich habe einen der Soldaten befragt, bevor ich ihn getötet habe. Blitz wurde bewusstlos aufgelesen. Ich habe außerdem erfahren, dass sie nichts Brauchbares aus ihm herausbekommen haben, obwohl sie, wie man sieht, nicht gerade zärtlich mit ihm umgegangen sind. Unser Hauptmann soll auf den klangvollen Namen Ewak hören.«

Einige lachten, aber Zukata richtete den Blick auf Ewak. »Meine Befehle waren eindeutig. Wie kannst du mein Zeichen tragen und dich mir widersetzen?«

»Hauptmann, ich habe nicht ...«

»Was hast du nicht? Deine eigene kleine Rache durchgeführt? Blitz ist mehr wert als zehn von deiner Sorte! Wie kannst du es wagen, ihn unseren Feinden auszuliefern? Wir haben deinetwegen drei Männer verloren, aber mir ist lieber, ich habe einige wenige Getreue um mich als einen einzigen Verräter zu viel. Komm her.«

Ewak zögerte, aber hinter ihm traten die Räuber näher und drängten ihn nach vorne, bis er vor Zukata stand.

»Dieses Zeichen«, sagte er, »hätte dir eines Tages die Macht gegeben, über das Kaiserreich zu herrschen. Du wärst mit mir Herr über zweiundzwanzig Könige gewesen. Aber glaubst du, ich kann dulden, dass Männer durch mein Land ziehen, die meine Befehle missachten? Für die ihre eigene Rache wichtiger ist als meine Anweisungen? Die ihre eigenen kleinen gierigen Wünsche für wichtiger halten als das, was ich von ihnen verlange? Ich erwarte absoluten Gehorsam, von jedem von euch. War dir das nicht klar, Ewak?«

Ewak schluckte, aber er schwieg. Blitz zuckte zusammen unter seinem hasserfüllten Blick.

»Knie dich hin, Ewak.«

Er blieb stehen, aber die Räuber zwangen ihn in die Knie. Zukata legte die Hände um seinen Hals.

»Sieh genau hin, Blitz«, befahl er. »Das hier geschieht für dich.«

Er erwürgte Ewak mit bloßen Händen, mit seinen riesigen, kraftvollen Händen, und warf ihn dann von sich.

»Weg mit ihm«, sagte er.

Blitz taumelte und wankte nach vorne und Zukata fing ihn auf, mit seinen Händen, noch warm von Ewaks Haut. Er fuhr zurück und stürzte fort, in den Wald – er hörte nicht mehr, was Zukata noch rief –, und erbrach sich unter einem Baum. Er würgte, bis nichts mehr kam, und danach fühlte er sich leer und elend. Er lehnte seine Stirn gegen die Rinde und schnappte nach Luft. Das Bild des Mannes, der hilflos mit Armen und Beinen um sich schlug, ließ ihn nicht los. Das war der Tod, der auch ihn erwartet hätte, dem Ewak ihn ausliefern wollte, den er sich im Angesicht des Galgens gewünscht hatte – und doch packte ihn das Entsetzen mit Macht und schüttelte ihn.

Für dich.

9. Die Geisel

BLITZ PACKTE DAS Messer fester und duckte sich unter die Zweige. Neben ihm kaute Settan auf einem Hölzchen – das tat er immer, wenn er nervös war. Zukata und Lundi waren von hier aus nicht zu sehen, aber Blitz wusste, dass sie ganz in der Nähe waren. Überall in den Büschen, hinter den Bäumen oder flach auf den Erdboden gepresst waren die Räuber. Sie warteten.

Die Wagen waren schon von weitem zu hören. Die Räder und das Stampfen der Hufe auf den Boden, Klirren und Poltern, und darüber hingen wie eine Wolke die Stimmen der Menschen – Gemurmel, Rufe, Gelächter und sogar Gesang. Danach erst sahen sie sie kommen. Keine einfachen Händlerwagen, sondern drei reich verzierte Kutschen mit fremdländischen Wappen. Die Pferde waren herrlich, langbeinige Schönheiten mit kleinen Köpfen und wallenden Mähnen. Selbst ihre Reiter schienen nach ihrem guten Aussehen ausgewählt worden zu sein, schöne junge Frauen in glänzenden Uniformen. Amazonen, dachte Blitz fasziniert. Alikas Schwestern.

»Fette Beute«, murmelte Settan, »wirklich überaus fett.«

Dann gab Zukata das Signal.

Als die Räuber über die Wagen herfielen, brach der Gesang abrupt ab. Die Reiter zogen ihre Schwerter und stellten sich den Angreifern in den Weg.

»Schützt den König«, schrien sie einander zu, »schützt den König!«

Blitz war entschlossen, dieses Mal seine Sache gut zu machen. Er hatte nicht gelernt, mit dem Schwert umzugehen. Schon die leichteren waren ihm zu schwer. Man konnte sie nur mit Mühe heben, und dann auch noch kunstvoll damit zu kämpfen, war nicht seine Sache. Zukata hatte ihm geraten, beim Messer zu bleiben, außerdem war er gut im Ringen. Sobald ein Gegner entwaffnet war, sollte er zur Stelle sein.

Aber die Reisenden ließen sich nicht so einfach entwaffnen. Verbissen verteidigten sie die Kutschen. Blitz hatte noch nie gesehen, dass hübsche junge Frauen so kämpfen konnten, selbst Alika hatte er ja nie mit dem Schwert erlebt. Sie schlugen die Räuber zurück, mit Kraft, Wut und Geschicklichkeit. Flink schlängelte Blitz sich zwischen ihnen hindurch und riss die Tür der ersten Kutsche auf.

Er war gespannt darauf gewesen, was er zu sehen bekommen würde. Doch nicht dies: in diesem Wagen saßen überhaupt keine Menschen. Dafür war er vollgepackt mit wertvollen Waren: Ballen edler Stoffe, mit Samt beschlagene Koffer, und besonders ins Auge fiel ihm etwas, das wie ein kleiner Puppenwagen aussah, kunstvoll aus Holz geschnitzt, mit Spitzendeckchen und Kissen.

»Zurück da!«

Blitz fuhr herum. Eine der Kriegerinnen preschte auf ihn los, das Schwert zum Schlag erhoben. Er ließ sich fallen und tauchte unter die Kutsche. Auch auf der anderen Seite tobte der Kampf. Blitz kroch am Boden nach hinten und kam dicht vor den Pferden der mittleren Kutsche heraus. Sie waren unruhig, aber ihre Deichsel hinderte sie am Steigen, und er legte ihnen beruhigend die Hand auf die Nüstern, bevor er zwischen ihnen hindurchstieg und rasch unter den Wagen schlüpfte.

Die Kämpfenden waren ganz nah, aber von seiner Position aus war es nicht schwierig, herauszukommen und die Tür zu öffnen.

Eine Familie. Eine Königsfamilie, das sah er sofort. Ein Mann, eine Frau und drei kleine Mädchen. Sie kreischten auf, als sie ihn sahen, das Messer zwischen den Zähnen. Er verbeugte sich und griff sich eins der Kinder, während die anderen auf den Schoß ihrer Eltern flüchteten, während die Frau schrie und der Mann fluchend aufsprang. Da war Blitz schon draußen.

»Hört auf!«, schrie er. »Ich habe eine Prinzessin!«

Die Kriegerinnen erstarrten. Auf einmal war Zukata da und riss ihm die Kleine aus dem Arm.

»Zurück!«, befahl er. »Zurück, und niemandem wird etwas geschehen.«

Blitz sah, wie die Amazonen ihre Bogen spannten.

Hinter ihnen stieg der König aus der Kutsche. »Gib mir meine Tochter«, befahl er. »Gib mir mein Kind, Elender!«

Die Reiterinnen bildeten einen Ring um sie und starrten bedrohlich, aber Zukata hielt ihnen ungerührt sein Gesicht entgegen.

»Ich sage hier, was getan wird«, entgegnete er. »Zunächst, stellt Euch ruhig vor, mein edler Herr. Wer seid Ihr? Ein Fürst? Ein König?«

»Ich bin König Oka von Wenz«, sagte der Mann stolz. Er blickte auf sein weinendes Kind, nicht auf Zukata, der sein Gesicht hinter einem Tuch verborgen hielt. »Ich bin mit meiner Familie auf dem Weg nach Kirifas und bringe Geschenke für die Tochter des Kaisers.«

Zukata erstarrte, und in diesem Moment riss ihm das strampelnde Mädchen das Tuch vom Gesicht.

Blitz war es, als würde sein Herz stehenbleiben. Nun würde er sie töten, sie alle ... Aber Zukata rührte sich nicht. Er hielt seine blauen Augen auf den König gerichtet.

»Der Kaiser hat eine Tochter? Seit wann?«

»Sie wurde vor einigen Wochen geboren«, sagte König Oka. »Und selbst jemand wie du, der vor nichts Respekt hat ...«

Zukata unterbrach ihn unwillig. »Sei still. Wieso hat der Kaiser eine Tochter? Man sagte mir, die Frau, die er geheiratet hat, sei zu alt, um noch Kinder zu bekommen.«

»Das war anscheinend ein Irrtum. Er hat eine Tochter und nun erweisen die Könige von Deret-Aif ihr die Ehre. Und du lässt nun meine Tochter auf die Erde, oder ...«

»Ich glaube nicht, dass Ihr in der Position seid, mir zu drohen.« Zukata sprach langsam. »Zeigt mir die Geschenke.«

»Du wirst es nicht wagen, die Geschenke für die Erbin ...«

»Schweig still! Ich sagte, zeigt mir die Geschenke.«

Oka blickte auf sein Kind und nickte dann. Er ging zu der vorderen Kutsche, während die Amazonen ihre Pferde zurückzogen, um ihm Platz zu machen.

»Spielzeug«, sagte der König. »Seide und Samt für ihre Kleidchen. Schmuck für eine Prinzessin.«

»Zeigt mir, was in der anderen Kutsche ist.«

Oka schüttelte ungeduldig den Kopf, aber er gehorchte. »Damit wirst du nichts anfangen können.«

Es waren Käfige, in denen Tiere saßen. Ein bunter Vogel. Eine gefleckte Katze. Ein rötliches Tier, das Ähnlichkeit mit einem Fuchs besaß.

»Für die kleine Prinzessin«, sagte der König. »Was willst du haben? Eine Katze?«

Blitz konnte fühlen, dass Zukata an überhaupt nichts mehr interessiert war. Mit verdunkeltem Gesicht besah er sich die Käfige. Das kleine Mädchen hielt er dabei fest in seinem Arm. Er schwieg immer noch, aber er drückte sie so fest, dass sie wimmerte.

Es war Lundi, der das Wort ergriff. »Zwei Pferde«, sagte er. »Die beiden Pferde, die hinter der Kutsche angebunden sind. Der Rappe und der Schimmel. Und zeigt uns den Schmuck. Dort? Dann nehme ich dieses Kästchen da. Und – und das nehmen wir auch.« Er griff in den ersten Wagen und holte wahllos einen kleinen Koffer heraus.

»Diese Pferde sind mehr wert, als du dir vorstellen kannst«, knurrte der König. »Auch sie sind Geschenke für die Prinzessin.«

»Oh, ich kann, glaubt mir, ich kann.« Er grinste und flüsterte Blitz zu: »Ich war nämlich Pferdedieb.«

»Geht Ihr darauf ein?«, fragte Zukata. »Wir werden Euch unbehelligt ziehen lassen.«

»Fünfzehn Pfeile sind auf ihn gerichtet«, sagte eine der Kriegerinnen. »Nur ein Wort von Euch, König Oka, und wir lassen sie fliegen.«

»Ich weiß«, sagte Zukata und lächelte grimmig, »aber glaubt Ihr, wenn Ihr sie fliegen lasst, dass dieses Kind überlebt? Selbst wenn Ihr mich tötet, glaubt Ihr nicht, dass ich es im Fallen unter mir erdrücken könnte?«

Der König hob die Hand. »Tut nichts. Nun gut. Du bekommst die beiden Pferde. Du bekommst den Schmuck. Gib mir meine Tochter zurück.«

Lundi hatte die beiden Pferde losgebunden. Sie waren so schön, dass er von ihrem Anblick Tränen in den Augen hatte. »Komm«, raunte er Blitz zu.

Widerwillig machten die Amazonen Platz.

»Ich werde dir dein Kind geben«, sagte Zukata, »aber ich will ungern mit einem Pfeil im Rücken enden. Pfeif die Mädchen zurück. Ist das Wort eines Königs etwas wert? Dann gib es mir.«

Oka nickte ihnen zu und sie senkten die Bögen. »Nun gut«, sagte er. »Du hast mein Wort. Und das Wort eines Königs ist etwas wert. Deshalb höre gut zu. Ich lasse dich jetzt gehen. Für eine kurze Weile schenke ich dir dein Leben. Aber ich habe dein Gesicht gesehen. Und ich werde dich jagen, bis an dein Lebensende. Ich werde diese Stunde nie vergessen, in der du das Leben meiner Tochter bedroht hast und dir mit einem Kind all das erzwungen hast. Diese Pferde werden dein Untergang sein und an den Juwelen wirst du dich verbrennen.«

»Schöne Worte«, sagte Zukata ungerührt und setzte das Kind behutsam auf den Boden. Aufschluchzend lief es zu seinem Vater.

»Komm, Blitz«, sagte er, und sie gingen zwischen den Amazonen hindurch und verschwanden im Wald.

Im Lager vollführte Lundi einen Freudentanz. Er sprang zwischen den Hütten herum und lachte. »Salien bringt uns Glück«, sagte er. »Erst dieses Lager und jetzt das!« Sie hatten diesmal keine Hütten bauen müssen. Auf der Suche nach einem geeigneten Versteck hatten sie ein verlassenes Holzfällerdorf gefunden. Blitz hatte den Koch noch nie so ausgelassen erlebt. »Diese Pferde sind mehr wert als alles, was wir jemals erbeutet haben«, sagte er. »Glaub mir, ich muss es wissen. Sie sind ... oh Rin, sie sind wundervoll!«

Die anderen Räuber interessierten sich mehr für den Schmuck, den das Kästchen enthielt. Ringe, Ketten, Diademe – alles fein und zierlich und längst nicht so mit Diamanten bestückt, wie sie geglaubt hatten.

»Das passt ja nur einem Kind«, murrte einer. »Da war doch noch ein Koffer?«

Sie beugten sich gespannt über ihn. Settan knackte das Schloss und öffnete ihn. »Eine Puppe! Seht her, ist das zu fassen? Nur eine verdammte Puppe!«

Er griff nach ihr und wollte sie schon in hohem Bogen fortschleudern, als Zukata ihm einen Schlag versetzte, der ihn zu Boden warf.

»Fass das nicht an! Das sind Geschenke für – für meine Schwester.« Er blickte seine Männer an. »Ich gehe nach Kirifas. Ich werde heute noch aufbrechen. Es kann nicht angehen, dass sämtliche Könige von Deret-Aif dieses Kind als die Erbin bezeichnen. Es ist an der Zeit, dass ich mir den Segen hole.«

Lundi wurde blass. »Du willst nach Kirifas? Wo dieser König Oka dich sehen wird?«

»Ich werde vor ihm dort sein und wieder weg, bevor er dort eintrifft. Er hat diese Kutschen. Ich nicht. Ich laufe.«

»Wer wird dich begleiten?«, fragte Settan. Er hielt sich den Kopf, aber anscheinend nahm er Zukata die harte Zurechtweisung nicht übel. »Wir alle?«

»Wenn wir Oka einholen und vor ihm eintreffen wollen, brauchen wir die allerbesten Pferde«, sagte Zukata. »Und davon haben wir jetzt zwei. Also nehme ich zwei Männer mit nach Kirifas. Wer möchte mit?«

»Ich«, sagte Lundi sofort, aber Zukata schüttelte den Kopf. »Nein, Lundi. Du bist meine rechte Hand, du hältst hier die Stellung. Du, Settan? Ja, du kommst mit.« Er ließ seinen Blick über die Männer schweifen, die ihn erwartungsvoll anblickten. Dann kam er zu Blitz und ein Lächeln zog über sein Gesicht. »Du«, sagte er. »Du hast das heute sehr gut gemacht. Wir haben keine Verluste zu beklagen, das verdanken wir dir. Die Idee, eine Geisel zu nehmen, war hervorragend. Du kommst mit.«

Lundi sattelte die Pferde. Die alten Sättel, die sie besaßen, wirkten auf den edlen Rössern noch älter und unscheinbarer. Der Koch brachte es fast nicht übers Herz, sie so auf die Reise zu schicken. »König« und »Königin« nannte er sie; am liebsten hätte er ihnen einen vergoldeten Stall gebaut.

»Reitet sie nicht zuschanden«, bat er inständig. »Sie sind mit Sicherheit verwöhnt. Sie wurden immer gut gepflegt.«

»Ein Pferd muss laufen«, war Zukatas Meinung. »Laufen. Schnell. Lange Strecken. Nur dann ist es zufrieden. Das ist die beste Art, ein Pferd zu verwöhnen.« Es klang, als spräche er über sich selbst.

Während Blitz Lundis Anweisungen über sich ergehen ließ, wie sie mit den kostbaren Tieren umgehen sollten, besprachen Zukata und Settan ihre Route. Auf der großen Straße zu bleiben, die durch Salien und Laring nach Aifa führte und bis ins Zentrum nach Kirifas, war zwar der kürzeste Weg, aber nicht unbedingt der schnellste, denn hier würden sie durch unzählige Dörfer und Städte kommen, und außerdem würde es schwierig werden, Oka unbemerkt zu überholen. Selbst wenn es ihnen gelang, an ihm vorbeizukommen, während er rastete, sollte er nichts davon hören, dass ein bemerkenswerter Rappe und ein ebenso herausragender Schimmel kurz zuvor vorbeigekommen waren.

»Wir machen es anders«, sagte Zukata. »Dass wir durch Laring müssen, ist nicht zu vermeiden, aber ich bin sicher, dass sie dort immer noch nach uns Ausschau halten. Es ist besser, wenn wir nach Torn reiten und von dort aus über Ingreich nach Aifa. Der Weg ist länger, aber Torn ist nicht so dicht besiedelt und in Ingreich gibt es nicht so viel Wald. Letztendlich werden wir sogar schneller vorwärts kommen als die Kutschen. Ich vermute, dass Oka den großen Weg der Furt wegen gewählt hat. Er hat keine andere Wahl, aber wir können überall durch den Fluss. In Torn können wir sogar eine ganze Strecke auf dem Fluss reisen, wenn wir einen Flößer finden, der uns mitnimmt.«

»Ihr werdet meine Kochkunst vermissen«, prophezeite Lundi.

»Alles bereit?«, fragte Zukata. Blitz und Settan nickten. Der Hauptmann verzichtete auf eine Ansprache. Die Räuber waren keine hilflosen Kinder, sie würden auch ohne ihn zurechtkommen.

»Na, dann wollen wir mal.«

Blitz hatte sich König, den Rappen, ausgesucht. In seinem Bündel, war auch der kleine Koffer mit der Puppe, das Geschenk für die Prinzessin. Es gab ihm jedes Mal einen Stich, wenn er daran dachte. Der kurze Moment, in dem er das kleine Mädchen im Arm gehalten hatte, brannte wie Feuer in ihm. Die Idee, eine Geisel zu nehmen, war hervorragend ... War es denn eine Idee gewesen? Er hatte es einfach getan, warum, konnte er sich selbst kaum beantworten. Hatte er den Kampf beenden wollen, bevor etwas Schlimmes geschah? Er wusste es nicht. Er wusste nur, dass er sich schämte, dass ihn dieses Ereignis verfolgen würde. Nie, dachte er, nie wieder will ich so etwas tun ...

»Woran denkst du«?, fragte Settan, der neben ihm auf dem Schimmel ritt. Zukata lief vor ihnen her und bestimmte das Tempo; es war unglaublich, wie lange er diese Geschwindigkeit durchhielt.

»Ich war noch nie in Kirifas«, sagte er. Gewissensbisse waren unter Räubern kein Thema, damit brauchte er gar nicht erst anzufangen. Niemand war gestorben, nicht einmal, nachdem sie Zukatas Gesicht gesehen hatten. Warum regst du dich auf?, würde Settan fragen, zurecht. »Ich weiß gar nicht, wie ich mich da benehmen soll.«

»Wie ein junger Edelmann, würde ich sagen.« Settan lachte. Sie sahen nicht aus wie abgerissene Vagabunden, die im Wald hausten. Längst hatte Blitz neue Kleidung erhalten – von wem auch immer geraubt – und auch Settan wirkte in seiner grünen Jacke wie ein anständiger Mensch. Für Edelleute hätte sie niemand gehalten, aber Settan meinte: »Wenn wir in Kirifas einreiten, wird unsere Kleidung zu unseren Pferden passen, das kann ich dir versichern.«

»Wie das?«

»Wir sind Räuber, oder nicht?«

Oft ritten sie einfach nur schweigend. Zukata lief unermüdlich, und wenn er sich zu ihnen umdrehte, wirkte er nicht einmal müde.

»Wie machst du das?«, fragte Blitz einmal, als er sein verschwitztes Pferd abrieb. »Wie lange kannst du so weitermachen?«

»Immer«, sagte Zukata und lachte. »Vergiss nicht, ich bin nicht wie du. Fragst du die Zugvögel, wie sie Tausende von Meilen durchhalten? Fragst du die Wildtiere, die ihr Revier durchstreifen, jeden Tag, von Sonnenaufgang bis Sonnenuntergang? Ich bin kein Mensch, Blitz.«

»Dann wärst du schon da, wenn wir dir nicht an den Fersen kleben würden, wie, Zukata?«, lachte Settan.

Sie scherzten, aber Blitz merkte, dass Zukata nicht richtig bei der Sache war. Sein Blick ging ins Leere. Manchmal ballte er die Fäuste, als müsste er etwas niederringen, was in ihm tobte.

»Freust du dich über diese Schwester?«, fragte er vorsichtig. »Wenigstens ein bisschen?«

Zukata hob erstaunt den Kopf. »Ich soll mich freuen?«

»Ich würde mich freuen, wenn ich eine Schwester hätte.«

»Sei froh, dass du keine hast. Du hast genug Ärger mit deinem Bruder. Und ich auch.«

»El Jati ist meine ganze Familie gewesen«, sagte Blitz. »Ich glaube, es hätte uns beiden gut getan, wenn sie ein wenig größer ... Was ist, Zukata?«

Der Riese starrte ihn an. »Dein Bruder heißt El Jati? Das hast du mir nie erzählt.«

»Nein, ich ... Wieso, ist es wichtig?«

Zukatas Gesicht war dunkel. »Nein«, sagte er schroff, aber seine Augen wanderten über Blitz' Gesicht, forschend. »Ja-laieng«, flüsterte er. »Natürlich, du siehst genauso aus wie Jati ... Wo kommst du her?«, fragte er laut.

Blitz hatte es immer vermieden, über Arima zu reden. Als er noch an Flucht gedacht hatte, hätte es nicht Schrecklicheres gegeben, als wenn Zukata gewusst hätte, wo er lebte. Wo du auch bist, ich werde dich finden und töten ... Aber spielte das jetzt noch eine Rolle?

»Die Glücklichen Inseln«, antwortete er. Und als er es sagte, war es wie ein Abschied. Es würde keine Flucht geben, keine Rückkehr, keine lachende Alika, die ihn umarmte, kein aufgelöster Jati, der vor Glück weinte ... »Die Glücklichen Inseln«, sagte er noch einmal, leiser, er schmeckte die Worte auf seiner Zunge. Glück. Eine Insel. Eine Vergangenheit, die er verloren hatte, Jahre, die er nie richtig zu schätzen gewusst hatte. Lexan, Mino, das Boot ... Es war, als hätte ihn der Sturm mitgerissen und an einer Küste ausgespien, Strandgut. Hier war er gelandet, hier im Wald, bei den Räubern.

»Aha. Und vorher? Wo habt ihr gelebt? Wo bist du geboren?«

»In Drian«, sagte Blitz. »An der Küste. Aber ich habe kaum noch Erinnerungen daran. Mein ganzes Leben habe ich auf der Insel verbracht.«

Zukata sah ihn an und nickte. »Dein ganzes Leben, deine ganze Familie ... Nur dein Bruder? Diese Schwägerin, die du so verehrst? Sonst niemand? Mutter? Vater?«

»Meine Mutter ist tot«, sagte Blitz.

Zukata schluckte. »Woran ist sie gestorben?«

»Ich weiß nicht. Sie war ständig krank, da hat auch das gesunde Klima auf der Insel nicht geholfen. Jati sagt manchmal, sie ist an gebrochenem Herzen gestorben. Sie muss meinen Vater sehr geliebt haben, aber er war nie da. Und mein Vater ...« Er machte eine wegwerfende Handbewegung, die heißen konnte: Vielleicht ist er hier ... oder dort ... oder überhaupt irgendwo anders.

Zukata legte ihm die Hand auf das schwarze Haar. »Du brauchst keinen Vater«, sagte er rau, dann wandte er sich ab und verschwand für lange Zeit im Wald.

Torn. Ingreich. Aifa.

Es war eine Reise durch wechselhafte Landschaften, durch Wald und liebliche Hügel, über Wiesen und durch Dörfer, deren Häuser im Nebel zusammenhockten. Der Herbst hatte längst die Blätter von den Bäumen geschüttelt und der Winter hielt Einzug, aber während in Salien bereits Schnee fiel, war er in Ingreich mild, und als sie die Grenze zu Aifa passierten, war es ihnen, als wären sie in den Frühling hineingeritten. Je weiter sie nach Süden kamen, desto wärmer wurden die Nächte. Die Bäume trugen silbriggraue Blätter und unter den Hufen der Pferde raschelte nicht Laub, sondern knirschten die Nadeln der Föhren.

»Aifa«, sagte Zukata leise. Er blickte Blitz an. Settan war vergessen, aber er sah Blitz an, als nähme er ihn zum ersten Mal wahr.

»Du bist etwas gewachsen«, sagte er. »Sehe ich da etwa Bartwuchs? Ein dunkler Schleier um dein Kinn?«

»Ja«, antwortete Blitz verlegen.

»Du wirst erwachsen, wie ich sehe.«

»Das kommt vor«, meinte Settan.

»Du brauchst neue Kleidung«, fand Zukata. »Settan sieht noch einigermaßen ordentlich aus, aber deine Hosen sind ja zu kurz. Die Ärmel, hast du die abgeschnitten? Ich will, dass du einen guten Eindruck auf meinen Vater machst. Er ist immerhin der Kaiser. Und ich kann mich dort auch nicht so blicken lassen.«

»Wir sollten es vermeiden, Edelleute zu überfallen«, sagte Settan. »Hier in Aifa wimmelt es nur so von Soldaten. Es kommt vielleicht nicht so gut an, wenn wir vor deinen Vater hintreten, mit einer ganzen Meute von Verfolgern im Schlepptau.«

»Dann kaufen wir eben ein.« Dass man Dinge auch kaufen konnte, statt sie zu stehlen, klang wie eine grandiose Idee. »Wir brauchen einen Schneider. Und neue Sättel und Zaumzeug für die Pferde. Wir werden Eindruck machen, das verspreche ich euch.«

Blitz hatte noch nie derartige Sachen getragen. Zukata hatte dem Schneider befohlen, die Kleider, die er bestellt hatte, in einer Nacht fertigzustellen. Das geht nicht, hatte der Mann gesagt, aber der Riese hatte sich vor ihm aufgebaut und nur gefragt: Wirklich nicht? Und dann ging es doch.

Bei der Anprobe hatten Blitz und auch Settan sich ein Tuch um ihren Arm gebunden, damit der Schneider das Brandzeichen nicht sah.

»Wenn ich erst Kaiser bin«, sagte Zukata, »werde ich kundtun, was es zu bedeuten hat. Dann werdet ihr euch nicht fürchten, zu zeigen, wer ihr seid und wem ihr gehört.«

Sorgfältig flocht er sein langes Haar zu einem Zopf.

Er war kaum wiederzuerkennen. In seinem bestickten Wams, den passenden Hosen, alles neu und sauber, schien er nicht mehr derselbe Mann zu sein, der hinter einem Busch auf die Reisenden gewartet hatte und der brüllend die Lanze schwang. Zukata merkte, dass sie ihn anstarrten, und grinste. »Nun, wie sehe ich aus?«

»Domestiziert«, sagte Settan.

Dafür gab es einen freundschaftlichen Klaps auf die Schulter, unter dem er fast zusammenbrach.

»Dann mal los.«

Sie erreichten Kirifas am Nachmittag. Die Stadt war voll mit Menschen, mit bunt gekleideten Leuten, die hierhin und dorthin eilten; Wagen, Pferde, Hunde, Kinder, alles lief durcheinander.

»Mach den Mund zu«, befahl Zukata dem staunenden Blitz lächelnd. »Lass dir nicht anmerken, dass du aus dem Wald kommst.«

Blitz schloss seinen Mund eilig, aber er kam aus dem Schauen und Staunen nicht heraus. Häuser, größer, als er sie je gesehen hatte, und dazu diese Menschenmengen ... fremdartige Gerüche lagen über den Straßen ... Lärm und Musik ...

»Viele ausländische Gäste«, bemerkte Zukata. »Aber ich habe auch nichts anderes erwartet. Gleich sind wir beim Palast.« Der Abend dämmerte schon herauf, als sie dort ankamen, und die untergehende Sonne spiegelte sich in den unzähligen Fensterscheiben.

Am Tor trat ihnen ein Soldat entgegen und fragte nach ihren Namen, ihrer Herkunft und ihrem Begehr.

Zukata musterte ihn kurz und lächelte dann. »Erkennst du mich nicht, Prias?«, fragte er und hob die Brauen.

Der Wächter bekam große Augen. »Verzeiht, ich ... Es ist zwanzig Jahre her! Prinz Keta?«

»Fast«, sagte Zukata. »Und es ist siebzehn Jahre her. Jetzt mach das Tor auf und lass mich und meine Freunde herein. Ihr braucht mich nicht anzumelden, ich finde meinen Vater schon allein.«

Sie betraten einen weißen Kiesweg, der in einem Bogen zum Schloss führte. Die Stallungen lagen an der linken Seite. Bedienstete nahmen Blitz und Settan die Pferde ab und führten sie fort.

»Kommt«, sagte Zukata. Seine Stimme klang belegt.

Sie gingen über den Weg auf das riesige Gebäude zu. Es war das erste Haus, von dem Blitz glaubte, es könnte einen Riesen wirklich beherbergen. Unzählige Räume musste es hier geben, und er konnte sich gar nicht vorstellen, wie viele Menschen hier wohnten. Wächter, Diener, Fürsten ...

Auch am Eingang zum Haus standen bewaffnete Männer.

»Der Kaiser ist jetzt nicht mehr für Besucher zu sprechen«, sagte einer. »Ihr werdet Euch bis morgen gedulden müssen.« Aber ein zweiter stieß ihn in die Seite und raunte: »Sei still, du Idiot. Das ist sein Sohn.« Laut sagte er: »Kaiser Kanuna ist im Park. Wenn ich Euch dorthin begleiten darf?«

»Danke, ich finde den Weg.« Er nickte Blitz und Settan zu und schlug den Weg zu den Gärten ein.

»Das hat er immer so gemacht«, sagte er leise. »Abends zieht es ihn zu den Bäumen. Manchmal dachte ich, er würde auch am liebsten im Wald wohnen, ohne ein Dach über sich, ohne Wände und Türen ...«

Blitz ließ seinen Blick über die Pflanzungen wandern. Selbst jetzt im Winter blühten zahlreiche Sträucher und Blumen, während andere ihre Blätter abgeworfen hatten. Ein riesiger Baum schien wie eine Flamme zu brennen, so rot leuchteten seine Blätter, und auf dem Weg lagen kugelige Früchte und knirschten unter ihren Füßen.

Sie waren nicht allein im Park. In kleinen Grüppchen wanderten vornehm gekleidete Menschen durch den Park – Männer, die sich mit bedeutsamen Mienen über unbedeutende Dinge unterhielten, Pärchen, die Hand in Hand vorbeischlenderten und stehenblieben, um die Blumen zu betrachten, hier und dort ein grauhaariger Herr, alleine ...

Unter einer riesigen Kastanie saß eine Familie, die Blitz gar nicht gesehen hätte, wenn Zukata nicht genau darauf zugesteuert wäre. Ein großer blonder Mann, bärtig, in fast schlichter Kleidung, eine fast ebenso große blonde Frau, die ein Kind auf dem Arm hielt und leise zu ihm sprach. Sie sahen nicht auf, als die drei Ankömmlinge sich näherten.

Zukata zögerte. »Ich hatte gehofft, ihn alleine anzutreffen«, murmelte er.

Blitz, der den Koffer mit der Puppe trug, nickte ihm zu. »Geh nur«, sagte er. »Er wird sich freuen.«

»Da bin ich mir nicht sicher«, flüsterte Zukata zurück. Aber dann fasste er sich ein Herz und machte einige Schritte auf den Kaiser zu. Doch dort blieb er stehen und wartete. Er sagte kein Wort.

Die Kaiserin bemerkte sie zuerst. Sie berührte ihren Mann am Arm. »Kanuna?«

Nun schaute auch der Kaiser hoch. Sein Blick fiel auf den jüngeren Riesen, streifte kurz seine Begleiter und kehrte zu Zukata zurück. Er sprang auf.

»Du bist zurückgekommen«, sagte er nur.

»Ja, Vater.«

Kanuna trat auf ihn zu. Er streckte die Hand nach ihm aus, aber Zukata machte einen Schritt rückwärts, wie ein Tier, das noch nicht ganz gezähmt ist.

»Fanes«, sagte der Kaiser, »Fanes, das ist ...«

Zukata entging das kleine Zögern nicht, aber er half nicht. Er wartete.

»Zukata, mein Sohn«, sagte Kanuna El Schattik, und Zukata entging nicht die Erleichterung darüber, dass er den richtigen Namen getroffen hatte. »Meine Güte, hast du dich verändert. Du siehst so – erwachsen aus.«

»Ich bin hier, weil ich gehört habe, dass ich eine Schwester habe.«

Fanes trat neben ihren Mann, das Kind auf dem Arm. Es war wenige Wochen alt und dafür bereits recht groß, ein rundes, rosiges Gesichtchen.

»Hier, das ist unsere Manina«, sagte sie. »Unsere kleine Prinzessin.« Die Kaiserin sah ihren Stiefsohn an, sie zögerte. »Ich freue mich, dich kennenzulernen, Zukata.«

Zukata rang nach Worten und fand keine. Blitz fühlte, wie Settan ihm einen Stoß gab. »Die Puppe«, flüsterte er.

Blitz machte einen Schritt nach vorne. »Wir haben ein Geschenk mitgebracht«, sagte er. »Eure Majestät.« Hier stand er vor dem Kaiser und der Kaiserin von Deret-Aif und sah in ihre Gesichter. Nie hatte er sich träumen lassen, dass er das einmal erleben würde, und doch war es wahr, und er war hier bei ihnen unter der Kastanie und hörte ihre Stimmen.

»Halt du sie«, sagte Fanes und drückte Kanuna das Baby in den Arm. Dann nahm sie den kleinen Koffer entgegen und öffnete ihn. »Sieh her, eine Puppe! Wie schön! Das ist sehr lieb von dir, Zukata. Wollen wir nicht reingehen und etwas zu uns nehmen? Sicher hast du eine weite Reise gehabt.«

»Das ist nicht nötig«, sagte Zukata schnell und warf einen nervösen Blick nach hinten, auf den Palast. »Vater, du kannst dir denken, warum ich hier bin. Ich habe gehört, dass man dieses Kind bereits die Erbin nennt.«

»Ich weiß«, sagte Kanuna ernst.

»Wie, du weißt es? Wie kannst du das zulassen? Ich bin der Älteste. Daran kann auch diese neue Tochter nichts ändern. Vielleicht dachtest du, dass ich tot bin, weil du so lange nichts von mir gehört hast? Nun, wie du siehst, bin ich nicht tot.«

»Ja, das sehe ich«, sagte der Kaiser. »Und niemand will dich um irgendetwas betrügen, Zukata. Aber siebzehn Jahre lang hast du dich einen Dreck um dein Erbe geschert. Vielleicht ist es mal an der Zeit, dass du hierbleibst und dich deines Segens als würdig erweist.«

»Eben deshalb bin ich hier«, sagte Zukata. »Ich bin gekommen, um mir den Segen zu holen, bevor du auf die Idee kommst, ihn dem Kind deiner neuen Frau zu schenken, zu all den anderen Geschenken, mit denen es hier überschüttet wird.«

Kanuna runzelte die Stirn. »Den Segen? Aber den hast du doch schon!«

»Was?« Zukata erbleichte. »Was sagst du da?«

»Ich habe dich gesegnet, als deine Mutter gestorben war. Viel früher, als ich eigentlich wollte, aber du hast mich in einer Stunde erwischt, in der ich keine Kraft hatte, Nein zu sagen. Der Segen gehört dir doch bereits, Zukata. Glaubst du, ich hätte das vergessen? Du musst dir wirklich keine Sorgen machen. Wenn es dir gelingt, dich vor deinen Untertanen als würdig zu erweisen ...«

Zukata unterbrach ihn. »Nein, Vater.« Seine Stimme zitterte. »Du hast mich nicht gesegnet. Ich habe dich nie darum gebeten, ich dachte immer, es wäre noch genug Zeit. Warum sagst du, du hättest mich bereits gesegnet?«

Nun wurde auch Kanuna blass. »Aber ... Ich erinnere mich daran, als wäre es gestern. Du kamst herein, als ich dasaß und trauerte ... Du sagtest, gemeinsam hätten wir es vielleicht geschafft, deine Mutter zu heilen ... Und ich legte dir die Hände auf. Du hattest sogar eine Schale mit Meerwasser dabei.«

»Nein, Vater«, jammerte Zukata, »davon weiß ich nichts. Ich habe nie irgendjemanden heilen können ... Vater, segne mich doch bitte. Du sagst das alles doch nicht, damit du mich nicht segnen musst? Ich bin kein guter Riese, ich weiß. Aber ich werde mich bemühen, um würdig zu sein. Gib mir den Segen und ich werde mich wirklich bemühen. Bitte, Vater, ich verspreche es!«

Auch Kanuna suchte nach seiner Stimme. Sie klang heiser, als er sagte: »Dann war es Keta. Es muss Keta gewesen sein, und all die Jahre habe ich geglaubt, ich hätte ihn dir gegeben. Es tut mir so leid, Zukata.«

»Du hast meinen Segen Keta gegeben?« Zukata war sprachlos. »Wie konnte das geschehen? Du hast nie Schwierigkeiten gehabt, uns auseinanderzuhalten. Selbst jetzt, nach all diesen Jahren, hast du mich erkannt!«

»Aber ich war mir nicht sicher, ehrlich gesagt«, gab Kanuna zu. »Wie es passieren konnte? Es war dunkel im Zimmer, ich hatte doch immer die Vorhänge zu, in jenen ersten Tagen nach ihrem Tod. Und er hat nur geflüstert. Er trug keinen Bart, so wie du damals.«

»Es ist leicht, sich einen Bart abzurasieren«, sagte Zukata düster.

»Es tut mir leid«, sagte Kanuna.

»Es tut dir leid?«, rief Zukata aus. »Mehr nicht? Du verschenkst dein ganzes Kaiserreich an meinen Bruder und es tut dir leid? Nein, Vater, so nicht. Segne mich auch, bitte. Bitte, gib mir auch den Segen.«

»Das geht nicht. Er kann nur einmal verliehen werden.«

»Wer sagt das?«, rief Zukata. »Segen ist Segen. Gib ihn mir, Vater! Gib ihn mir jetzt, hier, vor diesen Zeugen. Niemand war dabei, als du Keta gesegnet hast. Er hatte kein Recht darauf. Aber ich bin der Erbe, und du sollst mir den Segen geben, jetzt!«

Aber Kanuna schüttelte den Kopf. »Nein, Zukata, mein Sohn«, sagte er, und in seiner Stimme lag so viel Liebe und Bedauern, dass Blitz die Knie weich wurden, »dieser Segen kann nur einmal vergeben werden. Ich kann dich nicht segnen. Verlang von mir, was du willst, aber das zu tun, steht außerhalb meiner Macht.«

Zukata ging auf die Knie und griff nach der Hand des Kaisers. »Bitte, Vater, versuch es wenigstens. Segne mich. Du sollst mich segnen!« Er drückte die Hand seines Vaters auf sein Haar. »Bitte!«

»Ich wünsche dir so viel Gutes«, sagte Kanuna. »Ich wünsche dir Frieden in dein unruhiges Herz, und dass deine Hände nicht mehr Blut vergießen, sondern zum Wohle des Volkes arbeiten.«

»Was soll das denn für ein Segen sein?«, schrie Zukata. »Ich habe gesagt, du sollst mich segnen. Das sind die falschen Worte! Und wo ist das Wasser? Du brauchst Wasser. Sonst ist es kein richtiger Segen. Hat hier irgendjemand Wasser? Ich habe nicht daran gedacht, welches mitzubringen!«

»Zukata, mein lieber Junge ...«

»Was sagst du da?« Zukata sprang zurück. »Ich war noch nie dein lieber Junge! Du wolltest nie, dass ich das Reich erbe! Hast du nicht schon immer bedauert, dass ich älter war als Keta? Hast du nicht schon immer die eine Stunde verflucht, die ich ihm voraus habe? Das hast du mit Absicht getan! Keta, der Besonnene ... Nimm dir ein Beispiel an Keta, Zukata, schau doch, was dein lieber Bruder gerade tut ... Du wolltest schon immer, dass Keta dein Erbe wird!« Er brüllte so laut, dass die kleine Manina zu weinen begann. Kanuna gab Fanes das Kind zurück, um es zu beruhigen, aber sie, die erschrocken ihren Wortwechsel mitverfolgt hatte, war nun ebenfalls wütend.

»Jetzt reicht es aber! Sprich nicht so mit dem Kaiser!«

»Ach ja, ich vergaß. Immer schön leise. Immer schön brav. Immer an die Gesetze halten, immer darauf achten, dass niemand zuschaut, den der Streit nichts angeht!« Zukata war außer sich. Er funkelte einige Edelleute an, die über eine Hecke blickten, und schnell verzogen sich die Köpfe wieder. »Du hast mich betrogen!«, schrie er seinen Vater an. »Aber ich lasse mich nicht betrügen, ich nicht! Du sollst mich zu deinem Erben erklären, hier und heute!«

Kanuna blieb ruhig und gefasst. Er wich keinen Schritt zurück vor seinem tobenden Sohn.

»Das geht nicht«, sagte er. »Das kann ich nicht tun, Zukata, und ich werde es nicht tun. Und, zuguterletzt, du hast recht: Ich will es auch nicht tun. Wenn du mir nicht glaubst, dass dies ohne Absicht geschah, dann kann ich dir auch nicht helfen. Aber vielleicht musste es so kommen. Sieh dich doch an. Wie könnte jemand wie du über ein Reich wie dieses regieren? Könntest du zweiundzwanzig Könige dazu bringen, sich an einen Tisch zu setzen? Könntest du ihre Streitigkeiten schlichten, ohne dass das Kaiserreich auseinanderbricht? Was weißt du über die Länder, die zu meiner Krone gehören? Was weißt du über die Menschen, die darin leben? Was weißt du über die Gesetze, denen jeder vernünftige Menschen sich beugen muss? Du kannst ja nicht einmal akzeptieren, dass es diesen Segen nur einmal gibt. Ja, wenn ich dich so sehe, wütend wie ein wildes Tier, denke ich, ich habe das Richtige getan, auch wenn ich es gar nicht wollte, auch wenn ich immer bereit war, dir zu geben, was dein Geburtsrecht ist. Du hast es selbst verloren. Du hast es freiwillig verspielt, Zukata.«

»Ich habe es nicht verspielt!«, rief er. »Wie kannst du so etwas sagen!«

»Wo warst du, als ich um Vinja getrauert habe? Wo warst du, als ich in jenem Zimmer saß und glaubte, das Leben lohnte nicht mehr? Du bist einfach gegangen. Ja, und ich war dankbar für diesen Sohn, der zu mir kam.«

»Ein Betrüger!«

»Ja, aber auch du hättest zu mir kommen können. Ohne Ränke und Betrug im Herzen. Du hättest dich zu mir setzen können in diesen schlimmsten Stunden meines Lebens. Aber wo warst du? Irgendwo unterwegs, um Edelleute zu ärgern? Als der Erbe wäre es deine Pflicht gewesen, mir zur Seite zu stehen, Zukata.«

»Ich habe damals meine Mutter verloren«, sagte Zukata leise. »Ich hatte keine Kraft, dich zu trösten. Wie kannst du Keta für den Besseren halten? Er hat sich das alles ausgedacht, während ich am Boden zerstört war ...«

»Er wusste wenigstens, wie es mir ging, auch wenn er es ausgenutzt hat«, sagte Kanuna. »Und dich hat es nicht interessiert. Aber für einen Kaiser gibt es nichts Wichtigeres, als eine Ahnung davon zu haben, was in den Herzen der Menschen vor sich geht.«

»Und was ist mit meinem Herzen?«, fragte Zukata. »Weißt du, wie es jetzt darin aussieht? Vater?«

In einer Geste der Versöhnung streckte Kanuna die Hand nach ihm aus und dieses Mal blieb Zukata stehen und hielt die Berührung aus. Er bebte und in seinem Gesicht zuckte ein Muskel, aber eine Weile stand er still. Dann nickte er.

»Du willst mich also nicht zum Erben ausrufen.« Seine Stimme klang brüchig. »Du willst also Keta geben, was er sich erschlichen hat.«

»Ich habe keine Wahl.«

»Ich habe es ihnen versprochen«, sagte Zukata leise, »all meinen Männern ... Ich habe ihnen die Krone eingebrannt, die ich einmal tragen sollte, und das Z darüber, meinen Namen ... Wie soll ich ihnen gegenübertreten? Was soll ich ihnen sagen?« Er schaute zu Blitz und Settan, die betreten zur Seite blickten, und wandte sich dann wieder an seinen Vater. »Und wenn Keta stirbt? Könntest du mich dann segnen?«

Kanuna schüttelte ungläubig den Kopf. »Du würdest deinen eigenen Bruder töten? Nein, Zukata. Und es würde dir nichts helfen. Ich kann diesen Segen nur ein einziges Mal vergeben. Wenn Keta stirbt, stirbt der Segen mit ihm und es würde nie wieder einen Kaiser geben, der Rins Geschenk besitzen und zum Wohle des Kaiserreichs einsetzen kann. Verstehst du das, Zukata? Wenigstens einmal in deinem Leben denk nicht an dich, sondern daran, was der Verlust des Segens für Deret-Aif bedeuten würde. Versprich mir, dass du Keta in Ruhe lässt. Wenn er auch endlich herkommt, was ich sehr hoffe, werde ich ein ernstes Wort mit ihm reden. Nun«, sagte er mehr zu sich selbst, »verstehe ich endlich, warum er sich nicht in Kirifas blicken lässt. Er schämt sich, vermute ich, aber auch das ist ein gutes Zeichen.«

Zukata streichelte dem Baby über das flaumige Köpfchen, eine so ungewohnte Geste, dass Blitz Settan erstaunt einen fragenden Blick zuwarf. Mit auffällig sanftem, liebenswürdigem Geplauder wandte er sich dem Kind und seiner Stiefmutter zu, als wäre alles vergessen.

»Keta ist mein Feind«, sagte er zärtlich, »nicht du. Du kannst gar nichts dafür.« Das kleine Mädchen streckte die Arme nach ihm aus und lächelte.

Vorsichtig nahm er sie auf den Arm. »Meine kleine Schwester.«

Fanes atmete erleichtert auf. »Ich hoffe, sie bekommt ihren großen Bruder öfter zu Gesicht.« Sie lächelte Kanuna zu. »Letztendlich siegt doch die Vernunft«, wisperte sie ihm zu.

»Ja«, sagte Zukata und trat einige Schritte zurück. »Sie wird ihren großen Bruder sehen. Denn sie wird bei mir bleiben, bis ich bekommen habe, was ich will. Bis du mich öffentlich zu deinem Erben ausrufst, Vater.«

»Zukata, hast du denn nicht verstanden ...«

»Oh doch«, sagte er. »Ich habe alles verstanden. Du hast mich betrogen und beraubt. Ich kenne mich aus, was Raub angeht. Aber das – jemandem ein Kaiserreich und eine Krone und einen Thron zu rauben, das habe selbst ich noch nicht fertiggebracht. Bring das in Ordnung, Vater. Gib es mir zurück, und ich gebe dir deine Tochter.«

Fanes eilte zornig auf ihn zu, aber Kanuna hielt ihren Arm fest. »Vorsicht«, sagte er nur, »er meint es ernst. Er ist gefährlich.«

»Du kennst mich, Vater«, stellte Zukata anerkennend fest, »und ich dachte schon, du hast vergessen, wer ich bin.« Das kleine, rosige Geschöpf auf seinem Arm krähte vergnügt. Er hielt das Mädchen fest in seinem Griff. »Du hast doch nicht wirklich gedacht, dass ich mich von deinen schönen Worten beschwatzen lasse?«

»Was willst du?«, fragte Kanuna und hielt nur mit Mühe seine Wut zurück.

»Du weißt, was ich will. Du sollst öffentlich erklären, dass ich dein Nachfolger bin. Niemals soll irgendjemand dieses Kind hier oder meinen Bruder den Erben nennen. Ich bin der Einzige, der das Recht auf diesen Titel hat.«

Kanuna, Fanes an der Hand, atmete schwer. »Ich habe dir bereits erklärt, dass das unmöglich ist.«

»Immer noch?« Zukata sah auf das Kind herunter. »So zart und klein ... Zurück! Beide! Ich weiß, dass ihr Riesen seid, aber glaubt ihr, ihr kommt gegen mich an? Oh sicher, du wurdest kämpfen wie eine Löwin, Fanes, um dein Kind zu retten. Aber bevor du auch nur einen Schritt tust, ist eure kleine Manina tot.«

»Wag es nicht«, keuchte Kanuna. »Du kannst nicht gewinnen. Meine Wachen …«

»Ich fürchte deine Wachen nicht. Du solltest sie fürchten, denn sobald mich jemand von ihnen angreift, stirbt das Kind. Geht und holt eure Pferde«, sagte Zukata zu seinen beiden Begleitern. »Jetzt sofort, und beeilt euch. Wir treffen uns draußen am Tor.«

»Vor dem Palast?«

»Nein, vor Kirifas. Verlasst auf der Stelle die Stadt.«

Blitz und Settan hasteten zum Ausgang.

»Dass du dich nicht scheust, dein Gesindel hierhin mitzubringen.«

»Du wirst keine Wachen rufen«, sagte Zukata, »und du wirst nicht mit mir kämpfen, nicht, solange ich eure Tochter hier auf meinem Arm habe.«

»Dafür wirst du büßen«, versprach Kanuna grimmig, aber er machte keinen Versuch, sich auf seinen Sohn zu stürzen. Er hielt Fanes immer noch fest.

»Würde er das wirklich tun?«, fragte sie bang.

»Ja«, knurrte Kanuna. »Beweg dich nicht von der Stelle. Man hat mir gesagt, aus ihm wäre ein Dieb und ein Mörder geworden. Ich habe es nicht glauben wollen, aber jetzt glaube ich es.«

Zukata lachte leise. »Und das rettet deiner Tochter das Leben. Du wirst mir geben müssen, was ich verlange, Vater.«

Sie standen sich gegenüber. Das Kind wurde unruhig. Fanes starrte es an, als würde sie es zum letzten Mal in ihrem Leben sehen. Tränen schwammen in ihren Augen. »Wir können das nicht zulassen. Wir können nicht zulassen, dass er sie mitnimmt. Bitte, Kanuna, wir können nicht …«

»Denk gut über deine Entscheidung nach«, riet ihm Zukata. »Was wird deine Frau zu dir sagen, wenn du den Tod eures Kindes verschuldest? Was ist dein Kaiserreich dir wert? Was kostet ein Segen, na, was meinst du? Ist dieser Preis dir zu hoch?«

»Ich hasse dich«, flüsterte Kanuna.

»Na, siehst du! Endlich bist du ehrlich. Mein lieber Junge – das war glatt gelogen. Lügner und Betrüger seid ihr, alle beide, du und dein wunderbarer Keta. Passe ich überhaupt in diese Familie? So«, sagte er, »ich glaube, meine Freunde haben jetzt einen ausreichenden Vorsprung. Ich rate dir, die Wachen nicht zu früh zu rufen, Vater. Besser, sie stellen mich nicht. Das wäre sehr viel besser.« Er wandte sich Fanes zu und deutete eine leichte Verbeugung an. »Verehrte Kaiserin ... Überredet Euren Gemahl dazu, das Richtige zu tun. Sonst seht Ihr Euer kostbares Kind nie wieder. Sucht nicht nach mir, es hätte keinen Zweck. Deret-Aif ist groß. Dreiundzwanzig Königreiche, einschließlich Eures eigenen, schon vergessen? Wenn die Nachricht, dass ich der Erbe bin, auch in den hintersten Winkel des Kaiserreichs vorgedrungen ist, erhaltet Ihr Eure Tochter zurück.«

Er drückte das Kind an sich, drehte sich um und rannte mit großen Sprüngen davon.

10. Verbündete

BLITZ STARRTE AUF das Bündel, das Zukata im Arm hielt, während er neben ihren galoppierenden Pferden herrannte. Er fühlte sich wie in einem Albtraum. Der Kaiser und die Kaiserin, diese mächtigen Riesen, die er erlebt hatte und die ihn überwältigt hatten – nicht mit ihrer Größe, sondern mit dem, was sie ausstrahlten, Vater und Mutter des Volkes.

Es war unglaublich, dass Zukata es gewagt hatte, ihnen ihr Kind zu rauben.

Im Umkreis von Kirifas gab es nicht viel Wald. Sie machten hinter einer Scheune Rast.

»Wir brauchen Milch für das Kind«, sagte Settan. »Und – oh Rin, was stinkt hier denn so?«

»Sie stinkt«, stellte Zukata fest und verzog angewidert das Gesicht.

»Also brauchen wir auch noch Windeln. Bei Rin, Zukata, wie lange willst du das durchziehen? Was willst du mit ihr machen?«

»Ich verlasse das Kaiserreich«, sagte er düster. »Ich kenne meinen Vater. Er wird ganz Deret-Aif nach ihr und nach mir durchforsten. Aber er wird uns nicht finden. Wir gehen nach Sandart.«

»Das Großreich Sandart?«, entfuhr es Blitz.

»Ja, was meinst du denn? Wir haben einige Jahre dort verbracht. Ich kenne das Land.«

Settan grinste. »Ja, dort war es nicht schlecht. Aber es wird sehr kalt sein um diese Jahreszeit. Warum gehen wir nicht lieber nach Süden?«

»Sandart wird keine Soldaten ins Land lassen«, antwortete Zukata. »Und der König wird uns auch nicht ausliefern, falls jemand uns entdeckt. Nein, ich glaube wirklich, in Sandart können wir ruhig abwarten, wofür Kanuna sich entscheidet. Er wird zunächst natürlich wütend sein und alles unternehmen, um das Kind zurückzuholen, aber wenn alles nichts fruchtet, wird er sich über meine Forderung Gedanken machen. Dann und erst dann. Wir brauchen also Zeit.«

»So lange willst du sie behalten?«, fragte Blitz erschrocken.

Zukata hatte das Kind auf die Erde gelegt. Es quäkte und wälzte sich hin und her. Sie hatten immer noch weder Milch noch Tücher. Sie hatten gar nichts. Blitz schüttelte den Kopf. »Das ist so dumm. Wie willst du sie versorgen? Was weißt du überhaupt über Babys?«

»Dumm?«, knurrte Zukata und beugte sich zu ihm. Seine Augen funkelten. »Das war nicht dumm. Es war das Klügste, was ich tun konnte, verstehst du nicht? Er hat mich um mein Erbe betrogen. Nun muss er darüber nachdenken, ob ich nicht recht habe.«

»Aber es wird hier bald vor Soldaten wimmeln.«

»Ja, das wird es. Aber er hat Angst. Das ist das Messer, das ich an seinen Hals halte. Er hat Angst um dieses kleine Ding.« Abschätzend betrachtete Zukata das Kind. Dessen Arme zuckten und seine Stimme wurde lauter und fordernder.

»Geh ins nächste Haus«, befahl er Settan. »Besorg Milch und was ein Kind sonst noch so alles haben muss.«

»Sie werden fragen, wofür ich das brauche.«

»Nun, wofür schon? Du siehst aus wie ein Edelmann. Du hast Geld. Und wenn sie sich immer noch wundern, denk dir etwas aus.«

»Sobald die Soldaten hier herkommen, werden sie wissen, wer wir waren.«

»Soll Kanuna ruhig erfahren, dass wir hier durchgekommen sind«, meinte Zukata grimmig. »Soll er wissen, dass wir uns um sie kümmern. Er sucht eine lebende Tochter, nicht eine tote. Er wird wissen, dass er verdammt vorsichtig sein muss.«

Settan verschwand. Blitz versuchte, das Kind zu beruhigen, das jetzt bereits schrie. Er nahm sie auf den Arm, trotz des Gestanks, und fühlte die Feuchtigkeit durch ihr Kleidchen.

»Ich kann nicht glauben, dass du so etwas tust«, sagte er zu Zukata, ohne ihn anzusehen.

»Wie du siehst, habe ich es bereits getan.« Zukata hatte sich hingesetzt. Er verbarg sein Gesicht in seinen Händen und seufzte. »Oh Rin. So sollte es nicht sein, so sollte es nicht ausgehen ... Ich wollte nur seinen Segen. Ich wollte nichts als diesen verdammten Segen.«

»Du würdest ihr nicht wirklich etwas antun, oder?«, fragte Blitz. »Du hättest sie nicht umgebracht, auch wenn der Kaiser versucht hätte, sie dir wieder wegzunehmen.«

Zukata hob den Kopf. »Was glaubst du denn?«, fragte er zurück. »Mein Vater hat es geglaubt. Er hat mir ohne zu zögern abgenommen, dass ich dazu fähig bin, ein Kind zu ermorden. Und du?«

Blitz sah ihn an und dachte an all das, was er bereits gesehen hatte. Tötet ihn, den Feigling ...

»Nein«, sagte er leise. »Du verachtest uns Menschen. Ein Leben ist dir nichts wert ... Dir tut es nicht leid um Menschen, die sich dir widersetzen, die du für Lügner oder Feiglinge hältst oder für Verräter, wie Ewak ... Aber ein Kind? Und dies ist kein menschliches Kind, sondern das Kind zweier Riesen. Nein, du würdest sie nicht töten.«

Zukata ließ seinen Blick eine Weile auf Blitz ruhen, der mit dem Mädchen auf und ab ging. Er nickte langsam. »Es ist schon merkwürdig«, sagte er. »Wir kennen uns erst seit – wie lange eigentlich? Ist es schon ein Jahr? Aber du weißt mehr über mich als mein eigener Vater. Der sieht nur, was er sehen will. Was er glaubt, schon immer gewusst zu haben.« Seine Stimme war voller Bitterkeit. »Ich glaube nicht, dass er mir den Segen jemals geben wollte.«

»Er hat gesagt, es war nicht seine Absicht«, wandte Blitz ein. »Und vielleicht siehst du auch nur, was du glaubst, schon immer gewusst zu haben.« Er schaute dem schluchzenden Kind ins Gesicht. »Sch. Ruhig, ganz ruhig, es wird alles gut.« Sein Herz hämmerte, als er sagte: »Zukata ... Gib sie ihm zurück. Jetzt. Lass nicht Jahre vergehen, bis Kanuna endlich einsieht, dass er dir Unrecht tut. Gib sie ihm jetzt und er wird sehen, dass du nicht so bist, wie er dachte. Dass auch in dir ein menschliches Herz schlägt ...« Einen Moment lang schien ihm, als hätte er die Macht, Zukata umzustimmen; als wäre es an ihm, in diesem Augenblick aufzuzeigen, was das Beste war. Sie waren sich so nah, sie waren Freunde ... Aber Zukata antwortete mit kalter, beherrschter Stimme: »Tu das nie wieder, Blitz. Sag mir nie wieder, was ich tun soll.«

Dann kam Settan zurück, beladen mit Milchflaschen, Tüchern, Schüsseln, er hatte auch an ein großes Kissen gedacht und an eine Decke und er brachte sogar einen großen Korb mit, in dem Manina schlafen konnte.

Zukata nickte zufrieden.

»Folgendes«, sagte er. »Wir reisen zusammen bis Torn. Dann gehe ich mit dem Kind nach Sandart. Einer von euch wird mich begleiten, der andere geht nach Salien zu unseren Leuten und holt sie nach. Gut.«

Er nickte ihnen zu und überließ es ihnen, das Kind zu wickeln und zu füttern. Blitz hatte so etwas noch nie getan, aber Settan wusste, was zu tun war.

»Hast du Kinder?«, fragte Blitz, während er zusah, wie der Mann geschickt die Windeln wechselte.

»Ich hatte mal eine Familie.« Mehr würde er dazu nicht sagen, das war klar, und Blitz fragte sich, woher alle diese Männer kamen, die Zukata um sich geschart hatte, was sie in die Gefängnisse gebracht hatte, aus denen er sie geholt hatte, und was sie hinter sich gelassen hatten, als sie ihm folgten.

Diese Reise verlief völlig anders als auf dem Hinweg. Sie kamen nicht schnell voran. Ständig musste das Kind gefüttert und gewickelt werden. Es schien es zu genießen, beim Reiten auf dem Arm gehalten zu werden, und weigerte sich, brav in seinem Korb zu liegen, den sie an Settans Sattel befestigt hatten. Sie mussten es abwechselnd halten und ihm erlauben, etwas von der Welt zu sehen, und irgendwann waren alle nur noch froh, wenn Manina schlief. Aber auch das dauerte höchstens einige Stunden. Dann erwachte sie wieder und erwartete, dass man sich um sie kümmerte. Sie konnten sie nicht schreien lassen. Zukata ertrug das Geräusch nicht, und außerdem war es nun noch schwieriger als zuvor, unauffällig zu reisen. Drei Männer und ein schreiendes Kind – und man suchte nach ihnen, das wussten sie. Sie benutzten die schmalen, verschwiegenen Pfade durch dünn besiedeltes Gebiet, aber in menschenleeren Landschaften konnten sie keine Milch kaufen.

Zukata war schlechter Laune. Er sprach nie mit ihnen darüber, was in Kirifas zwischen ihm und seinem Vater vorgefallen war, auch zu Blitz sagte er kein Wort mehr darüber, was er sich von Kanuna erhofft hatte. Aber die Enttäuschung grub ihr Zeichen in sein Gesicht und machte es zornig und verschlossen. Er hatte sich seinen Zopf abgeschnitten und machte sich nicht mehr die Mühe, sich zu rasieren. Wild und bärtig sah er aus, und seine Kleidung, auf die er so stolz gewesen war, war schmutzig und zerrissen und es scherte ihn nicht.

Allerdings wurde es merklich kälter, während sie immer weiter nach Norden zogen. Sie mussten in einem Dorf warme Kinderkleidung kaufen, Mäntel und Decken, und Settan stritt sich mit Zukata darüber, ob sie es verantworten konnten, weiterhin im Freien zu übernachten. Blitz hielt sich aus dem Streit heraus. Er tröstete Manina, während die Stimmen der Männer lauter wurden.

»Alles wird gut, meine Kleine, das verspreche ich dir.«

Sie lachte ihn an. Schweren Herzens lächelte er zurück. Es war ein Trost, in ihr unschuldiges Gesicht zu sehen. Er zeigte ihr rote und gelbe Blätter. Er gab ihr einen Strumpf, gefüllt mit Nüssen, und freute sich über ihr Entzücken, wenn das plumpe Spielzeug Geräusche machte. »Ach, Kindchen, wie wird deine Mutter dich vermissen ...«

»Pack sie ein«, befahl Zukata, »wir müssen weiter.«

»Dann schlafen wir nicht in der Herberge?«

»Nein. Wir suchen uns ein Haus armer Leute. Etwas, was einsam liegt. Warm ist es dort auch.«

Selten wagte es jemand, dem grimmigen Riesen einen Wunsch abzuschlagen. Sie erhielten Milch. Sie badeten das Mädchen in einer Schüssel mit warmem Wasser vor einem prasselnden Feuer, während die Familie, die in dem Haus wohnte, ihnen ihr Abendessen zubereitete und die Betten machte.

»Ist das das Kind, nach dem überall gesucht wird?«, hörten sie es flüstern. Und Zukata, mit einem Blick wie aus Feuer, brachte jeden zum Schweigen, der den Namen des Kaisers aussprach.

»Es ist mir gleich, wenn sie die Soldaten rufen, sobald wir weg sind«, sagte er. »Ich bin sicher, er weiß, wohin wir wollen.«

»Er könnte die Grenze absichern«, meinte Settan. »Hast du daran schon gedacht?«

»Und was würde ihm das nützen? Wenn er tausend Soldaten dort postiert, die uns entgegentreten – niemand von ihnen würde es wagen, Hand an uns zu legen. Er kann uns nichts tun.«

»Aber er kann auch nicht zulassen, dass du Manina außer Landes bringst.«

»Oh doch«, sagte Zukata. »Er kann es zulassen und er muss es. Er weiß, dass es nur einen Weg gibt, um sie zurückzubekommen. Er weiß genau, wen er trifft, wenn er uns angreift.«

Und Blitz fragte sich, ob Zukata nicht insgeheim darauf hoffte, dass die Soldaten sich ihm in den Weg stellten, dass sie ihre Schwerter erhoben und ihre Lanzen schwangen und die Bögen spannten – dass sein Vater ihm bewies, dass er darauf vertraute, dass Zukata kein Kindesmörder war.

Aber die Soldaten hielten sich zurück und Zukatas Zorn brach sich Bahn, indem er lief, immer schneller. Er rannte durch den Wald, durchs Unterholz, atmend, keuchend, während sie auf ihren Pferden auf dem Weg bleiben mussten. Er rannte, bis selbst ihn irgendwann die Müdigkeit einholte und er stehenblieb und auf sie wartete. Sein Lächeln war freudlos.

In Torn schickte Zukata Settan los, um den Rest der Räuberbande nach Sandart zu bringen. Blitz hatte sich lange gefragt, ob er vielleicht ihn aussuchen würde. Es wäre eine Erholung gewesen, eine Zeitlang von diesem zornigen, düsteren Zukata getrennt zu sein, doch der Hauptmann gab Settan den Auftrag.

»Nichts für ungut, Blitz, aber ich bin mir nicht sicher, ob du sie auch findest.«

»Ich würde sie finden«, behauptete Blitz.

»Und den Weg nach Sandart? Findest du den auch? Komm.«

Das Land wurde bergiger und sie mussten unablässig höher steigen. Manina bekam einen Schnupfen und war darüber untröstlich. Unablässig musste Blitz sie wiegen und ihr Lieder vorsingen, um sie von ihrem Elend abzulenken. Sie schmiegte sich an ihn und berührte staunend sein Gesicht. Er lächelte sie an und sie lächelte zurück. Sie waren wie Verbündete geworden, zwei, die durch ein Lächeln eine Mauer errichteten und dort zusammen waren, während die kalte, unfreundliche Welt draußen blieb. Zukata schüttelte den Kopf.

»Da hast du dein Mädchen«, sagte er nicht unfreundlich. »Die dich überallhin begleitet.«

»Sie hat blaue Augen«, widersprach Blitz. »Wie du.«

»Sie sieht mir nicht ähnlich«, knurrte Zukata, aber Blitz lachte.

»Und ob sie das tut. Das ist immerhin deine Schwester.«

»Meine Halbschwester«, berichtigte er.

»Das ist egal. Schwester ist Schwester.«

Gemeinsam betrachteten sie das Kind, das ihren Blick neugierig erwiderte. Es streckte die Arme aus.

»Sie will zu dir«, stellte Blitz fest, aber Zukata schüttelte den Kopf. »Nein. Ich werde sie nicht nehmen. Das machst du. Du machst das gut. Aber ich ...«

Blitz biss sich auf die Lippen, um nicht zu wiederholen: Das ist deine Schwester. Um Zukata nicht zu sagen, was er tun sollte. Sieh es dir an, dieses Kind, das du geraubt hast. Sieh genau hin, wie es lächelt.

»Sie traut dir nichts Böses zu«, sagte Blitz leise.

»Ihre Nase läuft«, sagte Zukata schroff. »Und wir müssen weiter.«

»Hier verlassen wir das Kaiserreich«, sagte Zukata. »Hier beginnt die Fremde.«

Sie waren einem steilen, steinigen Pfad gefolgt, der sich in unzähligen Windungen durch den Berg schraubte. Blitz musste das Pferd führen, es war unmöglich, hier zu reiten. Missmutig stapften sie alle durch den Schnee. Er war so tief, dass der Weg nicht zu sehen war, nicht einmal zu erahnen. Aber Zukata hatte sie ohne zu zögern geführt, er hatte darauf bestanden, dass Blitz genau hinter ihm ging.

Der Junge hatte auf ein Haus gewartet, auf einen Zaun, wenigstens auf bewaffnete Soldaten. Wenn schon nicht ein ganzes Heer.

»Hier?«, fragte er ungläubig. »Hier ist niemand. Es ist gar nichts zu sehen.«

»Es gibt unzählige Übergänge«, erklärte Zukata. »Und er kann hier in den Bergen nicht Hunderte von Soldaten postieren. Die Außengrenze des Kaiserreichs ist unermesslich groß – wie kann er wissen, wo wir es verlassen werden? Er kann es nicht, dazu müsste er schon allwissend sein. Und das ist er nicht.« Er sagte es noch einmal: »Das ist er nicht.«

»Aber wenn er unseren Weg verfolgt hat, kann er sich denken, dass wir entweder nach Sandart wollen oder nach Yos.«

»Und mit Sicherheit hat er alle Grenzposten alarmiert, nach uns Ausschau zu halten. Aber dieser Übergang hier ist nur Eingeweihten vertraut. Das ist ein Schmugglerpfad, Blitz. Hier verkehrt nur das Wild und Leute wie wir.«

Es war windig hier oben. Sie hatten Manina trotz ihrer Proteste in den Korb gelegt, gut eingewickelt. Ihre Klagen wurden von dem Tuch gedämpft, dass Blitz über ihr Gesicht gelegt hatte, damit ihre Haut nicht erfror.

»Ist sie nicht zu laut?«, fragte Blitz nervös.

»Hier ist niemand. Wenn jemand sich hier verletzt, kann er tagelang um Hilfe schreien und niemand wird kommen.« Es klang so, als wüsste Zukata genau, wovon er sprach, und Blitz fragte sich, wer hier geschrien hatte, vielleicht vor vielen Jahren, und warum.

»Wir müssen weiter«, sagte Zukata, einen Satz, den er schon so oft ausgesprochen hatte, dass Blitz müde war, ihn zu hören. »Wenn uns hier oben die Dunkelheit einholt, haben wir schlechte Karten. Nachts ist es verdammt kalt hier.«

»Gibt es hier denn irgendwo ein Dorf?«

Blitz konnte sich nicht vorstellen, dass irgendjemand freiwillig hier lebte, zwischen Fels und Schnee. Eine Insel ... Aber er hatte sich geschworen, nicht mehr an Arima zu denken, an das Grün, das selbst im Winter nie verschwand, an die Nächte, die ihm kühl vorgekommen waren und die doch immer noch mild genug blieben, um draußen zu sitzen und die Sterne zu betrachten.

»Sie wird sich erkälten. Sie hustet schon.«

»Was bist du?«, fragte Zukata wütend. »Ein Kindermädchen? Eine Amme? Benimm dich endlich wie ein Mann. Verdammt!«

Er hatte nie so viel geflucht wie auf diesem beschwerlichen Weg durch den Berg. Dabei kam es Blitz so vor, als sei dies alles für Zukata nicht einmal anstrengend. Er fluchte nur, weil seine Begleiter zu langsam waren, weil das Kind umsorgt werden musste und jammerte, anstatt still und brav zu sein, weil Menschen müde wurden und essen mussten und nach einem Dach über dem Kopf verlangten. All das schien Zukata nicht zu brauchen, jedenfalls nicht so oft und ausgiebig wie die Menschen. Schlaf. Es kam Blitz vor, als hätte er seit Wochen nicht mehr richtig geschlafen. Die Tage vergingen mit anstrengenden Wanderungen, mit der Mühe, Nahrung zu kaufen, zu erbetteln oder zu stehlen, mit der Sorge um Manina, eine Verantwortung, die ihn nicht einmal nachts ruhig schlafen ließ. Er fühlte sich erschöpft und ausgelaugt und trottete hinter Zukata her wie ein dumpfes Schaf hinter seinem Leithammel.

»Es gibt ein kleines Dorf«, sagte Zukata, etwas gnädiger, »aber dazu müssen wir ein gutes Stück wieder runter. Ein Schmugglerdorf. Ich bin schon dort gewesen.«

»Du traust ihnen also?«

»Nein«, sagte Zukata. »Niemandem.« Nach einer Weile fügte er hinzu: »Lass mich reden und sag kein Wort.«

Das wäre nicht nötig gewesen. Die Männer, die ihnen aus den kleinen, windschiefen Hütten entgegenkamen, sprachen eine Sprache, die Blitz noch nie gehört hatte. Zukata antwortete ihnen mit demselben unverständlichen Gemurmel, und schließlich winkten sie die Reisenden näher.

Es waren kleine, schnauzbärtige Männer, in Pelze gehüllt, mit bräunlichen Gesichtern. Ihre Augen waren kühl und wachsam und Blitz war froh, dass er ihnen nicht allein begegnet war.

Jetzt verstand er auf einmal, warum dieser Pass nicht bewacht wurde, weder von sandartischen Soldaten noch von den Männern des Kaiserreichs. In der Nähe dieser Gestalten hätte er auch keinen Posten errichtet – was hätte es für einen Zweck gehabt? Zukata begegnete ihnen so vorsichtig und höflich, dass auch dem Dümmsten klar geworden wäre, dass sie gefährlicher waren, als sie aussahen. Sie ließen durch, wen sie wollten. Blitz war sehr, sehr froh darüber, dass er nicht alleine war.

In der Hütte war es warm. Er fühlte die Blicke auf sich, während er das Kind auspackte, wachsame, ernste Blicke. Überrascht schienen sie nicht.

»Milch.« Aus dem Mund des Fremden klang auch dieses Wort fremd, aber er reichte dem Jungen einen Krug weißer Milch. Sie war noch warm. »Milch. Ziege.«

»Danke.« Blitz nickte ihm zu und gab Manina zu trinken.

Zukata sprach weiter mit den Männern und wandte sich dann Blitz zu. »Wir werden eine Weile hierbleiben«, teilte er ihm mit. »Bei dem Wetter kommen wir zunächst nicht weiter.«

»Soll das heißen, wir werden Wochen hier verbringen?« Blitz war entsetzt. Zum einen war es eine verlockende Aussicht, einige Wochen an einem Ort zu verbringen, in Sicherheit und in der Wärme. Andererseits flößten ihm die Fremden Angst ein. Er konnte sich nicht vorstellen, so lange bei ihnen zu leben. Er konnte sich auch nicht vorstellen, dass Zukata so lange hier wohnte. Er konnte nie lange an einem Ort bleiben; bald schon würde es ihn weiterziehen.

»Ich kenne diese Leute«, versicherte ihm Zukata. »Sie werden uns helfen.«

»Aber ...«

»Vertrau mir«, sagte Zukata streng und seine Augen blitzten.

Es blieb Blitz nichts anderes übrig.

Die Tage vergingen eintönig. Draußen war es so kalt, dass Blitz es vermied, aus der Tür zu gehen. Er spielte mit Manina, fütterte sie, wickelte sie. Er sprach mit ihr und lobte sie für ihr Geplapper. Wenn sie allein waren, erzählte er ihr von Arima. Sein Versprechen sich selbst gegenüber, die Insel zu vergessen, war bedeutungslos geworden, hier im Schnee, in der Einsamkeit und den schroffen Bergen. Eine grüne Insel. Stell es dir vor: Die Gärten, in denen die alten Apfelbäume blühen, ein Meer von Blüten ... Das Gras, weich unter den Füßen ... Und über all dem der Schrei der Möwen.

Manina lächelte. Blitz lächelte zurück.

»Du bist mein Mädchen. Du bist meine Kleine, meine Liebste. Du bist meine Familie.« Er erschrak vor diesem Wort. Er hatte es von Arima gelöst und ihr gegeben, diesem Kind, das doch nicht sein Kind war, das niemals hätte hier sein dürfen. Aber er gab es ihr und nahm es nicht zurück. »Meine Süße.« Er sprach zu ihr und verbannte den Schmerz und das Heimweh, verbannte seine Sorgen, die Schuldgefühle und Hoffnungen. Er fand sein Lächeln, immer wieder, immer neu, nur um es ihr zu geben.

»Du kümmerst gut um die Kleine.«

Blitz hatte sich nicht umgedreht, als die Tür aufging, er hatte nur den kalten Luftzug gespürt und Zukata erwartet. Aber es war der Mann, der als Einziger seine Sprache sprach, wenn auch nicht perfekt. Er hatte Blitz gezeigt, wie man die Ziegen melkte, sich aber sonst zurückgehalten. Dass er in ihre Hütte kam, war so ungewöhnlich, dass Blitz' Herz zu klopfen begann. Er fühlte heimlich nach seinem Messer, das immer an seinem Gürtel steckte. Zukata hatte ihm befohlen, es immer zur Hand zu haben.

Der Mann sah ihn an und schien auf eine Antwort zu warten.

»Ja«, stimmte Blitz zu, »so gut es geht.«

Der Sandarter trat näher. Schnee tropfte von seinem Pelz und bildete eine Pfütze auf dem Fußboden.

»Sie sieht dir nicht gleich.«

»Nein, das tut sie wohl nicht.« Worauf wollte der Mann hinaus? Jedem hier war klar, dass Manina nicht seine Tochter war.

»Für dieses Kind reiche Belohnung. In Aifa.«

Wo war nur Zukata? Er hatte sich angewöhnt, mit den Männern auf die Jagd zu gehen, aber er hätte längst wieder hier sein müssen. Blitz ließ den Fremden nicht aus den Augen. Er hielt das Messer hinter seinem Rücken, bereit.

»Das ist Zukatas Kind«, sagte Blitz schroff.

»Sie suchen Kind in Deret-Aif, überall. Reiche Belohnung, sehr groß. Du, ich. Eh?«

Blitz schüttelte heftig den Kopf. »Geh«, sagte er. »Davon will ich nichts hören.«

Der Mann musterte ihn mit zusammengekniffenen Augen. Dann machte er einen Schritt auf das Kind zu.

Blitz nahm die Hand mit dem Messer nach vorne. »Geh«, sagte er.

Ob das Messer ihn einschüchterte, ließ der Sandarter nicht durchblicken. Er starrte Blitz an, drehte sich um und verließ die Hütte.

Blitz sank auf die Knie. Alles drehte sich um ihn. Das war das Letzte, was er wollte – ein Kampf vor Maninas Augen! Wie konnte dieser Halunke es wagen ... Und dann ging ihm auf, was er getan hatte. Er hatte ihre Freiheit ausgeschlagen. Er hatte darauf verzichtet, sie gemeinsam mit einem Verbündeten nach Hause zu bringen! Vielleicht hätte ihm dieser Mann helfen können, sie zurück nach Kirifas zu bringen. Dass er auf die Belohnung hoffte, spielte doch eigentlich keine Rolle. Aber er, Blitz, so verdammt edelmütig, so verdammt loyal! Wütend ballte er die Fäuste. Warum habe ich es ausgeschlagen, warum habe ich ihn bedroht! Er hätte schreien können vor Wut über sich selbst.

Wieder öffnete sich die Tür, ein Windstoß fuhr herein, Zukata kam mit ihm und einer ganzen Ladung Schnee. Er schüttelte sich und lachte.

»Eine gute Jagd, Junge, das war eine gute Jagd!«

»Was habt ihr gefangen?«, fragte Blitz düster.

»Ein Stück Vertrauen mehr«, sagte Zukata.

»Was?«

Zukata warf den Pelz ab, klopfte Blitz auf die Schulter und lachte wieder. »Du hast ihn mit dem Messer bedroht, sagte er. Einen sandartischen Schmuggler! Er fragte mich, ob du verrückt bist. Nun gut, ich habe gesagt, ein bisschen schon. Bist du ein bisschen verrückt, Blitz?«

»Wie?«, fragte Blitz und versuchte zu begreifen. »Du hast ihn geschickt? Was hattest du vor, mich zu prüfen?« Die Wut, die er eben noch auf sich selbst gefühlt hatte, schlug um. »Du wagst es, mich zu prüfen, Zukata? Was bin ich, dein Schüler? Dein kleiner Schüler, wie, und du bist mein großer Meister?«

»Ich musste es wissen«, sagte Zukata. »Ich sehe, wie vernarrt du in die Kleine bist ... Es war wichtig. Es ist entscheidend. Verstehst du das?«

»Und wenn ich nun darauf eingegangen wäre?«, fragte Blitz zornig. »Wenn ich gesagt hätte: Ja, machen wir es so, um dich davon zu unterrichten, dass deine Freunde hier gar nicht so vertrauenswürdig sind, wie du dachtest? Was dann? Hättest du mich umgebracht und vergessen zu fragen, was ich mir dabei gedacht habe? Tu so etwas nie wieder, Zukata. Nie wieder!«

Zukata ließ sich seine gute Laune nicht verderben. »Es geht bald weiter«, sagte er. »Der Schnee beginnt bereits in den Tälern zu tauen. Ich musste wissen, wen du mehr liebst, mich oder sie. Und zwar jetzt, bevor wir weiterziehen.«

»Mich hast du also geprüft«, sagte Blitz bitter. »Und was ist mit deinen Freunden? Prüfst du die auch? Was ist, wenn sie tatsächlich Appetit auf die Belohnung bekommen, die dein Vater ihnen mit Sicherheit gewähren würde? Was bekommen sie von dir dafür, dass sie uns helfen? Vielleicht bietet er ihnen mehr.«

»Du verstehst diese Männer nicht, Blitz.«

»Wie soll ich sie auch verstehen? Ich spreche ja nicht einmal ihre Sprache!«

»Ich bin ihr König. Sie werden mich nicht hintergehen.«

»Du bist ihr ...« Blitz schüttelte verwirrt den Kopf. »Wieso das denn? Seit wann?«

»Schon immer haben die Riesen über diese Berge geherrscht«, sagte er. »Und ich bin der einzige Riese hier weit und breit. Sie akzeptieren das, wie es schon ihre Vorfahren akzeptiert haben. Diese Männer sind mein, Blitz. Du hast gemerkt, dass ich nicht zum ersten Mal hier war. Ich bin schon hier gewesen und habe mit ihnen gekämpft, als du noch in den Windeln gesteckt hast. Das ist mein Volk, meine Untertanen, meine Kinder, meine Menschen. Sie sind überall. Dachtest du, nur die zwanzig Mann, die du kennst, gehören zu mir? Ihr seid diejenigen, die mir am nächsten sind. Ihr tragt mein Zeichen. Aber überall im ganzen Kaiserreich und darüber hinaus, überall, wo ich in den letzten Jahren gewesen bin, sind auch meine Leute. Verstreut über die ganze Welt ... Und sie warten darauf, dass ich Kaiser werde. Ich habe es ihnen versprochen. Dies sind die Fürsten, die an meiner Seite stehen werden. Die in den Städten und Dörfern meinen Willen verkünden werden.«

»Aber als wir hier angekommen sind ... Es sah aus, als würdest du verhandeln. Als wären sie kurz davor, uns umzubringen, weil wir Eindringlinge waren ... Oder?«

»Ich musste sie daran erinnern, wer sie sind. Mich kennen sie, sie erkannten mich sofort. Aber ich war so lange fort, dass ich ihnen in Erinnerung rufen musste, was sie mir schulden.«

»Du hast gesagt, dass du niemandem vertraust.«

»Das ist wahr. Ich vertraue auch niemandem. Nicht, bevor ich mir nicht sicher sein kann.«

»Aber es sind Verbrecher! Für genügend Geld ...«

»Niemand will mich zum Feind«, sagte Zukata. »Niemand.«

»Dann hast du ihnen nichts versprochen, sondern sie bedroht?«

»Wie macht man sich zum König über Gesetzlose?«, fragte Zukata zurück.

»Keine Ahnung, sag du es mir.«

»Ich bin ihre Hoffnung«, sagte er, »dass sie eines Tages zurückkehren können zu den Menschen, ohne den Henker fürchten zu müssen. Dass sie ihre Gesichter nicht mehr verbergen müssen, dass sie den Kopf stolz erheben dürfen. Als wären sie nicht mehr Menschen, sondern Riesen ... Ich bin ihre Hoffnung, Blitz, auf etwas Wunderbares, das ihnen widerfahren wird, wenn sie noch eine kleine Weile warten ... Jeder Verbrecher ist letztendlich nur ein Schatzsucher, und ich bin derjenige, der ihnen den größten Schatz in Aussicht stellt. Was ist die Belohnung meines Vaters dagegen? Die herablassende Geste eines der Mächtigen ... Aber ich werde sie nicht mit einem Beutel Gold fortschicken. Ich werde ihre Sehnsucht stillen.«

»Und ich?«, fragte Blitz leise. »Für mich gilt das nicht? Wenn du sie nicht prüfen musst, warum dann mich?«

»Bist du nicht der Vogel, den ich vom Himmel gepflückt habe?«, fragte Zukata, und Blitz wurde siedend heiß, als ihm bewusst wurde, dass Zukata diese geheimen Gedanken kannte. Ich bin frei ...

»Und nun?«, fragte er leise.

»Pack unsere Sachen zusammen. Wir brechen auf. Ich will meine Getreuen wiedersehen, unten in der sandartischen Ebene. Settan müsste inzwischen mit ihnen dort sein. Ich vermisse Lundi, den alten Hund.«

Ich bin die Möwe und ich bin der Schrei ...

Zukata lachte. »Der Frühling kommt. Wir haben immer noch das Kind. Niemand ist getötet worden. Was für ein herrliches Jahr. Wer weiß, vielleicht gibt Kanuna nach, ehe es um ist?« Er zeigte Blitz seine glänzenden weißen Zähne, als er grinste. »Mach nicht so ein Gesicht, Junge. Du hast deine Prüfung bestanden. Du hast sie alle bestanden. Wozu werde ich dich machen, was meinst du? Welche Hoffnung pflanze ich in dein Herz? Ist es genug, wenn du Kaisergänger wirst, so wie meine anderen Freunde? Willst du mein Sohn sein? Na, ist dir das genug?«

Blitz konnte sich nicht rühren. Sogar mehr als Freunde. Zukata sah in ihm einen Sohn! Das Wort brannte in ihm. Er wollte kein Kaisergänger sein und durchs Land ziehen, wenn Zukata auf dem Thron saß, er wollte nicht fort. Sein Sohn, was für ein Wort!

»Ich habe deine Mutter gekannt«, sagte Zukata. »Und wenn ich dich ansehe, sehe ich sie. Hätte ich sie nur zwei oder drei Jahre früher getroffen, wärst du mein Sohn gewesen ... Dein Bruder hat mich gehasst. Aber du, Blitz, du bist wie sie. Willst du an meiner Seite über Deret-Aif herrschen? Willst du alles haben, mit mir zusammen, die dreiundzwanzig Königreiche, von Wenz bis Rils, und Kirifas, die Perle des Kaiserreiches, noch dazu?«

»Schick mich nicht weg«, sagte Blitz leise. »Das ist alles.«

11. Der andere

DER MORGEN BEGANN leicht. In goldenen Fäden fiel das Licht durch die Bäume und spann ein Geflecht aus Farbe und Gesang.

Remanaine reckte sich und blickte hoch empor in den neuen Tag. Es war ein Tag, der einen Beginn verhieß, das spürte er in den Knochen. Immer, wenn eine neue Jahreszeit sich in den Wäldern entfaltete, sich mit ihrem Duft ankündigte, wenn die Stimmen der Vögel anders klangen und die Wolken ihre Form veränderten, war es in ihm.

»Du wirst aufbrechen«, sagte Variti hinter ihm. Es war eine Feststellung, keine Frage. Er lächelte darüber, wie gut sie ihn kannte. »Der Sommer ist vorbei und der Herbst neigt sich dem Ende zu. Warum ist es immer die kalte Jahreszeit, die dich zum Aufbruch zwingt?«

»Weil ich dann frei bin, in den Süden zu gehen?«, fragte er zurück.

»Wir sind hier im Süden«, erinnerte sie ihn. Die vielen Sippen der Zintas trafen sich regelmäßig im südlichen Diret, um den Winter hier in der Wärme angenehm zu verbringen. Das große Lager erstreckte sich über mehrere Täler.

»Dann muss ich vielleicht in den Norden gehen.« Schon lange rechtfertigte er sich nicht mehr dafür, dass er fortziehen musste, selbst von ihnen, den Ziehenden, dass er es nicht lange aushielt in ihrer Mitte. Für eine Weile kehrte er zu ihr und der Sippe zurück, aber dann erfasste ihn wieder die Unruhe und selbst im Schlaf zuckten seine Füße. Variti wusste, dass sie ihn nicht halten konnte. Es wäre dasselbe gewesen, wie einen vom Ziehenden Volk in ein Haus zu sperren in einer Stadt, zwischen Mauern und Straßen und dem Rauch, der aus den Schornsteinen stieg.

»Sag Möwe, dass ich ihr alles Gute wünsche«, bat er zwischen ihren Abschiedsküssen. »Sag ihr, wenn ich wiederkomme, hoffe ich, dass sie mehr als drei Äpfel jonglieren kann. Vielleicht lernt sie sogar Tanzen.«

Variti lächelte. »Ich werde es ihr sagen. Aber es wird nicht nötig sein. Toris übt schon ganz andere Sachen mit ihr.«

Remanaine hob die Brauen. »Was für Sachen?«

»Teller, Fackeln, Messer ...«

»Was?« Aber bevor er weiterfragen konnte, legte sie ihm den Finger auf den Mund. »Geh nur. Geh, mein Liebster. Ich habe schon angefangen zu warten.«

Er wandte sich zum Gehen, als ein Ruf ihn dazu brachte, sich noch einmal umzudrehen. Es war Möwe, die, während sie sich hastig einen Kanten Brot in den Mund schob, den Rucksack schief über der Schulter, ihm nachlief, den Esel hinter sich herziehend.

»Möwe?«, fragte er. »Was hast du vor?«

Das weißhaarige Mädchen schluckte hastig sein Brot hinunter. »Ich komme mit.«

»Ich wollte nordwärts«, sagte Remanaine ernst. »Es wird noch kälter sein als bei unserer letzten Wanderung. Das ist nichts für dich.«

»Ich komme mit«, wiederholte Möwe trotzig. »Glaub nicht, dass du mich aufhalten kannst.«

Der große Mann sah ihr in die Augen. »Das hier ist eine Familie für dich«, sagte er. »Sie werden sich um dich kümmern. Variti wird für dich da sein. Es ist besser, wenn du ...«

Das Mädchen unterbrach ihn. »Lass uns gehen«, sagte sie. »Ich bin fertig.«

»Wann hast du gepackt?«, fragte Remanaine überrascht. »Ich habe mich erst heute Morgen entschieden.«

»Schon vor ein paar Tagen.« Möwe grinste. »Ich wollte auf jeden Fall bereit sein.«

»Ich gehe alleine. Ich gehe immer alleine.«

Davon ließ sie sich nicht beeindrucken. »Diesmal nicht.«

Und obwohl Remanaine ein Riese war, hatte er dieser Entschlossenheit nichts entgegenzusetzen. Er seufzte, aber er versuchte nicht noch einmal, das Mädchen fortzuschicken. Gemeinsam tauchten sie in den Wald ein, und bald war das Lager hinter ihnen nicht mehr zu sehen.

Diret, südlich von Aifa gelegen, war ein wunderbares Land, silbergrün. Die Bäume hatten ihre Blätter längst verloren, aber die Nadelbäume waren so grün, dass man, wenn man warm genug angezogen war, das Gefühl haben konnte, dass immer noch Sommer war, ein kühler und unfreundlicher Sommer, aber nichtsdestotrotz eine Jahreszeit, die es gut mit einem meinte. Über Nin und Rilien zogen sie zu Möwes heimlichem Bedauern nach Norden. Sie wurden vom eiskalten Wind gepeinigt, von Schnee überschüttet und durchnässt und vom Frost geradezu angegriffen. Oft bestand ihr größtes Problem darin, den Esel zum Weitergehen zu bewegen. Sie flohen vor den Stürmen, von einem Dorf zum nächsten. Dass sie kein Ziel hatten, keinen sonnigen Hafen, in dem sie einkehren konnten, sondern dass sie sich freiwillig der Kälte und dem Schnee aussetzten, erstaunte Möwe am meisten.

Wie immer heilte Remanaine unterwegs die Gebrechen der armen Leute und Möwe half ihm wieder dabei. Es war fast, als wären sie nie bei den Ziehenden gewesen. Nur manchmal, wenn sie müßig dasaßen, fingen irgendwelche Gegenstände in Möwes Händen an zu springen. Steine, Kiefernzapfen oder Früchte: Sie schnellten in die Luft und kehrten zu ihr zurück, und unweigerlich fanden sich Zuschauer ein.

Remanaine konnte das nicht leiden. »Ich will nicht, dass wir auffallen.«

Darüber lachte Möwe nur. »Ich falle sowieso auf«, sagte sie ohne Bitterkeit, denn ihr war es wohler, wenn die Augen der Menschen auf ihren Händen ruhten, staunend, auf den Dingen, die sie durch die Luft wirbeln ließ, und nicht auf ihrem Haar oder ihren Augen.

Sie waren in einer kleinen Stadt gewesen und verließen sie gemeinsam mit einigen Händlern und ihren Wagen.

»Wollt ihr bei mir mitfahren?«, rief ihnen ein Mann zu, ein pfiffig aussehender Kaufmann, den seine guten Geschäfte fröhlich gemacht hatten. Sie banden den Esel an den Karren und stiegen zu ihm auf sein Gefährt und hörten den Liedern zu, die er summte, während Möwe mit ein paar Bällen übte, doch auffällig oft drehte er sich um und warf ihnen Blicke zu. Er schien über etwas zu grubeln, aber als Remanaine nachfragte: »Stimmt etwas nicht, guter Mann?«, schüttelte er nur den Kopf. »Nein, nein. Nur, solche wie euch trifft man nicht so oft.«

Die Straße führte ohne Umwege in die nächste Stadt. Der Riese hatte vor, den Weg hier zu verlassen. Es zog Remanaine noch weiter nach Osten, zu den Bergen, aber der Händler überredete Möwe, noch eine Weile bei ihm mitzufahren. »In der Stadt«, erzählte er, »gibt es einen Jongleur mit seiner Truppe, die bringen dich zum Staunen, das sag ich dir ... Das musst du dir ansehen, unbedingt.«

»Einen Jongleur? Gibt es dort einen Jahrmarkt? Ist eine Sippe der Ziehenden dort?«

»Zintas, jetzt im Winter? Nicht dass ich wüsste. Nein, dieser Jongleur ist ein Meister seiner Zunft, aber kein Zinta. So viel ich weiß, hat er sich alles selbst beigebracht. Von weither kommen Schüler zu ihm.«

»Den will ich sehen!« Möwes Augen leuchteten auf, und der Heiler stimmte schließlich zu. Es fiel ihm schwer, dem Mädchen einen Wunsch abzuschlagen.

Sie fuhren durchs Stadttor und über das holprige Pflaster bis zu einem Gasthof. »Wartet hier«, sagte der Kaufmann. »Ich werde nachsehen, ob mein Freund zu Hause ist.«

»Du musst dich nicht bemühen ...« In Remanaines Augen blitzte Misstrauen auf, aber der Händler lachte. »Wenn deine Tochter sich von ihm unterrichten lässt, bekomme ich einen Teil des Lehrgeldes ... Also lasst mich.«

Er verschwand, und sie wandten sich dem Essen zu, dass ein zuvorkommender Wirt ihnen auftischte. Sie hatten beide gelernt, nicht wählerisch zu sein; umso mehr genossen sie es, wenn man ihnen gutes Essen servierte, das seinen Preis auch wert war.

»Und du willst wohl auch ein Meisterjongleur werden, wie?«, fragte Remanaine gut gelaunt. Nun, wo Möwe ihre Geschicklichkeit genauso gut dabei einsetzte, Wunden zu pflegen und Verbände anzulegen, gönnte er es ihr eher, diese merkwürdige Kunst auszuüben, Gegenstände in die Luft zu werfen.

Möwe grinste. »Ich bin einfach gespannt, was dieser Mensch ...«

Hinter ihnen entstand Unruhe. Als sie aus dem Fenster schauten, sahen sie die gesamte Stadtwache vor dem Gebäude aufmarschieren.

»Sieht aus, als wollten sie einen Schwerverbrecher fangen«, meinte Möwe.

Erst als ein Dutzend Soldaten in die Stube marschierte und auf ihren Tisch zuschritt, ging ihnen auf, dass man es auf sie abgesehen hatte.

Remanaine löffelte seine Suppe weiter, ohne sich stören zu lassen. Der Hauptmann der Garde räusperte sich, und als der Riese nicht reagierte, sagte er schließlich: »Ich bin befugt, Euch festzunehmen.«

Endlich hob Remanaine den Kopf. »Ach ja? Wirt, bring mir noch einen Teller davon und lob deinen Koch ... Und du bist also der Meinung, du hättest das Recht, uns festzunehmen?«

»Ja«, sagte der Soldat und mühte sich um eine fest klingende Stimme. »Aufgrund des kaiserlichen Erlasses bin ich das.«

»Ein Erlass des Kaisers? Lass hören.« Er fixierte den Mann, dessen Knie weich wurden. Im Sitzen wirkte Remanaine nicht so überragend groß wie im Stehen, aber er war trotzdem ein Riese. Seine harten blauen Augen verrieten jedem, dass mit ihm nicht gut Kirschen essen war.

»In ... in ganz Deret-Aif ...«

»Ja, ich höre?«

»Wir suchen nach einem blonden Riesen«, stieß der Hauptmann hervor. »In ganz Deret-Aif, nach einem blonden Riesen.«

»Das trifft wohl auf mich zu.« Remanaine nickte, ohne eine Miene zu verziehen. »Herr Wirt, wo bleibt meine Suppe!« Der Mann schob sich eilig durch die Soldaten und stellte den Teller vor ihn hin. »Bitte sehr.«

»Danke. Nun«, er wandte sich wieder an den Gardisten, »sicherlich bin ich nicht der einzige blonde Riese in diesem großen Reich, also lass mich bitte in Ruhe meine Suppe essen, bevor sie kalt wird.«

»Das geht leider nicht. Wir müssen Euch bitten, mitzukommen.«

Remanaine ließ seinen Blick über die nervösen Soldaten schweifen.

»Und was wird diesem blonden Riesen zur Last gelegt, nach dem ihr sucht?«

»Wie Ihr sehr wohl wisst, suchen wir alle fieberhaft nach dem Kind ...«

»Was ist das wieder für eine Geschichte?« Remanaine wandte sich seiner Mahlzeit zu und tunkte sein Brot in die dampfende Flüssigkeit. »Du hast noch, Möwe, wie ich sehe ... Kann man hier nicht einmal in Ruhe essen? Das ist ein schöner Jongleur, den dein Kaufmann uns hierhergeschickt hat, wie? Womit er wohl jonglieren kann?«

»Seit Prinzessin Manina entführt wurde, die Tochter des Kaisers ...«

Mit einem harten Schlag knallte Remanaine seinen Löffel auf den Tisch. »Was? Was sagst du da?«

»Wir sind gehalten, nach einem blonden Riesen Ausschau zu halten, nach Männern mit dem Brandmal einer Krone und einem Z darüber sowie nach dem Kind selbst. Wenn Ihr nicht mitkommen wollt ...«

»Nein«, sagte Remanaine schroff, »das werde ich nicht. Was ist das für eine Geschichte? Die Tochter des Kaisers? Ich hatte gehört, dass er eine Tochter hat. Ein blonder Riese hat sie entführt?«

»Dann führen wir die Befragung eben hier durch.« Der Hauptmann lächelte schief, als sei es ihm gerade in den Sinn gekommen, dass dies eine verträgliche Alternative wäre. »Euer Name ist ...?«

Remanaine saß da wie erstarrt. Er hatte aufgehört zu essen. Seine Faust krallte sich um das trockene Brot, das über der Suppe zerbröselte.

»Remanaine«, sagte er schließlich. »Mein Name ist Remanaine.« In seine Augen trat wieder der unheilvolle Glanz, den Möwe schon einige Male gesehen hatte. Sie legte ihm beschwichtigend die Hand auf den Arm.

»Keta«, flüsterte sie.

»Gut. Sehr gut.« Der Hauptmann nickte und beschloss, die unerwartete Freundlichkeit des Riesen sofort zu nutzen. »Ich muss

Eure Begleiterin bitten, mir ihren Oberarm zu zeigen. Nur um sicherzugehen, dass sie die Krone nicht trägt ...«

»Ich und eine Krone tragen?«, fragte Möwe. »Was für eine Ehre.«

»Eine zweifelhafte Ehre, meine Dame«, stellte der Hauptmann richtig. »Das Brandzeichen eines verurteilten Verbrechers. Wenn ich bitten darf ...«

»Was nimmst du dir heraus!«, rief Keta. »Meine Tochter wird deiner unschicklichen Aufforderung ganz sicher nicht Folge leisten! Schäm dich!«

»Es macht mir nichts aus, ihm meinen Arm zu zeigen«, sagte Möwe mit fester Stimme und schob ihren Ärmel hoch. »Siehst du, da ist nichts. Bist du nun zufrieden?«

»Danke für Eure Mühe. Wie mir scheint«, wandte der Hauptmann sich an seine Begleiter, »haben diese beiden nichts mit dem Verbrechen zu tun.«

Einer der Soldaten trat näher. »Wir sollten den Riesen trotzdem festnehmen«, raunte er ihm zu. »Laut Befehl des Kaisers sollten auf jeden Fall ...«

»Nein«, sagte Möwe leise zu Keta, der im Begriff war, sich zu erheben. »Nein, Keta, nein. Nein. Hörst du mich? Nein!«

Er schien durch sie hindurchzusehen, aber dann wurde sein Blick wieder klar. »Ist gut«, sagte er zu ihr. »Lass uns gehen.« Er stand auf und griff nach ihrer Hand. »Komm, Möwe. – Verdammt, lasst uns durch!«

Er zog das Mädchen durch die Mauer der Soldaten nach draußen, wo sich die Schar der Bewaffneten drängte. »Lasst uns vorbei, verdammt!« Er stieß die Lanzen zurück, die sich auf ihn richteten.

»Herr Remanaine«, kam die Stimme des Hauptmanns von der Tür her, »warum habt Ihr es denn mit einem Male so eilig?«

Der Riese antwortete nicht. Er wälzte sich durch die Masse der Soldaten, als schwömme er. Rechts und links stieß er sie zur Seite. Anscheinend hatten sie den Befehl, sich möglichst zurückzuhalten, denn sie bedrängten ihn nicht so, wie er erwartet hatte, und obwohl es so viele waren, kamen er und Möwe unverletzt aus der

Menge heraus – und mussten sich nun noch durch die Masse der Zuschauer durcharbeiten, die sich eingefunden hatten.

»Ein Riese! Ein blonder Riese!« Und irgendjemand schrie: »Wo hast du das Kind versteckt? Ist es tot?«

Remanaine begann zu laufen, als er sich dem Stadttor näherte. Möwe konnte ihm kaum folgen. Er lief und drehte sich um, gehetzt, und als sie schließlich draußen waren, wirkte er immer noch wie ein Verfolgter. Schweiß stand auf seiner Stirn.

»Wir müssen nach Kirifas«, keuchte er. »Wir müssen sofort nach Kirifas. Ich muss wissen, was passiert ist. Oh Rin, oh Rinland! Was ist geschehen? Was hat Zukata getan?«

»Es gibt sicher Hunderte blonder Riesen in Deret-Aif«, meinte Möwe tröstend. »Tausende vielleicht.«

»Aber es gibt nur einen, der es wagen würde, die Tochter des Kaisers zu entführen! Komm, Möwe. Wir haben keine Zeit zu verlieren.«

»Aber mein Esel …«

Remanaine schüttelte den Kopf. »Wir können nicht zurück in diese Stadt. Ich besorge dir ein Pferd.« Er blickte in die traurigen Augen des Mädchens und seufzte. »Es tut mir leid, Möwe. Aber wenn wir jemanden bitten, den Esel zu holen, wird er uns verraten. Ich bin sicher, deinem Esel wird nichts geschehen, und irgendwann holen wir uns ihn zurück. Wenn diese ganze Sache ausgestanden ist. Wann immer das auch sein wird. – So, jetzt lass uns warten. Wir werden gleich ein Pferd bekommen.«

Sie suchten Schutz in einem Gebüsch. Der Riese behielt die Straße genau im Auge. »Nun machen wir uns also beide Sorgen, du um deinen Esel, ich um meine Schwester …«

»Ich wusste gar nicht, dass du eine Schwester hast«, sagte Möwe.

»Ich hatte dir gesagt, wer ich bin.«

»Ja, schon. Ich weiß auch, dass du irgendwo einen Zwillingsbruder hast. Aber eine Schwester?«

»Ich glaube, sie wurde im Sommer geboren. Auf irgendeinem der Märkte, auf denen wir mit der Sippe waren, habe ich davon gehört.« Remanaines Gesicht war düster. Er hatte noch Varitis

Blick vor Augen. Sie hatte ihn nicht gebeten, nach Kirifas zu gehen, aber er hatte in ihrem Blick gesehen, dass sie es von ihm erwartete. Eine Geburt musste gefeiert werden, von der ganzen Familie. Gerade für sie, die sich so sehr Kinder wünschte, war jede Geburt ein Wunder. Man wandte sich nicht ab und ging seiner eigenen Arbeit nach. Man zögerte nicht lange, sondern brachte ein Geschenk und gratulierte und sah dem Kind ins Gesicht und wünschte ihm etwas, etwas Besonderes, das einem in dem Augenblick einfiel, wenn man das erste Mal sein rundes Gesichtchen sah. Dass Remanaine seiner Schwester dieses Ritual verwehrte, nahm sie ihm übel.

»Was fühlst du?«, hatte sie gefragt. »Bei dieser Nachricht. Ein neuer Mensch in deiner Familie. Was ist in deinem Herzen, Manaine?«

»Du bist meine Familie«, entgegnete er. »Du und Möwe. Die Sippe. Deine lustigen Vettern und deine wunderschönen Cousinen ... He, schlag mich nicht dafür, dass ich sie alle liebe ...« Und dann, nachdem sich der beginnende Streit nach ein paar Küssen in nichts aufgelöst hatte, sagte er nur noch: »Ich hoffe, dass mein Vater jetzt glücklich ist. Er hat nun endlich eine neue Familie. Ich hoffe, sie bleibt ihm länger erhalten als die alte.«

Variti sah ihn an und schüttelte den Kopf. »Glaubst du wirklich, Kanuna könnte dich und deinen Bruder einfach so vergessen? Niemand kann sein Kind vergessen. Ich könnte es jedenfalls nicht.«

»Ich werde nicht nach Kirifas gehen«, sagte er. »Ich kann nicht.«

Und jetzt war er auf einmal auf dem Weg dorthin, in seinem ganzen Körper brannte die Eile. Seine Haare sträubten sich, er fühlte, wie er bebte. Er wollte losrennen, so schnell und so ausdauernd wie ein Pferd, unermüdlich, über Wiesen, durch Wälder, Städte meiden, durch Flüsse schwimmen, immer weiter ...

»Da kommen Soldaten aus der Stadt«, stellte Möwe erschrocken fest. »Glaubst du, sie sind auf der Suche nach uns?«

»Ja«, sagte Remanaine. »Genau das glaube ich.«

Er wartete, bis der Trupp an ihnen vorbeigezogen war, dann, als der letzte Reiter eben an ihnen vorüberwollte, sprang er auf die Straße und griff dem Pferd in die Zügel. Er hob den Soldaten aus dem Sattel, ohne sich von dessen Protesten beeindrucken zu lassen.

»Schnell«, befahl er dem Mädchen. »Steig auf.«

»Mein Esel ...«

»Vergiss den Esel! Wir haben es eilig!« Er rannte los und zog das Pferd mit sich. Die ersten Soldaten hatten gemerkt, was passiert war, und drehten bereits um.

Remanaine spürte die Kraft in seinen Beinen, während er lief.

Kirifas. In einem einzigen Moment waren alle seine Bedenken ausgelöscht worden. Wir suchen den blonden Riesen, der die Tochter des Kaisers entführt hat ...

Oh Rin, dachte er die ganze Zeit über, was ist nur geschehen? Was ist passiert, dort im Palast, zu Hause? Warum war ich nicht da?

Sein Name bröckelte von ihm ab, während er rannte. Der Mann, der seinen eigenen Weg geht ... Sein blondes Haar hing an ihm wie ein Fluch, es leuchtete, es verriet ihn. Ohne es zu wollen, ja ohne dass es ihm bewusst gewesen wäre, wurde er wieder zu Keta, Prinz Keta, Kanunas jüngerem Sohn, Zukatas Bruder und Maninas Bruder.

Er hatte keine Zeit, sich mit den Soldaten herumzustreiten. Er war ungeduldig und die Lust auf einen guten Kampf war ihm vergangen. Deshalb bemühte er sich, die Verfolger abzuhängen, deshalb verlegten sie sich darauf, nachts zu reisen. Sie mieden alle menschlichen Siedlungen. Die Nachricht, dass der blonde Riese gesehen worden sei, eilte ihnen voraus, und überall gab es Straßensperren und ein Aufgebot an Soldaten, wie es das seit dem letzten Krieg nicht mehr gegeben hatte. Keta bemühte sich um ein unauffälliges und schnelles Vorwärtskommen, aber nicht jeder Kampf ließ sich vermeiden. Sobald sie ihn und seine weißhaarige Begleiterin sahen, versuchten sie, ihn aufzuhalten.

»Ich bin nicht Zukata und dies ist keiner seiner Räuber!« Aber es nützte nichts. Sie hatten nicht nur ein Pferd gestohlen – oder, wie Möwe es nannte, für ihren Esel eingetauscht –, sondern leisteten Widerstand gegen die königlichen Soldaten. Remanaine, der

Heiler, ließ eine Schneise der Verwüstung hinter sich, eine Spur verletzter Männer, die ihr Leben dafür einsetzten, des Kaisers Tochter zu retten. Aber sie glaubten ihm nicht, wenn er rief: »Ich bin nicht der, den ihr sucht!« Sich festnehmen zu lassen und sich womöglich in Ketten nach Kirifas schleppen zu lassen, das kam für ihn, den stolzen Prinzen, natürlich nicht in Frage. Er hatte keine Zeit für Rücksichtnahme und Überzeugungsbemühungen. Er bahnte sich seinen Weg mit Gewalt, und bald fiel denen, die ihm auf der Spur waren, auf, dass dieser Weg direkt nach Aifa führte, auf die Kaiserstadt Kirifas zu. Sie wunderten sich ein wenig und bemühten sich verstärkt, seiner habhaft zu werden.

Die Nachricht, dass der blonde Riese auf dem Weg zurück zum Kaiser sei, wurde vor ihm hergetragen, mit Hilfe von Tauben und schnellen Reitern. Die Gerüchte drangen bis nach Kirifas und kamen auch dem Kaiser selbst zu Ohren.

»Er kommt zurück?«, fragte Fanes verwirrt. »Ohne Manina? Wie kann er es wagen, wieder herzukommen, ohne sie mitzubringen?«

»Herr«, sagte Rahmon, sein alter Freund und Ratgeber, »sollten wir nicht die Wachen verstärken? Wir umgeben Kirifas mit so vielen Soldaten, dass es kein Durchkommen für ihn geben wird. Wir kriegen ihn, das verspreche ich Euch!«

Kanuna zögerte. »Nein«, entschied er schließlich. »Nein, das will ich nicht. Ruft alle Soldaten zurück. Lasst ihn kommen.«

»Aber Herr!«

Das Gesicht des Kaisers war dunkel. Seit Zukata das kleine Mädchen mitgenommen hatte, dieses Kind, das wie ein Licht nach all der Traurigkeit gewesen war, dieses Glück, das er und Fanes bestaunt hatten, das sie in den Armen gehalten hatten, war er ein anderer. Wut und Resignation stritten in ihm. Der Schmerz krallte sich in seiner Brust fest, während die Wochen vergingen und er vergebens auf einen Boten wartete, der mit der frohen Nachricht kam: Wir haben sie gefunden! Aber niemand kam, niemand hatte eine Nachricht. Niemand brachte ihm das Glück zurück und legte es behutsam in seine Hände.

Im ganzen Kaiserreich tauchten auf einmal Kinder auf, deren Existenz den Nachbarn verdächtig vorkam. Die Dorfvorsteher und die Bürgermeister der Städte wurden mit Kindern geradezu überschüttet, aber den Kaiser unterrichtete man nicht von diesen vielen Mädchen und sogar Jungen, die sehr bald wieder ihren Eltern oder Pflegern zurückgegeben wurden. Vielleicht hofften einige, ihr eigenes Kind könnte im Palast aufwachsen, andere versuchten, einen missliebigen Erben ihrer reichen Verwandten unauffällig loszuwerden ... Verzweifelte junge Mütter legten ihre Neugeborenen auf die Stufen der Klöster, in der Hoffnung, man werde ihr Kind dem Kaiser überreichen.

Reisende wurden von Soldaten gezwungen, sich zu entblößen, und auf das Brandmal der Verbrecher durchsucht.

Rahmon hielt alle diese Nachrichten von den verzweifelten Eltern fern. Er wollte nicht, dass sie sich Hoffnung machten, die wieder zerstört werden musste. Zukata blieb unauffindbar. Bis jetzt, wie es schien.

»Ihr wisst, wie gefährlich er ist, Majestät! Wir müssen ...«

»Nein«, widersprach Kanuna. »Wenn es wirklich Zukata ist, kann nur er uns sagen, wo er Manina versteckt hat. Und wenn nicht ...«

»Ihr hofft doch nicht, dass Keta wiederkommt?«, fragte Rahmon. So viel Hoffnung. Immer war in Kanuna so viel Hoffnung. Seit er Fanes geheiratet hatte, war sie in ihm aufgeblüht: die nicht auszulöschende Hoffnung, dass alles gut werden konnte.

Fanes griff nach dem Arm des Kaisers. »Und selbst wenn«, sagte sie, »was könnte er tun?«

»Er kam schon einmal zu mir«, sagte Kanuna, »als ich in einem verdunkelten Zimmer saß und glaubte, es würde nie wieder Licht ...«

»Um dich zu betrügen.«

»Lasst ihn herkommen«, wiederholte er nur.

Sie näherten sich Kirifas. Keta war aufgefallen, dass sie nicht mehr bedrängt wurden, obwohl sie jetzt auch wieder am Tag unterwegs waren. Soldaten, denen sie begegneten, beobachteten sie nur und versuchten nicht einmal, sie anzuhalten.

»Er weiß, dass ich komme«, sagte Keta und die alte Angst brach wieder in ihm auf. »Oh Rinland, wie soll ich ihm nur in die Augen schauen?«

Er hatte zu sich selbst gesprochen, und trotzdem antwortete Möwe ihm.

»Ich habe heute Nacht wieder geträumt«, sagte sie. »Ich stand an einem Strand und sah das Schiff. Und sie riefen mich. Im Boot waren Menschen, die mich riefen, aber ich konnte ihre Gesichter nicht erkennen. Und hinter mir war Blitz und auch er rief mich, und ich stand da, zwischen ihnen, und konnte mich nicht rühren.«

»Hast du ihn gesehen?«, fragte Keta.

»Er ist kein Pferd.«

»Das habe ich mir schon gedacht. Aber was ist er dann? Dein Bruder? Dein Freund? Wie sah er aus? Hast du diesmal sein Gesicht sehen können?«

»Ich sah ihm in die Augen«, erzählte Möwe. »Sie waren dunkel ... Alles andere habe ich vergessen, aber ich erinnere mich an diese schwarzen Augen.« Sie sagte: »Es ist nicht schwer, einem Menschen in die Augen zu schauen.«

»Vielleicht doch«, meinte Keta. »Manchmal ist es vielleicht das Schwerste, was ein Mann tun kann.«

Die Wachen am Tor beäugten sie, aber man ließ sie durch. Keta musste seinen Vater nicht suchen. Er kam ihm noch vor dem Palast entgegen. Mit einem einzigen scharfen Wort scheuchte er die Wächter fort, die sich abwartend bereithielten.

Keta blieb stehen. Möwe stieg vom Pferd und verbeugte sich vor dem großen Kaiser von Deret-Aif, und nach kurzem Zögern tat Keta es ihr nach. So standen sie beide da und warteten.

Kanuna eilte auf seinen Sohn zu. »Ich wusste, dass du es bist ... Ich habe es gewusst. Keta.« Er schlang die Arme um diesen riesenhaften Mann, der sein Sohn war, und presste ihn an sich. »Endlich bist du gekommen ...«

Er hielt ihn auf Armeslänge von sich fort und musterte ihn. »Gut siehst du aus, mein Sohn. Und wer ist das?« Er blickte auf Möwe hinunter.

Keta lächelte. »Das ist Möwe. Ich habe sie gefunden und nun ist sie meine Tochter.«

Der Kaiser reichte dem Mädchen die Hand. »Wenn das so ist, dann sei willkommen. Dann betrachte ich dich als meine Enkelin.« Glühend rot legte Möwe ihre schmale Hand in die gewaltige Pranke des Riesen.

»Kommt«, sagte Kanuna. »Aller Augen sind auf uns gerichtet. Lasst uns hineingehen. Oder ...«, er zögerte, »ist es immer noch so, dass Räume dich zu sehr beengen?«

Keta versuchte zu lächeln. »Es wird schon gehen. Eine Weile.«

Sie schritten auf den Palast zu. »Die Kaiserin lässt sich entschuldigen«, sagte Kanuna. »Sie wird dich später begrüßen. Bis zuletzt hat sie gehofft, es wäre Zukata, der uns Nachrichten über den Verbleib unserer Tochter bringt.«

»Es tut mir leid, ihr diese Enttäuschung zu bereiten«, sagte Keta hilflos.

Als er in die Eingangshalle trat, war es wieder fast wie früher ... wenn nicht Möwe bei ihm gewesen wäre. Wenn er nicht gesehen hätte, wie gezeichnet sein Vater war von den Monaten der Sorge. Mitleid schnürte ihm die Kehle zu, aber er wusste nicht, was er hätte sagen können, um ihn zu trösten. Warum bin ich hier?, fragte er sich. Was dachte ich denn, was ich ausrichten könnte?

»Komm«, sagte Kanuna und führte sie in die Privatgemächer der kaiserlichen Familie, in diese Räume mit den hohen Türen, weit und geräumig, wo selbst die Möbel nach den Maßstäben der Riesen gebaut waren. Möwe kam sich vor wie ein kleines Kind.

»Vielleicht sollte ich lieber draußen ...?« Und da niemand ihr antwortete, drehte sie sich einfach um und schlüpfte wieder hinaus. Sie kam sich verloren vor in diesem riesigen Gebäude, aber bei Keta zu bleiben, während dieser mit seinem Vater sprach, wäre womöglich noch schlimmer gewesen.

In der Halle begegnete ihr Blick als erstes einer großen, blonden Frau, die nachdenklich auf sie zukam. Ihr Lächeln war sanft und traurig.

»Komm, Mädchen«, sagte sie zu ihr. »Wir gehen nach nebenan. Wie wäre es mit etwas Tee?«

Die Frau war zu groß, um sie bloß für einen Menschen zu halten.

»Majestät ...« Aber sie ließ es nicht zu, dass Möwe vor ihr auf die Knie sank.

»Sicher bist du müde von der Reise. Komm, hier auf diesen weichen Sesseln kannst du dich ausruhen.«

»Ich kann nicht schlafen«, sagte sie, »ich bin viel zu aufgeregt.« Doch sie setzte sich und spürte ihre Müdigkeit, weich und schwer.

Wenn dies wirklich meine Großmutter wäre, dachte sie noch, während der Schlaf sie überwältigte, wenn Keta mein Vater wäre und dies meine Großmutter, wie wäre das Leben doch vollkommen ...

Keta saß am Fenster und verbarg das Gesicht in seinen Händen.

»Sieh mich an«, sagte Kanuna. »Keta. Ach Keta, mein Sohn ... Jetzt glaube ich daran, dass alles gut wird.«

Keta hob den Kopf. »Gut? Wie könnte es gut werden?«

»Ich weiß, was du getan hast«, sagte der Kaiser leise. Er war merklich älter geworden. Keta hatte nie damit gerechnet, dass sein Vater alt werden könnte, nicht so schnell. Das Blut der Riesen floss in ihm, ihr langes Leben. Waren es die Sorgen, der Kummer um Frau und Söhne, der ihn so rasch hatte altern lassen? Auch daran war er schuld. Er hatte seinen eigenen Vater an den Rand des Grabes gebracht ... er hatte seine ganze Familie zerstört.

»Das weißt du nicht«, entgegnete Keta und schüttelte den Kopf.

»Doch, mein Sohn. Zukata kam her und verlangte den Segen. Aber ich bin dir nicht böse, mein Sohn. Trotz allem nicht ... Will ich denn, dass dieser Mann mein Nachfolger wird? Ein Räuber, ein Mörder und Entführer? Seine Freunde, ein Haufen Lumpenpack, das an den Galgen gehört?« Kanuna sah seinen Sohn liebevoll an. »Ich habe ihm gesagt, es war keine Absicht, dass ich den Segen dir gab ... und das war es auch nicht. Aber wie oft seitdem habe ich mir gewünscht, ich hätte ihn stattdessen dir gegeben. Selbst jetzt, wo mein kleines Mädchen in seiner Gewalt ist, bin ich fast froh darüber, dass ich ihm seinen Wunsch nicht erfüllen kann.«

Keta schwieg lange Zeit. Er war bleich geworden, irgendwo in seinem Gesicht zuckte ein Muskel. Schließlich sagte er: »Das ist es also, was er will. Der Segen. Dann gibt er dir das Kind zurück? Und wie wäre es, wenn ich ihm den Segen abtrete?«

»Das geht nicht«, widersprach Kanuna. »Er gehört dir und du kannst ihn nicht weggeben. Sowenig wie ich ihn ein zweites Mal vergeben könnte.«

»Und wenn ich Zukata segnen würde?«

»Auch das ist nicht möglich. Es kann nur den einen Kaiser geben und seinen Erben ... Ja, wenn ich tot wäre, könntest du es vermutlich.«

»Und wenn wir ihm das versprechen?«, fragte Keta. Sein Mund war wie ausgetrocknet, er konnte kaum sprechen. »Die Aussicht, dass ich ihm nach deinem ... Tod den Segen gebe?«

Kanuna schüttelte den Kopf. »Du glaubst doch selber nicht, dass er darauf eingehen würde. Was glaubst du, wie viele Jahre er warten will? Und was ist, wenn du einen Sohn bekommst? Er könnte nicht verhindern, dass du dein eigenes Kind an seiner Stelle segnest.«

»Ich könnte es ihm schwören. Und ich würde ihn Kaiser sein lassen, wenn meine Zeit gekommen ist, den Thron zu besteigen. Ich will ihn nicht. Ich wollte ihn noch nie. Ich gehöre nicht in diesen Palast und ich will dieses Leben nicht, das du hier führst, Vater. Keine Ahnung, warum Zukata es so gerne will.«

»Er wollte es schon immer«, sagte Kanuna. »Aber nun wirst du es sein, der über das Reich herrschen wird. Du hast eine Verantwortung. Du kannst dich nicht damit herausreden, dass dieses Leben hier dir nicht zusagt. Glaubst du, ich bin hier immer nur glücklich? Glaubst du nicht, dass auch ich gerne durch die Wälder streifen würde, oder noch besser, durch die Berge? Dies ist deins, Keta. Warum auch immer du es dir genommen hast, ohne es zu wollen, jetzt ist es deins.«

Er hatte befürchtet, dass es dazu kommen würde. Es gab einen Punkt, über den er nicht gehen wollte, eine Grenze, die er nicht überschreiten würde – es sei denn, es ging nicht anders. Sein Herz begann heftig zu schlagen, als ihm klar wurde, dass es vielleicht bei dieser Begegnung schon dazu kommen würde. Kanuna hatte ihn umarmt und sprach mit ihm, als sei alles vergeben und vergessen, als sei jetzt schon alles gut. Ihm den Schleier vor den Augen zu zerreißen, würde nichts ändern, nichts an dem, was geschehen war. Es würde nichts bewirken, als Hass einzufordern, wo Liebe war, und Hinausgestoßenwerden, wo Aufnahme war. Er schrak davor zurück, sein Zuhause für immer vor sich selbst zu verschließen und seinem Vater den Dolch ins Herz zu stoßen. Wofür wäre es gut gewesen? Wofür, wenn nicht, um freier atmen und unbeschwerter wandern zu können?

»Ich hoffe so sehr, dass er sie mir zurückgibt«, sagte Kanuna. »Dass da noch irgendetwas Menschliches in ihm ist, nicht nur die brutale Gewalt eines Riesen. Auch er hat eine menschliche Mutter, so wie du. Aber ich weiß in einem Winkel meines Herzens, dass Manina verloren war, als Zukata sie sah, nein, als er von ihrer Existenz gehört hat. Sie war schon verloren, als sie geboren wurde ...«

Ketas Hände krallten sich an den Sessellehnen fest. »Wie sehr musst du ihn hassen«, flüsterte er. »Und er ist dein eigener Sohn.«

»Jetzt nicht mehr«, sagte Kanuna.

»Bitte, Vater. Erlaube mir, zu ihm zu gehen und ihm den Segen zu versprechen. Vielleicht reicht es ihm doch, denn er wird einsehen, dass das alles ist, was er bekommen kann. Im Grunde wird er gar nichts verloren haben, denn ich werde keine Stunde auf diesem Thron sitzen. Er wird hierher kommen ...«

»Nein!«, rief Kanuna aus. »Nein, ich will es nicht!«

Sie schwiegen wieder.

»Ich habe keine Kinder«, sagte Keta. »Meine Frau kann mir keine Kinder schenken. Es gibt niemanden, den ich segnen könnte.«

»Dann nimmst du dir eben eine andere Frau!«

Keta schüttelte den Kopf. »Nein, Vater, das werde ich nicht tun. Ganz bestimmt nicht. So wenig, wie ich dieses Amt antreten werde, das du mir hier anbietest.« Er lächelte leicht. »Meine Pflegetochter – ja, ich gebe zu, sie würde ich gerne segnen. Aber sie ist ein Mensch. Und du weißt so gut wie ich, dass ein Riese auf dem Thron von Kirifas sitzen muss. Andererseits – warum muss es so sein? Würden die Menschen darunter leiden, wenn es nicht so wäre? Bestimmt nicht. Warum nicht einmal einem Menschen die Chance geben, das Kaiserreich zu regieren?«

»Das wagst du nicht«, grollte Kanuna. »Denk nicht einmal darüber nach. Der Segen lässt sich nur auf einen Riesen übertragen. Dieser Segen gab mir die Kraft, mit Weisheit und Gerechtigkeit zu herrschen, obwohl auch in mir all das schlummert, was jedem von uns Riesen angeboren ist. Als mein Vater ihn mir gab, spürte ich, wie ich begann, alle Dinge anders zu betrachten ... Das war es, was stärker war als alle Wildheit. Und du? Hat dir der Segen ein wenig Weisheit verliehen?«

»Heilende Hände«, sagte Keta. »Sie haben mein Leben verändert.«

Kanuna sah ihn aufmerksam an. »Wie meinst du das?«

»Als ich entdeckte, dass ich heilen konnte ...«

»Du kannst heilen? Kranke heilen?«

»Ja«, sagte Keta. »So wie du.«

Kanuna schüttelte den Kopf. »Nein, ich ... Dachtest du wirklich, das mit den heilenden Händen sei wörtlich zu verstehen? Ich treffe heilsame Entscheidungen. Und hin und wieder berühre ich jemanden und es geht ihm besser, als hätte ich ihn auch gesegnet, mit einer anderen Art von Segen ...«

»Ich heile«, wiederholte Keta. »Ich ziehe durchs Land und kümmere mich um Kranke und Verletzte.«

»Aber der Segen bedeutet doch viel mehr, Keta. Du gehörst hierher, auf diesen Thron.«

»Mehr?« Er lächelte. »Es kann nicht mehr geben für mich.«

»Du musst.«

»Vater – hast du es immer noch nicht verstanden, wer ich bin? Ich werde dir nicht gehorchen.« Remanaine. Er war Remanaine. Immer noch. »Ich werde das Leben führen, das mir zusagt. So war ich schon immer, auch wenn du das nicht gesehen hast.«

»Du warst mein gehorsamer kleiner Junge, und die Weisheit, die dir der Segen verleihen kann ...«

»Nein«, widersprach Keta. »Ich war nie dein gehorsamer kleiner Junge. Ich war viel schlimmer als Zukata, aber du wolltest das nicht sehen.«

Kanuna lächelte. »Nein. Du warst ...«

»Dein Liebling, Vater«, ergänzte Keta. »Ich weiß. Deshalb willst du mich hier in Kirifas und nicht Zukata. Aber ich bin nie gewesen, was du in mir gesehen hast.« War jetzt der Zeitpunkt gekommen? Jetzt schon? Er wollte es nicht tun. Er wollte es nicht sagen. Aber die Worte tanzten bereits auf seiner Zunge, all die hässlichen kleinen Worte. Die Wahrheit.

»Nein«, widersprach Kanuna. »Zukata hat von Anfang an bewiesen, dass er für dieses Amt nicht taugt. Angst und Schrecken hat er verbreitet. Du warst immer der Ruhigere. Auf dich war Verlass. Siehst du, selbst jetzt: Er ist ein Mörder und du bist Arzt. Mach dich nicht geringer, als du bist. Du bist mein Erbe, Keta.«

»Die Hälfte der Dinge, die du Zukata zur Last gelegt hast, habe ich getan, Vater. Mehr als die Hälfte. Und ich habe alles ihm in die Schuhe geschoben.«

»Aber ...« Kanuna runzelte die Stirn. »Das glaube ich nicht.«

»Du hast mir aber immer geglaubt. Zukata, der weinte und schrie, wenn er bestraft wurde, für das, was ich getan hatte ... Und du hast immer mir geglaubt. Er war vielleicht ein kleiner Hitzkopf und seine Wutausbrüche waren legendär, aber ich war ein Lügner und ein Betrüger.«

»Keta, ich ...«

»Doch, Vater. Es war ja so leicht, alles auf ihn zu schieben. Wer konnte uns schon unterscheiden? Ich habe von einer Prügelei zur nächsten gelebt. Ich habe Mutters Schmuck gestohlen und verkauft. Und er musste das alles büßen. Was glaubst du, warum er immer so wütend auf mich war? Und wenn er mich angriff, was meinst du, wer gewann? Ich, denn er verlor sich in seiner Wut und ich habe einen kühlen Kopf bewahrt und ein paar faule Tricks angewandt, an die er nie im Leben gedacht hätte ... Und als er schließlich weglief, floh er genauso vor mir wie vor dir und deinem ungerechten Zorn, und es hat mir damals kein bisschen leid getan.«

Kanuna schüttelte den Kopf.

»Verstehst du jetzt, warum ich nicht auf diesem Thron sitzen kann?«

»Das sind Kindergeschichten«, sagte Kanuna schließlich. »Jugendstreiche.«

»Selbst jetzt willst du es nicht sehen! Sieh mich doch an! Ich bin nicht Prinz Keta, der Edle! Ich bin – glaubst du wirklich, ich bin besser als er?«

»Nichts, was du getan hast, kann das übertreffen, was Zukata tat«, sagte der Kaiser schließlich. »Ich habe nie mit jemandem darüber gesprochen ... Aber ich glaube, dass er es war, der schuld an Vinjas Tod war, am Tod deiner Mutter ... Sie war so eine gute Reiterin. Aber wir fanden unter der Satteldecke einen Dorn. Nicht groß, aber einen winzigen spitzen Dorn. Er muss das Pferd in den Wahnsinn getrieben haben.«

»Warum sollte Zukata unserer Mutter etwas antun wollen?«, fragte Keta, heiser, und wandte das Gesicht ab.

»Das habe ich auch nicht verstanden. Aber jetzt, jetzt verstehe ich es endlich. Wenn er immer dachte, wir würden ihn ungerecht behandeln ...«

»Vater«, sagte Keta leise, »hast du es denn vergessen? Sie war immer auf seiner Seite. Du hast mir geglaubt, aber sie war die Einzige, die meinte, es könnte auch anders gewesen sein. Wenn Zukata sich bei ihr ausgeweint hatte, kam sie dann nicht zu dir? Ich weiß noch genau, wie ihr euch unseretwegen gestritten habt. Wie oft hast du ihr vorgeworfen, sie wäre blind, weil sie in Zukata vernarrt sei ... Und dabei war es genau umgekehrt. Du warst derjenige, der blind war. Und zwischen mir und ihr entstand etwas – eine Schicht Fremdheit, ein Hauch Kühle ... Nein, ich wollte nicht, dass sie stirbt. Nie hätte ich geglaubt, dass du sie nicht heilen kannst. Ich wollte ihr nur einen Denkzettel verpassen.«

Kanuna starrte ihn an, als sähe er ihn zum ersten Mal. »Das glaube ich nicht«, flüsterte er. »Das glaube ich einfach nicht.«

»Nicht? Von einem, der sich den Segen erschlich, obwohl er ihn gar nicht haben wollte? Doch dann veränderte dieser Segen mein Leben. Ich habe nichts von Weisheit gespürt ... Aber meine Hände konnten auf einmal tatsächlich heilen. Und seitdem tue ich nichts anderes. Ich gehe zu den Menschen und lege ihnen diese Hände auf und auf einmal liegt mir etwas an ihnen. Ich habe eine Familie gefunden, an der mir etwas liegt. Ich habe eine Frau, die mich gelehrt hat, was Liebe ist. Und jetzt habe ich sogar eine Tochter, die mich nicht mehr alleine irgendwo hingehen lässt ...« Er lächelte versonnen. »Mein Leben ist gut geworden, besser, als ich es mir je erträumt hätte.«

Kanuna weinte. Er hatte das Gesicht hinter seinen großen Händen verborgen und Schluchzer schüttelten ihn.

»Ich wollte es dir nicht sagen. Niemals ... Aber ich wusste, dass ich es tun würde, wenn ich herkomme. Deshalb bin ich nicht gekommen, die ganzen Jahre über. Damit du niemals wissen musst, wer ich bin.«

Kanuna wischte sich die Tränen aus den Augen. »Du dachtest, ich würde sie heilen können? Keta ... Ach, Keta. Wer bist du denn? Ich sehe dich an und finde dich nicht mehr ...«

»Gib Manina deinen Thron, wenn es irgendwann so weit ist, Vater. Du siehst, deine Söhne taugen nichts.«

»Manina?«, fragte Kanuna schmerzlich. »Lebt sie denn noch? Wer weiß, vielleicht hat er sie längst umgebracht.«

»Ich werde sie suchen«, sagte Keta. »Deshalb bin ich hergekommen, um dir das zu sagen. Ich kann nichts rückgängig machen, aber wenigstens das kann ich für dich tun.«

»Im ganzen Kaiserreich wurde nach ihr gesucht.«

»Aber noch nicht von mir.« Keta stand auf. »Ich bringe dir deine Tochter. Wenn sie noch lebt, werde ich sie finden. Vergiss nicht, ich habe Zukata immer geschlagen, bei jedem Kampf, jeder Prügelei. Ich habe immer gewonnen. Ich habe ihm immer alles weggenommen. Er wollte nur deine Liebe, aber selbst darum habe ich ihn betrogen ... Und nun werde ich ihm seine Geisel nehmen.«

Kanuna sah ihn an, nachdenklich. »Vielleicht könntest du es wirklich ... Ich weiß nicht mehr, was ich glauben soll. Mir ist, als hätte ich alle meine Kinder verloren, Zukata und Manina und nun auch dich ... Komm her.« Er streckte die Hand nach ihm aus, und als Keta zögernd näher trat, legte er den Arm um ihn und weinte.

»Nein«, sagte er leise, »dich verliere ich nicht. Das lasse ich nicht zu. Bleib hier, Keta, bleib hier bei mir. Das ist ein Befehl.«

»Aber ich werde dir nicht gehorchen«, entgegnete Keta. »Ich habe mich verändert, aber nicht so ... Ich bin immer noch ich und weder als Sohn noch als Prinz besonders geeignet ... Ich werde tun, was ich für richtig halte, und du kannst nichts dagegen machen.« Er versuchte zu lächeln. »Ich bringe dir deine Tochter. Vertrau mir.«

Kanuna nickte, aber in seinen Augen lag keine Hoffnung. Er seufzte. Über sein Gesicht fielen Sorge und Müdigkeit, als hätte jemand einen ganzen Sack voller schwerer Jahre über ihm ausgeschüttet.

12. Kaisergänger

MÖWE SASS AUF dem Teppich und betrachtete staunend die goldene Tasse, aus der sie getrunken hatte. Dann sah sie sich rasch um, griff nach einigen weiteren Tassen, die auf dem Tablett standen, und begann zu jonglieren. In rascher Folge flogen die Tassen der Decke entgegen und landeten sanft in ihren sicheren Händen. Sie grinste, während sie, immer noch vorsichtig jonglierend, aufstand und mit den wirbelnden goldbemalten Tassen durch den Raum ging. Sie bemerkte die Kaiserin zuerst nicht, die an der Tür stand und die Kunststücke lächelnd beobachtete. Doch dann drehte sie sich um, zuckte zusammen und griff daneben. Eine der Tassen zerschellte auf den Fliesen, die anderen pflückte sie noch eilig aus der Luft.

»Tut mir leid«, stammelte sie und sammelte die Scherben hastig auf.

»Er ist fort«, sagte Fanes und trat näher. »Tut mir leid, Mädchen. Er hatte es so eilig ... Und er meinte, es sei zu gefährlich für dich.«

Möwe erschrak. »Was? Keta ist ohne mich gegangen?«

Die Kaiserin nickte. »Du kannst hier bei uns bleiben, bis er zurück ist.«

»Das kann doch nicht wahr sein! Ihr lasst ihn einfach so gehen – ohne mir Bescheid zu sagen?«

»Du hast sehr lange geschlafen. Er ist ein Riese, Möwe. Ihn hat dieser Gewaltmarsch kaum ermüdet, während es für dich viel zu anstrengend war. Er weiß das. Er hätte dich gar nicht mitnehmen dürfen.«

Hier kniete sie vor der Kaiserin von Deret-Aif, die Hände voller Scherben, und musste sich anhören, dass Keta es für besser gehalten hatte, ohne sie aufzubrechen. Er wollte das Kind suchen, das war klar. Aber wohin war er gegangen?

Möwe ließ die Überreste der Tasse liegen und stand auf. »Wo wollte er denn nach ihr suchen?«

»Mädchen, es ist besser, wenn du das nicht weißt. Du solltest wirklich ...«

Möwe vergaß, dass sie mit der Kaiserin sprach. »Nein! Er darf nicht ohne mich losziehen. Ich werde nicht hier bleiben! Wo ist er hin?«

Fanes schüttelte bedauernd den Kopf. »Ich weiß nicht. Wenn ich wüsste, wo man sie suchen soll, glaubst du nicht, ich wäre den Weg selbst schon gegangen?«

Neben ihr tauchte Kanuna auf. Er sah müde aus. »Ja, er ist fort ... Nicht eine einzige Nacht wollte er hier im Palast verbringen.«

»Ihr habt ihn einfach so gehen lassen?«, rief Möwe aus. »Einfach so? Ohne ihm Hilfe anzubieten?«

»Wozu brauchte er die?«, fragte Kanuna. »Worauf willst du hinaus?«

»Und Eure Soldaten?«, fragte Möwe hitzig. »Werden sie wieder hinter ihm hersein? Habt Ihr sie schon zurückgerufen?«

Der Kaiser zögerte. »Sie haben ihn auch nach Kirifas durchgelassen, auf meinen Befehl.«

»Hier im Umkreis ist Euer Befehl ja auch angekommen. Aber reicht das bis Drian und Henten? Bis nach Salien oder Südlant? Wissen sie, dass es Keta ist und nicht Zukata? Werden sie ihn durchlassen, wenn er vorbeikommt?«

»Das Kind hat recht«, sagte Fanes. »Jeder, der gehört hat, dass wir nach Zukata fahnden, wird Keta festnehmen wollen.«

»Was schlägst du vor?«, fragte Kanuna.

»Eine Bescheinigung, eine Berechtigung oder so etwas – wie nennt man das bloß? Eine Vollmacht. Ihr hättet ihm eine Vollmacht geben sollen.«

»Du meinst also, ich hätte ihm eine Vollmacht ausstellen sollen, die er den Soldaten zeigen kann?«

»Mindestens«, sagte Möwe.

»Oder braucht er vielleicht dich, um ihn zu beschützen?« Der Kaiser lächelte nun doch. Er hatte es ergeben hingenommen, dass Keta wieder fortging, doch der Eifer des Mädchens zeigte ihm eine hilfreichere Art von Liebe. Das hier war kein Kind, das an den Rockschößen der Mutter hing. Es war eine junge Frau, die genau wusste, wie es draußen auf den Straßen und in den Wäldern zuging.

»Ja«, sagte Möwe ernst. »Das tut er.«

Kanuna nickte. »Vielleicht hast du sogar recht ... Nun denn. Ich werde eine Vollmacht ausstellen und du wirst sie ihm bringen.«

»Aber ...«, protestierte Fanes. »Sie ist ein Kind, sie kann nichts ausrichten. Sie bringt sich nur in Gefahr. Dort draußen ...«

»Dort draußen ist unser Kaiserreich«, sagte Kanuna. »Diese wundervollen dreiundzwanzig Königreiche, wie Edelsteine auf einer Schnur ... Lass sie. Ich habe gelernt, dass es ein Fehler ist, jemanden festzuhalten, der gehen will. Es ist zwecklos und würde dieses Mädchen erst recht in Gefahr bringen. Denn ich sehe diesen Trotz in ihren Augen ... Sie würde versuchen, ein Pferd zu stehlen, und sich nachts aus dem Palast schleichen. Hab ich recht? Du schüttelst den Kopf? Nun denn. Aber ehe du auf solche Gedanken kommst, gebe ich dir ein Pferd, Verpflegung und Geld. Und diese Vollmacht, auf die du so erpicht bist.«

»Ich mag sie, aber wir kennen sie doch überhaupt nicht«, flüsterte Fanes an seinem Ohr. »Was ist, wenn ...«

»Das ist Ketas Tochter«, erinnerte Kanuna. »Ob nun von seinem Blut oder nicht, das ist seine Tochter. Wenn sie beide nach Manina suchen wollen, lass sie. Manchmal geht das Schicksal seltsame Wege.«

Zum Abschied drückte Kanuna ihr die Hand. Die Vollmacht, zusammengerollt und mit einer seidenen Schnur verknotet, lag in ihrem Gepäck, das schon an den Satteltaschen des schönen Braunen befestigt war.

»Du hast diese Vollmacht eingefordert«, sagte er, »und ich habe sie dir gegeben. Darin steht nicht nur Ketas Name, sondern auch der deine. Wenn du Hilfe brauchst, zeig sie vor, und niemand darf dir seine Hilfe verweigern. Wenn du in Schwierigkeiten bist, zeig sie vor. Hab keine Scheu. Damit sollte es dir gelingen, Ketas Weg aufzuspüren und ihn wiederzufinden, und gemeinsam gut voranzukommen. Hast du das verstanden?«

Möwe nickte.

»Dann reite«, sagte der Kaiser. »Reite und finde ihn.«

Das Pferd hieß Donner. Diese Tatsache erheiterte Möwe sehr.

»Wir werden gut miteinander auskommen«, sagte sie zu dem braunen Hengst. »Ich bin an Unwetter gewöhnt, Donner. Nur noch Blitz fehlt.« Sie lachte. Die Dringlichkeit, Keta wiederzufinden, lag nicht mehr wie eine schwere Last auf ihrer Seele. Über ihr wölbte sich der blassblaue Himmel und die Winterlandschaft vor ihr brachte ein Leuchten in ihr Herz, ein wundervolles Gefühl. Sie fürchtete sich nicht vor Kälte und Schnee, nicht auf diesem großen schönen Pferd, nicht mit dieser Vollmacht des Kaisers, nicht mit der Weite um sie her. War sie denn schon ihr ganzes Leben eine Reisende gewesen? Sie wusste es nicht, aber es kam ihr so vor, als sie losritt, über die Straßen der Stadt Kirifas, ganz allein, aber mit einer Furchtlosigkeit, die sie selbst überraschte, einer Gier nach Wald und Sternenhimmel und einem Lager unter den Bäumen, danach, das Land unter ihren Füßen oder unter den Hufen ihres Pferdes vorübergleiten zu sehen.

»Ich bin ein Riese«, sagte sie zu sich oder auch zu Donner, verwundert und erfreut. Der goldene Palast lag hinter ihr, ein glitzernder Traum, den sie ohne Bedauern zurückließ. Der Weg vor ihr dagegen war Verlockung und gestilltes Verlangen zugleich, Fremde – denn wohin er führen würde, wer konnte das sagen? – und Heimat, ihr, die keine Herkunft hatte. Jeder Weg, jede Richtung konnte sie unversehens dorthin bringen, wo man sie kannte, wo jemand sie ansehen würde und sagte: Du, ich kenne dich.

Möwe lachte und in ihren Händen war das Bedürfnis, Dinge in die Luft zu werfen, sie loszulassen und wieder aufzufangen, eins, zwei, drei, vier, vielleicht irgendwann noch mehr, bis die ganze Luft erfüllt war von tanzenden Gegenständen, die fortgeschleudert wurden und doch immer wieder zurückfielen in ihre sicher zupackende Hand.

An jedem Tor hatte sie nach Keta gefragt; es war das östliche Tor, durch das der Riese die Stadt verlassen hatte. Daher wandte Möwe sich nach Osten, wo die kleinen Dörfer schon bald den riesigen

Wäldern Platz machten, die sich bis nach Süden und in den fernen Osten jenseits der Grenzen des Kaiserreichs erstreckten. Überall hielt sie Augen und Ohren offen. Sie rechnete nicht damit, dass Keta eine deutliche Spur hinterlassen hatte; mit Sicherheit würde er heimlich, möglichst bei Nacht reisen oder abseits der Straßen unterwegs sein. Trotzdem rechnete Möwe sich gute Chancen aus, dass ihr Pflegevater gesehen worden war, denn schließlich wollte Keta nicht fliehen, sondern Zukata aufspüren, und musste seinerseits nach ihm fragen.

Sie fand den Kaisersohn tatsächlich früher als erwartet. In dem Städtchen Hegewald, in das sie nach zwei einsamen Tagen im Wald einritt, waren die Straßen wie leergefegt. Ein paar Hühner flatterten gackernd aus dem Weg, als die Reiterin zwischen den gepflegten Häusern hindurchkam. Ihr war, als hätte sie einmal gehört, dass dieser Ort das kaiserliche Jagdrecht besaß und sich hier die besten Jäger des Reichs einfanden. Dunkle Vorahnungen beschlichen das Mädchen, als sie von weitem Lärm und Aufruhr vernahm, das Klirren der Waffen und das laute Rufen zahlreicher Männer, untermalt vom hohen Gekreische der Frauen.

Keta stand in der Mitte einer Menschenmenge, mit einem Besen bewaffnet, den er irgendwo am Straßenrand gefunden haben musste: ein sehr struppiger Besen, den er offenbar schon zur Verteidigung eingesetzt hatte. Einige Jäger hielten ihn mit ihren Armbrüsten in Schach, während ein paar andere sich ihm vorsichtig näherten, offenbar, um ihn zu fesseln. Sie hielten Stricke in den Händen, die sie ihm entgegenhielten, als würden sie einem wilden Tier einen Leckerbissen anbieten.

»Zurück!«, schrie Keta aufgebracht und machte einen Schritt nach vorne, der sofort erneutes Kreischen einiger Mädchen auslöste, die sich neugierig nach vorne gedrängt hatten. Durch den Ärger, den er zeigte, sah Möwe, wie viel Spaß ihm die Sache machte. Wenn sie es nicht verhinderte, würde seine Wut ungehindert losbrechen.

»Keinen Schritt weiter!«, befahl einer der Jäger. »Wir wollen Euch ungern etwas antun, Prinz Zukata ...«

»Ich bin nicht Prinz Zukata!«, rief Keta wütend aus. »Wie oft soll ich euch noch sagen, dass ihr euch irrt!«

Möwe hielt die Zeit für gekommen, um einzugreifen. Sie kannte Keta zu gut. Anstatt sich von der Bedrohung durch die Pfeile aufhalten zu lassen, würde ihn das nur zusätzlich anstacheln. Wenn er erst einmal losschlug, blieb hier kein Stein auf dem anderen.

Sie riss ihr Pferd hoch und rief laut: »Halt!«

»Pass auf, Möwe!«, rief Keta. »Diese Leute hier sind völlig verrückt!«

»Vorsicht!« Die Bürger in ihrer Nähe brachten sich vor den Hufen des ausschlagenden Pferdes in Sicherheit. »Das ist der Riese, den sie hier alle suchen!«

»Und du bist wohl einer seiner Räuber, wie?«

Schon griffen einige Hände nach den Zügeln ihres Pferdes. Sie ließ es erneut steigen, um sich Respekt zu verschaffen.

»Nein, bin ich nicht«, widersprach Möwe. »Und ich kann das auch beweisen!«

»Halt dich da raus«, schnaubte der Prinz. In seinen Augen loderte bereits die Vorfreude auf den bevorstehenden Kampf. Noch hielt er sich zurück, gerade so, aber Möwe konnte deutlich sehen, dass das Fass kurz vor dem Überlaufen war.

»Wenn du etwas zu sagen hast, sag es mir«, sagte einer der Jäger. »Aber schnell. Wenn dieser Kerl noch einmal den Arm hebt, jage ich ihm diesen Pfeil in die Brust, Kaisersohn oder nicht.«

»Und du bist die Nächste«, rief ein anderer. »Wir machen mit der ganzen Bande kurzen Prozess!«

»Lasst das Mädchen zufrieden!«, brüllte Keta, als mehrere Pfeile sich nun auch auf Möwe richteten.

»Hört mir zu«, rief Möwe der aufgebrachten Menge zu, die in ihr nun ein leichteres Opfer ausmachte. Mehrere wandten sich ihr zu.

»Nehmen wir sie als Geisel«, schlug jemand vor. »Wenn sie wirklich zu dem Riesen gehört ...«

Irgendjemand warf ein Seil über den Kopf ihres Hengstes. Wenn sie nicht sofort etwas tat, würde die ganze Sache dermaßen eskalieren, dass sie nicht mehr zu stoppen sein würde.

»Haltet ein!«, rief Möwe. »Im Namen des Kaisers! Im Namen Kanuna El Schattiks!«

Einige versuchten bereits, sie vom Pferd zu zerren, und aus Ketas Richtung erklang ein Brüllen wie von einem wilden Tier kurz vor dem Angriff.

»Gesindel wie du sollte den Namen des Kaisers nicht in den Mund nehmen!«, rief eine Frau in seiner Nähe.

»Ich bin Kaisergänger!«, rief Möwe, die das Gefühl hatte, in dem ganzen Trubel ersticken zu müssen. »Ich bin Kaisergänger! Im Namen des Kaisers, lasst mich los!« Niemand schien sie zu hören. Immer wieder rief sie es, obwohl sie sich doch vorgenommen hatte, dieses Geheimnis, das wie ein kostbarer Schatz in ihrem Herzen war, wie eine wunderbare Liebe, so lange wie möglich für sich zu behalten.

Und auf einmal ließen sie sie los. Nach Luft ringend stand sie da und fühlte, wie sich alles um sie herum drehte. Langsam erst wurde ihr Blick klar. Vor ihr stand der Jäger, der das Wort führte.

»Was sagst du da? Hast du eine Ahnung, was du da eben gesagt hast?«

Möwe atmete tief durch und fühlte ihren Mut zurückkehren. »Ich habe den Brief des Kaisers in meinem Rucksack. Seht nach, wenn ihr mir nicht glaubt. Ich bin Kaisergänger, und der Riese, den ihr eben noch töten wolltet, ebenso.«

»Kann hier jemand lesen?«

»Ja, ich.«

Der Jäger winkte dem lesekundigen Mann, der sich nach vorne durchdrängte, nach dem Beutel zu greifen. Nach kurzem Suchen zog er die Rolle hervor und öffnete sie. »Das Siegel des Kaisers«, sagte er ehrfürchtig.

»Und, was steht drin?«

»Sie spricht die Wahrheit. Ihr Name ist Möwe und sie ist Kaisergänger. Sie sind es beide.«

»Kein Zweifel?«

»Sie werden hier beide beschrieben. Ein weißhäutiges Mädchen, ein blonder Riese. Es ist das kaiserliche Siegel. Nein, ohne Zweifel.«

Keta drängte sich durch die Menge.

»Was?«, fragte er ungläubig. »Ich bin ...?« Er suchte Möwes Blick, und das Mädchen nickte ihm lächelnd zu.

»Tut mir leid – aus deiner Keilerei wird heute wohl nichts.«

Keta verzog das Gesicht, als ob er Schmerzen hätte. »Nun gut, das wird ja nicht die letzte Gelegenheit gewesen sein.«

»Ähm ...« Dem Jäger war es sichtlich unangenehm, sie zu unterbrechen. »Wir entschuldigen uns, Herr. Wenn wir irgendetwas für Euch tun können? Was immer Ihr benötigt ...«

»Nein danke«, sagte Keta schroff.

»Oh ja, zu liebenswürdig«, meinte Möwe. »Wenn ihr so freundlich wärt, unsere Vorräte aufzustocken, wir haben noch einen weiten Weg vor uns.«

»Wenn wir Euch mit Wildbret zufriedenstellen können? Hegewald besitzt das kaiserliche Jagdrecht, wie Ihr sicherlich wisst ...«

»Was auch immer, wir sind sicher, ihr werdet euch selbst übertreffen.«

Möwe grinste Keta an. Die Macht, die ihr plötzlich zugefallen war, machte sie fast schwindlig. Sie konnte sich alles wünschen, alles! – und sie würden es ihr erfüllen. Sie mussten es, als wäre sie der Kaiser selbst.

Kopfschüttelnd sah Keta zu, wie die Menschen, die ihn eben noch hatten umbringen wollen, sich nun eifrig bemühten, ihm zu gefallen. Man geleitete sie zum Haus des obersten Jägers, wo seine Frau sich eifrig daran machte, ihnen ein Mahl zuzubereiten; die halbe Stadt schien ihr dabei zur Hand gehen zu wollen. Von überallher tauchten hübsche junge Mädchen auf, die ihnen Getränke brachten und rastlos hin und her huschten. Alle lächelten und strahlten besonders Keta an, er wusste kaum noch, wohin er schauen sollte.

Die Miene des Prinzen war düster. Er hatte das kaiserliche Dokument an sich genommen und starrte auf die Unterschrift seines Vaters. Wieder und wieder las er die Zeilen, die ihn und Möwe zu Kaisergängern machten.

»Ich fasse es nicht«, murmelte er. »Er hat immer gesagt, er brauchte keine Kaisergänger. Wir hatten damals einige Höflinge, die darauf hofften. Ein paar Fürstensöhne, die glaubten, sie hätten es verdient. Aber er hat nie jemanden dazu gemacht, nie.«

Möwe fühlte, wie ihr die Röte ins Gesicht stieg, als ihnen ein schwarzhaariges Mädchen einen Becher Wein brachte und wie zufällig Ketas Hand streifte.

»Vielleicht solltest du ihnen sagen, dass du verheiratet bist.«

Keta lächelte grimmig.

»Ich weiß, dass sie überhaupt nicht uns meinen. Uns als Personen, meine ich.« Es fiel Möwe schwer, es auszusprechen, so gut fühlte es sich an, bewundert zu werden. Es war, als wäre plötzlich ihre Haut braun und ihr Haar dunkel geworden – sie sahen sie an, aber nicht wie eine Missgeburt, sondern wie eine wunderschöne Prinzessin.

»War es so?«, fragte sie leise. »Als du noch im Schloss gelebt hast?«

Keta lachte. »Nein, Möwe. Mit einem Riesen bändeln die Mädchen selbst dann nicht an, wenn er der Sohn des Kaisers ist. Und du solltest nicht so viel trinken.«

»Ich habe doch gar nicht ...«

»Oh doch. Es reicht. Das ist die Kehrseite der Medaille, meine Tochter: als Kaisergänger werden sie dir gehorchen. Aber wenn du dich daneben benimmst, fällt das auf den Kaiser zurück. Achte gut auf das, was du tust oder sagst.«

»Es klingt, als ob du dich überhaupt nicht freust.« Sie hatte nicht danach fragen wollen, aber natürlich tat sie es doch. Sie hatte diesem Mann, der wie ein Vater für sie war, ein Geschenk gebracht, ein überaus kostbares Geschenk, und es tat ihr weh, Ketas verschlossenes Gesicht zu sehen. Ein Lächeln, wenigstens ein kleines – ein Funkeln seiner blauen Augen – vielleicht sogar ein Jubelschrei ... Möwe wartete auf ein Zeichen, auf irgendetwas, dass dieses Geschenk angekommen war.

Keta schwieg. Er nippte an seinem Becher und starrte vor sich hin, dann rollte er den Brief zusammen und packte ihn in Möwes Rucksack.

»Stell dir vor, du findest deinen Namen plötzlich wieder«, sagte er. »Deinen echten Namen. Stell es dir vor. Dann weißt du, wie ich mich fühle.«

»Was hast du eigentlich vor?«, fragte Möwe, während sie neben Keta durch den lichtlosen Wald ritt. Der Frühling kam bereits mit großen Schritten nach Deret-Aif, aber in diesem Wald in Helt war noch Winter. Diese Bäume trugen keine Blätter, die sie hätten verlieren können, sondern dicke grüne Nadeln, hart und spitz. Die kühle Luft duftete nach Harz. »Willst du im ganzen Kaiserreich nach ihnen suchen? Wenn es Nachrichten von Zukata gäbe, hätte Kanuna es erfahren, oder nicht?«

»Entweder er hat sich irgendwo verkrochen, oder er hat Deret-Aif verlassen.«

Möwe trieb Donner an, damit er mit dem Riesen Schritt hielt. »Aber ...«

»Nichts aber«, sagte Keta heftig. »Ich habe nicht vor, in jedem einzelnen Königreich nach ihm zu fahnden. So viel Zeit haben wir nicht. Glaubst du, ich wüsste nicht, dass Zukata das Kind ebensogut töten kann wie es als Geisel zu benutzen? Wir haben keine Zeit. Alleine haben wir keine Chance.«

»Dann ...« Möwe war überrascht. »Aber wen könntest du um Hilfe bitten?«

»Das Ziehende Volk hält bereits nach ihnen Ausschau. Jede einzelne Sippe im ganzen Reich und über seine Grenzen hinaus. Du weißt, dass wir uns nicht um Grenzen kümmern.«

»Ja, aber ... Es kann Monate dauern, bis uns die richtige Nachricht erreicht.«

»Natürlich, wenn wir Pech haben. Aber vielleicht haben wir ja auch Glück. Warum sollten wir nicht auch einmal Glück haben?«

Er blickte Möwe an, und sie wusste keine Antwort darauf.

Keta grinste. »Das Mädchen, das mir den Wein brachte, hat mir eine Nachricht überreicht. Eine Nachricht von den Ziehenden. Hast du ihr nicht angesehen, dass sie eine Zinta war? Ein Mischling, vermute ich. Wir sollen uns mit einer Sippe treffen, die hier in der Nähe ihr Lager aufgeschlagen hat. Wir reiten gerade dorthin. Vielleicht gibt es bereits etwas Neues. Und außerdem«, er runzelte die Brauen, »gibt es noch ein paar Leute, die ich besuchen werde.«

Das Lager der Ziehenden lag mitten im finstersten Dickicht. Möwe war es ein Rätsel, wie Keta es fand, von welchen Instinkten oder Hinweisen er sich leiten ließ. Manchmal hatte sie den Verdacht, dass er über Sinne verfügte, die den Menschen fremd sind – konnte er es vielleicht über Meilen hinweg wittern, wie ein wildes Tier, wer sich außer ihnen noch im Umkreis aufhielt?

Er wusste auch sofort, dass sie beobachtet wurden.

»Steig ab«, sagte er leise zu Möwe. »Und bleib dicht hinter mir. Und kein Wort.«

Mit klopfendem Herzen folgte sie ihm. Sie horchte, aber nur das Knistern der Nadeln und das Knacken dünner Äste war zu hören.

»Ich bin Remanaine«, sagte er auf einmal und blieb stehen. »Ich bin einer von euch.«

»Wir wissen, wer du bist, Bruder«, kam die Antwort von irgendwoher, aber ob sie aus dem Gebüsch kam oder von oben aus einem der Bäume, hätte Möwe nicht sagen können. »Geh geradeaus weiter, ihr seid gleich da.«

Tannenzweige stachen und kratzten sie empfindlich, während sie sich durch die tiefhängenden Äste hindurchzwängten. Dann war auf einmal wieder der freie Himmel über ihnen, tief und grau, und vor ihnen standen die bunten Wagen der Zintas. Dieser Platz ähnelte so sehr dem Lager von Ketas eigener Sippe, dass Möwe war, als müsste Variti gleich aus dem grünen Wagen steigen und sie begrüßen, während die Kinder sie lachend umringten. Aber es waren fremde Gesichter, die vorsichtig aus den Fenstern blickten.

»Sei willkommen, Bruder.« Ein dunkeläugiger älterer Mann begrüßte sie, und sofort trauten sich die Kinder aus ihren Verstecken heraus und strömten auf die Lichtung. Keta nickte ihr zu und folgte dem Fremden, aber das Mädchen blieb stehen und wandte sich den Kindern zu. Möwe fühlte ihre staunenden Blicke auf sich und holte ihre Bälle aus dem Rucksack.

»Hopp!«, rief sie und ließ sie in die Höhe schnellen. Die Kinder lachten und klatschten. Einige schlugen Rad, ein Junge überbot sich mit immer waghalsigeren Saltos. Nun, denen würde sie zeigen, was sie konnte.

»Das kann ich auch!«

Möwe nahm Anlauf und sprang hoch – und landete mit der Nase in einem stachligen Zweig. »Na wartet!« Sie verjagte die lachenden Kinder.

»Lang nicht gesehen.«

Sie kannte diese Stimme. Und sie hatte diesen Jungen schon einmal gesehen – auf dem Markt! Wie war noch sein Name gewesen? Natürlich, Jamai. Sofort hatte sie das Gefühl, dass sie sich gar nicht mehr bewegen konnte.

Er stand immer noch da. »Aus dir wird nie eine Akrobatin«, stellte er fest, aber seine Augen blitzten. Möwe musste lachen.

»Nein, das glaube ich auch nicht.«

»Du kannst jonglieren, das habe ich bereits gesehen.« Er nickte beifällig. »Und du springst in den Dreck. Es macht dir nichts aus, wenn man über dich lacht. Du hast das Zeug zu einem Clown!«

»Findest du?« Und irgendwo in ihrem Hinterkopf sagte eine Stimme: Achte auf deine Würde. Würde ist alles, was zählt. Es war eine ernste, eindringliche Stimme. Wenn du deine Würde verlierst, verlierst du alles.

»Du bräuchtest natürlich noch ein paar Zaubertricks ...«

Und sie fühlte sich heimisch. Es war etwas, womit sie nie gerechnet hatte. Früher hätte sie Keta übel genommen, wenn er sie einfach irgendwo stehen ließ, um wichtige Gespräche zu führen. Sie hätte dagestanden, allein, und sich sehr weiß gefühlt, so schrecklich weiß, dass es wehtat. Aber stattdessen war es, als wäre sie in ihre Familie zurückgekehrt.

Vielleicht bin ich ja eine Ziehende, dachte sie. Schon immer gewesen.

»He, Möwe, soll ich dir einen Trick zeigen? Man kann ihn ganz schnell lernen. Du musst nur ...«

Er hatte ihren Namen nicht vergessen. Er kannte sie. Alle Sippen kannten sie. »Ich habe eine Familie«, flüsterte sie. Stell dir vor, dieses Gefühl, wenn du deinen Namen kennst und deine Familie wiedersiehst ... Da war sie, ihre Familie. All das hier war so vertraut ... Natürlich, sie kannte diese Art zu leben, diese Art Menschen von Ketas Sippe her, aber dass es so einfach war, das Gefühl der Zugehörigkeit überall, bei allen anderen Zintas, zu erleben, war neu und überraschend. Als wäre dies schon immer ihre Sippe gewesen, ihre Familie. Als wäre die eine Familie, die sie verloren hatte, ganz genau wie das hier. Ein schwarzhaariger Junge mit einem hübschen Gesicht ... Auf einmal kam ein Name zu ihr, wie eine Eingebung. »Blitz?«, flüsterte sie und dabei wusste sie doch, wie er hieß.

»Jamai, Schwesterchen.« Er grinste sie an und sie sagte ihm nicht, dass sie seinen Namen nicht vergessen hatte.

Natürlich war er nicht Blitz. Was wusste sie denn, wer Blitz war und was er in ihrem Leben bedeutet hatte? Und doch, da war eine Ahnung ... Sie ertappte sich dabei, wie sie Jamai musterte, wie sie versuchte, etwas in seinem Gesicht wiederzufinden, etwas Bekanntes ...

Er erwiderte ihren forschenden Blick, und sie fühlte sich ertappt. Verlegen sah sie sich um. »Wo ist mein Vater?«

»Ach, die reden noch. Ein schönes Pferd hast du da.«

Es war nicht zu übersehen, dass Jamai versuchte, sie abzulenken. Was hatte Keta wohl vor? Er würde doch nicht wieder versuchen, sich ohne sie aus dem Staub zu machen?

»Setz dich erst mal hin«, schlug er vor. »Dort auf die Stufen. Der rote Wagen gehört meiner Tante. Ich bring dir Tee, ja?«

»Weißt du etwas über Zukata?«, fragte sie.

Er zögerte, aber dann nickte er. »Wir sind aus dem Norden gekommen, um den Winter in Diret zu verbringen.«

»Und dort habt ihr ihn getroffen – im Norden?« Ihr stockte der Atem. Wenn das stimmte, war das tatsächlich der erste nützliche Hinweis auf Zukatas Versteck.

»Zukata hat das Kaiserreich verlassen«, sagte er. »Er ist nach Sandart gegangen.« Jamai beobachtete ihr Gesicht, während er ihr das Geheimnis des verbrecherischen Kaisersohns verriet. »Wir haben den Riesen gesehen, aber wir wussten nicht, was uns das anging. Wir haben uns ihm nicht in den Weg gestellt. Aber dann, im Winterlager ... Wir haben Remanaine getroffen. Unseren Bruder.

Und waren überrascht. Später erst haben wir erfahren, dass der Kaiser überall nach diesem anderen Riesen suchen lässt. Nun ja, selbst dann schien uns das nicht wirklich zu betreffen. Halte mich nicht für herzlos, Möwe, aber wir halten uns aus den Angelegenheit der Mächtigen heraus. Doch dann hat seine Frau Variti uns allen, allen Zintas, die wir dort im Winterlager waren, enthüllt, dass Remanaine Prinz Keta ist. Und dann war es auf einmal doch unsere Angelegenheit.« Er seufzte. »Aber du wirst doch nicht – ich meine, du wirst nicht mit ihm gehen, oder? Mit Remanaine, ich meine, Keta?«

»Natürlich werde ich das«, sagte sie.

Der Junge schüttelte den Kopf. »Hätte ich dir lieber nichts gesagt ... Ich meine, was willst du tun? Du bist bloß ein Mensch und er ist ein Riese. Sie beide sind Riesen.«

»Du willst damit sagen, ich bin bloß ein Mädchen«, sagte Möwe wütend.

»Wenn du so kämpfst, wie du Saltos schlägst ...«

Gegen ihren Willen musste sie lachen. »Und wenn ich so kämpfe, wie ich jongliere?«

»Dann besteht wohl doch Hoffnung.«

Möwe seufzte. »Schön wär's. Immerhin habe ich schon mal eine Prügelei gewonnen.«

»Gegen ein anderes Mädchen?«

»Nein, gegen drei. Und gegen einen ihrer Brüder auch noch.«

»Dann hast du gewonnen, weil er dich nicht verletzen wollte.«

Der Gedanke war ihr auch schon gekommen. »Ich kann Ketas Wunden verbinden, wenn er verletzt wird.« Sie merkte selbst, wie kleinlaut sie klang.

»Das ist ja auch schon was.« Sie ärgerte sich darüber, dass seine Zustimmung sie tröstete. Sie brauchte keinen Trost, von niemandem. Wenn Keta sie mitnahm, war das seine Sache. Wenn nicht, war es ihre Sache, ihm zu folgen.

»Ich will zu dieser Beratung«, sagte sie entschlossen. »Kommst du mit?«

Jamai zögerte. »Sie hätten dich gebeten zu kommen, wenn es dich anginge.«

»Das ist mir egal. Alles, was Remanaine angeht, geht auch mich an.«

Er blickte sie unschlüssig an, aber schließlich nickte er. »Komm.«

Sie schlichen um die Wagen herum zu einem bunt gestrichenen Gefährt, aus dessen Inneren laute Stimmen zu hören waren. Flink huschte Jamai unter die Wagenräder und Möwe folgte ihm. Sie grinsten einander an.

»Wenn ich Zukata gegenübertrete – was habe ich ihm voraus?« Das war unverkennbar Ketas Stimme. »Er hat seine Räuber. Was habe ich?«

»Natürlich hast du uns«, sagte eine Frau. »Das weißt du. Wir haben dir so schnell wie möglich Nachricht zukommen lassen. Aber in den Kampf ziehen? Wir? Wir sind keine Krieger. Gaukler, Tänzerinnen, Spielleute – im Kampf gegen skrupellose Verbrecher?«

»Aber wir sind so viele«, wandte er ein. »Wenn alle Sippen mitmachen würden ...«

»Wir könnten uns an ihr Lager heranschleichen und das Kind einfach entführen«, schlug ein Zinta vor, der Stimme nach ein junger Mann. »Dann muss es nicht einmal zum Kampf kommen. Es gibt einige unter uns, die ...«

»Und wenn sie aufgegriffen werden?«

»Um dieses Kind zu retten, dürfen wir wohl ein paar Risiken eingehen!«

Während über ihnen gestritten wurde, lag Möwe mit klopfendem Herzen da und lauschte. Keta wollte die Ziehenden mit zu Zukata nehmen! Dieser Gedanke stimmte sie froh und zuversichtlich. Sie waren seine und ihre Familie, natürlich würden sie helfen! Sie hatte nicht wirklich daran gezweifelt, dass es Keta gelingen würde, Manina zu retten, aber nun, mit dieser Hilfe, konnte gar nichts schiefgehen.

»Wenn alle Sippen zusammenstehen ... Wenn wir gemeinsam nach Sandart ziehen ...«

»Und wie kommen wir über die Grenze?«

»Unauffällig, wie sonst? Jede Sippe wechselt an einer anderen Stelle über und dort treffen wir uns wieder und umzingeln Zukatas Lager.«

»Nein!«, rief die Frau aus. »Nein und nochmals nein! Versteh das nicht falsch, Remanaine, aber dies ist nicht unser Kampf.«

»Kanuna ist auch euer Kaiser«, entgegnete Keta.

»Ich komme mit«, sagte der junge Mann. »Was sind das schon für Leute, gegen die wir antreten? Ihr glaubt doch nicht im Ernst, dass sie uns gewachsen sind?«

»Das gleiche wollte ich dich fragen: Glaubst du wirklich, du bist einer solchen Bande von Halsabschneidern gewachsen? Du bist Artist, Ruji, kein Soldat!«

Die Stimmen wurden immer lauter, bis Keta mit einem lauten »Ruhe!« alle zur Ordnung rief.

»Es reicht«, sagte er. »Ich muss gestehen, ich hatte mir mehr erhofft. Aber wenn ich euch schon anhöre, weiß ich, wie es ausgehen würde, wenn ich die Hilfe aller Sippen erbitte. Ihr habt recht, ihr seid keine Kämpfer. Es war kein guter Einfall, euch zu bitten, ein Heer zu bilden. In der Tat, ein Heer aus Gauklern und Jongleuren! Nein, vergesst es. Ich werde ins Gebirge gehen und die Riesen um Hilfe bitten.«

Neben sich spürte Möwe, wie Jamai zusammenzuckte. »Oh nein«, hörte sie ihn flüstern.

Über ihnen war es eine Weile still. Dann hörten sie das Knarren der Dielenbretter, als jemand aufstand, es musste der Riese sein.

Jamai zog sie am Ellenbogen. Sie robbten unter dem Wagen hervor und eilten zurück. Möwes Herz klopfte.

»Die Riesen?«, fragte sie. »Was für Riesen denn?«

Jamai wirkte bleich. »Das kann er nicht«, flüsterte er. »Das wird er nicht.«

»Remanaine tut alles, was er will«, sagte Möwe. Sie verstand nicht, was vor sich ging, doch wenn Keta sich etwas vorgenommen hatte, würde er es tun, so viel war ihr klar.

Endlich war die Beratung zu Ende. Ein grimmig dreinblickender Keta kam mit großen Schritten auf sie zu. In seinen Augen lag ein gefährlicher Glanz.

»Ich finde ihn«, sagte er zu ihr. »Wo er auch steckt, ich werde ihn finden.«

»Sandart«, sagte sie leise. Es war ein Wort, das fremd schmeckte, nach Gefahr und Kampf und Blut.

Keta schüttelte ärgerlich den Kopf und blickte Jamai tadelnd an. »Warum hast du ihr das gesagt? Das soll sie gar nicht wissen. Ich habe entschieden, dass du hier bei der Sippe bleibst, Möwe.«

»Nein«, sagte Möwe. »Das werde ich ganz bestimmt nicht tun.«

»Irgendwie musst du sie dazu bringen. Diese deine Tochter ist wild entschlossen, deine Wunden zu verbinden, wenn du deine Feinde besiegt hast«, sagte Jamai mit einem seidigen Lächeln, aber das Mädchen spürte, dass ihm nicht nach Lachen zumute war. Seit Keta die Riesen erwähnt hatte, war er ernst.

»Es wird dir hier gut gehen«, sagte Keta sanft zu ihr. »Es ist immer so, weißt du? Die Väter ziehen in den Kampf und die Kinder bleiben zu Hause.«

Er sagte das nur, um sie wütend zu machen. Trotzdem wurde sie wütend.

»Du willst mich loswerden, wie?«

»Sie will mir unbedingt das Leben retten«, erklärte Keta, an Jamai gewandt. »Dabei hat sie das schon unzählige Male. Nein, Möwe, diesmal ist es mir ernst.«

Möwe schnaubte nur. »Ich habe dich von den Kämpfen abgehalten, auf die du dich so gefreut hast. Ich habe andere Menschen gerettet, nicht dich.«

»Es gehört einiges dazu, einen Riesen zu retten.«

»Wann brechen wir auf?«, fragte sie ungeduldig.

»Nicht einmal deine schwarzen Augen können sie dazu bringen, hierzubleiben?«, fragte Keta den Jungen.

»Leider nicht«, murmelte Jamai und schenkte ihr einen feurigen Blick, der wie ein Pfeil in ihr Herz fiel.

»Äh ...«

»Dann komm mit, meine Tochter«, sagte Keta. In seiner Stimme lag unverkennbar Stolz auf seine mutige und hartnäckige Begleiterin. »Heute ruhen wir hier noch aus, morgen früh geht es los.«

»Nach Norden«, sagte Möwe feierlich.

»Nein«, widersprach Keta. »Noch nicht. Noch ein paar Tagereisen weiter nach Süden. In die Berge.«

»In die Berge?«, fragte sie überrascht. »Was wollen wir da?«

Jamai hielt erschrocken den Atem an.

»Was? Was ist denn da?«

Aber Keta antwortete ihr nicht. Er wandte sich um und gesellte sich zu einigen Männern aus der Sippe, die gerade lautstark Möwes Pferd bewunderten.

»Jamai! Bleib hier!«, befahl sie und wunderte sich selbst, dass sie in diesem Tonfall hier sprach. Es war, als hätte das Dokument des Kaisers sie zu einer anderen gemacht, zu einer befehlsgewohnten Prinzessin oder zu einer salinischen Kriegerin. »Was erwartet uns in den Bergen? Sind da die Riesen, von denen er gesprochen hat?«

Der Junge strich sich das Haar aus der Stirn. Er nestelte an seinen Schuhen herum. Er betrachtete seine Fingernägel und fing umständlich an, sie zu säubern.

»Jamai!« Sie stieß ihn so heftig, dass er von der Wagentreppe stürzte. Ohne sich zu rühren, blieb er dort liegen. Erschrocken sprang sie auf und kniete sich neben ihn. »Es tut mir leid, ich wollte nicht ...« Sie beugte sich über ihn.

Auf einmal öffnete er die Augen und küsste sie.

Es war nur ein flüchtiger Kuss, nur kurz spürte sie seine Lippen auf ihrem Mund. Erschrocken fuhr sie zurück.

Lachend rappelte er sich auf. »Das ist also deine Art zu kämpfen, Möwe?«

Sie war sprachlos. Röte schoss ihr ins Gesicht. Jamai lachte über ihre Verlegenheit. Aber hinter seiner Ausgelassenheit spürte sie etwas anderes, einen Ernst, über den sie erschrak.

»Wie oft muss ich dich küssen, damit du hierbleibst, Möwe?«, fragte er leise.

»Ich gehe mit Keta in die Berge«, sagte sie. »Er ist schließlich auch ein Riese, nicht? Ich bin an ihren Anblick gewöhnt.«

»Dort wohnen keine Riesen, wie du sie kennst«, sagte Jamai. »Dort wohnen die wilden Riesen.«

»Das ist mir egal«, sagte sie. »Er hat gesagt, er nimmt mich mit.«

In der Nacht schlief sie in einem der Wagen. Die Frauen hatten ihr ein Bett gemacht, ein richtiges Bett. Nach der langen Zeit auf dem Waldboden, nur mit Decken, war es ein wunderbares Gefühl. Zuerst konnte sie nicht einschlafen. Immer noch sah sie Jamais dunklen, verzweifelten Blick und spürte seine Lippen auf ihren. Sie konnte es immer noch nicht fassen, dass er sie einfach geküsst hatte. Ihr erster Kuss – wenn es denn ihr erster war – geraubt von einem Jungen, den sie kaum kannte. Es hätte Blitz sein müssen, das wusste sie. Eine vage Erinnerung stieg in ihr hoch. Ein Junge mit schwarzem Haar ... Blitz.

Möwe schlief tief und lange, und wenn in dieser Nacht Träume zu ihr kamen und jemand ihren Namen rief, so wusste sie am Morgen nichts davon. Sie erwachte ausgeruht, aber als sie das Licht durchs Fenster sah, wurde ihr sogleich bewusst, wie spät es sein musste. Früher Vormittag, mindestens – warum hatte Keta sie nicht geweckt?

Eilig zog sie sich an und wollte die Tür öffnen. Sie rüttelte an der Klinke. Verschlossen.

»Keta!«, schrie sie. »Das darfst du nicht machen!« Deshalb also hatte er so schnell zugestimmt, sie mitzunehmen – damit sie sorglos schlief, statt heimlich auf der Lauer zu liegen und seinen Aufbruch abzuwarten! »Keta! Macht auf, macht endlich auf! Keta!«

Sie versuchte, das kleine Fenster zu öffnen, aber der Riegel ließ sich nicht bewegen. Sie sah sich im Wagen um, nach etwas, mit dem sie die Scheibe einschlagen konnte, und fand einen Teller aus Zinn. Mit ihrer ganzen Kraft bearbeitete sie das Fenster, bis es schließlich brach. Sie steckte den Kopf hindurch. Es waren einige Leute zu sehen, aber niemand achtete auf sie. Ein paar Frauen hängten Wäsche auf, einige Kinder spielten am Waldrand ... Das Fenster war klein, aber wenn der Kopf hindurchpasste, musste es möglich sein, auch den Rest durch die Öffnung zu zwängen. Keta konnte noch nicht weit sein. Wenn sie ihm jetzt gleich nachritt, hatte sie eine Chance, ihn einzuholen. Donner konnte sehr schnell sein, wenn er wollte, und sie kannte Ketas gleichmäßigen Schritt, rasch und rhythmisch. Wenn sie eine Weile galoppierte, konnte sie ihn noch erreichen.

Mit dem mittlerweile verbogenen Teller schlug sie die letzten Bruchstücke vom Rahmen und schob ihre Schultern zwischen die bunt bemalten Holzleisten.

»Au.« Sie hatte mindestens eine der spitzen Scherben übersehen, die aus dem Holz ragten, so wie es sich anfühlte, sogar mehrere. Aber der Schmerz musste warten, bis sie Zeit hatte, sich darum zu kümmern. Sie zwängte ihre Arme hindurch ... Nein, so würde sie nur kopfüber auf den Boden stürzen. Sie musste mit den Füßen anfangen.

Sie schleppte alles im Wagen herbei, was ihr helfen konnte, den Raum zwischen Fenster und Fußboden zu verringern – Matratzen, Decken, Kissen. Dann versuchte sie es noch einmal. Unter Verrenkungen hängte sie ihre Beine in die Öffnung und versuchte, ihren Oberkörper so hochzubekommen, dass sie hindurchrutschte. Schwitzend und zitternd vor Anstrengung gelang es ihr schließlich, ihren Po nach draußen zu bewegen, aber sie blieb mit den Schultern stecken. Das konnte doch nicht wahr sein! Wenn jemand sie jetzt sah, wie sie hier hing! Erschöpft hielt sie einen Moment inne, dann versuchte sie wieder, sich freizustrampeln. Und dann, plötzlich, spürte sie ein Gewicht an den Beinen, und wie ein Säugling bei einer schwierigen Geburt glitt sie aus dem Wagen und fiel zu Boden.

»Du machst Sachen!« Sie war auf Jamai gefallen, der sich ächzend aufrappelte.

»Findest du das witzig?«, fragte sie wütend. »Du hast mich an den Beinen gezogen!«

»Du hast festgesteckt.«

»Ich hätte es schon noch geschafft.« Sie wollte aufstehen, aber ihr Fuß gab unter ihr nach. Der Junge fing sie blitzschnell auf, als sie wieder zusammensackte.

»Du blutest ja!« Vorsichtig ließ er sie wieder auf den Boden hinunter. »Du bist verletzt!«

»Wenn du mir schon länger zugeschaut hast, müsste dir das eigentlich aufgefallen sein«, sagte sie säuerlich. Jetzt erst konnte der Schmerz zu ihr durchdringen, nachdem Jamai sie daran erinnert hatte. »Vielen Dank auch«, murmelte sie. »Und jetzt? Wirst du jetzt alle rufen? Oder hilfst du mir zu meinem Pferd?«

Jamai schüttelte den Kopf. »Du willst ihm immer noch nach? So?«

Einer der Schnitte, die sie sich zugezogen hatte, musste recht tief sein. Ihr Ärmel färbte sich bereits dunkel.

»Ich brauche Verbandszeug«, gab sie zu.

»Ich werde unsere Heilerin rufen.«

»Ich weiß selbst, was zu tun ist!«

Aber der Junge war schon unterwegs und verschwand zwischen den Wagen. Anscheinend machte er sich wirklich Sorgen um sie.

Stöhnend versuchte Möwe aufzustehen. Das war vielleicht ihre letzte Chance, aus dem Lager zu entkommen, bevor die Erwachsenen sie fanden. Irgendwo dort musste Donner sein ... Sie wankte auf den Wald zu. Die schwarzen Tannen begrüßten sie, kamen immer näher ... Schwarz.

Als sie dieses Mal erwachte, lag sie wieder auf ihrem Bett im Wagen. Jemand hatte ein Stück Stoff vor das Fenster gespannt. Sie versuchte sich zu bewegen und ließ sich stöhnend zurückfallen. Sie musste weitaus mehr Blut verloren haben, als sie gedacht hatte.

Keta! Der Gedanke an ihren Pflegevater zwang sie dazu, es erneut zu versuchen.

»Bleib lieber liegen.«

Sie hatte die Frau gar nicht bemerkt, die am anderen Ende des Wagens saß und Tee trank.

»Und was bist du? Meine Wächterin?«

»Ich bin die Heilerin dieser Sippe, Mädchen. Du hast dir einige tiefe Schnittwunden zugezogen.«

»Ich möchte mit Jamai sprechen.«

Die Frau seufzte. »Nun gut, ich werde ihn rufen. Aber du brauchst jetzt viel Ruhe.«

»Ich kann mich aber nicht beruhigen! Ich will mit ihm sprechen!«

Die Heilerin nickte, ohne zu lächeln, und ging hinaus. Die Tür schloss sie hinter sich zu.

Ich bin eine Gefangene, dachte Möwe entgeistert. Wie kann Keta mir das antun? Ich bin seine Tochter, verdammt!

Jamai kam und sah nicht so zerknirscht aus, wie sie erwartet hatte. Er lächelte sie sogar an.

»Wie geht es dir, Möwe?«

»Ich muss hier raus!«

»Dabei werde ich dir nicht helfen«, sagte er. »Ich kann nicht, verstehst du nicht? Keta hat die ganze Sippe gebeten, auf dich aufzupassen.«

»Ach ja? Und natürlich musst du ihm gehorchen. Scheint dir ja nicht schwerzufallen.«

»Er hat recht«, verteidigte Jamai sich. »Wenn er zu den Riesen geht ... Du weißt nicht, worauf du dich da einlassen willst! Wenn sie ihn töten wollen, werden sie es tun. Natürlich wird er kämpfen müssen, um sie dazu zu bringen, ihm zu gehorchen. Aber wenn er dich noch dabei hätte, hat er überhaupt keine Chance! Du begreifst ja gar nicht, was er da vorhat!«

Möwe zwang sich zur Ruhe. »Immer diese Riesen! Erzähl mir von ihnen. Vielleicht begreife ich es dann.«

»Die wilden Riesen«, sagte er leise.

»Ich finde, dass das nicht sehr freundlich klingt«, gab sie zu. »Als wären es wilde Tiere. Unser Kaiser ist ein Riese. Keta ist es. Was ist so anders an ihnen?«

»Du hast gesehen, wie Remanaine kämpfen kann?«

»Ja, das habe ich.«

»Er könnte jeden umbringen, der ihm im Weg steht, oder?«

Sie erinnerte sich daran, dass Keta einmal etwas ganz Ähnliches zu ihr gesagt hatte. Ein Riese könnte sie alle töten ... Das war, als er Fürst Alin vom Pferd gehoben hatte, um ihn umzubringen. Nur sie hatte es verhindert.

»Kaiser Kanuna El Schattik herrscht nicht nur über das Kaiserreich. Er beherrscht auch sich. Sie alle tun das, verstehst du? Dem einen gelingt es leicht, andere haben ihr Leben lang mit sich zu kämpfen ... Es gab Kaiser, die haben das Reich in einen Krieg nach dem anderen verwickelt, weil sie ihrer Neigung zum Kampf nicht widerstehen konnten. Was meinst du denn, warum Deret-Aif so groß ist? Die Riesen haben ein Königreich nach dem anderen unterworfen ... Kanuna ist eine Ausnahme, Möwe. Aber jeder andere ist im Grunde ein wilder Wüterich.«

»Seine Hände können heilen«, wandte sie ein.

»Aber angeboren ist ihnen eher das Zuschlagen ... Hier und dort, über alle Königreiche verstreut, leben die Riesen, die sich dafür entschieden haben, unter den Menschen zu wohnen. Jeder von ihnen hat eine schmerzhafte Erziehung durchlitten. Und, nicht zu vergessen, in ihnen fließt bereits ein großer Teil menschlichen Blutes. Aber die Riesen in den Bergen ... Was ist der Unterschied zwischen einem Hund und einem Wolf? Zwischen einer Wildkatze und einem Kätzchen, das man sich auf den Schoß setzt?«

Sie wollte nicht, dass Jamai recht hatte. Aber während er sprach, sah sie Keta vor sich. Keta, den wilden Glanz in seinen Augen, Keta, wie er darauf wartete, losschlagen zu können. Keta, der in den Wogen seiner Kampfeslust ertrank ... Sie schauderte, wenn sie sich eine ganze Horde von Ketas vorstellte, mit demselben Blutdurst, derselben Wut und derselben Kraft, eine Schar Riesen, die sich von einem »Bitte« nie und nimmer aufhalten lassen würden. Selbst Keta, dachte sie auf einmal, und dieser Gedanke war vielleicht der Erschreckendste von allen, würde unterliegen. Was nützt seine Raserei gegen solche, die schlimmer sind als er?

»Aber warum geht er dann zu ihnen?«, fragte Möwe. »Wie sollen sie ihm helfen können, wenn sie so wild und gefährlich sind?«

Jamai zögerte. »Eine gute Frage. Aber Keta tut auch nicht immer das Richtige. Ja, ich weiß, er ist dein Vater ... Aber das ist wirklich das Dümmste, was ihm hätte einfallen können. Nicht einmal der Kaiser hat daran gedacht, sie um Hilfe zu bitten.«

»Er hat euch gefragt«, sagte Möwe. »Er wollte lieber euch als die Riesen.«

»Ich weiß«, stimmte Jamai zu. »Ich habe es auch gehört.«

»Die Riesen sind seine letzte Hoffnung. Lass mich zu ihm reiten, bitte. Nicht, um mitzukommen, sondern um ihn davon abzuhalten. Ich werde mich an ihn hängen und ihn beschwören, umzukehren!«

»Sie sind sein Untergang«, sagte Jamai düster. »Ich glaube, nicht einmal Keta hat eine Ahnung davon, worauf er sich da einlassen will. Ich habe einmal ein paar von ihnen gesehen, als sie vom Gebirge heruntergestiegen sind ... Ein Anblick, den ich nie vergessen habe. Bei Rin, das war der gefährlichste Tag in meinem Leben. Es ist gut möglich, dass du deinen Vater nie wiedersiehst. Glaubst du, ich lasse dich mit, nur weil du so süß bettelst? Wenn er nicht so stark wäre, hätten wir ihn auch in einen Wagen gesperrt.«

»Tatsächlich?« Der Gedanke stimmte sie heiter. »Wenn ich mir das vorstelle, Keta in einem Käfig ... Er würde toben. Ich schätze, er hätte das Ding in wenigen Augenblicken auseinandergerissen.«

»Ja, das schätze ich auch.« Jamai lächelte.

»Und dabei hättet Ihr nicht das Recht, ihn gefangenzuhalten, nicht einmal zu seinem eigenen Besten ... Moment mal!« Wie verwirrt war sie eigentlich die ganze Zeit gewesen? Sie hatte vergessen, wer sie war. Kanunas Geschenk zu vergessen, war genauso unverzeihlich, wie sich nicht mehr an sich selbst erinnern zu können.

»So, und nun muss ich irgendwie auf mein Pferd kommen ... Würdest du es mir hier vor den Wagen führen?«

Der Junge seufzte. »Ach Möwe, das hatten wir doch schon.«

»Selbst jetzt, wo ich ihn nur aufhalten will? Du hättest mir schon gestern mehr über die Riesen erzählen sollen, statt dieser ganzen geheimnisvollen Andeutungen! Gib mir mal meinen Rucksack her – dort liegt er. Nimm die Rolle heraus. Kannst du lesen? Nein? Dann ruf mir jemanden her, der es kann.«

Jamai betrachtete ehrfürchtig den Brief. Auch wenn er ihn nicht lesen konnte – das Siegel des Kaisers erkannte selbst er. Er war weit im Land herumgekommen, aber dieses Zeichen war überall dasselbe. Auf wie vielen Fahnen hatte er es wehen sehen, über Türmen und Burgen, über Schlössern und Rathäusern.

»Kaisergänger?«, fragte er ungläubig.

»Ja, ich bin Kaisergänger«, sagte Möwe zu ihm. Sie fühlte sich, als hätte sie ihm einen Schlag versetzt.

Er musterte sie, intensiv und ein wenig erschrocken. »Tu es nicht«, bat er. »Bitte, Möwe. Geh nicht zu den Riesen.«

»Hol mir jemanden her, der lesen kann.«

»Das ist nicht nötig. Ich kenne dieses Zeichen. Jeder kennt es.«

»Tu es trotzdem.«

Und er ging. Er gehorchte ihr, aber die Macht, die sie auf einmal besaß, machte sie nicht froh. Sie wünschte sich, es hätte einen Weg gegeben, ihn zu überzeugen, ohne Kanunas Vollmacht ins Spiel zu bringen.

Jamai brachte eine ältere Frau zu ihr. »Das ist Weise Mutter«, sagte er nur, bevor er aus dem Wagen verschwand.

Die grauhaarige Frau nahm die Rolle und überflog sie. Dann richtete sie ihren Blick auf Möwe, nicht wie jemand, der Befehle erwartet, sondern eher wie eine Lehrerin, die die Fortschritte eines begabten Schülers überprüft. »Nun? Was hast du dir gedacht, wie soll es weitergehen?«

»Jamai hat mir von den Riesen erzählt. Ich glaube mittlerweile, dass Keta einen großen Fehler macht.«

Weise Mutter nickte. »Das glauben wir alle. Aber was hätten wir tun sollen? Wir haben geredet und geredet, aber es hat nichts genützt. Einen wie ihn hält man nicht auf.«

»Er hat euch um eure Hilfe gebeten«, sagte Möwe. »Er wollte nicht zu den Riesen, das war seine allerletzte Hoffnung. Er wollte euch.«

»Wir sind keine Soldaten, Kind.«

»Ich weiß, aber ... Er hätte es euch befehlen können, verstehst du? Aber er hat es nicht getan. Er hat euch nur darum gebeten.«

»Befehlen?«, flüsterte Weise Mutter. Sie hielt die Rolle immer noch in ihren faltigen, knorrigen Händen. »Ja, jetzt sehe ich, das hätte er tun können. Warum tat er es nicht, Möwe? Warum nicht, wenn es so wichtig war für ihn?«

»Weil ihr seine Familie seid«, antwortete sie. »Schlimm genug, dass er gegen seinen eigenen Bruder kämpfen muss ... Er hatte nicht vor, irgendwelche Waffen gegen euch einzusetzen. Ihr habt seine Bitte abgelehnt, deshalb ist er gegangen. Aber ich habe die gleiche Vollmacht wie er.«

Die alte Frau sah dem Mädchen in die Augen. »Dann willst du uns zwingen zu kämpfen? Bist du dir sicher, was du da tust? Stell es dir vor. Wenn wir also alle nach Sandart ziehen, alle Sippen, bewaffnet ... Nicht einmal der Kaiser kann bewaffnete Gruppen über die Grenze schicken. Das käme einer Kriegserklärung gleich. Keta kann kein Heer mitnehmen, ob nun aus Zintas oder Soldaten. Dies ist sein Kampf und er muss ihn alleine ausfechten.«

Möwe schüttelte den Kopf. »Nein, nicht so ... Ich habe nachgedacht. Bei eurer Besprechung war ein junger Mann dabei, der vorschlug, man könnte die Prinzessin entführen ... wenn man geschickt vorgeht ... ohne offenen Kampf.«

»Ruji«, sagte Weise Mutter. »Ja, das war sein Vorschlag.«

»Warum habt ihr ihn nicht aufgegriffen? Für mich klingt das nach einem guten Vorschlag.«

Die alte Frau zögerte. »Für mich klingt das nach einem abenteuerlichen Plan, der sehr gut in Leid und Tod enden könnte ... Wer wird sterben? Vielleicht gar das kleine Mädchen selbst? Die jungen Männer, die versuchen würden, des Kaisers Diebe zu spielen? Keta, der versuchen wird, sie zu retten, wenn sie gefangengenommen werden? Ein Blutvergießen zieht ein weiteres nach sich.«

»Trotzdem«, beharrte Möwe. »Es könnte aber doch klappen.«

»Dann ist es das, was du von uns verlangst? Wir sollen dir und Keta unsere jungen Männer mitgeben, unbewaffnet, damit ihr sie vor den verrückten Prinzen und seine Mörderbande bringt?«

So, wie Weise Mutter es ausdrückte, klang es leichtsinnig, nach einem tollkühnen Akt der Verzweiflung, ohne auch nur den Hauch einer Chance. Aber je länger Möwe darüber nachdachte, umso besser gefiel ihr die Idee.

»Ja«, sagte sie. »Genau so. Aber ihr braucht mir niemanden mitzugeben. Ich hoffe, dass sich ein paar Freiwillige melden, die bereit sind, dem Kaiser seine Tochter wiederzubringen. Und wir müssen sofort los. Noch in dieser Stunde, sonst haben wir überhaupt keine Chance mehr, Keta rechtzeitig einzuholen.«

»Du willst selber reiten?«

»Natürlich«, sagte Möwe. »Er wird auf niemanden hören als auf mich. So, jetzt muss ich aber aufstehen.« Sie schwankte und stützte sich dankbar auf den Arm der Alten. Weise Mutter führte sie bis zur Wagentür. Zu ihrem Erstaunen war die gesamte Sippe bereits dort versammelt. Anscheinend hatte sich die Kunde von der kaiserlichen Vollmacht schnell herumgesprochen.

»Ich brauche Freiwillige«, sagte Möwe laut. »Wir werden Prinzessin Manina aus Zukatas Händen befreien! Wer will mitkommen? Wer traut sich zu, ein Kind aus einem Lager von Räubern zu entführen?« Sie blickte sich um. Wenn sie gewusst hätte, wie dieser Ruji aussah, hätte sie ihn direkt anblicken können, so aber schaute sie nur ziellos in die Menge. Wenn sich niemand meldete ... Würde sie einfach jemanden bestimmen? Aber sie konnte doch nicht wissen, wer sich für diese Aufgabe eignete! Die Falschen mitzunehmen, war mit Sicherheit schlimmer, als wenn Keta und sie alleine loszogen.

Jamai hob die Hand. »Ich komme mit.«

Weise Mutter hinter ihr sog scharf die Luft ein. »Jamai!« Aber er trat bereits neben Möwe. »Wenn du mich brauchen kannst?«

Ihr erster Freiwilliger. Sie würde ihn bestimmt nicht wegschicken.

»Ich war von Anfang an dafür, dass wir es so machen«, sagte ein junger Mann, offenbar Ruji. »Ich bin dabei.«

»Und ich«, meldete sich eine Frau um die vierzig. Ihr langes schwarzes Haar hatte sie zu einem Zopf zusammengebunden und mit bunten Bändern geschmückt. Möwe konnte sie sich als Tänzerin auf einem Jahrmarkt vorstellen, aber bei dieser gefährlichen Mission? Und doch war da etwas an dieser Frau, das ihr bekannt vorkam, wie ein Duft, der so vertraut ist, dass man ihn kaum noch wahrnimmt. Ein Name. Eine Frau, aufrecht und schön, schwarzhaarig ... Alika? Möwe fühlte den fremden, vertrauten Namen auf ihrer Zunge, diesen Namen, der immer noch so viel Sehnsucht enthielt. Alika ... Ich möchte sein wie sie ... Das war noch da, warm und zugleich schmerzvoll, ein Gefühl wie Liebe und Neid zugleich.

Alika. Ich möchte sein wie Alika.

»Das ist Ixa, unsere beste Jägerin«, sagte Weise Mutter stolz. »Sie kann jede Fährte finden, die für andere längst verblasst scheint.«

»Ich finde Keta, darauf kannst du dich verlassen«, behauptete Ixa wenig bescheiden. »Und wenn ich Zukatas Versteck nicht finde, kann es niemand.«

Möwe fühlte, wie Erleichterung und Freude sich in ihr breit machten. In diesem Moment sah sie nicht die lange Reise, nicht die Gefahr und den zweifelhaften Ausgang des Unternehmens. Sie wusste nur, dass hier ein paar Menschen waren, die bereit waren, ihr zu helfen.

»Ich danke euch«, sagte sie überwältigt.

Jamai blickte säuerlich. »Das ist meine Tante«, flüsterte er ihr ins Ohr. »Wetten, sie kommt mit, um auf mich aufzupassen?«

»Was tuschelst du denn da?«, fragte Ixa streng. »Und überhaupt, willst du ihn wirklich mitnehmen, Möwe? Auch wenn wir nicht in den offenen Kampf ziehen, ein Kampf wird es sein. Mein Neffe Jamai ist ein guter Artist, aber ...«

»Und ich auch«, Ruji war dicht neben sie getreten und zwinkerte Möwe zu. Er war ein recht gutaussehender junger Mann, aber nun wünschte sie sich fast, sie hätte ihre Begleiter selbst ausgewählt, statt Freiwillige aufzurufen. Konnte jemand noch mehr von sich eingenommen sein als Ixa? Offensichtlich schon.

»Wir sollten jetzt aufbrechen.« Die Jägerin übernahm das Kommando. »Wir sollten nicht viel mitnehmen, wir haben es eilig. Unterwegs wird sich finden, was wir zum Leben brauchen.« Sie nickte Ruji zu.

Als sie aufbrachen, war es schon Mittag. Ixa ritt vorne und führte sie sicher denselben Weg entlang, den Keta eingeschlagen hatte. Möwe, die neben Jamai ritt, versuchte, nicht an dieser Frau zu zweifeln.

»Sie weiß doch, was sie tut?«

»Oh ja.« Jamai seufzte. »Und sie sorgt dafür, dass jeder andere es auch weiß.«

»Und Ruji? Ist er in Ordnung?«

»Wie meinst du das?«, fragte er zurück.

»Nun, ich habe mich gefragt ...« Sie zögerte. Sie würden eine lange Wegstrecke gemeinsam reisen und sie wollte niemanden beleidigen. Trotzdem wollte sie Gewissheit. »Hat er das schon einmal gemacht? Ein Kind entführt? Er klang so unverschämt sicher, dass es möglich ist, ein Kind aus der Mitte eines Lagers herauszuholen.«

Jamai schüttelte den Kopf. »Nein, er ist harmlos, sieh ihn dir doch an. Sieht so jemand aus, der jede Woche zum Spaß ein Kind aus einem Haus holt? Dann wäre unser Lager längst überfüllt ... Nein, im Ernst, Ruji tut keiner Fliege was zuleide. Er ist bloß ein Dieb.«

»Bloß ein Dieb«, wiederholte Möwe. Sie drehte sich zu dem hinter ihnen reitenden Ruji um. Er nickte ihr begeistert zu.

»Bloß ein Dieb«, murmelte sie. »Nun ja. Ich hab's ja nicht anders gewollt.«

13. Die wilden Riesen

DAS GEBIRGE WUCHS vor ihnen in die Höhe. Schon seit längerem, fast unmerklich, waren sie höher und höher gestiegen, doch nun wurde der Weg merklich steiler. Schließlich gab es gar keine Wege mehr; die letzten Dörfer blieben hinter ihnen zurück.

»Ist Keta wirklich hier entlanggekommen?«, fragte sie zweifelnd.

»Glaubst du, wir wären sonst hier?«, fragte Ixa schroff. »Siehst du nicht die abgeknickten Zweige dort? Dort haben sich die Steine unter seinen Füßen gelöst und sind in jene Mulde gerollt. Er geht nicht mehr so schnell wie am Anfang.«

»Dann ist er wohl müde«, meinte Ruji. Aus seinen Augen sprach die Hoffnung auf eine Rast. Sie waren jetzt seit zwei Tagen unterwegs und hatten noch nicht einmal Ketas Schatten gesehen.

»Müde? Der?« Ixa lachte. »Der wird nicht müde. Er hat in den letzten Nächten viel weniger geschlafen als wir. Er ist fast ununterbrochen gegangen. Ich glaube nicht, dass er müde ist. Er tut dasselbe wie wir: Er sucht nach Spuren.«

»Sind sie denn schon hier?«, fragte Möwe erschrocken. »Ich dachte, die Riesen sind hoch oben in den Bergen?«

»Nein, in der Tat, manche kommen bis in die Niederungen herunter. Sie zeigen sich manchmal sogar in den Dörfern. Hin und wieder verschwinden Ziegen oder Schafe ... Ich glaube nicht, dass Keta vorhat, bis in die Gipfel zu steigen. Er wird am Fuß des Gebirges nach ihnen suchen. Die er hier antrifft, sind vielleicht nicht ganz so wild wie jene, die ganz ohne menschlichen Kontakt da oben hausen.«

Zwischen immer schroffer werdenden Felsen suchten sie sich ihren Pfad nach oben.

Plötzlich blieb Ixa stehen.

»Was ist?«, fragte Möwe sofort. »Keta?«

»Ich fürchte nein«, meinte Ixa. Sie bückte sich und hob etwas auf, das wie ein haariges Büschel aussah. »Mir scheint, hier sind sich ein paar Riesen in die Wolle geraten ... Nein, Keta war nicht dabei. Keta ist blond. Das hier sind graue Haare. Ein älterer Riese. Seht ihr die großen Steine dort? Damit haben sie sich beworfen. Hier ist Blut ... Aber es ist wohl nicht schlimm ausgegangen, sonst würde hier ein Toter liegen. Wir sollten jetzt vorsichtig sein. Kein unnötiges Wort, klar?«

Sie nickten. Ixa hatte ihren Bogen vom Rücken genommen und einen Pfeil auf die Sehne gelegt. Sie blickten sich nach allen Seiten um, während sie vorsichtig weitergingen. Die Pferde mussten sie führen; es war unmöglich, hier noch zu reiten.

»Dort! Seht ihr den Rauch?« Die Jägerin hatte sich zu ihnen umgedreht und flüsterte.

Möwe versuchte, irgendwo vor ihnen Rauch zu sehen. Diese diesige Felswand dort hinten? Sie hatte angenommen, dass Nebel dort aufstieg. Aber bald konnte sie es auch riechen – Rauch.

Sie bahnten sich ihren Weg zwischen Geröll und stachligen Büschen hindurch und blickten nach einer erstaunlich langen Zeit (das Feuer hatte so nah ausgesehen, aber sie waren bestimmt schon zwei Stunden unterwegs) auf ein Lager in einer Senke. Es war nur ein kleines, aber qualmendes Feuer. Möwe hatte erwartet, Keta hier zu finden, aber niemand war da.

Sie konnten die Pferde nicht mitnehmen. Vorsichtig stiegen sie den steinigen Hang hinab; Ixa hielt ihren Bogen schussbereit, musste aber häufig ihre Hände zu Hilfe nehmen, um ohne zu rutschen nach unten zu gelangen. Erst, als sie dicht vor dem Feuer standen, sahen sie den Mann, den sie suchten. Der blonde Riese saß hinter einem Dornstrauch und war deshalb vorher nicht zu sehen gewesen. Möwe wollte auf ihn zueilen, aber er schüttelte den Kopf.

»Bewegt euch nicht«, sagte er leise, ohne Erstaunen zu zeigen, dass sie ihm gefolgt waren. »Bleibt stehen, wo ihr seid.«

Vorsichtig drehte Möwe den Kopf.

Auf einer kleinen Anhöhe, mehrere Meter über ihnen, stand ein Riese.

Er war nur in ein Fell gehüllt und wirkte, so wie er über ihnen stand, noch größer, als er war, viel größer als Keta. Sein dunkles Haar fiel ihm zottig ins Gesicht und über die Schulter, durch den wild wuchernden Bart war dieses Gesicht kaum zu erkennen. Möwe sah nur seine Augen, die dunkel auf sie herabfunkelten.

Sie hatte nicht erwartet, dass die Furcht so heftig und unvermittelt über sie kommen könnte. Bisher hatte sie sich aufgeregt und hoffnungsvoll gefühlt, selbst als Ixa die Spuren fremder Riesen gefunden hatte. Sie würden Keta finden, bevor er auf die anderen Riesen stieß, dessen war sie sich so sicher gewesen. Doch nun – ihn hier zu finden und zu entdecken, dass dasselbe Feuer, das sie zu ihm gebracht hatte, auch dieses Untier angelockt hatte!

»Das ist kein Mensch«, flüsterte Jamai neben ihr. Natürlich war es kein Mensch, sondern ein Riese. Aber hatte sie in Keta nicht doch immer den Menschen gesehen? Einen, auf den man sich verlassen konnte, mit dem man sich unterhielt und vielleicht sogar stritt. Man redete mit ihm, wie man mit jedem anderen reden konnte. Er war größer und stärker als jeder Mensch, aber wenn es nur das war, was ihn von ihresgleichen unterschied, machte es ihr nichts aus.

Aber dieser Riese ... Sie blickte ihn an und schaute fort, als wäre er ein Tier, das sich durch ihren Blick herausgefordert fühlen könnte. Die Wildheit, die er ausstrahlte, war so greifbar, dass sie zitterte. Ein Bär, ein Wolf, ein Ungeheuer. Dieses Wesen, das auf sie herabstarrte, konnte sie mit der bloßen Hand zerreißen, davon war sie überzeugt. Und das Schlimmste war, dass sie in diesem Augenblick glaubte, er würde es auch tun.

»Bleibt hinter dem Feuer«, sagte Keta leise und richtete sich sehr langsam auf.

»Er kann doch da nicht runter, oder?«, wisperte sie in Jamais Ohr.

»Da hinten ist ein Weg«, meinte Ruji etwas lauter.

»Still!«, zischte Ixa, und in diesem Moment sprang der Riese vom Felsen.

Er warf sich die meterhohe Felswand hinunter, ohne im Geringsten zu zögern. Möwe schaute gebannt zu ihm hin, während er wie ein Adler auf sie herabstürzte. Sie konnte sich nicht rühren, aber dann waren es Jamai und Ruji, die sie fortzogen. Sie fielen rücklings auf den Boden, während Ixa stehenblieb und ihren Pfeil fliegen ließ. Möwe hörte ihr eigenes Keuchen und dann den Aufschrei des Riesen, der mitten im Feuer gelandet war. Er sprang vorwärts, brüllend, und fiel zwischen sie. In Panik krabbelten sie und Jamai zur Seite fort, während Ruji zu schreien begann, als der Riese seinen Fuß zu fassen bekam. Auf seinem Rücken war bereits Keta, aber es war, als ob der Angreifer ihn nicht wahrnehmen konnte. Immer noch schreiend versuchte er, Ruji näher zu sich heranzuziehen. Ixa legte wieder einen Pfeil an, aber sie stand zu nah; das Ungeheuer holte aus und fegte sie mitsamt ihrer Waffe einfach weg.

Keta drosch auf ihn ein und jetzt endlich wandte der wilde Riese sich zu ihm um und versuchte ihn abzuschütteln. Während Möwe und Jamai hinter einem Felsen Zuflucht suchten, beobachteten sie angstvoll, wie Keta seinen Gegner bearbeitete und keinen Moment innehielt, um ihm nicht die Gelegenheit zu geben, Ruji zu töten. Der Riese ließ den jungen Dieb erst los, als Ixa mit ihrem Jagdmesser auf sein Handgelenk einhackte. Aber er schien den Schmerz nicht zu spüren. Sein Gebrüll hatte nichts Menschliches an sich, als er seine volle Aufmerksamkeit dem Prinzen zuwandte.

Möwe hatte Keta schon in Rage erlebt und jedes Mal war ihr sein Zustand beängstigend und furchterregend vorgekommen, wie ein Wahnsinn, der ihn überfiel und aus dem er gerettet werden musste. Doch jetzt, als die beiden Riesen aufeinanderprallten, betete sie darum, dass ihr Ziehvater diesen wüsten, brutalen Kampf lange genug durchhielt. Der Boden bebte, während sie einander umkreisten, auf sich zusprangen und losschlugen, während sie prügelten und die Schläge abwehrten. Der zottige Wilde und der edle Heiler, die in diesem Moment nichts anderes zu kennen schienen als ihren Hass – und doch hatte das Mädchen den Eindruck, dass Ketas Kraft der überbordenden Wut des wilden Riesen nicht standhalten konnte. Immer wieder schleuderte der Unhold ihn gegen die Felsen, und auch wenn er jedes Mal aufstand und sich seinem Feind erneut stellte, schien kein Schmerz, den er dem Wilden zufügte, diesen zu erreichen.

»Ich muss ihm helfen«, sagte Jamai plötzlich, und bevor sie ihn zurückhalten konnte, sprang er vor. Der Riese war gerade dabei, Keta gegen die Felswand zu drängen, als der Junge ihm von hinten in die Kniekehle trat. Als der Unhold sich umwandte, brachte Jamai sich mit einem Salto rückwärts blitzschnell in Sicherheit. Keta nutzte die Gelegenheit zum Gegenangriff, und als der Riese sich ihm wieder zuwandte, sprang Jamai ihn wieder an und brachte ihn erneut mit einem gezielten Tritt ins Straucheln. Möwe mochte kaum hinschauen. Diesmal war der Riese so schnell, dass er den jungen Artisten beinahe zu fassen bekam. Mit einem unglaublichen Sprung floh Jamai vor ihm weg. Er landete direkt neben dem Feuer, griff sich ein glühendes Holzscheit und schleuderte es schreiend auf den gefährlichen Feind.

Aber der Riese ergriff das brennende Holz und benutzte es als Waffe gegen Keta, ohne auf den Schmerz in seiner Hand zu achten. Er schlug auf ihn ein, als wäre es eine Keule. Keta, dessen Kleidung bereits zu brennen begann, versuchte den Brand mit der Hand zu löschen und musste ausweichen. Diesen Moment, in dem sein Hauptfeind mit sich selbst beschäftigt war, nutzte der Riese, um auf Jamai loszugehen. Der Junge stand immer noch dicht am Feuer und konnte nicht nach hinten ausweichen, weil dort Ixa lag, die sich gerade benommen aufrappelte. Er blieb stehen, als der gewaltige Kerl auf ihn zukam, bückte sich aber im letzten Moment und rollte sich unter den zupackenden Armen des Riesen hindurch. Er überschlug sich mehrere Male und sprang dann wieder auf, aber der Riese war kein Tier, das er damit verwirren konnte. Er hatte sich vorgenommen, diesen lästigen Gegner auszuschalten, nichts konnte ihn aufhalten. Mit großen Schritten kam er Jamai nach.

»Ich muss etwas tun«, schluchzte Möwe. Sie griff nach einem Stein und warf – er war groß wie ihre Faust, aber während er flog, kam er ihr vor wie ein Kiesel.

Aber der Riese spürte den Aufprall sehr wohl. Er wandte den Kopf und sah sie an. Vielleicht hatte sie erwartet, dass er sie gar nicht bemerkte oder dass er sie stumpf anblicken würde, blöde wie ein Stier. Doch die dunklen Augen, die der Mann auf sie richtete, waren scharf und rege.

Ich sehe dich.

Er ließ Jamai stehen und wandte sich dem Mädchen zu.

In ihrer Panik begann Möwe alles zu werfen, was in der Nähe war – Steine, Stöcke, sogar Schutt, der ihr zwischen den Fingern hindurchrieselte. Aber sie wusste, dass es zwecklos war. Sie schaute dem riesigen Wesen entgegen, das auf sie zugeschritten kam – der fleischgewordene Tod, aus dessen Augen ihr ein solcher Zorn entgegenschlug, dass sie glaubte, ohnmächtig zu werden. Aber sie wurde nicht ohnmächtig. Sie stand da und sah ihn auf sich zukommen und nur ein schwaches Wimmern war in ihrer Kehle und schien nicht zu ihr zu gehören, als wäre irgendwo in ihr ein kleines Tier, das sich vor dem Sterben fürchtete.

Ihre Hände, die ein paar Steine hielten, sanken herab. Und dann, ohne ihr Zutun, begannen sie die runden Steine in die Höhe zu werfen statt auf den Feind. Sie warf und fing und richtete ihren Blick auf die Steine statt auf den Riesen. Werfen und Fangen ... Nie war es leichter gewesen. Die Steine hüpften aus ihrer Hand und kamen sanft und schwer wieder zurück, fest und rund wie glatte Äpfel. Hoch und hinunter wirbelten sie wie in einem Tanz, als wären es nicht Steine, sondern Bälle, nicht Bälle, sondern Vögel, geboren zu Flug und Rückkehr.

Der Riese war stehengeblieben. Die Wut in seinen Augen verwandelte sich in ungläubiges Staunen, während er dem jonglierenden Mädchen zusah.

»Was ...?«, murmelte er.

»Fass sie nicht an!« Keta sprang ihn von hinten an und brachte ihn zu Fall, und im gleichen Moment war Ixa da und hielt ihr Messer in den Sturz des Riesen.

Er krachte so schwer zu Boden, dass der Felsen erzitterte, und blieb liegen.

Keta erhob sich und strich sich über die Stirn. Dann sah er Ixa, die halb unter dem Riesen lag, röchelnd, und zog sie rasch unter dem Toten hervor.

Möwe sah sich nach Ruji um. Er war aus der Gefahrenzone gekrochen und saß nun da mit schreckensbleichem Gesicht. Den

Fuß, den der Riese gepackt hatte, hielt er umklammert. Er stöhnte leise. Jamai war unverletzt, aber er blieb stehen, wo er war, seine braune Haut fast so weiß wie ihre.

Keta streckte die Arme aus und legte sie um die weinende Möwe.

Eine Weile standen sie da, dann wandte der Prinz sich den anderen zu. »Ist jemand verletzt?«

»Er«, sagte Ixa und deutete auf Ruji. Sie atmete immer noch schwer, aber auf Ketas Nachfragen schüttelte sie den Kopf. »Es geht schon. Aber ich fürchte, der Riese hat ihm den Fuß gebrochen.«

»Das werde ich mir ansehen, wenn wir hier weg sind«, sagte Keta. »Dieser Lärm hat alle im weiten Umkreis aufgestört, die fähig zur Neugier sind. Je eher wir von hier verschwinden, umso besser. Ich nehme nicht an, dass ihr mir zu Fuß nachgelaufen seid?«

»Dort oben stehen unsere Pferde.«

Keta löschte das glimmende Feuer mit Erde, dann trug er den Verletzten kurzerhand den Hang hinauf, während Möwe und Jamai Ixa nach oben halfen. Einmal blickte das Mädchen sich um. Dort lag der tote Riese, während sein Blut sich um ihn verteilte und die Steine färbte. Sie konnte kein Bedauern empfinden, nur Erleichterung. Und doch, in diesem letzten Moment, als er ihr zugesehen hatte ... Er wollte mit ihr reden, das wusste sie. Er wollte sie fragen, was sie da machte, wie es ging, und vielleicht, wenn Keta ihn nicht sofort angegriffen, wenn Ixa ihn nicht in diesem Moment getötet hätte, vielleicht hätte Keta seinen Verbündeten doch noch bekommen. Kein blutrünstiges Tier, von Wahnsinn und Tollwut beherrscht, sondern ein Wesen, das fast wie ein Mensch war – klug und kampfeslustig. Es gab keine Antwort auf die Frage, ob Ketas Eingreifen zu früh kam oder gerade rechtzeitig, um ihr das Leben zu retten.

Erst als sie Ruji und Ixa auf die Pferde gesetzt hatten und die Tiere rasch den Weg zurück in die Ebene führten, fing Keta an, ihnen Vorhaltungen zu machen.

»Ich hatte die Sippe gebeten, Möwe festzuhalten. Soweit ich mich erinnere, wurde mir dies zugesagt!«

»Da hast du allerdings vergessen zu erwähnen, dass sie Kaisergänger ist«, verteidigte Ixa mit schwacher Stimme ihre Leute.

Keta warf Möwe einen grimmigen Blick zu. »Ich glaube nicht, dass mein Vater gemeint hat, dass du seine Macht auf diese Weise einsetzt!«

»Doch, ich glaube schon«, entgegnete Möwe ärgerlich. »Genau so! Dieser Riese hätte dich fast umgebracht, Vater!«

»Ich wollte mit ihm reden. Und das wäre mir auch gelungen, wenn ihr nicht plötzlich erschienen wärt!«

Jamai hatte sich bisher zurückgehalten, aber jetzt konnte er nicht mehr schweigen. »Wenn du das glaubst, dann – oh bei Rin, dann verdienst du es nicht, dass wir mit dir kommen!«

Keta stutzte. »Was soll das heißen, ihr kommt mit mir?«

»Genau das, was er sagt«, sagte Möwe. Auf einmal fühlte sie sich unendlich müde. Sie wollte nichts anderes als schlafen. In Sicherheit zu sein und schlafen. »Wir kommen mit nach Sandart und werden die Prinzessin aus dem Räuberlager entführen. Ich bringe dir einen Dieb und eine Jägerin.«

»He«, protestierte Ruji. »Ich bin kein Dieb! Ich bin Artist!«

»Sie hat dich vergessen, Kleiner«, sagte Keta. »Was bringst du denn für unnachahmliche Fähigkeiten mit?«

»Mach dich nicht über uns lustig!«, knurrte Jamai. »Wir wären eben fast für dich gestorben!«

»Ich weiß«, sagte Keta nur. »Bei Rin, das weiß ich.«

Sie gingen weiter, während die Schatten immer länger wurden. Rot fiel das Licht der untergehenden Sonne auf die schneebedeckten Gipfel der höchsten Berge hinter ihnen.

»Ich weiß, ihr seid müde und habt Schmerzen«, sagte Keta. »Aber noch können wir nicht rasten. Wir müssen noch weiter runter.«

»Und was ist mit dir?«, fragte Ixa. Sie hatte große Mühe beim Sprechen. »Es sah aus, als hätte er dir alle Knochen im Leib gebrochen. Gibt es bei Riesen kein Schmerzempfinden oder tust du nur so?«

»Ich tue nur so«, gab Keta zu.

Sie wagten es nicht, noch weiter in ihn zu dringen.

Irgendwann wurde es zu dunkel, um weiterzugehen. Sie machten kein Feuer, um keine unliebsamen Gäste anzulocken. Während die Pferde das karge Gras abrupften, blieb ihnen nur das wenige, das sie noch von den Gaben der Sippe übrig hatten – kaltes Fleisch, trockener Gewürzkuchen, ein paar mit Pilzen und Kräutern gefüllte Fladen. Ihr Wasser hatten sie tagsüber aus einem klaren Gebirgsbach aufgefüllt. So litten sie wenigstens keinen Hunger, aber sie saßen dicht beieinander im Dunkeln und horchten in die Nacht hinaus.

»Sie sind nicht in der Nähe«, sagte Keta. »Ihr müsst euch keine Sorgen machen.«

»Woher weißt du das?«, fragte Ixa.

»Ich kann es fühlen«, antwortete er, aber in seiner Stimme klang etwas mit, das sie alle dazu brachte, sich unbehaglich zu fühlen.

»Zeig mir deinen Fuß, Ruji.«

»Im Dunkeln?«

Aber Keta sagte nur: »Ich werde vorsichtig sein.«

Sie konnten ihm nicht dabei zuschauen, wie er Rujis Fuß befühlte und dann in seinen großen Händen hielt. Sie hörten nur, dass der junge Mann irgendwann aufseufzte; danach ging sein Atem ruhig wie der eines Schlafenden.

»Und jetzt du, Ixa«, sagte der Heiler leise. »Hat er deine Rippen erwischt? Schieb deine Bluse hoch.«

»Ich bin eine Frau!«, empörte sich die Jägerin.

»Und ich bin Arzt. Außerdem ist es stockdunkel.«

Möwe versuchte zu erlauschen, was Keta tat. Sie horchte angestrengt, aber dann musste sie eingeschlafen sein, denn das Nächste, was sie mitbekam, war die Morgensonne auf ihrem Gesicht. Der Boden war kalt und hart; wenn man einmal erwacht war, war es unmöglich, wieder einzuschlafen. Sie blickte sich um. Jamai schlief dicht neben ihr, eine Hand unter die Wange geschoben, das schwarze Haar hing ihm über die Augen.

»Und warum ist dieser Junge mitgekommen?«, fragte Keta.

Er war auch schon wach. Sie sah ihn vor sich sitzen, gegen einen Felsblock gelehnt. Sein vertrautes Gesicht kam ihr auf einmal fremd vor. Ein Riese. Nein, der Sohn einer Menschenfrau, groß und einschüchternd und mächtig. Und doch, das wusste sie, würde sie nie vergessen können, wie der wilde Riese auf ihn losgegangen war, und ihr Entsetzen, als ihr klar wurde, dass er nicht so unbesiegbar war, wie sie geglaubt hatte.

»Jamai?«, fragte sie. »Er hat mich geküsst.«

Keta starrte sie an. »Was? Wer? Dieser Junge? Er hat ...« In seinem Gesicht stritten sich Zorn und Empörung, aber sie sah, wie er diese Gefühle niederrang und recht schnell seine Gelassenheit wiederfand. »Ich hätte ihn diesem Riesen überlassen sollen«, sagte er schon beinahe heiter.

»Ich habe schon fast damit gerechnet, dass du ihn umbringen würdest«, sagte sie und fragte sich, warum sie ihm das überhaupt erzählt hatte.

»Prügel hätte er jedenfalls verdient«, knurrte Keta.

»Weil er es gewagt hat, mich zu küssen? Er wollte mich nur davon abhalten, mit dir zu gehen. Zu den wilden Riesen.«

Ihr Vater schaute nachdenklich auf den schlafenden Jungen. »Selbst wenn er ein anständiger Kerl ist ... Vergiss eines nie, Möwe.«

»Und das wäre?«

»Solange du deinen wahren Namen nicht kennst, solange du nicht weißt, wer zu Hause auf dich wartet, darfst du dein Herz niemandem geben. Und niemanden dazu ermutigen, dir das seine zu Füßen zu legen. Vielleicht hast du bereits einen Freund. Oder einen Verlobten. Oder gar einen Mann.«

»Ach!«

»Es gibt Mädchen, die jünger verheiratet werden.«

Blitz, dachte Möwe und fühlte sich schuldig, während sie Jamai betrachtete. Wer du wohl bist. Und wo? Und ob du auf mich wartest?

»Was ist das?«, fragte Keta plötzlich. »Du trägst einen Verband am Arm?«

Sie nickte. »Ach, das ... Hier hab ich auch eine Schramme.« Sie schob ihr Haar zurück und zeigte ihm den roten Strich, der vor ihrem linken Ohr verlief. »Und am Rücken ist auch was. Ich bin dummerweise durch ein Fenster gestiegen, bevor mir endlich eingefallen ist, dass ich die Vollmacht des Kaisers in der Tasche trage.«

Keta winkte sie näher heran und bestand darauf, sich den kleinsten Kratzer, den sie sich dabei zugezogen hatte, genau zu besehen.

»Sie haben eine gute Heilerin dort ...«

»Zeig es mir.«

Seine Hände ruhten warm auf ihrer Haut, während er die immer noch schmerzenden Stellen untersuchte. Sie spürte die Wärme, die von seinen Fingern ausging, eine Wärme wie ein warmer Sommertag.

Und das Wasser glitzert und blendet die Augen. Der Sand ist warm unter meinen Füßen. Dort ist das Schiff, nicht weit entfernt ... aber es fährt hinaus! Ohne mich! Ich bin hier und es fährt hinaus! Lexan! Warte! Ihr könnt nicht ohne mich fahren! Lexan!

Weinend lag sie in seinen Armen. Sie blickte hoch und sah Ketas Augen über sich, blau wie der Himmel und das Meer.

»Wer ist Lexan?«, fragte er sanft.

»Ich weiß nicht«, schluchzte sie. »Das Schiff ist ohne mich gefahren ... Sie sind ohne mich fort ...«

»Wohin fährt das Schiff?«, fragte der Riese und versuchte, die Dringlichkeit der Frage hinter seiner ruhigen Stimme zu verstecken. »In welchen Hafen soll es einlaufen?«

»Nach Rinland«, flüsterte sie. »Das Schiff fährt nach Rinland ... Ohne mich. Ohne mich! Sie dürfen doch nicht ohne mich abfahren!«

»Du stehst dort und siehst das Schiff auf den Wellen. Wo bist du? Kannst du erkennen, wo du bist?«

Seine Frage riss Möwe wieder in die Gegenwart zurück. »Nein«, antwortete sie. »Nein, ich weiß gar nichts.«

»Ein Schiff nach Rinland?«, fragte er überrascht. Mädchen aus dem Meer, Botin. »Oder kommt es von dort? Hat es dich hergebracht? Brachte das Schiff dich an den Strand und fuhr wieder zurück?«

Möwe weinte leise. »Ich weiß es doch nicht ... Eine Insel. Wellen an meinen Füßen. Eine Insel. Ein Schiff. Was bedeutet das? Warum bin ich nicht auf dem Schiff? Warum bin ich hier und gehöre doch auf das Schiff?« Verzweifelt blickte sie in das bärtige Gesicht vor ihr. »Warum, Keta? Woher kommt dieses Schiff auf einmal zu mir?«

»Ich habe dich berührt«, sagte er langsam. »Ich wollte, dass diese Schnitte heilen, ohne Narben zu hinterlassen. Ich wollte dir Heilung schenken ...«

»Und stattdessen tut es mehr weh als je zuvor.«

Er nickte. »Und diesen Schmerz kann ich dir nicht nehmen. Wie viele Tränen wirst du vergießen, bis du deinen Namen findest?«

»Ich heiße Möwe«, flüsterte sie. Sie schaute zu Jamai hin, der sich zu regen begann und sich gähnend aufsetzte. »Möwe, verstehst du, Vater?«

»Aber unsere Namen ändern sich«, sagte er. »Zuerst hast du mich Remanaine genannt und dann Keta und jetzt sagst du Vater zu mir. Wer weiß, welchen Namen du tragen wirst, in diesem Jahr oder im nächsten?«

»Du sagst es. Namen ändern sich. Und ich bin Möwe. Ich will Möwe sein. Und nicht jenes andere Mädchen, das dabei zusieht, wie ein Schiff über das Meer segelt. Das will ich nicht sein, nie mehr!«

Nachdenklich ließ Keta seinen Blick auf ihr ruhen, aber er schwieg.

Sie waren von Rovar hinauf nach Helt gezogen und von da nach Rist. Hier überquerten sie die Grenze nach Yos; sie wollten das Kaiserreich so früh wie möglich verlassen, denn sie vermuteten, dass Zukata überall seine Späher hatte. Yos war ein karges Land, dessen Menschen ihnen mit Misstrauen begegneten. Fremde waren hier nicht beliebt und für Riesen hatten sie erst recht nichts übrig. Der Frühling hatte hier Einzug gehalten und das Land mit einer Pracht weißer und gelber Blüten überzogen. Die Luft war erfüllt vom Gesang der Vögel. Den anderen kamen sie fremdartig vor, Möwe jedoch, die in ein neues Leben hineingestürzt war, begrüßte alles als neu, egal, ob sie in Deret-Aif oder in den Königreichen des Ostens darauf traf.

Die Grenze zum Großreich von Sandart war an den breiteren Straßen bewacht. Sie suchten nach einem Weg, unbemerkt ins Land zu gelangen und schwammen schließlich des nachts über den Fluss Genu, der von Melgian über Yos und Sandart ins Nordmeer fließt. Nass und still stiegen sie aus dem Wasser und schlichen davon. Und dabei begannen die Schwierigkeiten erst. Sandart war größer als Aifa, Laring und Diret zusammen und Zukata hatte sich sicher keinen Ort ausgesucht, an dem jeder vorbeispazierte und zu Tee und Gebäck hereingebeten wurde. Keiner von ihnen sprach die Sprache der Sandarter gut genug, um unauffällig Fragen stellen zu können. Weder die drei Ziehenden noch Keta waren auf ihren Reisen bis in diese Gegend gekommen, aber sie beherrschten wenigstens einige Bruchstücke der sandartischen Sprache, da in Yos und teilweise sogar in Rist ein ähnlicher Dialekt gesprochen wurde. Es reichte, um sich zu verständigen, aber sie wollten kein Aufsehen erregen. Doch ihre Gruppe erregte zwangsläufig Aufmerksamkeit, wohin sie auch kamen.

Schließlich begann Möwe, sich in weite, bunte Tücher zu hüllen, die ihr Haar verbargen. Sie schlang sich einen Schleier um ihr Gesicht wie die Frauen in Melgian, von denen sie hin und wieder einige durch Sandart zu den Nordmeerhäfen reisen sahen.

»Wo hast du das denn her?«, fragte Keta, der mit Ixa von der Jagd zurück zu ihrem Schlupfwinkel kam. Er betrachtete sie missbilligend.

»Ich dachte ...«

»Zieh das aus«, befahl er. »Du siehst nicht aus wie eine Melgianerin. Wenn man nur deine Hand unter den Ärmeln sieht, wirkst du wie eine verkleidete Betrügerin. Wo hast du bloß diese Sachen her?«

»Äh«, machte Ruji nur, »das war meine Idee.«

Keta verzog das Gesicht. »Nein«, sagte er. »Und wag es nicht, hier irgendetwas zu stehlen. Willst du, dass uns die Soldaten bald auf den Fersen sind? Nein, Ixa und ich haben uns etwas anderes überlegt.«

Die Jägerin trat vor. »Wir sind, was wir sind«, meinte sie. »Ziehende. Wir sind Artisten. Als solche sollten wir endlich auftreten.

Wir werden damit nicht nur unser Brot verdienen, sondern sind so endlich auch in der Lage, uns besser umzuhören. Auf allen Marktplätzen wird geredet. Also, zeigen wir den Sandartern, was wir können.«

»Und du, Vater?«, fragte Möwe.

»Ich bin im Hintergrund. Ich dachte, wir trennen uns, aber natürlich bleibe ich in der Nähe.«

»Nein«, sagte Möwe, »das gefällt mir nicht.«

»Und mir auch nicht«, stimmte Ixa zu. »Wir haben besprochen, dass wir auftreten, und jetzt willst du dich drücken?«

»Ich will mich nicht drücken!«, begehrte Keta auf. »Aber als was sollte ich bitteschön auftreten?«

»Ich weiß etwas«, sagte Jamai vorsichtig. »Aber ich fürchte, es wird dir nicht gefallen.«

»Und, was ist es?«, fragte Keta grimmig.

»Na los, raus mit der Sprache«, forderte Ixa ihn auf.

»Zeig den Leuten, wie ein Riese aussieht.«

»Ich soll ...?«

»Es gibt hier oben im Norden so gut wie gar keine Riesen. Ich wette, die Leute sind neugierig.«

»Und wenn Zukata davon hört?«

»Dann wird er nicht erfahren, dass es Keta ist. Du könntest dir die Haare färben.«

»Nichts für ungut, aber ich kann mir kaum vorstellen, dass die Leute Geld bezahlen, um dich zu sehen«, meinte Ruji.

»Er wird natürlich ein wilder Riese sein«, sagte Ixa und lächelte grimmig.

»Niemand könnte einen wilden Riesen gefangen nehmen und auf den Märkten zeigen!«, rief Möwe.

»Deswegen haben sie hier auch noch nie einen gesehen.« Ixa war von der Idee überzeugt. »Wir werden ihm ein paar Stricke um die Füße binden. Er wird brüllen, was das Zeug hält. Die Leute lieben so etwas.«

»Hm«, machte Keta.

»Ihr verlangt von ihm, dass er sich zur Schau stellt?«, fragte das Mädchen entsetzt. So etwas würde Keta nie tun. Sie sah in sein düsteres Gesicht. Seine Augen funkelten ärgerlich. Wie konnten sie ihm so etwas vorschlagen?

»Und Möwe?«, fragte Keta. »Wollt ihr sie etwa auch zur Schau stellen? Seht alle her, das weiße Mädchen?« Seine Stimme zitterte vor Zorn.

»Nein«, sagte Ixa sofort. »Nie im Leben würde ich das verlangen. Ich weiß nicht, Möwe, vielleicht könnten wir dein Haar irgendwie färben? Und dir die Haut mit irgendetwas einreiben?«

»Auf keinen Fall!« Während die Jägerin gesprochen hatte, war ihr sofort klar geworden, was sie tun wollte. »Ich kann jonglieren. Ich kann diese Sprache so schlecht, dass die Leute so ja auch schon lachen, wenn ich etwas sage. Ich werde Clown.«

Keta hob die Brauen. »Du willst den Clown spielen?«

»Sie kann das«, sagte Jamai mit Überzeugung.

Ohne noch etwas zu sagen, drehte Keta sich plötzlich um und verschwand im Wald. Verblüfft starrten sie ihm nach.

»Er ist sauer, oder?«, fragte Ruji.

»Er hat gerade überlegt, ob er uns allen die Köpfe einschlagen soll«, meinte Möwe munter.

»Na herrlich.« Ixa ließ sich mit gekreuzten Beinen am Feuer nieder und stocherte in der Glut herum. »Ein beleidigter Riese. Als es nur um uns ging, fand er die Idee noch richtig gut.« Sie schüttelte den Kopf. »Und du willst ein Clown sein, Möwe? Nichts für ungut, aber du hast so etwas noch nie gemacht, stimmt's? Weißt du wirklich, worauf du dich da einlässt? Mir wäre es lieber, wenn wir dich verkleiden und du als Tänzerin auftrittst.«

»Ich kann überhaupt nicht tanzen.«

»Aber Clown spielen, das kannst du?«

Ihr heldenhafter Entschluss kam ihr jetzt nicht mehr ganz so genial vor. Auf einmal sehnte sie sich danach, ebenso zwischen den Bäumen zu verschwinden wie Keta. Irgendwo allein zu sein ... Sie stand auf. Sie beachtete Jamai nicht, der noch etwas zu ihr sagte, und trat zwischen die Bäume.

Sie hatte nicht vor, sich weit vom Lager zu entfernen. Die Bäume standen hier dicht beieinander, aber das Blätterdach war nicht geschlossen, so dass genug Licht für die vielen kleinen Sträucher und Ranken den Boden erreichte. Sie stieg über Gebüsch und durch ganze Büschel von Blumen und Gräsern. Vermodernde Baumstämme, von bunten Pilzen bewachsen, lagen quer über dem Weg. Schließlich lehnte sie sich an einen Baum und atmete tief durch. Ixa verstand es immer wieder, sie zu verunsichern. Wie viel einfacher war das Leben doch gewesen, als sie und Keta noch allein unterwegs gewesen waren! Mit einer Heftigkeit, die sie selbst erschreckte, sehnte sie sich danach zurück. Wie sie durch die Wälder gezogen waren, in den Dörfern Kranke geheilt hatten ... So lange war das jetzt her, ein ganzes Jahr ...

»He, Kleines.« Sie blickte auf. Keta hatte sich dieselbe Stelle wie sie ausgesucht, um sich seinen Gedanken hinzugeben. Wenige Bäume entfernt saß er auf dem Boden, an einen alten, zerfurchten Stamm gelehnt.

»Vater.« Sie sah ihn an und musste lächeln. Was für eine Vorstellung! Er als wilder Riese, sie als Clown ...

»Denkst du auch drüber nach?«, fragte er. Der Zorn war vollständig aus seinem Gesicht gewichen.

»Ja«, antwortete sie. »Ixa traut es mir nicht zu. Ich weiß irgendwie gar nichts mehr. Vielleicht sollten wir uns lieber wie bisher im Wald verstecken.«

In Ketas Augen trat ein trauriger Zug. »Das ist es, was ich am liebsten tun würde. Aber die Zeit läuft uns davon. Wir wissen nicht einmal, ob die Prinzessin noch lebt. Nein, Möwe, wir können uns nicht mehr verstecken. Ixa hat recht. Wir müssen dorthin, wo die Menschen sind.«

»Sie hätte dir nicht vorschlagen dürfen, dass du ...«

»Doch«, unterbrach er sie. »Es war eine gute Idee, wenn man es genau nimmt. Ich sitze hier und ringe mit meinem Stolz ...«

»Immerhin bist du ein Prinz.«

»Genau das ist es. Ich bin Kanunas Sohn und meine oberste Priorität ist das entführte Kind. Und doch fürchte ich mich, wie ich mich noch vor keinem Kampf gefürchtet habe ... Und du, mein Mädchen? Würde es dir nicht das Herz zerreißen, sie über dich lachen zu hören? Würdest du ihnen deine Schönheit hinhalten wie einen schlechten Scherz?«

Möwe schluckte, als sie es in seinen Augen feucht schimmern sah. »Es ist ein Scherz«, sagte sie. »Nichts weiter. Genau das ist es. Nichts weiter. Wenn ich nicht zulassen kann, dass man über mich lacht … Ich weiß auch nicht. Aber vielleicht sollten wir das einfach nicht so ernst nehmen.«

»Immerhin hast du damals diese Mädchen verprügelt, weil sie dich einen Clown genannt haben.«

»Ach, das hast du mitbekommen?« Möwe hatte immer gedacht, dass dies ihr Geheimnis geblieben war. »Und nun haben sie Recht bekommen, nicht? Wer hätte das gedacht.«

Sie sahen sich an. »Dann wollen wir es tun?«, fragte Keta, als wäre es ihre Entscheidung.

»Vielleicht ist es gar nicht so schlimm«, sagte sie. »Vielleicht macht es Spaß. Vielleicht kommen wir irgendwann nach Hause und lachen darüber.«

»Ja.« Sein grimmiges Gesicht sah nicht danach aus, dass er überhaupt lachen konnte. Keta stand auf. »Nun gut. Dann lass uns zu den anderen zurückgehen. Tun wir's.«

»Bist du sicher?«

Er nickte. Nie war er ihr so klein und menschlich vorgekommen.

»Gut«, sagte sie. »Tun wir es.«

Auf dem Marktplatz von Zekess war dieses Mal ein noch größeres Gedränge als sonst. Eine Menschentraube hatte sich vor einer kleinen Gruppe von Artisten gebildet, die ihre Zuschauer aufs Vortrefflichste und auf die unterschiedlichsten Arten zu unterhalten wussten.

Zwei junge Männer verblüfften die Marktbesucher mit den unglaublichsten Sprüngen und Saltos. Sie überschlugen sich, warfen sich gegenseitig in die Luft und schienen mehr zu fliegen denn zu springen. Der Hut, den sie herumreichten, füllte sich. Nicht weit von ihnen entfernt brachte ein weißgesichtiger Clown die Leute zum Lachen. Sie waren sich nicht sicher, ob es ein Mann oder eine Frau war, denn so jemanden hatten sie noch nie gesehen. Das hellhäutige Geschöpf in der bunten Tracht der Narren erzählte von einem Kampf, den es gegen einen wilden Riesen ausgefochten haben wollte – ein Kampf mit Jonglierbällen, einer langen, mit Kauderwelsch durchsetzten Beschimpfung des Unholdes, ein paar übertrieben anmutigen Sprüngen, die meistens auf der Nase endeten und mit Beifall und Gelächter belohnt wurden. Manch einer fragte sich, ob die Darstellung nicht sogar stimmte, denn der wilde Riese, den der Clown angeblich gefangen hatte, war tatsächlich da. Man konnte ihn sehen und mit wohligem Schauder betrachten. Eingehüllt in Felle, an einem dicken Strick festgebunden, führte ihn seine Bändigerin, eine grimmig dreinblickende Jägerin, durch die Menge. Der Riese, dessen Gesicht von schwarzbraunem Haar fast vollständig verhüllt war, brüllte und ging hin und wieder auf die erschreckt zurückweichenden Schaulustigen los, worauf ihn seine Besitzerin scharf anfuhr und zur Ordnung rief. Gegen ein paar Münzen konnten mutige Männer sich das Recht erwerben, mit dem Riesen zu kämpfen – bei einem Sieg winkte ein hoher Geldpreis.

»Wer traut sich?«, rief Ixa mit lauter Stimme. »Wer wagt es, sich mit einem wilden Riesen zu messen?«

»Ich bin doch nicht lebensmüde!«, rief ein Mann zurück, der auf dem Markt ein Schwein gekauft hatte und es an einem Strick nach Hause führte.

»Jeder Kämpfer darf ihm mit einem Knüppel entgegentreten!«, rief Ixa. »Der Riese wird mit bloßen Händen kämpfen. Nun, wer traut sich? Niemand?«

Eine Gruppe junger Burschen fühlte sich tatsächlich herausgefordert; der Anführer der Jugendlichen wurde von seinen Freunden dazu gedrängt, es einmal zu versuchen. Zögernd willigte er schließlich ein. Er bezahlte und näherte sich vorsichtig, breitbeinig, den Knüppel schwenkend, dem Riesen, der ihn blöde anstierte.

»Los, schlag ihn!«, riefen die Freunde. »Mach ihn fertig! Zeig's diesem Monster!«

Der junge Mann drehte sich zu ihnen um und winkte stolz. Er war dem Riesen jetzt schon so nah, dass dieser ihn mit einem Schlag zu Boden hätte schmettern können, aber mit seinem Knüppel fühlte er sich sicher.

Der Riese sah ihm entgegen und stieß ein bedrohliches Grollen aus.

»Nimm das!« Der Angreifer hob seine Waffe, doch als er sie niederfallen ließ, streckte der Riese lässig die Hand aus, pflückte sie ihm aus der Faust und kratzte sich damit den Rücken.

Die Menge johlte; der Bursche taumelte erschrocken zurück.

»Applaus für diesen mutigen jungen Mann!«, rief Ixa. Sie hoffte nur, er würde niemals versuchen, einen echten wilden Riesen auf diese Weise anzugreifen. »Wer will es mal versuchen? Vielleicht mit etwas mehr Schnelligkeit?«

Der Riese brüllte hin und wieder und sprang umher wie ein großer Affe, aber wenn es tatsächlich zu einem Kampf kam, tat er den Angreifern kaum weh. Sie hatten ausgiebig darüber gesprochen, dass ihnen ein aufgebrachter Dorfvorstand große Schwierigkeiten machen konnte, wenn tatsächlich jemand zu Schaden kam. Keta fiel es nicht schwer, sich zurückzuhalten. Amüsiert betrachtete er die kleinen Kerle, die glaubten, sich beweisen zu müssen, indem sie ihn anfielen. Hin und wieder ließ er einen näher herankommen und gab ihm eine Kostprobe seiner Muskelkraft. Aber selbst wenn er jemanden im Kreis herumschleuderte – sobald Ixa ihm befahl, den Mann herunterzusetzen, der voller Todesangst glaubte, sein letztes Stündchen habe geschlagen, legte er ihn sanft auf den Boden, als wäre er sein Kätzchen.

»Seht ihr«, sagte Ixa stolz. »Ich habe ihn gezähmt. Und, wer will es als Nächstes versuchen?«

Am Abend wollte man sie überreden, mit ins Gasthaus zu kommen. Ein paar lustige Reisende, die an der forschen Jägerin Gefallen gefunden hatten, luden sie und die anderen Artisten ein. Ixa lehnte zunächst ab.

»Wo soll ich denn meinen Riesen unterbringen? Soll ich ihn mit in die Gaststube nehmen? Und was ist, wenn er dort alles kurz und klein schlägt?«

Furchtsame Blicke trafen die riesige Gestalt, die folgsam hinter ihr hertrottete. Wenn Möwe nicht gewusst hätte, dass es Keta war, ein wunderbarer Vater, stolzer Prinz, ein Heiler, intelligent, mutig und liebevoll, hätte sie fast selbst denken können, dass sie hier eine tumbe Kreatur mit gewaltigen Kräften und recht wenig Verstand vor sich hatte. Keta spielte seine Rolle so ausgezeichnet, dass sie an sich halten musste, um nicht zu lachen oder sich durch besorgte Fragen zu verraten. Die Fragen lagen ihr auf der Zunge – bist du es noch? Hallo, bist du noch da? Als hätte der Keta, den sie kannte, sich hinter dieser Urgewalt versteckt und wäre nur noch schwierig herauszulocken. Doch da traf sie sein Blick aus dem Gewirr seiner dunkel gefärbten Haare, sein wacher, amüsierter Blick, der zu fragen schien: Na, wie mache ich das?, und sie war erleichtert, mehr, als sie sich selbst hätte eingestehen mögen, dass er immer noch derselbe war.

Dann wurde ihr bewusst, dass er ihr etwas mitteilen wollte, und sie stieß Ixa an. »Vielleicht sollten wir doch mitgehen, ins Gasthaus«, sagte sie. »Dort hören wir vielleicht Neuigkeiten vom Rest der Welt. Bitte, Ixa, lass uns hingehen!«

Keta nickte unmerklich.

Die Jägerin zögerte. »Und was tun wir mit dem Riesen?«

Sie waren jetzt vor dem Gasthaus angekommen. Aus den hell erleuchteten Fenstern drangen Stimmen und Gelächter, aus der Tür, die noch vom letzten Besucher hin und her schwang, waberte der Duft von Braten, Suppe und der Gemeinschaft vieler Menschen. Sie waren so lange nur für sich gewesen, dass allein der Gedanke an ein Gericht, das nicht über einem Feuer im Wald gekocht worden war, Möwe in Ekstase versetzte.

Der Wirt trat ihnen auf der Schwelle entgegen und konnte nicht verhindern, dass das Entsetzen durch sein aufgesetztes Lächeln quoll.

»Vielleicht«, er wandte sich an Ixa, »könntest du ihn im Stall anbinden?«

Keta ließ ein Grollen tief aus seiner Kehle vernehmen, das den dicken Mann ein paar Schritte zurücktaumeln ließ.

»Siehst du, genau das meine ich – er ist gefährlich!«

»Wenn ich dabei bin, ist er harmlos wie ein Kaninchen«, versicherte Ixa, aber letztendlich blieb ihr nichts anderes übrig, als nachzugeben. Sie brachte ihren wilden Riesen in den Stall und band das Seil, das sie um seinen Leib geschlungen hatte, an einen der Stützpfeiler.

»Es tut mir wirklich leid«, flüsterte sie.

Keta schnaubte nur verächtlich. »Wehe, ihr bringt keine brauchbaren Informationen mit.«

Er ließ sich ins Stroh fallen und erwiderte den verdutzten Blick der dort angebundenen Tiere mit aggressivem Starren. Es war nicht schwer, sich bald wirklich als wilder Riese zu fühlen, als ein Tier, das jederzeit losschlagen konnte, ohne Vorwarnung, angetrieben von unbezähmbarem Hass.

Möwe brachte ihm jedoch bald darauf einen Teller mit geschmortem Fleisch und Gemüse, einen Krug Bier und einen großen Fladen Brot.

»Ach, was verschafft mir die Ehre?«

Das weiße Mädchen schüttelte den Kopf und setzte sich zu ihm ins Stroh. »In der Gaststube ist es voll. Und laut. Und außerdem sind da ein paar Burschen, die mir nicht gefallen. Sie haben mich ständig angegafft.«

»Sind sie dir nicht gefolgt?«, fragte er alarmiert.

»Ach was. Hierher? Zu dem wilden Riesen?« Sie lachte. »Einer ist aufgestanden, als ich gegangen bin, aber als sie mitbekommen haben, dass ich dir etwas zu essen bringe, haben sie es gar nicht erst versucht, mir nachzugehen.«

Keta grinste. »Wer legt sich schon gerne mit mir an, wie?« Er nahm den Teller aus ihrer Hand. »Kein Löffel?«

»Das Dienstmädchen meinte, du würdest ja doch keinen brauchen. Ich wollte ihr nicht widersprechen.«

»Hm.« Er fasste mit den Fingern in den Teller und hob ein Stück Fleisch heraus. »Dann muss ich wohl mal meine Manieren vergessen.«

»Gib zu, dass es dir gefällt«, sagte Möwe.

»Was? Dass ich hier im Stall sitzen muss wie ein durchgedrehter Ochse?«

»Dass du dich zeigen kannst, wie du wirklich bist.« Sie betrachtete ihn liebevoll. »Zerlumpt, ungekämmt, unbeherrscht, immer bereit, jedem eins auf den Schädel zu geben.«

»Pass auf, kleine Tochter. Ich werde dich noch enterben, wenn du so weitermachst.«

»Du hast mir bereits alles vererbt, was du besitzt«, sagte Möwe. »Die Liebe zu den Wäldern, das Wandern durch die Länder des Kaiserreichs, das Geschick, mit Kranken umzugehen, die Familienzugehörigkeit zu den Ziehenden ... Habe ich noch was vergessen?«

Keta schüttelte den Kopf. »Ich glaube nicht«, sagte er leise.

»Es gibt noch einen Grund, warum ich hergekommen bin.«

»Und der wäre? Außer um das Untier zu füttern?«

»Die Reisenden, mit denen Ixa und Ruji sich unterhalten, sind weit herumgekommen«, sagte Möwe. »Und wie es scheint, bist du nicht der einzige Riese, den sie gesehen haben.«

Keta ließ den Teller sinken, aus dem er gerade die Soße schlürfen wollte. »Was?«

»Sie sagten etwas von einem blonden Riesen, den sie unlängst gesehen haben.«

»Oh Rin! Wo?«

»Etwas weiter oben im Norden«, sagte Möwe. »In einer Stadt namens Recket.«

14. Mein Mädchen

BLITZ SASS AUF der Erde und breitete die Arme aus, als Manina mit unsicheren kleinen Schritten auf ihn zugewankt kam. Das Laufen klappte jetzt immer besser; im Frühling hatte sie damit angefangen und jetzt im Hochsommer lief sie bereits durchs ganze Lager. Mit ihren kurzen Beinen erreichte sie eine erstaunliche Geschwindigkeit. Er konnte sie keinen Augenblick aus den Augen lassen. Ständig musste sie vor irgendetwas gerettet werden. Obwohl sie hier kein Lagerfeuer hatten, sondern in den Hütten ein Feuer im Ofen brannte – der Rauch hielt die hier in Massen auftretenden Insekten fern –, gab es zahlreiche Gefahren, an die er nie vorher gedacht hatte.

Die Pferde konnten ausschlagen, daher durfte Manina nur bis an den Zaun, hinter dem sie weideten. Einigen der Räuber ging man besser aus dem Weg, weil sie fast ständig betrunken waren und sich einen Spaß daraus machten, ihre schmuddeligen Becher dem neugierigen Kind zum Trinken hinzuhalten. Das Lager hatte inzwischen eher das Aussehen eines Dorfes angenommen, aber es fehlten die anderen Kinder, die jedes Dorf ausmachten. Keine älteren Mädchen passten mit auf, dass die Kleine nicht in den Bach fiel oder in irgendeine Hütte hineinkroch, in der sie nichts zu suchen hatte. Keine Mütter warfen beim Wäschewaschen achtsame Blicke auf alles, was herumlief und spielte.

Es blieb alles an ihm hängen.

Den ganzen Tag war Blitz damit beschäftigt, auf die kleine Einjährige aufzupassen. Er musste sie wickeln, wenn sie nass war oder stank, und die Windeln waschen, er musste dafür sorgen, dass außer Bier und Wildbret auch noch vernünftige, kindgerechte Nahrung da war. Er kochte einen Brei nach dem anderen, bis er ein Rezept herausgefunden hatte, das sogar den Räubern zum Frühstück schmeckte. Er schickte Männer aus, um Mehl und Zucker zu kaufen, und nachdem irgendein hungriger Bandit die Ziege geschlachtet hatte, beschwerte er sich so lange bei Zukata, bis der Hauptmann den Schuldigen ausfindig gemacht hatte und ihn dazu zwang, im nächsten Dorf eine Kuh zu einem überhöhten Preis zu kaufen.

Stehlen war im Moment verboten, denn Zukata wollte auf keinen Fall Streit mit den Sandartern. Soldaten, die ihn hier hetzten, womöglich zurück nach Deret-Aif, wollte er auf jeden Fall vermeiden. Aber seine Männer waren unzufrieden und langweilten sich. Obwohl er es verboten hatte, tranken sie, zu seinem Verdruss meistens heimlich. Das Kind wuchs und gedieh, aber Kanuna El Schattik schwieg. Die Boten, die Zukata regelmäßig ins Kaiserreich sandte, kamen nur mit der Nachricht zurück, dass immer noch nach ihm gefahndet wurde. Es gab keine Meldung, dass der Kaiser ihn zum Erben ausgerufen hätte.

Von Monat zu Monat war Zukata schlechter gelaunt. Seine Ungeduld wuchs, unruhig streifte er durch die Gegend. Dass er sich zurückhalten musste, um sein Versteck nicht in Gefahr zu bringen, ließ seine Unruhe noch größer werden. Er sehnte sich nach Kampf, nach Beutezügen, nach der Freude des Zuschlagens und dem Triumph des Sieges. Sein Plan war nicht aufgegangen; er war seinem Ziel keinen Schritt näher gekommen. Manchmal betrachtete er das kleine Mädchen und dachte darüber nach, dass sie der Schlüssel war, um seinen Vater zu vernichten.

Manina lachte, als sie in Blitz' Arme stolperte.

»Meine Süße«, flüsterte er, als er sie an sich drückte. Ihr Haar war blond, dicht und lockig. Ihr rundes Gesicht mit den blauen Augen erinnerte ihn vage an Zukata, aber vielleicht war das auch nur Einbildung. Und sie war klein.

Er hatte in den umliegenden Dörfern andere Kinder gesehen. Obwohl er fast nie aus dem Lager herauskam, war er doch hin und wieder dabei gewesen, wenn sie ihre Jagdbeute gegen Nahrungsmittel und Kleidungsstücke tauschten. Seine Blicke hingen an den Kindern, die dort auf der Straße herumliefen und sich neugierig einfanden, wenn die Fremden aus dem Wald wieder einmal auftauchten. Ein paar waren darunter, die gerade erst laufen konnten. Zu Hause verglich er Manina mit ihnen. Es fiel ihm schwer, sie von außen zu sehen, weil er sie ständig um sich hatte, aber wenn er es versuchte, musste er zugeben, dass sie kein besonders auffälliges Kind war.

»Euch geht es gut, wie?«

Blitz sah hoch. Zukatas Miene war säuerlich, wie immer in der letzten Zeit. Der Stolz, der zu Beginn ihrer Flucht in seinem Gesicht gelegen hatte, wenn er das Kind betrachtete – dies ist meine Geisel, dies ist mein Verdienst –, war in eine düstere Gleichgültigkeit umgeschlagen, die, so fürchtete Blitz immer wieder, genauso gut zu Feindseligkeit werden konnte.

»Warum ist sie so klein?«, fragte Blitz.

»Was?« Zukata ging in die Hocke und betrachtete das kleine Mädchen. Manina starrte stirnrunzelnd zurück. Sie hatte offensichtlich ihre eigenen Ansichten über diesen unfreundlichen Riesen. »Findest du sie klein? Wächst sie nicht gut? Kriegst du sie nicht satt? Ich sage dir, ich habe dir die Verantwortung übertragen und ich erwarte ...«

»Doch«, unterbrach Blitz ihn. »Sie entwickelt sich prächtig. Aber ich habe sie mit den Kindern hier in den Dörfern verglichen. Sie sieht aus wie ein Mensch. Nicht wie ein Riese. Das wundert mich bloß, das ist alles. Oder werden Riesen erst im Erwachsenenalter so groß?«

Zukata sah das Kind an, als sähe er es zum ersten Mal, und nickte langsam. Dann verzog sich sein Gesicht auf einmal zu einem Grinsen. »Ein Mensch«, flüsterte er, »du hast recht, sie ist ein Mensch!«

»Aber ...« Blitz war jetzt vollends verwirrt. »Sie ist doch deine Schwester?«

»Ja, das ist sie.« Zukata war so von seiner neuen Entdeckung fasziniert, dass er den Blick nicht von dem Kind lassen konnte. »Kanunas Kind ... und doch ein Mensch. Weißt du, was das bedeutet, Blitz? Weißt du, was das heißt?«

Blitz schüttelte den Kopf. »Dass wir das falsche Kind hier haben? Sie ist gar nicht die Prinzessin?«

»Oh nein. Sie ist es. Ich habe sie aus seinen Armen gerissen, das ist sein Augapfel, sein Herzblatt, sein kleiner Schatz ... Aber nicht seine Erbin. Kanuna kann dieses Kind niemals zu seiner

Erbin machen, selbst wenn er es wollte. Es ist immer ein Riese, der auf dem Thron von Kirifas sitzen muss. Ha! Ich wette, er wusste es noch nicht einmal, als sie geboren wurde, ja, ich wette, er weiß es nicht einmal jetzt …« Zukata lachte laut auf. Manina suchte Schutz bei Blitz, aber der blonde Riese riss sie hoch und hielt sie mit beiden Armen in die Luft, ohne auf ihr empörtes Geschrei zu achten. »Sieh sie dir an. Schaut alle her! Ein Mensch! Ein Menschenkind!«

Blitz zog vorsichtig an Zukatas Arm. »Gib sie mir, sie weint.« Sein Herz begann heftig zu schlagen, denn er wusste nicht, was der Hauptmann vorhatte. Einen Augenblick lang, kurz wie ein Herzschlag, fürchtete er, Zukata könnte das Mädchen zu Boden schmettern, weil es seine Erwartungen nicht erfüllte. Aber der Riese legte das Kind wieder in seine Arme. Ein wildes Lachen überzog sein Gesicht, alle Resignation war daraus gewichen.

»Sie kann niemals die Krone erben, niemals!«

»Ich verstehe das nicht«, sagte Blitz und streichelte Maninas Rücken, bis sie sich beruhigt hatte. »Wenn Kanuna und Fanes ihre Eltern sind … Ich habe sie beide gesehen, sie sind beide genauso groß wie du. Wie kann sie dann ein Mensch sein?«

»Das Blut der Riesen ist nicht mehr so rein wie früher«, erklärte Zukata. »Sie haben Menschen geheiratet, immer wieder. In unserer Familie kam es selten vor, aber selbst meine Mutter war ein Mensch. Es kann jedoch keine Mischlinge geben, verstehst du? Es gibt keine halben Riesen. Entweder schlägt das Riesenblut durch oder nicht. Ich bin ein Riese, trotz meiner Mutter. Und das hier ist ein Mensch, obwohl die Kaiserin eine Riesin ist. Ha, Blitz! Es kommt selten vor, aber auch zwei Riesen können ein Menschenkind zeugen, wenn einer von ihnen menschliche Vorfahren hat. So wie zwei Menschen ein Riesenkind bekommen könnten, wenn einer von ihnen von einem Riesen abstammt.« Er betrachtete das Mädchen und schüttelte den Kopf. »Ich habe nie daran gedacht, dass das bei einem Kind meines Vaters passieren könnte.«

Blitz schaukelte Manina hin und her, aber sie begann bereits wieder zu strampeln und verlangte, nach unten gelassen zu werden. Er seufzte, als er sie freiließ und sie ohne zu zögern in Richtung Pferde lief.

»Tja …«, sagte er und schaute Zukata fragend an. »Und jetzt? Was hast du nun vor?« Wirst du sie jetzt freilassen, wollte er fragen, aber er wagte es nicht, denn bei Zukata lagen Zorn und Begeisterung oft erschreckend nah beieinander.

»Er muss mich zum Erben machen«, sagte Zukata und blickte wild vor sich hin, als stünde sein Vater direkt vor ihm. »Er hat gar keine andere Wahl. Soll es etwa Keta werden? Dieser linke Hund? Ich bin sein ältester Sohn.«

Blitz wollte noch etwas sagen, aber Manina hatte die Koppel schon fast erreicht. Er hatte keine Wahl, als seinen Hauptmann stehen zu lassen und dem Mädchen hinterherzuhechten, bevor sie unter den Balken hindurchkrabbelte und versuchte, die schönen großen Tiere anzufassen.

Am Markttag waren die Räuber noch mehr als sonst darauf aus, das Lager zu verlassen. Wie eine Schulklasse dreckiger Dorfjungen ringten sie sich um ihren Anführer, um die Erlaubnis zu erhalten, auf den Markt nach Recket zu gehen.

»Ich!«, rief ein kräftiger Mann namens Dorn.

»Nein, du warst letztes Mal dabei. Diesmal bin ich dran.«

»Das ist nicht wahr, ich musste schon zweimal aussetzen.«

»Jetzt sag nicht, dass ich schon wieder zur Wache eingeteilt bin!«, regte sich Wilrich auf.

»Ruhe!«, donnerte Zukata. »Wer geht, das entscheide ganz alleine ich.« Er streckte den Arm aus und zeigte der Reihe nach auf die Räuber, die gehen durften. Gut die Hälfte der Bande erhielt von Zukata die Erlaubnis, sich zu amüsieren. Wie Kinder stürmten sie in ihre Hütten, um ihr Geld zu holen, während die übrigen mürrisch davonschlichen.

Es wurde immer schwieriger für ihn, seine Männer bei Laune zu halten, daher war er mittlerweile recht großzügig, was das Ausgehen und Geldausgeben anging. Während Zukata zu Beginn ihres Exils noch darauf geachtet hatte, dass ihr Hiersein auf keinen Fall durchsickerte, hatte seine Wachsamkeit mittlerweile nachgelassen. Er war beim König von Sandart gewesen und hatte mit ihm etwas ausgehandelt – was genau, teilte er seinen Männern nicht mit –, aber danach fürchtete er weder eine Auslieferung noch einen Angriff aus Deret-Aif. Kanuna konnte keine Truppen schicken, der sandartische König würde es nicht tun. Sie waren sicher hier. Und Sicherheit bedeutete leider Langeweile.

Gelangweilte Männer, noch dazu von diesem Schlag, den er um sich versammelt hatte, waren gefährlich.

Zukata ignorierte Blitz' bettelnde Blicke. Der Junge musste natürlich bei Manina bleiben; es gab keinen anderen, dem er das Kind anvertrauen konnte. Außerdem trieb ihr Geplärre das ganze Lager an den Rand des Wahnsinns, wenn Blitz sich nur für ein paar Minuten von ihr entfernte.

»Zukata ...«

»Ich könnte für ihn einspringen«, bot Lundi großzügig an.

»Nein«, sagte der Hauptmann streng.

Blitz seufzte. Zur Zeit fühlte er sich mehr denn je wie ein Gefangener. Die Prinzessin und er waren wie zwei, die man untrennbar aneinandergekettet hatte. Die Gesellschaft der meisten anderen Räuber bedeutete ihm nichts, obwohl er sich an ihren rauen Umgangston gewöhnt hatte, und trotzdem war das Gespräch mit einem Erwachsenen, so kurz und unbedeutend es auch sein mochte, inzwischen etwas, wonach er geradezu lechzte. Eigentlich hatte er es verdient, auch einmal auf den Markt zu gehen. »Ich habe gehört, dass ein Clown da ist«, sagte er bitter.

»Du wirst noch viele Gelegenheiten haben, einen Clown zu sehen.«

»Aber ...«

»Schluss jetzt!«, rief Zukata aus. Er ärgerte sich noch nicht, aber es half meistens recht gut, wenn er lauter wurde. »Ich will nichts mehr hören. Blitz bleibt bei dem Kind.«

Er wandte sich ab und ging in seine Hütte, aber die Unruhe trieb ihn wieder hinaus, und wenig später sah Blitz ihn im Wald verschwinden.

Zukata wanderte durch den Wald, ohne die Bäume wahrzunehmen, ohne auf den Ruf der Vögel und das erschreckte Davonhuschen der Tiere zu achten. Der Wald von Sandart bedeutete ihm nichts, er war nichts als ein Versteck, ein Lager auf Zeit. In seinen Lungen brannte die Sehnsucht nach der Luft von Deret-Aif, nach seinem eigenen Reich. All das hier – es war nichts. Tage, Wochen, die dahinflogen, jede einzelne Stunde eine Wunde im Herzen seines Vaters. Er wusste, wie Kanuna litt. Jeder Atemzug, jeder Herzschlag, jeder Sonnenaufgang und Sonnenuntergang war ein Schwertstreich, den er ihm zufügte.

Manchmal verbiss er sich so in diesen Gedanken, dass er zu schreien begann, als wäre Kanunas Qual seine eigene. Dann konnte er nicht begreifen, warum sein Vater so lange zögerte, warum er nicht endlich nachgab. Er stand da und fühlte den Schmerz in seiner Brust pochen und war einer, der beraubt worden war – aber niemand reichte ihm, was ihm gehörte. Der Zorn quoll aus all seinen Poren, er begann zu schwitzen, vor seinen Augen verdunkelte sich die Welt. Manchmal wütete er gegen Baumstämme und schlug eine Schneise des Zorns durch den Wald, der ihm wehrlos und erschrocken vorkam, so wie dieses Kind, das immer noch in seinem Lager lebte und lachte.

Seine Geisel. Er dachte nicht: Meine Schwester. Dass Manina seine Halbschwester war, verbannte er aus seinen Gedanken, aus seinen Gefühlen. Sie war der Schlüssel zum Segen. Sie war das Unterpfand der Krone, sein Wechselgeld.

Und Kanuna schwieg.

Wütend rüttelte Zukata an einem Nadelbaum, aber er erreichte nur, dass ihm die Zapfen auf den Kopf fielen. Er schrie durch den Wald, aber nur das Schweigen antwortete ihm. Niemals war es sein Vater, der ihm antwortete. Vielleicht hatte er ja doch gewusst, dass dieses Kind ein Mensch war und nicht zur Erbin taugte. Vielleicht hatten sie inzwischen ein neues Baby gezeugt, seine Frau und er, einen neuen Sohn für das Kaiserreich, klein und formbar, ein Prinz, edel und von Riesengeblüt, jemand, der nach Kanuna schlug und sich nicht ganz Kirifas zum Feind machen würde ...

Die Wut tobte in ihm, während er sich dem Lager wieder näherte. Sein Orientierungssinn ließ ihn niemals im Stich. Mit geschlossenen Augen hätte er es wiedergefunden. Dort, die Hütten ... Dort, das Kind ...

Er ging auf es zu, auf dieses blonde Mädchen, das nicht einmal der Kaiser für wert genug erachtete, gerettet zu werden, und hob die Hand.

Beenden wir es, dachte er. Beenden wir es einfach, vielleicht hört der Schmerz dann auf.

»Nein!« Blitz hängte sich an seinen Arm. »Nein, Zukata, nein, lass sie!«

Er nahm kaum wahr, welches Fliegengewicht sich da an ihn geklammert hatte. Wie aus weiter Ferne hörte er das Flehen des Jungen. »Nein, nein! Helft mir! Settan, komm, schnell! Lundi! Schnell! Er bringt sie um!«

Langsam lichtete sich der Nebel. Der Junge hing immer noch an ihm und schlug auf ihn ein. Die Männer waren vorsichtig näher herangekommen, wagten aber nicht, einzugreifen. Und vor ihm auf dem Boden saß das Kind und heulte. Es musste an Blitz' Geschrei liegen. Er war es, der sie erschreckt hatte.

»Sei doch endlich still«, sagte Zukata. Und dann, als ihm bewusst wurde, dass alle ihn anstarrten, sagte er zu Blitz: »Gib mir die Kleine.« Es konnte nicht angehen, dass seine Leute glaubten, sie müssten gegen ihn vorgehen oder auch nur annehmen, er würde Blitz so etwas durchgehen lassen. »Gib sie mir«, wiederholte er.

Blitz atmete tief durch und ließ den Hauptmann los. Etwas war anders als eben noch. Der Wahnsinn war aus seinem Blick gewichen, aber immer noch war das Kind da, dieses kleine Kind, das sein ganzes Leben ausmachte.

»Jetzt«, wiederholte Zukata, und Blitz wusste, dass er nicht noch einmal fragen würde. Er hatte keine Ahnung, was geschehen würde, wenn er nicht gehorchte. Wahrscheinlich würde Zukata ihn töten. Er würde wütend werden, und dann – was war dann mit Manina?

Als er sich bückte und das kleine Mädchen hochnahm, war er sich darüber im Klaren, dass dies vielleicht ihr letzter gemeinsamer Moment war, dass dies das Ende sein konnte, von allem. Während er sie ihm reichte, verfluchte er sich selbst im Stillen, er verfluchte Zukata und das Zeichen, das dieser ihm eingebrannt hatte, dieses verdammte Zeichen, das ihn zum Gehorsam zwang. Er verfluchte seine eigene Ergebenheit und Zukatas unberechenbare Zuneigung. Wenn er tot war, wer würde die Prinzessin dann schützen? Niemand. Und wenn er sie ihm gab und Zukata sie tötete, jetzt, in diesem Augenblick? Es war so unglaublich, und doch hatte er eben noch geglaubt, dass der Riese genau das vorhatte.

Mit festem Griff nahm Zukata ihm das Kind aus den Armen. Manina quiekte überrascht. Ihr großer Bruder sah ihr ins Gesicht. Und er war ihr Bruder. Nicht nur Blitz sah in diesem Moment die Ähnlichkeit. Dieses blonde Haar, die blauen Augen, selbst das Lächeln, das über ihre Züge huschte.

»Seht sie euch an«, sagte Zukata, »dies ist der Weg zum Herzen des Kaisers.«

Er gab sie Blitz zurück und ging durch die zurückweichenden Räuber einfach fort.

Der Junge hielt das Kind an sich gepresst und fühlte, wie er zitterte. Seine Knie gaben unter ihm nach; er sank zu Boden, die protestierende Einjährige immer noch an sich gedrückt.

»Oh Rin«, flüsterte er. »Oh Rin, oh Rin.«

Er hatte Zukata bewiesen, dass er immer noch sein Mann war.

Zukata hatte bewiesen, dass er dem Kind nichts tun wollte.

Sie hatten beide gelogen.

Dorn und Wilrich schlenderten durch die überfüllten Straßen der Stadt. Den Clown hatten sie schon gesehen, die Akrobaten bewundert, die Kehle bewässert und ihre Hosentaschen um etliche Münzen erleichtert. Jetzt waren sie auf der Suche nach dem wilden Riesen, von dem alle sprachen.

»Da!« Dorn zeigte auf die hünenhafte Gestalt. »Da ist er!«

Wilrich bahnte sich einen Weg durch die Menge. »Ich glaub es nicht.«

»Er ist genauso groß wie Zukata«, murmelte Dorn fassungslos.

Sie starrten den schwarzhaarigen, bärtigen Riesen an.

»Das müsste er sehen. Wenn er das gewusst hätte, wär' er bestimmt mitgekommen.«

»Unglaublich.«

Sie waren nicht die Einzigen, die die Attraktion des Marktes bestaunten. Eben forderte die bunt gekleidete Frau, die ihn hinter sich herzog, die Zuschauer dazu auf, einen Kampf zu wagen. »Nur Mut! Er sieht fürchterlich stark aus, er ist auch fürchterlich stark. Und doch wird er euch nichts zuleide tun, wenn ich es ihm befehle.«

»Willst du?«, flüsterte Dorn Wilrich ins Ohr. »Ich hätt' schon irgendwie Lust.«

»Du willst bloß sehen, ob du es mit Zukata aufnehmen könntest, was?«

Während Dorn sich näher heranwagte, fühlte er ein aufgeregtes Kribbeln auf seiner Haut. Wilrich hatte recht. Wenn er daran dachte, diesem Riesen so richtig eins draufzugeben, dann war es Zukata, dem er eins auswischen wollte. Einmal in seinem Leben wollte Dorn beweisen, dass er sich nicht vor einem Riesen duckte, nur weil es ein Riese war.

»Hier, werte Dame.« Er drückte der Frau den Taler in die ausgestreckte Hand. »Lass mich es mal versuchen.«

Er nahm den Knüppel, den sie ihm reichte, und umkreiste die zottige Kreatur. Die Menge war zurückgewichen und schrie aufgeregt durcheinander. Er war nicht der Erste, der kämpfen wollte, aber ihm schienen sie mehr zuzutrauen als den vorigen, die der Riese anscheinend mühelos davongefegt hatte.

»Ha, komm nur.« Dorn war groß und breitschultrig, ein gewaltiger Mann, vor dessen Anblick so mancher Feind erzittert war. Er wusste, dass er stark war. »Na, komm schon her. Komm her, du großes Ding.« Er forderte Zukata heraus. Es war eine Lust, es war der Höhepunkt dieses langweiligen Sommers hier im Großkönigreich Sandart – endlich würde er Zukata eins auf die Nase geben. Endlich würde er ihm den Knüppel um die Ohren hauen. Endlich würde er beweisen, dass er mehr war als ein Handlanger, mehr als ein Gefolgsmann, er würde zeigen, was in ihm steckte ...

»Nimm das!«

Der Riese ließ den Schlag ungerührt von seinem Oberarm abprallen. Er machte nicht einmal den Versuch, sich zu wehren.

»Ach, du schläfst noch? Das sollte dich wecken!« Dorn schwang die Keule hoch über seinem Kopf und ließ sie heruntersausen.

Der Riese machte nur eine schnelle Bewegung und schnippste die Waffe weg. Dann zog er Dorn in eine Umarmung, die ihm den Atem raubte. Er sah das Riesengesicht über sich und keuchte. Irgendwo hinter ihm schrie die Menge ...

Der Bart war schwarz, aber die Augen des Riesen waren blau. Er kannte diese Augen, die wie ein Stück Himmel auf ihn herabblickten. Er kannte diese Stirn, diese Nase, dieses Gesicht ...

»Zukata?«, fragte Dorn verblüfft.

Der Riese hielt inne, erstaunt. Und dann, in einem Moment, überkam sie beide die Erkenntnis. Dorn wusste auf einen Schlag, wer es war, mit dem er es zu tun hatte. Es konnte nicht Zukata sein, aber es gab nur einen, der ihm so glich. Waren es nicht zwei Prinzen gewesen, Zwillinge, die Kirifas verlassen hatten? Und während dieser Gedanke in Dorns Augen erschien, wusste auch der wilde Riese, was er tun musste. Die triumphierende Wildheit in seinem Gesicht war einen Moment lang wie weggewischt und machte für einen Lidschlag einem anderen Gefühl Platz – Bedauern.

In diesem Augenblick erkannte Dorn, was der Riese vorhatte.

Er versuchte zu schreien. Er kämpfte, um sich aus der Umklammerung seines Gegners zu befreien, wie ein Kaninchen in den Fängen des Fuchses, er strampelte und wand sich. Der Schrei, der sich aus seiner Kehle lösen wollte, endete in einem erstickten Röcheln.

»Ist gut jetzt«, sagte Ixa. »Lass ihn los, Riese. Es reicht. Er hat jetzt wirklich genug.«

Aber Keta ließ nicht los. Seine himmelblauen Augen sahen in das Gesicht des Mannes, während er ihn tötete, und seine Wildheit war nicht mehr gespielt. Er war derjenige, der seinem Zorn freien Lauf ließ, der strafte und Vergeltung übte und dessen Hände Rache an den Verbrechern und Hoffnung für die Schwachen bedeuteten. Seine Kraft loderte um ihn wie ein Feuer. Entsetzt wich die Menge zurück, Schreie ertönten überall, drängelnd und schubsend versuchten die aufgeschreckten Zuschauer, dem tobenden Riesen zu entkommen.

Wilrich stand da und konnte es nicht fassen. Er wagte nicht, sich zu bewegen, um den Traum nicht zu zerstören – denn es musste ein Traum sein. Der Riese zerquetschte Dorn mit bloßen Händen, riss seiner Besitzerin das Seil aus den Händen und stampfte den Fliehenden nach, die sich kreischend in Sicherheit brachten. Aber Wilrich stand nur da und starrte und wollte es nicht glauben. Erst als er merkte, dass der Riese genau auf ihn zuhielt, wandte er sich um und floh.

»Was hast du gemacht!«, schrie Ixa. »Du hast ihn umgebracht! Was hast du nur gemacht!«

Keta war stehengeblieben. Er sah sich schnell um – der Platz um sie her leerte sich rasch. »Dieser Mann«, sagte er schnell. »Du musst ihm folgen.«

»Welcher Mann?«

»Sie waren zu zweit, hast du das nicht gesehen? Das sind Zukatas Männer gewesen. Er hat mich erkannt, Ixa! Ich hatte keine Wahl.«

Ixa schluckte. »Zukatas Männer?«

»Wir haben sie gefunden! Du musst ihm folgen, sofort. Er wird dich direkt zu Zukatas Lager führen. Zu Manina. Rasch!«

Hinter ihm tauchten die anderen drei auf.

»Geh mit, Ruji!«, befahl Keta. »Wir haben sie. Heftet euch an diesen Kerl mit dem grauen Bart.«

»Aber ...« Entsetzt starrte Möwe auf den Toten. »Vater! Oh Vater, was hast du getan?«

Keta bückte sich und riss dem Toten den Ärmel ab. Auf seinem Oberarm prangte, nicht zu übersehen, die Krone der Verurteilten und das große Z.

»Wir sind da«, sagte er zu ihr. »Und wir haben keine Zeit zu verlieren. Während Ixa und Ruji dem Mann folgen, müssen wir hier so schnell wie möglich verschwinden. Wir treffen uns im Wald, an unserem letzten Lagerplatz!« Ruji nickte; Ixa war schon fast hinter der nächsten Straßenbiegung verschwunden. Er eilte ihr nach.

Keta wandte sich an die beiden jungen Leute und fasste sie bei den Händen.

»Zeit, dass wir uns unsichtbar machen.«

Wilrich wartete nicht auf seine Kameraden. Er ließ sich von den anderen Fliehenden mitreißen, bis er abbog, um zu seinem Pferd zu gelangen. Sie hatten ihre Reittiere vor einem Gasthaus angebunden; dort standen sie immer noch. Mit zitternden Händen löste Wilrich die Zügel, saß auf und jagte aus der Stadt.

Während er durch den Wald ritt, konnte er sich vor Aufregung kaum im Sattel halten. Sobald das Lager in Sicht war und der Wachposten ihn anrief, sprang er ab, überschlug sich fast und eilte weiter. Zukata, der vor seiner Hütte saß und sich mit Lundi unterhielt, sah überrascht auf.

»Hauptmann! Hauptmann!« Atemlos wankte Wilrich auf seinen Anführer zu. Er wirkte wie ein Schwerverwundeter, aber als er Zukata erreicht hatte, richtete er sich kerzengerade auf. »Herr, ein wilder Riese ist in der Stadt und hat Dorn getötet.«

»Was?« Zukata packte ihn am Kragen. »Was ist mit Dorn? Reiß dich zusammen, Mann, und berichte!«

Unter Aufbietung all seiner Kraft erzählte Wilrich, wie Dorn sich von der Riesenbändigerin hatte herausfordern lassen und mit dem wilden Riesen gekämpft hatte. »Sie hat versprochen, dass nichts geschieht, aber er hat ihr nicht gehorcht und er hat ihn getötet, ich hab's genau gesehen, er hat ihn umgebracht und Dorn konnte gar nichts machen ...« Ihm schien gerade einzufallen, dass er nicht einmal versucht hatte, seinen Freund zu retten, und hastig fügte er hinzu: »Und ich konnte auch nichts machen, und dann bin ich gerannt und alle sind gerannt und ich glaube, er war hinter mir her ...«

»Ein wilder Riese?«, fragte Zukata verächtlich. »An einem Seil, der zur Belustigung kämpft? Du lügst.«

»Doch, Herr, ich war dabei, ich ...«

»Es gibt keine wilden Riesen, die das mit sich machen lassen würden«, sagte Zukata mit Nachdruck.

»Wer könnte es gewesen sein?«, fragte Lundi.

»Ich gehe jede Wette ein, dass dieser Riese von meinem Vater geschickt wurde. Oder vielleicht ist es der Kaiser selbst, wer weiß?«, fragte Zukata zurück. »Wie sah er aus?«

Wilrich versuchte, die zottige Gestalt mit den schwarzen Haaren zu beschreiben. Aber er konnte weder die genaue Größe noch das Alter angeben.

Der Hauptmann seufzte entnervt. Dann rief er alle seine Räuber zusammen und befahl ihnen zu wachen. Die Männer, die nach und nach aus Recket eintrudelten, konnten wenig Nützliches hinzufügen, aber jedem, der nicht allzu betrunken wirkte, befahl Zukata, sich zu bewaffnen und im Verborgenen zu warten.

»Warten wir also«, sagte er. »Tun wir, als wäre dies ein ganz normaler Abend an einem wunderschönen Tag. Wo ist Blitz? Er soll mit der Kleinen draußen spielen, damit sie ja nicht übersehen wird. Warten wir ab, wer uns einen Besuch abstatten wird.«

Sein Herz schlug kräftig und freudig. Endlich, dachte er. Endlich ist er gekommen.

Ixa und Ruji schlichen nahezu lautlos durch den Wald. Sie hatten zuerst die Straße genommen, die auch der Mann mit dem grauen Bart gewählt hatte, doch als immer wieder Reiter vorbeikamen, waren sie ausgewichen und hatten sich neben dem Weg durchs Unterholz gekämpft. Dort waren sie erst zu langsam vorwärtsgekommen, doch schließlich wurden die Bäume größer und das Strauchwerk zwischen ihnen kümmerlicher und sie kamen gut voran. Dass sie sich dem Lager näherten, merkten sie am Rauch, der in der Luft lag. Das Stampfen der Pferde war zu hören, die Stimmen vieler Menschen, die im Wald weit getragen wurden.

Vorsichtig pirschten sie sich heran, bis sie schließlich von einer kleinen Anhöhe aus einen guten Blick auf das Dorf hatten. Es war tatsächlich ein kleines Dorf; diese Blockhäuser waren stabil genug, um mehrere Winter zu überstehen. Und doch war es kein normales Dorf, wo jedes Haus zum anderen passte, bunt angestrichen, wie es die Sandarter liebten, wo die Frauen Gärten anlegten und ihre Fenster mit Vorhängen und getrockneten Blumen schmückten. Sie sahen nur Männer. Ixa hielt Ausschau nach einem Riesen, der Keta glich, aber sie sah nur bärtige Gesellen von menschlicher Größe, die dort herumschlenderten. Ein paar tranken sich zu, einige striegelten ihre Pferde. Und da –

Ruji packte Ixas Ärmel und wies auf die Mitte des Lagers, wo ein junger, schwarzhaariger Mann – er konnte nicht älter als Jamai sein – ein kleines, blondes Mädchen an der Hand führte.

Die Augen des Diebes verengten sich, während er überlegte, wie er am besten vorgehen sollte. »Wir warten die Dunkelheit ab«, flüsterte er dicht an Ixas Ohr. »Bis dahin sollten wir sie beobachten, um zu sehen, in welchem Haus die Prinzessin schläft.«

»Wenn wir nur wüssten, wo Zukata ist.«

»Ich bin hier«, sagte eine Stimme über ihnen.

Sie fuhren herum. Es war unfassbar, wie ein Mann dieser Größe sich so lautlos hatte anschleichen können. Er stand da und für einen Moment, in dem ihr Herz fast stehenblieb, glomm die Hoffnung in Ixa auf, dass dies nur Keta war, der ihnen gefolgt war. Doch dann riss er sie beide hoch und sie sah in seinen Augen etwas funkeln, ein wildes Glühen, und gleichzeitig dachte sie an den Räuber, den Keta auf dem Marktplatz getötet hatte, mühelos, nur weil er es so beschlossen hatte, und sie wusste, dass sie verloren war.

Blitz starrte fassungslos auf die beiden Gefangenen, die Zukata hinter sich herschleifte.

»Ist das alles?«, fragte der Hauptmann. »Wo sind die anderen? Wie viele seid ihr? Und wer ist der Riese, der bei euch ist?«

Ixa und Ruji kauerten auf dem Boden und blickten mit großen, erschrockenen Augen auf ihren Feind. Ixa atmete schwer. Sie dachte nur: Ich werde hier sterben. Ich werde hier und heute sterben. Und was ist mit Jamai? Wer wird ihn nach Hause bringen? Wie soll ich es meiner Schwester gegenüber verantworten, wenn er nicht nach Hause kommt?

Ruji nahm all seinen Mut zusammen. »Wir sind die Vorhut einer Armee«, behauptete er. »Es wäre besser für euch alle, wenn ihr die Prinzessin herausgebt, bevor es zum Kampf kommt.«

»Und wo soll diese Armee stecken?«, fragte Zukata unbeeindruckt.

»Sie ist bereits ganz nah.«

»Du bist also hergekommen, um mit mir zu verhandeln? Tatsächlich? Gib mir deine Hand«, forderte der Hauptmann und ergriff die schmale Hand des dunkelhaarigen Artisten. »Schließen wir also einen Vertrag. Ihr bekommt die Prinzessin – und dafür hört ihr auf zu lügen.«

Er drückte Rujis Hand so fest zusammen, dass dieser aufschrie, und stieß ihn dann wieder zu Boden. Der junge Mann starrte fassungslos auf seine zerstörte Hand. »Du hast sie mir gebrochen!«, heulte er auf. »Oh Rin, sie ist gebrochen!«

Und Ixa wusste, dass sie beide sterben würden. Sie wunderte sich nur darüber, dass Ruji es nicht wusste. Was sie auch taten, was sie auch sagten, es war gleich. Sie hatte gesehen, wozu Keta imstande war, und Keta war auf ihrer Seite. Dieser Mann hier lebte vom Stehlen und Töten. Ihr Leben bedeutete ihm so wenig wie das eines Beutetieres, dem er auf der Jagd begegnete.

»Nun noch einmal«, sagte Zukata. »Ich habe Fragen gestellt. Mit wem seid ihr hier? Wie viele und wo? Wie viele Hände hast du noch übrig – wie war doch noch dein Name?«

»Ruji«, keuchte Ruji. Er hielt seine Hand an sich gepresst, alle Farbe war aus seinem Gesicht gewichen.

»Aus wie vielen Männern besteht deine Armee, Ruji?«

Ixa schüttelte warnend den Kopf. »Sag es ihm nicht, Bruder. Er wird uns so oder so töten.«

Zukata wandte ihr seine Aufmerksamkeit zu. »Oh, eine Wahrsagerin! Du weißt also, was ich tun werde? Noch bevor ich selbst es weiß? Was seid ihr für Leute? Gaukler, Ziehende? Obwohl es nicht so recht zu meinem Vater passen würde, sich mit solchem Gesindel zusammenzutun. Wer ist bei euch? Mein Bruder?«

»Ja«, stöhnte Ruji.

»Sag ihm nichts!«, rief Ixa. »Sei still!«

»Mein Bruder«, wiederholte Zukata. Seine Stimme klang fast zärtlich. »Soll ich das wirklich glauben? Mein lieber Bruder, der Prinz der Betrüger, hat sich bis in den hohen Norden aufgemacht, um mich zu treffen? Wo ist er?«

»Das wissen wir nicht«, sagte Ixa. »Wir haben uns in der Stadt getrennt.«

Er beugte sich zu ihr hinunter und berührte ihre Wange. Als sie seine Hand wegschlagen wollte, hielt er ihr Handgelenk fest. »Du hast gesehen, was ich tue, wenn man mich belügt, nicht wahr?«

»Zukata, Herr ...«

Zukata sah auf. Da stand Blitz und wirkte unendlich jung, unendlich erschrocken. »Herr, du musst ihnen nichts tun. Sie werden dir mit Sicherheit alles sagen. Lass ihnen nur etwas Zeit.«

Der Riese lächelte Ixa an. »Sieh an, da macht sich jemand Sorgen um dich. Unser Junge mit dem guten Herzen. Ist er wohl auch ein Prophet? Ob er wohl recht damit hat, dass ihr mir alles sagen werdet?«

Er hielt sie so fest, dass sie sich nicht rühren konnte. Ihr war bewusst, dass er nur etwas fester zupacken musste, um auch ihr alle Knochen zu brechen. Jamai. Er würde auch Jamai töten. Und Möwe. Und Keta? Sie konnte sich nicht vorstellen, dass er dazu in der Lage war. Keta würde entkommen. Ixa sah Ruji an, dessen bleiches Gesicht verriet, wie sehr er litt. Sie konnte erkennen, dass er einer Ohnmacht nahe war.

»Und?«

Sie fürchtete sich vor den Schmerzen. Sie fürchtete sich so entsetzlich, dass sie kaum den Mund öffnen konnte.

Der andere Junge stand immer noch da. »Zukata, bitte ...«

»Mach mich nicht wütend«, sagte Zukata nur. »Niemand sollte mich wütend machen. Ich will Antworten auf meine Fragen. Ich will kein Gestammel, keine Lügen, keine Ausflüchte. Ich will einfach nur Antworten. Was meinst du, schöne Frau, kannst du das für mich tun?«

Seine Augen waren von demselben Blau wie Ketas Augen. Dort war der Himmel und das Meer. Ihre Freundschaft. Die lange Zeit, die sie zusammen verbracht hatten. Der wilde Riese in den Bergen und der Ritt durch Deret-Aif und durch die fremden Königreiche des Ostens bis hierher. All das war da, in diesen blauen Augen, in diesem vertrauten Gesicht ... Ein wilder Riese. Aber Hoffnung kam keine. Sie wunderte sich darüber, in diesen Momenten, die ihr still vorkamen, in diesen Sekunden, in denen ihre Lunge ohne ihr Zutun atmete, in denen ihr Herz schlug, als schlüge es zum letzten Mal ...

»Sie sind im Wald«, flüsterte Ruji. »Wo der Bach unter der umgestürzten Tanne hindurchfließt, am Hang.«

»Wie viele?«, fragte Zukata, ohne seine blauen Augen von Ixa zu lösen.

»Keta ... und Jamai ... und Möwe.«

»Ihr wart nur zu fünft?« Zukata schüttelte den Kopf über so viel Dummheit. Er hielt immer noch Ixas Handgelenk fest. Sie konnte den Blick nicht von ihm wenden, wie eine Maus im Angesicht einer Schlange. Sie konnte sich nur ducken und warten, und in ihrem Kopf hämmerte der Gedanke: Und nun ... Und nun ...

Zukata stand auf, ohne sie loszulassen. »Wie konnte mein Vater das tun?«, fragte er. »Er hätte selbst kommen sollen. Wie kann er es wagen, meinen Bruder zu schicken? Er ist ein Dieb, müsst ihr wissen. Ein Betrüger und ein Dieb, derjenige, der mir alles gestohlen hat, was mein war ...«

Ixa hing in seinem Griff. Ruji hatte alles verraten. Vielleicht würde Zukata sie nun doch verschonen. Vielleicht ...

»Was meint ihr? Soll ich sie in eine Hütte sperren und erst einmal überprüfen, ob da am Bach jemand wartet? Klingt das vernünftig für euch?«

Aus den Augenwinkeln sah sie den Jungen, der versucht hatte, sich für sie einzusetzen. Er blickte zu ihnen hinüber, auf Zukata, als versuchte er, tatsächlich vorherzusagen, was der Riese tun würde. In dem Moment, als er den Kopf abwandte, war ihre letzte Hoffnung dahin.

»Ja, eigentlich klingt das vernünftig. Aber Keta hat Dorn getötet«, sagte Zukata. »Er hat mir meinen Mann genommen. Und dafür muss er bestraft werden.«

Blitz sah nicht dabei zu, wie Zukata die Gefangenen tötete. Er biss die Zähne zusammen und wartete, bis es vorbei war.

»Wir werden nicht bis zum Morgen warten«, sagte Zukata. »Wir brechen sofort auf und holen ihn uns. Wir werden das Gebiet weiträumig umzingeln und den Kreis immer enger ziehen. Wenn er versucht, irgendwo durchzubrechen, lasst ihn.« Als ob es möglich gewesen wäre, einen Riesen daran zu hindern. »Er gehört mir.«

Sie nickten. In ihre Augen war das Leben wieder zurückgekehrt; so wollten sie es haben. Ein entschlossener Anführer und eine Aufgabe, die alles von ihnen forderte. Zukata teilte sie alle ein und ließ nur ein paar Mann im Lager. Auf jeder Seite postierte er eine Wache. So begierig war er auf die Jagd, dass er seine Meute vollzählig dabeihaben wollte.

»Und wenn er durchbricht und herkommt?«, fragte Lundi.

»Dann tötet ihr das Kind«, sagte Zukata. »Blitz?« Er schaute den Jungen eindringlich an. »Hast du verstanden? Mein Bruder wird es nicht lebend hier herausholen. Wenn er herkommt, versucht nicht, vor ihm zu fliehen, es würde doch nichts nützen. Versucht gar nicht erst, gegen ihn zu kämpfen. Haltet dem Kind das Messer an die Kehle, das sollte ihn so lange aufhalten, bis ich da bin. Und wenn er sich davon nicht aufhalten lässt, tötet es.« Zukatas Augen verengten sich. »Hast du mich verstanden, Blitz?«

»Ja, Herr«, sagte Blitz leise.

»Dann brechen wir jetzt auf. Kommt, Männer. Und nehmt die Toten mit. Wir wollen dem gesegneten Prinzen von Kirifas doch nicht ohne Geschenk gegenübertreten.«

Keta spürte es in den Bäumen. Er fühlte es in der Luft und er sah es am Flug der Abendvögel. Sie waren nicht länger allein.

»Sie kommen«, sagte er.

»Sie kommen zurück?«, fragte Jamai freudig. »Vielleicht – ob sie wohl die Prinzessin dabeihaben?«

»Versteckt euch«, befahl Keta.

»Aber wenn Ixa und Ruji ...«

»Versteckt euch!«, wiederholte er, leise, aber seiner Stimme war anzumerken, dass er es ernst meinte. »Sofort! Geht dort unter den herüberhängenden Felsen. Schnell!«

Jamai und Möwe sahen sich an und gehorchten. Sie krochen durch die Büsche, die eine Felsspalte verbargen, und wandten sich wieder dem Lagerfeuer zu. Es war kalt und ungemütlich hier drin;

Möwe fragte sich, ob es wirklich nötig war. Wer anders konnte es schon sein als ihre Freunde?

Jamai atmete dicht neben ihr. Vielleicht gebe ich ihm einen Kuss, wenn Ixa und Ruji Manina mitbringen, überlegte sie. Wenn nicht, dann jedenfalls nicht. Wahrscheinlich nicht. Dann warte ich lieber noch etwas.

»Wo ist er hin?«, flüsterte Jamai.

Keta hatte das Feuer brennen lassen, aber er saß nicht mehr dort. Auch er war verschwunden. Es war merkwürdig. Sie konnte immer noch nichts Außergewöhnliches hören. Gar nichts. Auch das war seltsam. Wenn die beiden Kundschafter wirklich zurückkamen, hatten sie eigentlich keinen Grund, so übertrieben vorsichtig zu sein. Das Lager der Räuber war viel zu weit weg, um gehört oder gesehen zu werden. Die Dörfer lagen weitaus tiefer in den Tälern. Nicht einmal das Feuer konnte gesehen werden, denn sie hatten sich eine geschützte Stelle ausgesucht, eine gut versteckte Nische ...

Möwe unterdrückte einen Schrei, als Keta plötzlich im Schein des Feuers stand. Einen Moment lang fragte sie sich, ob er weggewesen war, um sich die schwarze Farbe aus Haar und Bart zu waschen, denn er war wieder so blond wie immer. Auch seine Kleidung hatte er gewechselt. Dann sah sie, dass der fremdartige Keta zwei Säcke oder so etwas Ähnliches trug und sie am Feuer fallen ließ.

Jamai stieß ein ersticktes Geräusch aus, und im selben Moment erkannte sie es auch. Der Riese hatte ihre Freunde zurückgebracht. Ruji und Ixa waren tot.

Möwe hielt Jamai die Hand vor den Mund, damit er nicht schrie und sie verriet. Und im selben Moment trat der schwarzhaarige Keta, den sie kannten, seinem blonden Ebenbild gegenüber. Sein Gesicht glitzerte im Schein der Flammen, Tränen liefen über seine Wangen.

»Warum hast du das getan?«, fragte er mit halb erstickter Stimme.

»Das fragst du noch?«, gab Zukata zurück.

Sie maßen sich mit Blicken. Sie waren genau gleich groß, von gleicher Statur. Wenn Keta nicht gefärbtes Haar gehabt hätte, wäre es fast unmöglich gewesen, sie zu unterscheiden.

»Ich bin gekommen, um unsere Schwester zurückzuholen«, sagte Keta.

»Das habe ich mir gedacht«, gab Zukata zurück. »Nimmst du nicht immer mit, was dir nicht gehört?«

Möwe hätte nicht sagen können, wer von ihnen zuerst angriff. Vielleicht war es Keta, der sich mit einem wilden Schrei auf seinen Bruder stürzte, vielleicht war es Zukata, der sich seinem Feind mit finsterer Entschlossenheit entgegenwarf. Sie prallten aufeinander und brüllten. Ihre Hände umklammerten sich und versuchten sich zu lösen, sie traten und schlugen. Jenseits des Feuers sah Möwe die Gestalten der Räuber, sie sah ihre Schwerter und Messer im Schein der Flammen glänzen. Zwei von ihnen machten ein paar Schritte auf die Kämpfenden zu, aber Keta mähte sie im Vorübergehen beiläufig nieder, entriss einem das Schwert und wandte sich damit gegen Zukata, der bereits das zweite Schwert in der Hand hatte. »Zurück!«, bellte er seinen Männern zu. »Er gehört mir! Er gehört mir!«

»Ich gehöre dir?«, fragte Keta spöttisch. »Glaubst du wirklich?«

Bereits beim ersten Schlag, Schwert auf Schwert, brachen beide Waffen entzwei. Sie schleuderten sie fort und kämpften mit bloßen Händen weiter. Wenn Zukata Keta zu Fall brachte, musste Möwe an sich halten, um nicht aufzuschreien. Wenn Keta seinen Bruder gegen den Felsen oder einen Baum schleuderte, ließ Jamai ein ersticktes Lachen hören, das eher einem Schluchzen glich. Aber keiner der Brüder gewann die Oberhand. Sie umfassten einander und torkelten in einem grotesken Tanz um das Feuer. Die Erde bebte, wenn einer fiel, aber jedes Mal sprang er wieder auf und alles begann von neuem. Hin und wieder sprang Keta zur Seite und knallte einem Räuber, der sich, ins Schauspiel vertieft, zu weit vorgewagt hatte, einen Stein oder einen dicken Ast oder auch nur seine Faust auf den Kopf.

Jedes Mal brüllte Zukata vor Wut auf. »Hier bin ich!«, schrie er. »Spar dir deine Kräfte für mich auf! Ich bin hier!«

Möwe fühlte, wie Müdigkeit sich in ihr breitmachte, so schwer und bleiern, dass sie kaum die Augen offenhalten konnte, aber die beiden Riesen kämpften immer noch. Ihre Bewegungen wurden nicht langsamer, nicht schwerfälliger. Wie zwei Naturgewalten rieben sie sich unermüdlich aneinander auf, wieder und wieder, ein Sturm, der gegen die Klippen peitscht, Brecher, schäumend, tosend, brüllend, unaufhörlich. Möwe war es, als hätte sie das Meer vor sich, entfesselt, ein Meer der Gewalt und des Hasses, unaufhörlich, unermüdlich, endlos. Sie konnte den Blick nicht abwenden von diesem Kampf. Manchmal wusste sie nicht, ob sie nicht bereits träumte. Das Meer rief. Es toste, es schäumte, es donnerte. Blitze zuckten über den Himmel. Der Wind in ihrem Gesicht war nicht gekommen, um sie zu küssen, um sie zu liebkosen, sondern um sie mitzunehmen und zu töten. Ein Brecher nach dem anderen krachte gegen den Felsen. Jamais Kopf sank gegen ihre Schulter. Und sie kämpften immer noch.

Die Morgendämmerung zog herauf. Kein Vogel sang, ängstlich versteckten sie sich vor dem wütenden Sturm, der am Bach tobte. Die Riesen, getränkt von Schweiß und Blut, standen sich gegenüber und blickten sich an.

Keiner von ihnen sagte: Siehst du, Bruder, wir sind gleich.

Niemand sagte: Vergessen wir unseren Streit, wir sind Brüder.

Sie sahen sich an. Und schließlich sagte Zukata: »Du hast nicht nur mich gegen dich. Alle meine Männer sind hier.«

»Du vergisst, dass ich bereits einige von ihnen getötet habe.«

»Einige vielleicht, aber nicht alle.«

»Das lässt sich nachholen.«

Zukata sog hörbar die Luft ein. »Ich werde dir die Prinzessin nicht geben, Keta. Du weißt, was ich will. Sag Vater, dass er sie erst bekommt, wenn er mich segnet.«

»Er kann dich nicht segnen«, sagte Keta. »Das weißt du so gut wie ich.«

»Dann werde ich sie töten.«

»Selbst dann kann er dich nicht segnen.« Der schwarzhaarige Riese schüttelte den Kopf. »Es hat keinen Sinn, Zukata. Es gibt keine Möglichkeit für dich, den Segen von ihm zu bekommen.«

Zukata schüttelte den Kopf. »Du wirst nicht gewinnen, Keta. Wir sind keine Kinder mehr. Du wirst nicht immer gewinnen. Ich werde das Kind töten. Geh zu Kanuna und sag ihm das. Er soll dafür bezahlen, dass er dir gegeben hat, was mir gehört. Geh und bring ihm die Botschaft. Wie wirst du es ihm sagen, hm? Vater, vielleicht hätte ich das damals doch lieber nicht tun sollen, wenn ich geahnt hätte, dass Zukata es so übel auffasst? Ja, geh und schau ihm in die Augen und sag ihm, dass seine Tochter für deinen Diebstahl gestorben ist.«

Keta hielt Zukatas wildem Gelächter stand.

»Ich kann dich segnen«, sagte er ernst.

»Du kannst mich segnen? Das ist nicht dein Ernst. Ich weiß, wie es ist. Der Kaiser und sein Erbe. Kanuna und du. Es gibt keinen Dritten. Es kann keinen Dritten geben. Red doch nicht, Keta. Du hast dein ganzes Leben lang zu viel geredet.«

»Wenn unser Vater gestorben ist«, sagte Keta, »dann kann ich dich segnen, Zukata. Gib mir die Prinzessin und ich verspreche dir, dass ich dich segnen werde, wenn der Thron frei ist.«

Zukata lachte bitter. »Ach, so einfach machst du es dir, wie? Gib mir die Prinzessin. Gar kein Problem, dich zu segnen, liebster Bruder. Am Ende macht es gar keinen Unterschied, wer den Segen zuerst hatte, wie?«

»Es ist das einzige Angebot, das ich dir machen kann«, sagte Keta. »Ich verspreche dir den Thron von Kirifas.«

»Auf den du dich schon seit zwanzig Jahren freust?«

»Nein«, sagte Keta ruhig. »Ich wollte nie Kaiser werden. Ich brauche weder diesen Thron noch diese Krone. Wenn du sie wirklich haben willst, gib mir Manina, damit ich sie zu ihren Eltern zurückbringen kann. Und du wirst Kaiser, wenn Kanuna gestorben ist.«

»Was noch fünfzig Jahre dauern kann!«

»Ja, kann es. Aber auch wenn du den Segen schon hättest, müsstest du genauso lange warten, bevor du das Erbe antreten kannst.

Zehn Jahre, zwanzig, fünfzig, was spielt es für eine Rolle? Wenn du das Mädchen am Leben lässt, schwöre ich dir ...«

»Bei was?«

»Wie, bei was?«

»Bei was würdest du schwören? Bei deinem Bart, der so auffällig die Farbe wechseln kann? Bei was würdest du schwören, Bruder?«

»Bei Rin.«

»Jetzt bin ich aber beeindruckt! Du würdest doch tatsächlich bei Rin schwören?« Zukata wandte sich zu seinen Räubern um, die zum Umfallen müde zwischen den Bäumen saßen. »Ist er nicht großartig, mein kleiner Bruder? Er würde sogar schwören, dass er mir alles zurückgibt. Den Thron, die Stadt, das ganze Kaiserreich. Nur ein Wort von ihm und alles ist mein! Und auf dein Wort ist ja auch Verlass, nicht?«

»Ich habe mich geändert«, sagte Keta. »Ich bin nicht mehr der, der ich einmal war.«

»Nun einmal ganz ehrlich«, forderte Zukata und beugte sich vor. »Würdest du das tun, Keta? Würdest du mir glauben, wenn ich sage: Ja, bitteschön, gib mir deine Geisel und in zwanzig Jahren sehen wir uns wieder und ich schenke dir Deret-Aif? Würdest du das irgendjemandem glauben, he?«

Zum ersten Mal wirkte Keta müde.

»Mehr kann ich dir nicht bieten. Es sei denn, du willst mich als Geisel.«

»Was?« Zukata lachte laut auf. »Das gibt es doch nicht! Wie edel! Wie überaus rührend! Du würdest hier bei mir bleiben? Bei mir und meinen Männern? Damit sie sich womöglich entscheiden, dass sie genauso gut dem gesegneten Prinzen folgen können wie dem ungesegneten?«

»Ich wusste, dass du das ablehnen würdest«, sagte Keta.

»Dann können wir ja alles beim Alten lassen, wie? Manina bleibt bei mir, und wenn Vater gestorben ist, segnest du mich und ich lasse sie frei?«

»Nein!«, rief Keta. »Sie kann nicht ihr ganzes Leben in deiner Horde verbringen! Lass sie jetzt frei!«

»Im Gegenteil«, sagte Zukata. »Ich werde sie töten. Ich werde sie töten, weil du es gewagt hast, herzukommen und mir nicht mehr anzubieten als ein vages Versprechen, das du sowieso nicht halten wirst.«

»Ich bürge dafür, dass er sein Wort hält.«

Ein weißhäutiges, weißhaariges Mädchen kam auf einmal aus einem Gebüsch geklettert und stellte sich neben Keta. Trotzig blickte sie Zukata ins Gesicht.

»Ach, und wer bist du? Was soll das sein, Keta? Deine Leibwächterin? Eine Amazone aus Salien?«

»Tu das nicht«, sagte Keta warnend. »Halt dich da raus.«

Möwe spürte, wie ihr Herz schlug. Jamai hatte versucht, sie davon abzuhalten, aus dem Versteck zu kommen, aber es war ihm nicht gelungen. Sie zitterte am ganzen Körper. Während sie das Gespräch verfolgte, hatte sie eines begriffen: Das Einzige, was ihrem Vater fehlte, war eine Geisel, die er im Tausch gegen Manina anbieten konnte. Eine Geisel, die Zukata die Gewähr geben konnte, dass Keta sein Wort halten würde.

»Wenn ich mit euch gehe«, sagte sie mit bebender Stimme zu dem riesigen blonden Räuber, »wird er euch nicht betrügen. Ich bin seine Tochter.«

»Du gibst mir deine Tochter für die Prinzessin?«, fragte Zukata überrascht.

»Sie ist nicht meine Tochter«, widersprach Keta. »Das führt zu gar nichts. Möwe, verschwinde hier.«

»Ist sie nun deine Tochter oder nicht?«

»Nein!«, bekräftigte Keta, etwas lauter. Die Panik in seiner Stimme war nicht zu überhören. »Ist sie nicht!«

Zukata betrachtete Möwe neugierig. »Sie ähnelt dir jedenfalls nicht.«

»Ein Mensch. Siehst du nicht, dass sie ein Mensch ist? Sie hat mit mir nichts zu tun. Möwe, geh jetzt endlich, das ist ein Befehl.«

Aber Zukatas Interesse war jetzt geweckt. »Nur nicht so schnell! Schließlich ist auch Manina ein Mensch. Hättest du nicht gedacht, wie? Vaters kleine Prinzessin ist keine Riesin wie wir und daher für den Thron völlig ungeeignet ... Falls du also je daran gedacht hast, sie an meiner Stelle zu segnen, kannst du das gleich wieder vergessen. Also, du behauptest, die Tochter von Prinz Keta zu sein, Mädchen? Wie rührend von ihm, dass er dich so hartnäckig verleugnet, kleine Nichte.«

»Das ist nicht meine Tochter«, sagte Keta wütend. »Das ist nur ein Mädchen, das ich einmal geheilt habe. Seitdem werde ich sie nicht los. Sie folgt mir überallhin.«

Zukata beobachtete ihn genau, während er sprach. Das weiße Mädchen zitterte vor Angst und Keta legte ihr den Arm um die Schulter, obwohl er gleichzeitig behauptete, dass sie ihm nichts bedeutete. Als hätte er den Widerspruch selbst gemerkt, ließ er sie sofort wieder los und gab ihr einen kleinen Schubs. »Jetzt geh, Möwe. Verschwinde hier.«

»Du hast tatsächlich Angst um sie«, stellte Zukata fest. »Vielleicht kommen wir ja doch noch ins Geschäft.«

»Das ist nicht mein Fleisch und Blut«, sagte Keta gepresst. »Frag sie doch. Sie ist überhaupt nicht meine Tochter.«

Möwe schüttelte den Kopf. »Es gibt Bande, die genauso stark sind. Es gibt für mich nur dieses Leben, in dem du mein Vater bist.«

»Du würdest sie also hierlassen, wenn ich dir Manina geben sollte?«, fragte Zukata lauernd.

»Nein!«, rief Keta. »Nein, das lasse ich nicht zu! Nie im Leben! Möwe, was soll das? Was ist in dich gefahren? Glaubst du, ich lasse dich hier bei ihm? Bei dieser Bande Wilder und Verbrecher? Ein Mädchen wie dich? Für zehn Jahre oder zwanzig oder gar fünfzig? Das wäre dein ganzes Leben! Dein ganzes Leben, Möwe!« Er schüttelte heftig den Kopf. »Nein. Nein, Zukata. Ich habe dir mein Versprechen gegeben. Das muss reichen. Möwe wird nicht deine Geisel, auf keinen Fall.«

»Wir würden sie natürlich behandeln wie eine Prinzessin«, sagte Zukata, und obwohl es wie ein Versprechen klang, schüttelte Keta nur den Kopf.

»Glaub ihm nicht. Oh Möwe, glaub ihm kein Wort. Das werde ich nie im Leben erlauben.«

Sie stand da. Die Angst in ihr war nahezu greifbar, und doch stand sie da. »Warum?«, fragte Keta leise. »Warum um alles in der Welt willst du das tun? Glaubst du, er ist so wie ich? Glaubst du, weil er mir ähnlich sieht, würdest du ein Leben hier bei ihm führen, wie du es mit mir geführt hast? So viel Unglück kannst du dir gar nicht vorstellen, wie es dich hier erwarten würde. Und du würdest mich dafür hassen, dass ich nicht lieber das Kind geopfert habe statt dich, denn du bist alt genug, um mit Leib und Seele zu leiden. Nein, Möwe.«

Und doch stand sie da und sah ihn an und sagte: »Nein, Vater. Vielleicht musstest du mich finden und heilen, damit das hier geschehen kann, damit er das Baby nicht umbringt. Es gibt kein Leben, das ich vermissen könnte, außer die Wanderungen mit dir, und Variti und die Sippe ... und Jamai.«

»Und Blitz?«, fragte Keta. »Einer, der auf dich wartet, irgendwo?«

»Vielleicht«, sagte sie. »Nur vielleicht. Vielleicht auch nichts als ein Traum oder ein Spiel ... Ich habe gesehen, wie ihr gekämpft habt, du und er. Es war wie ein Sturm, wie das Meer. Ja, ich habe das Meer im Sturm vor mir gesehen. Ich stand auf einer Anhöhe und blickte herab und sah, wie die Wellen gegen den Felsen peitschten. So habe ich euch gesehen ...«

»Und so wird es sein«, sagte er. »Du kannst nicht mit ihm gehen, Möwe. Wir müssen Manina auf eine andere Art retten. Ich werde versuchen, so viele wie möglich zu töten und Zukata aufzuhalten, während du und Jamai zum Lager reitet ...«

»Wenn ich wüsste, wo es ist. Aber ich weiß es nicht. Vater, ich muss das tun. Er wird dir das Kind geben und du bringst es dem Kaiser zurück. Und vielleicht werde ich irgendwann gerettet ... irgendwie ... Weißt du, ich sah das Meer und ich wusste, dass dort draußen, irgendwo, weiter weg, als mein Auge reicht, eine Insel liegt, der die Stürme nichts anhaben können. Dort müsste ich sein, Vater, weißt du? Ich hätte in das Boot steigen müssen. Ich hätte den Wind spüren müssen, der die Segel bläht und mich dorthin bringt ... Aber stattdessen kam der Sturm. Ich weiß nichts, nicht einmal meinen Namen, aber das weiß ich. Ich habe auf den Wind verzichtet und der Sturm hat mich an die Felsen geschleudert ... Deshalb muss ich es tun, verstehst du nicht? Ich habe keine Vergangenheit und deshalb kann ich auch keine Zukunft haben. Ich bin nur hier, bei dir. Und dies ist das Einzige, was ich für dich tun kann, was ich jemals werde tun können. Ich werde wie eine Insel sein, eine Insel der Ruhe im stürmischen Meer. Ich allein unter den Feinden.« Und dann, nach all den großen Worten, schien sie zu schrumpfen, und kleinlaut fragte sie: »Sie werden doch respektieren, dass ich Kaisergänger bin, oder?«

»Nein«, entgegnete Keta. »Das werden sie nicht. Was meinst du, warum ich nicht hergekommen bin und gesagt habe: Im Namen des Kaisers, gebt Manina heraus? Das ist Prinz Zukata hier, der die Tochter des Kaisers entführt hat. Warum sollte er etwas auf Kanunas Willen geben? Wenn wir ihm etwas von der Vollmacht sagen, wird alles nur noch schlimmer.«

»Aber ich bin Kaisergänger. Ich bin hier, nicht der Kaiser. Ich muss an seiner Stelle handeln.« Möwe sah in Ketas strahlende blaue Augen. »Er hätte es getan, nicht wahr? Er hätte sich als Geisel angeboten. So wie du. Er wäre bereit gewesen, für Manina hier zu bleiben. Und ich auch. Du darfst mich nicht aufhalten, Vater. Prinz. Keta. Remanaine.« Sie nannte ihn mit allen Namen, die sein waren. »Ich bin nichts, weißt du? Das Einzige, was ich bin, ist das, was Kanuna mir geschenkt hat. Dass ich sein Kaisergänger bin.« In ihren blassblauen Augen lag so viel Entschlossenheit und zugleich so viel Zerbrechlichkeit, dass es ihn zerriss.

»Seid ihr fertig?«, unterbrach Zukata sie. »Es ist ja schön, dass ihr euch so viel zu sagen habt, aber nun ist auch mal genug. Wie sieht es aus? Soll ich einen Boten ins Lager schicken, der das Kind holt, oder soll ich ihm den Auftrag geben, Manina zu töten? Auf jeden Fall werde ich sie dir heute noch überreichen, und du kannst sie dem Kaiser bringen, so oder so. Was wohl noch von ihr übrig ist, bis du in Kirifas ankommst?«

Keta konnte kaum sprechen. »Schämst du dich nicht, Zukata? Hörst du dir nicht selber zu und weinst darüber, was aus dir geworden ist?«

»Das, was du aus mir gemacht hast«, warf Zukata ihm vor und lächelte dabei. »Nur das, was du mir gelassen hast. Gefällt es dir etwa nicht?«

»Vielleicht ...« Keta zögerte. »Wenn ich meine Hände auf dich legen würde – vielleicht könnte ich deinen Schmerz etwas lindern. Die Last, die du trägst, würde leichter ...«

»Was!« Zukata schrie auf, so laut, dass alle, die eingeschlafen waren, erschrocken hochfuhren. »Du bietest mir an, mich zu heilen? Mit dem Segen, den du mir gestohlen hast? Ich bring dich um!«

Er machte einen Satz nach vorn, auf Keta zu, aber da stand das weiße Mädchen vor ihm und sagte mit klarer, ruhiger Stimme: »Holt die Prinzessin, Prinz Zukata. Lebendig. Ich werde Eure Geisel sein.«

»Dann komme ich mit dir.« Ein bleicher, wankender Jamai stellte sich neben sie. »Ich lasse nicht zu, dass du alleine gehst. Ich komme mit, wenn du das tust.«

Möwe schaute ihn an und schüttelte fast unmerklich den Kopf. »Nein, Jamai.«

»Was wird das denn hier?« Zukatas Stimmung schlug wieder um. Er grinste. »Wie viele deiner Kinder soll ich denn noch durchfüttern, Bruderherz? Behalte deinen Jungen.«

»Ich lasse sie nicht alleine gehen!«, rief Jamai.

»Sie geht überhaupt nicht«, sagte Keta leise, aber mitten im Satz versagte seine Stimme. Er wusste nicht, gegen was und gegen wen er noch kämpfen sollte. Müde und kraftlos stand er da. Möwe. Jamai. Seine liebe kleine Möwe. Der Junge griff nach ihrer Hand und drückte sie, aber sie stand nur da, bemüht zu lächeln – für ihn, nicht für sich. Sie sah aus, als hätte sie sich von jedem Lächeln verabschiedet.

Zukata musterte Jamai abfällig. »Ich nehme das Mädchen«, sagte er. »Und sonst niemanden. Geh und hol Manina«, befahl er Lundi. »Jetzt sofort. Machen wir es. Ich will sein Gesicht sehen, wenn er ohne seine Tochter wegreiten muss. Ich will diesen Schmerz in dir sehen, Bruder, und mich daran erinnern, während ich auf den Segen warte.« Er ließ seinen Blick auf dem gequälten

Gesicht seines Bruders ruhen. »Von diesem Schmerz werde ich leben, die nächsten Jahre, und mich daran mästen wie an fettem Fleisch ... Wie wirst du damit leben, Keta? Wirst du je wieder schlafen können, wenn du daran denkst, dass ich deine schöne Tochter in meinem Lager habe? Du wirst den Tag herbeisehnen, an dem du mir endlich den Segen abtreten kannst!«

Keta sagte nichts. Er wandte das Gesicht ab und weinte, während sie darauf warteten, dass der Räuber das Kind brachte, für das Möwe sich opfern wollte.

15. Frei

DER RAPPE HOB den Kopf, als er den Jungen auf sich zukommen sah. Blitz legte ihm beruhigend die Hand auf die Nüstern und streichelte seine Stirn. Sein Herz klopfte wie wild. Es war noch nicht lange her, dass die Räuber mit Zukata fortgezogen waren. Dunkelheit lag über dem nächtlichen Wald, der Mond war hinter Wolken verborgen. Mehrere Fackeln erleuchteten das verlassene Lager.

»Ganz ruhig, König«, flüsterte Blitz.

»Bist du das?«

Rieto, einer der Posten, die Zukata für die Bewachung des Lagers bereitgestellt hatte, schlenderte vorbei. »Bleib lieber drinnen, Blitz. Wer weiß, was heute Nacht noch alles passiert.«

»Klar«, gab Blitz zurück. »Ich hab mich heute nur etwas zu wenig um den Schwarzen gekümmert.«

»Die Kleine schläft?«

»Endlich. Tief und fest. Ich geh gleich wieder zu ihr zurück.«

Rieto ging weiter auf seinem Rundgang. Blitz zählte seine Schritte, dann legte er dem Schwarzen rasch Zügel und Zaumzeug an. Er schnallte ihm den Sattel auf den Rücken und öffnete dann vorsichtig das Gatter. So leise wie möglich führte er den Hengst von den anderen Pferden fort auf den breiten Waldweg, der in Richtung Recket führte. Dort blieb er stehen und horchte. Alles war ruhig. Die Schritte der Wachen waren von hier aus nicht zu vernehmen. Trotzdem saß er noch nicht auf. Er führte König mit klopfendem Herzen in die Dunkelheit hinein, bis er sicher war, dass er sich weit genug entfernt hatte. Dann erst stieg er in den Sattel.

Es war zu dunkel, um schnell zu reiten. Jeder Moment konnte über Leben und Tod entscheiden, jede Sekunde, die er hier verlor ... Er überließ es seinem Pferd, das Tempo zu bestimmen. Schwarz hob sich der Wald vom Dunkel des Himmels ab. Doch dann rissen die Wolken auf und das Mondlicht flutete auf den Weg.

»Jetzt! Los, König, lauf!«

Er konnte selbst nicht glauben, was er hier tat. Es war unglaublich, ein Wahnsinn, der ihn das Leben kosten würde. Zukata würde ihn umbringen. Er wusste das. Er wusste, dass er keine Chance hatte gegen den mächtigen Riesen, der ihn bis ans Ende der Welt verfolgen würde. Und gegen diesen Mann, der von nun an sein schlimmster Feind sein würde, konnte er niemanden um Hilfe bitten. Kein Heer, weder hier in Sandart noch im Kaiserreich, wenn er jemals dort ankam, konnte ihn gegen einen wütenden Riesen schützen. Wenn sie das Zeichen auf seinem Arm entdeckten, war er sowieso verloren. Er würde sterben. Er wusste es, und während er darüber nachdachte, versuchte er, Angst zu empfinden. Aber seine Angst war zu groß, um sie überhaupt noch spüren zu können. Er ritt, und während er die Bewegungen des Pferdes fühlte, war er nur eins: noch lebendig. Noch hatte Zukata seinen Verrat nicht entdeckt. Noch konnte er seinen Vorsprung ausbauen. Noch konnte er ein paar Stunden, vielleicht sogar ein paar Tage Leben herausschlagen.

Fest an seinen Rücken gebunden, bewegte sich das schlafende Kind.

Eine kurze Frist Leben, für ihn und für Manina.

Die schlafende Stadt war mit einer Mauer umgeben; zu dieser Zeit würde er nicht nach Recket hineinkommen. Aber das hatte er auch nicht vor. Er wusste, dass sich hier die Wege gabelten: der Weg nach Südosten, ins Innere von Sandart und weiter nach Yos und Melgian; der Weg nach Westen, wo hinter der Grenze Wenz lag, das nächstgelegene Königreich von Deret-Aif, oder südwestlich nach Torn, der schnellste Weg nach Aifa. Aber Blitz wusste, wie viele Leute Zukata an der Grenze hatte, wie viele Schmuggler und Spione dort für ihn unterwegs waren. Sie sollten nach Leuten Ausschau halten, die der Kaiser geschickt haben mochte. Wie Zukatas Bruder diese Barriere umgangen hatte, war ihm ein Rätsel. Aber so waren die Riesen. Sie waren im Wald zu Hause und bewegten sich darin wie die Tiere, lautlos und unsichtbar.

Blitz hatte nicht vor, durch den Wald nach Kirifas zu reiten. Er hatte das Gefühl, dass die Bäume selbst ihn verraten würden, dass die Blätter seinen Namen rauschen würden, und ohne zu zögern, ohne nach Spuren zu suchen, würde Zukata ihm nacheilen mit seinen raumgreifenden Schritten, mit denen er selbst ein rassiges Pferd wie König mühelos einholen konnte.

Seine Angst malte ihm einen Zukata vor Augen, der nahezu Zauberkräfte besaß, der ihn im Dunkeln sah und ihn meilenweit riechen konnte. Ganz so schlimm ist es nicht, sagte er zu sich selbst. Ich bin ihm entkommen. Es muss möglich sein, ihm zu entkommen.

Monatelang, während er hinter Manina herging und jeden ihrer Schritte bewachte, hatte er seine Flucht geplant. Noch bevor Zukatas letzter Zornausbruch ihn erschreckt hatte, bevor er die Leichen der beiden Späher gesehen hatte, hatte er auf eine Gelegenheit gewartet, mit dem Kind zu fliehen. Er, den Zukata hin und wieder seinen Sohn nannte, er, der sich im Grunde nicht viel mehr wünschte als Zukatas Wohlwollen und seine Zustimmung, hatte doch von Anfang an gewusst, dass er das kleine Mädchen zurückbringen musste. Es war seine Pflicht, die einzige Aufgabe, die wirklich zählte.

Er hatte in seinem Kopf eine Landkarte entstehen lassen, durch zahllose Gespräche mit den anderen Räubern, die weiter herumgekommen waren als er und bereitwillig von ihren Abenteuern erzählten. Einen Weg nach dem anderen musste er ausschließen. Der Weg nach Wenz war der kürzeste aus Sandart heraus, aber in dieser Richtung würde Zukata ihn zuerst suchen. Durch Sandart und über die Grenze nach Tors, so wie er damals mit Zukata gereist war, das war schon wegen des Gebirges unmöglich. Selbst wenn er den Pass fand, würden die Schmuggler ihn nie im Leben durchlassen. Durch die fremden Königreiche des Ostens zu reiten und in einem großen Bogen nach Deret-Aif vorzudringen, vielleicht die Grenze in Rist oder Helt zu überqueren, war eine äußerst mühsame und gefährliche Angelegenheit durch unbekanntes Gebiet, dessen Sprache er nicht mächtig war.

Schon vor langer Zeit hatte er sich entschieden, den Weg nach Norden einzuschlagen und in den Häfen nach einem Schiff zu suchen, das ihn mitnahm. Er wusste, dass die meisten Schiffe zum

Fischfang ins Nordmeer ausfuhren, aber es gab auch Handelsschiffe, die an der Küste von Wenz und Salien vorbei die westlichen Häfen von Deret-Aif anfuhren. Vielleicht gelangte er sogar in die Nähe der Glücklichen Inseln. Auch von dort war der Landweg nach Aifa noch weit. Blitz machte sich nichts vor; Zukata würde Aifa und besonders Kirifas bewachen wie seinen Augapfel. Irgendwie musste er diesen Ring durchbrechen und bis zum Kaiser vordringen, aber bis dahin war es noch lange. Wenn er so lange überlebte und Manina dann immer noch bei sich hatte, musste sich eine Möglichkeit finden, Zukatas Spitzel zu täuschen.

Das Wichtigste war zunächst, lebend den Hafen zu erreichen.

Blitz spürte, wie sein Rücken warm und nass wurde. Manina seufzte im Schlaf. Aber er hatte jetzt keine Zeit, anzuhalten und sie zu wickeln oder an seine eigene Bequemlichkeit zu denken. Jede Stunde war kostbar, ein Schatz, den er bis zur letzten Münze sinnvoll ausgeben musste.

Blitz wandte sich nach rechts und ritt an der Stadtmauer entlang. Er wusste, dass die Wachen ihn hörten. Auch als er den südöstlichen Weg einschlug, durch mehrere Dörfer hindurch, war er sich dessen bewusst, dass einige der Schläfer durch ihre Träume hindurch den Hufschlag eines galoppierenden Pferdes wahrnehmen und sich am nächsten Tag daran erinnern würden.

Als er merkte, dass König langsamer wurde, stieg er ab, band Lappen um die Hufe des Pferdes und führte es leise über das Pflaster des Städtchens, durch das er eben noch laut geritten war, zurück. Im Wald ließ er den Hengst wieder schneller laufen, um das nächste Dorf wieder so leise wie möglich zu durchqueren. Als er sich Recket näherte, wurde es bereits hell. Er führte den Schwarzen in den Wald hinein und suchte sich ein Versteck im dichten Unterholz. Dort kümmerte er sich kurz um Manina, zog sie um und gab ihr zu trinken sowie ein paar Stücke Zwieback zum Kauen. Sie zahnte gerade; das würde sie eine Weile ablenken. Damit sie nicht weglaufen konnte, band er ein kurzes Seil um ihren Fuß und schlang es um sein Handgelenk. Dann schloss er für ein paar Minuten die Augen und versuchte zu schlafen, aber die Träume kamen nicht zu ihm. Es war nur Zukata, immer nur Zukata, der zu ihm kam, ein blonder Riese mit blauen Augen.

Es waren Maninas Augen. Sie saß vor ihm und patschte in sein Gesicht, um ihn zu wecken. »Bibi?«

Blitz fuhr hoch; er hatte keine Ahnung, wie lange er geschlafen hatte. König hatte mehrere Büsche von ihren Blättern befreit und wirkte bereits wieder unternehmungslustig.

»Leise«, sagte er zu dem quietschenden Kind. »Du musst leise sein.«

»Bibi.«

Wie sie seinen Namen aussprach, machte ihn jedes Mal glücklich.

»Von nun an musst du mich Papa nennen«, sagte er. »Merk dir das, es ist sehr wichtig. Pa-pa. Nenn mich Papa.«

Aber viel würde es nicht helfen. Er musste sie als seine Tochter ausgeben, aber leider sah sie ihm so unähnlich wie nur irgend möglich. Im Lager war ihm nie aufgefallen, wie sehr sie Zukata glich. Sie war winzig im Vergleich zu ihm und doch war alles da – das blonde Haar, die blauen Augen, der grimmige, entschlossene Ausdruck in ihrem Gesichtchen. Er blickte sie an und vermisste Zukata bereits, ihre gemeinsamen Gespräche, alles, was sie miteinander geteilt hatten.

»Er wird mich hassen«, sagte er leise zu dem Mädchen. »Er wird mich hassen wie keinen Menschen jemals zuvor. Und ich verdiene es ja auch, nicht? Ich stehle ihm das Kostbarste, was er besitzt.« Aber dann fügte er trotzig hinzu: »Doch schließlich hat er mich zu einem Räuber gemacht. Nicht wahr?«

Verräter. Er wollte sich frei fühlen. Er hatte sich vorgestellt, dass die Freiheit, wenn ihm die Flucht endlich gelungen war, über ihn kommen würde wie ein Schauer des Glücks. Er würde sich fühlen wie ein Vogel, der seine Flügel ausbreitete und flog, in den weiten, offenen Raum hinein, ohne Fesseln, ohne Hindernisse. Es würde wie ein Rausch sein, in dem er lachte und tanzte und den Wind im Gesicht spürte, während er auf König durch den Wald ritt, dem Meer entgegen. Aber von diesen wunderbaren Gefühlen war allenfalls eine Ahnung in ihm, dass es so sein könnte, dass es vielleicht irgendwann so sein würde. Er flog nicht. Die Angst saß in ihm wie ein schweres Gewicht, wie ein ganzes Gebirge, und nicht nur die Angst. Er hatte etwas zerrissen, das ihm fester anhaftete als ein Kleidungsstück oder eine Fessel, das mit seiner Haut verwachsen war und nun, da er es durchtrennt hatte, heftig blutete. Damit hatte er nicht gerechnet. Er war aus Zukatas Lager entkommen. Aber auf eine Art, die er selber nicht verstand, war der Prinz immer noch sein Herr. Er trug immer noch das Zeichen an seinem Arm, auch wenn es sich anfühlte, als hätte er es sich aus der Haut geschnitten. Die Wunde blutete und schmerzte. Er hatte einen Mann hintergangen, der ihm seinen kostbarsten Schatz anvertraut hatte. Er war ein Teil dieser Familie gewesen, auch wenn sie aus gemeinen Verbrechern bestand, er hatte mit ihnen gegessen und getrunken und gemeinsam mit ihnen die Hütten gebaut und Zukatas Launen ertragen.

Sein altes Leben schien so unendlich weit weg. Er konnte sich kaum vorstellen, mit dem Schiff auf Arima anzulegen und El Jati gegenüber zu treten. El Jati und Alika. Diese drei würde er nicht mehr dort antreffen: Lexan und Jußait und Bajad. Aber Mino ... Wie lange war es her, dass sie davon geträumt hatten, das Kaiserreich zu erkunden und durch die Wälder zu reisen? Romantische Kinderträume von bunten Märkten, von herrschaftlichen Schlössern und herbstgefärbten Bäumen, in denen ihnen nichts Schlimmeres als vielleicht einmal ein Bär über den Weg lief ... Das alles schien jetzt unendlich lange her. Er versuchte, sie alle vor sich zu sehen, aber sie waren zu weit weg, irgendwo in seinem Herzen verschüttet. Das Schiff war ohne ihn abgefahren. Mino hatte sich gegen ihn gewandt. El Jati hatte ihn verprügelt. Er hatte sich der Strömung ausgesetzt, um sein Leben in Gefahr zu bringen. Im Rückblick konnte er nur den Kopf darüber schütteln. Es gab genug echte Gefahren, man musste sein Leben nicht für nichts und wieder nichts aufs Spiel setzen. Ja, ein Spiel war alles gewesen, sein ganzes vorheriges Leben. Wie kindisch kam ihm jetzt seine Flucht von zu Hause vor. Er hatte sich benommen wie ein kleiner Junge, mit dem man nicht vernünftig reden konnte, der um jeden Preis seinen

Willen durchsetzen wollte. Würde er diese Flucht mit Manina auch irgendwann so betrachten?

Das kleine Mädchen schaute gerade einer Spinne zu, die an seinem Bein hochkrabbelte. Als sie zupackte und das Tier in den Mund stecken wollte, griff er schnell ein.

Nein, beantwortete er sich selbst seine Frage, diese Flucht werde ich nicht bereuen. Niemals. Selbst wenn es dich das Leben kostet?, fragte eine Stimme in ihm, aber sie schien einem anderen zu gehören. Einem, der sich danach sehnte, wieder im Lager zu sein und Zukatas Stimme zu hören. Einem, der es nicht ertragen konnte, wenn Zukata enttäuscht oder zornig war oder ihn gar hasste. Einem, der einfach nur in Sicherheit sein wollte.

Er konnte dieser Stimme keine Antwort geben. Sein Leben war bereits jetzt verwirkt. Selbst wenn er in diesem Moment umkehrte, würde Zukata ihn töten. Daran gab es keinen Zweifel. Er würde erklären können, wie viel er wollte, heulen und flehen, es würde ihm nichts nützen. In dem Augenblick, als er mit dem Kind davongeritten war, hatte er eine Entscheidung getroffen, die nichts auf dieser Welt wieder rückgängig machen konnte.

Gegen Mittag sattelte Blitz das Pferd, packte alles wieder zusammen und ritt, Manina vor sich auf dem Schoß, langsam durch den Wald nach Norden.

Sie warteten lange. Zukata war zu seinen Männern gegangen und überließ es seinen Gegnern, Ixa und Ruji in der steinigen Erde zu begraben. Solange sie beschäftigt waren, verging die Zeit etwas schneller. Die Trauer um ihre beiden Gefährten lenkte Möwe ein wenig davon ab, was ihr bevorstand. Aber als sie die toten Körper in die Grube legten, wurde sie von ihrem eigenen Entsetzen nahezu gelähmt. Es war ein Mörder, mit dem sie gehen würde. Ein grausamer, gewissenloser Mörder.

»Wenn er sie bringt«, sagte Keta leise, »gelingt es mir vielleicht, sie ihm zu entreißen.«

»Und wie sollen wir fliehen?«, fragte sie zurück. »Er ist so schnell wie du. Und seine Räuber sind mir und Jamai überlegen.

Ihr braucht nicht zu kämpfen, wir können es nicht. Es hat keinen Zweck, Vater.«

Er küsste sie auf die Stirn.

»Es ist wie Jonglieren«, sagte Möwe. »Ich werfe die Bälle in die Luft, und während sie dort sind, oben, weiß ich doch, dass ich sie wieder auffangen werde. Ich tue es nicht einmal bewusst. Es ist einfach etwas, das mit meinen Händen geschieht.«

Keta konnte nicht sprechen. Er legte seine Hände auf ihre Schultern und stellte sich vor, dass seine Kraft in sie hinüberfloss, dass wenigstens ein Teil des Segens auf ihr ruhte, auch wenn er keine Macht hatte, ihr den ganzen Segen zu geben. Er wollte ihr alles geben, seine Stärke, sein ganzes Riesensein, aber in dieser Stunde fühlte er sich genauso hilflos wie sie. Er dachte an Variti, wenn er ihr erzählen musste, dass er Möwe hier in der Fremde ihrem Schicksal überlassen hatte. Er konnte es nicht tun, auch wenn sie noch so wild dazu entschlossen war. Es musste eine andere Möglichkeit geben, irgendeine ...

Bei den Räubern entstand Unruhe. Zukata hatte Lundi am Kragen gepackt und schüttelte ihn. »Was? Was sagst du da?«

Der Koch war bleich. Er versuchte nicht, gegen den Hauptmann anzukämpfen und es dadurch vielleicht noch schlimmer zu machen.

»Er ist weg, Herr. Sie sind beide weg.«

»Das kann nicht sein«, wiederholte Zukata stur. »Nicht Blitz. Er ist mein Junge, er gehorcht mir aufs Wort.«

»Sie sind weg«, wiederholte Lundi. »Mit dem Pferd.«

Der Riese ließ ihn so abrupt los, dass der Mann zu Boden stürzte. Er stieß ein Gebrüll aus, dass die Erde erzittern ließ, einen Schrei, der ihnen in den Ohren gellte. Seine Wut war so groß, dass seine Räuber zurückwichen, voller Angst, dass er den Nächsten, der ihm zu nahe kam, töten würde.

Dann stürmte er los, in Richtung des Lagers.

Lundi richtete sich auf. »Was ist?«, fragte er seine Freunde, die ihn entsetzt anstarrten. »Ich war es nicht. Ich habe nur die Nachricht überbracht.«

»Wird er jetzt die Posten umbringen?«, meinte einer von ihnen mit aufgerissenen Augen.

»Vermutlich«, sagte Lundi grimmig. »Aber wenn wir das Kind nicht schleunigst finden, blüht uns wahrscheinlich dasselbe Schicksal. Lasst uns sofort mit der Suche beginnen.«

»Und der da?«, fragte einer und wies in Ketas Richtung.

»Sagt ihm nichts. Wenn er sie findet, bevor wir es tun, wird Zukata uns garantiert alle töten.«

Verblüfft bemerkten Keta und die beiden Jugendlichen, dass die Räuber auf einmal alle verschwunden waren.

»Was ist denn jetzt?«, fragte Jamai. »Anscheinend haben sie ein Problem, oder?«

»Warum hat er so geschrien?«, fragte Möwe verstört. »Irgendetwas Schreckliches muss geschehen sein.«

Keta blickte sich rasch um. »Wir sollten von hier verschwinden.«

»Aber wenn sie zurückkommen ... Was ist mit Manina?«

»Das werden wir noch alles herausbekommen. Kommt.« Keta hatte es eilig, er zog Möwe und Jamai fort, so schnell er konnte. Was auch immer geschehen war, es würde alle ihre Pläne auf den Kopf stellen, das fühlte er.

Zukata stürmte mit Riesenschritten durch den Wald zum Räuberlager. Er ging so schnell, dass keiner seiner Männer mehr bei ihm war, als er es erreichte. Ein zitternder Wachposten stand verloren in der Dorfmitte. Es war Rieto, ein freundlicher Kerl, der mit Vorliebe in Häuser einbrach und Schmuck stahl; bei Zukata war er gelandet, nachdem er mehreren Hausbewohnern die Kehle durchgeschnitten hatte und überall nach ihm gefahndet wurde.

»Blitz ist fort?«, schrie der Hauptmann. »Mit dem Kind?«

»Ja, Herr, ich habe ihn nur kurz bei den Pferden gesehen; wie hätte ich ahnen können, dass er fliehen wollte? Er gehörte doch zu uns, ich konnte doch nicht wissen ...«

Zukata versetzte ihm einen Schlag, der ihn gegen die nächste Wand warf. Er sah nicht einmal hin, ob der Mann noch lebte oder nicht. Wutentbrannt stürmte er in Blitz' Hütte. Der Junge hatte alleine dort geschlafen, da keiner der anderen es schätzte, nachts von einem heulenden Baby aufgeweckt zu werden. Mit einem Blick überflog Zukata die Sachen der beiden. Es schienen Decken und Kleidungsstücke zu fehlen, aber natürlich hatte er nie gezählt, wie viel Blitz besaß und was er alles für Manina genäht hatte. Während er sich um die Kleine kümmerte, hatte der Junge erstaunliche Fähigkeiten entwickelt.

»Er kann noch nicht weit sein«, sagte Wilrich hinter ihm. Er war einer der anderen Wächter gewesen. Für einen Moment war Zukata versucht, ihn ebenso zu töten wie Rieto, doch dann besann er sich. Er brauchte jeden Mann.

»Ich will, dass ihr ausschwärmt. Sag das den anderen, wenn sie kommen. Ich mache mich sofort an die Verfolgung. Verteilt euch und sucht in allen Richtungen.«

Wilrich nickte. »Ja, Herr.« Er zögerte, aber dann fragte er doch. »Wie konnte er das nur tun? Er muss doch wissen, dass er keine Chance hat gegen dich.«

»Es sei denn, es gelingt ihm, das Kind Keta zu übergeben.« Zukatas Gedanken überschlugen sich. »Keta darf auf keinen Fall wissen, dass wir sie suchen. Er darf Blitz nicht begegnen. Wir müssen ihn unbedingt auf die falsche Spur bringen ...«

»Und wenn wir ihm sagen, sie sei tot? Dann wird er sie nicht suchen.«

»Nein, dann wird er nach Kirifas gehen, um dem Kaiser die Nachricht zu bringen. Wenn Blitz nach Kirifas will und Keta auch ... Nein, die Gefahr ist zu groß, dass sie sich treffen könnten.« Er hatte keine Zeit, sich jetzt darüber Gedanken zu machen. »Sagt ihm gar nichts!«, rief er nur, während er schon auf dem Weg zum Waldrand war. »Sagt ihm nichts!«

Ich kriege dich, dachte er, als er in den Schatten der Bäume eintauchte. So weit kannst du noch nicht sein, dass ich dich nicht kriege.

Blitz wusste, dass Schnelligkeit ihn nicht retten konnte. Er hatte lange darüber nachgedacht, ob er sich nicht sogar von König trennen sollte, der eigentlich ein zu auffälliges Tier war, aber dann wieder stellte er sich vor, wie Zukata hinter ihm herlief, und es gab ihm ein besseres Gefühl zu wissen, dass das Pferd unter dem Sattel wenigstens richtig schnell war. Aber das änderte nichts daran, dass es überhaupt nicht darauf ankam, so viel Land wie möglich zu gewinnen. Sein Vorsprung konnte noch so groß sein, sobald Zukata auch nur eine Ahnung davon hatte, wo er war, würde er sich an seine Spuren heften wie ein Jagdhund, ihn zur Strecke bringen und ihn töten. Sein ganzes Heil lag daran, eben keine Spuren zu hinterlassen. Er durfte nicht gesehen werden, vor allem nicht jetzt, hier im Umkreis. Irgendwie musste er es hinbekommen, dass Zukata nicht den leisesten Schimmer hatte, an welchem Punkt der Grenze er das Land verließ. Wenn er und Manina niemandem auffielen und daher auch nicht verraten werden konnten, war er relativ sicher.

Nicht auffallen! Blitz seufzte. Sie schlief auf seinem Rücken, in der Trage, die er genäht hatte. Als er sie fertiggestellt hatte, war Manina einiges kleiner gewesen, lange würden das Tuch und die Nähte nicht halten. Aber damit konnte er sie je nach Bedarf am Rücken oder vorne tragen und hatte die Hände frei. Zum Glück war sie so klein und leicht und kein echtes Riesenkind. Trotzdem war es äußerst mühsam, mit einem Kind am Rücken so zu tun, als wäre es nicht da.

Zum Beispiel, wenn man heimlich eine fremde Kuh zu melken versuchte. Die hellbraune Kuh reagierte mit Befremden darauf, dass dieser junge Mann ihre Milch stehlen wollte, und blieb einfach nicht stehen. Sie muhte erschrocken. Es würde nicht lange dauern, bis die Bäuerin hereinkam. Er hatte sie gesehen, wie sie draußen im Garten arbeitete, eine schlanke, große Frau mit einem freundlichen Gesicht. Zu gerne wäre er einfach zu ihr hingegangen und hätte sie darum gebeten, ihm einen Krug Milch für das Kind zu geben. Bestimmt hätte sie ihm das auch gewährt, und dazu hätte es vielleicht sogar eine warme Mahlzeit für ihn gegeben, einen schönen Platz zum Ausruhen und ein nettes Gespräch.

Aber wenn irgendjemand sie danach fragen würde, ob sie einen schwarzhaarigen Mann gesehen hatte, der gebrochen Sandartisch sprach und ein kleines Kind dabei hatte – oder nach Nahrung für ein Kind verlangt hatte –, würde sie ihn nicht verleugnen können. Blitz wusste, dass es nicht reichte, um Stillschweigen zu bitten. Nur ein Zusammenzucken, ein ängstlicher Blick, ein nervöses Scharren mit den Füßen konnte einen schon verraten. Er durfte niemanden um Hilfe bitten. Auf keinen Fall jetzt schon, wo er noch so weit von der Küste entfernt war.

Es blieb ihm nichts anderes übrig, als zum Dieb zu werden.

Das hier war nicht das erste Mal. Er versuchte, in der Nähe menschlicher Siedlungen zu bleiben, denn obwohl er Proviant mithatte, konnte er Manina nicht mit trockenem Brot und Wasser ernähren. Er konnte nicht jagen, ohne sie allein zu lassen, und in diesen Wäldern, in denen es nicht nur Bären gab, sondern auch Wildkatzen, Wölfe oder Baumhunde, wagte er es nicht, sie auch nur für kurze Zeit aus den Augen zu verlieren.

An seinem Rücken bewegte sich etwas. Sie war es zwar gewöhnt, auf diese Weise zu schlafen, aber das Muhen der Kuh hatte sie geweckt. Sie versuchte sich zu strecken und protestierte.

Als die Bäuerin den Stall betrat, kauerte er hinter einem Strohballen. Er hörte, wie die Frau zu ihrer Kuh sprach, in einem sanften, beschwichtigenden Tonfall, und betete, dass Manina den Mund hielt. Sie war wach. Ihr Atem ging schnell, dicht an seinen Ohren. Fasziniert betrachtete sie eine Heugabel, die ihr gegenüber an der Wand lehnte. Als die Tür zuschwang, stieß Blitz den Atem aus, den er so lange angehalten hatte.

So ging es nicht. Er konnte sie nicht mitnehmen, wenn er als Dieb unterwegs war, irgendwann würde ihm noch das Herz stehenbleiben vor Anspannung. Er brauchte jemandem, der ihnen half, er brauchte einen Freund, der ihn auf dieser Reise begleitete. Wie schön wäre es gewesen, jetzt Mino dabeizuhaben! Aber Mino war weit fort, auf Arima, und ahnte nichts von seinen Schwierigkeiten.

Reisende. Vielleicht war das die Lösung – wenn er sich anderen Reisenden anschloss, die dabei waren, das Land zu verlassen. Eine große Gruppe, in der er nicht auffallen würde ... Aber ein junger Mann mit einem Kind fiel immer auf. Wenn vielleicht Frauen dabei waren, würde ein Beobachter oder Gastwirt ihnen das Kind zurechnen.

Aber wie um alles in der Welt sollte er eine Reisegruppe finden, in der sich auch Frauen und Kinder befanden?

Während er über dieses Dilemma nachgrübelte, lenkte er seine Schritte der großen Straße zu, die nach Norden zur Küste führte, die Straße, die die Länder des Ostens mit dem Nordmeer verband, vielbefahren und daher beides – Chance und Gefahr zugleich. Entweder er fand eine Möglichkeit, sich einer Gruppe anzuschließen, oder er wurde gesehen und brachte Zukata auf seine Spur.

Du hattest nie eine Chance, sagte er zu sich, während er langsam ritt, Manina auf dem Schoß. Sie quengelte; er wusste, dass sie hungrig war, aber er hatte nicht gewagt, sie hier allein zu lassen, um etwas zum Stehlen zu suchen. Er selbst hatte noch länger auf Nahrung verzichtet und der Hunger grub ein tiefes Loch in seinen Bauch.

Du hattest nie eine Chance, gib es zu, sagte er düster. Oh Rin, Allmächtiger, lass es Brot regnen statt immer nur Wasser.

König trat aus dem Schutz der Bäume. Vor ihnen lag ein breiter, festgefahrener Weg, den tiefe Rillen durchzogen: die große Straße.

Als sie das Lager endlich gefunden hatten, war es leer. Völlig leer und verlassen. Kein einziger Bewohner war noch da, und mehr noch, die Räuber waren nicht nur verschwunden, sie hatten auch alles mitgenommen, was sie besaßen. Die Holzhütten, die sie errichtet hatten, waren vollständig leergeräumt. Es gab hier nichts mehr, und fast hätte Keta daran gezweifelt, dass dies überhaupt das Räuberlager gewesen war.

Sie hatten nur ihren Toten dagelassen.

Er lag da, wie Zukata ihn hingestreckt hatte, zu Füßen der Bretterwand, gegen die der Hauptmann ihn geschmettert hatte. Eine Blutlache hatte sich gebildet und war bereits in der Erde versickert, sie war dunkel von seinem Blut.

»Sieh nicht hin«, sagte Keta, aber Möwe hatte es bereits gesehen. Sie schluckte, aber sie wandte sich nicht ab. Die beiden, die sie begraben hatten, die hatten ihr etwas bedeutet; das Schicksal dieses fremden Mannes dagegen ging sie nichts an.

»Was ist passiert?«, fragte sie, verwirrt und erschrocken. Sie schaute sich um – dies hätte ihr Zuhause werden können, diese armseligen Bretterbuden. Sie warf einen Blick ins Innere der Hütte und schrak zurück. Das Feuer im Ofen, das nur noch glomm, war das einzig Wärmende hier. Das Leben im Wald hatte sie Bescheidenheit gelehrt, aber dort waren die grünen Zweige ihr Dach, die Blätter die Vorhänge und Ketas Stimme ihr Schlaflied. Die Trostlosigkeit dieses Ortes ließ sie erschauern.

»Sie sind fort«, sagte Keta. »Ich habe keine Ahnung, warum. Wurden sie angegriffen? Aber wer würde es wagen, Zukata anzugreifen?«

Er schaute in ihre Gesichter. Möwe, bleich und müde und traurig, Jamai, in dessen schwarzen Augen immer noch der Schrecken geschrieben stand. Dies sind Kinder, dachte er. Und auf einmal schämte er sich dafür, dass sie all das mitangesehen hatten – den Kampf mit seinem Bruder, der ihm so ähnlich war, ihre ermordeten Freunde, und nun dies, einen toten Mann in einer verlassenen Siedlung.

»Die Prinzessin ist nicht da«, sagte Jamai, der bereits in jede Hütte geblickt hatte.

Keta lachte unfroh. »Wir haben nicht damit gerechnet, nicht wahr? Dass er flieht und sie zurücklässt. Er hat mich hereingelegt. Während ich mit ihm verhandelt habe, hat er das Kind fortbringen lassen. Und nun sind sie weg und ich habe keine Ahnung, wo wir sie suchen sollen. Wenn sie denn überhaupt noch lebt. Hast du irgendetwas gesehen, was auf ihre Anwesenheit hindeutet, Jamai?«

Der Junge schüttelte den Kopf. »Sie haben alles mitgenommen.«

Keta seufzte. »Wisst ihr, dass ich wirklich geglaubt habe, ich würde sie heute noch in den Armen halten? Und ich würde sie meinem Vater zurückbringen, am Ende einer Reise, die noch heute begonnen hätte?« Seine Augen blieben an Möwe hängen. »Aber ich kann es nicht leugnen«, sagte er leise. »Ich bin genauso froh, wie ich enttäuscht bin. Und vielleicht sogar noch eine Spur froher.«

»Aber wir müssen sie suchen«, sagte Möwe. »Wir können doch jetzt nicht aufgeben. Wir sind so weit gekommen, bis hierher nach Sandart – und das alles soll für nichts gewesen sein?«

»Ja«, sagte Keta. »Er hat uns besiegt. Deine Tante ist tot, Jamai. Ruji ist tot. Wir sind in die Schlacht gezogen und haben verloren. Wir kehren um.«

»Jetzt?«, fragte Möwe fassungslos. »Aber ...«

Keta schüttelte den Kopf. »Kein Aber. Bei der nächsten Begegnung mit ihm, wenn wir ihn denn wieder aufspüren würden, könntet ihr seine Opfer sein. Wollt ihr das?«

Jamai und Möwe sahen sich an. Und sie beide nickten. »Das wussten wir«, sagte Jamai mit heiserer Stimme. »Wir wussten alle, dass es so kommen könnte. Wir können jetzt nicht aufgeben, Keta.«

»Doch«, sagte Keta. »Ich gebe auf. Für euch.«

»Nicht für uns«, bat Möwe. »Bitte, Vater! Wir sind bereit ...«

Er unterbrach sie. »Aber ich nicht«, sagte er. »Ich bin nicht bereit, euch in den Tod zu führen. Nicht mehr. Wir kehren um.«

Möwe suchte nach Worten. »Du willst dem Kaiser sagen, dass wir sie nicht gefunden haben?«

Keta blickte sie liebevoll an. Sie wollte dieser Liebe ausweichen. Sie wollte rufen: Nicht für mich! Du kannst Manina nicht für mich opfern! Aber es war, als ob das Feuer, das in ihm gebrannt hatte, erloschen war. So fühlte er sich an, der Morgen nach der Schlacht, wenn über der Welt eine Sonne aufgeht, die nur das eigene Elend bescheinen wird. Du kannst jetzt nicht schwach werden!, wollte sie rufen. Du kannst nicht aufgeben, nicht du, Keta, Riese, jeder, aber nicht du! Doch seine Augen sprachen eine andere Sprache.

»Ich bin glücklich, dass ich dich ihm nicht geben musste«, sagte er. »Und nun lasst uns hier verschwinden, bevor er es sich anders überlegt und jemanden schickt, um uns aus dem Hinterhalt zu überfallen.«

Während sie sich den Weg zwischen den Bäumen hindurch bahnten, fühlte Möwe durch ihre Trauer und Niedergeschlagenheit hindurch, wie grenzenlose Erleichterung sie überschwemmte. Ich bin frei. Ich bin frei ...

Sie wollte nicht daran denken, was sie fühlen würde, wenn sie Kanuna El Schattik und Fanes gegenüberstand, mit leeren Händen. Sie wollte es nicht denken, aber die ganze Zeit, bei jedem Schritt, sah sie Keta vor sich, wie er vor seinen Vater hintrat und versuchte, die Worte über die Lippen zu bringen: Ich habe versagt.

Drei Tage lang drückte Blitz sich in der Nähe der Straße herum, ohne weiterzukommen. Er achtete darauf, dass sie weit genug entfernt waren, um nicht gesehen zu werden, aber obwohl ihn jeder Tag, der verging, schmerzte – karge Tage, denn sie hatten fast nichts mehr zu essen –, fürchtete er sich doch noch mehr davor, auf dieser Straße zu reisen und Zukatas Männern in die Hände zu fallen. Irgendjemanden würde der Hauptmann auf dieser Straße postieren, das war so klar wie sonst nichts.

Es kamen nicht so viele Reisende vorbei, wie er gehofft hatte. Ein paar Händler mit ihren Karren. Bauern, die in der Stadt gewesen waren und zurück in ihr Dorf strebten. Einmal eine Kutsche, die einem Adligen gehören musste, so reich war sie mit Fahnen und Bändern geschmückt.

Blitz hielt sich im Schatten der Bäume und wartete, während er die Straße unten im Blick behielt. Einmal war er fast versucht, sich einer Familie anzuschließen, die in einem offenen Wagen vorbeifuhr; zwei starke Pferde zogen die Eltern und die zahlreichen Kinder, die auf und zwischen Körben und Kisten und sogar Käfigen mit Federvieh hockten. Aber im letzten Moment hielt er sich zurück und wagte es nicht, sich ihnen zu zeigen. Sie hatten zu viele Kinder, um sich dem Zorn eines Riesen auszusetzen oder der Bedrohung durch die Räuber standzuhalten. Falls irgendjemand sie nach ihm fragte, würden sie ihn sofort verraten, dessen war er sich sicher.

Dann kam eine merkwürdige Prozession in Sicht. Es war eine ganze Reihe von Wagen, gezogen von kräftigen kleinen Pferden, auf denen glatzköpfige Männer sowie von Kopf bis Fuß verhüllte Gestalten saßen. Kleinere Gestalten saßen bei ihnen oder liefen neben den Wagen her. Die Vermummten sahen aus, als führten sie Böses im Schilde, aber als sie an seinem Versteck vorbeizogen, hörte er, dass sie sangen.

Pilger, dachte er. Pilger aus Melgian. Während er sie beobachtete, fühlte er, wie ihn Freude und Hoffnung überschwemmten, eine so starke Flut an Hoffnung, dass sie ihn mitriss. Das war die Lösung. Die Rettung. Niemand sah unter diese Kapuzen, niemand verdächtigte die Gläubigen, dass sie etwas im Schilde führten, niemand würde sie durchsuchen. Er wusste, dass sie zu den Häfen zogen und von dort mit dem Schiff nach Salien zum Fest der Brücke fuhren; ein langer Weg für die zumeist armen Pilger. Es waren Frauen dabei – jede Menge Frauen – und Kinder. Kinder!

Blitz drückte Manina an sich.

»Dort unten reitet unsere Rettung«, flüsterte er ihr zu. Sie quiekte, glücklich über seine Aufmerksamkeit. »Jetzt kommt es drauf an.«

Natürlich konnte er nicht einfach auf sie zureiten und vorschlagen, dass sie ihn mitnahmen. Er musste es geschickter anstellen ...

»Was meinst du, Kleines?«, murmelte er dem Mädchen ins Ohr. »Werden wir Melgianer? Hast du Lust auf das Brückenfest?« Er lachte laut.

Von Salien nach Kirifas war noch ein langer Weg, aber wie er diese Strecke bewältigte, würde sich zeigen, sobald es so weit war. Jetzt kam es darauf an, sich unter die Pilger zu mischen.

»Er wird uns nicht kriegen, Prinzessin«, sagte Blitz und legte all seine Zuversicht in seine Stimme. »Zukata wird toben, aber er kriegt uns nicht. Versprochen.«

Er verfolgte die Wagen der Pilger vom Waldrand aus, bis das Unterholz zu dicht wurde. Dann erst wagte er sich notgedrungen auf die Straße und ritt ihnen nach, so weit hinter ihnen, dass er sie nicht sehen konnte und sie ihn nicht, aber er befürchtete nicht, sie wieder zu verlieren, denn er wusste ja, wohin sie wollten.

Lange Zeit führte die Straße durch den Wald. Die Bäume waren hier nicht so hoch wie im Kaiserreich – dünne Stämme, kaum höher als zwei, drei Männer, und das viele Licht auf dem Waldboden führte dazu, dass das Gestrüpp wucherte. Bei Tageslicht war es schwierig, sich hier zu verstecken. Deshalb fluchte Blitz innerlich, als ihm Reiter entgegenkamen; er war so auf die Pilger fixiert gewesen, dass er seine Verfolger fast vergessen hatte. Sich jetzt ins Dickicht zu schlagen, war sowohl auffällig wie auch zwecklos. Allein hätte er sich im Strauchwerk verbergen können, aber das Pferd würde niemals dort durchkommen. Ihm blieb nichts anderes übrig, als den Mantel über Manina zu schlagen und zu hoffen, dass den Reitern das Kind nicht auffiel.

Die Kleine war wach und protestierte gegen den Stoff auf ihrem Gesicht. Blitz öffnete den Mantel einen Spalt breit. Als die beiden Männer an ihm vorbeiritten und ihm zunickten, schwitzte er Blut und Wasser. Es waren keine Räuber gewesen, aber jeder, der ihn sah, konnte ihn verraten. Wie hatte er nur so dumm sein können, auf der Straße zu reiten? Er war noch lange nicht weit genug von Zukata entfernt. Dass er geglaubt hatte, bei Bedarf wieder im Wald verschwinden zu können, spielte keine Rolle. Er hatte sich getäuscht, im Glauben, sich mit Wäldern auszukennen. Doch nun steckte er auf dieser Straße fest, allen ausgeliefert, die ihm entgegenkamen oder ihn überholten. Wie hatte er nur so dumm sein können!

Blitz trieb König zur Eile an. Er musste so schnell wie möglich wieder von der Straße herunter. »Lass mich bitte niemanden treffen ... Bitte, oh bitte lass mich niemanden treffen ...« Dass er laut zu Rin gebetet hatte, merkte er erst, als Manina den Kopf drehte und ihn anschaute. Sie glaubte, er spräche zu ihr. »Oh Rin, beschütze dieses Kind. Oh bitte, bitte!«

Ein Pfad führte von der Straße fort, kaum mehr als ein Trampelpfad durchs Dickicht. Blitz zögerte keinen Moment, als er ihn einschlug, denn er glaubte, von vorne wieder Reiter gesehen zu haben. Der Pfad führte in vielen Windungen in den Wald hinein. Blitz ließ den Hengst gehen, bis sie von der Straße aus nicht mehr gesehen werden konnten, dann hielt er und wartete mit klopfendem Herzen.

Die Reiter preschten vorbei, ohne anzuhalten und nachzusehen, wohin der einzelne Reisende verschwunden war.

Er atmete tief durch. Je länger er wartete, umso weiter entfernten sich die Pilger von ihm. Aber das durfte ihn nicht stören. Sie waren langsam, es sollte keine Schwierigkeit für ihn bedeuten, sie einzuholen. Doch konnte er sich wieder auf die Straße wagen?

»Was soll ich machen?«, flüsterte er ratlos.

Vor ihm führte der Pfad immer weiter in den Wald hinein. Vielleicht zu einer kleinen Siedlung, vielleicht zu einem einzelnen Haus oder auch nur zu einer Jagdhütte. Neugier packte ihn, es herauszufinden, denn schließlich war es auch möglich, dass der Weg einen Bogen machte und parallel zur Straße verlief; in diesem Fall hätte er eine gute Chance gehabt, ungesehen voranzukommen.

»Na los, König«, sagte er zu seinem Pferd, »finden wir es heraus.«

Manina protestierte und quengelte. Wahrscheinlich hatte sie schon wieder Hunger. Oder ... Er lächelte unwillkürlich. Sie schien sich vorgenommen zu haben, von selbst trocken zu werden. Wenn er sie rechtzeitig abhielt, kam er hin und wieder um eine nasse Windel herum.

Während er vom Pferd stieg und das Kind über den Waldboden hielt, horchte er auf die Geräusche des Waldes. Er hatte gelernt, auf den Gesang der Vögel zu achten, auf das Rascheln, das von einem Tier, aber auch von einem Menschen stammen konnte, auf alles, was die Stille brach oder sie verursachte. Das Knacken von Zweigen, das Knistern von Blättern. Er spitzte die Ohren, dass es fast wehtat. Die Geräusche, die er hörte, schienen von weit weg zu kommen – menschliche Stimmen, Knarren, wie von einer schlecht geölten Tür, Meckern ...

»Hörst du es auch?«, fragte er Manina, während er sie wieder anzog. »Sie haben eine Ziege.« Der Wunsch, diese Ziege zu besitzen, packte ihn mit aller Macht. Was eine Ziege nicht alles bedeutete – sie würde es ihm ersparen, jeden Tag aufs Neue auf die Suche nach etwas zu gehen, was er dem Mädchen zu essen geben konnte. Der Ziege selbst würde etwas Gras oder Heu reichen, und wenn es davon nicht genug gab, Blätter standen immer zur Verfügung. Wenn er eine Ziege hatte ...

Er dachte an die Hühner in den Wagen der Pilger. Warum sollte er nicht eine Ziege mitnehmen? Falls es kein religiöses Gebot gab, auf der Pilgerreise auf Milch zu verzichten, konnte nichts dagegen sprechen, eine Ziege zu haben. Sie waren so langsam, dass sie gut hinterher laufen konnte, notfalls konnte sie auch mit auf den Wagen.

Er seufzte leise. Wenn es denn einen Wagen für ihn gab. Aber das alles musste warten. Zuerst war die Ziege dran. Wenn er sie nicht stehlen konnte, konnte er sie vielleicht kaufen? Wenn er das Geld vor das Haus legte und sich einfach mit dem Tier davonmachte, würde es kein Diebstahl sein und niemand verfolgte ihn. Immer noch war es wichtig, dass niemand ihn sah. Er erschauerte innerlich, wenn er daran dachte, dass die beiden Reiter ihn auf der Straße gesehen hatten. Der Gedanke durchzuckte ihn, dass er nur sicher sein würde, wenn er ihnen folgte und sie tötete, aber er schüttelte über sich selbst den Kopf. Zukata dachte so. War er so lange mit ihm zusammen gewesen, dass er selbst so geworden war, nicht besser als diese Räuber und Mörder?

Er setzte Manina auf das Pferd und führte den Rappen weiter in den Wald hinein. Das Meckern der Ziege war nicht mehr zu hören, aber es gab sowieso keine andere Richtung, die er hätte wählen können; hier konnte man nur dem schmalen Pfad folgen oder umkehren.

Durch die Bäume sah er die Siedlung, eine Weile bevor er sie erreichte. Die grauen Dächer waren fast unsichtbar zwischen den silbernen Stämmen der Birken und Kiefern, aber er ließ sich nicht täuschen. Eine laute Kinderstimme hallte zu ihnen hinüber. Blitz zögerte wieder. Wenn Kinder da waren, war die Chance, unbemerkt an die Ziege heranzukommen, noch geringer, als sie es ohnehin schon war. Vielleicht war es klüger, umzukehren, bevor sie ihn sahen. Würde er sich sonst nicht wünschen, sie wären tot?

Blitz blieb stehen und fühlte die unerträgliche Last des Gejagten auf sich, der für die ganze Welt verloren ist. Jeglicher Kontakt zu irgendeinem Menschen war ihm verboten, außer zu diesem kleinen Kind. Wie lange war es her, dass er mit einem Erwachsenen gesprochen hatte? Oder mit jemandem seines Alters? Einsamkeit überfiel ihn. Mehr als nach der Ziege sehnte er sich nach den Menschen, die dort wohnten, in diesen grauen Häusern, danach, bei ihnen zu sein und ihre Stimme zu hören und dabei zu sein, wenn sie über die Belange des Alltags redeten. Über ihre Kinder und ihre Tiere, über die Ernte und kaputte Schuhe und das Wetter ...

Wie lange hatte er so gestanden, eingefroren von Unsicherheit und Bedürftigkeit? Er kostete seine Sehnsucht nach Gemeinschaft voll aus, bevor er sich dazu entschied, es nicht zu wagen und lieber wieder zur Straße umzukehren.

Ein Kind machte ihm einen Strich durch die Rechnung. Plötzlich rannte ein Mädchen um die Biegung, die der Pfad machte. Sie sah nicht nach vorn, sondern nach hinten, ein Kind von vielleicht elf, zwölf Jahren, und wenn Blitz sie nicht aufgefangen hätte, wäre sie direkt in den erschrockenen Hengst hineingerannt. Sie schrie, als er sie umfasste, König wieherte und scheute, und Blitz ließ das fremde Kind los, um Manina schnell auf dem Rücken des Pferdes festzuhalten und sein Tier zu beruhigen.

Das fremde Mädchen warf ihm einen entsetzten Blick zu und lief den Pfad wieder zurück. Er hörte sie schreien und irgendwo antwortete eine andere Stimme auf ihre schrillen Laute.

Nun war es auch egal. Er war schon näher bei den Häusern, als er gedacht hatte; wenn er jetzt floh, machte er sich erst recht verdächtig. Vielleicht würde ihn ein wütender Vater verfolgen, der gleich ein paar kräftige Nachbarn mitnahm. Wenn Blitz sich vorstellte, wie das weinende Mädchen ihren Eltern erzählte, dass ein schwarzhaariger Mann mit einem schwarzen Pferd versucht hatte, sie zu packen ... Überall würde nach ihm gesucht werden, und bald würden es nicht nur die Leute dieser Gegend sein, die nach ihm Ausschau hielten.

Dass er nichts Böses im Schilde führte, war nur glaubhaft, wenn er einfach weiterritt. Das tat Blitz daher auch, aber seine Knie zitterten, während er die letzten Meter des Pfades zurücklegte und das offene Gelände der kleinen Siedlung betrat.

Er erblickte das Mädchen sofort; es redete eifrig auf einen Mann ein, der gerade dabei war, einen Ackergaul auszuschirren. Das Pferd war so grau wie das Gebäude hinter ihm. Von der Ziege war nichts zu sehen.

»Da! Da ist er! Siehst du, ich habe nicht gelogen!« Blitz sprach nicht viel Sandartisch, aber das hatte er jetzt doch verstanden. Mit ruhigem, freundlichem Gesicht ging er auf die beiden zu.

Die Augen des Mannes verengten sich, als er ihn kommen sah. Er starrte erst ihn und dann König an.

»Seid gegrüßt, hoher Herr«, sagte er fassungslos. Seine Augen hingen an dem Pferd.

Blitz musste König schleunigst loswerden. Er hatte es schon lange gewusst, aber jetzt, als er in die verklärten Augen dieses Bauern blickte, wurde es ihm erst recht bewusst. Die Leute hier ritten nicht solche edlen Pferde, sondern ihre genügsamen Ponys, viele waren ärmer als die Bewohner des Kaiserreichs. Das Ackerpferd, das stolz den Kopf hob, um es dem Besucher gleichzutun, war nicht so groß und breitschultrig wie die Gäule in Deret-Aif, sondern ein stämmiges kleines Pony. Jeder, der etwas von Pferden verstand, erkannte sofort Königs Wert. Hoher Herr! Wenn sie ihn dafür hielten, würde er kaum als armer Pilger durchgehen. Er musste den Rappen auf der Stelle loswerden. Die Vorstellung, dass er auf ihm neben den Wagen der Pilger herritt, zerplatzte.

»Wir haben einen langen Weg hinter uns«, sagte er, »und meine Tochter ist müde und hungrig. Vielleicht habt ihr etwas Milch für sie? Ich dachte, ich hätte hier irgendwo eine Ziege gehört?«

Sein gebrochenes Sandartisch klang nicht gut; er hoffte, dass er dic richtigen Worte an die richtige Stelle gesetzt hatte, aber genauso gut konnte es sein, dass er etwas völlig anderes gefragt hatte, denn der Bauer bedachte ihn mit einem rätselhaften Blick und einem Stirnrunzeln.

Aber dann lächelte er. »Natürlich. Kommt herein, hoher Herr.«

Es war wunderbar. Er verdrängte seine Gedanken an eine Entdeckung, an Verrat, an Zukatas Männer, die das Land durchforschten und jeden fragen würden. Er saß an einem Küchentisch und die Bäuerin tischte ihnen auf – warmes Essen, irgendeinen wilden Vogel, den sie mit Beeren und Pilzen gebraten hatte, dazu Ziegenkäse und Brot. Manina saß neben ihm, an ihn gedrängt, und beobachtete schüchtern die fremden Menschen. Blitz versuchte zu erklären, warum er ein so kleines Kind dabei hatte. Seine Frau sei gestorben und er brachte das Kind zu ihren Eltern, die gegen die Ehe gewesen waren – er dachte sich eine wirre Geschichte aus, aber seine Sprachkenntnisse reichten kaum für die Hälfte seiner Lügen aus, und schließlich hob er zum Zeichen der Aufgabe die Hände und überließ es ihnen, sich Gedanken zu machen.

Er stellte jedoch fest, dass er wesentlich mehr verstand, als er selbst aussprechen konnte. Die Begeisterung des Mannes für das schwarze Pferd kannte keine Grenzen, so dass seine Frau schon versuchte, ihn zu bremsen. Unwillkürlich kam Blitz in den Sinn, dass sie ihn vielleicht töten würden, um an das Tier zu kommen, aber er schalt sich selbst für sein Misstrauen gegenüber den Leuten, an deren Tisch er aß. Um die Schultern der Frau lag ein dunkelbraunes Tuch, das fast bis zum Boden reichte. Während er sich ihre Kochkünste schmecken ließ, fiel sein Blick darauf und auf einmal wusste er, was er daraus nähen konnte. Ein Pilgergewand. Die ganze Zeit hatte er sich gefragt, wie er unauffällig an eines kommen könnte, wie er vielleicht eine Pilgerin weglocken und ihr den Umhang entreißen könnte, aber alle diese Überlegungen scheiterten daran, dass er sich die Pilger nicht zu Feinden machen durfte und erst recht keinen Verdacht aufkommen lassen sollte, dass einer von ihnen nicht war, was er zu sein vorgab. Aber wenn er sich selbst ein Gewand nähte ... Er konnte mittlerweile recht gut nähen. Er brauchte nur ein Stück Stoff, das groß genug war, und ausreichend Zeit. Er wollte die Ziege. Und er musste König loswerden. Und alles lag hier, in diesem Haus, in den begeisterten Augen dieses sandartischen Bauern ... Selbst wenn der Mann vorhatte, ihn zu töten – er konnte dem zuvorkommen. Ganz leicht.

»Ich habe einen Vorschlag zu machen«, sagte er zu seinem Gastgeber. »Dir gefällt mein Rappe. Mir gefällt dein Grauer. Wie wäre es, wenn wir tauschen würden?«

Er brauchte sich diesmal keine Sorgen darüber zu machen, ob er verstanden worden war. Schlagartig wurde es still. Der Bauer stieß scharf die Luft aus, aber die Frau wurde blass.

»Das ist ein sehr wertvolles Pferd«, sagte sie. »Das können wir nicht annehmen, Herr.«

Blitz schluckte. Aber an seiner Seite saß Manina. Ihre blonden Löckchen ringelten sich auf ihrem Kopf, fein und blassgolden. Das Kind des Kaisers. Wenn er sein auffälliges Pferd auf diese Weise loswerden konnte, musste er es tun.

»Das können wir unmöglich ...«

»Doch, doch.« Er sah in ihre Gesichter – das hoffnungsvolle des Mannes, das staunende des Mädchens, das abwehrende der Frau. »Dafür will ich das Pony«, sagte er. »Und die Ziege. Und – als Decke für meine Tochter – diesen dunklen Umhang, den du um deine Schultern trägst.«

Sie blieben zwei Tage. In dieser Zeit handelte Blitz die Bedingungen dieses merkwürdigen Tauschgeschäftes aus. Das Misstrauen, das sein großzügiges Angebot bereitet hätte, wenn er den kostbaren Hengst einfach so für die beiden minderwertigen Tiere hergegeben hätte, konnte er nur zerstreuen, indem er ein kompliziertes Geflecht von Bedingungen daran knüpfte, die es danach aussehen ließen, als seien die Ziege und das kleine Ackerpferd lediglich ein Pfand, die sie irgendwann zurückerhalten würden, wenn er zu einem unbestimmten Zeitpunkt zurückkehrte, um sein Pferd wieder abzuholen. Er versuchte ihnen weiszumachen, dass er unmöglich mit dem schönen Rappen zu seinen Schwiegereltern reiten konnte – natürlich Ausländern im Kaiserreich –, weil sie ihm das Pferd sofort abnehmen würden, da es seiner Frau gehört habe. Für den Grauen würden sie sich nicht interessieren, und wenn er ihnen das Kind gebracht hatte, für das er nicht sorgen konnte, würde er zurückkommen und seinen Rappen wiederholen.

Wir wissen alle, dass es nie dazu kommen wird, dachte Blitz. Sobald ich fort bin, werden sie König verkaufen. Ich sehe es in den Augen der Frau, dass sie an den Wert des Hengstes denkt; sie hat nicht die Absicht, ihren Mann damit den Acker pflügen zu lassen.

Und gleichzeitig war er sich darüber im Klaren, dass die Geschichte in der Nachbarschaft die Runde machen würde. Der Idiot, der ein wertvolles Reitpferd für eine Ziege hergab. Sie würden ihn beschreiben und dabei das blonde Kind nicht vergessen, das kleine Mädchen mit den himmelblauen Augen. Ich habe versagt, dachte er, während er sich in der kleinen Stube, in der sie ihm ein Bett gegeben hatten, über den Umhang beugte und nähte. Was ich auch tue, wie ich mich auch entscheide, es ist falsch ... Warum habe ich den Rappen überhaupt mitgenommen? Um ihn auf die auffälligste Art und Weise wieder loszuwerden, die mir bloß einfällt, quasi verschenkt an arme Leute? Er hätte sich, wenn er schon die Entscheidung getroffen hatte, König zu verkaufen, an einen Händler wenden sollen. Verkleidet am besten, und diesem eine Geschichte erzählen, wie er das Pferd einem Jungen mit einem Kind gestohlen hatte, zwei harmlosen Reisenden, die sich auf dem Weg nach Südwesten befanden. Ja, sie waren ganz bestimmt nach Wenz oder Torn unterwegs, ins Kaiserreich Deret-Aif, hätte er sagen sollen, so dass dieser Händler, wenn die Räuber die Spur verfolgten, sie in die falsche Richtung schicken konnte ... Und stattdessen saß er hier und genoss die Gastfreundschaft sandartischer Menschen mitten im Wald und sah zu, wie Manina die Arme nach einer fremden Frau ausstreckte und das Lächeln des Mädchens erwiderte. Wie gut sie beide sich diesen Leuten einprägten! Je länger sie blieben, umso besser würden sie sie beschreiben können. Der junge Mann, wie alt mag er gewesen sein? Neunzehn, zwanzig? Das Kind eine muntere Einjährige mit einem gesunden Appetit. Blitz lächelte unwillkürlich, während er sich über seine Arbeit beugte. Der Kleinen tat dieser kurze Aufenthalt sichtlich gut. Er hatte das Gefühl, dass sie geradezu aufblühte.

»Das Pferd mag mich«, verkündete das Mädchen durch die angelehnte Tür, »und Papa mag es auch.«

Blitz räumte hastig sein Nähzeug weg und bat sie herein. Auch dafür war diese Zeit des Ausruhens nützlich gewesen – die Frau hatte sichergehen wollen, dass sie mit dem großen Tier überhaupt zurechtkamen. Sie fürchtete, es könnte wild sein. Aber die Augen ihres Mannes leuchteten, sobald er König ansah. Anscheinend hatten seine zahlreichen Annäherungsversuche Frucht getragen.

»Dann lasse ich ihn viel ruhiger hier.«

»Willst du dir eine Ziege aussuchen?«

Sie hatten sechs Ziegen, zu seinem Glück. Er glaubte kaum, dass sie sich von der Ziege getrennt hätten, wenn es ihre einzige gewesen wäre. Alle waren schön in seinen Augen, braun gefleckt, mit einem langen Bart und prallem Euter. Sie gaben gute, kräftige Milch.

»Welche soll ich nehmen? Du kannst mich sicher beraten«, sagte Blitz.

Das Mädchen lächelte. »Dann nimm diese. Das ist meine Lieblingsziege.«

Als wenn er jemals die Absicht gehabt hätte, sie zurückzubringen. Selbst wenn er es nach Kirifas schaffte, wie sollte die Ziege jemals wieder nach Sandart zurückkommen? Es wäre ehrlicher gewesen zu sagen: Nicht diese, gib mir lieber eine andere, die dir nicht am Herzen liegt. Aber er blickte in die Augen des Mädchens und nickte nur.

»Und hier ist unser Pferd.«

Er lud seine Sachen auf das kleine graue Pferdchen. Endlich hatte er etwas, das er einpacken konnte. Vielleicht verursachte der unfaire Tausch der Bäuerin Gewissensbisse – jedenfalls hatte sie ihnen alles mitgegeben, was man ihrer Meinung nach für eine lange Reise unbedingt brauchte. Darunter waren Nahrungsmittel und Decken. Als sie fertig waren und Blitz auf dem Pony saß, Manina auf dem Schoß und die Ziege an einem Strick an den Sattel gebunden, kam das Mädchen herbeigelaufen, das ihn hierhergebracht hatte, und drückte Manina eine Puppe in die Hände. Dann drehte sie sich um und lief davon.

Blitz sah auf den Bauer und die Bäuerin und nickte ihnen zu. Einen Moment lang schien die Möglichkeit zu bestehen, dass er wiederkommen könnte, irgendwann. Und es bestand die Möglichkeit, dass sie ihn nicht verrieten, wenn Zukatas Männer kamen oder gar Zukata selbst, und sogar die noch viel wundervollere Möglichkeit, dass seine Verfolger niemals bis hierher kommen würden und ihn längst in ganz anderen Gegenden suchten. Für einen Moment hatte er die wunderbare Gewissheit, dass Rin es gut mit ihm meinte und dass er tatsächlich Kirifas erreichen würde und dieses Kind in die Arme seiner Eltern zurückbrachte. Er war auf einer Reise, die gut enden würde.

Sie lächelten ihm zu, und für eine Weile war er nicht mehr einsam, und es bestand die herrliche Möglichkeit, dass diese Reise nicht nur ihn selbst betraf, sondern dass viele Menschen ihm halfen und dafür sorgten, dass das kaiserliche Kind gerettet würde, dass er nur einer von vielen war, die sich darum sorgten, und dass sie alle zusammen ihr Ziel erreichen würden. Er war nicht allein und auf sich gestellt, sondern befand sich inmitten eines Geflechts vieler Menschen, die ihm halfen und ihn an den nächsten weiterreichten, der ihm helfen würde, und so würde er, von einer hilfreichen Familie zur nächsten, immer weiter kommen, ohne jemals wirklich in Gefahr zu geraten. Denn dies war Rins Welt und er, der zu ihm gebetet hatte, befand sich in seinen Händen. Dies war nicht Zukatas Welt.

Er erwiderte das Lächeln, das sie ihm schenkten, und für einen Moment war dies tatsächlich Rins Welt, in der Menschen einander Geschenke machten – ein kostbares Pferd für die Armen, eine Milchziege für ein Kleinkind, ein Pony und ein Gewand für den verkleideten Pilger. Doch dann fiel sein Blick auf das große schwarze Pferd, das ihn verraten konnte und das er nur mitgenommen hatte, weil Schnelligkeit Sicherheit bedeutete, und ihm wurde bewusst, wie schwerfällig sie nun waren, auf diesem Pony, mit einer Ziege, die hinter ihnen hertrottete, wie langsam und hilflos, und Angst überfiel ihn mit Macht.

Er konnte beten, so viel er wollte, Zukata würde nicht so schnell aufgeben. Vielleicht war dies Rins Welt, aber es war Zukata, der sie beherrschte, und selbst wenn er nicht Rins ganze große Welt besaß, so war er doch der mächtigste und furchtbarste Mann in Blitz' Welt.

Er stieß dem Pony die Fersen in die Seite, damit es sich in Bewegung setzte. Brav schritt es aus, aber seine Beine waren kurz, sehr kurz. Manina streckte ihre Arme aus, als wollte sie das Haus und die Frau und das Pferd festhalten. Aber es half nichts, sie konnten nicht bleiben.

Es war Zeit, wieder aufzubrechen.

16. Das Fest der Brücke

IN SIALONG, EINER Stadt, in der sich alle Wege trafen, stieß Blitz zu den Pilgern. Hier kamen die Reisenden aus Süd und Ost zusammen; eine weitere vermummte Gestalt fiel nicht auf. Er hatte Manina die Haare mit Pflanzensaft gefärbt und ihr auch Gesicht und Hände dünn mit der braunen Farbe eingerieben. Ob er jemanden, der sie kannte, damit täuschen konnte, bezweifelte er selbst, aber so fielen sie wenigstens nicht so auf unter den zahlreichen zumeist dunkelhäutigen Gläubigen aus Melgian und den anderen Ländern des Ostens.

Sialong brodelte. Mehr und mehr Pilger trafen ein, sie überschwemmten die Stadt mit den dunklen Gewändern der Frauen und den leuchtenden Glatzen der Männer, dazwischen die Kinder, die Ponys und das Viehzeug, das sie auf ihre Reise mitgenommen hatten. Blitz' Ziege war nicht die einzige, es wimmelte von Hühnern, Gänsen und Schafen. Der Lärm war unglaublich.

Letztendlich war es sogar einfacher, als er gehofft hatte. Nach einer unruhigen Nacht in einem überfüllten Gasthof – er hatte in seinem Umhang geschlafen, in einem Schlafsaal voller Frauen, und kein einziges Wort gesagt, um sich nicht zu verraten – schloss er sich denen an, die den nächsten Hafen ansteuerten. Er hatte es so verstanden, dass sie dieses Ziel hatten, war sich nicht ganz sicher und musste es doch riskieren. Obwohl Melgianisch dem Sandartischen ähnelte, so waren die beiden Sprachen doch auch unterschiedlich genug, um einen Fremden zu verwirren.

Wie selbstverständlich reihte er sich einfach bei den Pilgern ein und da sich hier viele Gruppen trafen, die getrennt gereist waren, hoffte er, dass jede Reisegruppe annahm, er würde zu der jeweils anderen gehören.

Sein Plan ging auf. Niemand sprach ihn an, während er auf dem kleinen Pferd, die Ziege am Strick, hinter den Wagen herzottelte. Es ging so langsam vorwärts, dass er keine Schwierigkeiten hatte, mitzukommen.

Eine der Frauen sprach ihn an, von einem Fuhrwerk aus. Er hatte keine Ahnung, was sie wollte, dann bemerkte er, dass sie die Hände nach der schlafenden Manina ausstreckte. Sofort verkrampfte sich alles in ihm, er hielt sie unwillkürlich fester, aber zugleich sah er die Möglichkeit, die darin lag. Wenn das Kind auf dem Wagen schlief, war es noch ein Stück unwahrscheinlicher, dass man sie mit der gestohlenen Prinzessin in Verbindung brachte. Dennoch zögerte er, als er näher heranritt und der Fremden in dem Umhang seinen kostbaren Schatz überreichte. Vielleicht steckte auch unter dieser Verkleidung jemand ganz anders – keine mitfühlende Frau, sondern gar einer seiner Verfolger?

Blitz beobachtete, wie Manina zu den anderen schlafenden Kindern auf weiche Decken gelegt wurde, und doch wollte sein heftig klopfendes Herz sich lange nicht beruhigen.

Die Frau sagte etwas zu ihm, und dann, da er nicht sofort reagierte, wiederholte sie langsamer und deutlicher: »Ist dies deine erste Reise nach Salien?«

Er schraubte seine Stimme so hoch wie möglich. »Ja.« Verdammt, dachte er, ich klinge wie ein Mann, der sich als Frau verkleidet hat.

Aber die Pilgerin störte sich nicht an seiner Stimme. »Meine auch«, sagte sie. »Ich bin so dankbar, dass es dieses Jahr geklappt hat. Wir haben vier Jahre lang gespart. Und ich weiß jetzt schon, bevor ich das Fest erlebt habe, dass ich wieder Jahre lang sparen werde, um es noch einmal zu sehen.«

Er machte ein zustimmendes Geräusch, das wie ein erstickter Hilfeschrei klang. Zum Glück versuchte die Ziege, sich in diesem Moment loszureißen, und er verlor an Boden, während er sie zur Vernunft brachte. Aber er behielt den Wagen gut im Auge, auf dem, so kam es ihm vor, der größte Schatz des Kaiserreiches lag, mit brauner Farbe beschmiert, als könnte das irgendjemanden über seinen Wert hinwegtäuschen.

Als sie in den Hafen einzogen, sah er Frion. Es war unzweifelhaft einer von Zukatas Männern, der dort am Tor stand, durch das sämtliche Wagen hindurchzogen, und dabei lässig mit den Wachen plauderte. Frion, der nie zu Zukatas besonderen Favoriten gezählt hatte, der jedoch immer und überall mit Begeisterung dabei war, vor allem wenn es darum ging, reiche Beute zu machen und eventuell noch die eine oder andere kleine Gemeinheit zu begehen. Blitz hatte ihn nie ausstehen können, aber niemals war seine Abneigung so heftig und überwältigend gewesen wie jetzt, da er den Räuber erkannte. Instinktiv wollte er vorwärtseilen und Manina aus dem Wagen holen – sie war aufgewacht und spielte mit einem anderen kleinen Mädchen – und mit ihr davonreiten. Selbst von hier aus sah ihr gefärbtes Haar gefärbt aus und an ihrem Hals sah man den Ansatz der Farbe, mit der er ihr Gesicht eingerieben hatte. Gegen das dunkelhäutige Melgian-Kind wirkte sie wie eine schlechte Nachahmung. Es war viel schlimmer, als wenn er sie auf dem Arm gehalten hätte – oder gaukelte ihm seine Angst das nur vor?

Mit Gewalt hielt er sich zurück. Frion passte nicht besonders gut auf. Er scherzte mit den Wachen, die träge den Strom der Pilger beobachteten. Jede plötzliche Bewegung konnte ihre Aufmerksamkeit wecken. Deshalb bezwang er sich und sah nach vorne auf die Mähne seines Ponys, während er seine Augen wandern ließ. Das war das Gute an diesen Umhängen. Man konnte alles recht gut beobachten, ohne dass jemand es merkte.

»Halt!«

Blitz dachte, auch sein Herz müsste bei diesem Aufruf stehenbleiben. Der Wachtposten trat an die Straße und hielt den Wagen an. Frion hielt sich im Hintergrund, aber Blitz sah, wie er lauernd zu den Pilgern hinübersah.

»Was ist?« Der Kutscher, ein Bär von einem Mann mit einem Schädel wie eine Melone, ließ sich nicht einschüchtern, auch wenn er gehorsam gehalten hatte.

»Wir suchen ein Kind«, sagte der Soldat, »ein gestohlenes Kind. Von ein bis zwei Jahren. Habt ihr solche Kinder auf eurem Wagen?« Er fragte nach Kindern, obwohl er ganz genau sehen konnte, dass vielleicht acht oder neun Kinder auf dem Wagen saßen, davon zwei Mädchen, die in etwa das richtige Alter hatten. Das Pilgerkind war ein wenig älter; ob ein halbes oder ein ganzes Jahr, hätte Blitz nicht sagen können.

Der Pilger schnaubte verächtlich. »Dies sind alles unsere Kinder. Und die Kinder unserer Geschwister.«

Der Wächter richtete das Wort an die vermummte Frau, die sich demonstrativ vor die beiden spielenden Mädchen gesetzt hatte.

»Sind das deine Kinder?«

Frion trat näher.

Blitz rechnete sich aus, welche Chancen er hatte. Wenn sie Manina hatten, war alles verloren. Er musste vom Pony in den Wagen springen, dann zurück aufs Pferd – nein. Mit diesem Zwerg von Pferd würde er nicht weit kommen. Er würde sich zu Fuß ins Gedränge stürzen. Und dann? Schweiß lief ihm in die Augen, aber er rührte keinen Finger, um ihn abzuwischen. Erstarrt saß er da und dachte nur stumm: Oh Rin, oh Rin, oh großer Rin ...

Zukata hatte an alles gedacht, sogar an die Pilger. Sogar an die Hafenstädte, an den Weg nach Norden. Er hatte sich nicht täuschen lassen. Er hatte an alles, an wirklich alles gedacht. Bitterkeit kroch in Blitz hoch, er war den Tränen nahe. Etwas in ihm rief ihn, die Maskerade endlich zu beenden, sich die Kapuze vom Kopf zu reißen und zu rufen: Sieh her, hier bin ich! Hier bin ich, Zukata!

»Das sind meine Kinder«, sagte die Frau. »Hände weg von meinen Kindern!«

»Warum ist dann das eine heller als das andere?«

»Weil mein erster Mann dunkler war als mein zweiter.«

Der Kutscher drehte sich um und warf ihr einen überraschten Blick zu, sagte aber nichts. Blitz hoffte, dass niemand diesen Blick bemerkt hatte.

»Ich will ihr Gesicht sehen«, sagte Frion zu dem Wächter. »Findest du nicht auch, dass ihre Stimme komisch klingt?«

»Zeig dein Gesicht, Frau!«, befahl der sandartische Soldat.

»Meine ...«, begann der Kutscher, dann besann er sich und sagte stattdessen: »Eine Frau zeigt keinem fremden Mann ihr Gesicht!«

»Nur ganz kurz. Damit ich sichergehen kann, dass sie wirklich eine Frau ist und nicht etwas anderes.«

»Was soll sie denn sonst sein?«, rief der Kutscher wütend. »Seit Jahrhunderten ziehen melgianische Pilger durch Groß-Sandart und noch niemals ist es zu einem derartigen Zwischenfall gekommen!

Wofür bezahlen wir denn so viel Wegzoll an der Grenze? Wir haben die Erlaubnis des Königs, ungestört durch Sandart zu ziehen!«

»Ich könnte Euch meine Hand zeigen«, sagte die Frau. »Ich denke, das kann ich mit meinem Gewissen vereinbaren. Wärt Ihr zufrieden, wenn Ihr meine Hand sehen dürft?«

Gebannt sah Blitz dem Streit zu, ohne eingreifen zu können. Er hatte keine Ahnung, was da eigentlich geschah. Die Pilgerin deckte ihn. Es war nicht zu fassen. Sie gab sich als Maninas Mutter aus. Die Hand, die sie dem Wächter hinhielt, war klein und zart und von einem sanften Braunton.

»Vielleicht ist es nur Farbe«, meinte Frion und rieb über den Handrücken.

»Jetzt reicht es aber!«, rief der Kutscher entrüstet. »Ihr beleidigt uns!«

»Es reicht wirklich«, sagte der Wächter. »Dies ist unzweifelhaft eine Frauenhand. Setzt Eure Reise fort, verehrte Pilgerin. Entschuldigt. Niemand hat vor, Euren Glauben zu beleidigen.«

Er winkte den Wagen weiter. Blitz ritt mit seinem Pony und der Ziege hinterher. Seine Hände, mit denen er die Zügel hielt, kamen ihm auffällig hell und groß vor, aber sie winkten ihn vorüber, ohne genau hinzusehen. Blitz hörte noch, wie der Posten über Frion schimpfte und dieser ihm gereizt antwortete, und dann waren sie schon auf dem Hafengelände.

Die großen Schiffe wurden bereits beladen – über lange Rampen zogen die Pilger ihre Karren hinauf, zwangen ihre Tiere mit Zurufen und Schlägen die wackeligen Bretter hinauf.

Gebannt starrte Blitz auf die riesigen Schiffe. Er hatte immer geglaubt, sich mit Häfen und allem, was damit zusammenhing, gut auszukennen, er, der Sohn eines Seefahrers. Aber nun sah er erst, dass das, was er bisher für Schiffe gehalten hatte, nicht mehr als mickrige Boote gewesen waren. Wie stolz war Lexan auf die *Weiße Möwe* gewesen! Doch selbst die Kähne, die etwas weiter von den großen Schiffen entfernt warteten – »sie ziehen sie aus dem Hafen in die Fahrrinne«, erklärte irgendjemand in der Reihe vor ihm –, waren größer als das Spielzeugschiffchen, mit dem seine Freunde sich aufgemacht hatten, um Rinland hinter dem Meer zu suchen.

Hunderte von Menschen passten in diese Schiffe, deren Masten hoch wie Bäume in den Himmel ragten. Dreimaster, dachte er und staunte, denn obwohl er davon gehört hatte, hatte er sie sich nie so groß vorgestellt.

Seit sie in der langen Schlange gewartet hatten – er hinter dem Karren, auf dem Manina immer noch entzückt mit dem anderen kleinen Mädchen zusammen saß –, hatte er nicht mit den Pilgern vor ihm geredet. Er wagte auch nicht, das Kind wieder zu sich zu nehmen, aus Furcht, man könnte sie immer noch im Auge behalten. Nichts, aber auch gar nichts, durfte jetzt noch dazwischenkommen.

Jetzt, wo sie die Rampe erreicht hatten, mussten die Kinder den Wagen verlassen, damit das Pferd ihn leichter in den Bauch des Schiffes ziehen konnte. Die Frau nahm Manina auf den Arm, die sich nicht wehrte, obwohl sie es sonst gar nicht schätzte, von Fremden angefasst zu werden. Wahrscheinlich vermutete sie Blitz unter dem Umhang. Das zweite kleine Mädchen führte die Pilgerin an der Hand.

Er konnte ihr nicht anbieten, ihr zu helfen. Er war voll und ganz damit beschäftigt, seine Tiere ins Schiff zu bekommen, die um keinen Preis der Welt über das Wasser gehen wollten, das ein paar Meter unter ihnen gegen die Kaimauer schlug. Endlich half ihm jemand. Ein kahlköpfiger Pilger wickelte dem Pony einen Schal um den Kopf, so dass es sich zitternd mitführen ließ. Die Ziege schleifte er am Halsband mit, so sehr sie sich auch wehrte.

Blitz bedankte sich mit verstellter Stimme und beeilte sich, den anderen zu folgen, umso schnell wie möglich wieder in Maninas Nähe zu kommen. Während er die Tiere in einer der unzähligen Boxen festmachte, verlor er das Kind zunächst aus den Augen. Panik stieg in ihm auf. Er eilte durch das Gedränge, bis er merkte, dass sein Gewand dabei war, zu verrutschen, und er es wieder gerade ziehen musste, das Gesicht sittsam verhüllt. Wo war die Frau mit den Mädchen?

Der Strom der Menschen ließ es nicht zu, dass er durchs ganze Schiff rannte und sie suchte. Mit den anderen wurde er zu den Stiegen geschoben, die nach oben aufs Deck führten, stieg hinauf, einen wehenden schwarzen Rock über sich, und fand sich unter freiem Himmel wieder. Über ihm knatterten die Segel. Damit sie den Seeleuten nicht in die Quere kamen, mussten die Passagiere sich auf die eingezäunten Bereiche beschränken, und auch das, so bekam er am Rande mit, wurde nur kurz bei der Abfahrt geduldet. Die Fahrt über hatten die Pilger unten zu bleiben.

Die Wolken zogen in schneller Folge über sie hin. Das Gedränge wärmte, aber die Luft über ihnen war kalt und trug bereits die Vorboten von Herbst und Winter in sich. Blitz atmete tief durch, soweit es der dünne Stoff vor seiner Nase zuließ. Was hätte er dafür gegeben, diese Maskerade aufgeben zu dürfen und das Gesicht in den scharfen Seewind zu halten! Über ihnen schrien die Möwen. Er sah das Meer, die Wellen, die ins Hafenbecken hineineilten, gekrönt von weißem Schaum. Die Luft roch nach Salz, nach Ferne, nach Abenteuer. Nach Rinland. Mit so einem Schiff, dachte er, müsste man doch geradewegs nach Rinland segeln können ...

Er konnte hören, wie die Rampe eingezogen wurde. Die Schleppkähne mit den Ruderern setzten sich in Bewegung. Langsam drehte sich das herrliche Schiff dem offenen Meer zu. Dort hatten bereits zwei Schiffe mit geblähten Segeln die Fahrt aufgenommen. Zwei weitere lagen hinter ihnen im Hafen. Jetzt konnte Blitz das Hafengelände wieder sehen. Die Häuser, die hohen Lagerschuppen ... Irgendwo dort stand Frion und war gescheitert, und wenn er Zukata gegenübertrat, würde er sagen: Nein, Blitz war nicht dabei ...

Eine Hand legte sich auf seine Schulter. Ganz langsam drehte er sich um.

Es war der Pilger, in dessen Wagen Manina gereist war. »Verzeih, Pilgerin«, sagte er, aber seine Stimme klang nicht wirklich freundlich. Woran hatte er ihn erkannt? Das erfuhr er sofort.

»Von weitem gleicht dein Gewand dem einer Melgianerin«, sagte der Mann. »Aber von nahem fällt dem geschulten Augen doch auf, dass gewaltige Unterschiede bestehen im Faltenwurf und in den Nähten, sogar in der Farbe.«

»Wirklich?«, fragte Blitz, als hätte er keine Ahnung, wovon der andere redete.

»Ich habe meine Frau gefragt, warum sie gelogen hat«, sagte er. »Es ist eine große Sünde vor Rin, nicht die Wahrheit zu sagen. Es ist eine große Sünde vor Rin, sich als jemand darzustellen, der man nicht ist.«

Oh weh. Was würden sie jetzt tun? Ihn über Bord werfen?

Der Mann musterte ihn sehr aufmerksam, diese verhüllte Gestalt, die nichts verriet außer der Tatsache, dass etwas mit ihr nicht stimmte.

»Meine Frau hat mir geantwortet, dass ihr der Mann, der bei dem Wächter war, nicht gefiel. Sie hat ein Gespür dafür, ob jemand ein böses Herz hat. Sie wollte diesem Mann das kleine Kind nicht geben, deshalb hat sie getan, als wäre es ihres. Auch ich habe mich der Lüge schuldig gemacht, als ich ihren Betrug nicht aufdeckte. Aber ich will wissen, was dahintersteckt und wer du bist und was das Ganze soll. Bist du ein Mann oder eine Frau?«

Blitz schwieg. Seine Gedanken rasten. Was sollte er dem Mann erzählen? Die Wahrheit? Der Weg nach Kirifas war noch so weit.

Der Mann bemerkte sein Zögern. »Wenn du eine Frau bist, kann ich natürlich nicht verlangen, dein Gesicht zu sehen. In dem Fall muss ich darauf bestehen, dass du mit meiner Frau sprichst. Wenn du jedoch ein Mann bist, kann ich nicht erlauben, dass du dich unter die Frauen mischst und sie beobachtest. Dann muss diese Maskerade auf der Stelle ein Ende haben.«

Blitz hatte Angst, aber diese Menschen hatten ihm geholfen; wenn er sie überzeugen konnte, würden sie es vielleicht auch weiterhin tun.

»Ich bin ein Mann, du hast ganz recht«, sagte er mit gedämpfter Stimme. »Aber ich bitte dich, zwing mich nicht, diesen Umhang abzulegen. Hunderte von Menschen wären Zeugen. Meine einzige Chance liegt darin, unentdeckt zu bleiben.«

»Wenn du ein Mann bist, kannst du nicht bei den Frauen bleiben. Das geht unter gar keinen Umständen.« Der Pilger sprach sehr bestimmt. »Und ich werde auch kein Verbrechen decken.«

»Ich habe keins begangen«, sagte Blitz schnell. »Ich muss nur dieses Kind retten. Bitte, es geht nur um das Kind ...«

»Es ist nicht deins.«

»Nein. Und doch, ja, es ist meins.«

Der Mann überlegte. »Ich weiß nicht, ob ich dir glauben soll. Ich habe nicht dieses Gefühl für die Herzen, so wie meine Frau. Ich weiß nur, was recht ist und was unrecht und ich bemühe mich, danach zu handeln. Hast du für diese Überfahrt bezahlt?«

Blitz schüttelte den Kopf.

»Dachte ich's mir doch. Das ist Diebstahl, verstehst du? Diese Familien hier haben Jahre dafür gespart ... Wir werden nur aus dem Grund beim Betreten der Schiffe nicht noch einmal gezählt, weil die Sandarter sich auf unsere absolute Ehrlichkeit verlassen können. Wir haben längst bezahlt und jeder weiß, auf welches Schiff er gehört. Es ist alles schon im Vorfeld geregelt, verstehst du?« Er seufzte. Blitz sah, wie er innerlich mit sich kämpfte.

Der Ruf ertönte von allen Seiten. »Nach unten! Wir müssen wieder nach unten!«

Die Schlepper fielen zurück. Der Wind traf in die weißen Segel über ihnen. Nun verlangte der Kapitän das Schiff für sich und seine Mannschaft. Die Pilger strömten zurück unter das Deck. Blitz und der große Mann, der einen Teil seines Geheimnisses kannte, hielten sich an der Reling fest und widerstanden dem Sog, der sie mitreißen wollte.

»Vielleicht ist es das Beste, wenn ich mit dir zum Kapitän gehe.«

»Ein sandartischer Kapitän«, sagte Blitz und schüttelte verzweifelt den Kopf. Schon wie der Wachtposten mit Frion zusammengearbeitet hatte, zeigte, dass Zukata sich auch hier Einfluss und Macht verschafft hatte.

»Nein, dies sind velanische Schiffe, weißt du das nicht?«

Blitz wusste tatsächlich nicht viel über Velas, das große Königreich nördlich von Sandart, das Land, in dem sommers wie winters Schnee lag. Er hatte keine Ahnung, wie eng es mit Sandart verbunden war, aber vielleicht bestand doch Hoffnung für ihn. Zukata konnte doch nicht die ganze Welt beherrschen!

Die meisten Pilger hatten das obere Deck bereits verlassen. Blitz fasste sich ein Herz und öffnete seine schwarze Kapuze.

»Wie jung du bist!«, rief sein Gegenüber erstaunt. »Aus welchem Land bist du?«

Bereits das war eine Information, die ihn, wenn sie verbreitet wurde, Kopf und Kragen kosten konnte. Ein Mann aus Deret-Aif mit einem Kind! Aber er sah dem Melgianer in die Augen. »Ich bin aus dem Kaiserreich«, sagte er, »auf dem Weg nach Hause.« Er streckte die Hand aus. »Mein Name ist Blitz. Nun liegt das Leben meines Mädchens in deinen Händen.«

»Ich bin Liajof.« Sein Händedruck war warm und fest. »Gehst du mit mir zum Kapitän? Niemand muss erfahren, dass du mit einem Kind hier bist. Lass sie bei uns und keiner bringt dich damit in Verbindung.«

Er nickte. Es wäre so leicht, sich auch weiterhin zu verstecken, gerade bei Leuten wie diesen, die ihrem Herzen vertrauten. Aber diese Pilger sahen sich der Wahrheit verpflichtet. Er hatte keine Wahl, als anzunehmen, was sie ihm boten, und zu tun, was sie von ihm verlangten.

»He!« Die Matrosen sprachen kein Sandartisch, aber sie zeigten auf die Luke, die nach unten führte. Liajof schüttelte den Kopf. »Kapitän. Wo Kapitän?« Schließlich brachte sie ein wild aussehender Seemann mit grimmiger Miene zum Herrn des Schiffes.

Der Kapitän, ein grauhaariger Alter mit stahlblauen Augen, musterte den jungen Mann, der in der Kutte einer melgianischen Pilgerin steckte, ohne die geringste Regung.

»Es tut mir sehr leid«, stammelte Blitz und vergaß auf einen Schlag seine ganzen Sandartisch-Kenntnisse. »Ich, ähm, ich bin mit den Pilgern hergekommen ...«

»Das bedeutet also, du bist kein Pilger. Du hast nicht bezahlt.«

»Ja«, gab Blitz zu. »Genau das bedeutet es. Aber«, fügte er eilig hinzu, »ich bin gekommen, um das nachzuholen. Ich habe noch etwas Geld.«

»Zweitausend Taler.«

»So viel?« Er hob sein Gewand hoch und fischte seine Geldbörse aus der Hosentasche, in der sich noch das meiste von dem Geld befand, das er den Räubern gestohlen hatte. »Ich habe ...« Er wühlte in den Münzen herum und fischte ein paar Goldtaler heraus, die jeweils fünfzig Bronzetaler wert waren. »Ähm, achthundert?«

Der Kapitän runzelte die Stirn. »Wir sind noch nicht weit draußen.«

Blitz wusste nicht, was er damit sagen wollte – dass es zum Schwimmen reichte oder dass sie ihn in einem Boot aussetzen würden?

»Ich könnte zweihundert beisteuern«, ließ sich Liajof vernehmen.

»Das kann ich nicht annehmen!«, entfuhr es Blitz, bevor er darüber nachdenken konnte. »Du hast eine Familie!«

Der Kapitän sah von einem zum anderen. »Du bist kein Sandarter, wie?« Und dann, in der Sprache des Kaiserreichs, fragte er: »Deret-Aif? Woher bist du, Junge?«

»Arima«, antwortete Blitz. Das Wort rutschte über seine Lippen, bevor er es zurückhalten konnte.

»Die Glücklichen Inseln, wie?« Er sprach Blitz' Muttersprache mit leichtem Akzent, aber es klang sogar besser als sein Sandartisch. »Was machst du hier oben im Norden?«

»Versuchen, zurückzukehren.«

»Ah. Ein Fischerjunge? Hast du eine Ahnung von Booten? Vom Meer? Von Schiffen?«

»Ein wenig«, gab Blitz zu. »Ich kann segeln, aber unser Boot war viel kleiner als Eures.«

Der Kapitän lächelte nicht, aber in seinem unbeweglichen Gesicht lag so etwas wie Zufriedenheit. »Dann erlaube ich dir, das Fahrtgeld abzuarbeiten. Du wirst die Arbeit eines Schiffsjungen tun. Du wirst das Deck schrubben, du wirst alle Hilfsdienste verrichten, die man dir aufträgt. Verstanden?«

»Ja.« Blitz nickte glücklich.

»Na, worauf wartest du? An die Arbeit.«

Keine schwarze Kutte. Kein Schleier über dem Gesicht. Kein Hocken bei den übrigen Pilgern, zusammengepfercht, eingeschlossen wie in einer Apfelkiste. Sondern den Wind auf der Haut und im Haar, kalt und scharf und salzig. Um ihn das Meer, das unendliche, Wasser bis zum Horizont, grau und bewegt.

Während er mit rissigen Händen das Deck schrubbte, während er sich fragte, wie es wohl Manina ging, unter fremden Leuten, ob sie nach ihm verlangte und weinte, war Blitz glücklich.

Die Pilgerin stand an der Reling und blickte aufs Meer hinaus. Der Wind zerrte an ihrem Umhang; fast konnte Blitz das Gesicht darunter erahnen.

Er hatte eine kurze Pause eingelegt. Der Kapitän erlaubte nicht, dass sämtliche Passagiere auf einmal ihre Nase in die Seeluft hielten, aber er hatte nichts dagegen, wenn einzelne Pilger oder kleine Grüppchen frische Luft schnappten, solange sie die Matrosen nicht störten. Liajof und seine Frau machten oft von dieser Erlaubnis Gebrauch. Sie nahmen Manina mit, so dass sie sich an Deck treffen konnten. Das kleine Mädchen war begeistert, dass ihr »Bibi« – hin und wieder sagte sie jedoch auch schon »Papa« – nicht mehr in der schwarzen Kapuze steckte, und schlang ihre kleinen Arme um ihn. Blitz sah sich rasch um; er wollte nicht, dass die Schiffsbesatzung anfing, über ihn zu reden.

»Ich gestehe, dass ich neugierig bin«, sagte die Pilgerin. »Dieses Kind und du ...«

»Von allen Menschen hast du sicher noch am ehesten das Recht, zu erfahren, warum wir auf der Flucht sind«, meinte Blitz. »Und doch kann ich dir nicht mehr dazu sagen. Es gibt Geheimnisse, die sind zu gefährlich. Mit jedem Wort, das ich sage, bringe ich mich mehr in Gefahr und das Mädchen und dich und deine Familie dazu.«

Die Frau nickte sacht. »Rin hat gesagt, wir sollten im Licht leben«, sagte sie. »In der Helligkeit des Tages, offen vor aller Augen, ohne die Lüge, die sich im Dunklen verbirgt.«

»Warum hängst du dann ein schwarzes Tuch über dich?« Er konnte nicht anders, er musste diese Frage endlich stellen.

Sie nahm es ihm nicht übel. »Das ist etwas anderes. Wir sollen so leben, dass alle unsere Taten im Licht bestehen können, vor aller Augen und vor Rins Augen. Aber das hier« – sie zupfte an ihrem Umhang –, »das ist für die Männer. Damit sie nicht verleitet werden, in Sehnsucht eine Frau zu betrachten.«

»Aha.«

Die Frau lachte leise, unsichtbar ihr Lächeln hinter dem dünnen Stoff. »Wir sollen unsere Sehnsucht auf Rinland hin ausrichten, verstehst du? Das war Rins Verheißung, als er die Menschen fortschickte. Wenn eure Sehnsucht groß genug ist, könnt ihr zurückkehren. Deshalb. Verstehst du jetzt? Selbst eure Priester und Priesterinnen verzichten auf einen Menschen an ihrer Seite, dem sie ihre Liebe schenken müssten statt Rin.«

»Aber ihr seid keine Priester«, wandte Blitz ein.

»In gewisser Hinsicht doch. Wir glauben, dass jeder gewöhnliche Mensch – Mann oder Frau oder Kind – Priester oder Priesterin Rins sein kann. Einem ganzen Volk die Ehe zu verbieten oder gar der ganzen Menschheit, das kann jedoch nicht Rins Wille sein. Deshalb ist bei uns das Heiraten erlaubt, aber wir verhüllen uns, um die Versuchung so gering wie möglich zu halten. Es reicht, wenn ein Mann von seiner eigenen Frau abgelenkt wird, sie muss nicht auch noch die Blicke aller anderen auf sich ziehen.«

»Dann meinst du, ich würde sofort in Liebe entbrennen, wenn ich dich sehen würde? Ich würde nur noch an dich denken?« Er schüttelte den Kopf, das alles überzeugte ihn nicht. »Überschätzt du dich da nicht ein wenig?«

Die Pilgerin lachte. Sie hatte ihm immer noch nicht ihren Namen gesagt; auch das gehörte sich nicht bei den Melgianern.

»Wer weiß? Aber, lass mich dich das ruhig einmal fragen, was ist es denn, wonach du dich sehnst?«

Er duldete es, dass sie ihm diese Frage stellte. Da er ihr Gesicht nicht sehen konnte, war es für ihn Alikas Gesicht, war es seine Schwägerin, die ihm zutraute, sein Leben in die Hand zu nehmen, die sich darauf verließ, dass er es hinbekommen konnte. Was hätte er ihr früher darauf geantwortet? Freiheit? Ich wünsche mir Freiheit? Jetzt hatte er nur noch den einen Wunsch, Manina lebendig zu ihren Eltern zu bringen. Alles andere, jede andere Sehnsucht, hatte er aus seinem Herzen gestrichen.

Irgendwo dort ist eine Insel, grün, bestanden mit alten Obstbäumen. Ein Duft liegt in der Luft, süß und würzig, nach Gras und Blüten, und der Salzgeruch der See darüber wie eine immerwährende Erinnerung ...

»Vielleicht nach Arima«, sagte er leise. »Und vielleicht nach Rinland, weiß ich's denn selbst?«

»Das solltest du aber wissen«, sagte die Pilgerin. »Spätestens dann, wenn du auf der goldenen Brücke stehst, musst du wissen, wohin deine Sehnsucht dich zieht.«

Der hohe Preis für die Überfahrt, den Blitz anfangs für Wucher gehalten hatte, schien ihm jetzt, als Arbeiter auf einem sturmgepeitschten Deck, noch zu niedrig. Das Schiff kämpfte sich durch meterhohe Wellen. Sie mussten um die Halbinsel Wenz herumsegeln, an der sich zu dieser Jahreszeit alle Stürme trafen, die man sich nur vorstellen konnte, und durch die Meerenge zwischen den velanischen Riffs und den nördlichsten Ausläufern des Kaiserreichs hindurch. Zu ihrer Linken lagen Wenz und die Insel der Amazonen, und obwohl sie nicht in Sichtweite waren, war es Blitz doch, als könnte er diese Länder fühlen. Sandart verlor sich aus seinem Leben, wie eine Schicht Farbe, die von seiner Haut abblätterte, und seine Vorfreude auf die Ankunft im Kaiserreich wuchs. Er zweifelte nicht daran, dass sie Salien erreichen würden. Die hohen Wellen schienen ihm zuerst lebensbedrohlich, doch die Mannschaft und der Kapitän, so prahlten jedenfalls die Matrosen, hatten schon ganz andere Sachen erlebt.

»Warum können sie nicht im Sommer nach Salien fahren?«

Blitz, dem man ein Knäuel Taue gegeben hatte, um es zu entwirren, wurde von einer Welle getroffen, die das schlingernde Schiff mit ihren Wassermassen überschüttete, und hielt sich hastig an irgendetwas fest, um nicht von Deck gespült zu werden. Er bewunderte die Matrosen, diese echten Kerle, die sich von nichts beeindrucken ließen.

Ein Velaner, einer der wenigen, der die Sprache von Deret-Aif sprach, wenn auch nur gebrochen, lachte grimmig.

»Das Fest ist im November.«

»Ich weiß doch.«

Sie mussten sich anschreien, um gegen den Lärm der See anzukommen. Tiefsinnige Gespräche waren bei dem Wetter unmöglich. Er erhielt Befehle und führte sie aus – das war das Einzige, was an Kommunikation möglich war. Bis auf die Haut durchnässt und durchgefroren, die Kleider vom Wind zerfetzt, errang Blitz sich die Achtung der anderen, indem er nie darum bat, sich unter Deck verkriechen zu dürfen. Er beneidete die Pilger nicht, die dort unten saßen – trocken zwar, aber nicht wenige waren schwer seekrank, und denjenigen, die es noch nicht waren, wurde zwangsläufig durch den alles durchdringenden Geruch nach Erbrochenem schlecht. Nein, hatte Blitz gleich bei ihrem ersten Sturm entschieden, es war entschieden besser, oben bei der Mannschaft zu bleiben.

Außerdem sangen sie.

Das erste Mal hatte er sich fast erschreckt, als dieser gewaltige Lärm das ganze Schiff erfüllte, er hatte sich alarmiert umgesehen, als könnte irgendetwas sein Kind bedrohen. So schnell er konnte war er die Leiter hinabgestiegen, um zu sehen, was dort vor sich ging. Aber sie sangen nur. Hunderte von Pilgern, Männer wie Frauen, sangen lauthals gegen ihr Elend und ihre Angst an, während sie hier unten im Dunkeln hockten und darauf warteten, dass das Meer sich beruhigte. Das Meer konnten sie nicht beeinflussen, deshalb beruhigten sie sich selbst. Ihr Gesang, der zuerst zaghaft begann, schwoll an, wie zu einem Gegensturm, einer Gewalt, der sich nichts entgegenstellen konnte.

Blitz verzichtete darauf, nach Manina zu suchen, und beeilte sich, wieder nach oben zu kommen. Die Bretter schienen zu vibrieren unter dem Gesang, das ganze Schiff bebte, als wäre es lebendig.

Er konnte nichts gegen die Glücksgefühle tun, die ihn überrollten, wenn der Sturm ihnen ins Gesicht peitschte. Es war kein Sturm, hatte der Kapitän befohlen, es war schlechtes Wetter. Er erlaubte ihnen nicht, bei diesen läppischen Windgeschwindigkeiten schon von einem Sturm zu sprechen. »Was wollt ihr dann sagen, wenn's richtig losgeht?«, polterte er. »Reißt euch zusammen und tut eure Arbeit!«

Blitz bezog das auch auf sich. Er beobachtete die anderen und stellte fest, dass er sich genausowenig fürchtete wie sie. Er wusste, wie es war, gegen die Strömung zu kämpfen, das ganze Meer zum Feind zu haben, und doch zu wissen, dass man entkommen würde, weil man bisher immer entkommen war. Seine einzige Sorge galt Manina, und er wäre so gerne bei ihr gewesen, um sie zu trösten und zu beruhigen. Aber sie war in Sicherheit dort unten. Er glaubte daran, er musste daran glauben. All diese betenden und singenden Pilger dort unten – das bedeutete Sicherheit.

»Pilgerschiffe sinken nicht«, rief ihm einer der Matrosen ins Ohr. Er nickte, er stimmte ihm zu, von ganzem Herzen. So war es, so musste es sein. Durch die Herbststürme hindurch pflügte sich das gewaltige Schiff, in dem die Lieder der Pilger erklangen. So etwas konnte unmöglich sinken.

Sie manövrierten zwischen den Felsen hindurch. Sie waren nicht zu sehen. Blitz hatte sich, wenn die Rede darauf kam, aus dem Wasser aufragende Klippen vorgestellt, aber die Gefahr lag unter der Wasseroberfläche. Sie hatten das Schiff, das vor ihnen losgesegelt war, mittlerweile fast eingeholt und der Kapitän folgte ihm nun durch die gefährliche Passage. Hinter ihnen war der Rest der Flotte zu sehen. Blitz fragte sich, ob sie dort wohl auch sangen.

Zum Glück war die See in diesen Tagen etwas ruhiger. Es war sehr kalt, aber der Wind hatte leicht abgeflaut. Die Männer waren zufrieden, aber zugleich nahm Blitz ihre ungeheure Konzentration wahr, mit der sie den Anweisungen folgten. Mehr als alles andere bewies ihm das, welche Konsequenzen es haben konnte, wenn sie hier versagten. Dass die Gefahr vorüber war, merkte er dann daran, dass die Matrosen anfingen, die Lieder der Pilger mitzupfeifen.

»Jetzt«, sagte einer zu ihm, »sind wir bald da.«

»Schade«, entfuhr es Blitz unwillkürlich. Der Mann lachte. »He, was haben wir denn da? Einen Seemann, wie? Ich hatte erwartet, du würdest dir vor Freude in die Hosen machen, endlich von diesem Schiff runterzukommen.«

»Ich fand es gar nicht so schlimm.« Und, als könnte das seine Einstellung erklären, fügte er hinzu: »Mein Vater ist Seemann.«

Der Matrose musterte Blitz und schien in seinen Erinnerungen zu graben. »Sieht er aus wie du?«

»Ich weiß nicht. Nun ja, ich denke schon, so in etwa. Schwarze Haare, nicht sehr groß. Jakebeny heißt er.« Er wartete, auf einmal stieg Hoffnung in ihm auf. »Kennst du ihn?«

Aber der Mann schüttelte den Kopf. »Jakebeny? Nie gehört?«

Die Hoffnung erstarb, so schnell sie gekommen war. Was fiel ihm ein, darauf zu hoffen, seinen Vater zu finden? Er war hier, um Manina zu retten, nicht um auf die Suche nach einem Mann zu gehen, der seine Familie im Stich gelassen hatte, wenn er nicht sogar schon längst tot war.

»Ist ja auch egal.« Er hatte nie einen Vater gebraucht. El Jati hatte ihn erzogen, reichte das nicht? Aber El Jati war sein Bruder, er konnte nie sein Vater sein. Und Zukata?

Blitz schüttelte den Gedanken an Zukata ab.

»Ich brauche keinen Vater«, flüsterte er. »Erst recht nicht so jemanden wie dich. Ha! Das wäre ja noch schöner. Ein Vater, der hinter mir her ist, um mich zu töten? Dann lieber einen versoffenen Matrosen, der nicht nach Hause kommt.« Er wollte sich nicht bemitleiden. Mit aller Macht wehrte er sich gegen das Gefühl unendlicher Traurigkeit, das über ihn kam. War es das Lied aus dem Schiffsbauch, das ihn so mitriss? Wovon sangen sie überhaupt?

Er lauschte den Worten, aber außer der Tatsache, dass es – wie immer – um Rinland ging, bekam er nicht viel mit.

»Bibi?«

Ihre kleine Gestalt trippelte über die Planken auf ihn zu. Im Hintergrund sah er Liajof stehen, der ihm kurz zunickte. Das kleine Mädchen musste sich auf sein Gleichgewicht konzentrieren, um nicht umzufallen, und stürzte geradewegs in seine Arme.

Er hielt sie fest, so fest er konnte, und streichelte über ihr scheckiges Haar. Die Farbe hielt nicht mehr richtig. Auch das Gesicht wirkte nicht mehr dunkelhäutig. Ihre Haut war die eines hellen Kindes, das sich sehr lange nicht mehr gewaschen hatte.

»Manina«, flüsterte er in ihr Haar. Sie roch nicht so gut wie sonst, unten im Schiffsbauch waren einfach zu viele Menschen.

Und doch war das alles nicht schlimm, wenn sie nur einander hatten. Er wollte nicht daran denken, dass er sie, wenn er Kirifas erreicht hatte, abgeben musste. An nichts wollte er denken. Er hielt sie fest, jetzt, das musste genügen.

Als die Schiffe im Hafen von Talen anlegten, kehrte seine Wachsamkeit zurück. Er hielt es für möglich, dass Zukatas Leute bereits auf ihn warteten. Seine Vernunft sagte ihm, dass dies ziemlich unwahrscheinlich war, denn wenn sie ihn nicht auf das Schiff hatten steigen sehen, warum sollten sie dann damit rechnen, dass er jetzt ausstieg? Und doch beschlich ihn ein mulmiges Gefühl, als er über die Bretterrampe das Schiff verließ und seine Füße wieder den Boden des Kaiserreichs betraten.

Er war der Letzte. Die Pilger waren zuerst von Bord gegangen, eine endlose Prozession von dunkelgewandeten Menschen mit Wagen, Pferden und gackerndem oder meckerndem Vieh. Blitz sah zu, wie sie auf das Hafengelände strömten und dann in einer ordentlichen Reihe nach Westen marschierten.

»Jedes Jahr.« Der Kapitän stand hinter ihm. Blitz erwartete fast, dass er ihm die Hand auf die Schulter legen würde, aber das tat er nicht. Verdammt, dachte Blitz, warum erwarte ich eigentlich von jedem, dass er sich väterlich verhält? »Immer neue Pilger. Es muss ein einmaliges Erlebnis sein, dieses Fest.«

»Ihr habt es nie erlebt?«, fragte Blitz und sah zu ihm auf.

Der Velaner schüttelte den Kopf. »Ich bringe sie nur hin.«

»Ich werde es mir ansehen«, sagte Blitz, der bis zu diesem Zeitpunkt keine Ahnung gehabt hatte, dass er das tun wollte.

»Tu das. Es sei denn, du willst auf diesem Schiff bleiben.«

»Danke für das Angebot. Aber ich kann nicht.«

»Überleg es dir. Wir nehmen Waren auf und fahren dann an der Küste entlang nach Süden. Erst im nächsten Herbst sind wir wieder hier.«

Wenn Manina nicht gewesen wäre, was hätte er geantwortet? Aber es war müßig, sich darüber Gedanken zu machen.

»Ihr ehrt mich«, sagte Blitz, »aber ich kann nicht.«

Jedes Jahr im November, zur Zeit des Vollmondes, kam eine Springflut, die aus einem vorgelagerten Hügel am Meer eine kleine Insel machte. Auf dieser Insel hatten die Mönche vor langer Zeit einen Garten angelegt, der seitdem verwildert war, aber immer noch sanft gepflegt wurde. Blumen und Kräuter wuchsen hier und kleine, niedrige Bäume, die dem Wind trotzten, der über die Anhöhe fegte. Mit dem Festland war diese Insel durch einen steinernen Bogen verbunden, den Wind und Wellen aus der Felsküste herausgeschält hatten. Im Sommer, wenn das Wasser nicht so hoch war, konnte man den Felsbrocken sehen, von dem der Bogen abgetrennt worden war. Er ragte bis dicht unter die höchste Stelle dieser natürlich geschaffenen Brücke. Von dort, wo Blitz stand, konnte er den Priester sogar sehen, der auf diesen Felsen geklettert war und nun die Steinbrücke zu halten schien. Die hereinschießende Flut hatte den Felsen fast überschwemmt; noch bekam der Priester keine nassen Füße, aber es konnte nicht mehr lange dauern, bis das geschah.

Das Fest der Brücke: Es spielte die Vertreibung von Rinland nach. Seit Stunden stand er hier in der Kälte und sah zu. Zuerst waren die Priester, die sich auf der kleinen Insel versammelt hatten, mit ihren Booten an den Strand gerudert, an dem die Menge wartete. Sie stellten die Menschen dar, die Rinland verspielt hatten und später das Festland besiedelten. Einer der Priester tat, was Rin selbst getan hatte. Er hielt die Brücke.

Es wirkte von hier aus nicht sehr schwierig, den Felsbrocken zu erklimmen, aber Blitz hatte genug Erfahrung mit ähnlichen Klettereien, um zu wissen, dass dieser Eindruck täuschte. Der Priester hatte es geschafft, sich dort oben hinzustellen, genau zwischen Fels und dem herausgewaschenen Felsbogen, und es sah tatsächlich aus, als würde er die Brücke festhalten. Je mehr das Wasser stieg, umso stärker wurde das Bild. Blitz fühlte, wie er mit den anderen mitlitt, wie ihn fast Panik ergriff, das Wasser könnte den mutigen Mann erreichen, der doch dafür zuständig war, die Brücke festzuhalten. Was war, wenn er sich verschätzt hatte? Wenn das Wasser dieses Mal so hoch stieg, dass es die Brücke erreichte, und er in dem eiskalten Wasser ertrank?

Atemlos sah er zu. Um ihn her ertönte Gesang, Gesang aus vielen tausend Kehlen, während das Wasser stieg. Grau schäumte es gegen die Klippen, gegen den Felsen, auf dem der Priester allem standhielt und die Brücke festhielt. Es stieg und stieg, langsam, als hätte das Lied der Pilger die Macht, es niedrig zu halten. Es war, als könnten sie alle zusammen verhindern, dass Rin dort ertrank. Wie hätte Rin ertrinken können? Er war alles. Macht und Liebe und Schönheit und Wildheit. Rin war Herrscher über das Meer, das ihm über die Füße spülte, und über den salzhaltigen Wind und den Schrei der Möwen und den grauen, schweren Himmel, aus dem eiskalte Tropfen fielen. Wie konnte er sich dem aussetzen? Wie konnte er dort stehen und standhalten und nicht fliehen vor dem Meer, das über ihn kam?

Die Priester auf den Klippen stimmten ein neues Lied an, als sie auf die schmale steinerne Brücke zugingen und ihren Fuß darauf setzten. Sie gingen durch Wind und Regen über den Felsenbogen auf die Insel, und ihnen folgten die Pilger. Einer nach dem anderen betrat die Brücke und ging über den schmalen Streifen Meer, der die kleine Insel, die an diesem Tag Rinland war, vom übrigen Land trennte.

Blitz hatte nicht vorgehabt, mit ihnen zu gehen. Er trug wieder das Gewand einer Pilgerin, aber dies war nicht sein Fest. Obwohl er zwischen den Melgianern auch immer wieder Leute aus dem Kaiserreich sah, Frauen mit unbedecktem Kopf und Männer mit vollem Haupthaar und Bart, in den Kleidern, die hier üblich waren, hatte er trotzdem das Gefühl, dass dies ein melgianisches Fest war, das ihn nichts anging. Er war nur hier, weil dies einer der möglichen Wege nach Deret-Aif gewesen war und möglicherweise der beste. Was hatte er mit diesem merkwürdigen Schauspiel zu tun, das die salinischen Priester hier aufführten und wobei sie sogar dem Meer eine Rolle zuwiesen und der Felsküste und jener kleinen Insel, kaum mehr als ein Felsen, auf dem ein bisschen Grün wuchs?

Aber die Menge schob ihn mit, er hatte gar keine Wahl. Stunden schien es zu dauern, bis er schließlich den Fuß der Brücke erreicht hatte, aber dann, als er schließlich davor stand und sich der leicht gewölbte Bogen vor ihm erhob, über dem schäumenden Meer, setzte auch er den Fuß auf den Stein.

Und ohne dass ihm jemand gesagt hätte, dass er in Wahrheit vor Rins Angesicht treten würde, griff er nach seinem Gewand und zog die Kapuze von seinem Kopf herunter, nicht nur, um besser sehen zu können, sondern um als derjenige, der er war, über die Brücke zu gehen. Als Blitz aus Arima, Jahalik, der Schwarze Blitz.

Die Felsbrücke war feucht und glatt. Sie war breit genug, so dass auch mehrere Menschen nebeneinander hätten gehen können, aber jeder wollte nur in der Mitte gehen, für den Fall, dass man tatsächlich ausrutschte. Jetzt konnte Blitz das gut verstehen, auch er achtete sehr genau darauf, genau hinter seinem Vordermann zu bleiben. Der Wind schien hier noch stärker zu sein als am Rand der Klippe, er riss und zerrte an ihm, als wollte er ihn unbedingt ins Meer ziehen. Und vor ihm lag die Insel, diese grüne Anhöhe. Selbst jetzt, zu Beginn des Winters, war noch etwas Grün zu sehen, ragten einige sturmgepeitschte Nadelbäume mutig in die Höhe. Die Pilger, die bereits nach drüben gegangen waren, waren nicht zu sehen. Die Insel musste größer sein, als es vom Ufer aus den Anschein hatte.

Wohin zieht dich die Sehnsucht? Während Blitz einen Fuß vor den anderen setzte, vorsichtig, war er plötzlich allein. Die vielen Pilger zählten nicht mehr, die Priester, das Lied der Wartenden hinter ihm, die geduldig dem Zeitpunkt entgegensahen, wann sie an der Reihe waren. Die Menschen, die auf der Brücke gingen, sangen nicht mehr. Stille fiel über sie, und auch das hatte er nicht verstanden, bis jetzt.

Er ging allein. Der Wind war da und eben noch hatte er das Zetern der Möwen wahrgenommen und das Rauschen der Wellen, die unermüdlich gegen die Küste und den Felsen schlugen. Und doch, für einige Momente, sanken alle diese Geräusche zurück. Er war allein und ging über die Brücke, die Rin festhielt, Rin, der dort unten in dem kalten Wasser stand und es aushielt, obwohl er doch Herr über alles war. Blitz fühlte, wie sein Herz sich zusammenzog. Er näherte sich jetzt dem höchsten Punkt der Brücke, unter der der Priester stand. Auf einmal zählte es nicht mehr, dass dieser Mann sich selbst dazu entschieden hatte, am heutigen Festtag diese Aufgabe zu übernehmen. Er war jetzt nur noch einer, der die Brücke hielt, damit die anderen hinübergehen konnten.

Blitz hielt inne. »Ich kann nicht weiter«, flüsterte er. »Wie kann er das tun? Wie kann er dort stehen, im Wasser ...«

Er machte ein paar Schritte zur Seite, dicht neben den gefährlichen Abgrund, um zu sehen, wie hoch das Wasser jetzt stand. Der Priester stand immer noch da, aber er war bereits bis zur Hüfte in den Wellen versunken. Wie konnte er das aushalten? Er würde sich den Tod holen in dem eisigen Wasser. Eine lebensgefährliche Unterkühlung. So viele Pilger waren schon über die Brücke gegangen und so viele waren noch hinter ihm, es dauerte zu lang. Niemand durfte sich einer solchen Gefahr aussetzen.

Er zuckte zurück, als ihm bewusst wurde, dass der Priester ihn ansah. Er war ein großer, breitschultriger Mann in einem hellen Gewand, das Gesicht blau angelaufen vor Kälte. Blitz konnte nicht begreifen, mit welcher Kraft er der Flut widerstand, die ihn schon längst dort herunterspülen und gegen die Klippen hätte schmettern müssen.

»Warum tust du das?«, entfuhr es ihm. Einige der Pilger, die hinter ihm gewesen waren, gingen bereits an ihm vorbei, vorsichtig in der Mitte, als wäre die Brücke ein schwankendes Seil über einer Schlucht.

Der Priester bewegte die blauen, zitternden Lippen. Blitz glaubte nicht daran, dass er überhaupt noch sprechen konnte, aber dann hörte er die Stimme des Mannes klar und deutlich.

»Weil ich dich liebe. Geh weiter, mein Sohn.«

»Aber ...« Nein, wollte er rufen. Er wird sterben. Seht ihr das denn nicht? Was ist denn das für ein Fest, wenn einer stirbt? Sein Herz blutete, er brachte es kaum über sich, aufzustehen und weiterzugehen.

Als er die Insel erreicht hatte, drehte er sich noch einmal um, aber von dieser Stelle aus konnte er den Priester nicht sehen. Er sah nur an den Klippen, dass das Wasser wieder etwas gestiegen war. Schweren Herzens wandte er sich dem zu, was vor ihm lag.

Der Weg führte von der Brücke in eine Senke hinein. Blitz folgte den anderen Pilgern zwischen den Felswänden hindurch. Hier, wo der scharfe Wind sie nicht erreichen konnte, war es merklich wärmer. Das Stimmengewirr unzähliger Menschen empfing ihn. Als die Wände sich öffneten, sah er auf eine große Festwiese, auf der die Pilger sich bereits niedergelassen hatten. Hunderte kleiner Hütten waren hier errichtet worden; Priester standen bereit, um die Ankömmlinge zu einem freien Unterschlupf zu geleiten. In den Häusern war es angenehm warm. Kleine Feuer und die vielen Menschen, die zusammensaßen, machten dem Frieren ein Ende. Und zu essen gab es, reichlich, jede Menge wunderbarer Speisen, alles, was das Herz begehrte. Heißer Tee, scharf und süß, wärmte seinen Magen. Duftendes Gebäck wurde herumgereicht. Fleischbällchen, mit Kräutern gewürzt, mit Käse gefüllt, lagen auf großen Platten, mit den verschiedensten Gemüsesorten als Begleiter. Knuspriges Brot, Honig und Butter, Milch und Kuchen ...

»Und jedes Gericht hat seine eigene Bedeutung«, sagte ein junger Priester zu ihm, der ihm eine Schüssel mit dampfender Suppe reichte. »Hier zum Beispiel, in dieser Brühe, schwimmen siebzehn verschiedene Zutaten, jede steht für eine der Eigenschaften Rins ...«

Blitz hörte ihm eine Weile zu, aber dann konnte er nicht mehr an sich halten. »Warum lasst ihr das zu? Dieser Priester unter der Brücke er wird sterben! Wie könnt ihr das erlauben? Wie können wir hier essen und uns aufwärmen, während er da unten im Wasser steht?«

Der junge Priester blickte ihn aufmerksam an. »Aber so leben wir doch immer, nicht wahr?«, fragte er zurück. »Wir essen und trinken und lassen es uns gutgehen. Und Rin steht im Wasser und hält die Brücke. Ist es nicht so?«

»Ich weiß nicht.« Er hatte sich nie Gedanken darüber gemacht, ob er das wirklich glaubte. »Es ... es ist ein Bild«, stammelte er. »Eine Geschichte, ich meine, er steht doch nicht wirklich dort im Meer und ...«

»Doch«, unterbrach ihn der Priester. »Genau das tut er. Damit jeder von uns zurückkehren kann.«

Blitz schluckte. Es kam ihm so unwahrscheinlich vor, so unglaublich. »Aber er ist doch der Herr des Meeres. Und des Windes und des Erdreiches!«

»Ganz recht. Und der Menschen und der Riesen und der Tiere. Was haben wir vergessen? Des Himmels und der Sterne, der Herr des Lebens und der Herr aller Dinge, die sich nach Leben sehnen ... Und er steht da, bis zum Hals im Wasser, und hält die Brücke für uns.«

»Das will ich nicht«, flüsterte Blitz.

»Das nicht zu wollen, hieße, sein Opfer umsonst zu machen. Ist dir das lieber?«

Der Priester setzte sich zu ihm. Blitz hörte nicht mehr zu, wie die anderen lachten und sangen. Ihm war weder nach dem einen noch nach dem anderen.

»Wir könnten doch auch mit dem Schiff fahren. Wir könnten Segel setzen und nach Rinland fahren. Die Brücke ist nicht nötig.« Er dachte an die *Weiße Möwe* und ihre kleinen weißen Segel, wie Handtücher, die ein Riese auf einer Wäscheleine zum Trocknen aufgehängt hatte. So klein.

»Warum bist du dann noch hier?«, fragte der Priester freundlich. »Und all diese Pilger hier? Rin wird jedes Schiff willkommen heißen. Aber was ist mit all jenen, die hier bleiben? Wenn es einen Weg gegeben hätte, auf diese Brücke zu verzichten, dann wäre Rin ihn gegangen, da bin ich mir sicher.«

Blitz nippte an der Suppe, die Rins Eigenschaften enthalten sollte. Sie schmeckte kräftig und vielleicht etwas zu salzig.

»Aber der Priester ...«

»Es ist nicht gesagt, dass er es nicht überlebt. Er hat sich sehr sorgfältig auf seine Aufgabe vorbereitet. Es gibt einen Zustand des Geistes, in dem selbst Kälte dem Körper nur wenig schaden kann. Im Übrigen weiß er, was er tut und was er riskiert. Es gibt Dinge, die müssen getan werden, ganz gleich, was sie uns kosten. Ist es bei dir in deinem Leben nicht so?«

»Doch«, sagte Blitz leise. »Doch, es ist so.«

17. Durch Salien

SIE FEIERTEN DIE ganze Nacht. Am Morgen, als die Dämmerung fahl heraufzog, die Sonne irgendwo hinter den grauen Wolken verborgen, machten sie sich auf den Rückweg über die steinerne Brücke.

Blitz war einer der ersten, die zurückgingen. Der Priester war nicht mehr da. Der Wasserstand war über Nacht gesunken und hatte den Felsbrocken so weit freigelegt, dass man sehen konnte, wie er auf dem steinigen Grund lag. Das Wasser war jetzt so flach, dass man auch ohne Brücke auf die Insel hätte gelangen können. Sacht spülten die Wellen gegen die Felsen.

Er zog sich wieder die Kapuze über den Kopf und rückte den Schleier zurecht, während er an der Brücke auf Liojaf und seine Familie wartete.

Einer nach dem anderen kehrten die Pilger aufs Festland zurück, müde, aber ihre Gesichter strahlten. Sie sangen nicht. Stille lag über der Küste, nur unterbrochen vom Schrei der Möwen, vom sanften Plätschern des Meeres.

Einer nach dem anderen ... Blitz stutzte. Eine der Gestalten kam ihm, während sie über den Bogen ging, bekannt vor. Dieser Gang, die Körperhaltung ... Er vergaß zu atmen, als er zusah, wie Nemko, einer von Zukatas Räubern, mürrisch dreinblickend über die steinerne Brücke marschierte.

Sie waren hier. Blitz konnte nichts anderes tun, als auf dem Stein sitzenzubleiben, von dem aus er die Leute beobachtete, und zu hoffen, dass dem Räuber die Pilgerin in dem dunkelbraunen Gewand nicht auffiel.

Nemko musste auf einem der anderen Schiffe hergekommen sein. Zukata hatte an alles gedacht, an alles! Blitz fühlte, wie ihn unter seinem Schleier hilflose Wut übermannte. Wie leichtsinnig war er gewesen! Gestern war er ohne Kapuze über die Brücke gegangen. Und er hatte Manina aus den Augen verloren, hatte sie einfach dieser Familie überlassen ... Was wusste er, ob sie überhaupt noch dort war? Oder ob Nemko sie bereits gefunden hatte?

Stocksteif saß er da und rührte sich nicht, während sein alter Bekannter die Füße auf die Erde setzte und, sich auffällig umsehend, weiterging. Blitz sah ihm nach, bis er in der Menge verschwand. Er überlegte, ob er ihm nachgehen sollte, um zu sehen, ob er sich vielleicht noch mit anderen Räubern traf, als er endlich die Familie, auf die er gewartet hatte, über die Brücke kommen sah. Liojaf trug seine eigene Tochter, die Frau hatte Manina auf dem Arm. Hastig trat Blitz auf sie zu und streckte die Arme nach dem Kind aus. Er sah sofort, dass sie geweint hatte.

»Geht es ihr nicht gut?«, fragte er schnell.

»Sie ist ziemlich quengelig«, antwortete die Pilgerin und seufzte. »Ich glaube, sie vermisst dich.«

Seine Hände zitterten, als er das Mädchen an sich drückte.

»Danke«, sagte er. »Ich werde jetzt weiterziehen.«

»Heute werden die Kinder am Strand getauft«, sagte Liojaf. »Willst du nicht dabei sein? Das Fest ist noch lange nicht zu Ende.«

Blitz schüttelte den Kopf. »Nein«, sagte er, wie er schon zum Kapitän gesagt hatte, einen Satz, den er wahrscheinlich noch oft würde sagen müssen: »Nein, ich kann nicht.«

Er traute sich kaum, sein Pony von der Weide zu holen. Ihm war, als ob es jedermann auffallen müsste, wenn einer der Pilger vorzeitig aufbrach, obwohl das Fest doch, wie Liojaf gesagt hatte, noch lange nicht zu Ende war. Aber zu Fuß würden sie nicht weit kommen, deshalb näherte er sich vorsichtig den Tieren, sehr vorsichtig.

Da war das Pony, dicht daneben angebunden die Ziege, so wie er sie verlassen hatte. Blitz betrachtete die beiden und ihm wurde bewusst, dass er sie nicht mitnehmen konnte, wenn er vor Nemko floh. So gut sie ihm auch gedienten hatten. In diesem Moment wünschte er sich nichts sehnlicher als König zurück, diesen schnellen Hengst, der ihn wie der Wind nach Kirifas getragen hätte. Nein. Er schalt sich selbst einen Dummkopf. Nemko kannte das Pferd.

Aber jenes dort, dachte er, kennt Nemko nicht.

Es war ein großer, kräftiger Brauner, ein starkes Tier, das mit Sicherheit über Schnelligkeit und Ausdauer verfügte. Einer der einheimischen Gläubigen musste damit hergekommen sein. Es sah nicht so aus, als hätte es eine Reise durch ganz Deret-Aif hinter sich.

Es gab hier keine Wachen. Die Pilger, der Wahrheit verpflichtet, wären nicht einmal im Traum auf die Idee gekommen, ein Pferd zu stehlen. Sie waren alle so sorglos, so friedlich ... Dass sich einer von Zukatas Männern unter ihnen befand, ahnten sie nicht. Dass jemand aus einem anderen Zweck herkommen könnte, als um über die steinerne Brücke zu gehen, überstieg ihren Verstand und ihre Phantasie.

Nur die Wahrheit ... Blitz hatte gefühlt, was das bedeutete, gestern, als er seinen Fuß auf den gewölbten Bogen gesetzt hatte, über das Meer und über den Priester hinweg, aber heute gab es wieder nur eins, das zählte. Manina.

Er ignorierte seine eigenen Tiere, er erlaubte sich nicht einmal, sie zum Abschied zu streicheln. Stattdessen bot er dem Pferd einen Apfel aus seinem Proviantbeutel an, diesem fremden, großen Pferd, das ihm so verlockend vorkam, schon fast war es sein ... Aber es tat weh. Während er es fütterte, konnte er fast spüren, wie das Brandmal an seiner Schulter aufflammte, wie es ihn zu dem machte, was er war. Räuber. Zukatas Junge. Der Blitz, den El Jati und Alika erzogen hatten, Minos und Lexans Freund, hätte das nie getan. Oder doch?

»Es tut mir leid«, flüsterte er, während er den Braunen von der Weide herunterführte, zu irgendjemandem sagte er das, der nicht da war. Zu dem Besitzer, zu El Jati, vielleicht sogar zu Rin? »Es tut mir leid. Aber ich kann nicht anders.«

Die Pilger waren am Strand versammelt. Er hörte den Gesang, der jetzt von dort aufstieg, voll und laut, eine Hymne, die zur Sonne emporstieg. Er jedoch führte das Pferd auf den Weg, der vom Hafen hinunter nach Süden führte, setzte Manina in den Sattel und saß hinter ihr auf.

Es tut mir leid. Es tut mir so leid ...

Sie ritten nach Süden, Richtung Aifa, so schnell die langen Beine des gestohlenen Pferdes sie trugen.

Das Gewand der Pilgerin hatte er längst abgelegt. Hier gab es keine Melgianer mehr, nicht einmal Priester, obwohl es in Salien, wie jedermann wusste, von Priestern, Mönchen und Nonnen wimmelte. Sie waren alle bei der Insel versammelt und sangen. Nun gut, sollten sie, das war ihm recht. Die Straßen waren leer und wenig Leute waren unterwegs. Sie kamen rasch vorwärts.

Er hatte sein Geld auf dem Schiff lassen müssen. Daher war er jetzt mit leeren Taschen unterwegs, und er wusste, dass er bald wieder würde stehlen müssen. Aber das Kind, das unentwegt mit feiner, hoher Stimme vor sich hinplapperte, war in seinem Herzen. Manchmal schien sein Brandmal wieder zu schmerzen, als würde Zukata selbst ihn mit festem Griff gepackt halten, und dann wünschte er sich, er hätte den Ärmel seines Hemdes abreißen können, um es allen zu zeigen: Seht her, das bin ich! Das bin ich geworden! Es wäre eine solche Erleichterung gewesen, endlich Farbe zu bekennen, endlich alles abzulegen, was den wahren Blitz verbarg, aber er gab diesem Bedürfnis nie nach. Dieses Kind, das seine kleinen Hände in die dunkle Mähne des Pferdes krallte, war für ihn wie ein viel stärkerer Schmerz, wie eine Wahrheit ganz anderer Art, kein Fluch, den er mit sich herumschleppen musste, sondern ein Segen, wie ein Licht in seinen Händen, eine zugleich glühende und wärmende Sonne.

Es gab nichts, das er nicht für sie getan hätte.

So ritten sie durch Salien, und der Winter ritt hinter ihnen her mit Kälte und Sturm. Sie ritten, so schnell sie konnten, während die Kälte ihnen von Norden her folgte, ein Feind, vor dem es kein Entrinnen gab.

Er hatte Manina in wärmende Decken eingehüllt. Das Pferd stapfte durch den Schnee, müde und unwillig. Immer noch waren sie zu hoch im Norden. Selbst in Aifa war ein Winter ein richtiger Winter, aber hier oben kam er früh und mit Massen von Schnee. Die Straße war irgendwann nicht mehr zu erkennen. Er irrte durch den Wald, bis sie nicht mehr weiterkamen, und dann stieg Blitz ab und versuchte, den Braunen weiterzuführen, durch das einsetzende Schneegestöber. Mit klammen Fingern hielt er die Zügel fest. Durch seine löchrigen Schuhe drang der Schnee.

Er ging, noch einen Schritt und noch einen Schritt ...

Das Kind in seinem Arm schlief. Er hoffte, dass sie schlief. Ihr Gesicht war weiß. Weiß wie eine wunderbare Blume ...

Er fiel. Er fiel und sah zu seinem Erstaunen zwei Stiefel, direkt vor seinen Augen. Er wunderte sich über diese Stiefel und noch mehr über die Stimme über ihnen.

»Ich bin nicht so heilig, dass du mir vor die Füße fallen müsstest.«

Sollte das ein Scherz sein? Blitz lachte leise. Und der Fremde bückte sich und hob ihn auf.

Im Haus des Einsiedlers wurden Blitz und Manina nicht nur aufgewärmt. Sie bekamen nicht nur zu essen und zu trinken und ihre Kleider getrocknet, nicht nur ein Bett und ein Dach über dem Kopf. Hier, in Tamills Haus, ein Mann, der sich vor den Menschen zurückgezogen hatte, ohne ihnen sein Herz zu entziehen, fanden sie Zuflucht, einen ganzen Winter lang. Falls draußen die Räuber nach ihnen suchten, brauchte es sie nicht zu bekümmern. Hierher in das kleine Haus mitten im Wald, abseits aller Straßen und Wege, verirrte sich niemand außer ihnen. Das Pferd stand in dem kleinen Stall neben dem Esel und den Ziegen des Einsiedlers. Er hatte tatsächlich zwei Ziegen, die reichlich Milch gaben. Er hatte sogar ein paar Hühner. Und er hatte ein großes, weites Herz.

Als Blitz zu sich kam und sich in einem Bett wiederfand, unter einer dicken, warmen Decke, in der Nähe eines wunderbaren Kaminfeuers, erschrak er. Sein erster Gedanke galt Manina, und als er sie nicht neben sich fand, setzte er sich auf. Dann sah er den Fremden, einen Mann mit einem langen, grauen Bart, einen Krug vor sich, und die Kleine, die auf dem Boden saß und mit ein paar Hölzchen spielte. Er atmete erleichtert auf, dann erblickte er seine Kleider, die auf einem Stuhl vor dem Feuer trockneten, und ihm wurde bewusst, dass er nichts am Leibe trug. Hastig zog er die Decke höher. Aber natürlich war es zu spät. Der Alte musste das Zeichen längst gesehen haben, es sei denn, er war so gut wie blind.

Blitz schlug das Herz bis zum Halse, auf seiner Zunge schmeckte er den bitteren Geschmack der Angst.

»Ich sehe, du bist wach.« Sein Retter nickte ihm zu. »Falls du Hunger hast, setz dich zu mir.«

Blitz wickelte sich in die Decke und tappte zum Esstisch. Die Hütte besaß nur einen einzigen Raum. Hinter der Wand hörte er das Meckern von Ziegen. Als er sich setzte, achtete er genau darauf, dass die Decke das Brandmal verbarg, und schob vorsichtig seine Hand durch die Falten hindurch, um nach der Schüssel zu greifen, die der Alte ihm hinschob.

»Deine Kleine da hat schon gegessen.«

Er nickte. Er wusste nicht, was er sagen sollte. Wirst du mich verraten? Das war die einzige Frage, die er hatte. Furcht vor ihm schien der Alte jedenfalls nicht zu haben, auch wenn er ihn für einen gesuchten Mörder hielt.

Hungrig füllte er seinen Magen mit der warmen Suppe.

»Danke.«

Der Einsiedler nickte. Er stellte keine Fragen. Er nahm alles hin, wie es war. Es schien ihn nicht zu stören, dass er einem Verbrecher das Leben gerettet hatte, einem Gebrandmarkten, und dazu einem Kind. Er machte keinerlei Anstalten, dieses Rätsel zu lösen. Er kochte ihnen Suppe. Er holte die Milch der Ziegen herein. Er gab Blitz Nähzeug und Stoff, so dass er die beschädigten Kleidungsstücke reparieren und für Manina, der nichts mehr richtig passte, größere Kleidchen nähen konnte. Er fütterte das Pferd. Er schlief im Stall bei den Tieren und überließ ihnen das Bett.

Es war Blitz, der irgendwann anfing zu reden. Blitz, der jetzt, wo sein Wunsch endlich in Erfüllung gegangen war, entlarvt zu werden, noch mehr preisgeben musste. Es war unmöglich geworden, mit all diesen Geheimnissen zu leben, mit dem Versteckspiel und der Heimlichkeit.

Wie weit würdest du gehen? Er selbst stellte sich diese Frage, aber es war, als hätte der Alte sie gestellt. Du hast für dieses Kind gestohlen und betrogen und dich als etwas verkleidet, was du nicht bist. Du hast andere in Gefahr gebracht. Wie weit würdest du gehen? Würdest du jemanden töten für sie? Würdest du einem

Menschen, der deine Reise behindert, einen Knüppel über den Kopf ziehen, wenn er sich umdreht?

Würdest du diesen Einsiedler, der dein Zeichen gesehen hat, töten, damit er dich nicht verrät?

Tamill hatte ihm nie irgendetwas versprochen. Blitz konnte sich dazu entschließen, ihm zu vertrauen, und bitterlich enttäuscht werden. Er konnte handeln und die Gefahr aus der Welt schaffen. Wer war er geworden? Blitz, der Räuber, Zukatas Schüler, Zukatas lieber Junge, sein Eigentum, sein Abglanz. Was würdest du tun, um diese Aufgabe zu erfüllen? Was würdest du tun, von dem herrlichen Glauben erfüllt, Rins Werkzeug zu sein und des Kaisers einzige Hoffnung?

Manchmal, wenn der Einsiedler lange fortblieb, stand Blitz am Fenster und zitterte, so sehr fürchtete er, dass der Alte mit Soldaten wiederkommen könnte statt mit einem erbeuteten Hasen oder einer Handvoll Brennholz. Ihm wurde fast schwindlig vor Erleichterung, wenn Tamill wieder in die Stube trat und seine schneeüberkrusteten Stiefel auszog. Niemand würde diesen Mann vermissen. Niemand würde sie hier finden. Aber wer hätte er sein müssen, um sich die Sicherheit mit einem Mord zu erkaufen?

»Was wirst du tun?«, flüsterte Blitz, die Hände über dem Gesicht, als er es nicht mehr aushielt, wieder einmal, im Widerstreit von Misstrauen und Beschämung.

»Kann irgendjemand sagen, was er tun wird, bevor er es tut?«, antwortete Tamill rätselhaft.

Blitz nahm die Hände fort, er sah den Alten an. Unwillkürlich zuckte seine Hand zur Schulter, er legte die Finger über die Stelle, wo unter dem Stoff seines geflickten Hemdes Zukatas Zeichen in ihn eingebrannt war.

»Ich habe Angst«, gestand er.

Der Einsiedler hob die Brauen. »Hast du denn Grund, Angst zu haben?«, fragte er.

»Nicht jeder«, sagte Blitz leise, »würde mich auch nur einen Abend unter seinem Dach beherbergen, wenn er wüsste, wer ich bin. Bist du wirklich jemand, den das kalt lässt? Das, was du glaubst, was ich bin?«

»Und? Was glaube ich denn, was du bist?«

»Vielleicht«, sagte er, »hältst du mich für einen entflohenen Sträfling. Du hast die Krone gesehen. Oder – aber erreichen die Gerüchte aus dem Kaiserreich auch diese abgelegene Gegend? – du weißt, was dieser Blitz zu bedeuten hat, der über der Krone hängt.«

»Was hat er zu bedeuten? Ich höre.« Und Blitz wusste nicht, ob Tamill den Dummen spielte, ob er ihn dazu bringen wollte, es auszusprechen, oder ob er wirklich von nichts wusste.

»Zukata«, flüsterte Blitz. Und als er diesen Namen aussprach, war es ihm, als wäre Zukata bei ihm, als ragte er direkt neben ihm bis an die Decke, ein Riese mit himmelblauen Augen, der ihm das Zeichen und seinen Willen aufgedrückt hatte. Er fühlte sich wie ein Hund, die Kette seines Herrn um den Hals.

Der Einsiedler schrak nicht zurück vor diesem Namen, geflüstert, gezischt, diesem Namen, den sie verflucht hatten im Süden und im Osten, im Norden und im Westen und in der Mitte des Reiches, in Kirifas, als der Kaiser um seine Tochter weinte.

»Wenn du über die Brücke gehst«, sagte er, »wird nur ein einziger Name dir dabei helfen, das andere Ufer zu erreichen.«

»Warum sagst du das?«, fragte Blitz verwirrt.

»Rin ist ein Riese«, sagte Tamill. »Ein Riese, größer als die Welt, und er steht auf dem Grund des Meeres. Deshalb sollte es ein Riese sein, der beim Brückenfest auf dem Felsen kniet und die Brücke festhält. Aber nie war ein Riese bereit dazu.« Er schüttelte den Kopf. »Wenn du mir nicht sagst, wer du bist, werde ich es nie wissen. Und auch wenn du es sagst, werde ich nur eine Ahnung von dem haben, was du sein könntest. Und selbst wenn du schweigst, werde ich Dinge wissen, die du gerne verbergen möchtest, und werde blind sein für das, was du sichtbar auf der ausgestreckten Hand vor dir herträgst. So ist es nun einmal, Junge. Angst vor einem Menschen zu haben ist ein Luxus, den ich mir schon längst nicht mehr erlaube. Wenn ich auf der Brücke stehe, wer könnte mir da in den Rücken fallen? Mein eigener Name könnte, wenn er zu groß ist, dazu führen, dass ich über ihn stolpere. Aber was sonst kann mir in die Quere kommen?«

»Und das Kind?«

»Das Kind, ja, das Kind.« Tamill lächelte. »Was wirst du ihm reichen – einen Becher voller Frühling und Liebe oder die bittere Speise Misstrauen und Furcht?«

»Bei dir hört sich alles so einfach an.« War es ein Lob oder eine Beschwerde? Blitz war nicht zufrieden mit ihrem Gespräch, aber der Einsiedler lachte. Mehr gab es nicht zu sagen.

Sie ritten los, als der Frühling kam, als der Schnee schmolz und das Wasser in der Erde gluckste. Düfte erfüllten die Luft, süß wie der Gesang der Vögel, der aus den Wipfeln drang.

Manina streckte die Hände nach Tamill aus, und er drückte sie.

»Alles Gute«, sagte er zu ihr, Tränen in den Augen, »kommt gut nach Hause.«

Die beiden Männer nickten sich zu. Dann schwang Blitz sich auf das große Pferd und ritt.

Sobald sie das kleine Haus hinter sich gelassen hatten, waren sie wieder auf der Flucht, waren sie wieder Gejagte. Er atmete tief durch.

Immer und überall mussten sie sich verstecken. Immer waren sie auf der Hut, immer waren Hunger und Angst ihre Begleiter. Er hätte sorgloser sein können nach diesem erholsamen Winter und in der Tat war die Sorglosigkeit eine Verführung, die sich von hinten an ihn heranschlich, die ihm zuraunte: Reite offen auf der Straße. Bitte die Leute um Obdach. Was kann schon passieren? Ihr seid immer noch frei. Er selbst musste dieser Stimme entgegentreten und ihr sagen: Nein. Nein, wir sind noch lange nicht in Kirifas. Oh nein.

Aber der Wald über ihnen war herrlich. Hellgrün, die frischen jungen Blätter brachen hervor und entfalteten sich, alle auf einmal. Die Sonne glitzerte im taufeuchten Gras. Es war immer noch recht kühl und nachts konnte man nicht draußen übernachten, aber am Tag war es schön, und Blitz genoss es, wieder unterwegs zu sein. Manina saß jetzt so sicher im Sattel, dass sie auch allein hätte reiten können. Ihre kleinen Hände hielten die Zügel, und sie gab dem Braunen ihre Befehle, kurz und entschlossen, mit der Befehlsgewalt einer echten Prinzessin.

»Galopp«, sagte Blitz. »Jetzt befiel ihm Galopp.«

»Galopp«, wiederholte Manina. »Los, Galopp.«

Das Pferd reagierte auf den Schenkeldruck und wurde schneller. Das Mädchen lachte. Ihr blondes Haar war länger geworden und fiel ihr jetzt auf die Schultern, fein und hell. Mit ihren blauen Augen zwang sie starke Männer in die Knie. Jedenfalls mich, dachte Blitz vergnügt, und Tamill wohl auch, und zufrieden überlegte er, dass dem Einsiedler, nachdem er sich daran gewöhnt hatte, so lange Besuch zu haben, vielleicht langweilig werden könnte in seiner Hütte.

Vor ihm auf der Straße stand jemand. Er griff hastig in die Zügel, als der Braune schon den Kopf hochwarf, und hielt Manina fest. Die Person wich jedoch nicht zur Seite, sie blieb mitten auf dem Weg stehen und breitete unerschrocken die Arme aus.

Es war eine Nonne. Eine große, dicke Frau in einer dunkelbraunen Kutte, die, sobald sie zum Stehen gekommen waren, das Pferd sogar festhielt, damit sie ja nicht an ihr vorbeiritten.

»Hol sie zurück! Los, junger Mann, schnell, runter von dem Gaul, da, in den Wald, schnell!«

Einen Moment erwog er, einfach weiterzureiten, aber sie sah so resolut und entschlossen aus, dass es schwierig werden konnte, den Braunen aus ihrem festen Griff zu lösen. Und eine Nonne über den Haufen zu reiten, konnte ihn hier in Salien berühmter machen, als ihm lieb war. Ihm blieb nichts anderes übrig, als abzusteigen. »Wen soll ich holen?«, fragte er. Aber da sah er es schon. Dort, im lichten Frühlingswald, rannte eine zweite Nonne über den Waldboden davon. Immer wieder sah er ihr langes, weißes Haar zwischen den Bäumen hervorschimmern.

»Pass auf das Kind auf«, befahl er der breiten Frau, die ihn angehalten hatte, und obwohl ihm nicht wohl dabei war, Manina einfach so bei ihr zu lassen, setzte er der flüchtigen Nonne nach. Je schneller er sie zurückbrachte, umso eher konnte er weiterreiten. Er wusste, dass man bei solchen Frauen am besten tat, was sie verlangten; damit wurde man sie am besten los.

Er lief in den Wald hinein. Er hatte keinen Zweifel daran, dass er die Flüchtige einholen würde. Das Mädchen hatte sich umgedreht, ihn gesehen und war schneller geworden, aber ihre lange Kutte behinderte sie beim Laufen. Es dauerte nicht lange, und er war ihr so nah gekommen, dass er sie fast packen konnte. Der Weg und das Pferd lagen jetzt so weit zurück, dass er sie nicht mehr sehen konnte, aber er war zufrieden. Die Jagd machte ihm sogar Spaß. Ihm war, als wäre er wieder auf Arima, in den Obstgärten, und würde mit Mino Fangen spielen. Minos weißes Haar flatterte vor ihm her, und wenn er sich erlaubte, alles, was dazwischen geschehen war, zu vergessen, dann war es Mino, die dort vor ihm herrannte, wie ein Schatten aus der Vergangenheit, mit fliegendem weißen Haar.

»Bleib doch stehen!«, rief er, er streckte die Hand nach ihr aus. »Mino ...«

Sie drehte sich um. Natürlich war es nicht Mino. Diese kleine Nonne war jünger, ein Mädchen von vielleicht sechzehn Jahren. Und sie war nicht so weiß wie Mino, trotz ihrer hellen Haare. Aus ihrem Gesicht funkelten ihn zwei blaue Augen zornig an. »Lass mich!«, schrie sie. »Das geht dich gar nichts an!«

»Komm zurück«, sagte er zu ihr, sanft, wie zu einem Tier, das man besänftigen muss, ehe es einem zurück in den Stall folgt.

»Nein!« Sie machte ein paar Schritte rückwärts und stürzte dann los, aber er hatte damit gerechnet und war sofort hinter ihr. Seine Hände griffen nach ihrem Haar. Aufkreischend warf sie sich herum, dann stürzten sie beide zu Boden.

»Lass – mich – gehen!«, fauchte sie ihn an.

Er hatte immer noch die Hand in ihr Haar gekrallt. Aus ihren Augen schlugen ihm Funken entgegen, und doch war es eine angenehme Erfahrung, mit diesem Mädchen auf dem Boden zu liegen. Es war leider sehr lange her, dass er das letzte Mal ein Mädchen umarmt hatte, das älter war als anderthalb. Er hielt sie, so fest er konnte.

»Du kommst jetzt mit mir zurück«, sagte er. »Ich habe keine Zeit für so etwas.«

»Da!« Glühender Schmerz schoss seinen Arm hinauf. Er ließ sie los und sie sprang auf, in ihrer Hand hielt sie ein Messer.

»Bist du verrückt?« Blitz rappelte sich auf. Er hielt sich den schmerzenden Arm, von dem das Blut tropfte.

In ihrem Gesicht veränderte sich etwas. »Das – das wollte ich nicht«, stammelte sie. Aber dann verzogen sich ihre Mundwinkel zu einem frechen Grinsen. »Du wolltest es ja nicht anders. Hast du nun genug? Lässt du mich jetzt gehen?«

Mit Messern kannte Blitz sich aus. Er holte sein eigenes aus der Tasche.

»Du, das ist jetzt nicht dein Ernst, oder?«

Blitz seufzte. Er hatte nicht vor, in einem sinnlosen Kampf jemanden zu verletzen. Aber er war wütend darüber, dass sie ihn verletzt hatte. Das Blut floss immer noch, und ein warnendes Gefühl sagte ihm, dass er so schnell wie möglich zurück zur Straße musste. Er war nicht so weit gekommen, um hier auf der Jagd nach einer aufmüpfigen Nonne zu verbluten.

»Nein«, sagte er und steckte sein Messer wieder weg. Aber dann sprang er vor und packte ihr Handgelenk, und obwohl sie versuchte, ihre Waffe festzuhalten, hatte sie keine Chance gegen ihn. Er wand das Messer aus ihrem Griff und zerrte sie hinter sich her. Er hatte jetzt keine Geduld mehr. Eine Weile wehrte sie sich noch. Sie trat und kratzte, aber als sie dann gingen – mit der einen Hand hielt er ihren Arm hinter dem Rücken fest, mit der anderen hatte er sich ihr langes Haar um die Hand geschlungen –, gab sie schließlich auf und verlegte sich darauf, ihn wüst zu beschimpfen.

»Was geben sie dir dafür, he? Was hat sie dir geboten, die Alte? Oder ist das dein Beruf, Menschen zu jagen? Du bist so ein gemeiner, hirnverbrannter Idiot!«

Er hatte keine Lust, ihr zu antworten, und zog sie gewaltsam weiter. Doch als sie das Pferd sahen, bei dem die alte Nonne immer noch wartete, fing sie an zu betteln.

»Bitte, bitte lass mich los!«

»Nein«, knurrte er.

»Sie werden mich bestrafen! Du weißt ja nicht, was ich alles durchmachen muss. Und dann – oh nein! Sag ihr nicht, dass ich dich geschnitten habe, bitte!«

Sie traten aus dem Wald heraus auf den Weg. »Da seid ihr ja endlich! Bei Rin, Ilinias! Dein ganzes Haar ist voller Blut! Du solltest sie bloß herholen und nicht umbringen!«

Seine blutbedeckte Hand hatte ihr helles Haar rot gefärbt. Sie riss das Mädchen von ihm weg und versetzte ihm eine schallende Ohrfeige.

»Ihr ist nichts passiert«, sagte er missmutig. »Sie hat …« Ihre blauen Augen flehten nicht nur, sie schienen ihn zu beschwören. »Ich habe mir an einem Ast die Haut aufgerissen.«

»Zeig her.« Die dicke Nonne besah sich seinen Arm, ohne Ilinias loszulassen. »Meine Güte, junger Mann! Schnell, komm mit ins Kloster, das müssen wir unbedingt verbinden.«

»Papa, da ist Blut!«

Als das Kind sprach, hob Ilinias den Kopf und wurde noch eine Spur bleicher.

»Da siehst du, und das alles nur, weil du dich nicht benehmen kannst! Immer derselbe Ärger mit dir!«

Sie waren eine merkwürdige Prozession, die durch das Tor des nahen Klosters schritt – die laut schimpfende Nonne, die eine äußerst stille, blutbefleckte Ilinias hinter sich her zog, der junge Mann, der sich den verletzten Arm hielt, und dahinter das große Pferd, auf dem ein kleines Mädchen saß und die Zügel hielt. Eine ganze Schar braungewandeter Nonnen kam ihnen entgegengelaufen, gackernd wie Hühner.

»Was ist passiert?« »Wer ist das?« »Was ist da los?« »Ilinias ist tot?« »Wer hat das gesagt?« »Da ist sie doch. Oh, schaut her, ein Kind, was für ein süßes Kind!« »Was für ein süßer Mann!« »Bist du wohl still, du!«

Die dicke Nonne sah sich um. »Du und du. Ihr nehmt Ilinias mit. Sie soll sich waschen und umziehen, und danach kann sie gleich mit den Böden weitermachen.«

»Komme ich nicht in den Karzer?«, fragte Ilinias vorsichtig.

»Das hättest du wohl gerne, wie? Nein, du wirst die Böden waschen!«

»Doch nicht alle?«

»Doch, alle! Wo ist Äbtissin Nua? Wie, Bruder Rauja ist bei ihr? Umso besser, dann kann er den Verwundeten versorgen.«

Sie scheuchte die aufgeregten Frauen fort. »Du, Schwester, bleibst bei dem Kind. Du versorgst das Pferd. Gib ihm ordentlich was zu fressen. Und du kommst mit mir mit«, befahl sie Blitz.

Er hatte längst eingesehen, dass Widerstand zwecklos war. Folgsam begleitete er sie über den Hof, in das kühle Innere des großen, steinernen Gemäuers. Er schritt mit ihr eine Treppe hoch und wartete geduldig, während die Nonne vor einer Tür anklopfte, eintrat und drinnen mit lauter Stimme erklärte, was passiert war.

Blitz lehnte sich gegen einen Pfeiler. Er fühlte, wie ihm allmählich schwarz vor Augen wurde. Doch bevor ihn die Ohnmacht überwältigen konnte, öffnete sich die Tür wieder, und ein Mann in einer Kutte erschien und nahm sich seiner an.

Schon wieder, dachte er ergeben, bin ich in den Händen eines Priesters gelandet.

Aber er ergab sich nicht ganz. Er kämpfte darum, bei Bewusstsein zu bleiben. Dass der Mönch ihm das Hemd ganz auszog, ließ er nicht zu. Wie oft sollte er hier in Salien denn noch sein Geheimnis verraten? Während Bruder Rauja seinen Arm verband, hielt er still und biss die Zähne zusammen.

»Das muss ein sehr scharfer, spitzer Ast gewesen sein«, murmelte der Bruder.

»Ja«, sagte Blitz bloß.

»Hm. Du hast dich nicht zufällig selbst mit einem Messer gestochen, damit du hier ins Nonnenkloster reinkommst? Junge Männer sind hier normalerweise nicht zugelassen.«

»Darauf wäre ich nicht im Traum gekommen.«

»Aha. Nun ja, dann wird es wohl doch ein Ast gewesen sein. So.«

Der Bruder nickte zufrieden. »Hat schön geblutet, ist aber ansonsten nicht weiter schlimm. Ich werde zusehen, dass du etwas zu essen kriegst. In Klöstern gibt es keine Festmähler, aber so, wie du aussiehst, bist du das auch nicht gerade gewohnt.«

Blitz lächelte. »Ich bin dankbar für alles.«

»Wer sich im Dienste des Klosters verletzt, für den sorgen wir selbstverständlich. Wie für jeden armen Wanderer.« Er musterte Blitz. »Hat der junge Mann auch einen Namen?«

Blitz zögerte nur einen winzigen Moment. Er wollte nicht lügen, aber er wollte auch keine Spuren legen.

»Ja-laieng«, sagte er schließlich. Er hatte seinen Geburtsnamen schon sehr lange nicht mehr benutzt.

Als sie auf den Gang hinaustraten, kam ihnen schon eine junge Nonne mit der weinenden Manina entgegen. »Sie will unbedingt zu ihrem Vater. Wir konnten sie gar nicht mehr ablenken.«

Mit dem Kind an der Hand betrat er den Speisesaal, wo die Frauen bereits Platz genommen hatten. Er sah viele Tische, an denen ähnlich junge Mädchen saßen wie Ilinias; sie selbst erblickte er jedoch nicht.

Bruder Rauja wies ihm den Platz neben der Äbtissin zu, einer grauhaarigen Frau mit einem gütigen Lächeln.

»Pünktlich zur Essenszeit«, sagte sie freundlich, bevor sie aufstand und das Tischgebet sprach. Dann hieß sie ihre beiden Gäste zulangen.

Blitz bekam kaum einen Bissen herunter, obwohl er hungrig war. So viele Augen starrten ihn an, dass er sich wünschte, weit weg zu sein. Alle um ihn her schienen zu flüstern und zu kichern. Wenn irgendjemand ans Tor klopfte und nach einem schwarzhaarigen Mann mit einem Kind fragte, würde ihm jeder Auskunft geben können.

»Ihr müsst die Mädchen entschuldigen«, sagte die Äbtissin. »Es ist nicht so, dass wir hier nie Gäste hätten. Gerade zur Zeit des Brückenfestes haben wir hier viele Reisende, die bei uns Unterkunft erbitten.« Mit strengem Blick sah sie in die Runde. Augenblicklich herrschte Stille, unzählige Augenpaare senkten sich betreten auf die Teller.

»Ihr habt hier sehr viele junge Nonnen«, meinte er, um irgend etwas zu sagen.

»Nonnen? Oh nein, das sind noch keine Nonnen. Unsere Novizinnen. Wir erziehen sie, wir unterrichten sie, wir lehren sie die alten Geschichten. Aber erst wenn sie das Gelübde gesprochen haben, dürfen sie sich Nonnen nennen.«

Blitz dachte an Ilinias und ihr Messer. Er konnte sich kaum vorstellen, dass aus diesem Mädchen eine sittsame Nonne werden sollte.

»Aus welchen Gründen entscheiden sie sich für diesen Weg?«, fragte er.

Die Äbtissin seufzte. »Entscheidungen fallen nicht vom Himmel. Sie werden uns in die Wiege gelegt. Unsere Familien bestimmen unser Schicksal mit. Aus Müllersöhnen werden Müller, aus Bauerntöchtern werden Bäuerinnen ...«

»Aber diese Mädchen werden ja kaum Nonnen zu Müttern haben.«

Sie blickte ihn so streng an, dass er sich verschluckte. »Was für ein Gedanke! Also wirklich!« Sie schüttelte entrüstet den Kopf. »In Salien gibt es zu viele Frauen«, sagte sie. »Sehr viele Männer entscheiden sich für das Priesteramt. Und die Frauen werden Nonnen. So einfach ist das. Aber das ist nur einer der Gründe. Wir ziehen hier viele junge Menschen auf, die uns von ihren Familien übergeben werden, weil dort nicht für sie gesorgt werden kann. Wir machen sie hier zu dem Einzigen, wozu wir sie machen können.«

Also hatten diese Mädchen keine Wahl. Blitz fragte sich, inwieweit das auch auf Ilinias zutraf; was für eine Familie es war, die sie zu diesem Schicksal verdammt hatte. Obwohl er von Priestern nur Gutes erfahren hatte, kam es ihm wie eine sehr schwere Bürde vor, einer zu sein. Dass diese vielen hübschen Mädchen, die ihm verstohlene Blicke zuwarfen, zu einem keuschen Leben verurteilt waren, erschien ihm eine ungeheure Verschwendung.

»Sie stammen also aus den Häusern armer Leute«, sagte er mitleidig.

»Nicht unbedingt«, widersprach die Äbtissin. »Es gibt genug Adlige, die ihre Töchter in unsere Obhut geben, damit sie eine besondere Erziehung genießen.« Um sie loszuwerden, dachte er bitter. Wahrscheinlich war ihm anzumerken, was er davon hielt, denn die grauhaarige Nonne, die ihr Leben Rin geweiht hatte, bemühte sich eifrig, ihm die Vorteile dieses Lebens nahezubringen. Er begann sich zu fragen, ob sie vielleicht genau wie ihre Novizinnen doch recht schnell von einem männlichen Besucher zu beeindrucken war, auch wenn sie natürlich das Gegenteil behauptet hätte.

»Und Ilinias?« Er fragte mitten in eine wortreiche Erklärung hinein, die den Reichtum des Wissens pries, der einer jeden Schülerin hier vermittelt wurde. »Warum ist sie weggelaufen?«

Die Äbtissin lächelte. »Gerade dieses Kind liegt mir besonders am Herzen. Sie braucht eine strenge Hand. Hier bei uns wird eine angenehme junge Frau aus ihr – aber was wohl aus ihr geworden wäre, wenn sie bei ganz normalen Leuten aufgewachsen wäre?«

»Vielleicht eine ganz normale junge Frau«, vermutete er. In seinem Herzen regte sich Groll und er war bemüht, ihn nicht zu zeigen. »Mit einem ganz normalen Leben.«

»Du bist mit deiner Tochter vielleicht beim Brückenfest gewesen«, sagte die Äbtissin, er fragte sich, ob sie das Thema wechseln wollte. »Ja? Kannst du dir denn danach noch irgendetwas vorstellen, was wichtiger wäre, als Rin zu folgen? Was unser Leben mehr bereichern kann? Wir berauben hier niemanden seines Lebens. Wir schenken ihm das Wichtigste, was es gibt. Diese jungen Menschen finden die Liebe ihres Lebens hier: Rin. Und ist er nicht derjenige, den man am allermeisten lieben kann und der diese Liebe am meisten verdient?«

»Ahinehl«, flüsterte er.

»Dass du das gerade jetzt sagst.« Sie lächelte. In ihren Augen lag ein Glanz und er spürte, dass sie an all das glaubte, wovon sie sprach. Und doch war da eine Wut in ihm, die neu war, etwas, das gerade hier begann. Aber vielleicht hatte es auch schon früher begonnen, draußen vor dem Kloster im Wald, als er einem Mädchen gefolgt war, das ihn an Mino erinnerte.

»Genau. *Ahinehl.* Wenn Rin unsere größte Liebe ist, was könnte dem gleichkommen?«

Er schwieg dazu. Er löffelte seine fade schmeckende Suppe, er achtete darauf, dass Manina etwas zu sich nahm. Dort auf der Brücke hatte er gewusst, dass »Rin« der Name war, der ihn sicher auf die andere Seite brachte, aber hier, in diesem Haus, das ihm geweiht war, konnte er nichts fühlen außer Entsetzen und Abscheu.

Die Äbtissin hatte ihm erlaubt, die Nacht hier zu verbringen, damit er sich etwas erholen konnte, bevor es weiterging. Schon am Nachmittag brachte sie ihn und Manina in die Zelle, in der sie schlafen sollten.

»Ich werde diese Tür abschließen«, sagte sie. »Bitte, versteh das nicht falsch. Wenn ihr irgendetwas braucht, dann klopft. Vor der Tür wird jemand sein, der euch hören kann.«

Blitz war verdutzt. »Ihr schließt eure Gäste ein?«

»Dies ist ein Nonnenkloster. Es ist sinnvoller, eine einzige Tür zu verschließen als Dutzende.«

»Ich hatte bestimmt nicht vor ...«

»Ganz gewiss nicht.« Sie nickte freundlich, aber diese Freundlichkeit konnte nicht darüber hinwegtäuschen, dass sie dieses Haus mit strenger Hand regierte. »Wenn ihr morgen weiterzieht, werden wir euch ein wenig Proviant mitgeben. Das Kind war ja ganz ausgehungert. Ich hoffe, ihr habt es nicht mehr weit, du und deine Tochter?«

Blitz zögerte. Auf einmal sah er Tamill vor sich, der zu ihm sagte: Vertraue. Vertraue den Menschen und du wirst Manina etwas beibringen, was das Risiko bei weitem aufwiegt ...

»Sie ist nicht meine Tochter«, sagte er. »Ich bringe sie nach Hause zu ihren Eltern, aber es ist schwierig, als Mann allein mit einem Kind unterwegs zu sein.« Und dann, er wusste selbst nicht, wie er dazu kam, sagte er: »Könntet Ihr mir nicht eine Eurer Novizinnen mitgeben, Äbtissin? Dieses Kind ist in großer Gefahr. Wir werden verfolgt und ich muss unbedingt mit ihr nach Aifa ... Als Familie würden wir weit weniger Aufmerksamkeit erregen.«

»Was?« Sie starrte ihn ungläubig an.

»Äbtissin ... Dies ist Prinzessin Manina, die Tochter des Kaisers.«

Die Nonne starrte auf das kleine blonde Mädchen und schüttelte den Kopf. Ihre Stimme klang eisig, als sie sagte: »Ich habe dich in diesem Haus aufgenommen, du hast Nahrung und Obdach erhalten. Lügen sind ein schlechtes Wechselgeld für Wohltaten.«

»Aber ...«

»Hältst du mich für blind? Das ist nicht das Kind eines Riesen. Du hast da ein ganz normales Kind bei dir, wessen Kind auch immer. Was bildest du dir ein, eine meiner Novizinnen zu verlangen?«

»Ich hätte sie nicht angerührt«, sagte Blitz, »bei meiner Ehre.«

»Mit der es wohl nicht weit her ist. Unglaublich.« Sie musterte ihn feindselig. Bevor er darüber nachdenken konnte, ob er ihr sein Brandzeichen zeigen sollte, um sie zu überzeugen, hatte sie schon die Tür hinter sich zugeschlagen. Er hörte, wie der Riegel ins Schloss fiel. Einen kurzen Moment lang hatte er einen Schimmer weißblonden Haares gesehen.

Er legte sein Ohr an die Tür und lauschte.

»Was tut ihr denn hier? Macht, dass ihr hier wegkommt!«

»Ich wische die Böden«, kam die Antwort. »Wie man mir befohlen hat.«

»Und du auch, wie? Nicht in diesem Gang! Ich will euch nicht wieder hier sehen!«

Er hörte das Klappern eines Eimers.

»Ich will raus«, sagte Manina. »Ich will zu Brauner. Papa, warum können wir nicht raus?«

»Morgen lassen sie uns wieder hinaus«, versprach er. Und hoffte inständig, dass er nicht zu viel gesagt hatte. Die Äbtissin hatte ihm nicht geglaubt, aber vielleicht dachte sie jetzt ja wirklich, dass das Kind nicht sein Fleisch und Blut war, vielleicht würde sie versuchen, es ihm wegzunehmen.

Er schlief nicht gut in dieser Nacht, auf der harten Pritsche, unter der dünnen Decke. Was für ein fürchterliches Leben im Namen Rins, dachte er. Als er schließlich einschlief, sah er sich wieder durch den Wald laufen, hinter einer schlanken, kleinen Gestalt her. Das weiße Haar wehte vor ihm und er streckte die Hand danach aus, aber immer lief sie vor ihm her, und er konnte sie nicht ergreifen.

Am Morgen bekam er sein Frühstück aufs Zimmer. Bruder Rauja eskortierte ihn anschließend durch die Gänge auf den Hof, wo der Braune bereits auf sie wartete.

»Was hat sie gesagt?«, fragte Blitz, dem der Mönch eine ganze Spur unfreundlicher vorkam als am Vortag.

»Du hast dich sehr ungebührlich betragen«, sagte der Mann vorwurfsvoll. »Ich habe keine Ahnung, was vorgefallen ist, aber ich habe Äbtissin Nua selten so aufgebracht erlebt.«

»Papa!« Manina streckte die Arme aus, damit er sie aufs Pferd setzte.

Anscheinend hatte die Äbtissin doch erzählt, was vorgefallen war, denn Bruder Rauja meinte tadelnd: »Deine eigene Tochter verleugnest du, um an die unschuldigen Novizinnen heranzukommen? So etwas habe ich noch nicht erlebt! Verlasse jetzt dieses Haus und gehe auf der Reise in dich.«

»Das werde ich tun«, versprach Blitz düster.

Als er das Kloster hinter sich ließ, war ihm, als würde eine Last von ihm abfallen.

»Weg!«, rief er aus. »Nur weg von hier!«

Der Frühlingswald schien ihm nicht mehr so hell wie am Vortag. Wolken waren aufgezogen, ein leichter Wind strich durch die Bäume. Selbst die Vögel sangen nicht mehr so freudig.

»Da reden sie von Rin und dass man für ihn leben soll«, sagte er wütend zu Manina. »Und was tun sie? Sie hat nicht einmal in Erwägung gezogen, dass ich die Wahrheit sage! Bist du nicht eine Prinzessin, Schatz? Bist du nicht das wertvollste Kind, das je unter jenem Dach übernachtet hat?« Er wusste nicht wohin mit seiner Wut. »Und sie versklaven junge Mädchen und zwingen sie zu einem Leben, das sie nicht wollen ... Oh Manina, wie kann ihnen irgendjemand sein eigenes Kind anvertrauen? Sie halten die Mädchen dort wie Gefangene, sie lassen sie schuften, sie bestrafen sie für nichts und wieder nichts ... Sie zwingen sie, zurückzukommen, wenn sie versuchen zu fliehen ... Was habe ich getan?«, flüsterte er. Sein Zorn auf die Äbtissin verwandelte sich in Zorn auf sich selbst. »Warum habe ich sie zurückgebracht in dieses fürchterliche Kloster? Die Böden muss sie wischen und dabei sieht sie aus wie eine

Prinzessin. Die gleichen blauen Augen wie du, Manina. Ich stelle mir vor, du wärst es ...«

Aber es war Ilinias, die er vor sich sah. So strahlend blaue Augen hatte sie. Niemand würde daran zweifeln, wenn er sie als Maninas Mutter vorstellte. Die Leute würden sogar Ähnlichkeiten entdecken, wo keine waren, solange sie sie für verwandt hielten. Vielleicht hätte er die Äbtissin direkt darum bitten sollen, Ilinias als Begleitung mitzubekommen. Vielleicht hätte er Bruder Rauja doch erlauben sollen, ihm das Hemd auszuziehen, dann hätte der Mönch gewusst, dass er Zukatas Mann war, und seine Geschichte von der entführten Prinzessin hätte ein größeres Gewicht erhalten. Wenn er doch nur ...

Blitz seufzte. An diesem Tag konnte er sich auf nichts anderes konzentrieren. Wieder und wieder ging er jedes Ereignis durch, jedes Wort. Jeden Augenblick, den er mit Ilinias verbracht hatte, kramte er hervor. Die seidige Weichheit ihres Haares, als er sie gepackt hatte. Der Moment, in dem er ihr Gesicht gesehen hatte, als sie ihn wütend angeherrscht hatte, er sollte sie in Ruhe lassen. Besonders gerne erinnerte er sich daran, wie sie beide zu Boden gegangen waren. Und sein Herz schmolz, als er an ihre Bitten dachte, ihn nicht zu verraten.

Das Messer! Er holte es aus der Tasche und betrachtete es. Es war schlicht und klein, kaum mehr als ein Küchenwerkzeug. Wahrscheinlich hatte sie es tatsächlich in der Küche gestohlen. Und man hatte ihr nicht beigebracht, wie sie sich damit gegen einen Mann verteidigen konnte, der sie im Wald überfiel. Dafür hatte sie ihre Sache recht gut gemacht, aber wenn er nun darauf aus gewesen wäre, sie zu entführen ... Er rief seine Gedanken zur Ordnung. Er musste sich dieses Kloster aus dem Kopf schlagen und seine unglückseligen Insassen. Vielleicht hatte die Äbtissin recht und sie machten aus ihren Novizinnen wirklich Frauen, die ein wertvolles Leben führten und Rin voller Liebe anbeteten ... Aber man konnte daneben doch auch noch einen Mann lieben. Selbst die Melgianerinnen taten das.

Seine Gedanken kamen nicht zur Ruhe. Er nahm die Gegend, durch die sie kamen, kaum wahr.

Gegen Mittag erreichten sie ein kleines Dorf mit einem Gasthof. Es fing an zu tropfen und die Wolken über ihm verrieten ihm, dass es ein nasser Tag und wahrscheinlich eine noch nassere Nacht werden würde. Manina nieste bereits jetzt. Er musste aufpassen, dass sie sich nicht noch mehr erkältete, daher entschloss er sich dazu, hier einzukehren. Um möglichst wenig aufzufallen, verzog er sich gleich in das kleine Zimmer, das er für sich und Manina bekommen hatte, und aß mit ihr hier oben aus dem Proviantbeutel. Die Kleine versank bald darauf in ihrem Mittagsschlaf, und er saß am Bettrand und schaute in ihr schönes Gesicht.

Der Wirt hatte ihn so merkwürdig angesehen, als er hereingekommen war. Ein junger Mann mit seiner Tochter. Warum waren bloß nicht mehr Männer mit ihren Töchtern unterwegs? Weil dies kein Leben für ein Kind war? Weil sie keine Ziehenden waren? Er brauchte eine Frau. Wenn er Kirifas erreichen wollte, den langen Weg durch Salien, Laring und Aifa, brauchte er eine Frau. Es musste eine sein, die als die Mutter des Kindes durchgehen konnte, am besten eine mit solch blauen Augen, wie Manina sie hatte, so strahlend wie ein Stück Himmel. Er brauchte Ilinias, um Manina zu retten, und Ilinias war nicht weiter als ein paar Reitstunden entfernt. Er hätte das Kloster niemals ohne sie verlassen dürfen!

»Schlaf schön, meine Kleine«, flüsterte Blitz.

Er konnte selbst kaum glauben, was er tat, als er aufstand und das Zimmer verließ, als er die Tochter des Wirts darum bat, nach der Kleinen zu sehen, wenn sie erwachte, als er dem Wirt mitteilte, er würde bald zurückkommen. »Hast du ein frisches Pferd? Ich muss kurz etwas erledigen.« Er bekam das Pferd, nachdem der Mann sich vergewissert hatte, dass der Braune, den Blitz im Stall ließ, mindestens ebenso viel wert war. »Nimm die Gerte mit. Dann rennt es wie das edelste Ross eines Adligen«, sagte der Wirt stolz. »Und wehe, du bringst es nicht wieder zurück!«

»Ich bringe es zurück«, versprach Blitz hoch und heilig. Dann stand er draußen auf der Straße, ohne die Prinzessin, und konnte es kaum fassen. Er ließ sie allein und doch konnte er kaum Angst deswegen fühlen. Er brauchte eine Frau. Jetzt sofort, und die Reise würde ruhig und in Sicherheit verlaufen. Er wusste das, so wie er wusste, dass sie ohne zu zögern mit ihm kommen würde.

Er ritt zurück nach Norden, den ganzen Weg, den er am Vormittag bereits zurückgelegt hatte. Der Regen fiel sanft auf ihn hinunter und hatte ihn bald völlig durchnässt. Der Verband an seinem Arm färbte sich wieder rot. Er fragte sich die ganze Zeit, was er hier eigentlich tat, und einige Male war er kurz davor, wieder umzukehren. Er hielt den Braunen an und wendete ihn, aber dann, wenn er die Straße nach Süden vor sich sah, brachte er es nicht über sich, zurückzureiten, und er drehte sein Pferd erneut und setzte seinen Weg fort.

Er erreichte das Kloster am Nachmittag. Es wurde bereits dunkel und das Tor war geschlossen, aber er klopfte heftig dagegen.

Ein Fensterchen wurde geöffnet. »Ja?«

»Ich bin ein armer Reisender«, sagte er, »völlig durchnässt. Würdest du mir Einlass gewähren?«

War es schon so dunkel, dass die Nonne ihn nicht erkannt hatte? Sie öffnete das schwere Tor und er ritt hinein, und jetzt sah sie ihn; es war die dicke Frau, für die er Ilinias gefangen hatte.

»Du schon wieder!«, rief sie aus. »Was willst du denn hier? Mach, dass du wieder rauskommst!« Sie griff nach dem Zügel seines Pferdes, um es wieder hinauszuführen. Er schlug mit der Gerte nach ihr.

»Ilinias!«, schrie er in den leeren Hof hinein, zum Kloster hin, zu den unzähligen Fenstern. »Ilinias!«

18. Ilinias

»AHINEHL. OH DU mein Liebster. Mein Seelenverwandter. Du Licht meines Lebens, du Stern meiner Nächte. Mmmmh.« Das Mädchen hielt die steinerne Säule umschlungen und küsste sie innig.

»Du spinnst«, sagte Ilinias, aber lachen musste sie doch. »Hör endlich damit auf, Schavilai.«

»Oh Ja-laieng ...« Die Novizin trat einen Schritt von der Säule zurück. »Nimm mich mit, oh bitte! Ich tue alles, was du verlangst!«

»Nein, das geht anders.« Ein anderes Mädchen schüttelte seine Lockenpracht. »Äbtissin Nua, erlaube mir bitte, diesen jungen Helden zu begleiten. Ich bin bereit, mich als seine Frau auszugeben. Das Gold, das mir der Kaiser für meine Hilfe geben wird, bringe ich natürlich ins Kloster zurück, wo du es, werteste Äbtissin, nach deinem Gutdünken ausgeben kannst.«

Ein paar Mädchen klatschten. »Ja, damit kriegst du sie bestimmt!«

»Oh bitte, lasst mich mit ihm gehen«, flehte die Lockige.

»Du ähnelst dem Kind nicht im Geringsten«, sagte eine dunkelhaarige Novizin im Tonfall der Äbtissin. »Niemand wird dich je für seine Mutter halten. Ich fürchte, wir müssen Ilinias nehmen. Liebe Ilinias, bist du bereit, dieses Opfer für unser Kloster und unser Vaterland zu bringen? Willst du unsere Obhut verlassen und dich einem zwielichtigen Abenteurer anvertrauen, der so arm ist, dass er nur einmal im Jahr badet und ...«

Ilinias schwenkte drohend den Eimer mit dem Putzwasser. »Pass auf, Aire, gleich badest du!«

»Der, wie ich schon sagte, leider übelriechend und verlaust durchs Land zieht, aber das Beste ist, was wir je in unseren heiligen Hallen beherbergt haben? Aaa, lass das! Ilinias!«

Ilinias hatte das Wischwasser ungerührt über ihrer Freundin ausgekippt.

»Reicht das jetzt?«, rief sie aus. »Wer braucht noch eine Abkühlung?«

»Das war doch nur Spaß!« Aire schüttelte sich. »Seit wann verstehst du keinen Spaß mehr, Ilinias?«

»Sie hat zu lange in diese schwarzen Augen geblickt«, meinte Schavilai. »Er hat sie verhext.«

Ilinias baute sich vor ihr auf. »Das nimmst du zurück!«

»Du wolltest wohl gerne noch länger Händchen haltend mit ihm durch den Wald spazieren, wie?«

Ilinias stürzte sich auf sie. »Hör – endlich – auf!«

Die anderen Mädchen rissen sie mit Gewalt zurück. »Jetzt lasst doch. Er ist weg! Reg dich doch nicht so auf!«

»Ich soll mich nicht aufregen?« Ilinias atmete tief durch. »Und wer erzählt hier der ganzen Welt solche Geheimnisse, die euch Gänse überhaupt nichts angehen?«

»Ich sage nur, was ich gehört habe«, verteidigte sich Schavilai. »Himmel, konnte ich ahnen, dass du das ernst nimmst? Du glaubst doch nicht wirklich, dass dieses Kind die entführte Prinzessin war!«

»Und wenn?«

»Nua hat's jedenfalls nicht geglaubt. Ich meine, und selbst wenn, denkst du, dass sie ihm eine von uns mitgegeben hätte?«

»Nie ihm Leben«, sagte Aire. »Keine Nonne begleitet einen fremden Mann.«

»Ich bin keine Nonne!«, keuchte Ilinias, während sie sich aus dem Griff ihrer Freundinnen befreite. »Und ihr hört jetzt endlich auf damit!«

»Wartet«, sagte Schavilai. »Hört ihr das? Da ruft jemand. Dich, Ilinias.«

»Was ist denn nun schon wieder?«, fragte Ilinias missmutig.

»Nein, das ist keine unserer Nonnen!«

Die Mädchen eilten ans Fenster. »Ich glaube, da unten im Hof ist ein Reiter. Mach doch mal auf, ja?«

Nun konnten sie es deutlich hören: Eine Männerstimme, die Ilinias' Namen rief. Dazwischen hörten sie das Gekeife der Nonne.

Ilinias stand da wie erstarrt. Sie blickte in die Gesichter der Mädchen.

»Er ist zurückgekommen«, flüsterte Schavilai ehrfürchtig. »Was wirst du jetzt machen?«

»Los!«, rief Aire. »Los, lauf! Lauf, bevor sie dich wegsperren!«

Sie erwachte aus ihrer Erstarrung. Es gab keinen Moment, in dem sie überlegen musste, was sie tun sollte. Sie stürzte hinaus in den Gang und lief ein paar Nonnen in die Arme, die versuchten, sie festzuhalten. Aber die anderen Novizinnen waren bei ihr und kämpften den Weg frei.

Sie rannten durch die hallenden Gänge, die große Treppe hinunter, in den Säulengang, in dem wieder einige Nonnen auftauchten, darunter Äbtissin Nua.

»Ilinias! Bleib stehen! Bei Rin, bleib stehen! Das kannst du nicht machen!«

»Doch, ich kann!«, rief sie. Ihr Herz flog, ihr Atem, sie selbst flog. Ihre Freundinnen warfen sich zwischen die zupackenden Hände der Nonnen. Und draußen schrie immer noch jemand ihren Namen.

Sie warf sich durch die Tür und war draußen im Hof. Das Pferd tänzelte aufgeregt, während der Reiter versuchte, sich die dicke Nonne und Bruder Rauja vom Leibe zu halten.

»Ilinias!«

Dann sah er sie, wie sie über den Hof auf ihn zurannte. Ein paar weitere Novizinnen waren bei ihr, verfolgt von einer ganzen Schar aufgeregter Nonnen.

»Macht das Tor auf!«, rief er den Mädchen zu, während er den Arm ausstreckte und Ilinias zu sich aufs Pferd zog.

»Viel Glück!«, rief Aire, die den Torflügel aufhielt. »Alles Gute!«

»Besuch uns mal wieder!«, lachte Schavilai, die mit drei Nonnen gleichzeitig rang.

»Wenn du jetzt gehst«, kreischte die Äbtissin, »dann brauchst du nie wieder zu kommen! Ich werde dich nicht hier aufnehmen, wenn du verzweifelt und entehrt hier vor unseren Toren bettelst!«

»Glaubt Ihr, ich komme je zurück?«

Das Pferd wieherte, als sie durchs Tor sprengten und auf dem Waldweg davongaloppierten.

Ilinias saß hinter Blitz und hielt sich an ihm fest. Ihr war schwindlig vor Glück und Aufregung.

»Das hätten wir gestern viel einfacher haben können«, sagte sie, »wenn du mich gleich mitgenommen hättest.«

»Du vergisst, dass ich ärztliche Versorgung brauchte.«

Das hatte sie in der Tat vergessen. Ihr wurde bewusst, dass sie ihn überhaupt nicht kannte, aber sie erlaubte sich nicht, sich zu fürchten.

Sie ritten, bis es über dem Wald dunkel wurde. Dann brachen die Wolken auf und der Mond schien auf den Weg. Blitz ließ das Pferd im Schritt gehen, um sich zu erholen.

Sie hätte gerne sein Gesicht gesehen, seine Augen. Auf einmal machte es sie nervös, so dicht hinter ihm zu sitzen.

»Danke«, sagte sie schließlich, denn sie hatte das Gefühl, irgendetwas sagen zu müssen.

»Wofür?«, fragte er.

»Na, für das hier. Für meine Flucht. Aber immerhin hast du gestern meine eigene Flucht vereitelt, also sind wir wohl quitt, wie?« Sie zögerte. »Was du gestern der Äbtissin gesagt hast ...«

Sie fühlte, wie er seinen Rücken streckte. »Du hast gelauscht?«

»Nun ja, ich und meine Freundin waren im Gang. Ich musste ja putzen, wie du weißt ...«

»Was hast du gehört?«, fragte er schroff. Er drehte den Kopf nach hinten, um sie anzusehen.

»Du meintest das nicht wirklich so, oder? Dass du eine Novizin brauchst, um sie als deine Frau auszugeben? Du hast das nur gesagt, um sie dazu zu bringen, mich freizulassen, oder?«

»Nein«, sagte er schroff.

»Es stimmt also? Echt? Und die Kleine ist wirklich die Prinzessin?«

»Ja«, sagte Blitz.

»Nun ja, ich weiß nicht. Ich meine, die anderen Mädchen haben das nicht geglaubt ...«

»Was?«, unterbrach er sie. »Du hast mit allen anderen darüber gesprochen? Sie wissen es alle? Das ganze Kloster weiß es?«

»Na ja, nicht das ganze Kloster, aber ...«

»Dann gnade uns Rin«, flüsterte er, er trieb das Pferd wieder zu einer schnelleren Gangart an. »Was habe ich getan!«

Seine Behauptung war so ungeheuerlich, dass sie nicht wusste, ob sie ihm glauben sollte. »Dann – dann willst du wirklich, dass ich mit dir mitkomme? Ich wollte eigentlich nach Drian und meine Familie suchen.«

»Du hast eine Familie?«

»Ja, aber ich kenne sie nicht. Äbtissin Nua hat sich immer sehr bedeckt gehalten. Ich dachte, wenn ich fliehen kann, gehe ich zuerst dorthin. Und dann wollte ich auf die Insel der Amazonen und eine Kriegerin werden. Oder sollte ich erst eine Kriegerin werden und dann nach ihnen suchen?«

Blitz zügelte das Pferd. Licht und Schatten zogen über sie hin, während die Wolken rasch über den Mond hinüberzogen. Er wandte sich dem Mädchen zu. Seit sie ihm gesagt hatte, dass sein Geheimnis verraten war, war sein Hochgefühl wie weggeblasen. In seinem Herzen war wieder die dumpfe Angst um Manina.

»Hör mir zu«, sagte er. »Ich brauche eine Frau, mit der ich Familie spielen kann. Ich habe der Äbtissin geschworen, dass ich sie nicht anrühren werde, und dazu stehe ich. Es geht nur darum, das Kind sicher nach Kirifas zu bringen. Prinz Zukata und seine Männer werden im ganzen Kaiserreich nach mir suchen, und wenn sie uns finden, werden sie mich und das Mädchen umbringen. Wenn du lieber nach Drian willst, werde ich dich nicht aufhalten, aber dann musst du dich alleine dorthin durchschlagen. Ob das gefährlicher ist, als mit mir mitzukommen, kann ich dir nicht sagen. Deine Entscheidung, Ilinias.«

»Ähm – jetzt gleich?«

Blitz seufzte. »Sag es mir morgen.«

Er wandte sich wieder nach vorne. In seinem Traum hatte er das Mädchen mitgenommen und in die Arme geschlossen. In der Wirklichkeit hatte er sich und Manina in Gefahr gebracht und Ilinias noch dazu. Er hatte ein naives junges Mädchen mit in seine

Angelegenheiten hineingezogen. Jetzt würde nicht mehr nur Zukata hinter ihm her sein, sondern jeder, der von der entführten Novizin hörte.

Sie erreichten das Dorf am späten Abend. Aus der Wirtsstube drang fröhlicher Lärm. Licht schien aus den vielen kleinen Fenstern auf die Straße.

Blitz führte das Pferd in den Stall und versorgte es, während Ilinias wartete. Sie brauchte unbedingt etwas anderes zum Anziehen, überlegte er, als er sie in ihrer braunen Kutte dastehen sah.

Er ging noch zu dem Braunen hinüber und überzeugte sich davon, dass es ihm gut ging. Und dann fiel sein Blick auf ein anderes Pferd, das einem der Gäste gehören musste. Ein Pferd, das er kannte.

»Was ist?«, fragte Ilinias ängstlich. Sie sah das Entsetzen in seinem Gesicht und erschrak. »Du siehst aus, als hättest du ein Gespenst gesehen.«

»Ich kenne dieses Pferd«, sagte er und zog sie rasch aus dem Stall wieder hinaus auf die Straße. Aber sie gingen nicht in die Gaststube, er führte sie weiter, bis sie im Schatten der Bäume anlangten. Ilinias erschrak, auf einmal hatte sie Angst vor dem, was er vorhatte.

»Was ist denn los?«

»Wilrich ist hier.«

»Wilrich?«

»Einer von Zukatas Männern. Das war Wilrichs Pferd. Oh Rin, er ist hier im Gasthof! Und Manina ist oben im Zimmer.« Er rieb sich die Stirn. »Was tue ich jetzt ... Ich muss sie sofort da rausholen. Wenn er sie nicht schon gesehen hat. Oh Rin, wieso habe ich sie allein gelassen? Und ich kann nicht dort hinein, er kennt mich!«

»Mich wird er wohl kaum kennen«, sagte Ilinias. »Dann gehe ich hinein und hole das Kind.«

»Das würdest du tun?«

»Dafür bin ich doch hier, oder? Um ihre Mutter zu sein.«

Blitz atmete tief durch. »Gut. Aber so kannst du nicht gehen. Du siehst aus wie eine Nonne. Du brauchst unbedingt ein richtiges Kleid. Wir haben keine Zeit, wir ...«

Ilinias fühlte sich auf einmal stark und sicher. »Gib mir dein Hemd. Dann bräuchte ich noch einen Rock ... Vielleicht, wenn wir meine Kutte zerschneiden? Braune Röcke sind doch nicht auffällig, oder?«

»Dann schnell«, sagte Blitz. Hastig zog er sein Hemd aus und reichte es ihr. »Mach. Gib mir deine Kutte.«

»Dreh dich um«, befahl Ilinias.

Er gehorchte, hinter sich hörte er das Rascheln ihrer Kleider. Sie warf ihm die Kutte über die Schulter, und während sie sich das Hemd anzog, holte er sein Messer hervor und zersäbelte den Stoff. »Du musst hier festhalten, sonst geht es nicht ...« Er drehte sich zu ihr um. Sie hatte das Hemd schon an, aber ihre bloßen Beine schimmerten weiß. Falls sie verlegen war, ließ sie es sich nicht anmerken, sie hielt den Stoff fest, so dass er mit dem Messer hindurchschneiden konnte. »Das wickeln wir dir um, so, mit dem Gürtel ... Das müsste gehen, wenn man dich nicht genau anschaut. Hier, nimm noch meine Jacke. Und jetzt rein mit dir, schnell. Nein, warte, deine Haare! Mach dir einen Zopf! Du spielst eine verheiratete Frau!« Ihre Hände zitterten vor Aufregung. »Lass mich machen.«

Er griff in ihr Haar und flocht es zu einem straffen Zopf zusammen. Es ging alles zu schnell, als dass sie sich darüber hätte Gedanken machen können, wie sie das Ganze hier fand. Es fühlte sich an wie ein herrliches Abenteuer. Irgendwie, obwohl seine Angst sie ansteckte, konnte sie sich nicht vorstellen, dass die Gefahr wirklich so groß war.

Ilinias ging auf die offene Wirtshaustür zu. Sie kam sich verkleidet vor ohne ihre Novizinnentracht, ihre Kopfhaut spannte. Sie trat in die Stube und fühlte sich fast erschlagen von dem Lärm und den Gerüchen.

»He, schöne Frau!«

Sie ignorierte das Gelächter und trat auf den Mann zu, den sie für den Wirt hielt. »Ich bin gekommen, um meine Tochter abzuholen. Mein Mann sagte ...«

Der Wirt warf einen kurzen Blick in ihr Gesicht, in ihre blauen Augen.

»Ja, sicher. Dort drüben.«

Sie hatte gehofft, er würde ihr das Zimmer zeigen, aber er wies mitten in die Gaststube. Dort, auf einer Bank, saß ein junges Mädchen von vielleicht dreizehn Jahren, mit einem kleinen Kind auf dem Schoß. Ihnen gegenüber beugte sich ein bärtiger Mann über den Tisch.

»Na, wie heißt du denn, Kleine?«, fragte er und lächelte.

Ilinias erfasste eine instinktive Abneigung. Rasch trat sie hinzu. »Komm, meine Liebe«, sagte sie und griff nach dem blonden Mädchen, das erschrocken zurückzuckte. »Papa!«

»Ich bringe dich zu Papa«, versprach Ilinias. Das Kind wehrte sich und strampelte. Ilinias musste es festhalten und gleichzeitig darauf achten, dass sie ihren Rock nicht verlor, der zu rutschen begann.

»Deine Tochter?«, fragte der fremde Mann und musterte ihr Gesicht.

»Ja«, sagte Ilinias. Sie hatte keine Ahnung, ob ihr Gesicht ihre Aufregung, ihre Unsicherheit und ihre aufkommende Verzweiflung verbarg. Ihr Gürtel ging auf. Wenn sie nicht sofort hier rauskam, stand sie gleich halb nackt hier!

»Mir ist, als hätte ich sie schon einmal gesehen«, sagte er.

Sie zuckte betont lässig mit den Schultern. »Das glaube ich kaum. Wo soll das gewesen sein?«

»In Sandart?« Er beobachtete sie lauernd.

»Ich bin noch nie aus Salien herausgekommen«, antwortete sie freundlich. Sie bahnte sich den Weg zwischen den Tischen hindurch, nickte dem Wirt zum Abschied zu und war draußen. Hier ließ sie die Kleine herunter, um ihren Rock festzuhalten.

»Hier ist es zu dunkel«, sagte das Kind.

»Ich bringe dich zu deinem Papa«, versprach Ilinias. Sie zog das Mädchen hinter sich her. Plötzlich begann Manina zu schreien.

Jetzt ist alles aus, dachte sie, aber da war Blitz da und nahm das Kind auf den Arm.

»Schsch. Ich bin hier. Still, Schatz.« Er trug sie schnell zum Waldrand.

»Dieser Mann war mir unheimlich«, sagte Ilinias.

»Du solltest doch mit niemandem sprechen!«

»Er hat mit mir gesprochen!« Sie schüttelte sich. »Und jetzt?«

Er hatte das Pferd aus dem Stall geholt, während sie sich in die Höhle des Löwen gewagt hatte. »Nur weg!«, sagte er. »So schnell es geht.«

Sie saßen zu dritt auf dem Pferd. Blitz hatte sich die übrige Hälfte der Kutte um den Oberkörper geschlungen, und doch fühlte Ilinias seine nackte Haut, während sie sich an ihm festhielt.

»Frierst du nicht?«, fragte sie. »Ich habe immer noch deine Jacke.«

»Behalt sie.«

»Wir haben ja fast nichts anzuziehen!«

»Du kannst doch sicherlich nähen.«

»Was, ich? Nein. Das heißt, sie haben versucht, es mir beizubringen, aber ...«

Er fragte nicht weiter.

Sie ritten durch die Nacht, die Angst im Nacken.

Ilinias fiel vor Müdigkeit fast vom Pferd, als sie anhielten. »Hier«, entschied Blitz. Sie folgte ihm hinein in den Wald, in eine vom Mondlicht erleuchtete Senke. Unter einem Baum, in einer Mulde, breitete er ein paar Decken aus. Sie sah nicht mehr, wie er das Pferd anband. Manina schlief bereits fest. Ilinias legte sich eng neben sie und wickelte eine Decke um sie beide, dann wusste sie nichts mehr. Irgendwo im Osten wurde es bereits hell.

Sie konnte nicht lange geschlafen haben. Obwohl sie harte Betten gewöhnt war, tat ihr alles weh, als sie sich aufrichtete, und sie fühlte sich so schlecht, wie man sich immer fühlt, wenn man in Kleidern geschlafen hat. Das Kind schlief noch, eng an sie gekuschelt. Ilinias schlug die Decke zurück und stellte fest, dass ihr Rock verschwunden war.

Ihr Blick begegnete dem von Blitz, der unweit auf einem Baumstamm saß und eine Fülle braunen Stoffes auf dem Schoß hatte. Hastig deckte sie sich wieder zu.

»Was fällt dir ein!«, zischte sie.

»Ich wollte die Zeit nutzen«, erklärte er, ohne sich zu entschuldigen. Jetzt erst sah sie, dass er nähte.

»Was machst du da?«

»Etwas zum Anziehen. Für dich. Probier es an, ich muss sehen, ob es nicht zu weit oben ist.«

Er warf ihr den Rock herüber. Sie fing ihn auf, ohne den Blick von seiner bloßen Schulter zu wenden.

»Hast du noch nie einen Mann gesehen?«, fragte er. »Ach ja, du kommst ja auch aus dem Kloster.«

Doch das war es nicht, was sie so verstörte. »Du – du bist ...«

Er folgte ihrem erschrockenen Blick und schaute auf sein Brandzeichen, das seine glatte Haut verunstaltete.

»Ja?«, fragte er zurück, »was bin ich, deiner Meinung nach?«

»Du bist einer von denen. Ein ... ein ... ein ...«

Sie war nicht wie Mino. Wie hatte er das je annehmen und sich erträumen können? Sie war nicht die Freundin, die ihn durch und durch kannte, die ihm vertraute, vor der er nichts verbergen musste, was er fühlte oder dachte. Sie war eine Fremde. Warum um alles in der Welt hatte er sie bloß mitgenommen? »Nun, was willst du sagen?«, half er ihr freundlich. »Ein Sträfling? Ein Räuber? Ein Mörder? Ein Verurteilter? Einer von Zukatas Männern? Zum Tod verurteilt. Und das Seil lag schon um meinen Hals. Willst du vielleicht die Geschichte dazu hören? Oder interessierst du dich mehr für diese Narben hier? Das kann schon mal passieren, wenn einer wie ich den Soldaten in die Hände fällt.«

»Warum bist du so wütend auf mich?«, fragte Ilinias. Sie hielt immer noch den Rock in der Hand, den vertrauten Stoff ihrer so lange getragenen Kutte, unwiederbringlich zerschnitten.

Ihr Herz, das für einen Schlag ausgesetzt hatte, als sie das Brandzeichen entdeckt hatte, fing wieder an zu pochen, schnell und heftig. Wie er so dasaß, der fremde Mann, dem sie sich ausgeliefert hatte, rau und zerlumpt, mit stoppeligem Bart und bloßem Oberkörper, wirkte er tatsächlich gefährlich. Aber der ältere Mann, den sie gestern im Wirtshaus getroffen hatte, hatte ihr Angst gemacht, und in seiner Gegenwart war ihr fast schlecht gewesen. Dieser junge Mann hier war anders. Er hatte die schönsten Augen, die sie je bei einem Mann gesehen hatte.

»Du kannst gehen«, sagte er. »Los, geh doch, nach Drian, oder wo immer du hinwillst. Wenn du Angst vor mir hast, kann ich dir nicht helfen. Dann kannst du auch mir nicht helfen. Hier, das kannst du mitnehmen.«

Er warf ihr etwas auf die Decke, das sie nicht sofort erkannte. Dann sah sie, dass es ihr Messer war.

»Ich habe keine Angst vor dir«, widersprach sie, als sie das Messer in die Hand nahm. Wenn er ihr etwas tun wollte, hätte er ihr doch nie ihre Waffe zurückgegeben. »Nein, ich ... ich war nur überrascht, das ist alles.«

»Überrascht? Dass ich zu Zukatas Bande gehöre? Was glaubst du denn, wie ich an dieses Kind gekommen bin?«

Sie schaute auf das schlafende Mädchen mit dem feinen blonden Haar.

»Ich habe es nicht wirklich geglaubt«, gab sie zu.

Es schien ihr immer noch unglaublich. Selbst nach der gestrigen Aufregung hatte sie nicht daran gedacht, dass es um die kaiserliche Prinzessin ging. Er wurde verfolgt, gut, aber sie hatte sich nicht wirklich Gedanken darüber gemacht, von wem. Irgendwelche üblen Gesellen. Doch nun auf einmal waren es fürchterliche Leute, zu denen er selber gehörte.

»Ja-laieng ...«

»Nenn mich Blitz«, sagte er schroff. »Blitz reicht. Schwarzer Held ist etwas übertrieben, findest du nicht? Versprich mir, dass du uns nicht verrätst. Bevor du gehst, musst du mir das versprechen.«

»Na gut. Blitz. Ich habe nicht die Absicht, nach Drian zu gehen.«

Sie packte den Rock und zog ihn an, und es war ihr egal, dass er ihre Beine sah. »He, er passt! Wie hast du das hingekriegt?«

»Ich habe deine Taille gemessen«, sagte er. Seine Stimme klang immer noch zornig.

»Ich hab Hunger.« Manina war aufgewacht und hatte sich aufgesetzt. Sie hustete. »Papa, ich hab Hunger!«

Ilinias schaute auf das kleine Mädchen hinunter. »Das ist also Prinzessin Manina«, sagte sie staunend. »Guten Morgen, Prinzessin. Warum ist sie so klein?«

»Weil sie ein Mensch ist.« Er bückte sich zu dem Kind und sprach zu ihm, und der ganze Ärger war aus seiner Stimme gewichen. Ilinias trat einen Schritt zurück und wünschte sich, dass er auch zu ihr so freundlich sprach und nicht mehr böse auf sie war.

»Ähm, Blitz ...«

»Was ist?«, fragte er schroff. Da merkte sie, dass sie in der Hand immer noch das Messer hielt, das sie aufgehoben hatte. Hastig steckte sie es weg.

»Ich kann vielleicht nicht nähen, aber ich könnte dir einen neuen Verband machen. Ein paar Sachen habe ich doch im Kloster gelernt.«

Er blickte auf den roten Stoffstreifen, der um seinen Arm gewickelt war.

»Das wäre wohl nicht verkehrt.«

»Ich kann noch mehr. Ich kenne ein paar Kräuter, die gut gegen Husten sind. Ich kann der Kleinen einen Heiltee kochen.« Sie blickte sich um. »Ein Feuer wäre dafür allerdings nicht schlecht.«

»Du möchtest dich wohl unentbehrlich machen, wie?« Aber er lächelte bereits wieder.

»Ich will mich nur um Euch kümmern. Schließlich seid ihr jetzt meine Familie, nicht? Meine Tochter und mein ... mein Mann.«

Er schien nicht zu merken, wie schwer es ihr fiel, das so leichthin auszusprechen. »Gut. Dann sollten wir uns jetzt um das Frühstück kümmern. Es ist bald Mittag. Wir müssen heute noch eine gute Strecke zurücklegen.«

»Zuerst der Verband.«

»Na gut. Dann eben zuerst der Verband.«

Er hielt ihr seinen Arm hin, und ihre Fingerspitzen berührten seine Haut. Genau vor ihren Augen war das Zeichen: die Krone und das Z darüber. Was hat er getan?, fragte sie sich bang. Er wirkte so nett und ehrlich, aber niemand, der nett und ehrlich war, trug das Brandzeichen der Verurteilten. Was war er, ein Mörder? Vor anderthalb Jahren, als die Nachricht vom Verschwinden der Prinzessin selbst das abgelegene Kloster in Salien erreicht hatte, hatten sie wochenlang von nichts anderem gesprochen. Überboten hatten sie sich mit schauerlichen Geschichten über Zukata und seine Räuber. Dass sie hier mit einem zusammen war, war das Unglaublichste, was ihr je passiert war. So oft schon hatte sie versucht wegzulaufen und war immer gescheitert. Dass ausgerechnet er ihr dazu verholfen hatte! Aber warum auch nicht? Ein Räuber. Ein Verbrecher. Einer, der Mädchen stahl, Kinder aus Schlössern und aus Klöstern, und dabei wirkte er so unschuldig, so harmlos ... Ihr schauderte; sie nahm sich vor, immer wachsam zu bleiben.

»Deine Hände zittern«, sagte Blitz leise.

»Nein, gar nicht.«

»Du planst schon deine Flucht, hab ich recht?«

»Nein!«

»Oh doch. Du überlegst nur, wie du mich am besten verraten kannst, ohne dass du selbst in Schwierigkeiten gerätst. Und ohne dass ich misstrauisch werde.«

»Nein.« Sie hatte den Blick auf seine Wunde gesenkt, sie sah ihn nicht an.

»Schau mich an«, befahl er.

Sie konnte seinen Blick nicht deuten. Er schien ihr immer noch zornig.

»Wenn du das tust«, sagte er, »und ich bin sicher, dass es auf unserem Weg viele Gelegenheiten dazu geben wird, dann wird dieses Kind sterben. Verstehst du das? Wenn die Soldaten mich festnehmen, dann wird Zukata davon erfahren und er wird kommen und sie töten. Wenn du glaubst, du kannst damit Ehre einlegen, wenn du dieses Kind nach Kirifas bringst oder es den Soldaten übergibst, damit sie das tun, dann bringst du sie um. Zukata wird sich nicht einmal davon aufhalten lassen, wenn sie in einer Burg eingeschlossen und von hundert Mann bewacht wird. Sag irgendjemandem ein Wort dazu, wer ich bin, und du bist schuld an ihrem Tod. Ist dir das klar, Ilinias? Nein, weich mir nicht aus. Begreifst du das? Begreifst du, was es bedeutet, wenn auch nur ein Mensch von diesem Zeichen erfährt, das ich trage? Schau dir dieses Kind an, Ilinias. Es wäre sein Tod.«

Er bedrohte sie nicht damit, sie zu töten. Er legte ihr nur das Schicksal des Kindes in ihre zitternden Hände.

All das, was er sagte, hatte sie bereits gedacht. Dass die Soldaten die Kleine ebenso gut und viel sicherer nach Hause bringen konnten wie sie. Dass sie nur sehen musste, wie sie entkam ... Und doch, darüber wunderte sie sich am meisten, war da etwas in ihr, das gar nicht entkommen wollte.

»Vertrau mir, Ilinias«, sagte er leise. »Bitte.«

Manina hatte schon den Proviant aus dem Beutel gekramt und setzte sich auf den Baumstamm. »Also, ich esse jetzt«, verkündete sie.

»Ich wollte doch Tee machen«, stammelte Ilinias. »Und wir haben gar keinen Kessel!«

Er sah sie an, als wollte er noch etwas sagen. Sie wartete, aber als nichts mehr kam, wandte sie sich dem Kind zu.

»Was hast du denn da Schönes?«

Sie wandte sich dem Mädchen zu, um sich nicht Blitz zuwenden zu müssen. Er fragte jedoch nicht, wie sie sich entschieden hatte. Sie teilten das Mahl und sahen beide auf das Kind.

An der Grenze zwischen Salien und Laring wurden sie von der Patrouille angehalten. Der Wächter, ein stämmiger Mann mit einem durchdringenden Blick, hob den Arm. Eine Frau mit einem kriegerischen Antlitz hielt sich im Hintergrund.

»Ist das deine Familie?«, fragte er scharf.

»Ja«, sagte Blitz.

»Wir sind auf der Suche nach einer entführten Novizin«, sagte er. »Blond, sechzehn Jahre alt.«

Ilinias lächelte ihn an. »So jung wäre ich auch gerne wieder.«

»Die Beschreibung passt«, knurrte er. »Kind, braunes Pferd, blonde Frau, dunkler Mann.«

»Das habt Ihr Euch gerade erst ausgedacht, oder?«, fragte Blitz. »Wie viel wollt Ihr haben?«

Der Soldat runzelte die Stirn. »So viel Geld habt ihr gar nicht, dass ihr mich bestechen könntet. Kommt mit mir ins Wachhaus.«

»Sehe ich etwa aus wie eine Novizin?«, fragte Ilinias. Sie hatte sich ein Tuch um den Kopf gebunden, mit dem sie etwas mehr nach Bauersfrau aussah. Außerdem hatte sich sich das Kleid so ausgestopft, dass sie hochschwanger wirkte. Aber selbst das tat ihrer jugendlichen Schönheit keinen Abbruch. »Mit Kind, wie? Das zweite ist schon unterwegs.«

Sie tätschelte Maninas Kopf.

Blitz hatte das Pferd an die Grenze herangeführt und die beiden reiten lassen. So zusammen wirkten sie tatsächlich wie Mutter und Tochter. Ilinias Augen hatten dasselbe wunderbare Blau wie Maninas, das musste selbst diesem Wachmann auffallen. Und es fiel ihm auch auf.

»Wenn du nicht die Mutter bist, dann weiß ich auch nicht«, murmelte er. »Also nicht aus dem Kloster?«

Ilinias hob entschuldigend die Schultern und lächelte entwaffnend. »Wohl kaum.«

»Na gut«, sagte er. »Dann macht schon, dass ihr weiterkommt.«

Als sie weit genug waren, fingen sie an zu lachen.

»Da habe ich schon die Richtige ausgewählt«, meinte Blitz.

»Was hättest du gemacht, wenn eine andere zu dir aufs Pferd gesprungen wäre? Mit Aire oder Schavilai hättest du Probleme gekriegt«, gluckste Ilinias. »Die eine ist rothaarig und die andere dunkel.«

»Das wär schon irgendwie gegangen. Dann hätte ich eben Maninas Haare gefärbt.«

So knapp waren sie der Festnahme entkommen, dass sie es selbst kaum glauben konnten.

Ilinias lachte so heftig, dass sie sich krümmte und die Decke aus ihrer Bluse hervorquoll.

»Da ist schon das zweite Kind! Schau nur! Du bist Vater einer Decke! Oh Blitz!« Sie bemerkte sein Gesicht. »Blitz, was ist? Warum weinst du?«

Unwillig wischte er sich die Tränen von der Wange. »Nichts«, sagte er. »Es ist nur ... Ich glaube, seit ich von zu Hause fort bin, ist das das erste Mal, dass ich Grund zum Lachen hatte.«

»Du bist deinen Eltern davongelaufen?«

»Meinem Bruder. Er war mir zu streng.«

Auch Ilinias war jetzt wieder ernst. »Dann war es bei dir wohl so ähnlich wie bei mir, wie? Aber deine Flucht ist geglückt.«

»Ja, das ist sie. Und seitdem hatte ich keine frohe Stunde mehr. Ich vermisse sie so sehr. Meinen Bruder und Alika, meine Freunde ... Mino ...«

»Deine Freundin?«

Er nickte. »Die beste Freundin, die man sich denken kann.«

Ilinias versuchte, die Eifersucht in ihrer Stimme zu unterdrücken. Sie lachte. »Aber mit ihr hattest du keine Decke zum Kind.«

»Nein, in der Tat, das hatte ich nicht.« Er schüttelte lächelnd den Kopf, in die Erinnerung an jenes andere weißhaarige Mädchen versunken. »Sie war auch nicht – ich meine, wir waren einfach nur gerne zusammen. Wir hatten nichts miteinander.« Er sah sie an. »So wie bei uns.«

Ilinias schluckte. »Sie war bestimmt in dich verliebt«, sagte sie.

»Wieso?«

Wie hätte sie ihm das erklären können? Sie versuchte, sich einen jungen Blitz vorzustellen, bevor man ihm das Zeichen eingebrannt hatte, bevor er von zu Hause weggelaufen und schreckliche Dinge getan hatte, und sie wünschte sich so heftig, ihn schon damals gekannt zu haben, dass es wehtat.

»Die Mädchen im Kloster fanden dich alle toll«, sagte sie.

Er dachte an das Gekicher im Speisesaal und nickte. »Mino war einfach nur meine Freundin«, sagte er.

Ilinias schluckte den Kloß in ihrem Hals hinunter. »Und deine Eltern? Vermisst du die nicht?«

»Ich habe keine Eltern«, sagte er. »An meinen Vater erinnere ich mich nicht. Ein Seemann. Keine Ahnung, ob er noch lebt. Und meine Mutter ist gestorben.« Er sah sie an. »Siehst du, da haben wir noch was gemeinsam. Du hast keine Eltern und ich auch nicht. Und einen Bruder hatten wir beide.«

»Du meinst Bruder Rauja?« Gegen ihren Willen begann sie wieder zu lachen. »Aber Eltern habe ich doch. In Drian, schon vergessen?«

»Ich dachte, die Äbtissin hält sich so bedeckt.«

»Sie hat mir oft genug gesagt, warum ich weggegeben wurde.« Ihr Gesicht verdüsterte sich. »Bastard«, flüsterte sie. »Damit lässt sich trefflich schimpfen, nicht? Ich habe es oft genug zu hören bekommen. Sei dankbar für all das hier. Bastardkind.«

»Niemand wird dich je wieder so nennen«, versprach Blitz. »Was weißt du noch?«

»Außer, dass sie mich loswerden wollten, weil ich ein uneheliches Kind bin? Einmal hat mich ein Mann besucht, das weiß ich noch. Vielleicht war das mein Vater, ich weiß es nicht mehr. Aber ich erinnere mich noch genau an sein Gesicht. Ich werde ihn finden.« Die Entschlossenheit in ihrem Gesicht ließ ihn das sogar glauben. »Er hatte schwarze Haare, so wie du.«

Er sagte ihr nicht, dass es viele Männer mit schwarzen Haaren gab. Das wusste sie selbst. »Vielleicht findest du ihn wirklich«, murmelte er, »eines Tages. Vielleicht helfe ich dir, wenn wir das hier hinter uns gebracht haben.«

Sie sprachen nie darüber, was sein würde, wenn sie Manina nach Kirifas gebracht hatten. Blitz erlaubte sich keine Hoffnung für die Zeit danach. Es konnte ebenso gut sein, dass er im Gefängnis landete oder dem Scharfrichter übergeben wurde. Schließlich war er dabei gewesen, als Zukata die Prinzessin bedroht und entführt hatte.

»Da, ein Gasthaus«, sagte Ilinias. »Übernachten wir da?«

Sie hatten ein wenig Geld, nachdem Blitz auf einem überfüllten Markt ein paar Geldbörsen gestohlen hatte. Weder er noch Ilinias leisteten sich Gewissensbisse deswegen. Zuerst hatte sie vorgeschlagen, sie könnte sich mit Manina in den Staub setzen und betteln. »So einem süßen Kind geben die Leute doch sicher was. Meinst du nicht?«

Blitz zögerte lange, bevor er antwortete. »Nein«, sagte er schließlich. »Nicht, wenn du dabei bist.«

»Aber ...«

»Du bist zu hübsch«, sagte er. »Kein Mann wird dir ohne Gegenleistung etwas geben.«

»Aber ...« Sie wollte dagegen halten, dann dämmerte ihr, was er gesagt hatte. »Du findest mich hübsch?«

»Ja, natürlich«, brummte er. »Jeder Mann würde dich hübsch finden.«

»Wirklich?« Die Freude über das Kompliment sprühte aus ihren Augen. »Du findest mich schön? Das hast du mir ja noch nie gesagt.«

»Tja.« Er zuckte mit den Achseln.

»Fandest du deine Freundin Mino auch hübsch?«

»Was? Wie kommst du jetzt darauf?« Was hatte sie nur immer mit Mino? Immer, wenn die Rede auf sie kam, wirkte sie ... »Bist du eifersüchtig?«

»Nein«, wehrte Ilinias schnell ab. »Ich frage nur so. Na, ist sie hübsch?«

»Ich weiß nicht«, sagte er zögernd. »Ich habe, ehrlich gesagt, nie darüber nachgedacht.«

»Das kann ich mir nicht vorstellen.«

»Es stimmt aber. Ich habe immer nur nach dunkelhaarigen Mädchen Ausschau gehalten.«

»Und Mino ist blond?«

»Sie hat lange, weiße Haare. So ähnlich wie du.«

Ilinias ließ diese Information eine Zeitlang auf sich wirken. »Du magst also nur dunkelhaarige Mädchen? Also findest du mich gar nicht hübsch! Lügner!«

»Nein, das habe ich doch nicht gesagt!« Konnte man es ihr denn nie recht machen? »Du bist wunderschön, Ilinias. Wirklich.« Er streckte die Hand aus und berührte ihr helles Haar. »Wunderschön.«

Sie hatte nichts mehr dazu gesagt, als er ging, um fremde Leute zu bestehlen. Auch als sie nachher das Geld zählten, kam sie ihm merkwürdig schweigsam vor. Es dauerte eine Weile, bis sie ihm verzieh, ohne dass sie ihm gesagt hätte, was er falsch gemacht hatte.

Mit Geld und als kleine Familie ließ es sich recht angenehm reisen. Sie hatten schon lange nicht mehr unter freiem Himmel übernachten müssen und auch am Tag wurde es immer schöner und wärmer, je weiter sie nach Süden kamen. Maninas Husten war schnell wieder verschwunden. Sie neigte sowieso nicht zu Kränklichkeit. Frisch und gesund sah sie aus, mit roten Wangen und strahlenden Augen. Er hatte nie ein schöneres Kind gesehen als sie. Die Reise durch Laring verlief ohne Probleme. Niemand zweifelte daran, dass Ilinias Maninas Mutter war, und so erregten sie kein Aufsehen, wenn sie nach einem Zimmer fragten oder sich etwas zu essen kauften. Sie hatten sogar genug Geld, um sich ordentliche Kleidung zu besorgen.

Sie standen in dem kleinen Dachstübchen, das man ihnen zugewiesen hatte. Sie hatten schon auf Strohbetten geschlafen und in sorgfältig gezimmerten Holzkästen, auf Federn und Fellen und Laubsäcken. Ein einziges, schmales Bett stand an der Wand.

Ohne zu zögern breitete Blitz die Decken auf dem Boden aus.

»Ich bin dran«, sagte Ilinias.

»Nein, du musst nicht …«

»Doch. Ich bestehe darauf. Du nimmst das Bett. Abwechselnd, so, wie wir es besprochen hatten.«

Blitz war sich ziemlich sicher, dass sie das nie so abgemacht hatten, aber er wusste mittlerweile, dass es wenig Zweck hatte, mit Ilinias zu streiten.

»Na schön. Manina?«

Aber Manina hatte sich bereits entschieden, dass sie bei Ilinias auf der Decke schlafen wollte. Die beiden verstanden sich mittlerweile so gut, dass er manchmal ein wenig eifersüchtig war.

»Dann gute Nacht.« Er gab der Kleinen einen Kuss.

»Kriege ich auch einen?«, fragte Ilinias kichernd.

»Wieso nicht.« Er drückte seine Lippen ganz sanft auf ihre Wange und verschwand schnell in seinem Bett.

Mitten in der Nacht erwachte Ilinias. Irgendetwas war anders als beim Einschlafen, irgendetwas war ... Mit einem kleinen Schrei fuhr sie hoch.

»Still«, flüsterte Blitz. »Ich bin's nur. Sei leise, du weckst Manina.«

»Was machst du unter meiner Decke?«, zischte sie.

»Nichts. Gar nichts. Im Bett sind Flöhe. Ich mache gar nichts.«

Auch hier auf dem Boden war nicht viel Platz. Sie spürte seinen Atem an ihrem Hals.

»Du weißt, dass ich ein Messer habe.«

Er klang leicht gekränkt. »Beruhige dich, ja? Schlaf einfach weiter.«

»Das sagst du so einfach.«

»Leg du dich doch in die Flohkiste, wenn du meinst. Ich bleibe hier«, sagte Blitz trotzig. »Können wir jetzt endlich schlafen?«

Manina regte sich. Schlagartig verstummten sie beide, und sie beide taten so, als schliefen sie. Aber natürlich waren sie beide hellwach. Ilinias versuchte wieder einzuschlafen, aber es war gar nicht so einfach. Sie war sich so sehr seiner Nähe bewusst, dass sie kaum atmen konnte. Alle ihre Sinne waren zur Seite gerichtet, zu ihm hin. Sie konnte seine Wärme neben sich spüren. Es war angenehm, es war, als müsste es so sein ... Warum hatte sie ihn mit dem Messer bedroht? Sie hatte es sowieso nicht bei sich, es lag irgendwo in ihrer Tasche. Ich bin viel zu leichtsinnig, dachte sie, ich weiß doch, dass er ein Verbrecher ist. Er ist ein Dieb und wahrscheinlich noch viel Schlimmeres. Schlaf nicht ein. Pass auf. Schlaf bloß nicht ein ... Aber irgendwann schlief sie doch ein, und sie seufzte wohlig im Schlaf.

Eigentlich ohne es zu wollen, rückte Blitz immer näher an sie heran. Ich habe geschworen, sie nicht zu berühren ... Ich habe es geschworen, im Hause Rins ... Es ist nur ein Spiel, dass sie meine Frau ist ... Es war ein Fehler gewesen, sie zu küssen. Er konnte an nichts anderes mehr denken als an den Duft ihrer Haut. Dort lag sie und schlief und duftete ... Oh Rin, ich habe es geschworen, dachte er. Wie konnte ich nur so etwas versprechen? Was bin ich denn, ein Priester oder ein Mönch? Kein Mann sollte jemals so einen Eid ablegen ... Er drehte ihr den Rücken zu und wartete, dass die Nacht vorüberging.

Der Morgen fand sie in inniger Umarmung. Blitz erwachte und nahm hastig seine Hände von ihrem Körper. Ilinias gähnte und streckte sich, und er hoffte inständig, dass sie nichts davon mitbekommen hatte. Er hatte nicht die Kraft, ihrem Zorn und ihrem Misstrauen zu begegnen. Aber falls sie es gemerkt hatte, sprach sie nicht davon.

»Wie sieht es draußen aus?«

»Warm«, sagte er. »Heute wird ein richtig heißer Tag, glaube ich.«

»Schön.«

Sie versuchten, möglichst unbefangen miteinander zu reden. Ilinias faltete die Decken zusammen. Er wandte den Blick ab; er konnte es nicht ertragen, sie anzusehen.

Der Tag begann sehr warm. Es war jetzt Spätfrühling, die ersten Vorboten des Sommers waren Tage wie dieser, warm und schwül, obwohl in allen Gräben und auf allen Wiesen noch die Frühlingsblumen blühten. Sie ritten durch die Felder und Weiden von Laring. Die Gegend war hier leicht hügelig, eine milde, sanfte Landschaft, dünn besiedelt. An den Hängen ließen sich keine Häuser bauen, nur in den Senken hatten sich einzelne Gehöfte ausgebreitet. Die meisten Laringer wohnten in befestigten Städten, obwohl der letzte Krieg, der sie dorthin vertrieben hatte, einige hundert Jahre zurücklag.

Sie folgten keinem Weg, sondern ritten über das Gras, vorbei an den weidenden Viehherden. Hin und wieder trafen sie einen Hirten, der ihnen winkte. An Wasser und auch an Milch herrschte hier kein Mangel, sie hüteten sich nur, ein Schaf oder eine Ziege zu schlachten. Blitz wusste, dass die freundlichen Hirten gut bewaffnet waren.

Es wurde immer schwüler. Dicke Wolken zogen auf. In der Ferne grollte es bereits, und sie sahen am Horizont die ersten Blitze.

»Wir müssen von diesen Hügeln herunter«, sagte Blitz. »Das Unwetter zieht genau hierher.«

Weit und breit war kein Hirte zu sehen, den sie nach dem nächsten Unterschlupf hätten fragen können. Die Wolkenfront hatte sie bereits erreicht, schneller, als sie erwartet hatten, und unvermittelt goss sich ein wahrer Sturzbach auf sie herab. Nach wenigen Augenblicken waren sie bis auf die Haut durchnässt. Man konnte kaum noch die Hand vor Augen sehen. Blitz war abgestiegen und zog das Pferd hinter sich her, den Hang hinunter.

»Wir haben Glück«, schrie er nach hinten. »Da unten ist ein Hof, glaube ich.«

Der vermeintliche Hof entpuppte sich als einsam dastehende Scheune. Sie schoben eilig die Tür auf und machten sie schnell wieder hinter sich zu. Im Dämmerdunkel der Scheune war es warm und trocken. Bis oben hin war der Raum mit Heu gefüllt.

Manina weinte. »Ist dir kalt, Liebes?« Ilinias zog der Kleinen schnell die Kleider aus und wickelte sie in eine Decke. »So, leg dich damit ins Heu.«

»Kaum zu glauben, dass uns heute morgen zu warm war.« Auch Blitz war dabei, die nassen Sachen abzustreifen. Es hatte gar keinen Zweck, auch nur ein Stück Stoff anzubehalten, alles war durch und durch nass. Hastig entledigte Ilinias sich ihrer Kleider, die an der Haut klebten, und stellte fest, dass Blitz bereits die zweite Decke um sich gelegt hatte. Er sah irgendwo an ihr vorbei ins Heu. Ohne darüber nachzudenken, was sie tat, schlüpfte sie zu ihm unter die Decke.

»Das ist keine gute Idee«, flüsterte er.

»Warum nicht?« Draußen grollte der Donner und erschütterte die ganze Hütte. Aber hier drinnen war es angenehm und trocken. Manina, die beim Krachen des Donners zusammengezuckt war, beruhigte sich wieder und begann, trockene Blüten aus dem Heu herauszuzupfen und den Braunen damit zu füttern.

Blitz wusste nicht, wo er seine Hände hintun sollte. »Ich habe geschworen …«, begann er, aber irgendwie waren auf einmal nicht mehr genug Worte da, um auch nur einen Satz ganz auszusprechen. Er nahm ihr Gesicht in seine Hände und begann sie zu küssen.

»Jetzt kannst du nicht mehr zurück.« Das Gewitter war über sie hinweggezogen. Sie hörten den Regen aufs Scheunendach prasseln.

»Zurück?«, fragte Ilinias.

»Ins Kloster«, sagte er. »Wenn wir sie weggebracht haben. Wenn ich im Gefängnis bin und du deine Familie vielleicht doch nicht gefunden hast ... Du hättest immer noch zurückgehen können. Jetzt aber nicht mehr.«

Sie lachte leise. »Dahin zurück? Als Nonne? Und darauf verzichten? Warum haben wir das eigentlich nicht schon viel früher gemacht?«

Er grinste. »Du hattest doch ein Messer, schon vergessen?«

»Ach ja. Und du hattest dein Versprechen. Bei meiner Ehre, Frau Äbtissin, ich werde sie nicht anrühren ... Nun, anscheinend haben wir heute beide unsere Ehre verloren.«

Es gab ihm einen Stich, sie das sagen zu hören. Er dachte an die Worte der Äbtissin: Wenn du dann verzweifelt und entehrt zurückgekrochen kommst ...

»Ich will dich nicht entehren«, flüsterte er und küsste sie auf die Stirn. »Den nächsten Priester, den ich sehe, werde ich bitten, uns zu vermählen.«

Sie hielt seine streichelnde Hand fest. »Was? Du willst mich heiraten?«

»Ja«, sagte er. Er war nicht gewillt, sie jemals wieder loszulassen.

»Und Mino?«

»Was kümmert mich Mino? Ich habe dir gesagt, dass wir nie ein Paar waren. Willst du jetzt oder nicht?«

Sie schwieg immer noch.

»Es ist das Zeichen, nicht?«, fragte er leise. »Zukatas Zeichen.« Vertrau mir, wollte er rufen. Oh bitte, bitte, vertrau mir. Aber wie konnte er das jetzt noch sagen? Vertrauensvoll war sie mit ihm gekommen, und was hatte er getan? Sie hatte nichts mehr. Das Einzige, was in ihrem Besitz gewesen war, der Schlüssel zu einem bisschen Glück, war ihre Schönheit gewesen. Doch nun, wer würde sie jetzt noch heiraten? Was würde aus ihr werden, wenn die Soldaten ihn ergriffen und in den Kerker geworfen hatten? Oder wenn Zukata ihm den Hals umgedreht hatte?

»Du bist alles, was ich jemals wollte«, flüsterte er. »Du bist das Mädchen, nach dem ich mich mein Leben lang gesehnt habe. Ich wollte immer eine wie dich, eine Kriegerin mit einem Messer. Du reitest mit mir durch die Wälder und durch den Regen, ohne zu klagen ... Ich möchte, dass du bei mir bist, bis ans Ende meiner Tage ...«

Er konnte es nicht ertragen, dass er ihr Leben zerstört hatte.

Ihre Fingerspitzen glitten über sein Gesicht. *»Ahinehl«,* hauchte sie, kaum hörbar. Noch nie hatte irgendjemand das zu ihm gesagt. In dieser Situation klang es wie eine wunderbare Einladung.

»Wer ist das?«, fragte Manina laut von der anderen Seite des Heuhaufens.

Vorsichtig lugten sie beide über das Heu. Eine dunkelbraune, durchweichte Gestalt stolperte soeben durch die Tür und zog sie hinter sich zu. Der Fremde seufzte erleichtert und schlug die Kapuze herunter, dann drehte er sich um und sah das Pferd und das Kind.

»Oh. Entschuldigung, ich dachte ...«

»Ein Priester!«, schrie Ilinias und begann laut zu lachen. »Nun bin ich aber gespannt, Blitz!«

Blitz schlang sich die Decke um die Hüfte und kroch über das Heu nach vorne.

»Ich wollte mich nur unterstellen, wegen des Regens«, stammelte der Priester verwirrt. Er sah die bloßen Schultern des Mädchens und wandte sich schnell ab. »Ich wusste nicht ... ich dachte ... Ich bin gleich wieder fort!«

Er war schon an der Tür.

»Nun warte doch!«, rief Blitz. »Das ist nicht nötig, Bruder. Bleib hier, bitte. Wir sind, äh ...«

»Ich hatte nicht vor, ein ... ein Ehepaar zu stören ...«

»Wir sind kein Ehepaar«, sagte Blitz.

»Dann, ähm ... Also wirklich, Kinder ...« Aber seine Stimme zitterte zu stark, um streng zu klingen.

Blitz befühlte die Kleidungsstücke, die auf dem Boden lagen. »Noch nass, natürlich. Wo sind die alten Sachen? Da im Beutel? Er kramte darin herum und warf Ilinias ihr Kleid zu. »Hier, fang. Und für mich ... ah ja.« Er benutzte das Pferd als Deckung, um sich umzuziehen. »Für dich, Bruder, habe ich leider nichts Trockenes hier.«

»Ich hatte nicht vor, mich, ähm ...« Der gute Mann brachte das Wort »ausziehen« nicht über die Lippen.

»Kannst du uns trauen, Bruder?«

»Was? Ich ... ja, natürlich kann ich das, aber ist dies hier denn ein geeigneter Ort für eine Hochzeit? Was sagt denn das junge Mädchen dazu?«

»Ich ziehe gerade mein Hochzeitskleid an«, kam ihre Stimme aus dem Heu. »Also, richtig trocken sind die hier auch nicht mehr. Wir bräuchten einen wasserdichten Packsack.«

Der Priester starrte fassungslos von Blitz zu Ilinias, die barfuß, in einem schlichten Kleid, hinter dem Heu hervorkam, die Haare voller Stroh. Sie zupfte sich ein paar Halme heraus und stellte sich neben Blitz.

Er blickte sie an. »Du willst es also?«, fragte er leise. »Trotzdem? Trotz des – des Zeichens?«

»Ich glaube nicht, dass du irgendetwas getan hast, was ich nicht auch getan hätte, wenn ich an deiner Stelle gewesen wäre«, sagte sie.

Auch das hatte noch nie jemand zu ihm gesagt. Sein Herz war eine Schatzkiste, gefüllt mit Glück.

»Dies ist die Richtige«, sagte er zu dem Priester. »Sie ist es. Ich bin mir sicher.«

Der Mann hatte sich mit seinem Schicksal abgefunden und nickte. »Ich brauche eure Namen und die Namen eurer Eltern, Herkunft und Alter. Du zuerst.« Er nickte Blitz zu.

»Der Name? Ach, das ist schwierig. Ja-laieng«, sagte Blitz, »Schwarzer Held, das ist mein Geburtsname. Aber genannt wurde ich immer Jahalik, Schwarzer Blitz. Meine Eltern sind aus Drian. Menik hieß meine Mutter und mein Vater Jakebeny. Ich weiß nicht, ob er noch lebt. Ich habe fast mein ganzes Leben in Arima verbracht, auf der Glücklichen Insel. Zwanzig Jahre alt bin ich.«

»Gut. Und nun zu dir.«

»Ich heiße Ilinias, das kommt von Il-y-nias, Schnee aus der Ferne. Ich kenne meine Eltern nicht und weiß auch nicht ihre Namen. Aus Drian sind sie wohl auch. Und ich bin aus Salien. Ich bin – äh, siebzehn?«

»Seid ihr euch darüber im Klaren, dass die Ehe für das ganze Leben geschlossen wird, was bedeutet, Liebe und Treue von nun an bis zum Tod? Ich, ähm, ich muss das fragen.«

»Ja«, sagte Blitz. Seine Stimme war fest und klar.

»Ja«, sagte Ilinias. Ihre Knie zitterten.

»Gut. Dann, ähm, sprecht mir beide nach: Ich gelobe Liebe – ich gelobe Treue – von nun an bis zum Schwarzen Tor – ich weiß, dass Rin mich jetzt hört.«

Der Priester sah sich um. »Ich bräuchte doch jetzt Wasser. Ich habe gar kein Wasser!«

»Draußen regnet es«, erinnerte ihn Blitz.

»Ah ja, danke.«

Gemeinsam schoben sie die Tür auf, und der Priester streckte die Hände in den jetzt etwas sanfter fallenden Regen hinaus und besprengte das Paar damit. »So seid ihr jetzt Mann und Frau vor Rin und den Menschen. Liebt einander und bleibt einander treu. Der Segen Rins sei über euch und die Sehnsucht leite euch über die Brücke.«

»Ja«, flüsterte Blitz Ilinias ins Ohr, »das werde ich.«

»Du, ähm, darfst die Braut jetzt küssen. Ja, jetzt – und jetzt ist genug.« Er schaute schnell woanders hin und erblickte Manina, die fasziniert zugesehen hatte.

»Soll ich vielleicht auch noch euer Kind taufen?«, fragte der Priester, der langsam Gefallen an der Sache fand.

»Ich glaube, sie ist schon getauft«, meinte Blitz.

»Du weißt nicht, ob dein Kind getauft ist?« Er wandte sich an Ilinias, aber auch sie zuckte die Achseln. »Dann, ähm ... Nun, ein bisschen Segen mehr kann nie schaden. Besser zu viel als zu wenig.« Er tauchte seine Hände noch einmal in den Regen und ließ auch auf Manina einen Schauer herabgehen.

»He, lass das!«, rief sie empört. »Papa, der macht mich nass!«

Der Priester legte ihr die Hände auf den Kopf. »Liebe ... Äh, wie heißt sie denn?«

»Manina«, sagte Blitz.

»Oh. Manina. Rins Segen sei über dir, dein ganzes Leben lang. Er begleite dich durch die Jahre, die er dir geschenkt hat, und mache dich zum Segen für seine Welt.«

»Lass mich los!«, fauchte die Kleine.

»Ja, wir sind ja auch fertig. Einen schönen Namen hast du, Manina. Weißt du, dass du genauso heißt wie die Tochter des großen Kaisers? Wo immer sie auch sein mag.« Er seufzte und blickte in die Runde. »Das Pferd brauche ich aber nicht zu segnen, oder? Dann müsste jetzt eigentlich der Teil kommen, wo das Festmahl aufgetragen wird.«

»Schauen wir mal, was wir hier noch haben ...« Ilinias wühlte in ihrem Proviantbeutel. »Dörrobst, gefüllte Teigtaschen ... Dafür, dass es heute morgen so heiß war, riecht diese Wurst noch ganz gut ...«

Sie breiteten ihre Schätze auf einer Decke aus, auf der auch der Priester Platz nahm. Durch das offene Tor sahen sie, wie der Regen langsam nachließ.

»Es hat aufgehört«, verkündete Manina, als sei dies allein ihr Verdienst.

»Wie hat es dich eigentlich ausgerechnet in diese Scheune verschlagen, Bruder?«, fragte Blitz.

»Aber genau dahinter liegt doch die große Straße«, sagte der Priester. »Man kann die Scheune von da aus sehen. Gegenüber, auf der anderen Seite, sind ein paar Höfe.«

»Die Straße? Wir sind von der anderen Seite her gekommen, wir wissen nichts von einer Straße.«

»Na, die Straße nach Aifa«, sagte der Mann. »Die große Straße nach Kirifas.«

19. Hoffnung

IHR HEIMWEG FÜHRTE sie ins Gebirge, aber sie hatten sich Zeit gelassen dabei. Sie waren langsam gegangen, als könnten sie immer noch etwas entdecken, was sie weiterbrachte, als bestünde immer noch Hoffnung. Aber es gab keine Spur mehr, der sie folgen konnten. Zukata und seine Männer hatten sich in Luft aufgelöst.

Der Rückweg war lang. Sehr lang. Ihre Füße waren zu schwer, um sie in Richtung Kirifas zu bewegen. Allerdings ging es auch bergauf, der Aufstieg war mühsam. Aber Möwes Bitte, ob sie nicht einen anderen Weg nehmen könnten, prallte an Keta ab. Das Gesicht des Riesen war dunkel und grimmig. Er sprach kaum, und wenn jemand etwas sagte, antwortete er gereizt. Jamai und Möwe gingen nebeneinander, sie fassten sich bei den Händen, sie flüsterten.

»Ich glaube, er will gar nicht nach Aifa«, sagte Jamai leise. »Wenn wir nicht wären, würde er weitersuchen.«

»Und wenn wir allein zur Grenze gehen?« Möwe beobachtete Keta, der vor ihnen ging. Sie wusste, dass er für seine Begriffe schlich. Er hätte viel schneller sein können. Mit seinen Riesenfüßen hätte er Sandart mehrere Male durchqueren können, bevor sie die Grenze überhaupt erreicht hatten, und sie spürte, dass er das wollte. Er konnte nicht aufgeben, nicht jemand wie er, nicht, wenn es um das Kind seines Vaters ging.

»Wie werden wir ihn denn los?« Jamai runzelte die Stirn, während er nachdachte. »Er hält sich nun mal für unser Kindermädchen.«

»Darauf zu warten, dass er einschläft, hat wohl wenig Zweck.«

Darauf brauchte Jamai nicht mal zu antworten. »Und wenn wir ihn unter einem Vorwand wegschicken?«

»So weit können wir gar nicht kommen, dass er uns nicht einholt.«

»Es sei denn, er glaubt, wir wären in Sicherheit.« Jamai grinste. »Wir brauchen nur eine Gruppe von Ziehenden. Dort könnte er uns lassen. Er wäre glücklich und könnte endlich tun, was er wirklich will.«

»Aber wo kriegen wir jetzt ein paar Zintas her? So oder so müssen wir zurück nach Deret-Aif.«

Der Junge nickte. »Nur noch über diesen Pass. Dann wird es nicht so schwer sein, eine Sippe zu finden, die uns mitziehen lässt.«

»Du hast doch nicht im Ernst vor ...?«

Auch das war eine überflüssige Frage. Sie lächelten einander zu, doch in diesem Augenblick blieb Keta plötzlich stehen und hob die Hand.

Sie verstummten und sahen sich um.

Ein Mann stand plötzlich vor ihnen auf dem schmalen Pfad, der sich den Berg weiter hinaufschraubte. »Warum kommst du her, Zukata? Der Pass ist sicher. Du musst unsere Arbeit nicht überprüfen.«

»So?«, sagte Keta nur.

»Hier ist niemand durchgekommen, ohne dass wir ihn gesehen hätten«, versicherte der Mann. Trotz seines grimmigen, selbstbewussten Auftretens hatte Möwe den Eindruck, dass er Angst hatte.

»Niemand?«, wiederholte Keta. Er bohrte seinen Blick in die Augen des Mannes.

»Wirklich, niemand. Du weißt, du kannst dich auf uns verlassen.«

»Wo sind die anderen?«, fragte der Riese. Mit keiner Miene gab er zu erkennen, dass er nicht Zukata war. Nur Möwe bemerkte, dass seine Hände leicht zuckten.

»Weiter oben, wir ...«

»Führ mich zu ihnen.«

Sie folgten dem Fremden, der flink wie eine Bergziege den steilen Hang hinaufschritt. Möwe und Jamai blieben zurück. Nicht nur von der Anstrengung bekamen sie Herzklopfen.

»Komm!« Möwe zog ihn weiter, aber Jamai hielt sie fest und blieb stehen. »Nein«, sagte er leise. »Lieber nicht.«

Sie mussten nicht zusehen, um zu wissen, was geschah. Sie hörten die Schreie, sie hörten Ketas Wutgebrüll. Der ganze Berg schien zu zittern unter seinem Zorn. Irgendwann war es still, und immer noch hielt Jamai ihre Hand. »Du willst das nicht sehen«, sagte er. »Wirklich nicht. Möwe, glaub mir, tun wir uns das lieber nicht an.«

Sie warteten, bis Keta zurückkam. Sein Gesicht war erhitzt. Sie versuchten, die dunklen Flecken auf seiner Kleidung zu übersehen.

»Ich habe einen Mann befragt«, verkündete er. »Er hat mir gesagt, was ich wissen wollte. Es gibt noch Hoffnung, meine Kinder.«

Möwe hob den Kopf. »Ja?«

»Sie sollten Ausschau halten nach einem Jungen mit einem Kind. Einem schwarzhaarigen jungen Mann und einem kleinen, blonden Mädchen.«

»Das gibt es doch nicht«, flüsterte Jamai.

»Sie ist ihm entwischt!« Ketas Augen strahlten. »Einer seiner eigenen Leute hat ihn anscheinend hintergangen. Und noch etwas, Möwe. So erstaunlich es ist, aber dieser Junge heißt Blitz.«

Jedes Mal, wenn sie nur dieses Wort hörte – wenn ein Gewitter nahte und jemand ausrief: Da, ein Blitz! –, durchfuhr es sie, jedes Mal war es tatsächlich, als würde sie vom Blitz getroffen. Ein Gefühl glühte in ihr auf, so heftig, dass sie erwartete, es müsste ihre Erinnerungen freilegen, wie ein strahlendes, blendendes Licht, das in einem dunklen Zimmer aufblitzt. Aber vielleicht blendete es zu stark. Immer noch konnte sie nichts sehen.

»Ein Junge namens Blitz«, meinte Jamai. »Wie ungewöhnlich. Du kennst ihn doch nicht etwa?«

»Wie könnte ich jemanden kennen, der zu Zukatas Bande gehört?«, gab sie zurück.

Blitz. Sie wusste, dass sie manchmal von ihm träumte. Sie wusste es, wenn sie am Morgen die Augen aufschlug und den Verlust so stark spürte, dass es schmerzte. Sie wusste es, wenn Jamai ihre Hand nahm oder wenn sein Gesicht sich dem ihren näherte, vorsichtig und zärtlich, in der Hoffnung auf einen Kuss. Mein Herz ist nicht frei. Sie wusste das. Sie schob Jamai sanft fort, sie schüttelte den Kopf. Irgendwo ist jemand. Und wir stehen am Strand und er ruft … Oder rufe ich ihn? Und das Schiff legt ab. Vielleicht ist Blitz auf dem Schiff? Nein, er stand hinter ihr, während die Wellen um ihre Füße spülten. Er war irgendwo da draußen, in den Wäldern …

»Was ist?«, fragte Jamai. »Du starrst hier Löcher in die Luft.«

»Ein Strand«, sagte sie leise. »Ich stehe am Strand. Und das Schiff ist da, ein kleines Schiff mit weißen Segeln …«

»Erinnerst du dich?«, fragte Keta aufgeregt, er fasste sie bei den Schultern. »Möwe, erinnerst du dich?«

Sie schüttelte den Kopf. »Nein«, antwortete sie traurig. »Da war etwas … Er war da. Ich kenne seine Stimme. Ist das nicht erstaunlich? Ich kenne seine Stimme, ich würde sie unter Tausenden erkennen. Aber ich kann mich an nichts erinnern.«

Jamai trat unbehaglich von einem Bein aufs andere. »Wollen wir nicht weiter?«

Keta nickte. »Ja. Nun, die Situation hat sich geändert. Ich war davon ausgegangen, dass Zukata das Kind versteckt hat. Aber wenn dieser Bursche mit ihr auf der Flucht ist, sieht es anders aus. Wir müssen ihn nicht nur finden, wir müssen auch verhindern, dass Zukata ihn zuerst aufspürt.«

»Was will dieser Mann denn mit dem Kind?«, fragte Jamai. »Wir wissen doch gar nicht, welche Absichten er verfolgt. Vielleicht hat er vor, Zukata zu erpressen. Oder er verkauft sie an irgendeinen König im Osten. Oder …«

»Zukata lässt die Grenze bewachen«, unterbrach Keta den Jungen. »Den Pass nach Deret-Aif. Das sagt mir genug. Dieser Blitz will mit ihr ins Kaiserreich. Er bringt sie zurück.«

»Ja!«, jubelte Möwe. So sehr hatte sie sich davor gefürchtet, dem Kaiser schlechte Nachrichten zu bringen. Aber jetzt! Die Freude wallte in ihr auf, aber dann sah sie in Ketas ernstes Gesicht.

»Wir wissen es«, sagte er. »Dann weiß Zukata es erst recht. Er wird alles tun, um die beiden aufzuhalten. Wir müssen so schnell wie möglich zurück ins Kaiserreich. Kommt, Kinder!«

Er eilte wieder vorwärts, und sie hasteten ihm nach.

In dieser Nacht in den Bergen, bevor sie den Boden ihrer Heimat betraten, träumte Möwe wieder von Blitz. Sie wusste, dass er es war. Er sah aus wie Jamai, aber das Gefühl, das sie mit ihm verband, war ein altes, vertrautes Gefühl, etwas, das lange gewachsen war, eine Freundschaft und eine Liebe und ein Sichkennen, das auf dem Fundament vieler Jahre stand. In ihrem Traum stand sie nicht am Strand, sondern in einem Haus, in einer kleinen, schlichten Hütte. Eine Frau war dabei, Gläser in ein Regal zu stapeln, Unmengen von Gläsern, in denen Obst war. Sie stapelte sie übereinander, Pfirsiche und Aprikosen, Kirschen und Pflaumen, Äpfel und Birnen und Beeren. Möwe trat zu ihr. Was tust du da?, fragte sie. Für Blitz, sagte die Frau, ohne ihre Arbeit zu unterbrechen. Ich sammle den Sommer für Blitz. Ich sammle Arima für Blitz. Ich sammle das Glück für Blitz.

Und warum ist für mich kein einziges Glas dabei?, fragte Möwe in ihrem Traum. Sie wandte sich um und sah Blitz, der am Tisch saß und Wein trank. Es war gleichzeitig Jamai, aber seine Stimme war eine andere Stimme, so warm und vertraut, dass es ihr selbst in ihrem Traum das Herz zerriss.

Weil dies mein Haus ist, sagte er. Und dies ist mein Sommer und mein Glück.

Und ich?, fragte sie wieder. Und was ist für mich?

Selbst im Traum liebte er sie nicht. Es war seine Stimme und es waren seine Augen, dunkel und herrlich, als er sagte: Für dich war das Schiff.

Aber es ist abgefahren!, klagte sie. Ich weiß, das Schiff war für mich, aber es ist längst fort ...

Und im selben Moment löste der Traum sich auf und einen Augenblick lang war ihr, als würde jemand sie fragen: Möchtest du so erwachen? Möchtest du aufwachen und das wissen? Er liebte sie nicht und das Schiff war fort und das Glück, in Gläsern konserviert, war nicht für sie ...

Nein, schluchzte sie, nein, nein ...

Sie schrak hoch.

Das Feuer brannte im Kamin der Hütte langsam herunter. Keta lag dicht neben der Tür, für den Fall, dass jemand nachts die Schmuggler besuchte und sich wunderte, wer stattdessen in der einzigen Hütte übernachtete, in der noch ein Feuer brannte. Jamais Gesicht wurde von den letzten kleinen Flammen beschienen. Ihr Herz klopfte heftig, immer noch voller Entsetzen über das Gefühl, das der Traum in ihr hinterlassen hatte, auch wenn sie sich an nichts erinnern konnte. Verlust. Immer erwachte sie mit dem Gefühl eines schrecklichen Verlusts.

Sie saß da, schlang die Arme um ihre Knie und betrachtete Jamai. Was haben wir schon alles zusammen durchgemacht, dachte sie. Er war der einzige Mensch außer Keta, dem sie voll und ganz vertraute und den sie als ihre Familie betrachtete. Und doch wusste sie in ihrem Inneren, dass sie, wenn Blitz auftauchen würde, wenn sie diese Stimme hören würde, die sie nur in ihren Träumen hörte, ohne zu zögern mit ihm gehen würde.

Sie zog die hölzerne Möwe aus ihrer Tasche, die ihre Flügel ausgebreitet hatte zum Flug. Dieses kleine Spielzeug, das Einzige, was sie aus ihrem alten Leben mitgebracht hatte. »Flieg, kleine Möwe«, sagte sie, dann huschte sie zu Jamai hinüber und steckte den Vogel in seine Manteltasche. »Für dich, Jamai«, flüsterte sie. »Für alles.«

Dann schlüpfte sie zurück unter ihre Decke. »Oh Rin«, flüsterte sie, »Rin, was geschieht nur mit mir ...« Sie wusste nicht, wie es war, sich nach Rin zu sehnen, dem großen Unbekannten, der alles in seinen Händen hielt. Aber vielleicht war es so ähnlich wie die Krankheit, an der sie litt, seit sie ohne Gedächtnis erwacht war: Sie wusste nur, wie es war, sich nach Blitz zu sehnen, an den sie sich nicht erinnern konnte.

In Torn trafen sie auf ihre Sippe. Es war Variti, die sich, als sie von Ketas Unternehmen gehört hatte, auf den Weg nach Sandart gemacht hatte, mit allen zusammen. Mit all ihren bunten Wagen hatten sich die Ziehenden in einem Tal zu Füßen des Passes niedergelassen.

Ketas Augen leuchteten auf, als er Variti auf sich zulaufen sah. Er breitete die Arme aus und ließ sie in seiner Umarmung verschwinden.

Die ganze Sippe der Zintas strömte zusammen. »Möwe! Du bist wieder da!« Auch Jamai fand sich in der großen Gemeinschaft wieder, Hände legten sich auf seine Schultern, Küsse wurden ihm auf die Wange gedrückt, von Leuten, die er nicht kannte. Er war einer der ihren, das war genug.

Sie sprachen nicht über das, was sie alle bewegte, jedenfalls nicht sofort. Sie setzten sich zusammen um das große Feuer, und Keta hielt die Hand seiner Frau und lächelte in die Runde.

»Was habt ihr erlebt? Was habt ihr getan?«

Möwe brannte die Frage auf der Zunge: Ist Zukata hier vorbeigekommen? Ist er über den Pass gegangen, vor uns?

Aber sie kannte die Ziehenden mittlerweile gut genug, um sie nicht zu drängen. Sie saß neben Jamai und nickte ihnen allen zu. Sie aß, was man ihr gab, sie trank, sie wärmte sich am Feuer. Sie fing die Bälle auf, die Toris ihr zuwarf, und warf sie in die Luft.

»Du kannst es noch!«

Jedes Mal, wenn sie einen Ball auffing, rasch hintereinander, mit schnellem, sicherem Griff, hatte sie das Gefühl, dass dies richtig war. So musste es sein. Sie saßen hier am Feuer, alle zusammen, und aßen und waren nicht allein. Sie warf die Bälle hoch und fing sie auf. Wenn der Ball zu ihr zurückkehrte, war ihre Hand da, war ihre Hand immer da. Sie fing Ketas Blick auf.

Er nickte. »Sie haben uns losgelassen, die Zintas«, sagte er, »und jetzt fangen sie uns wieder auf. Unsere Familie. Mit den Nachrichten, die wir mitbringen, den guten wie den schlechten.«

Es war still geworden. Das Feuer knisterte leise, aber nun hatten sie genug gelacht und gescherzt und ihr Nachhausekommen gefeiert.

»Wir waren zu fünft«, sagte Keta, »wie ihr wisst.«

»Sie werden nicht mehr kommen?«, fragte jemand vorsichtig.

Er erzählte ihnen von ihrer Reise, die in der Begegnung mit Zukata gipfelte. Er erzählte von den Gräbern, die sie ausgehoben hatten. Er erzählte auch davon, was er von den Schmugglern erfahren hatte.

»Ist er hier über den Pass gekommen? Habt ihr ihn gesehen?«

»Zukata? Nein«, sagte Variti. »Aber überall sind seine Leute. Du kannst dir nicht vorstellen, wie viele Menschen eine Verbindung zu ihm haben. Er lässt überall nach einem schwarzhaarigen Jungen mit einem Kind fragen.«

»Falls dieser Blitz noch in Sandart ist, hat er ihn längst gefunden«, meinte Keta resigniert.

Jamai hob den Kopf. »Nein. Dafür ist Ixa nicht gestorben, dass wir jetzt aufgeben. Dafür hat meiner Mutter Schwester nicht ihr Leben gegeben, dass wir jetzt die Hände in den Schoß legen und darauf warten, dass Zukata die Prinzessin wieder einfängt. Er hat sie noch nicht gefunden, würde er sonst überall nach ihr suchen lassen? Er hat keine Ahnung, wo sie ist. Er weiß nicht mehr als wir.«

Keta ließ seine blauen Augen auf dem Jungen ruhen. »Ich habe nie gesagt, dass ich aufgebe. Aber für dich ist die Reise hier zu Ende. Du wirst bei dieser Familie bleiben, bis wir im Winterquartier mit deiner zusammentreffen. Wenigstens einen muss ich heil und lebendig zurückgeben. Verstehst du das?«

»Das Winterquartier, du sagst es«, meldete sich einer der älteren Brüder zu Wort. »Wir sind so lange hier im Norden geblieben, wie wir konnten. Viel länger hätten wir nicht durchgehalten. Nun müssen wir aufbrechen und uns auf den Weg nach Süden machen.« Er wandte sich an Keta. »Zukata mag viele Männer in seinem Sold haben«, sagte er. »Verbrecher und die Freunde von Verbrechern und deren Verwandte ... Aber wir sind das Ziehende Volk. Wir sind überall, im ganzen Kaiserreich. Auch unsere Leute halten Ausschau, Keta. Es besteht die Hoffnung, dass wir sie zuerst entdecken.«

Der Riese öffnete den Mund, als wollte er noch etwas sagen, aber er nickte und schwieg.

Winterquartier?, dachte Möwe verzweifelt. Wie können wir an so etwas denken? Uns jetzt ausruhen? Sie wollte die Hand heben. Sie wollte sagen: Ich bin Kaisergänger und ich sage, wir haben keine Zeit, wir müssen ...

Jamai hielt ihre Hand fest. »Wir werden dort in Diret alle zusammenkommen«, flüsterte er ihr ins Ohr. »Mit Nachrichten aus ganz

Deret-Aif. Du kannst den Ziehenden nichts befehlen. Wenn du zu uns gehörst, werden wir alles für dich tun. Mach es nicht kaputt.«

»Aber ...«

Er drückte ihre Hand. »Vertrau mir einfach«, flüsterte er. Sie atmete tief durch und schluckte ihren Zorn hinunter.

In diesem Winter, der im Süden mild und sonnig war, geschah nicht viel. Die verschiedenen Sippen kamen zusammen, wie sonst auch. Sie übten ihre Kunststücke und sahen sich an, was die anderen konnten. Aber sie betrauerten auch die beiden Toten. Ihre Schwester Ixa, ihren Bruder Ruji. Mehr als alles andere war es das, was in ihnen den Wunsch weckte, Zukata zu besiegen und Keta zu helfen. Sie steckten die Köpfe zusammen und flüsterten.

Weil Möwe das Warten unerträglich vorkam, übte sie mit ihren Bällen. Sie übte mit Äpfeln und Orangen. Sie warf Keulen in die Luft und irgendwann – Keta war nicht da – wagte sie sich an brennende Fackeln und warf all das, was in ihr brannte, in den Himmel. Jamai, der wieder bei seiner eigenen Sippe wohnte, nickte anerkennend.

»Du kannst es bestimmt besser«, sagte sie zu ihm, obwohl sie ihn noch nie jonglieren gesehen hatte.

»Ja, ich kann es«, gab er zu. »Aber wenn ich es tue, jongliere ich einfach nur. Du dagegen wirfst dein ganzes Herz in die Luft.« Er grinste. »Manchmal wünsche ich mir, ich könnte es auffangen.«

Dazu sagte sie nichts. Ihre Hände, rissig geworden vom unermüdlichen Fangen, spielten mit den Dingen. Teller. Eier. Gläser. Sie versuchte es sogar mit Messern, die sie vorsichtshalber mit Stoff umwickelt hatte. Sie warf alles, was sich werfen ließ. Bälle, Früchte, Herzen. Auch Toris war immer irgendwo da und sah ihr zu und war ihr immer einen Schritt voraus in dem, was er übte. Seine Miene verdüsterte sich, wenn er dazukam, wie sie sich mit Jamai unterhielt.

»Ich bin dein Bruder«, sagte er einmal. »Ich bin aus deiner richtigen Familie.« Als könnte das erklären, warum sie mit niemandem sonst sprechen sollte.

»Ja«, antwortete sie nur, »du bist mein Bruder und Jamai nicht.«

Wütend wandte er sich ab, er hatte verstanden. Hätte sie ihm sagen sollen, dass sie auch Jamai nicht liebte? Sie konnte es nicht sagen, denn sie wusste es nicht. Er war da, er sah mit ihr dem Winter zu, der träge an ihnen vorbeizuschleichen schien. Sie verstanden sich ohne Worte. Keta war auf dem Sprung, und sie, trotz aller Verbote, selbstverständlich auch.

»Hoppla, jetzt habe ich einen Ball verloren!«

Einer hob ihn auf, den sie noch nie gesehen hatte, er gehörte zu einer Sippe, die erst vor kurzem zu ihnen gestoßen war.

Auf der Lichtung drängten sich die verschiedensten Menschen. Große und kleine, junge und alte. Sie war die Hellste unter ihnen, aber es gab auch andere, die auffielen. Dieser hier war ein Zwerg, ein kleinwüchsiger Kerl mit einem ernsten Erwachsenengesicht. Er gab ihr den Ball zurück und schaute sie lange an, und sie schaute ihm in sein Gesicht, zwei Fremde, durch ihre Außergewöhnlichkeit einander ähnlich.

Sie sagte etwas zu ihm, und er bückte sich zu allen ihren Bällen, die auf die Erde fielen, nachdem sie abgelenkt gewesen war, und brachte sie ihr alle wieder.

»Was hast du denn mit dem geredet?«, fragte Toris.

»Ich habe ihn nur gefragt, ob er auch jonglieren kann.«

»Der kann noch viel mehr«, sagte Toris. »Das ist Kroa. Ich hab ihn schon mal gesehen. Er ist Entfesselungskünstler, so viel ich weiß.«

Sie nickte und wirkte zerstreut. »Jamai? Ich muss mit dir reden.«

Immer waren sie zusammen, als würden sie zusammengehören. Toris konnte nur darauf hoffen, dass der Frühling ihn von seinem Rivalen befreien würde.

Im Frühling, als die Familien in alle Himmelsrichtungen davonzogen, verabschiedete Keta sich von Möwe. Jamais Sippe war schon abgereist, sehr zu Toris' Zufriedenheit.

»Ich weiß, wie gerne du mitwillst«, sagte der Riese. »Aber du bist jetzt erwachsen genug, um einzusehen, dass es so sein muss. Wenn die Prinzessin schon in Kirifas angekommen wäre, hätten wir davon gehört. Falls sie noch lebt, ist es mein größtes Anliegen, sie zu finden.«

»Das weiß ich doch«, meinte Möwe.

Er war schon nicht mehr ganz da, war schon auf dem Weg, obwohl er noch hier bei ihr war, sonst wäre ihm ihre Gelassenheit vielleicht verdächtig vorgekommen. Er streichelte ihr Haar, das sie sich in diesem Winter abgeschnitten hatte. Es reichte ihr nur noch bis zu den Schultern. »Ach, Möwe, meine liebe Tochter ...«

»Wenn etwas notwendig ist, muss es getan werden«, sagte sie.

»Ich muss schnell sein. Ich kann keine Rücksicht auf dich nehmen.«

Sie nickte. »Das verstehe ich.«

»Mein großes, tapferes Mädchen. Ich bin stolz auf dich.«

Sobald er fort war, packte sie ihre Sachen. Sie schrieb Variti einen kurzen Brief. Sie sah sich noch einmal um, in diesem Wagen, der ihr Zuhause war, das einzige, das sie hatte. Nein, nicht das Einzige. Ihr anderes Zuhause, das ihr längst so vertraut war wie ihr eigenes Leben, war der Wald.

Jamai wartete mit dem Wagen. Er hatte Ixa gehört und war nach seiner Rückkehr in seinen Besitz übergegangen, ein rot gestrichener Wagen, den ein dickes, braunes Pferd zog. Auf dem Bock neben dem Jungen saß ein kleines Mädchen und hielt die Zügel. Es hatte hellblonde Haare und trug ein gelbes Kleid, eine leuchtende, auffällige Erscheinung.

»Bei Rin! Bist du das wirklich, Kroa?«

Die Kleine schüttelte den Kopf. »Manina heiße ich, ich bin eine Prinzessin.«

Möwe lachte. »Du bist unglaublich!«

»War nicht meine Idee«, sagte Kroa mit seiner normalen, tiefen Stimme.

»Das ist …« Sie fand keine Worte. Man musste sehr genau hinsehen, um den erwachsenen Mann in dem runden Gesicht zu erkennen. »Diese Haare …«

»Ich habe sie leicht gefärbt, damit sie nicht zu hell sind«, sagte Kroa. »Ein wenig Gelb. Das passt auch besser zu dem Kleid.«

»Meine Haare stehen dir sehr gut.«

»Ich bin zu groß«, entschuldigte er sich.

»Mach dir deswegen keine Sorgen. Wir wissen, dass Manina ein Mensch ist, aber die meisten werden nach einem größeren Kind Ausschau halten.« Sie stieg zu den beiden auf den Wagen. »Und jetzt?«

»Jetzt«, sagte Jamai, »jetzt benehmen wir uns möglichst auffällig unauffällig. Auf nach Kirifas!«

»Wenn Leute kommen, geh ich in den Wagen«, versprach Möwe. »Damit uns die Leute nicht etwa für eine schöne, glückliche Familie halten. Du könntest meine Tochter sein, Kroa!« Sie hatte versucht, sich das Lachen zu verbeißen, aber nun erlag sie ihm doch. Der Kleinwüchsige ertrug ihren Ausbruch mit Fassung. »Lach doch, da bist du nicht die Erste.«

»Ich, ich meinte es nicht so … Es ist nur …«

Sie legte sich drinnen im Wagen auf das Bett und lachte, bis ihr die Tränen kamen. Jamai folgte ihr und überließ Kroa die Zügel.

»He!«, rief der Kleine. »Was ist, wenn mich jemand sieht? Ich bin zu jung, um die Kutsche zu lenken, schon vergessen?«

»Kommt denn jemand?«, fragte Jamai.

»Nein«, brummte Kroa. »Leider nicht.«

Jamai setzte sich zu Möwe. »Hat keiner Verdacht geschöpft?«

Sie wischte sich die Lachtränen aus den Augen. »Nein. Nun bin ich aber mal gespannt, wer uns zuerst fängt. Hoffentlich ist es nicht Keta. Sein Gesicht möchte ich nicht sehen, wenn er uns erkennt.«

»Das macht nichts. Falls unsere Leute uns finden, schicken wir sie einfach weiter. Vielleicht ist es gar nicht so schlecht, wenn sie in der Nähe sind, wenn wir den ganz großen Fang machen.«

»Zukata.« Sie sprach den Namen mit Grauen aus. Keiner von ihnen hatte vergessen, was er ihren Gefährten angetan hatte. »Wir kriegen ihn, darauf wette ich. Und wenn … und wenn er … ich meine, selbst wenn es schiefgeht, wenn er uns erwischt und uns etwas antut – dann haben wir ihn wenigstens abgelenkt. Wenigstens eine Weile. Vielleicht geben wir Blitz damit genau die Zeit, die er braucht, um Kirifas zu erreichen.«

Er betrachtete sie. Nur mit Mühe hielt er seine Hand zurück, ihr gekürztes Haar zu berühren. »Du bist so mutig, Möwe.«

»Wer, ich? Ich doch nicht. Wenn Zukata kommt, mache ich mich einfach davon.« Ihr Lachen klang jetzt bitter. »Du und Kroa. Ihr lebt von jetzt an gefährlich. Ganz Deret-Aif ist von jetzt an hinter euch her.«

»Leute in Sicht«, kam es von vorne. »Jamai, könntest du dich vielleicht mal wieder hersetzen, bevor irgendjemand sich wundert, dass ich dieses Pferd lenke?«

»Dann haben sie wenigstens was zu reden, oder? Ich komme sofort.«

Möwe blieb im Wagen, aber sie spähte aus dem Fenster, als einige Reiter an ihnen vorbeikamen.

»Es beginnt«, flüsterte sie. »Auf zur Jagd!«

»Der da«, sagte Möwe und sah aus dem Fenster. »Der war gestern Abend auch schon im letzten Dorf da.«

»Vielleicht hat er denselben Weg.«

»Oder er verfolgt uns.«

Seit drei Wochen waren sie unterwegs.

Von Diret aus waren sie nach Nordosten gezogen. Sie kehrten in Gasthäusern ein, sie fuhren über überfüllte Marktplätze. Sie lenkten die Blicke auf sich: der rote Wagen, das rundliche Pferd, der junge Mann mit dem kleinen, blonden Mädchen. Auch die junge Frau wurde gesehen, diese weiße Frau mit der blassen Haut.

»Sie halten uns einfach für eine Familie«, sagte Möwe öfters enttäuscht. »Wir fallen gar nicht auf.«

»Doch«, widersprach Kroa, »das tun wir. Und wie!«

»Außerdem fallen Fremde immer auf«, behauptete Jamai. »Das hier ist keine Händlerstraße. Der Wagen allein reicht aus, um auf uns aufmerksam zu machen.«

»Eben. Sie halten uns einfach für Zintas!«

»Lass sie doch«, sagte Jamai. »Wer sich dafür interessiert, den erreichen die Neuigkeiten schon.«

So langsam hatte Möwe das Gefühl, dass er recht hatte. Sie konnte den Reiter sehen, der sich immer ein Stück hinter ihnen hielt. Er sah aus wie ein einfacher Mann aus einem der Dörfer und vielleicht war er das ja auch. Und trotzdem fing ihr Herz an zu klopfen und Angst stieg in ihr hoch.

»Kannst du die Dicke nicht mehr antreiben?«

»Immerhin muss sie diesen Wagen ziehen.« Jamai fuhr seelenruhig weiter.

Möwe beobachtete den Fremden. »Ich hab kein gutes Gefühl dabei. He, was tust du? Warum hältst du an?«

»Ich gebe ihm die Gelegenheit, an uns vorbeizureiten.«

Jamai sprang vom Bock und tat, als machte er sich an einem der Räder zu schaffen. Der Reiter kam rasch heran.

»Probleme?«, fragte er.

»Dieses Rad macht mir Sorgen. Die Straße ist einfach zu holprig.«

»Wenn ihr einen Schmied braucht, im nächsten Dorf ist einer, der kann alles.«

»Danke, aber ich glaube, es geht noch.«

Der Mann nickte ihm zu und ritt weiter, ohne sich noch einmal umzusehen.

»Siehst du«, sagte Jamai, »der war harmlos.«

Möwe hatte ein anderes Gefühl. »Hast du nicht gemerkt, wie er dich angesehen hat? Der hat irgendetwas vor. Ich bin dafür, dass wir umdrehen.«

»Der Kerl kannte sich hier aus, der ist von hier. Das ist keiner von Zukatas Banditen.«

»Aber wir wissen doch, dass er Verbindungen zu Leuten überall im Kaiserreich hat. Das sind nicht alles gebrandmarkte Mörder!«

»Was meinst du, Kroa?«, fragte Jamai.

Der Kleine kratzte sich unter der Perücke. »Wir sollten schon die Richtung nach Kirifas beibehalten, sonst macht das alles keinen Sinn.«

»Aber ...«

»Du bist überstimmt«, sagte Jamai. »Wir fahren weiter.«

Den ganzen Tag hielt sie die Augen offen, denn ihr ungutes Gefühl ließ sie nicht los. Aber am Abend erreichten sie unbehelligt das nächste Dorf. Sie fuhren hindurch und lagerten am Waldrand. Jamai entfachte ein kleines Feuer, über das sie ihren Suppentopf hängten. Bald begann es gut zu duften. Möwe holte ihre Bälle heraus und begann wieder zu üben.

»Du wirst immer besser«, meinte Jamai. Er brachte das Kunststück fertig, sie zugleich kritisch und liebevoll anzusehen. Sie lachte zurück.

»Zum Glück hat Keta nicht gemerkt, womit ich alles übe. Wo habe ich sie ...?« Sie holte die Messer heraus, immer noch in Stoffstreifen gewickelt.

Kroa zog die Brauen hoch. »Du hast hübsche Hände, Mädchen. Willst du sie nicht behalten?«

»Du siehst doch, wie ich übe. Alles sicher. Und ich fang wieder erst mit dreien an.«

Ihre Unruhe war immer noch da. Aber wenn sie jonglierte, spürte sie alles andere nicht mehr so stark. Sie warf die Messer in die Luft.

»So ist dieses ganze Unternehmen«, sagte sie leise. »Ein Abenteuer. Wir werfen das Messer hoch mit der tödlichen Klinge und wenn es herunterkommt und wir nicht aufpassen, wird es uns umbringen.«

»Ich würde eher sagen, es ist ein Schauspiel«, meinte Kroa. »Und du, Jamai, äh, Blitz?« Sie hatten sich darauf geeinigt, sich mit »Blitz« und »Manina« anzureden, aber es war schwer, das wirklich durchzuhalten.

»Für mich ist es wie ...« Plötzlich brach er ab und hob die Hand, um ihnen Schweigen zu gebieten. Sie sprangen alle gleichzeitig auf, als vier Männer aus den Schatten des Waldes traten. Einer stürzte vorwärts und riss Kroa vom Boden hoch, als wäre er nur eine Puppe. Zwei gingen auf Jamai los. Der vierte wandte sich Möwe zu. Es war der Reiter, den sie am Tag gesehen hatte. Er packte sie grob, seine Hände waren überall auf ihrem Körper.

»Was haben wir denn da Schönes?«

»Lauf weg!«, schrie Jamai ihr zu.

Einen Moment stand sie da wie betäubt. Dann wurde ihr bewusst, dass die Dinger, die sie in ihren Händen hielt, Messer waren. Drei eingewickelte Messer.

Hastig streifte sie den Stoff von der ersten Klinge. »He, Mädchen, du wirst doch nicht ...« Ihr Angreifer fürchtete sich überhaupt nicht vor ihr. Kroa strampelte im Griff des einen, Jamai kämpfte verzweifelt gegen die anderen an. Sie war auf sich gestellt. Und sie war schuld – dies alles war allein ihre Idee gewesen. Es hätte anders laufen sollen. Die Männer hätten sie anhalten sollen, vielleicht fragen: Wer seid ihr? Wohin wollt ihr? Ist das die Prinzessin? Und sie wären geflohen, während die anderen sich immer noch fragten, ob sie die Richtigen gefunden hatten, bis Zukata selbst kam und sie ihn irgendwie besiegten. Irgendwie.

Es war nicht vorgesehen gewesen, dass man sie überfiel und verschleppte und dass jemand auf sie losging, der sie betrachtete, als wäre sie ein Ding, das ihm gehörte, nur weil er sie gefunden hatte und niemand sie beschützte.

»Ich habe ein Messer!«, rief sie.

»Das leg mal hübsch beiseite, ehe jemand verletzt wird!«

Aus den Augenwinkeln sah sie Jamai, der einen der Räuber fortgetreten hatte und im Griff des zweiten steckte. Kroa, immer noch über der Schulter seines Entführers, schlug wie wild um sich.

Sie streifte die Hüllen von den Klingen. »Hier, Kroa! Jamai!«

Sie waren beide Zintas, es bereitete ihnen keine Schwierigkeiten, die Messer zu fangen. Sofort wendete sich der Kampf. Kroa stach nur einmal zu, und der Mann stürzte blutüberströmt zu Boden. Was Jamai tat, konnte sie nicht mehr sehen, denn ihre ganze Aufmerksamkeit wurde von dem Mann in Anspruch genommen, der jetzt endlich eingesehen hatte, dass die drei nicht so schnell zu überwältigen waren wie gedacht. Er zog sein eigenes Messer hervor. »Nun, meine Süße, dann wollen wir mal sehen.«

Er machte einen Ausfallschritt nach vorne.

Das Einzige, was sie konnte, war werfen. Sie konnte werfen, alles, was in ihren Händen lag, treffsicher und schnell. Dass sie ihn nicht richtig traf, dass er ihr Messer mit einer Bewegung abprallen ließ und weiter auf sie zukam, musste an ihren zitternden Händen liegen.

Kroa sprang dem Mann von hinten auf den Rücken. Er brauchte nur einen einzigen Schnitt. Der Räuber – aber vielleicht war er das nie gewesen, vielleicht hatte er nur dieses eine Mal gemeinsame Sache mit den Leuten des Prinzen gemacht – brach zusammen.

Kroa eilte, um Jamai zu Hilfe zu kommen, der immer noch zwei Gegner vor sich hatte. Einer von ihnen war bereits schwer verwundet, kämpfte aber immer noch. Als Kroa sich dazwischenstürzte und ihm den Rest gab, ergriff der Letzte der Bande die Flucht.

»Möwe?« Sie merkte kaum, dass Jamai sie umarmte, dass auch Kroa seine Arme um sie schlang. »Ist ja gut«, sagte er zu ihr, »feines Mädchen. Jetzt müssen wir hier aber weg.«

»Das wollte ich nicht«, sagte Möwe wie betäubt. »Sie sind tot ... Ich habe nie geglaubt, dass es Tote geben könnte ...«

»Kroa hat recht«, meinte Jamai. »Wir müssen schleunigst weg. Dic Dorfbcwohncr würden uns vielleicht glauben, dass wir uns nur verteidigt haben, aber eine nähere Befragung ist wohl kaum in unserem Interesse.«

Die Männer verbargen die Toten unter Ästen und Laub, während Möwe das Pferd wieder anschirrte. Ihre Finger wussten, was zu tun war, aber ihre Gedanken kreisten immer noch um den Moment des Überfalls. Es war alles so wahnsinnig schnell gegangen, so ungeheuer schnell ...

»He, du.« Jamai legte ihr seine Hand auf die Schulter. »Du kannst richtig gut werfen, habe ich dir das schon mal gesagt?«

»Ich glaube schon.« Sie versuchte, ihr Lächeln wiederzufinden.

»Vergiss nicht, was mit Ixa und Ruji geschehen ist«, sagte er ernst. »Diese Leute hätten nicht gezögert, uns umzubringen.«

»Und trotzdem«, flüsterte sie.

Kroa trat neben sie. »Habt ihr jetzt genug getuschelt? Du musst sie später trösten, Jamai. Wir müssen los.« Er überreichte Möwe drei in Stoffstreifen eingewickelte Messer. »Sie sind sauber, keine Sorge. Hier.«

»Ich will sie nicht mehr«, sagte sie.

»Oh doch.« Der Kleine bestand darauf. »Ohne deine Messer ... Nun ja, das weißt du selbst. Nimm sie, Möwe. Du wusstest, dass das hier kein netter Ausflug ist. Wir sind hier nicht auf dem Jahrmarkt. Die nächsten werden bald kommen, glaub mir.«

Sie schauderte. »Vielleicht könnten wir ...«

»Nein«, sagte Kroa, »wir können gar nichts mehr. Glaub mir, wir werden noch öfter Besuch bekommen.«

Zukata beugte sich gespannt vor. »Ich höre.«

»Also Folgendes.« Lundi rückte näher heran, nicht jeder musste mithören, was er zu sagen hatte. »In Salien beim Brückenfest wurde ein blondes Kind gesehen.«

»Das ist noch nicht viel.«

»Des weiteren wurde ein junger Mann mit einem Mädchen gesehen. Auch in Salien, Richtung Süden. Und jetzt, das Beste kommt noch: Ebenfalls in Salien hat jemand eine blonde Nonne aus einem Kloster entführt.«

»Das klingt nicht unbedingt nach Blitz«, fand Zukata.

»Wer sonst sollte behaupten, dass er des Kaisers Tochter dabei hat?«

Der Riese lachte. Er lachte laut und dröhnend. »Das ist gut. Es ist fast zu gut.«

»Nun ja, ich hatte auch meine Zweifel, als ich davon gehört habe.«

»Von wem stammt die Information?«

»Wir haben Verbindung zu einem Mann, der die salinischen Klöster beliefert. Er behauptet, eine der Nonnen habe ihm das erzählt. Aber du weißt ja, wie das ist. Die Botschaften gehen von einem zum anderen. Manch einer dichtet etwas dazu, was er gerne weitergeben möchte.«

»Gehen wir mal nachschauen«, sagte Zukata grimmig, »vielleicht gibt das ein Wiedersehen, wie es noch keines gab.«

»Ich kann mich nicht dafür verbürgen, dass das alles wahr ist. Vielleicht ist da jemand etwas zu eifrig bei seinen Nachforschungen. Blitz würde dichthalten, glaubst du nicht?«

Zukata hatte aufgehört zu lachen. »Er kann sehr gut dichthalten, ich weiß. Dieser kleine, verlogene Bastard. Aber es ist eine Spur. Eine gute Spur, die Sinn macht. Es ist gut möglich, dass er mit einem der Pilgerschiffe nach Salien gekommen ist. Am Pass wurde er nicht gesehen.«

Lundi nickte. »Dann gehst du nach Salien?«

»Spätestens, wenn er durch Laring kommt, finde ich ihn.«

Lundi widersprach nicht. Die Entschlossenheit funkelte in Zukatas Augen. Fast konnte es einem um Blitz leid tun.

»Was wirst du mit ihm tun?«, fragte er vorsichtig. »Ich gebe zu, ich mochte ihn. Er ist zweifellos davon überzeugt, das Richtige zu tun.«

»Was ich mit ihm tun werde?«, fragte Zukata zurück. »Was glaubst du denn, was ich mit ihm tun werde? Sei froh, dass du nicht an seiner Stelle bist.«

Oh Rin, dachte Lundi, wie kann irgendjemand so dumm sein, Zukata zu verraten? Blitz hatte sich das selbst zuzuschreiben, und trotzdem fühlte er Bedauern. Niemand verdiente, so zu sterben, wie Blitz sterben würde.

Mit großen Schritten eilte Zukata voran. Er ging allein. Seine Männer benutzten Pferde, aber er durchmaß den Wald und das Land mit Riesenschritten. In seinem Herzen kochte der Zorn. Er hatte seine Wut den ganzen Winter über gemästet. Jeden Tag hatte er sich vorgestellt, was er tun würde, wenn er Blitz in die Finger bekam. Er hatte sich den Ausdruck auf Blitz' Gesicht ausgemalt, wenn sie sich gegenüberstanden, wenn der Junge erkannte, dass er verloren war. Er würde betteln, um sein Leben flehen. Er würde ihn um Verzeihung bitten, ihm Treue schwören. Aber niemand betrog Prinz Zukata ungestraft. Alles hatte er diesem Jungen in Aussicht gestellt: ein Leben in der Nähe des zukünftigen Kaisers, fast so, als wäre er sein Sohn. Kaisergänger zu sein, die absolute Befehlsgewalt über das Kaiserreich, das absolute Vertrauen des Herrschers, wertvoller als ein unermesslicher Schatz ...

Er hätte, wenn der Junge sich weiterhin so bewährte, ihn als seinen Sohn eingesetzt. Meniks Jüngsten. Er konnte sie sehen, die Frau, die ihm das Herz gebrochen hatte, wenn er Blitz anschaute, diesen Jungen mit den schwarzen Augen, der seiner Mutter so unglaublich ähnelte. Und genau wie sie hatte er ihm nun das Herz gebrochen, wie sie hatte er Zukata verraten und alle seine Versprechen vergessen und sich an eine Tugend geklammert, die keinen Bestand hatte. Sie hatten zusammengehört. Zukata wusste das und Blitz wusste das. Und doch hatte er ihn verraten.

Blitz hatte sich stattdessen dafür entschieden, Kanuna El Schattik zu dienen. Er war alt genug, um die Konsequenzen seiner Entscheidungen zu tragen.

Um keine Nachrichten zu verpassen, kehrte Zukata regelmäßig in den Häusern ein, die als Treffpunkte seiner Getreuen dienten. Hier, einige Tage nach seinem Aufbruch nach Norden, erreichte ihn eine Botschaft, die Lundi ihm mit einem berittenen Boten nachgesandt hatte.

Stirnrunzelnd hörte Zukata sich die Nachricht an, die sein Vertrauensmann ihm übermitteln ließ.

In Diret, schon fast an der Grenze zu Aifa, war ein junger, schwarzhaariger Mann mit einem blonden Kind gesichtet worden.

»Wie viele von denen tauchen denn noch auf?«, fragte Zukata ärgerlich. »Die Männer sollen ihn festnehmen, wenn ein Verdacht besteht!«

»Das haben sie wohl auch versucht«, sagte der Bote. »Aber sie wurden zurückgeschlagen. Drei Männer wurden getötet.«

»Von Blitz? Drei?«

»Ein Mädchen war bei ihm. Sie haben mit Messern gekämpft wie die Irren. Sogar das Kind soll einem der Männer die Kehle durchgeschnitten haben.«

Zukata schüttelte ärgerlich den Kopf. »Was soll ich von so einer Geschichte halten, sag mir das mal. Soll ich dir das abnehmen? Soll ich dir einen Tritt geben, dass du zur Tür hinausfliegst? Verrate mir das mal.«

Der Bote hob abwehrend die Hände. »Das war das, was Lundi erfahren hat.«

Zukata stützte das Gesicht in die Hände und dachte nach.

Beide Geschichten gefielen ihm nicht. Er konnte sich nicht vorstellen, dass Blitz eine Nonne entführen würde und seine Identität preisgab, obwohl er doch wusste, dass er verfolgt wurde. Dass Manina mit einem Messer kämpfte, war natürlich lächerlich, aber das Messer war nun mal Blitz' Waffe, daher hatte die Nachricht aus Diret etwas an sich, das ihn aufhorchen ließ. Wenn Blitz nach Süden gegangen war und das Gebirge in Rist oder Kijon umgangen und erst dort die Grenze überquert hatte, war es durchaus möglich, dass er um diese Zeit durch Helt nach Diret gekommen war. Dann hatte er es nach Kirifas nicht mehr sehr weit.

»Sie sind mit einem Wagen unterwegs«, sagte der Bote. »Mit einem roten Wagen.«

»Was für einem Wagen?«

»Ich weiß nicht. Einem Karren oder so etwas.«

Zukata dachte sofort an die Zintas. Keta gehörte zu ihnen. Wenn Blitz auf ihn gestoßen war, wenn die beiden sich gefunden hatten ... Vielleicht war Keta sogar bei ihnen? Aber wenn Keta da war, hätte er die Angreifer erledigt und das nicht dem Jungen überlassen. Nein, Keta war bestimmt nicht dabei. Warum, überlegte er, sollte Blitz so ein auffälliges Fahrzeug wählen? Er war auf der Flucht. Mit einem Pferd war er doch viel schneller? Das Kind. Er schalt sich selbst, dass er nicht sofort daran gedacht hatte. Er hatte Blitz vor Augen, als einzelnen Reiter, nicht Manina. Natürlich war ein Wagen sinnvoll für jemanden, der mit einem Kind unterwegs war, das ständig Schlaf brauchte und das man überdies so vor den Blicken verbergen konnte. Mit einem Wagen brauchte er keine Gasthäuser, keine Bauern, die ihn aufnahmen und nachher verrieten. Er konnte übernachten, wo er wollte, ohne Angst um das Kind haben zu müssen.

»Ein Wagen ist gut«, knurrte Zukata. »Eine gute Idee, Blitz. Du bist dunkel genug, um als Zinta durchzugehen ... Denkst du das?

Dass niemand dich mit mir in Verbindung bringt, wenn du mit einem Wagen durchs Land fährst?«

Der Bote wartete immer noch. »Sie sollen ihn endlich ergreifen«, befahl Zukata. »Ich brauche keine Nachrichten darüber, wo er sein könnte, sondern, dass wir ihn haben. Haben wir noch genug Tauben? Benachrichtigt unsere Leute in Diret und im südlichen Aifa. Setzt sie auf den Wagen an. Ich will, dass sie ihn haben, wenn ich komme.«

»Du gehst nach Aifa?«, fragte der Mann.

Zukata nickte. »Oh ja. Ich komme. Wenn ich in unserem Haus ankomme, erwarte ich, dass die Gefangenen bereits dort sind. Und noch etwas. Wehe, einer krümmt Blitz oder dem Kind auch nur ein Haar. Ihr lasst ihn für mich, verstanden? Blitz gehört mir.« Er versuchte zu lächeln. »Und die Spur im Norden soll ebenfalls überprüft werden. Schaut nach, was da los ist und was dahintersteckt. Einer meiner Kaisergänger soll den Kerl mit der Nonne abfangen. Soll Lundi selbst gehen.« Dann, dachte er, ist er wenigstens nicht dabei, wenn ich Blitz in die Finger bekomme. Er hatte die vage Befürchtung, dass Lundi schlecht von ihm denken könnte, wenn er Blitz' Ende mit ansehen müsste. »Ich selbst gehe und schau mir diesen roten Wagen näher an. Ich habe da so ein Gefühl ...« Schlau, dachte er, aber nicht schlau genug. Du hättest keine Messer benutzen sollen, Blitz. Besorg dir einen Knüppel. Ein Schwert. Nimm deine bloßen Hände. Messer sind ein gefährliches Spielzeug für jemanden wie dich, den ich so gut kenne.

20. Die Falle

SIE BEMÜHTEN SICH nicht mehr darum, gesehen zu werden. Nun versuchten sie, sich zu verstecken. Sie fuhren, so schnell sie konnten, über die holprigen Wege. Am liebsten hätten sie den Wagen stehenlassen, aber sie hatten nur das eine Pferd und waren zu dritt.

»Wenn die Dicke einen Wagen ziehen kann, kann sie uns auch tragen«, fand Möwe.

»Ja«, sagte Jamai, »aber wohin? Willst du jetzt aufgeben?«

»Sie werden uns umbringen.« Sie konnte sie fühlen, diese Angst, die sich nach dem Überfall in sie eingeprägt hatte, das Wissen, dass etwas Schreckliches passieren würde. Es konnte nicht nur geschehen, es würde auch. Mit dieser Gewissheit zu leben, hier in diesem Frühling, der sich süß und grün über ihnen und um sie herum entfaltete, in diesem herrlichen Land, wo überall die Vögel sangen und bunt durch die Zweige flatterten, wo der Waldboden mit Blumen übersät war, hier, in dieser Pracht zu wissen, dass man höchstwahrscheinlich sterben würde, war unerträglich. Es war wie ein Traum, in dem sie lebte. Sie atmete den Duft der Blüten ein, die Luft war geschwängert von Süße und Würze. Jamai sah sie an, mit einem traurigen Blick, der ihr verriet, dass auch er Bescheid wusste. Als sie sich dafür entschieden hatten, dieses Schauspiel aufzuführen, war es ihnen tatsächlich wie ein Spiel vorgekommen. Ich werfe die Bälle in die Luft ... die Bälle und die Fackeln und die Messer. Und nun hatte sie sich an der Klinge, die herabgefallen war, die Hände aufgeschnitten. Sie konnte nicht sagen, warum mit diesem Überfall ihre Hoffnung gestorben war, dass das, was sie taten, einen Sinn hatte. Irgendwie hatte sie geglaubt, sich dadurch an Zukata rächen und Manina und diesem Blitz helfen zu können. Doch nun bezweifelte sie das. Man würde sie jagen und umbringen, und wofür? Und sie war schuld. Sie allein war schuld, weil sie Keta nicht diese Suche hatte überlassen wollen. Weil sie wütend gewesen war, dass er sie bei den Ziehenden lassen wollte. Sie hatte sich unentbehrlich machen wollen ...

Keiner war ernsthaft verletzt. Jamai hatte blaue Flecken von der Prügelei und ein paar Schnitte abbekommen, aber es war der Schreck, der sie alle so mitnahm. Nur Kroa schien keine Angst zu haben. Munter erzählte er ihnen Geschichten aus seinem Leben, bis Möwe ausrief: »Glaubst du, das wollen wir jetzt hören?«

Der Kleine verstummte. Und sofort tat es ihr leid.

»Wenn ich ein Leben gehabt hätte, von dem ich euch erzählen könnte«, sagte sie, »dann würde ich es tun. Dann wäre ich froh, wenn mir jemand zuhört, wenn ich einmal alles sagen kann, bevor es zu Ende ist.«

»Wir werden nicht sterben«, sagte Jamai, aber er sagte es nicht so, als wollte er ihr gut zureden oder es ihr versprechen. Es klang, als hätte er gesagt: Bald ist es aus.

»Bei Rin!«, rief Kroa. »Wenn ihr so große Angst habt, dann sagt, wenn ihr damit aufhören wollt! Was kostet es mich, diese Perücke abzunehmen und dieses Kleidchen und wieder ein Mann zu sein? Wir können den Wagen stehenlassen und uns zu Fuß zur nächsten Sippe durchschlagen. Ich könnte auch noch ein zweites Pferd besorgen, wenn das wirklich euer größtes Problem ist! Es wäre nicht das erste Mal, wie ihr wüsstet, wenn ihr meiner Geschichte eben zugehört hättet. Wir können uns trennen. Wenn sie nicht mehr glauben, dass wir die Gesuchten sind, wird sich kein Mensch um uns kümmern!«

»Das glaube ich nicht«, sagte Jamai. »Wir haben ihre Leute getötet.«

»Es war Notwehr!«

»Möwe, ich weiß das. Aber das wird Leute wie sie wohl kaum interessieren. Sie werden uns jagen, ganz egal, ob wir uns trennen oder nicht. Dich werden sie wohl kaum erkennen, Kroa. Also wenn du gehen willst, bitteschön.«

»Ich habe nie gesagt, dass ich gehen will«, sagte Kroa.

Möwe schaute in die grünen Bäume. Der Wald lichtete sich vor ihnen, dort hinten begannen die Felder und Wiesen des Grenzgebietes. Dort begann Aifa, das Land des Kaisers, lieblich unter der Frühlingssonne. Es war so schön, zu leben ...

»Also, wollt ihr aufgeben?«, fragte Kroa. »Was ich jedenfalls nicht tun werde, ist euch im Stich zu lassen. Ein Bruder der Sippe lässt die Kinder nie im Stich, meine Lieben. Und da ich hier der einzige Erwachsene bin, ist es an mir, euch zu beschützen. Oder meint ihr, ich bringe euch in Gefahr? Sagt es. Los, Möwe, sag es.«

Die beiden Männer blickten auf Möwe.

Sie zögerte. Sie konnte die Angst bis in die Fingerspitzen fühlen. Die Räuber. Dieser Blick des fremden Mannes ...

»Ich war einmal bereit, ins Lager der Räuber zu gehen und dort zu bleiben«, sagte sie leise. »Für die Prinzessin. Und jetzt wünsche ich mir, wir würden ihnen nie wieder begegnen.« Wie konnte man mutig sein, wenn man es nicht war? Wie konnte man tapfer tun, wenn einem die Angst die Kehle zuschnürte?

»Aber ich sehe vor mir, wie sie Kroa wegschleppen wollten. Und ich stelle mir vor, wie sie das mit dem richtigen Kind tun ... Und ich kann nicht weglaufen.«

»Dann lasst uns nie wieder davon sprechen«, ordnete Jamai an. »Und wir erwähnen nie wieder, dass dies hier unsere letzte Reise ist oder dass wir dabei sterben könnten. Wir tun das hier, solange es geht, und wir werden nicht sterben. Wir tun, was wir können, um El Schattiks Kind zu retten und um Zukata auf unsere Spur zu bringen. Und mehr gibt es dazu nicht zu sagen. Keine Zweifel mehr, verstanden?«

Sie nickte. Die Vögel über ihnen sangen ihr Glück hinaus. Und sie verließen mit ihrem leuchtend roten Wagen die Deckung des Waldes und fuhren hinaus über die Wiesen, auf die Grenze zu.

Zu ihrem Erstaunen blieben sie einige Wochen lang unbehelligt. Sie fuhren von Süden her in Richtung Aifa, mieden die großen Straßen und zeigten sich nicht mehr als notwendig den anderen Reisenden, die unterwegs waren, den Händlern, Priestern oder fahrenden Sängern. Sie übernachteten in ihrem Wagen, aber immer wachte jemand. Nie wieder setzten sie sich gemeinsam um ein Feuer, ohne dass einer von ihnen abseits saß und sich umschaute.

Je näher sie Kirifas kamen, umso größer und schöner wurden die Dörfer. Die Pracht der Kaiserstadt schien auf die ganze Umgebung abzufärben, sie sonnten sich im Glanz der Hauptstadt. Die Menschen waren hier besser bekleidet, als sie es sonst im ganzen Reich gesehen hatten, ihre Gewänder waren farbig und mit Broschen und Spitze verziert, ihre Hüte trugen ausladende Krempen. Auf das Ziehende Volk blickten sie mit Verachtung herab. Mehr als einmal spürte Möwe die herablassenden Blicke, während sie durch die Straßen fuhren.

»Hier sieht jeder so aus, als würde er uns mit Freude verraten«, fand sie. »Sie werden sich das Maul zerreißen. Wenn die Räuber unsere Spur verloren haben, finden sie sie hier mit Sicherheit wieder.«

»Es kommt mir unwahrscheinlich vor, dass sie so lange brauchen, um uns aufzuspüren«, meinte Kroa düster. »Ich habe das Gefühl, es dauert nicht mehr lange.«

Sein Gefühl sollte ihn nicht trügen. In der Tat wurden sie, seit sie nach dem Überfall die Flucht ergriffen hatten, von vielen unsichtbaren Augen beobachtet und begleitet. Sie waren nie allein, ohne es zu wissen. Als sie es dann erfuhren, war es längst zu spät.

Diesmal erfolgte der Überfall am helllichten Tag. Jamai zügelte das Pferd, als ein Reiter die Straße versperrte. Von allen Seiten sahen sie berittene Männer kommen. Es ging weder vorwärts noch zurück.

»Aus dem Wagen!«, befahl einer der Männer. »Keinem geschieht etwas, wenn ihr einfach mitkommt.«

Jamai, der mit Kroa vorne auf dem Bock saß, hob den Kopf. »Mit welchem Recht haltet ihr uns an?«, fragte er laut.

Der Sprecher trug die Uniform eines aifischen Soldaten. Er war dem Kaiser unterstellt, aber er sagte: »Im Namen des Prinzen von Kirifas. Runter vom Wagen!«

Sie waren alle schwer bewaffnet. Er sah in ihre entschlossenen Gesichter. Das waren keine Männer, die man bestechen oder überreden konnte. Hier würden auch Möwes Messer nichts ausrichten.

»Tut dem Kind nichts«, sagte er. »Bitte, tut dem Kind nichts. Komm, Manina, hab keine Angst.« Er stieg hinunter, auf die Straße, und hob Kroa hinunter. Er hoffte nur, dass sie ihn und Kroa einfach mitnahmen, dass sie nicht in den Wagen sahen. Er wünschte sich nichts sehnlicher, als dass Möwe sich dort drinnen versteckte und sie sie übersahen.

Einer der Räuber war bereits dabei, das Pferd loszuschirren. »Los, setz dich auf den Gaul.« Sie banden ihm die Hände zusammen. Einer der Männer nahm das blonde Mädchen zu sich aufs Pferd.

»Ganz schön schwer«, murrte er.

»Ist ja auch ein Riesenkind«, sagte ein anderer.

Jamai erstarrte, als er sah, dass einer der Räuber den Wagen hinten öffnete. Eine Weile hörte er gar nichts. Dann den Ruf: »Verdammt, sie hat ein Messer!«

Er hörte Möwes Aufschrei und einen Schlag und die Geräusche eines Kampfes, und er verfluchte sich dafür, dass er sich ohne Gegenwehr ergeben hatte. Schließlich schleppten zwei Männer das Mädchen nach draußen.

»Aufs Pferd mit ihr und los!«, befahl der Soldat. »Machen wir die Straße frei!«

Der ganze Trupp sprengte davon, in ihrer Mitte die drei Gefangenen.

Sie ritten querfeldein, über die Wiesen, bis sie wieder auf den Weg gelangten. Es war kaum mehr als ein ausgetretener Pfad, dem sie etwa zwei Stunden lang folgten. An einer Weggabelung hielten sie. »Ihr reitet schon mal weiter ins Hauptquartier«, befahl der Anführer einem Teil seiner Leute. »Wir kommen nach.«

Die Männer wechselten Blicke.

»So hatten wir das nicht vereinbart.«

»So machen wir das aber. Na los, haut schon ab. Soll ich noch deutlicher werden? Ich habe hier das Kommando.« Als sie hinter einer Wegbiegung verschwunden waren, ritten der Hauptmann und seine Soldaten nach rechts ab, quer über die Wiesen. Unwillkürlich wurde Jamai von Hoffnung erfasst.

»Solltet ihr etwa doch dem Kaiser dienen?«, fragte er.

»Halt's Maul!«

Der Soldat, der neben ihm ritt, versetzte ihm einen Schlag ins Gesicht.

»Das machst du nicht noch mal«, ließ sich der Anführer vernehmen. »Keiner krümmt ihm ein Haar.«

»Ja ja.«

Es war schon fast dunkel, als sie ein einsam stehendes Haus erreichten. Es lag mitten in den Feldern, überschattet von einigen Bäumen, kaum mehr als eine verfallene Bruchbude. Hier hielten sie. Die Soldaten führten ihre Gefangenen hinein. Der Mann, der Jamai über die Schwelle stieß – derselbe, der ihn bereits geschlagen hatte –, machte sich nicht die Mühe, ihn aufzufangen, als er über eine dicke Bohle stolperte und der Länge nach hinschlug.

»Ich sagte, geht behutsam mit ihnen um! Er will es tun, schon vergessen?«

»Prinz Zukata«, höhnte der Soldat.

»Wie auch immer. Hauptsache, er zahlt.«

»Ihr wollt uns an ihn verkaufen?«, fragte Jamai erschrocken.

»Für einen guten Preis«, sagte der Hauptmann und lächelte. »Für einen sehr guten Preis. Und ich bin mir sicher, er wird ihn zahlen.«

»Der Kaiser wird ihn mit Sicherheit überbieten.«

»Feilschst du um dein Leben?« Der Mann ließ seinen Blick über Kroa und Möwe wandern. »Wunderbar. Ich werde ins Quartier reiten. Soweit ich unterrichtet bin, müsste Zukata bald hier eintreffen. Wollen wir mal sehen, was ein Kaisersohn vom Handeln versteht.«

»Was ist mit dem Mädchen?«, fragte einer der Soldaten. »Von ihr war nicht die Rede. Der Prinz will den Jungen und das Kind.«

Der Hauptmann musterte Möwe. »Die gefällt dir? Mit den Augen?«

Der Mann zuckte die Achseln.

»Meinetwegen. Du kannst sie haben.«

Er riss eine Bodenluke auf und packte Jamai, der aufgesprungen war. »Nein! Möwe, nein!« Zwei Männer waren nötig, um ihn durch das Loch in den Keller hinunter zu zwingen; mit den gefesselten

Händen stürzte er mehrere Meter die lange, schmale Leiter hinunter.

Der Soldat packte Möwe grob, seine Hände waren überall auf ihrem Körper.

Einen Moment konnte sie nichts denken. Sie fühlte nur Entsetzen, einen Schrecken, der alles andere auslöschte.

»Blitz!«, schrie sie. Sie wusste kaum selbst, was sie da rief, der Schrei kam mehr aus ihrem Herzen als aus ihrem Mund. »Blitz! Blitz!«

Er zwang sie auf den Boden hinunter. Und dann war es Kroa, der handelte, der einem der Soldaten das Schwert fortriss und den Mann von hinten erschlug, so schnell, dass die übrigen gar nicht dazu kamen, einzugreifen.

»Weg von ihr!«, schrie er. »Weg! Weg!«

Sobald die Soldaten sich gefasst hatten, schlugen sie entschlossen zurück. Der eine griff sich eine Lanze und stieß Kroa damit so heftig vor die Brust, dass er zurücktaumelte, ein zweiter Stoß warf ihn durch die Luke.

Die Männer hatten schlagartig das Interesse an dem Mädchen verloren. Einer von ihnen lag tot am Boden, die anderen sahen sich fassungslos an.

»Das war ein Kerl«, sagte der eine. »Ein Zwerg!«

Sie beugten sich über die Luke. »Verdammt, da unten ist es zu dunkel, ich seh nichts. War das jetzt ein Zwerg oder ein Kind?«

»Ein Riesenkind könnte vielleicht so stark sein«, gab einer zu bedenken.

»Idiot! War das etwa eine Mädchenstimme? Das war ein Zwerg! Es sind Betrüger, das sind nicht Blitz und die Prinzessin!«

»Sie hat ihn aber Blitz genannt.«

Sie wandten sich alle gleichzeitig Möwe zu, die sich benommen aufgerappelt hatte. »Ist das Blitz da unten?«

»Ja«, stammelte sie, »ja, das ... das ist Blitz.«

»Du gehst runter«, befahl der Hauptmann, »mit einer Laterne. Das müssen wir überprüfen.«

Der Soldat stieg vorsichtig die Leiter hinunter, während die anderen sich über die Öffnung beugten, um zu sehen, worauf der Lichtschein fiel.

Der Mann kam nicht weit. Mit einem wilden Schrei stürzte Kroa sich auf ihn, bevor er den Boden erreicht hatte, und riss ihm die Beine weg, so dass der Soldat nach hinten von der Leiter fiel. Dann war er über ihm. Im Lichtschein sahen sie nur, wie der Zwerg angriff, dann ging das Licht aus.

Möwe spürte den kalten Stahl eines Messers an ihrer Kehle, so scharf, dass es ihre Haut aufritzte. Sie verharrte still und rührte sich nicht.

»Ich bring eure Freundin um«, verkündete der Hauptmann mit eiskalter Stimme. »Noch so eine Aktion und sie ist tot.«

Möwe versuchte etwas zu sagen, aber sie konnte nicht. Und Kroa seufzte.

»Einer meiner Männer kommt jetzt runter«, sagte der Hauptmann. »Und du greifst ihn nicht an. Ich werde dieses Mädchen töten, wenn du nicht genau das tust, was ich jetzt sage. Hier, nimm das Seil mit. Fessle ihn, dann kannst du ihn dir noch näher anschauen. Und du da unten, glaub nicht, du könntest irgendjemanden hier als Geisel nehmen. Eine falsche Bewegung und das Mädchen ist tot.«

Der Soldat stieg sehr langsam die Leiter hinunter. Möwe sah aus den Augenwinkeln, wie er Kroa fesselte. Seine Perücke war verrutscht, man sah jetzt das schwarze Haar.

»Und der andere?«, wollte der Hauptmann wissen.

Der Soldat hielt die Lampe über Jamai, der zusammengekrümmt am Boden lag. Der Mann gab ihm noch einen Tritt. »Bist du Blitz?«

»Ja!«

»Schau dir seine Arme an!«, befahl der Anführer.

Der Soldat zerriss Jamais Hemd. »Wonach soll ich schauen?«

»Nach dem Brandmal, verdammter Idiot! Hat er das Brandmal?«

»Nein. Kein Brandmal, nichts.«

Der Hauptmann atmete tief durch. »Es sind die Falschen. Verdammt, oh verdammt, es sind die Falschen!« Er nahm das Messer von Möwes Hals. »Los, runter da. Fessel sie auch. Ich muss mir überlegen, was wir mit ihnen machen.«

Möwe kletterte die steile Leiter hinunter und erreichte mit zitternden Knien den Boden. Grob schlang der Soldat ihr das Seil um die Hände und die Fußknöchel. Der Hauptmann war ihr nach unten gefolgt. Er riss Jamai hoch und schüttelte ihn. »Wer seid ihr? Rede, wer seid ihr? Was soll das? Wo sind Blitz und die Prinzessin?«

»Keine Ahnung«, brachte Jamai mit Mühe heraus.

»Ich bring dich um!«

»Wir wissen es wirklich nicht«, sagte Möwe. »Bitte, wir wissen es nicht.«

Er warf Jamai zu Boden, heulend vor Wut.

»Er wird uns töten«, zischte er, »dafür wird Zukata uns töten ...«

»Können wir sie ihm nicht trotzdem verkaufen?«, fragte der Soldat. »Wenn wir das Geld erst haben ...«

»Geld? Du glaubst, wir kriegen dafür noch Geld? Für dieses Gesindel? Für einen Zwerg, einen halbtoten Jungen und dieses weiße Ding hier? Ist dir klar, was wir getan haben? Oh verdammt! Verdammt!« Er tobte noch eine Weile, dann verstummte er plötzlich.

»Wir müssen hier weg«, sagte der Soldat. »Wir müssen ins Hauptquartier und es den anderen sagen.«

Der Hauptmann zögerte einen Moment, dann nickte er. »Ja, das müssen wir wohl. Komm.«

Sie stiegen beide die Leiter wieder hinauf und schlugen die Lukentür zu. Schlagartig wurde es stockfinster. Man hörte nur noch Jamais leises Stöhnen und Möwes Weinen.

Das Hauptquartier der Räuber war ein Gehöft am Rand eines Dorfes. Die meisten Männer, die hier zusammentrafen, hatten eine Familie und gingen einer ehrlichen Arbeit nach, trotzdem waren sie irgendwie zu dieser Gruppe gestoßen. Ein paar von ihnen waren Verbrecher, einige trugen sogar das Brandmal der Krone, aber ohne Zukatas Z darüber. Trotzdem wussten sie alle, was auf dem Spiel stand.

»Es sind die Falschen?« Einer der Männer war aufgesprungen. »Das glaube ich nicht! Du willst nur das ganze Geld für dich!«

»Es wird kein Geld geben«, sagte der Hauptmann gepresst. »Ist euch Idioten denn nicht klar, was wir getan haben? Wir haben diese drei den ganzen Weg von Diret bis hierher beschattet. Wir hätten sie schon vor Wochen festnehmen können. Vor Wochen hätten wir Zukata die Nachricht zukommen lassen können, dass es die Falschen sind. Und was haben wir stattdessen getan? Wir lassen sie hübsch einen Tag nach dem anderen weiterfahren, direkt bis vor unsere Haustür.«

»Warum hätten wir sie den ganzen Weg hierherschleppen sollen?«, fragte einer. »Wir waren alle dafür, es so zu machen.«

»Weil wir uns sicher waren, dass es die Richtigen waren. Wir haben die Botschaft rausgegeben, dass wir sie haben! Dass sie uns sicher sind! Wir haben sozusagen der ganzen Welt erzählt, dass die Jagd erfolgreich war!«

Langsam dämmerte es ihnen.

»Zukata wird wütend sein, wenn er herkommt.«

»Sehr wütend.«

»Was ist, wenn der richtige Blitz ihm jetzt entkommt?«

Sie sahen sich an.

»Zeig es uns«, forderte ein anderer. »Ich traue dir nicht, vielleicht denkst du dir das bloß aus. Willst wohl das ganze Geld selber einsacken, wie?«

Ein Mann war aufgesprungen. »Ich hau ab. Macht, was ihr wollt, aber ich bin nicht mehr hier, wenn Zukata kommt.«

Zwei andere entschieden sich ebenfalls für die Flucht. »Bei Rin, es wird nicht reichen, wenn wir Aifa verlassen. Weit weg ist noch nicht weit genug.«

»Aber ...« Der Hauptmann hob die Hände. »Ihr könnt jetzt nicht weg. Es war unsere gemeinsame Entscheidung, wir müssen ihm geschlossen gegenübertreten, wenn er kommt. Wir ...«

»Es war deine Entscheidung! Du bist hier der Anführer, oder nicht!«

Einer zog ein Messer, der nächste das Schwert. Ein Wort ergab das andere, das erste Blut floss, es dauerte nicht lange, bis alle, die noch nicht geflohen waren, kämpften. Die das überlebten, verschwanden, so schnell sie konnten, und bald war bis auf den Räuber, der der Meinung gewesen war, dass der Hauptmann sie alle betrog, niemand mehr übrig.

»Wie auch immer«, flüsterte er und leckte sich die Lippen, »wie es scheint, gehört nun alles mir.«

»Möwe, Möwe, bitte wein doch nicht ... Wie geht es dir?«

»Mir?« Möwe versuchte, durch die Finsternis zu starren. »Mir ist nichts geschehen, dank Kroa. Kroa, wo bist du? Lebst du noch?«

»Ich lebe«, versetzte er grimmig. »Lenk mich nicht ab, ich versuche mich aus diesem Seil hier herauszuarbeiten ...«

»Als ich dich durch die Luke fallen sah, ich dachte, du wirst dir das Genick brechen.«

»Ich bin ein Artist«, versetzte Kroa grimmig. »Ich hab eine Sprosse der Leiter zu fassen gekriegt und habe mich abgestoßen. Direkt auf den Füßen bin ich gelandet.«

»Ich bin auch ein Artist«, meinte Jamai mit gepresster Stimme. »Aber meine Hände waren gefesselt.«

»Hast du dir etwas gebrochen?«

»Etwas?« Er lachte leise und hustete. »Mindestens. Am Anfang habe ich gar nichts gefühlt, aber jetzt, jetzt kommt es alles über mich ...«

»Oh Rin. Ach, Jamai!«

»Das Seil ist los!«, verkündete Kroa. »Wo seid ihr? Ah, da bist du, liebes Mädchen. Zeig her, deine Handgelenke ...«

»Au!«

»Entschuldigung. Ich muss leider meine Zähne zu Hilfe nehmen ... Bitteschön. Die Knöchel auch? Und nun du, Jamai, mein Bruder.«

Jamai stöhnte wieder, Möwe merkte, dass er krampfhaft versuchte, es zu unterdrücken. Sie tastete sich zu ihm und berührte seine Schulter, während Kroa die Fesseln aufknotete.

»Was tut dir weh?«

»Alles.« Er versuchte zu lachen. »Du hattest recht, Möwe. So endet hier alles, im Dunkeln.«

»Nein, Jamai, nein ...«

»Wir müssen ihn zudecken«, sagte Kroa.

»Hier ist nichts.«

»Ein Soldat ist hier noch«, meinte er trocken. »Seine Jacke braucht er wohl nicht mehr.«

»Ich möchte dich nicht zum Feind haben«, sagte sie. »Ach, Kroa, du hast für uns alle gekämpft!« Sie umarmte ihn und drückte ihm einen Kuss auf die Wange.

»Hilf mir lieber. Wir müssen ihm das ausziehen ...«

»Der Boden ist so kalt. Ach, Jamai ...«

»Ich bin so müde.«

»Nein, Jamai, schlaf nicht ein. Nicht, nur nicht einschlafen ... Es wird gut, ich verspreche es. Dies ist nicht das Ende. Bestimmt nicht. Hast du nicht gemerkt, wie entsetzt der Hauptmann war? Wir haben sie alle in die Irre geführt. Es ist uns alles gelungen. Na, wie fühlt man sich als Sieger?«

Sie weinte, während sie sich über ihn beugte. »Was? Was sagst du?« Sie näherte ihr Ohr seinem Mund.

»Du hast nach Blitz gerufen«, brachte Jamai etwas lauter heraus.

»Ich ...« Sie wusste nicht, was sie sagen sollte.

»Sie wollte dich nicht verraten«, sagte Kroa. »Sie wollte dich nicht verraten, so wie ich es getan habe. Hätte ich mal lieber die Klappe gehalten, wie?«

»Sie hätten es sowieso herausgefunden«, meinte Möwe müde. »Sie hatten dich gar nicht richtig angesehen. Es hätte sowieso nicht mehr lange gedauert.«

Sie hielt Jamais Hand.

»Halte durch«, bat sie ihn. »Bitte, halte durch. Du wirst sehen, alles wird gut. Versprich mir nur, durchzuhalten. Jemand wird uns retten.«

»Da muss dieser Jemand sich aber beeilen«, murmelte Kroa leise.

Möwe erwachte. Sie wusste nicht, wie lange sie geschlafen hatte, aber sie erwachte davon, dass ein Lichtstrahl auf ihr Gesicht fiel. Es war wie ein Sonnenaufgang, dieser helle Streifen Licht, aber gleichzeitig kam die Erinnerung an all das, was geschehen war, wieder zu ihr zurück, und Angst überfiel sie. Sie wagte nicht, sich zu bewegen. Vielleicht hielt man sie für tot, vielleicht ...

»Seid ihr da unten?«

»Keta?« Sie kannte diese Stimme. So lieb war sie, so vertraut, diese tiefe, warme Stimme aus der Kehle eines wunderbaren Riesen.

»Bei Rin, ihr seid es wirklich!«

»Vater!«, rief sie aus.

Keta beugte sich über die Luke. »Seid ihr alle da? Ist Jamai bei dir?«

»Vater, komm schnell! Jamai ist verletzt!«

Sie hielt seine Hand, aber sie hätte selbst nicht sagen können, ob er noch lebte. Falls sein Herz noch schlug, konnte sie seinen Puls nicht fühlen. »Schnell, bitte!«

Keta stieg zu ihnen herunter, mit einer Laterne in der Hand. »Oh, Jamai!« Er kniete sich neben den still daliegenden jungen Mann und berührte ihn vorsichtig. »Er lebt noch ... Was haben sie mit ihm gemacht?«

»Er ist hier hinunter gestürzt.« Möwe wollte ruhig davon erzählen, aber sie begann zu schluchzen. »Und als dieser Offizier herausgefunden hat, wer wir sind, hat er ihn getreten und geschlagen. Kannst du ihm helfen, Vater? Oh bitte!«

Er hatte die heilenden Hände. Er wusste um die Kraft in ihnen, aber er konnte sich nicht konzentrieren, wenn seine Tochter neben ihm heulte.

»Kannst du nach oben gehen und etwas Wasser holen? Ich glaube, neben den Bäumen habe ich einen Bach gesehen. Ein Krug Wasser, damit er etwas trinken kann, wenn er aufwacht. Tust du das für mich?«

Sie nickte. Ohne ihn zu fragen, wie er sie gefunden hatte, ohne ihm zu erklären, warum sie getan hatten, was sie getan hatten, stieg sie die Sprossen hoch.

In der Hütte war es still, so still, dass es fast unheimlich war. Möwe suchte nach einem Krug – hier oben herrschte ein einziges Durcheinander – und fand schließlich einen großen Becher. Sie öffnete die Tür und trat hinaus in den Frühling, aber sie hatte keine Augen für die Schönheit der Freiheit. Dort waren die Bäume, dort musste auch der Bach sein. Sie lenkte ihre Schritte in das Gehölz.

Keta legte seine Hände auf den Verletzten. Kroa saß neben ihm, ganz still, wie ein Kind, das auf ein Wunder hofft.

Er konnte fühlen, welcher Schaden in diesem jungen Körper angerichtet worden war. Er fühlte das Blut, die geborstenen Knochen, er fühlte, was zerrissen war und was gequetscht durch die unbarmherzigen Stiefeltritte. Das hatte jemand getan, der so wütend war, dass er töten wollte ...

Nein, hasse nicht. Er rief seine Gedanken und Gefühle zur Ordnung. Hasse nicht, nicht jetzt. Jetzt ist nicht der Moment zum Kämpfen und Toben, für Rache und Vergeltung. Er hatte so sehr gehofft, nicht zu spät zu kommen, als er den roten Wagen gefunden hatte. Dieselben Gerüchte, die Zukata nach Aifa eilen ließen, hatten auch ihn erreicht. Ein hellhaariges Mädchen, ein schwarzhaariger Junge, ein Kind. Zuerst hatte er geglaubt, Blitz' Spur gefunden zu haben, dann erinnerte er sich an Ixas roten Wagen. Jamais Wagen. Und in diesem Moment hatte er Manina vergessen und nur noch daran gedacht, Möwe zu retten, seine liebe Möwe, dieses ungehorsame Mädchen, das ständig tun musste, was ihm einfiel. Er wusste, dass Zukata unterwegs war – zwei oder drei Mal hatte ein Fremder ihn für Zukata gehalten und mehr verraten, als ihm bekommen war –, und angstvoll hatte er seine Schritte beschleunigt. Gerüchte von Toten, von Messern, von einer Lagerstätte voller Blut ... Und dann der Wagen, der rote, verlassene Wagen. Sein Herz stand fast still bei diesem Anblick. Wo waren sie hin? Und er verhielt seinen Schritt und wurde ruhig und horchte. Schaute auf die Spuren der Pferde. Schaute und wartete und horchte auf das Lied der Vögel, auf den Wind, der durch die Zweige strich. Als er das einsame Haus erblickte, hatte er geahnt, dass er das Versteck der Räuber gefunden hatte. Alles war still. Und in seinem Herzen pochte die schreckliche Angst, zu spät zu kommen.

Nein, vergiss die Angst. Hier ist kein Raum mehr für Angst.

Jamai.

Er fühlte die Kraft in seinen Händen, Rins göttliche Kraft, die er den Riesenkönigen gegeben hatte, die Kraft zu heilen und wiederherzustellen und ganz zu machen, was zerbrochen war. Er fühlte sie in seinen Händen.

Oh Rin ... Oh heile, heile ...

»Jamai«, flüsterte er.

Die Kraft kam über ihn. Sie war die ganze Zeit schon da gewesen, die langen Jahre, in denen er durch das Land gewandert und Menschen untersucht und behandelt hatte, aber nie zuvor war sie so über ihn gekommen, ihn mitreißend wie ein Strom, wie ein Wasserfall. Ihm war, als wäre Rin selbst zu ihnen in den Keller gestiegen, und es waren Rins Hände, die auf dem Jungen lagen, Rins große Riesenhände, mit denen er die Brücke trug ...

Kroa stieß einen Laut aus, halb Schluchzen und halb Lachen. »Wie ...«

Und Jamai öffnete die Augen und sah in das Gesicht, das sich über ihn beugte. »Ich habe geträumt, wie ein Riese mich auf seinen Händen trägt ...«, flüsterte er.

Keta lächelte, seine Tränen tropften auf den Jungen.

»Jamai.«

Er war so müde, dass er kaum knien konnte, dass er sich am liebsten neben Jamai gelegt hätte, um sich auszuruhen. Auch ein Schluck Wasser wäre jetzt nicht schlecht gewesen.

Da sie die Lampe bei sich hatten, merkten sie nicht sofort, dass das Licht über ihnen sich verdunkelte. Keta hörte ein Geräusch und sah nach oben, in Erwartung, dass Möwe dort stand und in ihren Jubel einstimmte.

»Sieh an, was ich hier gefunden habe.« Es war nicht Möwe. Es war ein zweiter Riese, blond und gewaltig, ein zweiter Keta, der sich über die Kelleröffnung beugte und die drei betrachtete.

»Was für ein Fang. Ich kam hierher, um meinen Feind vorzufinden, und was sehe ich da? Oh Bruder. Schon wieder du. Schon wieder dieser Junge, den du bei dir hast. Wer ist das? Ein Zwerg?« Zukata lachte, aber in diesem Gelächter lag so viel Wut, dass ihnen kalt wurde. »Einer meiner Freunde hat versucht, mich auf diesen Anblick vorzubereiten ... Ein einsamer Räuber, unsicher und zugleich stolz: Wir haben sie, natürlich, ich zeige dir das Haus. Aber hätte ich je darauf vorbereitet sein können?«

Keta richtete sich langsam auf. »Zukata, bitte ...«

»Ich bin hergekommen, um zu töten. Was glaubst du, wen ich jetzt ...« Er brach ab. Plötzlich schwankte er, seine Arme suchten nach Halt, dann stürzte er kopfüber nach vorne, fiel auf die Leiter, die unter seinem Gewicht in tausend Splitter zerbarst, und krachte auf den Boden. Über ihnen stand Möwe und sah händeringend zu ihnen hinunter.

»Oh nein, nein! Oh nein!«

»Möwe!« Keta sah zu ihr hoch. »Es war gut. Es war richtig, Möwe.«

»Aber ...«

Sie starrte auf Jamai, der mit Kroas Hilfe aufgestanden war.

»Jamai! Ich glaube es nicht! Jamai!«

Zukata lag zusammengesunken da, ohne sich zu rühren.

»Ist er ...?«

»Um ihn kümmere ich mich gleich«, sagte Keta. »Zuerst müssen die Zintas hier raus. Ist da oben irgendetwas? Ein Seil? Eine zweite Leiter?«

»Nein. Das Seil ist bei euch, aber es ist zerschnitten. Und es gibt nichts, was so lang wäre.«

»Pyramide«, sagte Kroa. »Wozu sind wir Akrobaten, he? Keta, nimm Jamai auf deine Schultern. Ich klettere an euch hoch. Und hopp!« Er sprang in die Höhe und landete sicher auf dem Fußboden der Hütte. »Ich habe das Seil mitgebracht.«

Gemeinsam ließen sie es zu Jamai hinunter, der sich daran festhielt; mit Mühe zogen Möwe und Kroa ihn gemeinsam hoch.

»Wir finden etwas für dich«, sagte Möwe zu Keta, »warte, wir bauen irgendwie eine Leiter ...«

Er schien sie nicht zu hören und war auch nicht mehr zu sehen. Im Schatten hatte er sich über seinen Bruder gebeugt.

»Lass ihn«, sagte Jamai leise, »gib ihm eine kleine Weile.«

Sie wandte sich ihm zu und schüttelte staunend den Kopf. »Dass du lebst! Und du bist wieder gesund!« Sie schlang ihre Arme um ihn. Jamai erlaubte es sich, die Umarmung zu genießen. Er fühlte ihr Gesicht an seinem, ihr feines Haar war weich an seiner Wange.

»Möwe«, flüsterte er. Und dann fiel ihm ein, dass sie nach Blitz gerufen hatte, nicht nach ihm. Ihre Freude über seine Genesung war echt, aber es war Blitz, dessen Name ihr am nächsten war.

Er atmete tief durch.

»Lass ihm eine Weile Zeit«, sagte er noch einmal.

Zukata war nicht tot. Er hatte das Bewusstsein verloren, aber nur kurz. Als er Ketas Hände auf sich spürte, ergriff er sie und hielt sie fest.

»Was hast du vor? Willst du mich erwürgen?«

»Nein, ich ...«

»Oder wolltest du mich segnen? Hast du es dir anders überlegt?« Er sprang auf und stieß seinen Bruder zurück. Keta, immer noch geschwächt von der Heilung, wankte zurück. Zukata erkannte sofort seinen Vorteil. In Sandart hatten sie die ganze Nacht gekämpft, gleich stark, jeder das Ebenbild des anderen, aber jetzt, das spürte Zukata ganz deutlich, hatte er entschieden mehr Kraft. Ohne zu überlegen, ging er auf Keta los.

»Wie ist das? Wie fühlt sich das an? Du wirst nicht gewinnen. Nicht immer du. Nicht immer du!«

Über ihnen ertönte ein schriller Schrei.

»Aufhören!«, schrie Möwe. »Lass ihn los! Hört auf!«

Zukata hatte Keta gegen die Wand geschmettert, er hatte die Faust erhoben zum Schlag.

»Möwe ...«, ächzte Keta.

»Nun, mein Vögelchen dort oben?«, höhnte Zukata. »Was willst du machen? Außer zu wissen, dass ich deinen Vater hier in meiner Gewalt habe? Willst du dort stehen und zuhören, wie er stöhnt? Wie seine Knochen brechen? Willst du zuhören, wie es sich anhört, wenn jemand stirbt?«

»Wenn du ihn umbringst«, sagte Möwe, »dann kommst du niemals hier raus, Zukata, nie im Leben!«

»Meine Leute werden mich hier schon rausholen«, sagte er gelassen.

»Was für Leute? Sie sind tot oder weg oder wohin auch immer. Hier sind nur wir. Wir drei und ihr. Und wenn du Keta auch nur ein Haar krümmst, wirst du dort unten bleiben, bis du verhungerst! Bis du verfaulst! Oh, verflucht seist du!«

Zukata schwieg lange. »Wir können den Spieß auch umdrehen«, sagte er schließlich. »Ihr bringt mir eine Leiter. Oder ein Seil, was euch gerade zur Hand ist, und dafür lasse ich deinen Vater am Leben.«

»Nein!«, rief Keta, wollte Keta rufen, seine Stimme drang kaum zu ihnen nach oben. »Lasst ihn nicht hoch zu euch!«

»Verdammt, lasst mich endlich rauf! Wenn nicht bald etwas geschieht, dann zeige ich diesem Schwächling hier, wer ein wahrer Riese ist!«

Nun ließ sich Kroa vernehmen. »Du hast uns hier gar nichts zu befehlen! Hältst du uns für verrückt? Dich hier nach oben holen? Abgesehen davon, dass wir ein kleines Stückchen Seil haben und erst ein paar Bäume fällen müssen, um eine Leiter zu bauen? Verhalte dich friedlich, Zukata, dann kommen wir vielleicht alle heil aus dieser Sache raus.«

Zukata schrie vor Zorn. Er stieß ein Gebrüll aus, dass das Haus in seinen Grundfesten erschütterte. So hoch über ihm war die Luke, er hatte keine Chance, hinaufzukommen. Wenn sie sich beide übereinanderstellen würden, er und Keta ... Aber das würde Keta nicht tun, und es gab keinen Weg, ihn dazu zu zwingen. Der jüngere der Zwillinge lehnte keuchend an der Wand und rang nach Atem.

»Welche Ironie des Schicksals«, meinte Zukata schließlich. »So sitzen wir hier beide, gefangen von deiner Tochter, die meine Gefangene hätte sein sollen ...«

Er setzte sich hin und ballte die Fäuste, während Kroa ihm die Bedingungen verkündete, unter denen sie ihn hier irgendwann herauslassen würden. Er hörte kaum zu, doch plötzlich hob er den Kopf. »Was? Sag das noch mal. Ihr sperrt uns hier ein, bis die

Nachricht kommt, dass die Prinzessin wieder in Kirifas ist? Seid ihr wahnsinnig?«

Und Keta lachte. »Gut, sehr gut. Ich bin stolz auf euch, ihr drei! Sie wissen, dass sie mich nicht heraufholen können, ohne dass du mit hinaufkommst. Und sie wissen auch, dass du alles daransetzen wirst, die richtige Manina und den richtigen Blitz zu finden, wenn du wieder oben bist. Daraus wird nichts, Zukata. Hoffen wir, dass die beiden Kirifas bald erreichen, bevor uns hier unten die Luft ausgeht.«

Zukata knirschte vor Wut mit den Zähnen. Es nützte nichts, überhaupt nichts.

Vielleicht hätte er jemanden täuschen können, der Keta nicht so gut kannte. Er hätte ihn umbringen können und mit zuckersüßer Stimme darum bitten können: Ach Töchterchen, hol mich endlich hier raus, der Schuft ist tot. Aber es hatte keinen Zweck, Möwe würde sich nicht täuschen lassen. Und wenn Keta tot war, würden sie bestenfalls die Luke schließen und einfach verschwinden. Falls sie sehr, sehr rachdurstig waren, würden sie sich etwas anderes einfallen lassen. Er fühlte sich relativ sicher hier unten im Dunkeln, aber man wusste ja nie. Er war es nicht gewöhnt, ein Gefangener zu sein.

Keta, nicht weit von ihm entfernt, lehnte gelassen an der Wand. Er merkte, dass seine Kraft langsam wieder zurückkehrte. Aber das war nicht das Entscheidende.

Ihr habt eine Chance, dachte er, an den unbekannten Blitz und die nie gesehene Manina gerichtet. Zukata ist hier, ihr könnt es schaffen.

21. Die Rückkehr

»WENN DER HAHN morgens kräht, stehe ich auf und krieche aus dem Bett.«

»Was dir schwer fällt, weil es so warm und gemütlich ist ... Und weil ich in diesem Bett liege.«

»Wie konnte ich das vergessen?« Blitz lachte leise. »Ich öffne die Tür und draußen ist der Morgen. Die Sonne geht auf zu einem neuen Tag ...«

»Die Tür unseres Hauses.«

»Ja. Unser Haus. Es ist klein, aber es gehört uns. Mit einem Garten. Und Apfelbäumen. Bäumen voller duftender Äpfel ...«

»Ich kann keinen Kuchen backen.«

»Dann musst du das lernen. An diesem wundervollen Tag wirst du mit unserer Tochter Apfelkuchen backen. Sie hat dir gestern beim Pflücken geholfen, ein großer Korb mit roten Äpfeln steht auf dem Tisch. Manina muss unbedingt ihren Kuchen bekommen, du hast es ihr versprochen.«

»Ich will aber nicht backen«, protestierte Ilinias. »Ich will die Tür öffnen und hinausgehen. Ich will zusehen, wie die Sonne aufgeht.«

»Das kannst du ruhig. Du musst sowieso noch den Ofen anheizen.«

»Wieso ich? Das kannst du doch machen.«

»Manina schläft noch. Sie wacht auch nicht auf, als ich wieder zu dir ins Bett zurückkehre.«

»Mit kalten Füßen.«

»Nicht alles an mir ist kalt.«

»He, das ist nur ein Traum, Blitz. Was hast du denn jetzt wieder vor?«

»Ich dachte, wir machen es so realistisch wie möglich.«

»Aha. Na gut.«

Sie verwirklichten, was sich von ihrem gemeinsamen Traum verwirklichen ließ. Es gab kein Haus und keinen Korb voller Äpfel und keinen Ofen. Aber die Sonne ging auf und sie waren zu dritt und ein Tag begann, köstlich und wunderbar, voller Versprechungen.

»Manchmal«, sagte Ilinias leise, »wünsche ich mir, wir könnten es genau so machen. Wir könnten einfach fortgehen und uns ein kleines Haus kaufen und so leben.«

»Du willst wirklich in einem kleinen Haus leben und Kuchen backen? Statt bei den Amazonen eine Kriegerin zu werden?«

»Vielleicht geht ja auch beides. Ich werde eine Kriegerin und du kümmerst dich um das Haus und die Apfelbäume.«

Blitz seufzte. »Kirifas. Manchmal weiß ich nicht, ob sich das wie eine Verheißung anhört oder wie eine Drohung.«

»Und wenn wir es wirklich tun würden?«, fragte sie.

»Das Kind behalten?«

»Vielleicht retten wir ihr damit das Leben«, sagte Ilinias. »Wir würden irgendwo leben, wo niemand uns vermutet. Kein Mensch würde auf die Idee kommen, wer sie ist. Wir stünden nicht in der Gefahr, Zukata zu begegnen. Wenn wir nicht nach Kirifas gehen würden, könnten wir alle glücklich sein.«

»Das meinst du nicht ernst«, sagte Blitz streng.

»Wahrscheinlich nicht.« Sie zog sich an und genoss es, dass er ihr dabei zusah. »Aber wenn wir Zukata gegenüberstehen, werden wir bereuen, dass wir es nicht so gemacht haben. Wenn er sie umbringt und wir dabei zusehen müssen.«

»Sprich nicht vor ihr davon. Sie schläft, aber vielleicht hört sie es doch irgendwie.«

»Na gut.« Ilinias wandte ihm verstimmt den Rücken zu. Sie bürstete ihr leuchtendes Haar mit kräftigen, ärgerlichen Bewegungen. Durchs Fenster krochen die ersten Sonnenstrahlen; es war, als hätte sie sich absichtlich dorthin gestellt, um sie einzufangen. Sie war so schön, dass es ihm jedes Mal den Atem verschlug, wenn er sie ansah.

Blitz schwang seine Füße über die Bettkante. »Wir sollten heute früh aufbrechen. Wir könnten bei diesem guten Wetter schnell vorankommen. Der Weg durchs Moor hat zu viel Zeit gekostet.«

Mehrere Tage hatten sie auf den schmalen Pfaden bleiben müssen, die durchs Moor führten. Es gab keinen anderen Weg, um vom südlichen Laring nach Aifa zu kommen, und Blitz war sich dessen bewusst, dass jemand, der sie suchte, nur an jedem der wenigen Moorpfade Stellung beziehen musste, um sie zu finden, wenn sie vorbeiritten. Dieses Gasthaus war nicht sicher, es lag zu zentral. Sie mussten machen, dass sie weiterkamen.

Er weckte Manina sanft mit einem Kuss.

»Aufstehen, meine Süße.«

»Vorhin hast du mich noch so genannt«, ließ sich Ilinias vom Fenster her vernehmen.

»Sie ist eifersüchtig, hörst du?«, sagte Blitz zu Manina. »Sie möchte alle meine Worte für sich.«

»Gar nicht wahr.«

Ilinias baute sich vor ihm auf, ihre blauen Augen blitzten. »Das hättest du wohl gerne, wie, Blitz? Dass ich nach einem Kompliment von dir schmachte ...«

»Meine Schneeprinzessin«, sagte er. »Meine Apfelblütenkönigin.«

Ihr Gesicht verzog sich. »Apfelkönigin? Das ist doch Binajatja von Arima. Und ihre Tochter, diese Mino. Nenn mich nicht so.«

»Ich habe gar nicht an Mino gedacht. Außerdem habe ich Blütenkönigin gesagt, ich wollte doch nur ...«

»Komm, schlüpf in deine Kleider«, sagte Ilinias mit zuckersüßer Stimme zu Manina und beachtete ihn gar nicht mehr. »Deine Haare wollen wir noch kämmen ... Ein bisschen Wasser ... So, jetzt können wir runtergehen.«

Blitz packte ihre Sachen zusammen. Gemeinsam stiegen sie die Treppe hinab und traten in die Wirtsstube. Es war noch früh und doch waren hier bereits einige Reisende am Frühstücken.

Blitz ließ den Blick über die Gestalten wandern. Die Gruppe dort, an jenem Tisch, war auch am Abend da gewesen. Und etwas weiter hinten saß ein einsamer Mann ...

Er erstarrte. Sein Herz setzte einen Schlag aus.

»Was hast du?«, fragte Ilinias.

»Setz dich zu mir«, sagte der Mann und wies auf den Platz vor sich. Und Blitz gehorchte mit zitternden Knien.

»Geh mit der Kleinen raus«, befahl er. »Frag nicht. Geh einfach. Hol das Pferd und reite los. Warte nicht auf mich. Nun mach schon!«

»Aber …« Ilinias zögerte, sie sah von einem zum anderen. Dann nickte sie, nahm Manina auf den Arm und verließ die Stube.

»Lundi«, sagte Blitz leise.

»Wie ich sehe, erkennst du deine alten Freunde noch, Blitz.« Er hob die Hand. »He, Wirt. Frühstück für meinen Freund!«

»Ist er – ist er auch hier?« Aber was fragte er? Wenn Lundi hier war, Zukatas rechte Hand, konnte der Riese nicht weit sein.

Lundi beugte sich über den Tisch. »Was machst du für Sachen, Junge? Wie konntest du das tun?«

»Du weißt, warum.«

Er blickte auf die Hafergrütze, die der Wirt ihm hingestellt hatte. War das seine Henkersmahlzeit?

»Es steht dir nicht an, seine Entscheidungen zu hinterfragen.«

Blitz schüttelte den Kopf. »Das ist mein Kind, Lundi. Das ist meine Tochter.«

»Du weißt selbst, dass du Unsinn redest.«

»Das kannst du nicht verstehen.«

Der Räuber seufzte. »Wenigstens verstehe ich jetzt die Geschichte mit der Nonne. Sie sieht tatsächlich aus, als wäre sie die Mutter der Kleinen. Das war nicht schlecht gedacht, aber du hast dich ein bisschen zu auffällig verhalten, Blitz.«

»Seid ihr alle hier?«, fragte er. Mit klopfendem Herzen dachte er daran, dass er Ilinias nach draußen geschickt hatte. Wenn Zukata vor dem Gasthaus wartete … Er hatte sie nur aus Lundis Nähe weghaben wollen und nicht nachgedacht. Wieder einmal hatte er einen schrecklichen Fehler gemacht.

Lundi sah ihn prüfend an. »Du bist weiter gekommen, als ich je gedacht hätte. Aber nun wirst du mit mir gehen.«

»Nein«, widersprach Blitz, »ganz bestimmt nicht. Glaubst du, ich lasse mich zu ihm führen wie ein Schaf, das zum Schlachter gebracht wird? So leicht kriegst du mich nicht.«

»Ich habe dich immer gemocht«, sagte Lundi.

»Ich weiß.« Blitz schluckte. »Könntest du nicht – könntest du ihm nicht sagen, du hättest uns nicht gefunden?«

»Nein, Blitz. Du weißt, dass das nicht geht. Verdammt, Junge, er ist der Prinz! Er ist unser zukünftiger Kaiser, er ist unser Hauptmann, er ist alles, was zählt! Wie konntest du es wagen? Du trägst sein Zeichen. Du hast ihm Treue geschworen. Du bist einer seiner engsten Vertrauten, du hättest Kaisergänger werden können!«

»Das hat jetzt keine Bedeutung mehr. Ich weiß, dass ich alles verwirkt habe, als ich mit der Kleinen aufs Pferd gestiegen und fortgeritten bin. Also wag es nicht, an meine Treue zu appellieren!« Er atmete tief durch. »Und ich bin Kaisergänger. Verstehst du nicht, ich bin es bereits. Ich bin im Namen des Kaisers unterwegs, für den Kaiser, für Kanuna El Schattik, den wahren und einzigen Herrscher von Deret-Aif. Was schulde ich einem wahnsinnigen Riesen, der mich entführt hat, so wie er Manina entführt hat?«

Lundi verzog das Gesicht. »Zukata ist dein Herr. Du kannst dich nicht herausreden. Du kannst es drehen und wenden, wie du willst. Er ist es und wird es immer bleiben.«

»Nein«, widersprach Blitz. Aber er wusste, dass es so war, er wusste, dass Lundi recht hatte. Und Lundi wusste auch, dass er es wusste.

»Dann wirst du sterben.«

»Das werde ich sowieso. Selbst wenn ich reumütig zurückkehren würde, würde er mich umbringen. Ich kenne ihn mittlerweile gut genug, er kennt keine Gnade. Und du, Lundi? Ich kann verstehen, dass du wütend auf mich bist, aber was ist mit Manina? Du bist kein kaltblütiger Mörder. Würdest du ihm wirklich das Kind bringen?«

Lundi schaute ihn lange an. Dann beugte er sich wieder über seine Hafergrütze. »Iss, Blitz. Wir haben einen langen Weg vor uns.«

»Ich komme nicht mit. Du musst mich schon töten, wenn du mich zu ihm bringen willst.«

»Ich werde ihm sagen, dass du das Kind nicht bei dir hattest.«

»Was?«

Lundi lächelte. »Ich kenne dich doch, Blitz. Wenn ich die Kleine laufenlasse, wirst du mitkommen.«

»Dann wirst du ...?« Sein Herz schlug, fast glaubte er, es würde ihn umbringen, so heftig pochte es in seiner Brust. »Du würdest sie in Ruhe lassen?«

»Ich bin kein Kindermörder, Blitz. Ich habe sie nicht gesehen, nur eine junge Mutter mit ihrem Kind. Dich habe ich allein hier angetroffen. Und das ist es, was ich Zukata sagen werde, wenn du freiwillig mit mir kommst.«

»Lass mich auch gehen, Lundi, bitte.«

»Wenn ich einen Verräter gehen lasse, wäre ich selbst einer. Nein, Blitz. Ich weiß, was dich erwartet, und du weißt es auch. Komm mit, und ich habe nichts gesehen. Weigere dich, und ich werde alle unsere Leute, die in dieser Gegend sind, auf euch hetzen. Du wirst nie nach Kirifas kommen, Blitz. Ohne dich hat sie aber vielleicht eine winzig kleine Chance.«

»Eine Nonne mit einem Kind?«, fragte Blitz. »Was soll das für eine Chance sein? Du hast sie gesehen, Lundi. Allein wird sie nicht weit kommen.«

»Mehr kann ich dir nicht bieten, Blitz. Nur diese eine Möglichkeit.«

Ilinias würde es nicht schaffen. Eine Frau allein? Nur deshalb musste er bei ihr bleiben. Es ging nicht. Er musste kämpfen. Er musste Lundi irgendwie überlisten ... Und doch war ihm, als wäre er endlich nach Hause gekommen. Lundi würde ihn zu Zukata bringen, dorthin, wo er hingehörte, und er würde die Strafe entgegennehmen, die er verdient hatte. Er würde sich nicht wehren. Keiner hatte sich je gewehrt. Er würde sein wie Ewak, der seinen Tod entgegennahm, ohne aufzubegehren. Letztendlich kam es so, wie es kommen musste. Hatte er es nicht immer gewusst, dass Zukata ihn am Ende kriegen würde?

In diesem Moment, als er aufgab, hatte er keine Angst mehr.

Lundi blickte dem jungen Mann ins Gesicht. »Iss auf und komm.«

Blitz wartete vor der Tür, während Lundi in den Stall ging, um sein Pferd zu holen. Von Ilinias und Manina war nichts zu sehen. Er hoffte inständig, dass sie schon auf der Flucht waren.

Er wartete. Lundi kam immer noch nicht. Schließlich entschied er sich dazu, nachzusehen, und öffnete die Stalltür. Mit einem Aufschrei sprang Ilinias zurück, dann erkannte sie ihn. »Oh Blitz!« In ihrer Hand hielt sie einen schweren Krug.

»Was hast du getan?«, fragte er erschrocken. »Wo ist Lundi?«

»Hier im Stroh.«

Er kniete sich neben den Räuber. Ilinias hatte ihm anscheinend den Krug übergezogen, sein Kopf war blutig. Sie hatte versucht, ihn unters Stroh zu ziehen, damit er nicht entdeckt wurde. Die Pferde traten unruhig hin und her. Manina war nirgends zu sehen.

Ilinias bemerkte, dass er sich umschaute.

»Manina ist draußen auf dem Braunen. Ich habe ihr eingeschärft, sich nicht von der Stelle zu rühren. Na los, Blitz, hilf mir. Wir müssen ihn verstecken, am besten dort hinten, damit man ihn nicht sieht.«

»Das gibt eine Blutspur im Stroh.« Er konnte es immer noch nicht fassen.

»Dann streuen wir eben frisches Stroh darüber.«

Er hob Lundi an. »Ich glaube, er lebt noch. Wir müssen einen Heiler rufen. Ich kann den Wirt fragen ...«

»Nein«, unterbrach sie ihn scharf. »Du packst jetzt mit an. Wir verstecken ihn dort. Nun mach schon, bevor die nächsten Reisenden ihre Pferde abholen!«

Er gehorchte ihr; gemeinsam schleppten sie Lundi zum hinteren Ende des Stalls und bedeckten ihn mit Stroh. Ilinias verwischte die Spuren.

»Hoffentlich stöhnt er nicht.«

»Er wird sterben«, sagte Blitz. Er stand immer noch unter Schock.

»Er tut dir doch nicht leid?«

»Er war mein Freund.«

»Schöne Freunde hast du. Und jetzt komm! Nein, warte, wir nehmen noch sein Pferd mit. Dann wird der Wirt glauben, dass er abgereist ist.« Sie führte ein bereits gesatteltes Pferd aus dem Stall. »Das ist das Richtige. Er war dabei, es zu satteln.« Sie tätschelte die Schimmelstute, die Blitz auch so erkannt hätte. Königin, Königs weiße Schwester. »Er hat sich nicht umgedreht. Er hat mich nicht bemerkt, bis ich hinter ihm war.«

Er drückte sie an sich.

»Du bist so tapfer, Ilinias. Du bist das mutigste Mädchen, das ich kenne.«

»Er wollte dich umbringen«, sagte sie nur. »Ich lasse das nicht zu, dass irgendjemand dir etwas tut, Blitz.«

»Er wollte ...«, begann er, er wollte sagen: Er wollte mich nur zu Zukata bringen. Aber das kam auf das Gleiche heraus. »Ja«, sagte er, »das hatte er vor. Und nun werden sie erst recht hinter uns her sein.«

»Damit müssen wir wohl rechnen.«

»Ich bin hier«, erklärte Manina, als sie bei ihr eintrafen. Ilinias hatte das Pferd an einen Baum gebunden. Brav war die Kleine im Sattel geblieben und hatte gewartet. »Und wir hatten kein Frühstück.«

»Du bekommst noch etwas zu essen, keine Sorge, mein Schatz.«

Blitz wunderte sich darüber, wie aufrecht Ilinias sich hielt. Er wollte sie festhalten und trösten und sie vergessen lassen, was sie getan hatte. Aber da drehte sie sich zu ihm um, und er sah, wie ihre blauen Augen vor Stolz funkelten.

»Nun haben wir zwei Pferde«, sagte sie.

»Dieser Schimmel ist zu auffällig.«

»Sind wir das nicht sowieso? Jetzt sind wir schnell, das ist doch das Wichtigste. Und noch etwas. Ich glaube, es wäre ziemlich dumm, wenn wir jetzt in gerader Linie von hier nach Kirifas reiten. Wir sollten einen längeren Weg in Kauf nehmen und von einer Richtung kommen, mit der sie nicht rechnen. Sonst können wir gleich hier warten und uns ergeben.«

Blitz war in Gedanken noch immer bei Lundi. Er fragte sich, ob man ihn wohl noch rechtzeitig finden würde, dort im Stroh. Ein Feind mehr, wenn er überlebte. Er hatte die Chance, Manina und

Ilinias allein und dafür ohne Verfolger auf den Weg zu schicken, vertan. Aber dann blickte er auf Ilinias, die aufrecht auf dem herrlichen Schimmel saß, und hörte wieder ihre Worte: Ich lasse nicht zu, dass jemand dir etwas tut.

»Du bist wunderbar«, sagte er zu ihr, staunend. Vielleicht würde er doch nicht sterben. Vielleicht würden sie es schaffen, vielleicht würde er Zukata nie wiedersehen, in seinem ganzen Leben nicht. Und sie lebten glücklich und zufrieden bis an ihr Lebensende ...

Sie lächelte. Das ist keine Nonne, dachte er. Das ist keine Novizin, die sich auf ein Leben in Mauern vorbereitet. Das ist ein Vogel, der aus seinem Käfig ausgebrochen ist und fliegt, hoch über den Wolken.

»Du bist wie ich«, sagte er zu ihr, immer noch überwältigt von dem Wunder, dass sie entkommen waren. »Es ist, als wäre ich du und du ich.«

»Ahinehl«, sagte sie zu ihm. »Ich weiß.«

Sie ritten in südöstlicher Richtung, statt auf direktem Weg der großen Handelsstraße nach Kirifas zu folgen. In einem großen Bogen kamen sie in die Nähe von Sitra und wandten sich dann wieder ins Landesinnere. Mit zwei Pferden kamen sie wesentlich rascher vorwärts, und doch verwandelte sich das helle Grün des Frühlings bereits in das tiefe Grün des Sommers und das trockene, gelbliche Grün des Hochsommers, als sie in die Nähe von Kirifas kamen. Sie hatten die Stadt in großer Entfernung halb umrundet und kamen jetzt von Süden auf sie zu. Die Dörfer und Städte von Aifa mieden sie und ritten nach Möglichkeit durch die sanft hügelige Gegend, die ihnen die Fülle bot. Draußen zu schlafen war bei dieser Wärme angenehm, zumal es hier wenig Mücken gab. Dafür hatten sie allerdings auch weniger Deckung durch größere Wälder. Verstreut lagen Gehöfte zwischen den Wiesen und Feldern.

»Schön hier«, sagte Ilinias und seufzte wohlig.

Aber Blitz fühlte in sich die Angst. Sie war wieder da, diese Angst, die ihn kaum schlafen ließ und ihn tagsüber in Beschlag nahm. So weit sie auch gekommen waren, es nützte alles nichts, wenn sie jetzt ergriffen wurden. Und er rechnete fest damit, dass

Zukata Kirifas gut bewachte, dass er alle Zugänge kontrollierte und jeden Reisenden, der die Stadt betrat, von seinen Leuten in Augenschein nehmen ließ.

»Sie werden uns nicht hineinlassen«, sagte er.

»Die Wachen lassen jeden hinein. Zukata ist ein Räuber, er wird ja wohl kaum die kaiserlichen Wachen in seinem Sold haben.«

»Ich traue ihm alles zu.«

»Ich hab doch gesagt, wir sollten uns aus dem Staub machen und irgendwo ein kleines Häuschen ... He, schau mal da.«

Neben dem Weg, dem sie seit einigen Tagen gefolgt waren, stand ein roter Wagen, halb überwachsen von Strauchwerk. Ein Wagen, wie ihn die Ziehenden benutzten. Er wirkte schäbig und Blitz wäre an ihm vorbeigeritten, ohne ihn zu beachten, wenn Ilinias nicht angehalten wäre.

»Sieh dir das an, Blitz! Er ist heile. Schau, da ist alles noch dran!«

»Was willst du damit?«, fragte er.

»Wir spannen den Braunen an. Wir fahren damit nach Kirifas.«

»Auffälliger geht's wohl nicht. Was soll das, Ilinias? Wir müssen uns überlegen, in welcher Verkleidung wir am besten hineinkommen, und nicht, wie wir möglichst alle auf uns aufmerksam machen.«

»Das wird unsere Verkleidung sein«, sagte sie. »Ein Zinta-Wagen. Ich könnte auf dem Kutschbock sitzen. Und ihr versteckt euch da drinnen.«

»Du glaubst nicht, dass die Wachen vielleicht einen Blick hineinwerfen?«

»Wozu? Um zu sehen, ob ich ein bewaffnetes Heer in die Hauptstadt einschmuggle?«

»Vielleicht, um nachzuprüfen, ob vielleicht ein Kind und jemand wie ich dabei sind?«

»Blitz!«, sagte Ilinias. »Nun hilf mir doch!«

Seufzend stieg er ab und nahm den Wagen in Augenschein. Er öffnete die hintere Tür. Das Innere des Wagens war anscheinend geplündert worden, er war leer. Durch ein eingeschlagenes Fenster waren die Tiere hineingekommen; ein Wespennest in einer Ecke zeigte Blitz, warum sich bisher niemand für diesen Wagen interessiert hatte.

»Die räuchern wir aus. Oder wir könnten ... Ach, Blitz, das ist so wunderbar!«

Gemeinsam zogen sie den Wagen auf die Straße. Der Braune rollte mit den Augen, als Ilinias versuchte, ihn anzuschirren. »Ich weiß, wie das geht, steh du nur ruhig ... Manina, geh aus dem Weg, du weißt doch, dass er jederzeit durchgehen kann, wenn er so nervös ist ... Er ist ein Pferd, er kann einen Wagen ziehen, verdammt noch mal!«

»Du sollst in ihrer Gegenwart nicht fluchen.«

»Ja, verdammt! Sag mir nicht ständig, was ich tun soll!«

Es dauerte eine Weile, bis sie den Braunen beruhigt, den Wagen von Dreck gereinigt und von Wespen befreit und ihre eigenen Sachen darin untergebracht hatten.

»Ich weiß immer noch nicht, wie du dir das vorstellst«, sagte Blitz missmutig.

»Bis wir in Kirifas sind, wird uns schon etwas einfallen. Und jetzt geht in den Wagen, damit euch niemand sieht.«

Die Schimmelstute hatten sie hinten am Wagen angebunden. Der Braune versuchte seine ungewohnte Last fortzutreten und dann, als ihm das nicht gelang, sie abzuschütteln. Erst nach einer rasanten Fahrt über den holprigen Weg entschied er sich endlich, auf Ilinias' beruhigendes Zureden zu hören und sich mit seinem Schicksal abzufinden.

Kirifas war nicht mehr weit. Der abseitige Weg führte schon am nächsten Tag zu einer der Hauptstraßen, auf der viele Reisende unterwegs waren. Sie näherten sich nun dem Herzen des Reichs, der Stadt des großen Kanuna El Schattik, vielleicht auch, so fürchtete Blitz in seinem Herzen, dem schrecklichen Ende ihrer langen Reise.

Am südlichen Stadttor von Kirifas ließ der Wachmann träge den Blick über die Menschen gleiten, die hereinströmten oder aus irgendeinem Grund die Stadt wieder verließen. Als er den roten Wagen kommen sah, stutzte er.

»He!«, flüsterte er seinem Kollegen zu, der sich in den Schatten der Mauer zurückgezogen hatte. »Ein roter Wagen.«

Sie behielten den Wagen im Auge. Auf dem Kutschbock saß eine junge Frau mit auffallend hellblondem Haar.

»Siehst du, was ich sehe?«

»Dann hat er sie wohl freigelassen, oder?«

Seit vielen Monaten hielten sie Ausschau nach einem blonden Mädchen und einem jungen Mann. Es war jetzt einige Wochen her, dass sie von dem roten Wagen gehört hatten, aber er war nie bis zu den Toren der Stadt gekommen. Sie hatten auch davon gehört, dass es letztendlich nur Betrüger gewesen waren. Seitdem war es ruhig gewesen. Zukata hatte keine neuen Nachrichten herausgegeben.

»Er hat sie freigelassen. Das hätte ich nicht gedacht.«

»Ich auch nicht, ehrlich gesagt.«

»Aber sie müssen es wohl sein. Siehst du: ein Mädchen mit weißen Haaren und auffallenden Augen. Das war die Beschreibung. Stimmt genau.«

»Ich wette, der junge Mann sitzt in dem Wagen. Und der Zwerg.«

»Vielleicht hat Zukata auch nur das Mädchen freigelassen. Immerhin haben sie ein paar unserer Leute auf dem Gewissen.«

»Oder er hat sie rekrutiert.«

Der Wächter hob die Hand, als der Wagen durchs Tor fuhr.

Das Mädchen zog die Zügel an und hielt.

»Ja?«

»Was hast du da in dem Wagen?«, fragte er.

Sie lächelte. Ihr Lächeln war so schön, dass es jedes Herz berührt hätte. Er konnte gut verstehen, warum Zukata ihr verziehen hatte.

»Nichts«, sagte sie. »Na ja, was man halt so hat.«

»Darf ich mal einen Blick hineinwerfen?«

»Bitteschön.«

Er ging um den Wagen herum. Das weiße Pferd, das hinten angebunden war, tänzelte, als es ihn sah, und wieherte. Es war unmöglich, an die Tür heranzukommen, ohne unter die Hufe zu geraten.

Er stellte sich auf die Zehenspitzen und versuchte, durchs Fenster zu sehen. Im Wagen war alles ruhig, soweit er es beurteilen konnte.

»Hast du keine Begleiter?«, fragte er. »Ein Mädchen wie du?«

»Ich habe einen Freund«, sagte sie und lächelte liebreizend. »Einen großen, starken Freund.«

Damit musste sie Zukata meinen. Nun gut, es sollte ihm recht sein.

»Dann fahr zu«, sagte er. »Viel Vergnügen in Kirifas.«

»Ja, danke.«

Sie schnalzte, und der Braune setzte sich wieder in Bewegung.

»Ich hätte doch gerne hineingesehen«, meinte der andere. »So einen Zwerg sieht man auch nicht oft.«

»Vergiss es«, sagte der erste. »Ist eh nicht unsere Angelegenheit.«

Sie fuhren durch die Stadt. Ilinias fühlte die vielen Blicke auf sich, während sie sich ihren Weg durch die überfüllten Straßen bahnte. Was ist das denn für eine Zinta? Sie ließ sich weder von den Blicken noch von den Ausrufen irritieren. Zielstrebig lenkte sie den Braunen durch die Menge, auf das Schloss zu, das sie von weitem schon sehen konnte.

Die Wachen an der niedrigeren Mauer, die das Palastgelände umgab, hielten sie an, wie sie es erwartet hatte.

»Du kannst hier nicht durch.«

»Ich möchte zum Kaiser«, sagte sie.

»Für Leute wie dich ist der Kaiser nicht zu sprechen.«

»Das stimmt nicht. Kanuna El Schattik hört jedem aus dem Volk zu, das weiß doch jeder.«

»Er hat heute keine Sprechstunde für das Volk.«

»Aber ich habe ein Geschenk für ihn.«

»Ein Geschenk? Was könntest du ihm schenken?« Die Männer, die an Damen in reich verzierten Kleidern gewöhnt waren, an meterhohe Hüte und raschelnde Stoffe, an Juwelen und Gold, blickten verächtlich auf das zerlumpte Mädchen mit dem schäbigen roten Wagen. Sie war wohl hübsch, aber das waren viele aus dem Volk. Hier bedeutete das gar nichts.

»Meine Schimmelstute.«

Der Wächter, der das zweite Pferd noch gar nicht bemerkt hatte, ging um den Wagen herum. Dieses Ross war etwas anderes als der starke Gaul, der den Wagen zog, das sah er auf den ersten Blick.

»Woher hast du die denn? Gestohlen, wie?«

»Ein Geschenk für den Kaiser«, wiederholte sie. »Ein Pferd aus dem Süden. Die Ziehenden kommen weit herum, wie ihr wisst.«

»Du bist keine richtige Zinta«, knurrte der Mann. Zintas waren dunkel, nicht blond. Auch das wusste jeder. »Aber schön, du kannst das Pferd hierlassen. Ich sorge dafür, dass es in seinem Stall landet.«

»Melde mich beim Kaiser, bitte. Ich möchte es ihm persönlich übergeben.«

Der Wächter schüttelte starrsinnig den Kopf. Eine edle Kutsche, die das Tor erreichte, winkte er durch.

Ilinias bemühte sich, weiterhin freundlich zu bleiben und ihre Verzweiflung nicht durchklingen zu lassen.

»Ich möchte es dem Kaiser aber selbst geben, bitte!«

Die Kutsche hielt an. Ein Mann lehnte sich heraus, ein älterer Herr mit einem gütigen Gesicht. »Wächter!«, rief er. »Gibt es ein Problem?«

»Die Frau hier will zum Kaiser«, murrte der Wächter.

»Bitte, edler Herr«, rief Ilinias schnell. »Ich will dem Kaiser ein Geschenk machen. Ich habe hier ein wunderbares Pferd für ihn!«

»Der Karren bleibt aber draußen«, sagte der Wächter. Lass ihn einfach hier stehen. Du kannst das Pferd dort anbinden.«

»Oh nein!«, widersprach Ilinias. »Ich lasse doch meinen Wagen nicht alleine draußen stehen. Mein Brauner wird scheu, wenn ein anderer ihn anfasst.«

»Lass sie rein«, sagte der ältere Herr.

»Mach den Wagen auf«, befahl der Wachtposten. »Ich will noch einen Blick hineinwerfen, bevor ich dich durchlasse.«

Ilinias beruhigte den Schimmel und öffnete die Tür. Der Wächter schaute ins Innere des Wagens und nickte. »Na schön.«

»Komm, junge Frau«, sagte der alte Herr. »Ich werde dafür sorgen, dass du den Kaiser zu Gesicht bekommst.«

Der Tag hatte wie alle Tage begonnen. Kanuna war erwacht und hatte den jungen Morgen durch sein Schlafzimmerfenster hereinscheinen sehen. Er hatte sich zu Fanes umgedreht und ihr einen Kuss auf die Wange gegeben, dann war er aufgestanden, hatte sich gewaschen und angezogen und lief hinaus in den Park. Er war mit schnellen Schritten über die Wege gewandert, bis die Sonne aufging, und hatte seine Gebete zu Rin geschickt, seine Sorgen und seine Hoffnungen, bis die Sonne voll erblüht war und das Leben überall anbrach. Dies war die Stunde, in der er sich zu Hause fühlte, die Stunde der Stille, in der er allein sein konnte mit seinem Gram. Später, wenn der Park sich mit Menschen füllte, kehrte er in den Palast zurück und begegnete den Erfordernissen des Tages. Er sah auf die Menschen und hörte ihnen zu und hörte sich Worte sprechen, die ihn selbst erstaunten. Er sah Rahmons Augen auf sich, sorgenvoll. Manchmal folgte er seinem Rat, ohne darüber nachzudenken, an Tagen, wenn er nicht fähig war, auch nur einen klaren Gedanken zu fassen.

Heute war einer dieser Tage. Er arbeitete einige Stunden mit ein paar Fürsten zusammen, denen ein Gesetz am Herzen lag, das sie für wichtig hielten und das ihm nicht mehr bedeutete als eine lästige Fliege. Rahmon war geschäftlich unterwegs. Kanuna hoffte, dass sein Ratgeber bald kam und sich mit den Fürsten herumschlug. Er hatte genug.

»Da bist du ja.«

»Majestät.« Der alte Ratgeber begrüßte ihn in seiner bedächtigen, freundlichen Art.

»Was gibt es? Du lächelst so, alter Freund.«

»Da ist ein Mädchen draußen, das Euch etwas schenken will. Sie lieben Euch, Eure Untertanen. So ein armes Mädchen, und doch hat sie Euch das Kostbarste gebracht, was sie besitzt: ein wunderschönes Pferd. Kommt, Herr. Sie wünscht sich nichts sehnlicher, als Euch zu sehen.«

Der Kaiser war froh, einen Vorwand zu haben, um die Fürsten allein zu lassen. »Weiß sie nicht, dass ich nicht reite?«

»Ich glaube nicht, dass es darum geht. Wenn es von Herzen kommt ...«

Sie gingen durch die Säle. »Wo ist sie?«

»Draußen. Sie kann das Pferd ja schlecht ins Besuchszimmer mitnehmen. Sie wollte es Euch unbedingt persönlich überbringen. Der Wächter wollte sie nicht durchlassen. Sie und ihren Wagen.«

»Was für einen Wagen?«, erkundigte der Kaiser sich. Es interessierte ihn nicht wirklich. Die Worte kamen aus seinem Mund. Ein Gespräch. Er wusste, wie man ein Gespräch führt, ohne selbst dabei zu sein. Er war nicht hier. Irgendwo in diesem riesigen Palast war Fanes und vermochte es nicht, auszusehen wie eine Kaiserin. Wenn er genug Kraft gesammelt hatte, würde er zu ihr gehen und ihr von dem neuen Pferd erzählen. Er würde sagen: Komm. Leg deine Hand auf seine Mähne ...

»Da ist sie.«

Im ersten Moment glaubte er, es wäre Möwe. Ihr helles Haar floss über ihre Schultern. Und der Wagen, offenbar ein Zinta-Wagen, passte auch dazu. War Keta zurückgekommen? Der Kaiser blieb stehen. Was für Nachrichten mochte das Mädchen gebracht haben? So viele Monate wartete er schon. Nichts. Bald zwei Jahre, und nichts ... Es wäre besser gewesen, von Maninas Tod zu erfahren, als diese Ungewissheit durchzumachen. Das hatte er immer geglaubt, doch jetzt, in diesem Moment, als er dachte, dass Möwe zurückgekommen war, erfasste ihn Angst. Dann sah er, dass es gar nicht Möwe war.

Es war ein fremdes Mädchen. Ihre Augen waren himmelblau. Sie stand neben einem roten Wagen, vor den ein braunes Pferd gespannt war, und hielt eine weiße Stute am Halfterstrick.

Er trat auf sie zu. Und sie starrte ihn eindringlich an. Er erwartete, dass sie auf die Knie sinken würde, dass sie ihm das Geschenk übergab und ein paar Worte der Verehrung sagte. Aber stattdessen ließ sie das Pferd einfach los, drehte sich um und kniete sich unter den Wagen.

»Er ist da«, sagte sie. »Kommt raus. Es ist der Kaiser.«

Unter Stöhnen und Ächzen kam ein junger Mann unter dem Wagen hervor, staubbedeckt. Rahmon sah sich hastig nach den Wachen um, denn er fürchtete ein Attentat, und die Amazonen der Leibgarde, die in der Nähe postiert waren, eilten auf seinen Ruf herbei. Aber auch der Eindringling beachtete den Kaiser nicht. Er kroch wieder halb unter den Wagen. »Komm, so, pass auf, dass du dir nicht den Kopf stößt ...«

Als er aufstand, erkannte Kanuna ihn sofort. Es war der junge Mann, den Zukata bei sich gehabt hatte, an jenem schicksalshaften Tag. Und an seiner Hand hielt er ein Kind, schmutzig und staubig. Es schüttelte sich und hustete.

Der Kaiser stand da wie erstarrt und blickte auf das Kind. Es war sehr klein, viel kleiner als die Manina, die er sich in seinen Träumen vorgestellt hatte. Sie war vielleicht zwei, aber für eine Zweijährige schien sie ihm winzig. Aus dem schmutzigen Gesicht blickten ihm zwei strahlend blaue Augen entgegen.

Die Wachen stürmten auf die Fremden los und packten den jungen Mann und die blonde Frau. Der Kaiser merkte es nicht. Er sah nur das Kind an. Es konnte nicht sein. Das war kein Riesenkind. Dieses Gesicht ... Aber es konnte nicht sein.

»Erkennt ihr Eure eigene Tochter nicht?«, fragte die junge Frau anklagend und wehrte sich gegen den festen Griff der Leibwächterin.

Die Kleine klammerte sich an das Bein des jungen Mannes. »Papa ...«

»Nein«, sagte er. »Das dort ist dein Vater.«

Rahmon streckte die Arme nach dem Kaiser aus, aber dieser machte ein paar Schritte nach vorne. Er kniete sich vor das Kind und sah ihm ins Gesicht. Das Mädchen wich zurück und krallte ihre Händchen in die Hose des Mannes, der sie hergebracht hatte.

»Das ist Manina«, sagte Blitz müde. Er rührte sich nicht im Griff der Amazonen. Er hatte getan, wozu er hergekommen war. Alles andere ging ihn nichts mehr an.

Der Kaiser glaubte, sein Herz müsste stehenbleiben. Er streckte die Hand vor und berührte vorsichtig das blonde Haar des kleinen

Mädchens. Dann wollte er sie hochnehmen, aber sie schrie auf und hielt sich an ihrem Begleiter fest. »Nein! Oh Papa!«

»Nimm du sie«, sagte Kanuna zu dem jungen Mann. »Lasst sie los, Wachen! Komm. Kommt mit in den Palast.«

Blitz trug Manina, Ilinias ging dicht neben ihm. Hinter ihnen kam Rahmon, dem vor Staunen die Worte im Hals steckenblieben.

Unzählige Augen beobachteten die merkwürdige Gruppe. Der Kaiser, über dessen Gesicht Tränen flossen, den staubbedeckten Fremden mit dem schmutzigen, weinenden Kind, das hübsche, zerlumpte Mädchen mit den hellen Haaren, und den Ratgeber, der aussah, als träumte er. Sie schritten durch die Gänge, die Treppen hoch, an verblüfften Fürsten und ihre Brauen hochziehenden Fürstinnen vorbei, bis sie schließlich eine Tür erreichten, an die der Kaiser leise klopfte.

»Fanes?«

Er wartete nicht auf die Antwort. Er öffnete die Tür und sah sie am Fenster sitzen. »Wartet hier«, sagte er zu Blitz und Ilinias. Seine Augen verschlangen das Kind, dann riss er sich los und trat ins Zimmer.

»Fanes, meine Liebe.«

Sie sah auf. »Was ist passiert? Du weinst ja. Was ist …« Sie erschrak, sie schlug die Hand vor den Mund. »Hast du Nachrichten? Oh nein …«

Er schüttelte lächelnd den Kopf. »Ein Mädchen ist heute gekommen«, sagte er. »Sie sieht aus wie Möwe, so helles Haar, aber es ist nicht Möwe … mit einem Geschenk. Rahmon sagte mir, sie hätte ein Geschenk für mich. Ein Pferd. Ein weißes Pferd.«

»Du weinst wegen eines weißen Pferdes?«

»Sie hatte noch mehr mit. Fanes, sie hatte …« Er schluchzte auf, er lachte, er riss sie vom Stuhl hoch. »Ein junger Mann, einer von Zukatas Männern war bei ihr.«

»Oh nein.« Fanes wurde blass.

»Nein, nein, erschrick nicht. Es ist alles gut. Manina lebt«, sagte er. »Er hatte Nachrichten, sie lebt. Sie ist …«

»Wo ist sie?«, fragte Fanes mit erstickter Stimme.

»Hier«, antwortete er.

»Hier?«

»Hier vor der Tür.«

Die Kaiserin sprang auf. Sie eilte auf die Tür zu, dann zögerte sie.

»Geh nur«, sagte er, er nickte ihr zu.

Sie berührte die Klinke, zögernd, als könnte sie sich daran verbrennen. Dann sah sie die drei, die Kanuna mitgebracht hatte. Auch sie hatte Blitz' Gesicht nie vergessen. Das Mädchen kannte sie nicht. Und das Kind hatte sein Gesicht an die Schulter des Mannes gepresst. Sie sah nur das feine blonde Haar.

»Mein Baby«, flüsterte sie. »Oh mein Baby ...«

Blitz streichelte Maninas Kopf. »Hab keine Angst, Schatz. Schau mal. Schau diese Frau an, bitte ... Es ist alles gut.«

Manina wagte einen raschen Blick in die Runde und klammerte sich dann wieder an seinen Hals.

»Sie ist es wirklich«, wisperte Fanes. Sie hielt sich an Kanuna fest. »Oh Rin ...« Sie wagte kaum, die Arme auszustrecken. »Manina ... mein Baby ...«

Aber das kleine Mädchen hielt sich mit aller Kraft an Blitz fest. Sie kreischte auf, als sie merkte, dass jemand sie von ihm wegholen wollte.

Rahmon übernahm die Initiative.

»Die junge Prinzessin braucht ein Bad«, sagte er. »Und Ihr, verehrte Kaiserin, braucht ein wenig Zeit ... Wie ist dein Name, junger Mann?«

»Jahalik«, sagte Blitz. Er konnte selbst kaum sprechen. Dies war der Augenblick seines Triumphes und gleichzeitig der Moment seines allergrößten Verlustes. Er wusste, wenn er Manina dazu gebracht hatte, in eine Wanne zu steigen und sich zu waschen, wenn sie ihr neue Kleider gebracht hatten und sie frisch und sauber aussah wie eine Prinzessin, sah er sie zum letzten Mal. Und doch wünschte er sich, er hätte sie dazu bewegen können, mit offenen Armen und voller Vertrauen zu ihren Eltern zu gehen. Jedes Mal, wenn sie ihn in Gegenwart des Kaisers »Papa« nannte, schämte er sich in Grund und Boden dafür, dass er es je zugelassen hatte, dass sie ihn für ihren Vater hielt.

»Blitz? Na gut. Kommt mit, ihr Lieben.« Er nickte Kanuna zu. Und der Kaiser lächelte, vielleicht zum ersten Mal seit zwei Jahren.

22. Blitz

MAN HATTE IHNEN schließlich eine große Wanne voll duftenden Wassers überlassen, nachdem Manina vor Entsetzen und Angst geschrien hatte, als Blitz sie einer eilig herbeigerufenen Amme mitgeben wollte. Schließlich hatte Rahmon alle Dienstboten hinausgescheucht und das Bad den drei Fremden überlassen. Niemand von ihnen hatte sich Maninas Rückkehr so vorgestellt. Es war Blitz, der sie waschen musste, der mit ihr zusammen in den Bottich stieg und ihr den Schmutz der letzten Wegstrecke aus Gesicht und Haaren wusch. Er hatte sie unter dem Wagen festgebunden und sich direkt darunter festgehalten. Immer wieder hatte er ihr ins Ohr geflüstert, dass sie still sein musste.

»Jetzt kannst du so laut sein, wie du willst«, versicherte er ihr, während er sie einseifte.

»Sie haben mir diese Kleider hier gegeben«, sagte Ilinias. »Jetzt beeilt euch doch mal, wir sollten sie nicht so lange warten lassen.«

Aber er genoss es, sie noch dieses letzte Mal für sich zu haben. Was sie jetzt mit ihm taten, was der Kaiser zu ihm sagen würde, es war ihm gleich. Er hatte das Kind lebendig zu seinen Eltern zurückgebracht.

Er streichelte Maninas Haar. Er beruhigte sie, als sie sich weigerte, die ungewohnten Kleidungsstücke anzuziehen. Pausenlos redete er auf sie ein, während er ihr jedes neue Teil schmackhaft machte.

Ilinias hatte sich längst gewaschen und umgezogen, bis er endlich mit dem Kind fertig war.

»Du siehst aus wie eine Prinzessin, meine Süße.«

»Und ich?«

Er kannte Ilinias nur in der Novizinnenkutte, dem Rock, den er daraus geschneidert hatte, und der einfachen Bäuerinnentracht, die er gekauft hatte. Das Geschöpf, das da jetzt plötzlich neben ihm stand, war unglaublich.

»Du – wie eine Königin. Meine Güte, Ilinias!«

Dabei war es ein recht einfaches Kleid, das man für sie aufgetrieben hatte, das Ausgehkleid eines Zimmermädchens. Es war blau. Ilinias' Augen schienen doppelt so strahlend geworden zu sein wie zuvor. Sie zupfte unzufrieden daran herum. »Es ist zu lang, es ist so, als ob man keine Luft darin bekommt.«

»Aber du bist wunderschön!«

»Na ja, du siehst auch nicht schlecht aus, Blitz.«

Aber er kam sich nicht vor wie ein neuer Mensch. Er ließ sich durch den Palast führen, an seiner Hand das Kind, auf dem alle Augen ruhten, und war doch nur Blitz, der schon einmal hier gewesen war, mit Zukata. Er glaubte nicht, dass das irgendjemand vergessen hatte. Unter der neuen Jacke brannte das Zeichen, das ihn zu dem machte, was er war. Das hier war wie ein Traum, durch den er schritt, behutsam wie einer, der über die schmale Brücke ging, als könnte er jeden Moment abstürzen.

Rahmon tauchte wieder auf und nickte zufrieden, als er sie sah.

»Kommt. Der Kaiser und die Kaiserin warten schon sehr auf euch.«

Manina trat zwischen ihnen durch die Tür in den Wohnraum der Kaiserfamilie. Ihre Rieseneltern hatten aufgehört zu weinen, und auf ihren Gesichtern lag ein Glanz.

»Kommt näher. Bedient euch, ihr werdet hungrig sein.«

Vor ihnen stand ein Tischchen mit Gebäck. Es war nicht das Richtige für Wanderer nach einer langen, anstrengenden Reise, aber Manina war begeistert. Mit einer Hand hielt sie sich an Blitz' Knie fest, mit der anderen erkundete sie das feine Geschirr und hob die Porzellantassen in die Höhe, quietschend vor Entzücken. »Schau, Papa! Was für schöne Tassen! Darf ich daraus trinken?«

»Ja, Liebes«, sagte die Kaiserin.

Manina wich wieder einen Schritt zurück, obwohl der Tisch zwischen ihnen war.

»Sie ist eigentlich nicht schüchtern. Aber sie ist das alles nicht gewöhnt«, sagte Blitz entschuldigend, da die Riesen schwiegen. »Dieses große Gebäude, die vielen Menschen. Es gibt hier so viele Dinge, viel zu viele ...« Er sammelte Kraft, für all das, was er sagen wollte. »Aber ich bin sicher, sie wird sich schnell eingewöhnen. Sie ist stark und gesund. Sie war nur sehr selten einmal krank, und nie lange. Sie hat die Reise unheimlich gut überstanden. Wir waren fast ein Jahr lang unterwegs. Aber sie ist ein mutiges, fröhliches Kind. Sie ist ein wenig misstrauisch Fremden gegenüber, aber das ist ja auch kein Wunder, da ich immer vorsichtig war.«

»Ihr wart ein Jahr unterwegs?«, fragte der Kaiser. »Von wo?«

»Aus Sandart. Wir waren in Groß-Sandart. Ich bin mit ihr zu den Häfen und mit den Pilgerschiffen nach Salien gefahren. In Salien habe ich Ilinias hier getroffen und von da an war es etwas leichter, weil wir uns als Familie ausgeben konnten. Es tut mir leid.« Es brach aus ihm heraus, er konnte sich nicht daran hindern. »Es tut mir so leid. Dass sie nur mich kennt und Euch vergessen hat ... Aber ich konnte nicht früher kommen. Ich habe so lange auf die Gelegenheit gewartet, ich hatte alles vorbereitet, aber immer war jemand da und ich wollte kein Risiko eingehen ... Ach, das ist Unsinn, riskant war es sowieso ... Aber ich konnte einfach nicht früher kommen. Es tut mir so leid, Majestät.«

Fanes wandte das Gesicht ab, aber der Kaiser beugte sich vor. »War Zukata – freundlich zu ihr? Hat er sie gut behandelt?«

»Er ...« Blitz wusste nicht, was er sagen sollte. »Er hat sie nie geschlagen, er hat ... eigentlich hat er sich gar nicht um sie gekümmert. Ich war immer da, die ganze Zeit. Ich habe auf sie aufgepasst. Sie hat nie etwas Schlimmes erlebt. Höchstens die Schiffsreise, die hat ihr nicht gefallen ... Ihr wurden nie Schmerzen zugefügt, Majestät, ich war immer da ...« Er brach ab. »Sie liebt es, wenn man ihr vor dem Einschlafen vorsingt. Vielleicht, wenn Ihr das der Amme sagen würdet? Und sie hat etwas gegen Schuhe. Dafür kann sie reiten wie keine Zweite ... Vielleicht, wenn man sie ganz vorsichtig an Schuhe gewöhnen würde?«

Der Kaiser hatte seine blauen Augen auf Blitz gerichtet, er schien ihn mit seinen Blicken durchdringen zu wollen.

»Sarika!«

Die Tür öffnete sich und eine schöne, stolze Frau trat ein, eine der Leibwächterinnen, das Schwert an der Seite. »Sarika, bring diesen jungen Mann in die Kammer.«

»Nein!« Ilinias sprang auf und stellte sich schützend vor Blitz. »Nein, das könnt Ihr nicht machen! Das dürft Ihr nicht machen! Er hat nichts getan! Er hat Euch Eure Tochter zurückgebracht! Ihr dürft ihn nicht einsperren!«

Der Kaiser lächelte. »Und wer hat dir gesagt, dass ich das vorhabe?«

»Aber, Ihr sagtet ...«

»Bring ihn in die Kammer, Sarika. Er darf sich dort aussuchen, was immer er haben möchte. Und du, junge Dame, geh ruhig mit und überzeuge dich davon, dass ihm nichts geschieht. Wenn du eine Weile bei uns bleiben könntest, Manina?«

»Darf ich die Tasse haben?«, fragte das kleine Mädchen. »Kann ich sie behalten?«

»Ja, das kannst du.«

»Zum Mitnehmen?«

Blitz hörte nichts weiter. Er folgte der Amazone durch die prunkvollen Gänge des Palastes. Staunend sah Ilinias sich um, doch Blitz ging mit zusammengepressten Lippen mit und hatte keinen Blick für all die Herrlichkeiten.

»Hier«, sagte die Wächterin und blieb vor einer mit goldenen Ornamenten verzierten Tür stehen. Sie nahm ein ledernes Band ab, das sie um den Hals trug, und an dem ein kleiner Schlüssel hing. Sie lächelte, als sie aufschloss.

»Bitte sehr. Die Schatzkammer. Der Kaiser hat gesagt, ihr habt die freie Wahl. Also bedient euch.«

Sie traten in einen Raum, der überquoll vor Schätzen. Er war groß, mit einer hohen, gewölbten Decke, und hier waren die Dinge gelagert, die nirgendwo sonst im Palast Verwendung hatten – Geschenke von Königen und Fürsten, Beutestücke aus Kriegen, die Jahrhunderte zurücklagen, Schätze, die sich angesammelt hatten und im Dämmerlicht, das durch die kleinen, vergitterten Fenster fiel, funkelten. Truhen voller Münzen, goldene Teller und Pokale, Schwerte und Schilde, edelsteinbesetzte Kronen und Ketten, Haufen von Ringen und uneingefassten Juwelen, kostbare Schnitzereien aus Elfenbein und edlen Hölzern, Bilder und Wandteppiche.

»Oh Blitz!«, rief Ilinias. »Das ist unglaublich. Ich habe dir doch gesagt, dass der Kaiser dich belohnen wird.« Sie bückte sich und hob eine Perlenkette auf. »Allein das hier ... Oder hier, schau dieses Schwert! Was würde ich dafür geben, wenn ich ein solches Schwert führen könnte!«

»Lass das liegen«, sagte Blitz. »Ich will nichts davon.«

»Aber ...« Ilinias starrte ihn an. »Wir haben uns das verdient, Blitz. Wir haben ... Bei Rin, du weißt besser als ich, was wir alles ausgestanden haben. Das hier ist die Erfüllung unserer Träume! Wir können uns das Haus kaufen, von dem wir geträumt haben, das kleine Haus mit dem Garten ... Oder wir könnten reisen, auf richtigen Pferden, mit einer richtigen Kutsche. Wir müssten nicht mehr überlegen, wo wir das nächste Mal etwas zu essen herbekommen und wen wir dafür bestehlen sollen ... Blitz!«

Blitz wandte sich an die Amazone. »Nein«, sagte er. »Führ uns zurück. Ich will nichts.«

Die Frau sagte nichts. Sie schloss die Tür sorgfältig hinter ihnen ab und brachte sie zurück zum Kaiser.

Manina hatte es zugelassen, dass die Kaiserin neben ihr am Tisch kniete. Sie goss ihrer Mutter aus einer silbernen Kanne etwas ein und bemühte sich sehr, nichts zu verschütten. »Bitteschön.« Dann sah sie Blitz und ließ die Kanne fallen. »Papa! Wo warst du bloß?«

»Er will nichts haben«, sagte Sarika zum Kaiser.

Kanuna sah Blitz verwundert an. »Du willst nichts? Immerhin hast du meine Tochter hergebracht.«

»Und nun ist sie hier«, sagte Blitz. »Mehr habe ich nie gewollt.«

Der Kaiser nickte langsam. »Du hast einen guten Eindruck auf mich gemacht, aber ich wollte sichergehen. Du warst mutig und ich bin mir sehr wohl darüber im Klaren, dass du dein Leben aufs Spiel gesetzt hast, um meinem Sohn zu entkommen – dein Leben und auch Maninas Leben. Ich musste wissen, ob du das getan hast, weil du dir ausgemalt hast, was ich dir dafür gebe, mehr, als Zukata dir je hätte geben können. Du wärst nicht der Erste, der alles riskiert, wenn nur die Belohnung hoch genug ausfällt.«

»Wie Zukata«, murmelte Blitz. »Der wollte mich auch ständig prüfen.« Laut sagte er: »Daran habe ich nie gedacht. Ich habe nur gehofft ... Ich trage Zukatas Zeichen und ich weiß, dass das ausreicht, um mich zu hängen, wo in Eurem großen Reich ich mich auch befinde und was ich auch tue. Ich habe nur gehofft, dass Ihr mich trotzdem gehen lasst.«

Ilinias griff nach seiner Hand. »Das ist wirklich das Mindeste, finde ich, was er erwarten kann. Er hatte solche Angst, dass Zukata ihn erwischt. Und dann hatte er Angst, dass Ihr ihn in den Kerker werft. Aber das werdet Ihr nicht tun, das kann ich mir nicht vorstellen. Ihr lasst ihn doch gehen, oder? Er hat Euch Manina zurückgebracht. Er hat überhaupt nichts Böses getan. Er war nicht einmal freiwillig in Zukatas Bande, er wurde entführt, wie Euer Kind, und zu allem gezwungen, und was hätte er tun sollen, allein unter Räubern? Ihr lasst ihn doch jetzt gehen, oder ...«

»Sei still, Ilinias«, sagte Blitz.

»Nein«, sagte der Kaiser ruhig. »Nein, ich lasse ihn nicht gehen. Es kommt nicht in Frage, dass jemand wie er hier einfach herausspaziert, als wäre nichts gewesen.«

Blitz senkte den Kopf.

»Nein!«, rief Ilinias wütend. »Das dürft Ihr nicht machen!«

»Er ist der Kaiser«, sagte Blitz. »Sprich nicht so mit ihm. Was immer er sagt, ich werde mich seinem Urteil beugen.«

Kanuna nickte zufrieden. »Jedes Wort, das du sagst, bestätigt mir, was ich über dich denke. Nein, natürlich lasse ich jemanden wie dich nicht gehen, Jahalik. Ich musste nur sicher sein, was für einer Person ich erlaube, direkt neben mir zu wohnen. Du wirst ein Zimmer hier im kaiserlichen Familienflügel bekommen. Dachtest du wirklich, ich nehme meiner Tochter die einzige Person weg, die sie ihr Leben lang gekannt hat und die sie liebt? Natürlich bleibst du hier.« Der Kaiser stand auf und kam auf Blitz zu. Riesengroß überragte er den Jungen, doch dann beugte er das Knie vor ihm. Blitz starrte ihn fassungslos an.

»Danke«, sagte Kanuna. »Danke, Jahalik. Was ist das eigentlich für ein Name? Schwarzer Blitz? Du sollst Schwarzer Held heißen, mein Junge, Ja-laieng.«

Ilinias fing an zu lachen. »Oh Blitz, ständig geben dir die Leute die Namen, die du bereits hast!«

»Wie soll ich das verstehen?«, fragte der Kaiser verwundert. »Das ist eine Geschichte, die ich gerne hören möchte. Aber zunächst zu dir, junges Fräulein. Hast du vor gar nichts Respekt? Nicht einmal vor dem Kaiser von Deret-Aif? Hast du keine Angst vor einem Riesen, der dich mit einer Handbewegung an die Wand schmettern könnte?«

»Versucht es!«, knurrte Ilinias.

»Bitte, Ilinias!«, versuchte Blitz sie zu besänftigen. »Majestät, verzeiht, sie weiß sich nicht zu benehmen.«

»Hast du keine Erziehung genossen, Kind?«

»Oh doch«, sagte Ilinias. »Bei den Nonnen.«

»Da lernt man so etwas?« Er betrachtete sie mit gütigen Augen. »Du erinnerst mich an jemanden, an eine Frau, die genauso furchtlos war, die nie ein Blatt vor den Mund nahm, die sich nicht einmal vor der Krone des Kaisers fürchtete ... Ich sehe dich an und mir ist, als hätte ich Vinja vor mir, meine erste Kaiserin. Jemand wie du hat Seltenheitswert in einer Stadt wie dieser. Du bekommst auch ein Zimmer hier im Palast.«

»Wir sind verheiratet«, sagte Ilinias. »Ein Zimmer für uns beide reicht.«

»Umso besser.«

»Aber eigentlich ...«

»Was denn noch?«

»Ich habe mir eigentlich ein Haus gewünscht. Irgendwo im Wald, mit einem Garten. Oder kann man im Wald keinen Garten haben? Ist ja auch egal. Jedenfalls kann ich mir nicht vorstellen, hier im Palast zu leben, mit Verlaub, Majestät. Und ich wollte doch auf die Insel der Amazonen! Ach, Blitz, ich weiß, du möchtest hier bei Manina leben. Aber ich weiß noch zu gut, wie es im Kloster war. Wie man aufpassen muss, kein falsches Wort zu sagen. Wie man in diesen langen Kutten nicht richtig laufen kann und nur kleine Schritte machen kann. Mit diesem Kleid hier ist es ja fast genauso. Ich will nicht undankbar sein, Majestät, aber ...« Tränen traten ihr in die Augen. »Blitz, was soll ich nur machen? Ich will hier nicht bleiben!«

Der Kaiser wandte sich an Sarika, die mit einem feinen Lächeln zugesehen hatte. »Ich brauche in meiner Umgebung Menschen, deren Treue über jeden Zweifel erhaben ist. Die das, was sie hier zu hören bekommen – und letztendlich bekommen sie alles mit –, nicht weitertragen. Die ein Bollwerk sind gegen Verrat und Intrigen, gegen Meuchelmörder und giftiges Geschwätz ...«

»Sie hat eine gute Haltung«, sagte Sarika. »Schnelle Bewegungen, Mut. Ich werde ihre Ausbildung gerne übernehmen.«

»Was?«, fragte Ilinias.

»Blitz soll hierbleiben und du bist seine Frau. Wärst du zufrieden, wenn die Leibwächterinnen dich ausbilden?«

»Keine langen Gewänder«, versprach Sarika.

»Ich soll ... so wie die Amazonen?«

»Du bist ein Mädchen, du bist aus Salien, du hast gute körperliche und geistige Voraussetzungen«, sagte die Frau. »Mehr braucht es nicht, um eine Amazone zu werden.«

Ilinias lächelte. Ihre blauen Augen blitzten.

Rin, dachte Kanuna, sie ist wie eine zweite Vinja. Was für ein wundervolles Mädchen. Was für ein Paar, diese zwei.

»Wenn meine Tochter so wird wie ihr«, sagte er zu ihnen, »könnte ich nicht glücklicher sein. Ich danke Rin, dass er euch an ihre Seite gestellt hat. – Rahmon, mein Freund, hör mir zu. Ich will die Rückkehr der Prinzessin feiern. Alle meine Könige sollen eingeladen werden. Wir werden ein Fest feiern, wie es das in Kirifas noch nie gegeben hat!«

Möwe sprang auf, als Kroa mit leuchtenden Augen in die Hütte stürmte.

»Sie sind da! Ich habe es eben im Dorf gehört! Der Kaiser hat seine Tochter zurück.«

Sie konnte es nicht glauben. Ihr Herz machte einen Sprung. »Blitz hat es geschafft?«

»Der Held von Arima, haben sie gesagt. Er hat sie wohl zurückgebracht.«

Möwe lachte. »Hast du gehört, Jamai? Vater, Vater! Hörst du? Manina ist zurück!«

Aus dem Keller kam ein lauter Triumphschrei. »Ja!«

»Lasst ihr uns jetzt endlich raus?«, knurrte Zukata.

»Ja«, sagte Jamai. »Wir machen es so: Wir haben hier zwei junge Baumstämme, die wir gefällt haben. Wenn wir das Dach an einer Stelle abdecken, können wir sie durch die Öffnung hindurchschieben, so dass sie direkt hier durch die Luke kommen. Es ist alles vorbereitet. Keta kommt zuerst. Wag es nicht, dich vorzudrängeln, Zukata. Wir sind bewaffnet. Möwe hat einen Bogen, dessen Pfeil auf den gerichtet ist, der gleich hier heraufklettern wird. Lass Keta vor, dann bist du dran.«

»Was garantiert mir, dass ihr mich nicht hier unten lasst?«, fragte Zukata misstrauisch.

»Dein eigenes Versprechen«, sagte Möwe. »Wir wollen, dass du schwörst.«

»Und was soll ich schwören?« In seiner Stimme grollte die unterdrückte Wut.

»Dass du diese Hütte verlässt, ohne uns etwas anzutun. Und dass du auch die Prinzessin und Blitz in Frieden lässt. Du wirst gehen, einfach so weit weg wie möglich.«

»Nein«, sagte Zukata. »So etwas schwöre ich nicht. Was bildet ihr euch ein?«

»Dann bleibst du unten.«

»Und Keta auch. Ihr werdet ja sehen, was ihr davon habt.«

Keta seufzte. »Mein Bruder. Lass uns das hier beenden. Ist es so schwer, das zu versprechen? Lass unseren Vater in Frieden. Gib das Kind endlich auf.«

»Na schön.« Zukata nickte.

»Und Blitz«, beharrte Möwe von oben.

»Nein.« Zukata knirschte mit den Zähnen. »Blitz gehört mir. Ihr habt gewonnen. Das Kind ist zurück. Ich habe den Segen immer noch nicht und du, Keta, triumphierst. Glaubst du, es fällt mir leicht, das zuzugeben? Aber mit Blitz habt ihr nichts zu schaffen. Ihr kennt ihn nicht einmal. Er gehört mir, er hat mir schon immer gehört. Ein Sohn gehört seinem Vater. Ein Verräter gehört dem, den er verraten hat. Ich werde hier nicht schwören, dass ich Blitz laufenlasse.«

»Wir haben Zeit«, sagte Kroa von oben. »Dann warten wir eben, bis du bereit dazu bist.«

Zukata unterdrückte mit Mühe seine Wut. »Selbst wenn ich schwören würde – was erwartet ihr eigentlich? Ich schulde euch nichts. Ihr bekommt das Kind.«

»Was heißt das, wir bekommen es? Der Kaiser hat es schon.«

»Das heißt nicht viel«, sagte Zukata. »Ich habe sie einmal entführt, ich könnte es wieder tun. Ich kenne Menschen in Kirifas, ich kenne sogar Menschen, die im Palast wohnen, die alles für mich tun würden. Glaubt es oder nicht. Wenn ich dieses Kind wiederhaben will, werde ich es mir holen. Ihr wisst gar nicht, welches Angebot ihr hier ausschlagt.«

»Beide«, beharrte Möwe. »Blitz und das Kind.«

»Blitz gehört mir!«, schrie Zukata. »Ich tue mit ihm, was ich will! Das Kind ist mir egal, es kann den Thron ja doch nicht erben. Aber den Jungen werde ich töten. Ihr vertraut auf meine Schwüre? Dann wisst, dass ich diesen Schwur bereits getan habe. Ich habe einen heiligen Eid abgelegt, dass ich ihn eigenhändig für seinen Verrat bestrafen werde. Nichts wird daran etwas ändern!«

»Wir können ihn nicht herauslassen«, sagte Möwe zu Jamai. »Wie kriegen wir bloß meinen Vater da heraus, ohne dass Zukata mit hochkommt? Wir können Zukata doch nicht freilassen, wenn er danach sofort zum Palast geht und Leute umbringt!«

»Wir müssen abwarten, bis er schläft.«

»Der schläft nie.«

Sie wussten nicht, was sie tun sollten.

Keta setzte sich auf den kalten Boden. »Komm, Zukata. Das müssen wir beide aushandeln.«

»Da gibt es nichts auszuhandeln. Wir sind beide Gefangene. Wir werden beide hier verrotten. Deine Freiheit, zu tun, was dir beliebt, für meine Freiheit, zu tun, was ich will. Ist das nicht gerecht?«

»Was willst du für das Leben dieses Jungen?«

Zukata lachte leise. »Was bietest du mir an? Deine Tochter? Du warst bereit, Menschen für Manina zu opfern. Was stört dich daran, dass dieser Blitz das nächste Opfer ist, das letzte? Lass ihn mir und ich werde der Prinzessin kein Haar krümmen. Ich werde das Land verlassen, ich habe hier sowieso nichts mehr verloren. Ist das zu viel für die Sicherheit der kaiserlichen Familie, mein Bruder? Nur ein einziger Mensch. Du hast schon mehr verloren auf deiner Suche nach mir.«

»Ixa und Ruji«, sagte Keta leise. »Aber ich habe sie dir nicht gegeben, damit du sie tötest.«

»Deine Tochter hättest du mir gegeben.«

»Als Pfand! Nicht, damit du ihr etwas tust!«

Sie schwiegen eine Weile.

»Nur dieser eine Junge«, sagte Zukata. »Was liegt dir an ihm? Einer aus meiner Bande. Einer mit meinem Zeichen. Du weißt, dass ich ein Recht auf ihn habe, du willst es nur nicht wahrhaben. Wie könnte das zu viel sein gegen Maninas Sicherheit? Es ging dir doch immer nur um das Kind. Oder sollte ich mich geirrt haben? Worum geht es dir wirklich, Keta?«

»Deine Freiheit für sein Leben. Was kann ich dir sonst bieten?«

»Das ist zu wenig. Du hast nichts, um zu handeln, Bruder, mein lieber Mitgefangener. Nur den Segen.«

Keta seufzte. »Der Segen. Natürlich, darum ging es die ganze Zeit ... Ich habe dir schon einmal erklärt, dass ich dich nicht segnen kann, nicht jetzt. Was willst du? Mein Versprechen, dass ich es später tun werde, wenn unser Vater nicht mehr lebt?«

Zukata lächelte in die Dunkelheit. »Damit würdest du Blitz' Leben erkaufen? Mit dem ganzen Kaiserreich? Mit dem Erbe, das du dir erschlichen hast? All das für einen Verräter, der den Tod verdient hat?«

»Vielleicht«, flüsterte Keta. »Ich war bereit, das für Manina zu tun, für unseren Vater ...«

»Überleg es dir gut. Jetzt geht es nur um einen jämmerlichen Menschen. Willst du diese Bürde auf seine Schultern legen? Dass er nur lebt, weil ich eines Tages Kaiser sein werde? Weil dieses Reich mir gehören wird? Weil mir alle gehören werden, alle Menschen von ganz Deret-Aif, das Volk und die Fürsten und die Könige ... und er natürlich auch, wenn er dann noch lebt. Und ich werde mit diesem Reich tun, was ich will, mit diesen Menschen. Nicht einmal du, Keta, würdest so einen Handel abschließen.«

»Es ist zu viel«, sagte Keta leise.

»Natürlich ist es zu viel. Ich habe dir fast geglaubt, dass du dazu bereit bist, als es um unsere Schwester ging. Aber jetzt?« Zukata schaute nach oben, wo das dämmrige Licht des Tages durch die Luke fiel. »Ich werde nach Kirifas gehen, auf das Fest, das unser Vater unzweifelhaft geben wird. Ich werde ihn finden, dort, wenn sie feiern und glücklich sind. Und ich werde sein Gesicht sehen, wenn er erkennt, dass er verloren ist. Ich vergebe nie, Keta. Ich vergesse nichts. Ich werde auf ihn zugehen, während alle fliehen, während die Wachen auf mich losstürmen. Was kümmern mich die Palastwachen?«

»Auch ich werde da sein«, sagte Keta. »Ich und Vater. Wir werden zwei Riesen gegen einen sein. Du wirst diesen Jungen nicht töten.«

»Du wirst nicht da sein, Bruder. Ich werde lange vor dir in Kirifas ankommen.«

»Ich bin genauso schnell wie du.«

»Du wirst deine Tochter allein lassen, um mir zu folgen? Ohne zu wissen, ob ich nicht doch umkehren werde und mir hole, was du einmal versprochen hast? Oh nein, Keta. Du wirst sie und ihre beiden Freunde mit Sicherheit nicht im Stich lassen. Angepasst an ihre langsamen Menschenschritte wirst du erst ankommen, wenn ich längst getan habe, was ich mir vorgenommen habe.«

»Ich kann es nicht fassen, dass unsere Mutter jemanden wie dich geboren hat.«

»Ach?«, meinte Zukata. »Für so viel besser als mich hältst du dich? Glaubst du wirklich, ich habe mehr Leben auf dem Gewissen als du? Was meinst du, wenn wir aufzählen, was wir getan haben, wer am Ende besser abschneidet?«

»Ich bin nicht wie du«, sagte Keta. Im Dämmerlicht des Kellers sah man nicht, wie bleich er geworden war.

»Und woran liegt das?«, fragte Zukata. »Vielleicht an dem Segen, den du mir gestohlen hast?«

»Dann nimm ihn«, stieß Keta hervor. »Nimm den Segen, und vielleicht bricht auch in dir etwas an, etwas anderes. Vielleicht wird auch aus deinen Händen Heilung fließen statt Grausamkeit, vielleicht ...«

Zukatas Gelächter unterbrach ihn. »Nein, wirklich? Du willst das wirklich versprechen? Du gibst deine Beute fort, an mich, den wahren Erben? Nur ein Narr würde die halbe Welt für einen Unbekannten verschleudern, der den Tod verdient hat. Bist du wirklich ein solcher Narr, Keta? Fast beginne ich, diesen Segen zu fürchten, wenn er einen dazu bringt, so etwas zu tun. Und stell dir vor, ich glaube dir. Ich brauche kein Pfand und keine Geisel, ich nehme dich einfach beim Wort, du Gesegneter, in dem auf einmal so viel Menschlichkeit ist ... Du hast recht. Du taugst nicht für die Krone, du bist nicht mehr Riese genug. Ein Herrscher schickt seine Leute in die Schlacht, wann immer es ihm beliebt, und nimmt ihren Tod in Kauf. Wenn ein einzelnes Leben ihn derart erpressbar macht, wie könnte er sich auch nur einen Tag auf dem Thron halten? Ja, ich frage mich auch, wie unsere Mutter, deren Tod du wissentlich verschuldet hast, so etwas wie dich auf die Welt bringen konnte. Ich verachte dich, Keta. Du bist so schwach. Dein Mitleid spielt mir die ganze Welt in die Hände, und der Tag wird kommen, da du bereuen wirst, mir dieses Versprechen gegeben zu haben. Du weißt das jetzt schon, nicht wahr? Und doch tust du es. Für Blitz! Oh Rin, wenn er es wüsste, er würde mir Manina eigenhändig zurückgeben! Er würde zu mir gekrochen kommen und mich bitten, die Hände um seinen Hals zu legen!«

»Hör auf«, sagte Keta. »Hör einfach auf. Schwöre, dass weder du noch deine Leute ihm jemals ein Haar krümmen werden.«

»Meine Leute? Wenigstens daran hast du gedacht, Keta, ich dachte schon, du hättest jeden vernünftigen Gedanken aus deinem dicken Schädel verbannt.« Zukata lachte leise. Dann tat er seinen Schwur.

Keta rief nach Jamai und befahl ihm, sie hinauszulassen.

»Nun hast du es sicherlich eilig, nach Kirifas zu gehen und dir den Burschen anzusehen, für den du Deret-Aif verkauft hast«, sagte Zukata, als er hinter Keta die Baumstämme hochgeklettert war, die

Kroa und Jamai in die Luke gewuchtet hatten. Er strich sich über das zerzauste blonde Haar und betrachtete Möwe, die feindselig seinen Blick erwiderte.

»Ein frohes Fest euch allen!«

Als er aus der Tür spazierte, sah er nicht aus wie jemand, der besiegt worden war.

»Oh Rin«, flüsterte Keta, der seinem Bruder nachsah.

»Können wir ihm trauen?«, fragte Möwe. »Wird er seinen Schwur halten?«

»Ja«, sagte Keta, »ja, das wird er. Ich jedoch weiß nicht, ob ich es auch tun werde.« Aber er sagte ihr nicht, was er versprochen hatte.

Vor Kirifas trafen sie auf ihre Sippe. Die Nachricht von Maninas glücklicher Rückkehr hatte sich schnell verbreitet, und die Ziehenden hatten sich sofort auf den Weg hierher gemacht. Die Wächter hatten die Zintas nicht in die Stadt gelassen, aber Keta gab sich am Tor als Prinz zu erkennen und nahm alle mit hinein. Er führte Variti an der Hand.

»Nun wirst du meinen Vater endlich kennenlernen.« Er sprach von guten Dingen, von dem freudigen Wiedersehen, das sie erwarteten, aber in seinem Herzen lag der Kummer wie ein schwerer Stein. Er lächelte seine Frau an, aber es war, wie Zukata prophezeit hatte: Seine Augen suchten alles ab, auf der Suche nach dem fremden Jungen, dessen Leben er so teuer erkauft hatte.

Möwe ging hinter ihm, mit Jamai und Kroa. Ihr Herz klopfte aufgeregt.

Sie waren wieder hier, in dieser riesigen, wunderbaren Stadt. Wie sehr hatte sie sich davor gefürchtet, dem Kaiser mit der schrecklichen Nachricht, dass sie Manina nicht gefunden hatten, gegenüber zu treten. Doch nun war auf einmal alles herrlich. Sie hatten Zukata besiegt, er hatte versprochen, die kaiserliche Familie in Ruhe zu lassen. Er war fort. Und die Feststimmung, die über der Stadt lag, ergriff auch Möwe. Sie ging wie durch einen wunderbaren Traum. Keta war da. Die Sippe, ihre Familie, war da, sie alle würden an dem Fest teilnehmen, das hier vorbereitet wurde.

Die Häuser und Straßen wurden geschmückt, die ersten prächtigen Kutschen waren bereits eingetroffen. Dies war der Höhepunkt ihres Lebens.

Sie gingen durch das zweite Tor, hinter dem der Palast lag. Die meisten Ziehenden blieben zurück, um sich die Stadt anzusehen, aber Keta, Variti und die drei Mitstreiter schritten auf das funkelnde, geschmückte Schloss zu. Zwei Wächterinnen traten ihnen entgegen, die eine war dunkelhaarig, die andere blond, mit strahlend blauen Augen.

»Man hat den Kaiser von Eurer Ankunft unterrichtet«, teilte ihnen die dunkle Frau mit. »Er ist draußen im Park. Ich soll Euch sofort zu ihm bringen. Kommt mit, hier entlang.«

»Ich kenne mich hier aus«, sagte Keta.

»Natürlich, Prinz. Dort, zwischen den Hecken hindurch. An seinem Lieblingsplatz.«

Möwe merkte, dass die blonde Wächterin ihnen folgte. Vielleicht musste das so sein. Vielleicht mussten sie sichergehen, dass es nicht Zukata war, der sich unter Ketas Namen hier Einlass verschafft hatte. Sie wussten ja nicht, dass Zukata nie mehr eine Gefahr für Manina sein würde.

Der Kaiser saß mit seiner Frau unter den Bäumen, im Schatten. Ein kleines blondes Mädchen war bei ihnen.

»Sie ist viel kleiner als ich«, bemerkte Kroa. »Aber ich war auch süß, oder nicht?«

»Keta!« Kanuna trat auf seinen Sohn zu. »Endlich! Nun ist mein Glück vollkommen!«

»Wo – wo ist Blitz?«, fragte der Prinz.

»Blitz?«, fragte der Kaiser, ein wenig verwundert. »Du meinst Ja-laieng? Der war eben noch hier ... Ah, da ist er ja!«

Ein junger Mann kam hinter der Hecke hervor. Er blieb wie erstarrt stehen, als er Keta sah. Dann fiel sein Blick auf Möwe. Und Möwe stand da, alles drehte sich um sie.

»Mino!«, rief er.

»Blitz!«

Sie flog ihm um den Hals. Sie schlang seine Arme um ihn und hielt ihn fest. In diesem Moment fand sie alles wieder – ihn und sich selbst. Für einen Augenblick war ihr Leben wieder ganz. Sie war Mino. Er war Blitz. Sie waren zusammen, nie hätte es anders kommen dürfen. »Ich liebe dich«, sagte sie dicht an seinem Ohr. In diesem einen Moment, in dem sie alles wiederfand, ihr Leben und ihren Namen und ihre Liebe, war die Welt vollkommen. Dies war das wahre Fest, für das sie so lange gewandert war, Gefahren überstanden und Kämpfe ausgefochten hatte. »Oh Blitz, ich liebe dich.«

Und Blitz, während er Mino im Arm hielt, erkannte mit einem Schlag, was sie ihm bedeutete, was sie ihm schon immer bedeutet hatte. Sie war sein weißes Mädchen. Sie war Arima, sie war die Glücklichen Inseln und der Traum von einem Garten voller Apfelbäume. Die Apfelblütenkönigin, weiß und duftend wie der Frühling, seine andere Hälfte, die ihn ganz machte. Sie war, wonach er sich gesehnt hatte, was er vermisst hatte, seine Vergangenheit und seine Kindheit und sein Traum; ja, und mehr als Kindheit. In dem Moment, als sie ihm ihre Liebe gestand, waren sie beide nicht mehr Kinder, sondern ein Mann und eine Frau mit einem Geheimnis zwischen sich, süß wie der Duft der Gärten von Arima, köstlich und wundervoll.

Ich liebe dich auch, wollte er sagen. *Ahinehl,* du von allen am meisten Geliebte. Aber er sagte es nicht. Der Schmerz über den Verlust drückte ihm die Kehle zu, als er ihre Umarmung erwiderte und mit seinen Lippen ihr weißes Haar berührte. Dann schob er sie sanft von sich.

Mino – nicht mehr Möwe, sondern Mino, die Tochter der Apfelkönigin, die Schwester Lexans, dieselbe Mino, die sich mit Blitz geprügelt hatte, um ihn davon abzuhalten, auf das Schiff zu gehen – sah hoch und blickte der blonden Wächterin ins Gesicht.

»Du bist also Mino«, sagte sie. Sie lächelte, aber ihre Augen lächelten nicht mit und ihre Stimme klang etwas schroff. »Und ich bin Ilinias, seine Frau.«

Mino floh. Sie wich einen Schritt zurück. Es war alles wieder da, alles, was sie getan hatte. Sie hatte Blitz verraten und vertrieben. Zum zweiten Mal kam der Sturm über sie, ein fürchterliches

Unwetter, wie ein kalter Schauer, wie ein Orkan, der ihr Leben für immer ändern würde. Sie hatte Blitz verraten und vertrieben und verloren. Sie war nicht mehr Möwe, die Heldin, die Zukata gefangen hatte, Ketas Tochter. Sie war nur noch Mino, die nichts Besseres verdient hatte.

»Möwe?«, fragte Keta.

Aber sie war nicht mehr Möwe. Suchend blickte sie sich um. »Wo ist Jamai? Wieso ist er weg?«

»Ich weiß nicht«, meinte Kroa, »eben war er noch da ...«

Sie wich weiter zurück, noch ein paar Schritte. Sie fühlte aller Augen auf sich, die des Kaisers, der Kaiserin, Ketas. Blitz' dunkle Augen, so voller Gefühl, voller Verzeihen ... Und sie. Diese blonde Frau. Nun hatte er sich doch ein Mädchen mit weißen Haaren genommen, aber mit schönen Augen, mit so viel schöneren Augen, so herrlich blau, wie der Himmel. Augen wie der Himmel ...

Sie wandte sich um und floh.

»Ich glaube, sie sucht Jamai«, hörte sie Kroa sagen. »Sie sind Freunde, wisst ihr.« Mehr hörte sie nicht. Sie rannte durch den Park. »Jamai!« Ihre Augen waren blind vor Tränen. Warum war er gegangen? »Jamai!« Da war das Tor. War er nicht dort, da vorne? Sie stürzte ihm nach. »Jamai!«

Der dunkelhaarige Mann, der vor dem Tor herumstrich, wandte sich ihr zu. Aber es war nicht Jamai. Es war Toris. Er fing sie auf, als sie wie von Sinnen auf ihn zustürmte.

»Möwe! Möwe, was ist passiert?«

»Nichts«, sagte sie. »Nichts. Halt mich nur fest.«

»Komm«, sagte er zu ihr. »Komm mit. Beruhige dich.« Und er führte sie fort, in die Stadt hinein und durch die Straßen. Er küsste ihre Tränen fort. Er streichelte ihr Haar und ihre Haut. Dort, in seinem Wagen vor den Stadttoren.

Wofür habe ich mir das aufgespart, dachte Mino. Wofür habe ich allen Versuchungen widerstanden? Meine Träume waren so stark. Diese Verbindung zu Blitz, so stark, wie Ketten aus Stahl, wie ein dickes Seil, mit dem ich gefesselt war. Ich hatte erwartet, meinen Verlobten zu finden oder gar meinen Mann, einen, an den mich Schwüre binden und heilige Versprechen ...

Sie sah Ilinias vor sich und weinte über ihre stolze Schönheit. Eine Amazone mit Haar wie Schnee ...

»Möwe«, flüsterte Toris in ihr Ohr, »ich wusste, dass es so kommen würde ... Nun werden wir immer zusammenbleiben.«

Sie richtete sich auf. Sie sah auf ihn herunter und er bedeutete ihr nichts, und sie erschrak über das, was sie getan hatte. Ja, Mino, so bist du nun mal. Möwe, die wunderbare Möwe, ist fort, und nur noch Mino ist da.

»Ich werde nicht bei der Sippe bleiben«, sagte sie. »Ich gehe nach Hause.«

»Du bist hier zu Hause.«

»Nein. Nein, Toris, ich weiß wieder, wer ich bin. Meine Mutter wartet auf mich. Meine Mutter und die Gärten. Sie hat schon meinen Vater verloren und meinen Bruder. Ich muss zurück.«

»Ich komme mit.«

Sie lachte freudlos. »Du? Ein Ziehender? Was willst du dort tun? Du bist Jongleur.«

»Du auch«, sagte er. »Du lässt die Bälle fliegen wie keine Zweite. Du musst das tun. Du musst so sein.«

»Nein«, hielt sie dagegen. »Vielleicht will ich es. Vielleicht ist es das, was mein Herz will und meine Hände ... Aber was ich tun muss, ist etwas anderes.«

»Dann helfe ich dir dabei.«

Seine Anhänglichkeit rührte sie. Aber sie sah ihre Mutter vor sich, ihre hochgezogenen Brauen. Ein Zinta? Bist du verrückt geworden? Toris konnte ihr nicht helfen, er würde es nur noch schlimmer machen.

»Du bist kein Verwalter und kein Gärtner. Ich werde allein gehen. Und«, fügte sie leise für sich hinzu, »ist das nicht mein Schicksal? Nachdem alle gegangen sind, die ich liebte, und ich den Einzigen, der mir geblieben ist, vertrieben habe, in die Arme einer Fremden? Nicht weinen, Mino. Wein nicht, du hast doch selber schuld.« Und doch weinte sie, an diesem Tag, der wie ein Sturm alles hinweggefegt hatte, und der doch der Tag der Freude hätte sein sollen. Tag des Verlusts, obwohl sie alles wiedergefunden hatte. Tag der Verzweiflung, obwohl sie im Triumph in die Stadt gezogen war.

Tag der Schande, weil sie versucht hatte, sich von jemandem trösten zu lassen, der ihr keinen Trost geben konnte. Oh unsägliche Schande.

Zur gleichen Zeit, während Mino in Toris' Armen lag und weinte, während Keta und Kanuna ihr Wiedersehen feierten und der Prinz seine niedliche kleine Schwester bewunderte, während Jamai durch die Stadt irrte und seinen Liebeskummer mit ein paar Gläsern Hochprozentigem bekämpfte, die ihm ein Wirt zur Feier des Tages spendierte, waren Ilinias und Blitz in ihrem Zimmer. Sie hatte ihn, der zu träumen schien, dort hinaufgeführt, voller Zorn und Angst, denn sie hatte sein Gesicht gesehen, seine Augen, mit denen er Mino angesehen hatte. Keta schaute ihnen nach, als sie gingen, er sagte zum Kaiser: »Das ist also Blitz.«

Und Kanuna antwortete: »Ja, der Held aus Arima. Ein bemerkenswerter Junge. Er trägt eine Krone auf seiner Schulter, weil er sie nicht auf seinem Haupt tragen kann.«

»In der Tat«, murmelte Keta, »nicht nur eine Krone, sondern einen Thron und ein Schloss und ein Land, von hier bis zum Meer und bis zum Gebirge, Wiesen und Felder und Städte, Flüsse und Seen ... Alles, was dein ist.«

Kanuna zog die Brauen hoch. »Du sprichst wie ein Prophet. Aber Blitz ist ein Mensch. Es wird ein Riese sein, der nach mir herrschen wird, Keta.«

»Ja«, sagte Keta leise, »ich weiß.«

Und in einem der oberen Stockwerke des Palastes fragte Ilinias: »Liebst du mich, Blitz?« Sie küsste sein Gesicht, seine träumenden dunklen Augen.

»Ja«, sagte er, »das weißt du doch.«

Verräter, dachte sie. Und sie klammerte sich an ihn. Sie berührte ihn mit ihrem Mund, ihren Händen, ihr langes Haar kitzelte ihn. Sie versuchte ihn zu fesseln mit ihrer Schönheit, mit ihren Himmelsaugen. Sie überzeugte sich davon, dass er immer noch ihr Mann war, dass er ihr gehörte, ihr, der sich ihr angetraut hatte. Räuber, der erst sie und dann ihr Herz gestohlen hatte. Lügner und Verräter. Und auch sie weinte, obwohl sie es nicht zeigte.

»Ich hasse dich«, flüsterte sie unter Tränen. »Ich hasse dich, ich liebe dich so sehr.«

Aber Blitz' Augen blieben trocken. Er hielt sie, die Frau, die er gewählt hatte, in seinen Armen, aber er fand keine Worte, die er ihr hätte sagen können, denn alle Worte, alle Komplimente und Huldigungen gehörten einer anderen und hatten ihr schon immer gehört. Möwe, Vogel der Freiheit, meine Königin. Schneeprinzessin. Das war Mino.

Ahinehl.

23. Der weiße Vogel

DIE KÖNIGE WAREN zu Kanunas großem Fest erschienen. Draußen im Park hatten die Diener die langen Tafeln errichtet, beladen mit den erlesensten Gerichten. Lampions und Girlanden schmückten die Bäume. Die Musik der besten Sänger und Spieler des Reiches erklang durch den Garten und mischte sich mit dem lieblichen Gesang der Vögel.

Die Könige waren gekommen: aus Wenz und Salien, aus Laring und Torn, aus Drian, Sitra und Ingreich. Peh, Tors und Nomanos, Nin, Rilien und Henten, Jolis, Rils und Sowin, Resten, Südlant und Mindonien, aus Diret und Helt und Rist. Zweiundzwanzig Könige und ihre Königinnen tafelten zusammen, und unter ihnen saßen Blitz und Ilinias und die kleine Prinzessin. Keta war an Kanunas Seite, mit Variti. Kroa thronte auf einem Stapel Kissen und unterhielt die neben ihm Sitzenden mit Späßen. Von allen Geladenen war nur Jamai nicht gekommen, Jamai, der unauffindbar blieb, seit er gesehen hatte, wie Möwe sich Blitz an den Hals geworfen hatte.

Möwe. Mino. Sie saß zwischen Keta und Variti und tat, als äße sie. Weiß und feenhaft war ihr Gesicht. Keta hatte versprochen, sie nach Arima zu bringen, und nun schien sie auf die Abreise zu warten wie auf die Erlösung. Sie saß da und lächelte leicht. Es war, als hätte sich ein einziger Augenblick in sie eingeprägt, jener Moment, in dem sie Blitz umarmte und seinen Kuss auf ihrer Stirn spürte, jener innige Moment. Wenn sie in sich hineinhorchte, konnte sie es wieder fühlen, konnte sie es wieder empfinden, dieses Gefühl, diesen Augenblick, in dem die Welt stillstand und alles vollkommen war. Diesen Augenblick würde sie bis zu ihrem Tod bewahren. Sie würde ihn mitnehmen nach Arima, wie Glück, in einem Glas konserviert, die Früchte eines Sommers, gereift und eingezuckert für dunklere, kältere Stunden. Den wirklichen Blitz, den Blitz, der unweit entfernt am selben Tisch saß, neben sich das grimmig dreinblickende blonde Mädchen mit den blauen Augen, wagte sie nicht einmal anzusehen, voller Furcht, nur ein einziger Blick könnte sie verraten.

Auch Blitz hielt den Kopf gesenkt, er sah nicht aus wie jemand, der seinen Triumph auskostet, Held aus Arima. Ihm gegenüber saß der König von Wenz und warf ihm finstere Blicke zu. Blitz hatte gehofft, er würde ihn nicht erkennen, aber König Oka wusste genau, wer er war. Eine gemurmelte Entschuldigung hatte ihn nicht versöhnlicher gestimmt. Von allen Königen, die an dieser Tafel saßen, sah er als Einziger nicht erfreut aus, sondern verbreitete Feindschaft und Groll.

Kanuna stand auf, um eine Rede zu halten. »Könige und Königinnen von Deret-Aif. Fürsten und Prinzen ...«

Auch an den Nebentischen waren sie alle verstummt und hörten ihm zu. Und jetzt, wo er gerade anhob zu seiner Ansprache, hörten sie ein Rauschen und ein Flattern und einen Schrei. Ein großer weißer Vogel kreiste über den Tischen und schrie, einmal, zweimal, den scharfen, wilden, schrillen Schrei eines Seevogels, und landete schließlich auf dem Tisch der Könige, vor Blitz und Ilinias.

»Er hat einen Brief an seinem Fuß«, rief Ilinias aus.

Blitz streckte vorsichtig die Hand aus, um das Tier nicht zu verschrecken, und löste das Band, das der Vogel um seinen Fuß trug. Er hielt die kleine Papierrolle einen Moment in der Hand, unschlüssig, was er damit tun sollte, dann rollte er das Papier auf und las still die Botschaft. Verwundert hob er den Kopf und blickte auf den weißen Vogel, der auf dem festlich geschmückten Tisch saß und Krümel aufpickte.

»Lies vor, Ja-laieng«, befahl Kanuna.

»Gruß dem gewaltigen Herrscher, dem gesegneten, dem einzigartigen«, las Blitz vor. *»Dem größten Riesen, der je über die Menschen regiert hat.*

Die Nacht wird lang werden und kalt und die Angst übermächtig. Sturm wird den Himmel verfinstern und das Meer tritt über seine Ufer und verschlingt die Inseln. Denn Rin wird sich erheben, und die Brücke, die seine Hände hielten, wird im Meer versinken und Erdbeben, Flut und Unwetter über euch bringen. Kein Sterbender, der das Schwarze Tor durchschreitet, wird die Brücke finden. Ruhelos wird er an der Küste umherirren. Darum fürchtet den Tod mehr, als ihr das Sterben fürchtet, und steigt in die Schiffe, ehe es zu spät ist. Er wartet auf euch, dort auf seiner Insel, und mit ihm warten wir auf euch alle. Fürchtet euch nicht.

Gezeichnet: *Lexan.*«

Er blickte in die Runde, in die ratlosen Gesichter der Könige. Nur Mino starrte ihn an, die Blässe war aus ihrem Gesicht gewichen, und Freude überstrahlte ihr Antlitz.

»Er ist angekommen, Blitz«, sagte sie zu ihm, und in diesem Moment des Glücks vergaß sie die Frau an seiner Seite. »Er hat Rinland erreicht!« Sie war aufgesprungen, es kümmerte sie nicht, dass sie alle Blicke auf sich zog.

»Lexan hat es geschafft! Es ist möglich! Dort hinter dem Horizont liegt Rinland, und er hat es mit seinem Schiff gefunden! Er ist angekommen! Oh Blitz, er ist angekommen!«

Der weiße Vogel stieß einen lauten Schrei aus. Dann breitete er die Schwingen aus und warf sich in die Luft. Der salzige Geruch des Meeres zog mit ihm über sie hinweg, und sie hörten seinen wilden, stolzen Ruf, als er über ihnen kreiste und dann in der Ferne verschwand.

Erstes Buch – Die Weiße Möwe

Die Autorin

Lena Klassen, geb. 1971, hat in Bielefeld Literaturwissenschaft, Anglistik und Philosophie studiert und über phantastische Literatur promoviert. Mit Mann, Tochter und Sohn lebt sie im ländlichen Ostwestfalen. Sie hat mehrere Romane und Kinderbücher veröffentlicht.

www.lenaklassen.de